Der Schatz der Templer

Frankreich zu Beginn des 14. Jahrhunderts: Der geheimnisvolle, einflußreiche Templerorden gerät von Seiten des Königs und der Kirche unter Druck. Unter abenteuerlichen Umständen versucht der junge englische Tempelritter Richard, ein illegitimer Sohn König Edwards II., den Widerstand zu organisieren. In seinem jahrelangen Kampf lernt Richard den wahren Schatz der Templer kennen, ihr spirituelles Erbe – das Streben nach geistiger Freiheit und Erkenntnis. Wird er den Untergang des Templerordens verhindern können?

Hanny Alders wurde 1946 in Rotterdam geboren. Ihr erster Roman, ›Der Schatz der Templer‹, war sogleich ein großer Erfolg. Er erhielt in den Niederlanden einen Preis als bestverkauftes literarisches Debüt. Hanny Alders' großer neuer Mittelalter-Roman, ›Die Rebellin von Avignon‹ ist im Fischer Taschenbuch Verlag erschienen (Bd. 15292).

Unsere Adresse im Internet: www.fischerverlage.de

HANNY ALDERS

DER SCHATZ DER TEMPLER

ROMAN

Aus dem Niederländischen von
Konrad Dietzfelbinger

Scherz

Veröffentlicht im Scherz Taschenbuch,
ein Verlag der S. Fischer Verlag GmbH,
Frankfurt am Main, Juli 2004

Lizenzausgabe mit freundlicher Genehmigung
der edition meyster in der
F. A. Herbig Verlagsbuchhandlung GmbH, München
Titel der niederländischen Originalausgabe: ›Non nobis‹
Erschienen bei Conserve, Niederlande

Druck und Bindung: Ebner & Spiegel, Ulm
Printed in Germany
ISBN 3-502-52005-4

Inhalt

Historische Einführung

Seit Menschengedenken ist der Nahe Osten Mittelpunkt blutiger Fehden und Schauplatz langdauernder Kriege gewesen. So auch noch heute. Die Geschichte blutiger Gewalttaten in diesem Gebiet erreichte einen Höhepunkt im Mittelalter, als Scharen von Kreuzfahrern auszogen, um das Heilige Land von den Ungläubigen zu befreien. Es kam zu einer Kette grausamer Kämpfe, in denen Könige und Adelige Taten vollbrachten, die nicht mehr aus der Geschichte zu tilgen sind. Jeder hat schon davon gehört, und auch wenig an Geschichte Interessierten sind Namen wie Gottfried von Bouillon, Richard Löwenherz, Saladin, Friedrich Barbarossa und Ludwig IX., der Heilige, geläufig. Es sind Namen, die unauflöslich verbunden sind mit den drei großen geistlichen Ritterorden, dem Deutschen Orden, der sich der Krankenpflege widmete, den Templern, die die Pilger und das Heilige Land selbst beschirmten, und den Hospitalrittern, die sich sowohl die Sorge für die Kranken als auch den Dienst mit der Waffe angelegen sein ließen.
Die beiden Letztgenannten – ihr voller Name lautet: »Die Armen Ritter Christi und des Tempels Salomonis« bzw. »Die Ritter vom Hospital des Heiligen Johannes« – fochten mit großem Einsatz gegen die Moslems und andere. Doch gab es immer wieder auch unter ihnen selbst Zwietracht und Streit mit den Fürsten der Kreuzfahrer, die sie zu Hilfe gerufen hatten. Insbesondere die Templer zeichneten sich durch Kühnheit, Frömmigkeit und strenge Zucht aus. Sie beteiligten sich an fast allen Schlachten, auch wenn sie gelegentlich wegen der einzuschlagenden Taktik anderer Meinung waren. Stets kämpften sie im vordersten Glied, und immer waren sie die Letzten, die sich zurückzogen. So hofften sie, sich den Himmel zu verdienen. Zahlreich waren jedoch auch die

verstümmelten Leichen ihrer Brüder, die von den erschöpften, sonnenverbrannten Rittern im Wüstensand begraben werden mußten.
Bewundert von den Menschen, die in der auch nicht immer sicheren Heimat zurückgeblieben waren, erhielten sie umfangreiche Schenkungen, Landgüter und Privilegien. Sie bauten starke Festungen, verwalteten ihre Domänen mit fester Hand, so daß sich immer noch mehr Reichtümer ansammelten, und investierten wohlüberlegt ihre Gelder. Sie waren die einzigen Christen, die Geld gegen Zinsen verliehen. So gewährten sie Hypotheken, um Pilgern die Möglichkeit zu geben, ihre Bittfahrten ins Heilige Land zu bezahlen. Sie erfanden den Wechselbrief, führten Konten für Fürsten und Edelleute und bekleideten hohe Posten als Finanzberater. In ihren Gewölben bewahrten sie die Schätze der Adeligen auf, unter ihnen auch die Schatztruhen und Kronjuwelen von Königen. Kurz, sie verhielten sich wie moderne Bankiers. Ferner geleiteten sie Geld- und Werttransporte, zogen Steuern ein und säuberten die Straßen von Gesindel.
So stand dieser Mönchsorden, der im Jahre 1129 von neun Edelleuten gegründet worden war, am Ende des 13. Jahrhunderts auf dem Höhepunkt seines Reichtums und seiner Macht. Die Kreuzzüge waren vorbei, das Heilige Land verloren. Die Tempelritter zogen sich in die sieben Provinzen zurück, in die die Verwaltung des Tempels in Europa eingeteilt war: Frankreich, England, Poitou, Aragon, Portugal, Ungarn und Apulien in Süditalien.
Die oberste Gewalt des Ordens lag beim Großmeister, der auf Zypern residierte. Ihm unterstanden die Komture der Provinzen, auch Meister genannt. Dann folgten die Komture der mehr als 9000 Höfe und großen Tempelhäuser oder Komtureien. Sie verwalteten die Festungen, Domänen und landwirtschaftlichen Güter des Tempels und führten den Befehl über die Ritter, Knappen und Servienten-Brüder, die häusliche Dienste und die Landarbeit verrichten mußten. Visiteure des Ordens reisten von Komturei zu Komturei, um sie zu inspizieren, und erstatteten den Meistern Bericht.
Alle trugen sie das Gewand des Tempels mit dem roten Tatzenkreuz auf Brust und Rücken, die Offiziere und Ritter ein Gewand

aus weißem Stoff und den Rittermantel oder Chlamys mit rotem Kreuz auf der Schulter, die anderen braune oder schwarze Kleider. Sie waren an die strengen Klosterregeln gebunden, die der heilige Bernhard von Clairvaux ihnen gegeben hatte. Bei ihrem Eintritt legten sie die Mönchsgelübde des Gehorsams, der Armut und der Keuschheit ab.

Beim Übergang vom 13. zum 14. Jahrhundert verfügten die Templer über ein riesiges Finanzimperium. König Edward I. von England, der Gerechte, der letzte Kreuzfahrer-Fürst mit dem Beinamen »Der Schottenhammer«, lag in Carlisle im Sterben. Edward II., sein vergnügungssüchtiger Sohn, jung, schwankend und leicht zu beeinflussen, wurde sein Nachfolger.

In Frankreich schwang ein anderer König sein Zepter. Bejahrt, erfahren und schlau hatte er zugesehen und geduldig abgewartet, bis die Zeit reif war, um seine Pläne auszuführen: den Papst einzuschüchtern, sich den Weg für einen gewaltigen Coup frei zu machen, um sich schließlich der Reichtümer zu bemächtigen, die sich schon immer in seiner Reichweite befunden hatten, doch bisher unantastbar gewesen waren. Er war der vierte Philipp seiner Dynastie und trug den Beinamen »Der Schöne«.

Schön? Sein Haar war blond. Das scheint alles gewesen zu sein, was schön an ihm war. Denn die Geschichtsschreiber behaupten, daß er mit seinem runden Gesicht wie eine Eule aussah. Er war es, der den makabren Tanz um den Tempel anführte. Er war es, der alle Schritte und Bewegungen diktierte und bis zum letzten Takt beherrschte.

I. TEIL

DES TEMPELS BASTARD

(OKTOBER 1307 BIS
DEZEMBER 1308)

1. KAPITEL

Wenn Sie mich fragen, welcher Tag der Geschichte im wahrsten Sinne des Wortes Dies Nefastus genannt werden kann, so fällt mir zu allererst der 13. Oktober 1307 ein.

Döllinger, Der Untergang des Templerordens

»Mein Sohn, man sagt, Donner und Blitz seien der Zorn Gottes im Himmel und Regentropfen die Tränen seiner Engel, die über die Bosheit der Menschen weinen. Wenn das wirklich so ist, dann müßten unsere Städte und Dörfer schon längst vom Regen überflutet sein. Denn es gibt mehr Böses auf der Welt, als du dir träumen lassen kannst.«

Diese Worte des alten Templers Thomas von Lincoln klangen noch in Richards Ohren nach, und es war ihm, als ob seine knochige Hand ihm wieder übers Haar strich.

Thomas war seinerzeit ein gefürchteter Kämpfer gewesen, einer der Veteranen, die St. Jean d'Acre verteidigten, den letzten Stützpunkt der Christen im Heiligen Land. Aber mit den Jahren war er weise geworden, sinnierte und träumte und war nicht mehr auf kriegerischen Ruhm aus. Er hielt große Stücke auf den jungen Mann, der ihm als achtjähriges Kind anvertraut worden war. Das war vor fünfzehn Jahren gewesen. Er behandelte ihn wie seinen eigenen Sohn und brachte ihm Reiten, Lesen und Schreiben bei sowie den Umgang mit dem Schwert. Auch unterwarf er ihn harten Prüfungen, wie alle Tempelritter harten Prüfungen unterworfen wurden.

Natürlich hoffte Richard seine Fähigkeiten auch einmal gegen die Ungläubigen anwenden zu können, aber die Zeit der Kreuzzüge war vorbei. Das Heilige Land war verloren. Zwar erhoben die Templer und Mönche anderer Orden der ganzen Christenheit immer noch ihre Stimme für einen neuen Kreuzzug zur Eroberung des Heiligen Landes. Aber jetzt zogen sie ihre Schwerter nicht mehr im Namen des Herrn in weit entfernten Ländern, wo eine gnadenlose Sonne und heiße Wüstenwinde ihre ernsten Gesichter verbrannten.

Jetzt nämlich war ihr Finanzimperium bedroht. Aber in trotziger Verblendung und Selbstsicherheit zuckten die Tempelritter hinter den sicheren Mauern ihrer Burgen nur die Schultern über die Gerüchte, die auf dem Kontinent die Runde machten.

Thomas von Lincoln verhielt sich anders. Er holte vorsichtig Informationen ein und rieb sich die Stirn, während seine ruhigen grauen Augen sorgenvoll blickten. Er sprach seine Gedanken nicht aus, niemand hätte sie ihm geglaubt. Erst als dieser milde Spätsommertag des Oktobers anbrach, und er Richard auf die Terrasse, von der aus man über die Themse blickte, kommen ließ, sagte er ruhig und unbewegten Gemütes zu ihm:

»Herr Ritter, Eure Lehrzeit ist vorbei, die Zeit des Abschieds ist gekommen.«

Aber statt ihn nun mit einem Auftrag zu einer anderen Komturei zu schicken, fügte er in milderem Ton hinzu:

»Du mußt gehen, mein Sohn. So hat der Meister entschieden. Nimm von deinen drei Pferden das, welches dir das liebste ist und suche dir einen anderen Herrn, um ihm zu dienen. Gebrauche dein Schwert nur, deinen Herrn zu beschützen, und laß nicht zu, daß ein Schandfleck die edle Klinge besudelt. Die Welt wird dich mehr lehren, als wir es konnten, auch wenn es nicht immer auf sanfte Art geschehen mag. Erzähle aber niemals jemandem, daß du hier aufgewachsen bist und einst ein geweihter Ritter warst. Bewahre dein Geheimnis und das unsrige. Vielleicht begreifst du einmal warum und dankst Gott, daß du geschwiegen hast. Hier sind Kleider und eine Börse mit Goldstücken. Geh nun. Die Liebe Gottes sei mit dir.«

Da lag nun auf seinen Knien ein Bündel Kleider, und die Hand, die die Börse in Empfang nahm, zitterte leicht. Fünfzehn Jahre scharfer Zurechtweisungen und zur Weisheit mahnenden Unterrichts hatten Richard gelehrt, daß es sinnlos war zu fragen, wenn Thomas von Lincoln für seine Befehle keine weiteren Erklärungen gab. Außerdem verpflichtete ihn die strenge Disziplin des Tempels zum Gehorsam, ob er damit einverstanden war oder nicht – wenn ihm die Beweggründe überhaupt mitgeteilt wurden.

Kadavergehorsam. Das Wort war eine Erfindung des heiligen Bernhard von Clairvaux, der den Templern ihre Regeln gegeben hatte. Gehorsam wie ein Kadaver. Eine Leiche widerspricht nicht. Also hörte sich Richard die Worte ohne Widerspruch an und nahm sie hin, obwohl er das Gefühl hatte, daß die Welt über ihm zusammenstürzte. Er fiel auf die Knie, nahm die rechte Hand des alten Mannes in beide Hände und drückte seine Lippen fest auf die pergamentene Haut.

In diesem Augenblick betrachtete Thomas von Lincoln traurig die kalten Regentropfen, die aus ein paar verirrten Wolken auf den ruhig strömenden Fluß herniederfielen und sprach die Worte, die Richard in den kommenden Stunden nicht aus dem Kopf gehen wollten. Noch einmal strich er ihm über die blonden Locken, die das gesenkte Haupt bedeckten, wie ein Vater, der seinen Sohn segnet.

Darauf verließ Richard die Terrasse mit einem kühnen Schwung des weißen Gewandes – das er mit soviel Selbstbewußtsein getragen hatte – die Terrasse mit der Steinbank und dem alten Mann, der sich trotz seines gebeugten Rückens kerzengerade zu halten schien.

Mechanisch raffte er in seiner Zelle seine spärlichen Habseligkeiten zusammen, sattelte den schwarzen Wallach Pilgrim und machte sein Packpferd fertig. Ohne nachzudenken überprüfte er auch seine Ausrüstung und lud sie Stück um Stück auf sein Pferd. Eine Garnitur Unterzeug, ein Oberkleid mit tiefem Halsausschnitt, zwei Mäntel, einer für den Sommer, der andere für den Winter, drei Laken, ein Bahrtuch, zwei Handtücher.

Er zögerte einen Augenblick und griff dann doch nach dem Waffenrock aus weißem Stoff mit dem roten Kreuz darauf und stopfte ihn in den Mantelsack. In den kupferfarbenen Sack steckte er seinen Kettenpanzer, die Beinschienen, den Helm, die Kettenhaube und den weißen Mantel, den er beim Ritt über seiner

Waffenrüstung trug, um sie vor der Sonnenhitze zu schützen. Außerdem einen Kochkessel, eine Schale zum Abmessen der Gerste für sein Pferd, ein Brotmesser, ein Taschenmesser, zwei Näpfe, zwei Krüge, eine Pferdedecke, eine Matratze und ein kleines Zelt. Das Packpferd belud er mit dem hölzernen, mit Kupferrand versehenen und mit Metallplättchen verstärkten Schild, ebenso mit seiner Lanze.

Er gürtete sich mit dem Schwert, nahm aber auch den Dolch und den türkischen Streitkolben mit sich.

Schließlich begab er sich für eine halbe Stunde in die Temple-Church, wo er im Gebet nach einer Erklärung für seine so plötzliche erzwungene Abreise suchte und vor allem auch um Hilfe und Trost flehte. Aber er kam nicht weiter als bis zu dreizehn Paternostern. Dann ritt er durch die Temple-Lane und unter dem Portal hindurch, wobei er dem Banner mit dem schwarzen und weißen Feld ein letztes Lächeln schenkte, auf dem oben und unten das Motto des Ordens geschrieben stand: Non nobis, non nobis, Domine, sed nomini tuo da gloriam.* Es war die Fahne des Ordens, die Beauséant genannt wurde.

Richard ritt und ritt, ohne zu wissen wohin. Nur eines war ihm klar: Vorläufig mußte er London so weit wie möglich hinter sich lassen. Gemächlich trabte er in südlicher Richtung.

Ein unbehagliches Gefühl der Leere und Unsicherheit kroch in ihm hoch, während er sich eingestand, daß er fast noch nie allein gewesen war, nicht innerhalb der Mauern des Tempels und jedenfalls niemals draußen. War er nicht immer in Gesellschaft seiner Brüder gewesen? Ein Templer ging niemals für sich allein. Auch nach dem Abendessen, wenn kein Wort mehr gesprochen werden durfte, waren andere mit ihm gewesen, selbst in seiner Zelle, die er mit einem Bruder teilte, so daß jeder den anderen vor einem Fehltritt bewahren konnte.

Freiheit, ein seltsames Wort. Niemals hatte er im Tempel das Gefühl gehabt, diese Freiheit fehle ihm, obwohl er keinen Schritt nach eigenem Gutdünken hatte tun können.

In seinem Leben hatte er von der Zeit an, da er als kleiner Junge die

* Nicht uns, nicht uns, Herr, gib die Ehre, sondern Deinem Namen!

Schweine hütete, bis zu dem Tag, an dem er zum Ritter geschlagen wurde, nichts anderes als den Tempel von London kennengelernt. Wo sollte er auch hin? Er hatte keine Freunde, keine Verwandten, nichts und niemanden außerhalb dieser grauen Mauern.
»Ihr, die ihr Abschied vom eigenen Willen genommen habt«, so begannen die Regeln des Tempels, die jeden Tag während des Abendessens verlesen wurden.
Es war einfach nicht möglich, dem Tempel den Befehl zu verweigern, auch wenn er noch so gern geblieben wäre. Etwas unsicher geworden, fiel ihm erst jetzt wieder ein, was der alte Templer nach den Worten, die sich ihm so tief ins Gedächtnis gegraben hatten, noch gesagt hatte:
»Aber übers Meer wird eine noch schwärzere Wolke kommen, ein Sturm, der viele Bäume entwurzeln wird, ein Sturm so heftig, daß auch die junge Birke, sei sie noch so stark und biegsam, durch seine brutale Gewalt gefällt wird, es sei denn, wir graben sie rechtzeitig aus und verpflanzen sie.«
Es war, als ob Thomas nur zu sich selbst gesprochen hätte. Aber Richard wußte sehr wohl, daß er ihm mit diesen Worten etwas mitteilen wollte, das er eigentlich nicht sagen durfte.
Tiefe Falten gruben sich in seine Stirn, und er vergaß, sein Pferd anzuspornen, so daß es in trägen Trott verfiel. Was hatte Thomas mit diesen Bildern gemeint? Ein Sturm von jenseits des Meeres ... Er wußte, daß in Frankreich Gerüchte gingen, der Orden habe sich der Ketzerei und Teufelsanbetung ergeben, ja, ein ehemaliger Tempelbruder habe sogar ein entsprechendes Geständnis abgelegt. Schenkte Thomas dem Gerede wirklich Glauben? Nahm auch die Kirche derartige Beschuldigungen ernst? Was wußte er selbst überhaupt von Frankreich? Doch nur, was ihm aus den Berichten des Tempels bekannt geworden war: daß der französische König Philipp IV., genannt der Schöne, zu hohe Abgaben von der Geistlichkeit erhob, woraus sich der berüchtigte Streit zwischen Philipp und Papst Bonifatius VIII. entwickelt hatte. Das war schon Jahre her, aber immer noch wurde darüber diskutiert, weil Philipp sich um jeden Preis rechtfertigen und den Papst sogar posthum zum Ketzer erklären lassen wollte.
Er wußte, daß der König im vergangenen Jahr jüdische Bankiers in

seinem ganzen Reich hatte verhaften und all ihr Geld und Gut hatte konfiszieren lassen, ja, daß er auch mit den lombardischen Bankiers sein Spiel spielte. Er ließ neue Münzen schlagen und entwertete die alten um zwei Drittel, eine Maßnahme, die den Zorn des Volkes erregte und ihm den Beinamen »Falschmünzerkönig« einbrachte. Eines Tages hatten ihn sogar die aufgebrachten Bürger von Paris überfallen, so daß sich der König hinter die sicheren Mauern der Pariser Burg des Tempels hatte zurückziehen müssen – und das alles, weil wegen seiner Kriege und des kostspieligen Beamtenapparates, mit dem er seine Macht durchsetzte, stets Ebbe in seinen Kassen war.

Was hatte der Tempel von einem solchen König zu erwarten? War vielleicht dies der Sturm, von dem Thomas sprach, und er selbst die junge Birke, die mit den Wurzeln ausgegraben und verpflanzt werden mußte? Und wohin? Es gab doch noch andere Ritter, ebenso jung wie er! Edward of Kimbolton, John de Braose und Lawrence de Toeni zum Beispiel.

Warum gerade er? Sollte er, ein Tempelritter, einer Gefahr aus dem Weg gehen? Oder war es eine Art Prüfung, die er bestehen mußte? Und wenn er diese Prüfung bestand, würde er dann irgendwann vom Tempel wieder zurückgerufen werden?

Mit einem Ruck am Zügel brachte er sein Pferd zum Stehen und lehnte sich leicht nach vorne, beide Hände auf die vordere Kante des Sattels gestützt.

Es gab keinen Weg zurück zum Tempel, jedenfalls nicht jetzt. Aber nein, er konnte unmöglich die Rolle eines Feiglings spielen. Sein ganzes Herz empörte sich dagegen. Lieber wollte er der Gefahr die Stirn bieten.

Sein Mund formte sich zu einem entschlossenen Lächeln. War es nicht das, was der Tempel immer schon getan hatte? Also – was sprach dagegen?

Entschlossen wandte er sein schweres Streitroß nach Osten und spornte es zu vollem Galopp.

Eine Stunde vor Sonnenuntergang erreichte er Sandwich, ein reiches Städtchen, auf dessen engen Straßen und Gassen noch emsiges Treiben herrschte, obwohl schon die Dämmerung eingefallen war. Richard nahm seinen Weg zu einer Herberge und sorgte dafür, daß

Pilgrim für die Nacht gut untergebracht war. Er klopfte dem Pferd auf den Hals und lenkte seine Schritte zum Eingang.
Es war ihm nicht ganz wohl zumute, als er über die Schwelle trat – er mußte sich bücken, um mit dem Kopf nicht an den niedrigen Türbalken zu stoßen – und den kaum erleuchteten Raum überblickte. Niemals zuvor war er in einer ähnlichen Lage gewesen, denn die Kapitelsäle und Burgen der Templer waren so zahlreich, daß er auf seinen wenigen Reisen niemals so weit davon entfernt gewesen war, daß er die Nacht woanders hätte verbringen müssen. Woanders, das hieß gewöhnlich in einem Kloster, da die Ritter »nur bei Menschen mit dem besten Leumund« Herberge nehmen durften.
Der schwere Dunst von gebratenem Fisch, Hammelfleisch und Bier hing in der Luft. Er bildete sich ein, den Klang eines Horns im New Temple zu hören, obwohl er wußte, daß es schon vor einer Stunde geblasen worden sein mußte, um die Kollation, die einfache Zwischenmahlzeit der Ritter, anzukündigen. Aber er war eben nicht dort, und er vermißte den würzigen Duft exotischer Spezereien und Kräuter.
Erst als der Wirt mit einer leichten Verbeugung auf ihn zutrat und lebhaft nach seinen Wünschen fragte, wurde ihm klar, daß die weltliche Kleidung, die er trug, ihm das Aussehen eines Mannes von Bedeutung gab, jedenfalls eines Mannes von Adel.
Er wurde zu einem Platz am Tisch geführt, ein wenig entfernt von den anderen Gästen, die sich bereits im Raum befanden.
»Eine Mahlzeit und einen Schlafplatz«, antwortete er einfach. Schnell wurde ihm eine Schale mit einem dampfenden Gericht vorgesetzt, zusammen mit einem Stück Brot und einer Kanne Bier. Er aß schweigend, wie er es gewohnt war, die Augen auf die groben Kerben im Holz der schmutzigen Tischplatte gerichtet. Er fühlte sich verloren, unsicher und einsam – für ihn ein ganz neuartiges, fremdes Gefühl. Erst jetzt wurde ihm bewußt, wie sicher und bewahrt er im Schutze dieser einzigartigen Gemeinschaft der Bruderschaft der Soldaten Christi gewesen war.
Der Wirt, der den Tisch mit einem schmutzigen Lappen abwischte, brachte ihn zur Wirklichkeit zurück.
»Wünscht Ihr Gesellschaft für die Nacht, Herr?«

Richard war überrascht von dieser Frage und betrachtete mit zweifelnden Blicken die in diesem Speiseraum versammelte Gesellschaft. Einige Männer lagen völlig betrunken da, den Rücken an die Wand gelehnt. Andere waren in einen heftigen Streit über Frauen, das Wetter, das Meer oder die Arbeit des vergangenen Tages verwickelt, während sich drei Mägde zwischen ihnen zu schaffen machten. Sie versuchten nicht einmal, den anzüglichen Griffen einiger angetrunkener junger Leute auszuweichen. Manchmal trugen die Mädchen mehr als sechs Becher gleichzeitig. Richard wollte schon mit leichtem Spott bemerken, daß er überreichlich bedient sei, während er an den stillen Frieden im Tempel dachte, wo man seine Wünsche nur mit Handbewegungen zum Ausdruck brachte und nur die Stimme des Mönches, der die Regel vorlas, die Stille unterbrach, als der Wirt dem Blick seiner Augen folgte und hinzufügte: »Ich kann auch eine Frau besorgen, die Euch mehr zusagt als diese da.« Dabei zeigte er mit seinem Daumen auf die Gruppe der Krakeeler.
»Eine Frau nach meinem Geschmack ist hier in weitem Umkreis wahrscheinlich nicht zu finden, bester Freund«, sagte Richard trocken. »Sage mir lieber: Gehen demnächst Schiffe nach Frankreich ab?«
»Ach, Ihr habt es also eilig? Das ist schade«, sagte der Wirt.
»Na, was ist, ist Euch die Dame nicht schön genug, Herr?« rief einer der jungen Burschen am Tisch, während er eine Magd ins Hinterteil kniff, und unter großem Gelächter stieß er sie plötzlich von sich, so daß sie fast über den Tisch fiel, an dem Richard saß. Sie bot ihm einen tiefen Einblick in ihr ausgeschnittenes Mieder, während sie beide Hände auf den Tisch stützte. Bald rappelte sie sich wieder auf und wischte ihre Hände am Rock ab.
»Nur immer langsam«, brummte der Wirt und schob das Mädchen in die Küche. Mit einem Grinsen wandte er sich Richard wieder zu und deutete mit dem Daumen über die Schulter.
»Kümmert Euch nicht um den. Der ist so voll wie ein Templer.«
Richard verzog das Gesicht bei dieser Bemerkung. Mit äußerster Anstrengung versuchte er, seine Verwirrung zu verbergen, und drang weiter in den Wirt: »Wie steht es also mit diesen Schiffen?«
»Laßt sehen, ja, es gibt einen ganz guten Kahn, der übermorgen in

See sticht, wenn der Wind günstig ist. Wahrscheinlich findet Ihr den Schiffer in der Salutation.«

»Wunderbar«, rief Richard, drückte dem Mann ein Geldstück in die Hand, stand auf und verließ gut gelaunt die Herberge.

Am folgenden Tag wohnte er der Messe in St. Clemens Church bei. Das Wetter war ziemlich gut. Noch am selben Abend ging er an Bord und schaute zu, wie die Fracht bei Fackellicht aufgenommen wurde. Mit Tagesanbruch legte das Schiff ab.

Ein steifer Nordwestwind blies, der sich bald zu einem tosenden Herbststurm auswuchs. Richard wurde gehörig seekrank und wünschte, England niemals verlassen zu haben. Gleichzeitig aber verfluchte er sich wegen seiner Schwäche.

In der Nacht vom 12. auf den 13. Oktober lief das Schiff in Le Tréport ein. Es fiel ein unangenehmer Sprühregen, und der erste Eindruck Richards von Frankreich war recht düster und wenig ermutigend, als er am Morgen aus dem Fenster der Herberge, wo er geschlafen hatte, hinausschaute.

Es war wohl besser, sich möglichst schnell auf den Weg zur nächsten Komturei zu machen, dachte er bei sich und schlang sein Frühstück hastig hinunter.

Der Ritt war nur kurz. Gleich nach Mittag erreichte er Rouen. Schon bevor er das Stadttor durchritten hatte, bemerkte er, daß etwas Besonderes im Gange sein mußte. Und drinnen schien ihm die Aufregung noch größer zu sein.

Richard ließ sich im Strom der Bürger mittreiben, der sich durch die engen Straßen wälzte.

»Was ist denn los?« wandte er sich an jemanden, der mit ihm lief.

»Sie sind gefangen«, antwortete der andere in dem normannischen Franzosisch, das Richard verstand.

»Wer?«

Der Mann rief etwas zurück, wurde aber übertönt vom Gejohle der Menge, in die sie eingekeilt waren. Er befand sich gerade vor einem stattlichen Gebäude. Die Menge um ihn diskutierte heftig darüber, was sich drinnen abspielte. Aber was wirklich los war, wußte niemand.

Richard lauschte gespannt und entschloß sich, sein Pferd aus dem Gedränge zu führen. Mit der Hand am Zaum eilte er in die

Richtung, die man ihm angegeben hatte. Eine dumpfe Ahnung beschlich ihn, während er sich den Weg durch die belebten Straßen bahnte.
Nach kurzer Zeit stand er wiederum eingekeilt in einer großen Menschenmenge, jetzt vor einem anderen Gebäude. Er war noch nie in Frankreich gewesen und kannte Rouen nicht, aber er wußte sogleich, wo er sich befand: vor der Komturei der Tempelritter. Und das Unglaubliche war, daß der Vogt des Königs mit seinen Leuten dabei war, das Tor zu verriegeln.
Richard starrte bestürzt auf die Balken, die über das mit Ornamenten geschmückte Tor gelegt wurden.
Wo waren die Ritter mit ihren weißen Gewändern?
Beim heiligen Johannes, murmelte er, was ist hier geschehen? Der Lauf durch die überfüllten Straßen hatte ihn ins Schwitzen gebracht. Er schob seine Kettenhaube, deren Halsstück ihm bis an die Brust und Schultern reichte, nach hinten und vergaß ganz, daß die Tonsur auf seinem Kopf nicht zu seiner Kleidung paßte.
Sein für einen Mönch zu athletischer Körperbau und die Schwielen an seinen Händen verrieten, daß er gewohnt war, mit Schwert, Lanze und Armbrust umzugehen.
»Mort Mahon«, ertönte eine Stimme hinter ihm. »Behalte die Kappe auf!« Mit einem Ruck wandte er den Kopf und setzte mit der gleichen Bewegung die gepolsterte Schutzkappe, die er unter der Kettenhaube trug, wieder auf.
Diesen alten Fluch der Kreuzfahrer konnte man nur im Tempel gelegentlich hören. Neben ihm stand ein reich gekleideter Edelmann, der seinen Federhut nur so weit lüftete, daß man seine Tonsur nicht sah.
»Ich bin auch ein Tempelritter, Gott steh mir bei«, flüsterte er hastig. »Von welcher Komturei seid Ihr? Wie seid Ihr entkommen?«
»Entkommen?« wiederholte Richard ungläubig. Mit einem leichten Ruck am Ärmel zog ihn der junge Mann beiseite.
»Ich habe die Nacht bei meiner Liebsten verbracht«, sagte der Franzose, sobald sie den Lärm hinter sich gelassen und das Stadttor passiert hatten.
»Eurer... was?« stieß Richard erstaunt und entrüstet hervor.

»Wartet, bis ich mein Pferd geholt habe«, erwiderte der junge Mann mit einer Handbewegung, die Schweigen gebot.
Richard biß sich auf die Lippen. Sein Blick folgte dem anderen, wie er einen bewaldeten Hügel erklomm. Zwischen den Bäumen verborgen stand ein prachtvoller arabischer Hengst, an einen dikken Baumstamm gebunden. Sobald es seines Herrn ansichtig wurde, warf das Tier den Kopf empor und wieherte.
»Nicht schlecht, was?« scherzte der französische Ritter. »Ein schwarzes und ein weißes Pferd. Die Farben des Beauséant. Wenn wir zusammenbleiben, tragen wir also unser Banner ständig bei uns, oder besser, unser Banner trägt uns.«
Er lachte und stieg in den Sattel.
Es war gegen die Gepflogenheiten eines Templers, leichtfertige Worte zu machen. Scherze standen ihm nicht zu. Der englische Ritter runzelte denn auch die Stirn und machte keine Anstalten, sein Pferd in Gang zu setzen. Er ließ sich indessen nicht anmerken, daß er durch das Benehmen des anderen irritiert war und sagte: »Ihr stellt meine Geduld auf die Probe. Was ist hier geschehen, Bruder?«
»Nicht hier, später. Schnell«, rief der Franzose und ließ sein Pferd angaloppieren. Richard hatte keine Wahl, als ihm hastig zu folgen. Aber als sie die Stadt hinter sich gelassen und eine Lichtung in dem ausgedehnten Gehölz erreicht hatten, zog er abrupt die Zügel an und sprang aus dem Sattel.
Auch der Franzose stieg ab und baute sich in voller Größe vor Richard auf.
»Aymer de Vraineville, zweiter Sohn des Herrn von Vraineville«, sagte er, nicht ohne Selbstbewußtsein. »Komturei Rouen.«
»Richard, Ritter«, sagte der andere einfach.
»Ist das alles?« fragte Aymer mit kaum verhohlener Geringschätzung.
»Was soll sonst noch sein? Ein Tempelritter nimmt von allem irdischen Besitz vor seinem Eintritt Abschied.«
Richards Antwort war streng und sachlich. Er verschwieg, daß er sich oft gefragt hatte, ob auch er einen Namen, einen Titel besaß, die er mit ebensoviel Selbstbewußtsein tragen konnte wie dieser Franzose die seinen. Aber er schüttelte diese Gedanken ab.

»Dreimal habe ich auf Euren Wunsch geschwiegen. Jetzt erwarte ich eine Erklärung; von dem Augenblick an, wo Ihr die Komturei verließet, wie ich annehme ohne Zustimmung des Komturs.«

»Ich habe die Nacht bei Frau Blanche verbracht...«

Richard warf ihm einen scharfen Blick zu.

»Périlouse chose est compaignie de feme, que le deable ancien par compaignie a degeté pluisors dou droit sentier de paradis* – 70. Artikel der Ordensregeln«, sagte er unwirsch.

Aymer zuckte mit den Schultern.

»Blanche ist nicht irgendeine Frau«, sagte er, als ob dies seine Übertretung entschuldigen könnte. »Aber das wird Euch wenig interessieren. Als ich sie verlassen hatte und zu meiner Komturei zurückkehrte – das muß schon weit nach Mitternacht gewesen sein – fand ich den Weg durch die Leute des Vogtes versperrt. Glücklicherweise sah ich sie, bevor sie mich sahen. Aus einem Versteck wurde ich Zeuge, wie meine Brüder überfallen wurden. Sie drangen ins Haus ein und führten meine Brüder, einen nach dem anderen, gebunden nach draußen. Sie müssen sie im Schlaf überrascht und kampflos überwältigt haben. Manche hatten nicht einmal Zeit, sich richtig anzukleiden. Danach holten sie alle wertvollen Sachen aus dem Haus und nahmen sie mit. Viel war es nicht. Ich hoffe, daß der Komtur noch die Möglichkeit hatte, die wichtigsten Dokumente zu vernichten. Was konnte ich weiter tun? Ich dankte meinem Schutzengel, der mich vor diesem Unheil bewahrt hatte, und wartete an einem sicheren Platz, nicht weit davon, bis es Tag wurde. Zurück zu Blanche konnte ich nicht. Die Hintertür, die sie immer für mich offen läßt, würde schon geschlossen sein. Der Burggraf, ihr Vater, hat ihr jeden Umgang mit mir verboten. Nach Sonnenaufgang wagte ich mich in die Stadt. Es stellte sich heraus, daß die Ritter vor Gericht geführt worden waren, um dort die Anklagen wegen der Verbrechen zu vernehmen, die man ihnen zur Last legte. Ich konnte nicht hinein. Es wäre wirklich zu gefährlich gewesen. Also ging ich wieder zurück zur Komturei, wo ich Euch traf.«

* Die Gesellschaft einer Frau ist gefährlich. Durch diese Gesellschaft hat der Teufel, der alte Feind, schon manchen vom rechten Weg zum Paradies abgebracht.

Richard fand keine Worte, stand in Gedanken versunken und starrte vor sich hin. Er dachte an den alten Tempelritter in London und an die Gerüchte, über die er nicht – wie so viele andere – offen gesprochen hatte. Wer durfte ungestraft eine Komturei des Tempels überfallen? Selbst ein König konnte sich das nicht leisten, ohne sich den Zorn des ganzen Ordens zuzuziehen.
Eine solche Tat würde sehr rasch von den Rittern der benachbarten Komtureien gerächt werden, es sei denn...
»Ich bezweifle, ob in diesem Augenblick in ganz Frankreich noch ein einziger Templer frei herumläuft. Ein paar Glückspilze wie Ihr vielleicht ausgenommen«, sagte er plötzlich.
Der Franzose starrte ihn an, als ob er verrückt geworden sei.
»Ein Coup, Bruder, hübsch vorbereitet und in tiefster Geheimhaltung, durch König Philipp«, erklärte er.
»Unmöglich!« rief der Franzose entrüstet.
Richard hatte ins Schwarze getroffen, denn in diesem Augenblick zerrissen in Paris laute Trompetenstöße die Stille, um die Bürger zum königlichen Palast zu rufen, der auf einer Insel in der Seine erbaut war. Das Volk von Paris eilte über die Brücke und versammelte sich in den Höfen des Palastes, wo Laienbrüder es über die Gefangennahme der Templer und die Missetaten, die ihnen zur Last gelegt wurden, informierte.
Es handelte sich tatsächlich um einen Coup, der das ganze Land betraf, vorbereitet von König Philipp dem Schönen und seinem Kanzler und Berater Guillaume de Nogaret.
»Wir tun besser daran, erst alles gründlich zu untersuchen, bevor wir zur Tat schreiten«, sagte Richard.
»Paris«, gab Aymer kurz zur Antwort. Er würde keinen Augenblick zögern, zu den Waffen zu greifen. Nur mit Gewalt konnte man auf diesen niederträchtigen Streich antworten. Das war die einzige Möglichkeit. Außerdem wollte er Rouen so schnell wie möglich verlassen – Rouen, wo sie nach ihm suchen würden. Sein Name stand auf den Listen, die jetzt wahrscheinlich in den Händen des Vogtes waren.
Sie ritten die Mittagsstunden über. Der Regen hatte aufgehört, und Nebel entzog die Konturen der weiter entfernten Hügel ihren Blicken.

Richards Kleider waren immer noch von seinem Ritt aus Le Tréport durchweicht. Deshalb zitterte er vor Kälte, als sie Château Gaillard erreichten. Er hielt an und blickte mit Bewunderung auf die ehrfurchtgebietenden Mauern und Türme, die hoch über den kahlen Felsen aufragten.

Nebelschwaden zogen um die Festung. Obwohl sie jetzt nur noch als Gefängnis diente, hatte sie seit der Belagerung vor ungefähr hundert Jahren nichts von ihrer Majestät eingebüßt. Sie erhob sich immer noch steil über dem Fluß, eine uneinnehmbare Burg, die verächtlich auf das andere Flußufer hinabschaute.

Richard schauderte. Die Kälte schien sich immer tiefer in ihn hineinzufressen.

»Versuchen wir, Paris noch vor dem nächsten Morgen zu erreichen«, sagte er. Aber als die Dunkelheit einfiel, wurde ihnen klar, daß es unmöglich war, weiterzureiten. Bald konnten sie kaum mehr ihre eigenen Gesichter erkennen.

»Es hat keinen Zweck. Eher kommen wir vom Weg ab, als daß wir Paris vor Morgen erreichen. Ruhig, Chançard, Mort de Dieu! Der Gaul hat sich den Fuß verstaucht, Richard.«

Aymer ließ sich aus dem Sattel gleiten und betastete das Bein des Pferdes.

»Wer wird auch ein Pferd Chançard, Glückspilz, nennen – gerade, wenn es im Dunklen stolpert«, sagte Richard ärgerlich, während auch er vom Pferde stieg. Steif kniete er neben Aymer nieder und befühlte ebenfalls das Bein des Pferdes.

»Eine gute Nachtruhe, und morgen ist es wieder in Ordnung«, meinte er. »Ich suche ein Plätzchen, wo wir unser Lager aufschlagen können.«

Er stand auf und ertastete sich den Weg durch das Gebüsch neben dem Pfad. Ungefähr zehn Minuten später kam er zurück. Er hatte einen einigermaßen trockenen Platz gefunden, überwölbt von einem moosbewachsenen Felsen. Dorthin führten sie ihre Pferde und ließen sich müde nieder.

»Du bist kein sehr gesprächiger Geselle«, brummte der Franzose gutmütig.

»Ihr vergeßt, daß es uns nicht erlaubt ist, nach dem Abendessen miteinander zu sprechen, außer im äußersten Notfall.«

»Wir haben leider kein Abendessen gehabt«, erinnerte ihn Aymer. Richard mußte lachen, ob er wollte oder nicht, und vergaß, daß sie sich aller Scherze und munterer Worte enthalten mußten.
»Erzähl mir doch«, sagte Aymer. »Wie hat es dich eigentlich hierher verschlagen? Du scheinst mehr zu wissen als ich. Warum trägst du den weißen Mantel nicht?«
»Ich wurde aus dem Tempel von London ausgewiesen.«
Der andere erschrak.
Das Haus verlassen zu müssen, für immer aus dem Tempel ausgewiesen zu werden, meist noch mit der Verpflichtung, in den Orden der Zisterzienser einzutreten, war eine Strafe, die nur auf neun der ernstesten Übertretungen der Ordensregeln stand.
»Nicht so«, verbesserte sich Richard schnell. »Ich wurde nicht nackt und mit leeren Händen weggeschickt, wie das in solchen Fällen üblich ist. Ich bekam ausreichend Geld, Kleidung und zwei meiner Pferde mit. Ich wurde einfach weggeschickt. Warum, weiß ich nicht.« Er sprach nun mehr zu sich selbst als zu Aymer.
»Sie wollten mich offenbar aus dem Weg haben, bevor so etwas wie dies hier geschehen konnte. Aber wie konnten sie das im voraus wissen? Natürlich mißtrauten wir Philipp, aber daß er so etwas tun würde... Wenn wir das gewußt hätten, hätten wir doch rechtzeitig eingegriffen. Oder wurde von mir erwartet, daß ich mich der Gefahr stellte? Warum schickte man mich dann nicht direkt nach Paris? Gott weiß, daß ich ihm gern gehorsam gewesen wäre! Es ist kein Zufall, Aymer, daß ich mich entschloß, aufs Festland überzusetzen. Wenn mich der Tempel hier nicht aufnehmen wollte, dachte ich, könnte ich mich jederzeit den christlichen Herren im Kampf gegen die Mauren anschließen. Das schien mir in diesem Augenblick das einzig Sinnvolle zu sein.«
Er schwieg, und es entstand eine Stille, die durch keinen von beiden unterbrochen wurde. Dann murmelte Richard:
»Mein ganzes Leben habe ich nichts anderes als den Tempel gekannt. Was soll ich denn da draußen?«
Aymer zog die Brauen hoch.
»Genug! Mehr als gut für dich ist jedenfalls. Der Teufel lauert an jeder Ecke auf dich. Und meistens trägt er einen Weiberrock. Wie alt warst du, als du im Tempel aufgenommen wurdest?« fragte er.

»Ich muß so um die fünf Jahre gewesen sein.«
»So jung? Und davor?«
Richard zuckte mit den Schultern.
»Nichts. Nur undeutliche Bilder sind mir in Erinnerung geblieben, mehr nicht.«
»Eine seltsame Geschichte. Es ist sehr ungewöhnlich, Kinder dieses Alters in den Orden aufzunehmen. Und deine Eltern, kennst du sie?«
»Nein, man hat mir niemals etwas über sie erzählt. Auch nicht, als ich nach ihnen fragte.«
»Was hast du dann dem Komtur auf seine Fragen geantwortet, als du aufgenommen wurdest?«
Richard versuchte sich dieses Ereignis ins Gedächtnis zurückzurufen.
»Mein Lehrmeister hatte mich vorher genau instruiert. Ich wußte genau, was ich tun sollte. Aber ich sollte keine Fragen stellen.«
»Und als dich der Meister fragte, ob du der Sohn eines Ritters und einer Edelfrau bist?«
»Habe ich mit ja geantwortet.«
»Auch, daß du aus einem adeligen Geschlecht stammst?«
»Ja.«
»Und daß du ein legaler Sohn bist, hervorgegangen aus einer rechtmäßigen Ehe?«
Es folgte ein kurzes Schweigen. Richard fragte sich, warum er gegen diesen wildfremden französischen Ritter so offenherzig war. Vielleicht gerade deshalb, weil er zu seinen englischen Brüdern niemals sprechen konnte, durfte und sollte.
»Auch darauf habe ich mit ja geantwortet, aber in diesem Moment ließ der Meister plötzlich das Kruzifix sinken, so daß meine Hand nicht mehr darauf ruhte. Er entschuldigte sich später für seine Ungeschicklichkeit. Damals glaubte ich ihm. Erst später begriff ich.«
Aymer reagierte auf diese Worte mit lautem Lachen.
»Ein Bastard«, rief er aus, »ein hochgeborener Bastard im Tempel!«
Richard konnte nicht sehen, was daran witzig sein sollte:
»Die Regeln verbieten den Eintritt eines Bastards, und warum

hochgeboren? Wir alle stammen aus Geschlechtern des niederen Adels, die Generationen lang Ritter für den König und den Tempel gestellt haben.«

Mit einer Handbewegung tat Aymer diese Bemerkung ab.

»Das muß Geld gekostet haben«, sagte er ehrfürchtig, »viel Geld.«

»Unser Orden ist doch nicht korrupt«, empörte sich Richard.

»Wäre ich an deiner Stelle«, sagte Aymer beschwörend, »würde ich nach England zurückkehren und herausfinden, auf welche Titel und Besitztümer ich Ansprüche habe. Man muß gute Gründe gehabt haben, dich auf diese Art und Weise aus dem Weg zu schaffen, und zwar in einen geistlichen Ritterorden, in unseren Orden.«

»Ihr vergeßt ein paar wichtige Dinge«, sagte Richard ruhig. »Ich habe kein Recht dazu, meinen Eltern nachzuspüren, wenn der Tempel es für notwendig hält, das vor mir geheimzuhalten. Überhaupt, was soll mir Land oder ein Titel? Als ich in den Orden eintrat, begann ich damit, Schweine zu hüten und Flure zu fegen. Und das taten wir alle, welcher Herkunft wir auch waren, um Demut und Gehorsam zu lernen. Wir sind alle einander gleich. Unsere Vergangenheit ist tot und begraben, Bruder. Wir sind namenlos. Wir haben nur unsere Pflicht und unsere Treue dem Orden gegenüber. Der Orden hat mich nicht ausgestoßen, ich habe das Haus nicht verloren. Davon konnte keine Rede sein. Sie hätten auch keine Gründe dafür gehabt. Sie haben mir meine ganze Ausrüstung mitgegeben. Es ist klar, wo meine Aufgabe liegt.«

»Wo denn?« fragte der Franzose, der dieser Logik nicht ganz folgen konnte.

»Hier in Frankreich. Gott hat meine Schritte hierher gelenkt. Ich werde diesem Weg folgen.« Er schlug ein Kreuz.

Aymer schüttelte den Kopf. »Geh zurück, solange du es noch kannst. Du bist uns nichts schuldig. Wenn deine Vermutungen stimmen, wird das hier eine heikle Geschichte. Paß auf, daß du nicht in ein Wespennest stichst.«

»Ich bin es dem Orden schuldig«, antwortete Richard. »Außerdem wartet das zweifelhafte Vergnügen auf mich, dem erstbesten Komtur, dem wir begegnen, Euren Fehltritt zu melden. Das wird Euch Euren Mantel kosten, Bruder, Degradierung. Das bedeutet, Waffen und Pferde abzugeben und das braune Habit zu tragen, die Arbeit von Knechten zu tun. Im Moment glaube ich, daß Ihr besser meinem Beispiel folgen solltet.«

Auch Aymer schlug ein Kreuz, obwohl Richard die Bewegung seines Gefährten in der Dunkelheit nicht sehen konnte.

Richard klopfte auf seine Satteltasche: »Ich habe etwas Brot dabei. Wir können es teilen, wenn Ihr wollt.«

Aymer nickte begierig. Sie aßen schweigend und streckten sich dann auf dem Boden aus. Doch keiner von beiden konnte Schlaf finden.

2. KAPITEL

Ill news hath wings, and with the wind doth go
*Comfort's a cripple and comes ever slow.**

Michael Drayton – The Barrons' Wars, II

Im Lauf des Morgens lichtete sich der Nebel allmählich. Sie sattelten ihre Pferde und ritten weiter. Bald befanden sie sich auf offenem Feld, und als das Licht der Sonne den Nebel vertrieben hatte, fielen die Pferde in Galopp.

Nach zweistündigem Ritt kamen sie zur großen Schleife der Seine, die dort stellenweise durch den ausgedehnten Forêt de Rouvray strömte, seit Jahrhunderten bevorzugtes Jagdrevier der französischen Könige.

Danach führte die Straße südwärts. Schon von weitem konnten sie die Basilika St. Denis sehen. In der nächsten halben Stunde würden sie Paris erreichen. Sie jagten weiter, getrieben von der bangen Frage, was sie dort erwartete.

Schließlich erreichten sie die Porte Saint-Denis, eines der nördlichen Stadttore, und ritten die Rue St. Denis hinab.

»Wir sollten uns hier besser trennen und sehen, was wir von den Einwohnern erfahren können. Wir treffen uns dann wieder zur Stunde der Vesper«, schlug Aymer vor. Dann trennten sie sich. Paris summte und surrte vor aufregenden Neuigkeiten. Die Händler, die niemals besonders gut auf die Templer zu sprechen waren, weil diese an verschiedenen Stellen in der Stadt Fisch und Fleisch zu wohlfeilen Preisen verkauften, waren nur zu gerne bereit, einem Fremden reinen Wein einzuschenken.

* Schlechte Nachrichten haben Flügel und gehen wie der Wind. Trost ist ein Krüppel und kommt nur langsam.

Zur vereinbarten Zeit trafen sich die beiden wieder. Richard mit verbissenem und bleichem Gesicht, sein Mund ein grimmiger Strich unter dem blonden Bart, und Aymer, der mit den Füssen stampfte und die Fäuste ballte.
Sie wechselten nur ein paar Blicke und gingen zusammen weiter, ohne ein Wort zu sprechen.
»Mort de Dieu«, stieß Aymer nach einiger Zeit hervor. »Sie haben mir Löcher in den Bauch geredet mit ihren schmutzigen Lügen. Beinahe bin ich auf dem Marktplatz mit den Fäusten auf ein paar Leute losgegangen. Oh, dieser Schmutz, den sie allenthalben über uns ausgießen.«
»Trotzdem müssen wir sie ernstnehmen, wie lächerlich die Beschuldigungen auch klingen mögen. Denn die Menschen glauben sie. Irgendwie müssen wir beweisen, daß alles pure Verleumdung ist«, bemerkte Richard sachlich, obwohl ihm seine Selbstbeherrschung offensichtlich schwerfiel.
»Ich kann es nicht vertragen, solche Worte anzuhören, geschweige denn, sie selbst auszusprechen«, antwortete Aymer angewidert.
»Und das sagt Ihr, der unsere Regeln übertreten hat?« Es war nur milde Ironie, aber in diesem Moment konnte Aymer keine Kritik vertragen.
»Mußt du das immer wieder aufwärmen?«
»Verzeiht! Aber waren es nicht Ritter wie Ihr, die den Argwohn der Menschen erregt haben? Und ist es nicht dieser Argwohn, der jetzt seine Früchte trägt? Schaut doch nur auf Eure Kleidung! Ein solcher Luxus paßt nicht zur Bescheidenheit eines Templers. Wenn es jetzt darauf ankommt, diese wahnwitzigen Beschuldigungen zu entkräften, dann seid Ihr gewiß der letzte, der dazu in der Lage ist. Ich will damit gewiß nicht sagen, daß die Anklagen begründet sind. Aber wer weiß, daß man ihn beneidet, muß doppelt auf seinen guten Ruf bedacht sein und darf auf jeden Fall keinen Anlaß zur Kritik geben.«
Aymer schnaubte wie ein Stier. Seine Hand umklammerte den Griff seines Dolches. Er fragte sich, wie lange er diesen rechthaberischen Engländer noch würde ertragen können.
»Auf der einen Seite bist du so verdammt höflich«, sagte er plötzlich, »aber auf der anderen Seite hast du absolut kein Verständnis

für menschliche Schwächen. Wenn du noch einmal etwas gegen mich sagst, hast du mich gesehen!«

Als er das total überraschte und bestürzte Gesicht seines Kameraden sah, mußte er lachen. Er schlug ihm auf die Schulter, und die Spannung, die sich in und zwischen ihnen aufgebaut hatte, löste sich.

»Du hast ja recht«, fuhr Aymer fort. »Wir müssen wissen, was wir zu erwarten haben. Ich will dir sagen, was ich in der Stadt gehört habe: Sie erzählten mir, daß wir nicht an Gott glauben, und daß wir Novizen zwingen, Christus zu verleugnen, bevor sie geweiht werden.«

»Man sagt sogar, daß wir sie auf das Heilige Kreuz mit dem Bildnis Christi spucken lassen«, fügte Richard leise hinzu, während er ein Kreuz schlug.

»Und daß wir das am Karfreitag alle tun«, fuhr Aymer fort.

»Und daß wir einen falschen Götzen in Gestalt einer Katze anbeten. Ich hörte, wie sie von einem Abgott mit drei Gesichtern sprachen.«

»Sie mißtrauen unseren geschlossenen Sitzungen, unserer Geheimhaltung und unseren strengen Regeln. Können wir etwas dafür, wenn diese Dickköpfe das Mysterium der heiligen Dreifaltigkeit nicht begreifen? Sie sind ja nicht einmal fähig, Vater und Sohn zu verstehen, und die sind doch noch ziemlich anschaulich. Doch ich bezweifle, ob wir von ihnen erwarten können, daß sie die tiefe Bedeutung des Heiligen Geistes ergründen. Aber muß man deshalb schon Dinge, die dem Verstand unbegreiflich sind, ins Land der Zauberei und Ketzerei verweisen? Weißt du, daß sie auch behaupten, wir hätten uns mit den Ungläubigen gegen Ludwig den Heiligen verschworen, so daß er wegen unseres Verrates in Gefangenschaft geriet? Um Gottes willen, wie können sie auf einen solchen Unsinn verfallen! Und wie, in Gottes Namen, können wir derartige Beschuldigungen widerlegen? Sie glauben, daß St. Jean d'Acre durch unseren Verrat gefallen ist! Beim heiligen Johannes, unsere Brüder dort haben so heldenhaft gefochten, daß die ganze Bevölkerung von Paris in dem Blut schwimmen könnte, das durch sie während der letzten Belagerung vergossen wurde. Waren nicht wir es, die zurückgeblieben sind, um die Mauern bis zum letzten

Stein zu verteidigen und das Entkommen so vieler Christen möglich zu machen, wie wir in unsere Schiffe stopfen konnten? Ich wußte, daß irgend etwas in der Luft lag, aber so etwas verschlägt mir die Sprache.«

»Das ist noch nicht alles«, sagte Aymer. »Wir werden beschuldigt, die Schätze des französischen Königs, die bei uns aufbewahrt wurden, seinen Feinden ausgeliefert zu haben.« Er lachte: »So viel ich weiß, hat Philipp bei uns nur Schulden gehabt. Niemals haben wir auch nur ein Goldstück von ihm gesehen, während er im Gegenteil seine gierigen Hände nach dem unsrigen ausgestreckt hat. Könnte es sein, daß er es auf ein Lösegeld für unsere Freiheit abgesehen hat?«

»Ein Templer kann als Lösegeld nur seinen Gürtel und seinen Waffenrock anbieten«, lachte Richard verächtlich. »Philipp muß doch wissen, daß es die Berge von Gold, von denen die Gerüchte melden, einfach nicht gibt. Wir haben allein unsere Häuser, Besitztümer und Privilegien. Es sind die daraus fließenden Einkünfte, die der König an sich ziehen will. Aber dazu muß er erst unsere Macht brechen. Deshalb wird er nicht ruhen, bis er uns vernichtet hat – wenn er kann.«

Aymer nickte.

»Wir sind ein geistlicher Orden. So etwas ist noch niemals vorgekommen. Außerdem werden wir es niemals zulassen. Schmieden wir das Eisen, so lange es heiß ist, Richard! Rufen wir unsere Brüder aus den anderen Provinzen des Tempels auf, gegen den König ins Feld zu ziehen! Mein Schwert dürstet nach Blut.«

Richard starrte ihn bestürzt an.

»Das Schwert erheben gegen den König? Gegen seine Bischöfe? Gegen die Geistlichkeit? Wir sind in erster Linie Mönche und erst an zweiter Stelle Soldaten! Diese Reihenfolge bestimmt unsere Pflichten.«

»Wie willst du dann den Orden verteidigen?«

Richard zuckte hilflos die Schultern. »Wir müssen versuchen, die Beschuldigungen dort zu widerlegen, wo auf uns gehört wird. Vor dem Inquisitor.«

»Erzähle mir doch, wie du solche Beschuldigungen widerlegen willst? Wie wollen wir unsere Unschuld beweisen, wenn sie behaupten, daß wir fleischlichen Verkehr miteinander haben, wenn sie behaupten, daß wir die Leichen unserer verstorbenen Brüder verbrennen, um ihre Asche neuen Mitgliedern zu essen zu geben? Was können wir dann anderes tun als sagen, daß das nicht wahr ist? Sie nennen uns Ketzer, die Christenmenschen dem Sultan von Babylon verkauft, Ketzer, die ein Bündnis mit den Sarazenen geschlossen haben.«

»Ist es dir auch schon aufgefallen«, fragte Richard langsam, »daß diese Beschuldigungen alle so gewählt sind, daß sie mit konkreten Beweisen nicht zu widerlegen sind, sondern nur durch Zeugenaussagen? Wenn es Philipp gelingt, eine genügende Anzahl Belastungszeugen gegen uns aufzutreiben, wenn es ihm außerdem glückt, einige unserer Brüder zu entsprechenden Geständnissen zu zwingen, dann hängen wir am Galgen, was wir auch dagegen vorbringen. Verleumdung ist eine der gefährlichsten Waffen, Aymer, dagegen kannst du dich nicht verteidigen.«

Er schwieg und dachte nach.

»Es muß noch andere von deiner und meiner Art geben«, fuhr er fort. »Wenn wir etwas unternehmen wollen, brauchen wir Mannschaften. Was können wir ohne die Erlaubnis unserer Vorgesetzten schon anfangen?«

»Dann müssen wir eben ohne sie handeln«, meinte Aymer.

Richard runzelte die Stirn: »Wir haben nicht das Recht, nach eigenem Gutdünken zu handeln. Wir müssen versuchen, so schnell wie möglich mit einem unserer höchsten Offiziere zu sprechen.«

»Das heißt, daß wir in den Tempel selbst vordringen müßten, wo der Großmeister gefangen gehalten wird. Heute wird er dort in Gegenwart des Magistrats der Universität verhört. Auch andere sind dort schon verhört worden. Eine ganze Anzahl von Studenten und Professoren war dort, um dieser Untersuchung als Zeugen beizuwohnen. Die Sorbonne stützt den König.«

Richard schüttelte den Kopf. Er setzte sich auf einen Anlegepfosten an der Kaimauer der Seine. »Dort ist der Großmeister nicht mehr. Er wurde fortgebracht, soweit ich gehört habe, in eine Festung, die noch uneinnehmbarer ist als der Tempel.«

»Mein Schwert!« sagte Aymer plötzlich. »Ich bin unbewaffnet! Ich hatte es nicht dabei, als ich meine Liebste besuchte.«

»Vorläufig brauchen wir keine Schwerter«, antwortete Richard ruhig. »Zunächst müssen wir uns mit unseren Oberen beraten und sie um Rat und Hilfe fragen. Wir können nach dem Hennegau oder nach Lüttich reiten.«
Aymer fuhr ungeduldig auf. »Dadurch geht eine ganze Woche verloren, während hier Dinge geschehen, von denen wir nichts erfahren«, protestierte er heftig.
Richard legte ihm beschwichtigend die Hand auf den Arm:
»Es hat keinen Zweck, sich hier aufzuhalten, Aymer. Hier bringen wir doch nicht mehr in Erfahrung als der gewöhnliche Mann auf der Straße. Was wir brauchen, ist ein Spion am Hof selbst, ein Edelmann, der gut informiert und über jeden Verdacht erhaben ist. Vielleicht kennt man so jemanden in unseren Komtureien, jemanden, auf den wir Druck ausüben können, so daß er uns die nötigen Informationen liefert.«
»Viel Glück damit.«
Aber Richard ließ sich durch Aymers Zynismus nicht entmutigen. Er sprang auf und schaute seinem Gefährten fest in die Augen. Sein Plan stand fest.
»Bist du bereit, unseren Brüdern zu helfen?« fragte er scharf.
»Natürlich, aber...« Aymer wollte sagen, er denke an ein wirksameres Vorgehen. Am liebsten würde er noch in dieser Nacht in einen der Kerker von Paris einbrechen, um wenigstens einige Brüder zu befreien. Man müsse das Eisen schmieden, solange es heiß sei. Niemand würde jetzt schon einen Gegenschlag erwarten. Die Komtureien außerhalb Frankreichs wüßten noch nicht einmal, was geschehen sei.
Aber Richard fiel ihm ins Wort.
»Verlieren wir keine Zeit, wir müssen noch vor dem Abendläuten die Stadt verlassen und, wenn möglich, die Nacht durchreiten. Übermorgen kannst du schon in Villers-le-Temple sein.«
»Ich?«
»Ja, wer sonst? Du bist der geeignete Mann, um dort um Hilfe zu bitten. Schließlich bin ich kein Franzose. Du gehst zum Komtur und erklärst ihm die Situation. Du bittest ihn um Mannschaften, Pferde, Kleidung, Waffen, Geld. Und beten wir dann zu Gott, daß er uns zu einem Kontaktmann am Hofe von Philipp verhilft.«

Aymer nickte: »Und du?«
»Ich gehe nach Poitiers.«
»Zu Seiner Heiligkeit, dem Papst?« fragte Aymer.
»Wenn ich Gelegenheit finde, ja. In jedem Fall werde ich mit Bischöfen und Kardinälen sprechen. Wir treffen uns in genau einer Woche an dieser Stelle wieder, vor der Stunde der Vesper. Gott sei mit dir, Bruder.«
Aymer starrte ihm verblüfft nach und beeilte sich, ebenfalls das Stadttor zu passieren, bevor die Dunkelheit einbrach.
Die Nacht war kalt. Wolken verdeckten das Licht des Mondes und machten es Richard schwer, sich zu orientieren. Bald gab er es auf und suchte Zuflucht in einem Kloster. Aber er gönnte sich nur wenig Ruhe, versorgte sein Pferd und ritt direkt nach der Frühmette weiter.
Gegen Abend erreichte er Orléans, wo er sein müde gerittenes Pferd gegen ein frisches Tier eintauschte. Es war Nacht, als er nach Blois gelangte. Die Städte summten von den großen Neuigkeiten. Die nächtliche Verhaftung der Tempelritter mußte tatsächlich überall in Philipps Reich mit der gleichen Überrumpelungstaktik ausgeführt worden sein wie in Rouen.
Am folgenden Morgen ritt Richard in größter Eile durch bis Tours, hielt dort nur an, um nochmals sein Pferd zu wechseln und folgte dann der Straße nach Poitiers.
Noch vor der Vesper erreichte er die päpstliche Residenz. Aymer mußte inzwischen bei den Brüdern in Lüttich eingetroffen sein. Richard nahm eine einfache Mahlzeit zu sich, und da es inzwischen zu spät geworden war, um sich noch am päpstlichen Hof melden zu lassen, benützte er die restlichen Stunden, um sich in der Stadt gründlich umzusehen. Danach verweilte er geraume Zeit in der Kirche Notre-Dame-la-Grande, versunken im Gebet.
Auch diese Nacht fand er kaum Schlaf. Die quälende Unsicherheit und seine Furcht vor der Macht des französischen Königs versetzten ihn in Unruhe. Immer wieder fragte er sich, was der Orden dem entgegenzusetzen hatte.
Nach der Frühmette blieb er noch in der Kirche und bat Gott um Kraft und Weisheit, um seinen Brüdern in der Stunde der Not helfen zu können.

Richard fühlte, wie die Wärme Seiner Liebe ihn durchströmte und sprach noch ein Dankgebet, bevor er aufstand und die Kirche verließ. Aber mehr als diesen kurzen Augenblick tiefen Erbarmens gönnte ihm der Herr an diesem Tage nicht.
Der Heilige Vater beratschlagte mit seinen Kardinälen, wie sich die Kirche angesichts dieser Eigenmächtigkeit des Königs verhalten sollte in einer Sache, die schließlich doch eine kirchliche Angelegenheit war. Er war für einen Edelmann, der behauptete, einer dieser Tempelritter zu sein, nicht zu sprechen. Immerhin sah Richard im Lauf des Vormittags, wie ein Bote ankam, der offensichtlich vom König gesandt war und unmittelbar vorgelassen wurde.
Diesen Mittag und auch am folgenden Morgen reichte er wieder eine dringende Bitte um Audienz ein. Aber erst am späten Nachmittag des zweiten Tages wurde er zu Kardinal Etienne de Suisy vorgelassen, der ihm freilich nur zu verstehen gab, daß es sich hier um eine Frage handelte, die auf höchster Ebene besprochen sein wollte. Außenstehenden könne er keine Auskunft erteilen.
Mit kaum unterdrücktem Zorn mußte Richard sich die Türe weisen lassen, aber hartnäckig wartete er weiter und kam am dritten Tag noch einmal zurück mit der Bitte, vom Papst selbst angehört zu werden. Am folgenden Morgen würde er die Rückreise antreten müssen, wenn er seine Verabredung mit Aymer noch einhalten wollte.
Geduldig, aber mit äußerster Anspannung, wartete er im Wandelgang der päpstlichen Residenz. Zweimal bekam er zu hören, daß er wegen der jüngsten Entwicklungen auch dieses Mal nicht empfangen werden könnte. Zweimal gab er zur Antwort, er könne jetzt keine Weigerung mehr akzeptieren. Sein düsterer Blick irrte über die Steinsäulen hin, seine Gedanken waren bei Aymer. Würde der französische Ritter mehr Glück haben? Welche Empfehlung würde der Komtur in Villers-le-Temple geben?
Da quietschte am Ende des Ganges eine schwere, mit Holzschnitzereien verzierte Türe. Ein Kardinal trat heraus, hielt einen Augenblick an, um die Tür hinter sich zu schließen, und schritt dann den Gang entlang auf Richard zu.
Der Ritter schöpfte Hoffnung, richtete sich aus seiner resignierten

Haltung auf und wartete, bis der Kardinal herangekommen war. Der Mann im flammenden Rot schien in Gedanken versunken. Er bewegte sich mit langsamen Schritten, die Augen ziellos in die Ferne gerichtet. Offenbar bemerkte er den Ritter gar nicht, denn er schritt an ihm vorbei, ohne den Blick zu wenden. Aber in diesem Augenblick kam Bewegung in den reglos dastehenden jungen Mann. Er trat vor und ergriff den roten Ärmel.
»Monseigneur, einen Augenblick!«
Der Geistliche blieb stehen, drehte sich langsam um und schaute dem anderen ruhig ins gespannte Gesicht.
»Habe ich Euch nicht gestern schon hier gesehen?« fragte der Kardinal, »und vorgestern auch?«
Richard hatte seine Hand wieder zurückgezogen, und der Kardinal strich sich das Kleid glatt.
»Richtig. Monseigneur, schon drei Tage hintereinander versuche ich, eine Audienz beim Heiligen Vater zu bekommen. Aber vergeblich.«
»Seine Heiligkeit hatte fast ununterbrochen Besprechungen. Die Verhaftung der Ritter vom Templerorden erfordert seine volle Konzentration. Können Eure Probleme nicht ein paar Tage warten? Wer seid Ihr übrigens?« Seine Stimme war nicht unfreundlich, und seine grauen Augen blickten offen und herzlich.
»Richard, Ritter des New Temple von London.«
Für einen Augenblick war es still. Der Kardinal ließ seine Augen über Richards Kleider gleiten und verbarg seine Überraschung nicht, die noch größer wurde, als der Ritter den Kopf senkte und seine Kettenhaube zurückschob, so daß die Tonsur sichtbar wurde.
»Schon gut«, sagte der Kardinal lächelnd.
»Meine Brüder und ich möchten gerne wissen, wie die Kirche auf das Vorgehen König Philipps zu reagieren gedenkt.«
»Ich möchte Euch erst ein paar Fragen stellen, um Eurer Person sicher zu sein, bevor ich Euch Informationen gebe, die nicht für Laien bestimmt sind.«
Richard folgte ihm in eines der Privatgemächer, wo ihn der Kardinal aufforderte, einige Artikel der Ordensregeln wörtlich zu zitieren. Das fiel Richard nicht schwer. Er war froh, daß ihm keine

Fragen gestellt wurden, die weiter gingen und ihn in Konflikt mit seiner Schweigepflicht hätten bringen können.
Der Prälat stellte sich nun vor: »Thibaut de Corbara. Seid Ihr von Euren Vorgesetzten in London hierher geschickt worden?«
»Nein, Monseigneur, ich...«
»Ach, natürlich, das ist ja gar nicht möglich. Sie wissen dort wahrscheinlich noch gar nicht, was geschehen ist. Wart Ihr bei Euren französischen Brüdern zu Gast? Gibt es überhaupt noch Ritter auf freiem Fuß?«
»Ich war zufällig auf der Durchreise«, log Richard. »Nur einen habe ich getroffen, der noch frei ist, aber wir stehen in Kontakt mit den Komtureien in Lüttich.«
Der Kardinal nickte und setzte sich auf eine Steinbank, die Hände im Schoß gefaltet.
»Monseigneur, wir sind ratlos. Die Ereignisse haben uns überrumpelt, so daß wir nicht wissen, was zu tun ist. Wir sind von unserer Obrigkeit abgeschnitten, sie sind in Gefangenschaft. Würden wir die Antwort der Kirche kennen, so könnte uns das vielleicht helfen.«
Richard entging der bittere Ton im Lachen des Kardinals nicht.
»Ich glaube«, sagte dieser, »daß ich Euch wohl vertrauen kann. Doch muß ich Euch dringend bitten, niemandem zu erzählen, wer Euch diese Informationen gab. Also gut. Mein Herr, der König von Frankreich, hat in einem Schreiben Seine Heiligkeit ersucht, öffentlich die Verhaftung und die Anklage gegen die Templer gutzuheißen. Ohne jeden Zweifel erwartet er auch, daß der Papst diesem Ansuchen willfahren wird, obwohl er seine Billigung genau genommen gar nicht nötig hat. Die Inquisition kann ohne Mitwisserschaft und ohne Auftrag des Heiligen Stuhls handeln.«
Er sah, wie der Blick des jungen Ritters starr wurde.
»Aber schenkt Ihr denn diesen Beschuldigungen Glauben, diesen verächtlichen Erfindungen, die nur den Zweck haben, ein schlechtes Licht auf uns zu werfen? Ich versichere Euch, Monseigneur, das alles ist nicht wahr. Wir hätten selbst die geringste dieser Verfehlungen keinen Augenblick in unserer Mitte geduldet. Ungehorsam wird bei uns schwer bestraft.«
Der Kardinal nickte freundlich.

»Ich weiß es, Ihr braucht Euch mir gegenüber nicht zu entschuldigen. Seine Heiligkeit ist eher geneigt, sich der Initiative König Philipps zu widersetzen. Das eigenmächtige Handeln des Königs ist unrechtmäßig, eine Usurpation gegenüber dem Heiligen Stuhl. Es wird eine offizielle Gesandtschaft nach Paris geschickt werden.«

Das starre Gesicht ihm gegenüber entspannte sich wieder, war jedoch noch immer sehr ernst.

»Was aber schlimmer ist«, fuhr der Prälat fort, »und mit Recht den Zorn Seiner Heiligkeit erregt hat, ist, daß der König, ohne sich mit ihm abzusprechen, Briefe unter anderem an König Jaime von Aragon, König Edward II. von England und Kaiser Albrecht geschickt hat, in denen er sie ermuntert, seinem Beispiel zu folgen. Ich hoffe von Herzen, daß diese Fürsten mit Ablehnung reagieren.«

Also war Richards Furcht berechtigt gewesen. Der König suchte sein ungesetzliches Handeln überall abzusichern. Zögernd stellte er die nächste Frage, während er mit der Linken krampfhaft den Knauf seines Schwertes umklammerte:

»Was hat der Papst dem entgegenzusetzen? Ich meine, wie weit zu gehen ist er bereit, um uns aus Philipps Händen zu retten?«

»Er trägt sich mit dem Gedanken, den Erzbischöfen und Bischöfen die Befugnis zur Rechtsprechung zu entziehen, so daß sie die Ritter nicht im Auftrag des Königs verurteilen können. Doch viele von ihnen verdanken Philipp ihre Stellungen. Sie sind seine Werkzeuge.«

Richard begriff und nickte. So war das nun einmal üblich, auch in England.

»Darüber hinaus soll auch die Macht des Inquisitionstribunals beschnitten werden, wofür uns jedenfalls Philipp nicht dankbar sein wird.« Corbara hob warnend den Zeigefinger und fuhr fort: »Das ist ein gewagter Schritt, Herr Ritter, denn bedenkt gut, wir befinden uns in einer sehr verwundbaren Position, mitten in Philipps Reich, und in gewissem Sinn von ihm abhängig.«

Es war deutlich, daß er jetzt in eigener Sache sprach.

»Dafür bedarf es des Mutes und der Kühnheit«, bestätigte Richard, und er hoffte brennend, daß der Papst diese Eigenschaften in ausreichendem Maße besaß.

Der Kardinal blickte ihn mit halbgeschlossenen Augen prüfend an, als ob diese Bemerkung sehr doppelsinnig wäre, und stand auf zum Zeichen, daß die Unterredung beendet war.
Kurz bevor er sich zur Tür wandte, sah er Richard scharf an und sagte, diesmal mit ganz offensichtlicher Doppelsinnigkeit, die sich Richard aber nicht erklären konnte: »Ich teile Eure Sorgen, Herr Ritter. Wir fürchten Philipp ebenso sehr wie Ihr. Aber noch mehr fürchten wir das Triumvirat, das ihn zu seinen Taten antreibt: Guillaume de Nogaret, den er vor kurzem zum Kanzler ernannt hat, und dessen Mitarbeiter, die Ritter Enguerrand de Marigny und Guillaume de Plaisians, die Berater des Königs.«

Es war ein trauriges Wiedersehen am Seinekai in Paris zwei Tage später. Aymer schaute womöglich noch unglücklicher drein als sein Gefährte, als er das Ergebnis seiner Mission zusammenfaßte: »In Villers-le-Temple wartet man ab und hat vorderhand nicht vor, sich in die Nesseln zu setzen.«
Richard ließ den Blick über seine schmutzigen Stiefel wandern, berichtete über seine mühsamen Versuche in Poitiers und das Gespräch mit Kardinal Corbara, dessen Namen er jedoch, wie er versprochen hatte, nicht nannte. Aber noch bevor er ausgesprochen hatte, hellte sich das Gesicht Aymers auf.
»Also hat der Papst die Verhaftung verurteilt! Das ist doch großartig. Und er will den Richtern die Macht entziehen. Er hat den König schachmatt gesetzt!«
»Soweit sind wir noch lange nicht.« Richard schüttelte den Kopf. »Das ist nur der erste Gegenzug, erfreulicherweise im Angriff. Ich habe aber den starken Verdacht, daß sich Philipp nicht zurückziehen wird. Im Gegenteil. Er wird noch aggressiver antworten.«
»Wir werden sehen«, sagte Aymer und winkte ab. »Denke nicht, daß ich Philipp unterschätze, Bruder, aber du mußt doch zugeben, daß er uns wenig anhaben kann, wenn der Papst hinter uns steht.«
Richard nickte zweifelnd. Er wußte immer noch nicht, wie er die letzten Worte des Kardinals verstehen sollte.
»Vielleicht hatten sie in Villers-le-Temple ganz recht«, fuhr Aymer fort. »Nach Meinung der Offiziere dort kann das alles nicht lange dauern. Das ist einfach nicht möglich.«

»Wirklich nicht?«
»Dein Bericht legt das doch nahe. Du hast mir wirklich Mut gemacht.«
»Das war nicht meine Absicht. – Aber wie kommst du an dieses Schwert?«
Aymer lachte breit und schlug zufrieden an die Waffe, die an seinem Schwertgurt hing.
»Dieses hübsche Stück Schmiedearbeit wollten unsere Freunde in Villers-le-Temple gerne an mich loswerden, wenn ich ihnen nur weiter keine Schwierigkeiten mache.«
»Konnten sie dir noch weiter helfen?«
»Ein paar vage Ratschläge. Ich solle mich eine Zeitlang verborgen halten und den Dingen ihren Lauf lassen. Ich glaube, daß sie mich lieber dortbehalten hätten ...«
Richard klopfte ihm gutmütig auf die Schulter: »Kennen sie wenigstens jemanden, der einigen Einfluß an Philipps Hof hat?«
»Nein. Selbst wenn sie jemanden kennen würden, glaube ich nicht, daß sie es gesagt hätten. Aber auf dem Rückweg fiel mir der Name eines Ritters ein, der vor noch nicht allzu langer Zeit im Tempel von Paris geweiht wurde. Es ist ein Sproß aus dem Hause Uzès, einer großen und mächtigen Familie. Wahrscheinlich hält sich ständig ein Uzès am Hofe auf. Als ich gestern mittag hier ankam, habe ich bereits diskrete Nachforschungen angestellt.«
»Und?« fragte Richard gespannt.
»Ein Godefroy d'Uzès. Meine Schlußfolgerung war richtig. Der andere Uzès sitzt in Paris gefangen.«

Durch die kalten, zugigen Straßen der Stadt Paris hallten die tiefen Klänge der Bronzeglocke der soeben fertiggestellten Kathedrale Notre-Dame-de-Paris. Sechsmal. Es war noch vor Sonnenaufgang. Bald würden die ersten Geräusche des beginnenden Tags im Norden der Stadt an der Porte St. Denis und der Porte St. Martin zu vernehmen sein, wo die Bauern auf ihren Karren in die Stadt zu fahren pflegten, um die Ernte ihrer Felder zum Markt zu bringen. Draußen vor den Wällen, weit außerhalb des Gesichtsfeldes der Wache, trafen sich zwei dunkle Gestalten.
»Gott sei mit dir, Bruder.«

»Und mit dir. Ist alles in Ordnung?«
»Alles.«
»Ist das Boot bereit?«
»Ja, nicht weit von hier. Hast du den schriftlichen Befehl?«
Der andere lächelte. Er hob seine rechte Hand, die eine Pergamentrolle hielt.
»Für Geld ist alles feil«, sagte Richard. »Von Veteranen aus dem Heiligen Land habe ich mir erzählen lassen, daß sogar das Öl aus der Lampe des Heiligen Grabes für Gold verkauft wird.«
»Und dann mußt du erst noch glauben, daß dieses Öl sich überhaupt in der Lampe befunden hat, geschweige denn im Heiligen Grab.«
Richard nickte und tippte mit dem Finger auf das Pergament.
»Auch dies hier hat sich niemals in der Hand des Herrn des Châtelets befunden. Ein hübsches Stück Arbeit, nicht gerade billig.«
»Und was nun?«
»Wir warten auf unsere Eskorte. Ah, da kommen sie.«
Aus der Dunkelheit tauchten zwei schmierige Figuren auf, die offensichtlich zum Abschaum der Pariser Bevölkerung gehörten. Sie waren wie die Söldner des Königs gekleidet. Aymer rümpfte verächtlich die Nase und schwieg fortan, während Richard noch einmal das abgesprochene Vorgehen mit ihnen durchging.
»Und du sprichst«, sagte er schließlich zu Aymer. »Mein Akzent würde mich verraten.«
Hinter der Silhouette der Stadt kündigte sich die Morgenröte an. Ein Karren, beladen mit Brot und Bierfässern, ratterte vorbei. Richard ermahnte seine Begleiter noch einmal zu möglichst gewichtigem Auftreten.
Mit schweren Schritten stampften sie bis zum Tor der Festung. Aymer, dessen Waffenrock im heller werdenden Tageslicht nun auch die Farbe des Königs erkennen ließ, sprach den diensthabenden Sergeanten an.
»Sollen überführt werden?« hörte Richard, wie er auf Aymers Frage antwortete.
»Ja, zum Châtelet, zum Verhör«, sagte Aymer. Richard trat einen Schritt vor, grüßte den Sergeanten kurz und händigte ihm die

Pergamentrolle aus. Der Sergeant studierte das Siegel längere Zeit, schickte dann einen seiner Leute zum Hauptmann, um es entziffern zu lassen, und gab dem anderen Befehl, die Gefangenen schon einmal zum Transport fertigzumachen.
»Ich gebe Euch eine Eskorte mit«, sagte er zu Aymer mit besorgtem Blick auf die zwei Soldaten hinter ihm.
»Nicht nötig. Der Rest meiner Leute wartet beim Boot. Wir nehmen lieber den Wasserweg, dann müssen wir uns nicht durchs Gedränge der Stadt wühlen.«
Der Sergeant begriff und nickte. Wenig später wurden Aymer die Gefangenen übergeben, und der kleine Zug setzte sich in Bewegung. Von den Wällen aus folgten ihnen die Blicke des Sergeanten und seiner Männer, bis sie das Ufer erreichten und die gebundenen Männer behutsam in das schwankende Fahrzeug geleiteten.
Die Ruderer saßen schon bereit und stießen das Boot vom Ufer ab. Langsam trieben sie ein Stück mit der Strömung mit, bis zu einer Stelle, wo dichtes Gebüsch sie der Sicht der Festung entzog. Richard schaute zurück, vergewisserte sich, daß sie sich wirklich außer Sicht befanden und winkte einem anderen Boot, das hier dicht unter dem Wall auf sie gewartet hatte, vollgepackt mit Strohballen und mit Tüchern abgedeckt. Aus der Ferne konnte man es von seiner eigenen kostbaren Ladung nicht unterscheiden.
In weitem Bogen glitt das andere Boot nun unter dem Gebüsch hervor, schlug die Richtung nach der Stadt ein, der Steuermann hob grüßend seine Hand zu den Wächtern auf den hohen Mauern, und das Boot verschwand im Nebel, der über dem Wasser hing.
Richard lachte seine Brüder an. Dreißig hatte er gezählt. Die waren sein Geld wert, und mehr als das. Die Börse an seinem Gürtel war nahezu leer. Er legte den Finger an die Lippen, als er ihre fragenden Blicke sah, und gebot ihnen, sich auf den Boden des Bootes zu legen. Dann breitete er ein großes Segeltuch über sie und fuhr dicht am Ufer den Fluß in westlicher Richtung hinab.

3. KAPITEL

Nor board nor garner own we now,
Nor roof nor latched door, (...)
Noon lulls us in a gloomy den,
And night is grown our day:
Uprouse ye then, my merry men!
*And use it as ye may.**

Joanna Baillie – The Outlaw's Song

Gemäß Richards Anordnung versammelten sie sich spät an diesem Abend in den nördlichen Ausläufern des Forêt de Rouvray. Als die beiden Ritter unter den dichten Bäumen herantrabten, halfen ihnen ihre Brüder von den Pferden. Sie wurden von ihnen umringt und mit Fragen förmlich überfallen.

Aymer hob die Hand, zur Stille mahnend, und blickte nach seinem Gefährten.

»Berichte du ihnen, Richard.«

Der englische Ritter nickte und wartete einen Augenblick, während er die verzweifelten Gesichter in der Runde auf sich wirken ließ.

»Zuerst möchte ich wissen, ob sich unter euch Offiziere befinden.«

Sie schüttelten die Köpfe. Sie kämen nicht aus dem Hauptquartier des Tempels, erklärten sie, sondern aus einer kleineren, weniger wichtigen Festung in Paris.

»Wir sind alle Ritter und Knappen«, sagte einer von ihnen. »Man

* Nicht Scheunen und Scheuern haben wir/ kein Dach noch verriegelte Türen./ Der Mittag wiegt uns in Schlaf in unsren finsteren Höhlen/ die Nacht wird uns immer zum Tage –/ steht auf, ihr munteren Männer/ und fangt mit ihr an/ was ihr wollt.

hat unseren Komtur von uns getrennt, als wir gefangengenommen wurden. Bei der Hand des heiligen Johannes, was geht da vor? Warum werden wir als Ketzer behandelt? Was haben wir getan?«
Richard begriff sehr gut, warum Aymer es vorzog, ihn sprechen zu lassen. Es war nicht einfach, hier Rede und Antwort zu stehen.
»Ihr werdet es kaum glauben«, begann er, »doch es ist die Wahrheit. Der König von Frankreich hat allen Amtmännern und Vögten im ganzen Königreich Befehl gegeben, die Templer in der Nacht auf den 13. Oktober gefangenzusetzen, ohne Vorankündigung und unter größter Geheimhaltung. Ganz so, wie es bei euch geschehen ist. Keiner unserer Brüder in Philipps Reich ist in diesem Augenblick noch frei.«
Einige schlugen ein Kreuz, andere murmelten, bestürzt über soviel Bosheit des Königs, einige Worte im Gebet.
»Und wann werden wir wieder freigelassen?«
Aymer lachte sarkastisch: »Niemals, soweit es an Philipp liegt.«
»Ich fürchte«, fügte Richard etwas gemäßigter hinzu, »es wird einige Zeit vergehen, bis wir uns von diesen falschen Beschuldigungen reingewaschen haben. Und wenn ich mich nicht irre, wird Philipp alles in seiner Macht Stehende tun, uns daran zu hindern, ja, es uns unmöglich zu machen. Hier handelt es sich nicht um einen leichtfertig unternommenen Streich, sondern um einen wohldurchdachten Plan. Deshalb seid ihr auch von euren Vorgesetzten getrennt worden, damit die Verwirrung so groß wie möglich wird. Ihr wißt wahrscheinlich, daß unser Großmeister auf Ersuchen des Papstes Zypern verlassen hatte, um einen neuen Kreuzzug zu besprechen.«
Sie nickten. Jacques de Molay, der alte Ritter, der die oberste Autorität ihres Ordens verkörperte, hatte mit dem Papst einen offenen Briefwechsel über dessen Plan geführt, eine Vereinigung der Hospitaliter und der Tempelritter zustande zu bringen. Schon im damaligen frühen Stadium – das war jetzt fast zwei Jahre her – hatte der Papst den Großmeister zwischen den Zeilen darauf aufmerksam gemacht, daß der Orden verdächtigt würde. Aber Molay wollte sich durch Schwarzseherei nicht irre machen lassen – auf Thomas von Lincoln hatte die gleiche Warnung, als sie England erreichte, eine ganz andere Wirkung gehabt.

Molays Antwort auf den Vorschlag des Papstes war kurz, aber deutlich: Er halte nichts von einer Verbindung mit den Hospitalitern. Trotzdem hatte der Papst die Großmeister beider Orden am 6. Juni 1306 nach Frankreich kommen lassen, um dort diese Frage mit ihnen zu besprechen. War es schon ein Teil der Verschwörung gewesen, daß Villaret, der Großmeister der Hospitaliter, sich mit dem Hinweis entschuldigt hatte, er sei wegen der Belagerung von Rhodos unabkömmlich?

Jedenfalls waren Jacques de Molay und die wichtigsten Würdenträger des Templerordens in diesem Jahr tatsächlich nach Poitiers gereist, obwohl sie selbst damit beschäftigt waren, ein Heer gegen die Muselmanen aufzustellen.

Richard räusperte sich.

»Der König lockte den Großmeister nach Paris, unter dem Vorwand, er solle beim Begräbnis seiner Ziehschwester Catherine de Valois das Bahrtuch tragen. Er wurde noch in derselben Nacht in Paris gefangengenommen.«

Dieser Schlag traf sie hart. Auch wenn sie alles, was in jener Nacht geschehen war, für möglich gehalten hätten, so hätten sie doch niemals geglaubt, daß der König seine Hand gegen diesen ehrwürdigen alten Mann erheben würde, der bei ihnen in höchstem Ansehen stand.

»Wir haben den König unterschätzt«, schloß Richard. »Er ist weit bösartiger, niederträchtiger und begieriger auf unsere Vernichtung, als wir dachten. Aber ich habe hier im Kreis gut dreißig Ritter gezählt, und ich danke Gott, daß er uns hier zusammengeführt hat.«

Beklommene Stille breitete sich aus. Dann sprachen sie ein Dankgebet. Richard betrachtete die knieenden Gestalten und biß sich auf die Lippen. Sie waren gewöhnt zu gehorchen, bedingungslos und blind zu folgen, wenn der Tempel es befahl. Aber wem sollten sie nun folgen? Wer sollte Befehle erteilen? Er hatte keine Wahl. Sie erwarteten von ihm, daß er die Initiative übernahm, wie er es schon getan hatte, als er sie befreite.

»Wenn wir Aussicht auf Erfolg haben wollen«, begann er langsam, als das Amen unter den Bäumen verklungen war, »muß unser erstes Ziel sein, Informationen einzuholen, die allerbesten aus zuverlässigen Quellen. Ist jemand unter euch, der entsprechende Beziehungen hat?«

Er mußte diese Frage so allgemein stellen, denn er wollte den Namen eines zukünftigen Spions am Hof um jeden Preis geheimhalten, sogar vor seinen eigenen Brüdern.

Zwei Männer traten vor. Richard betrachtete sie eine Weile und nahm dann einen von ihnen beiseite, einen korpulenten Mann um die vierzig. Aufmerksam hörte er sich die Antworten auf seine Fragen an.

Es handelte sich nicht um Uzès, und der Verwandte des Befragten versah kein hohes Amt bei Hof. Der Ritter trat wieder ins Glied zurück, während Richard sich an den zweiten wandte, der vorgetreten war.

Es war ein junger Mann mit dunklen Haaren wie Aymer, aber während dieser ein gewöhnliches, ja in gewissem Sinne grobes Gesicht hatte, verrieten die feinen Gesichtszüge des jungen Mannes Geist und höhere adelige Abkunft. Ruhig und abwartend hielt er Richards prüfendem Blick stand.

»Ferrand d'Uzès, Chevalier«, sagte der Ritter einfach, aber selbstbewußt. »Mein ältester Bruder Godefroy weilt bei Hofe und ist gut befreundet mit Enguerrand de Marigny.«

Richard nickte kurz.

»Ihr kommt mit uns«, sagte er. Der junge Ritter sank auf die Knie und küßte Richards Hand zum Beweis seiner Treue.

»Euer Knecht und Diener, Herr!« sagte er leidenschaftlich.

Aymer, der noch bei den anderen stand, lachte amüsiert, als er beobachtete, wie Richard erschrocken zurückwich und den Ritter aufstehen ließ, während er ausrief:

»Bei Gottes Zähnen, nur das nicht! Ich bin ein einfacher Ritter, nicht mehr als Ihr, wenn nicht sogar geringer von Geburt.«

Erst jetzt wurde ihm klar, daß sie ihn für einen Komtur gehalten hatten, und er war erleichtert, daß dieses Mißverständnis aus der Welt war.

»Wer seid Ihr denn, daß Ihr so zu uns sprecht und Leuten wie uns in einem fremden Land zu Hilfe kommt?« fragte Ferrand, während sie zu ihren Brüdern zurückgingen, denn Richards Akzent hatte ihn als Fremden verraten.

»Der Orden der Templer kennt keine Grenzen«, entgegnete Richard. »Nennt mich Richard den Bastard«, sagte er dann, mit spöttischem Lachen in Aymers Richtung, zu allen anwesenden Brüdern.

»Was meinen Gefährten betrifft, so ist er ein französischer Ritter. Sicherheitshalber wollen wir seinen Namen geheimhalten. Brüder, wir sind vogelfrei. Es gibt keine Freunde, an die wir uns um Hilfe wenden könnten. Auch von der Geistlichkeit haben wir nichts zu erwarten. Wir müssen von dem leben, was wir haben. Ich schlage vor, daß ihr euch in zwei Gruppen teilt. Die eine bleibt hier, die andere geht zum Forêt Amboise, der, wie mir meine Freunde erzählt haben, sicheren Schutz bietet, bis weitere Befehle kommen. In einigen Tagen nehme ich wieder Verbindung mit euch auf. Wählt euch einen Befehlshaber auf Zeit aus eurer Mitte, wie die Regeln das vorschreiben. Ihm werde auch ich mich unterordnen.«

Sie nickten zustimmend, und er mischte sich unter sie, um jeden nach seinen Erfahrungen zu fragen, vor allem nach der Art, wie die Untersuchungen durch die Inquisition geführt wurden, dem Ton der Befragungen und dem Inhalt der Anschuldigungen. Er hatte nicht erwartet, viel Neues zu erfahren. Doch war er entsetzt über das, was sie ihm berichteten. Mehr als die Hälfte von ihnen war durch die Inquisition verhört worden. Allen hatte man mit Gewalt gedroht. Einige zeigten ihm sogar die Spuren von Folterwerkzeugen, obgleich keiner von ihnen der Folter oder den Drohungen erlegen war und Geständnisse abgelegt hatte. Doch fügten sie hinzu, viel länger hätten sie es nicht ertragen. Richards Handstreich sei ihre Rettung gewesen. »Brüder«, sagte er, nachdem er einen jeden gehört und sie sich wieder um ihn geschart hatten, »was ihr mir erzählt habt, ist ernster, als wir befürchtet hatten. Daß der König früher oder später zur Folter greifen würde, war zu erwarten, nicht aber, daß dies kaum zehn Tage nach der Verhaftung geschieht, noch dazu gegen einen geistlichen Orden, der nur der höchsten kirchlichen Autorität, dem Papst selbst, untersteht. Wenn er solche Eile hat, müssen wir jedenfalls noch schneller sein. Falls ihr damit einverstanden seid, will ich morgen früh einen Kurier nach Poitiers senden, um den Papst über diese Vorgänge ins Bild zu setzen.«

Alle bekundeten ihre Zustimmung. Darauf gab Richard Aymer ein Zeichen, und beide stiegen in den Sattel.

»Pilgrim kann uns beide tragen. Spring auf«, sagte Richard zu Ferrand, packte ihn am Handgelenk und zog ihn hinter sich aufs Pferd. Dann drehte er sich im Sattel um und hob grüßend die Hand. »Gott sei mit euch«, wurde ihnen nachgerufen, als sie wegritten.

Entsetzt über das Gehörte ritten sie eine Zeitlang schweigend dahin. Nach einer Stunde fragte Aymer plötzlich:

»Wenn dieser Bruder von dir, dieser Godefroy, eine so hohe Stellung bei Hofe einnimmt, warum hat er dich dann nicht gewarnt, bevor der Sturm ausbrach? Er hätte dich retten können. Wie steht es damit, Ferrand?«

»Ich glaube, diese Frage kann ich besser beantworten«, sagte Richard. »Dieser Anschlag ist so streng geheimgehalten worden, daß nur die allernächsten Berater des Königs etwas davon wußten. Nogaret ohne jeden Zweifel, Guillaume de Plaisians, Enguerrand de Marigny, mit dem Euer Bruder befreundet ist, und Guillaume Imbert, Großinquisitor und Beichtvater des Königs. Und sie haben sich wohlweislich gehütet, ein Wörtchen darüber verlauten zu lassen.«

Ferrand nickte.

»Mein Bruder hätte mich sicher auf die eine oder andere Weise gewarnt, wenn er es rechtzeitig gewußt hätte. Wir verstehen uns sehr gut.«

»Wir werden Godefroy einen Besuch abstatten. Bist du bei Hofe bekannt?« wollte Richard wissen. »Bestimmt nicht«, lachte Ferrand. »Ich bin niemals in La Cité gewesen. Nachdem ich geweiht war, habe ich Godefroy nur noch selten gesehen. Und wenn ich ihm begegnete, war es außerhalb von Paris. Er wußte, daß der König den Gerüchten, die über uns umliefen, Glauben schenkte. Er wollte lieber nicht mit mir gesehen werden.«

»Um so besser«, rief Richard. »Ich freue mich auf einen Besuch im königlichen Palast.«

Am folgenden Morgen holte Richard sein zweites Pferd ab, das er vor Paris untergestellt hatte, und schenkte es Ferrand. Dann ritten sie in die Stadt ein.

Aymer verkaufte die kostbare Goldkette, die er an jenem denkwürdigen Tag in Rouen getragen hatte, und von dem Erlös kauften sie Waffen und Kleidung für Ferrand.
Sorgenvoll wog Richard seine Börse in der Hand.
»Wir haben nicht mehr viel, wovon wir leben können. Wie steht es mit dir, Aymer?«
»Kaum besser.«
Sie bestiegen ihre Pferde und ritten etwas später über die Brücke zur Seine-Insel mit dem riesigen Palast La Cité. Als sie ihre Pferde versorgt hatten, wurde ihnen durch eine Schildwache der Weg durch die scheinbar endlosen Gänge gewiesen. Schließlich erreichten sie das Zimmer, in dem Godefroy d'Uzès wohnte.
Die Schildwache trat ein und kündigte die Besucher an.
»Monsire, ein Herr aus England und seine Freunde wünschen bei Euch vorgelassen zu werden.«
»Aus England? Laß sie hereinkommen.«
Godefroy stand über einige Manuskripte gebeugt, die auf einer Truhe im äußersten Winkel des Zimmers lagen. Er war ein Mann mittlerer Größe, prächtig gekleidet, wie es seinem hohen Stand entsprach.
»Was verschafft mir die Ehre Eures Besuches?« fragte er förmlich, während er sich langsam aus seiner gebeugten Haltung aufrichtete. Die dunklen, durchdringenden Augen ruhten zuerst hochmütig auf den mit Schmutz bespritzten Stiefeln und Kleidern von Richard und Aymer. Danach wanderte der kühle Blick zu den neuen, aber schlichten Kleidern des dritten Ritters. Da erkannte er ihn plötzlich, und die Starre seines Gesichtes löste sich.
»Ferrand!« rief er aus und stürzte auf seinen Bruder zu, um ihn herzlich zu umarmen. »Wie kommst du hierher? So bist du einer von denen, die entkommen sind! Ich habe darum gebetet, von dem Augenblick an, als ich die Nachricht erhielt. Mein Gott, bin ich froh, dich zu sehen!«
Richard trat vor und verbeugte sich steif.
»So hat man also den König schon unterrichtet. Wie war seine Reaktion?«
»Seine Reaktion? Es verschlug ihm die Sprache. Er hatte einen furchtbaren Wutanfall, wie wir ihn lange nicht erlebt hatten.«

»Ist er den geflüchteten Rittern schon auf der Spur? Hat er Maßregeln getroffen?« fragte Aymer.
»Noch nicht. Er wird wohl seine Entschlüsse fassen, bevor der Tag um ist. Aber was führt Euch zu mir? Wer seid Ihr?«
Richard trat näher auf ihn zu.
»Können wir hier offen sprechen?«
»Wenn ihr leise sprecht, gewiß«, war die verwunderte Antwort.
Richard warf seinen Mantel ab und legte ihn über eine Stuhllehne.
»Mein Gefährte und ich sind die Ritter, die die Flucht Eures Bruders und seiner Mitgefangenen ermöglicht haben. Wir sind Templer.«
Godefroy starrte ihn ungläubig an. Dann neigte er ehrerbietig den Kopf und nötigte seine Gäste, Platz zu nehmen. Richard dankte ihm, setzte sich auf einen Holzschemel beim Feuer und hielt seine Hände über die warme Glut.
»Mein lieber Herr d'Uzès«, begann er, in die Flammen starrend, »wir sind nicht hierhergekommen, um Euren Dank in Empfang zu nehmen. Wir haben Eure Hilfe nötig. Ich will es Euch so ehrlich und einfach wie möglich sagen. Wir möchten, daß Ihr uns jede geheime Information übermittelt, die Euch zu Ohren kommt, alles, was diese Verschwörung gegen den Tempel betrifft, ob es nun vom König stammt, von seinen Ministern oder von der Geistlichkeit. Euer Bruder wird der Bote sein, der uns Eure Berichte mündlich überbringen soll. Denn wir wollen über die Pläne, die der König hinter unserem Rücken schmiedet, ständig informiert sein. Überraschungen wie die vom 13. wollen wir nicht noch einmal erleben.«
Godefroy hatte mit steigender Verwunderung zugehört. Als Richard geendet hatte, trat er entschlossen auf den Ritter zu und baute sich breit vor ihm auf.
»Ihr wollt, daß ich den König ausspioniere? Ihr verlangt von mir, meinen Lehensherrn zu verraten?« sagte er langsam. Und danach böse:
»Messires, ist Euch eigentlich klar, was Ihr da von mir verlangt? Ich kann unmöglich meine Stellung bei Hofe in Gefahr bringen. Ich bin der Erbe aller Güter und Besitzungen des Hauses Uzès. Ich habe einen Namen zu verlieren. Das alles würde ich aufs Spiel setzen. Ich kann Euch nicht helfen.«

Kein Muskel zuckte in Richards Gesicht. Er hatte eine solche Antwort erwartet, sobald er diesem Mann in die Augen gesehen hatte.

»Mein Herr, Ihr müßt wohl...«, sagte er nur.

»Wer seid Ihr, um Euch eine derartige Unverschämtheit zu leisten?«

»Meine Freunde nennen mich Richard den Bastard.«

»Der Name erklärt wenigstens Euer dreistes Verhalten. Warum muß ich Euch helfen?«

Da hob Richard den Kopf und sah Godefroy fest an.

»Weil Ihr der Vasall eines Königs seid, den Ihr als verschlagenen und verräterischen Menschen kennt, von dem Ihr wißt, daß er bereit ist, jedes Hindernis aus dem Weg zu räumen, das ihm den Weg zu seinem einzigen Ziel versperrt: die Macht und die Glorie seiner eigenen Person zu mehren. Ihr müßt, weil er der König ist, der euren Bruder in den Kerker werfen ließ. Ihr müßt, weil Ihr wißt, daß Eure Seele nicht unbefleckt bleiben kann, wenn Ihr diesem König treu bleibt. Ihr müßt, weil Ihr Euch selbst das Recht nehmt, den Weg zum Himmel zu betreten, wenn Ihr den Soldaten Christi den Rücken zukehrt und auf Eurer Weigerung beharrt, denen zu helfen, die zu verhüten trachten, daß sie für Verbrechen, schwere Verbrechen, gestraft werden, die sie niemals begangen haben. Ihr wißt, daß sie unschuldig sind. Darum Herr, darum seid Ihr verpflichtet, uns zu helfen.«

Godefroy wich Richards zwingendem Blick aus und sah Aymer an, der immer noch in entschlossener Haltung hinter Richard stand. Dann wandte er sich an Ferrand.

»Bist auch du von diesem wahnsinnigen Vorschlag überzeugt, Bruder? Findest auch du, daß ich den Namen Uzès mit Füßen treten soll? Stehst auch du hinter diesem Wahnsinnigen?« fragte er verächtlich.

»Natürlich«, fuhr Ferrand auf. »Von ganzem Herzen. Ich werde ihm folgen, wohin er mir zu gehen befiehlt. Ich flehe dich an, Godefroy, mitzumachen. Er wird sich nicht beugen und dich auf Knien darum anflehen. Aber ich tue es, wenn dich nichts anderes überzeugen kann. Ich bin vielleicht frei, aber ein ganzer geistlicher Orden sitzt noch hinter Gittern. Begreifst du das nicht?«

Richard stand auf und hob die Hand, um Ferrand zu hindern, sich vor seinem Bruder zu erniedrigen. Sein Gesicht war streng, er sah dem Edelmann in die kalten, gleichgültigen Augen.
»War ich nicht überzeugend genug?« fragte er freundlich.
»Die Gründe, die Ihr für einen solchen Wahnsinn anführt, sind dieselben, die mich davon abhalten«, antwortete Godefroy eisig.
»Natürlich«, sagte Richard, »Ihr habt vollkommen recht. Aber Euer Leben hängt schon an einem seidenen Faden. Es ist Euch gewiß bekannt, daß der König Listen mit den Namen aller gefangenen Templer in Paris besitzt. Er wird sehr schnell herausbekommen, daß Euer Bruder sich unter den Entflohenen befindet. Soll ich fortfahren?«
»Ich begreife nicht, worauf Ihr hinauswollt«, war die schroffe Antwort.
»In diesem Fall muß ich etwas deutlicher werden. Der König wird sich vielleicht fragen, ob Ihr ganz zuverlässig seid.«
»Er weiß genau, daß ich nichts mit Ferrands Flucht zu tun habe, daß ich erst danach davon gehört habe. Ich wußte nicht einmal, wo er eingesperrt war«, schrie der Edelmann erbittert. Richard legte einen Finger auf seine lächelnden Lippen, um dem anderen zu bedeuten, nicht zu laut zu werden.
»Das weiß ich«, sagte er, »aber es bedarf nur einer kleinen Anspielung, um den Verdacht auf Euch zu lenken. Der König traut seiner eigenen rechten Hand nicht. Glaubt Ihr, daß er auf eine so schwache Verteidigung hören wird?«
Das Blut war Godefroy ins Gesicht gestiegen. Sein Hirn arbeitete fieberhaft. Er hätte zur Tür laufen und eine Schildwache rufen können, um sie verhaften zu lassen. Doch war sein Bruder bei ihnen, sein jüngster Bruder, den er am meisten liebte. Außerdem würde ihn allein schon die Anwesenheit der Templer kompromittieren.
»Ihr, Ihr...« stieß er hervor, außerstande, Worte zu finden, die seinem Abscheu angemessen waren.
»Ich halte auch nichts von dieser Methode«, sagte Richard, und er meinte es ehrlich. »Aber Ihr laßt mir ja keine andere Wahl.«
Godefroy fuhr mit wütendem Brummen herum und lief hastig im Zimmer auf und ab. Nach einer Weile blieb er vor Richard stehen.

»Ich werde tun, was du willst«, sagte er mit gepreßter Stimme, »um Ferrands willen. Ich hoffe, daß er seine Dummheit noch einmal einsieht. Aber ich versichere dir, daß ich, wenn einer von euch erwischt wird und mich dadurch in Gefahr bringt, kein Mitleid haben werde. Ich werde ihn verleugnen und ihn an den Galgen bringen, bevor er schwatzt.«
»Vielleicht begreift Ihr einst unseren Standpunkt«, sagte Richard. Er zog sein Schwert und hielt es an der Klinge, während der Knauf zu Godefroy wies, so daß er das kleine Kreuz sehen konnte, das in das kalte, glänzende Metall geprägt war.
»Schwört auf das Kreuz!« befahl er. Der andere raffte sich auf und schluckte ein wenig, bevor er seine Hand flach auf den Knauf legte und den Eid schwur, der von ihm verlangt wurde.
»Gut so. Jetzt können wir zur Sache kommen. Vorläufig habe ich nur eine Frage: Ist Euch bekannt, wo der Großmeister und die Komture gefangengehalten werden?«
»Was ich zuletzt gehört habe, ist, daß einige in La Cité selbst eingesperrt sind, aber das kann sich jeden Augenblick ändern.«
»Ich will wissen, wo sich der Großmeister befindet, wie viele Bewacher bei ihm sind und wie man ihn erreichen kann, wer Zugang zu seiner Zelle hat, und wann er diese Zelle verläßt. Ich gebe Euch eine Woche, bevor wir nach Paris zurückkehren. Ferrand wird Verbindung mit Euch aufnehmen.«
Auf dem verzerrten Gesicht des Edelmanns erschien plötzlich ein sadistisches Lächeln.
»Vielleicht habe ich schon Nachrichten für Euch«, sagte er mit offenkundiger Schadenfreude.
»Der König hat sich in der Nacht zum 13. nach dem Überfall auf die Brüder und den Großmeister Zugang zur Schatzkammer des Tempels verschafft. Es geht das Gerücht, daß er nicht allein die Reichtümer des Königshauses, die dort bewacht wurden, hat wegbringen lassen, sondern auch alles Geld des Tempels selbst.«
Richard schaute Ferrand fragend an. Dieser nickte.
»Alle Einkünfte unserer Komtureien wurden nach Paris geschickt, um dort für einen neuen Kreuzzug aufbewahrt zu werden«, bestätigte er. »Es muß ein gigantischer Betrag gewesen sein. Wir haben mehr als 500 Komtureien allein in Frankreich.«

»Niemand weiß, wieviel es war«, ergänzte sein Bruder. »Es war niemand dabei, und nichts ist aufgezeichnet. Unmittelbar danach versandte der König Briefe an einige Fürsten, worin er sie aufforderte, seinem Vorbild zu folgen und die Templer in ihren Ländern wegen des Verdachts der Ketzerei zu verhaften.«

Richard war bestürzt, ließ sich aber nichts anmerken. »Ich erwarte keine guten Nachrichten von Euch, Herr«, antwortete er Godefroy. »Laßt uns nur so schnell wie möglich wissen, was ihre Antwort an Philipp ist. Und jetzt entschuldigt uns, mit Eurer gütigen Erlaubnis.«

Er verbeugte sich kurz und wandte sich zur Tür. Aymer bequemte sich zu einer kurzen Verneigung und folgte ihm.

Ferrand blieb zurück und stürmte erst nach einer Weile lachend hinterher, als die anderen schon fast auf der Wendeltreppe waren. Richard drehte sich um und packte Ferrands Arm mit eisernem Griff: »Was hat das zu bedeuten?«

»Dies«, erwiderte Ferrand und hob seine freie Hand hoch, in der eine Börse baumelte, prall und schwer von Gold. »Ich bin euch beiden den Preis für ein gutes Pferd, Kleidung und Waffenrüstung schuldig. Das habe ich meinem Bruder erzählt, und dies ist das Ergebnis. Seine Ehre verträgt es nicht, euch Geld schuldig zu bleiben.«

Keine drei Tage nach ihrem Besuch in La Cité brachte Ferrand seinen Brüdern im Forêt de Rouvray, zu denen Richard sich gesellt hatte, die ersten Berichte.

Godefroy hatte nur bestätigen können, daß gefoltert wurde, um die Geständnisse, die der König brauchte, zu erzwingen. Die höchsten Würdenträger des Ordens waren davon nicht ausgenommen. Auch Molay nicht. Die Folgen waren nicht ausgeblieben. Die Ältesten und Schwächsten hatten einige Punkte der Anklage zugegeben, und so war geschehen, was sie gefürchtet hatten: Der Name des Ordens war durch die eigenen Brüder geschändet.

Richard lauschte gespannt, und seine Brüder, die ihn umstanden, blickten auf ihn oder starrten zu Boden. Als Ferrand geendet hatte, folgte eine lange, niedergeschlagene Stille. Die Ritter wagten nichts zu sagen und warteten, daß Richard sprach.

»Brüder«, sagte er endlich, »die Situation ist sehr ernst. Wir brauchen jemanden, der uns führen und die Verantwortung übernehmen kann. Herrscht darüber inzwischen Einigkeit auch unter unseren Brüdern im Forêt d'Amboise?«
Der Älteste ergriff das Wort.
»Wir denken an eine bestimmte Person, unsere Wahl war einstimmig. Wollt Ihr selbst diese Aufgabe übernehmen, Bruder Richard?«
Dieser war zu verwirrt, um sogleich zu antworten. Doch der Engländer faßte sich schnell. Hatte er nicht von Anfang an das Gefühl gehabt, Gott habe seine Schritte hierher gelenkt? Unwillkürlich fuhr seine Hand zur linken Schulter, um das Kreuz zu berühren, das dort sonst auf der weißen Chlamys prangte.
»Ich bin bereit, mich mit Leib und Seele für eure, nein unsere Sache einzusetzen«, sagte er leidenschaftlich.
»Da Gott und wir Euch als unseren Meister erwählt haben«, fuhr der älteste Ritter mit den Formeln des Ordens fort, »gelobt Ihr dann, jeden Tag Eures Lebens dem Kloster gehorsam zu sein und die gute Ordnung des Hauses zu bewahren?«
»So Gott will!«
»Wir stehen vor einer schwierigen Aufgabe«, begann Richard nach einer Weile. »Wir haben die Pflicht, unsere Brüder, die sich nicht verteidigen können, zu unterstützen, so weit es in unserer Macht steht. Das fängt damit an, daß wir ihnen alle Nachrichten, derer wir habhaft werden, zuspielen und daß wir die Gefolterten betreuen. Daß wir unschuldig sind, ist keine Frage. Aber unsere Unschuld zu beweisen, ist ein fast unmögliches Unterfangen, weil man solche Anschuldigungen nun einmal mit Beweisen nicht widerlegen kann. Was kann uns also retten? Nur ein ehrlicher Prozeß und eine rechtmäßige Verhandlung. Vom König ist keines von beiden zu erwarten. Wir müssen selbst dafür sorgen, daß ein ehrlicher Prozeß stattfindet, daß wir Gelegenheit erhalten, eine vollwertige Verteidigung aufzubauen und nicht als rechtlose Bürger mundtot gemacht werden – denn vor der endgültigen Verhandlung sind wir vom Papst abhängig. Es wird ein schwieriger Kampf werden, den wir lange vorbereiten müssen. Alle Mittel müssen uns dabei recht sein, solange ihr nach Ehre und Gewissen

sagen könnt, daß sie nicht im Widerspruch zu unseren Regeln und im richtigen Verhältnis zu den Methoden stehen, die der König anwendet. Darin lasse ich Euch vollkommene Freiheit. Ich habe selbst die nötigen Verbindungen beim Hof des Papstes und beim Hof des Königs angeknüpft. Sucht ihr nun für mich Menschen auf, die auf der anderen Seite stehen: die Wächter unserer Brüder, die Torwächter ihrer Gefängnisse, vor allem diejenigen, die meist des Nachts Dienst tun, die Schreiber der Inquisition, die Dominikaner, die sie besuchen, jeden, der Zugang hat zu ihren Kerkern. Heftet euch an ihre Fersen, 24 Stunden am Tag, so daß wir erfahren, wer bestechlich ist, und wen wir unter Druck setzen können durch das, was wir von ihm wissen, und was er lieber verborgen halten möchte. Meldet mir alles. Ich bin jeden Morgen als Bettler bei St. Martin des Champs zu finden. Ich will nichts anderes als eure Nachrichten. Den Rest überlaßt mir. Ein Paar schmutzige Hände im Tempel ist mehr als genug.«

Das Ende des Oktober näherte sich, und die milden Herbsttage wurden von Stürmen abgelöst, die über das Land fegten. Schnell waren die ohnehin schlechten Straßen in schlammige Pisten verwandelt, worin mancher Wagen bis an die Achsen versank.
Die gefangenen Tempelritter lebten in ihren Kerkern unter unerträglichen Bedingungen. In ihren gedrängt vollen Zellen, die jetzt noch kälter und zugiger wurden, gab es kaum mehr als einen Haufen Stroh, auf dem sie der Reihe nach schliefen oder der für die Alten und Kranken reserviert war. Völlig abgeschnitten von der Außenwelt, ohne hilfreiche Ratschläge seitens ihrer Vorgesetzten und ohne Nachricht von außen versuchten sie sich gegen die Beschuldigungen zu wehren, die ihnen auf lateinisch vorgelesen wurden, das nur wenige verstanden.
Die körperlichen Entbehrungen und die schlechte Ernährung waren vor allem für die Kranken und Älteren, deren Gesundheit von den Kriegsjahren im Orient angegriffen war, eine Heimsuchung. Die moralische Einschüchterung hingegen setzte vor allem denjenigen zu, die noch jung und stark genug waren, um die körperlichen Qualen auszuhalten.
Diese stolzen Ritter, die sich unantastbar gewähnt hatten, wurden

jetzt tief gedemütigt und entehrt. Ihre Hoffnung auf baldige Freilassung und Rehabilitierung schwand mit jedem Tag dahin.
So fand sie Richard, als er zum ersten Mal die Pariser Gefängnisse betrat. Er wußte, daß ältere Ritter schon Geständnisse abgelegt hatten, aber er erschrak, als er mit eigenen Augen sah, wie zielstrebig der Apparat Philipps arbeitete.
Mit Entsetzen vernahm er, wie die Ritter verhört wurden: nicht durch Geistliche, sondern durch Laien, königliche Offiziere, die den Rittern die Antworten auf die Fragen, die sie ihnen stellten, einfach diktierten, genauso wie die Geständnisse.
Im Schutze der Nacht, versehen mit dem nötigen Gold, um die Wachen zu bestechen, aber auch ganz offen untertags, verkleidet als Dominikanermönch – die Inquisition lag größtenteils in der Hand der Dominikaner –, drang Richard der Bastard in die Zellen seiner Brüder vor, half ihnen, wo er konnte, und erleichterte ihnen die körperliche und seelische Not.
Philipp brauchte noch viel mehr Geständnisse als die der wenigen, die bisher schwach geworden waren, und dazu war ihm jedes Mittel recht. Noch war der Papst nicht überzeugt, und gerade der Umstand, daß der König die Folter einsetzte, hielt ihn davon ab, sich hinter Philipp zu stellen.
Es war Ferrand, der diese Nachricht aus La Cité überbrachte, eine Nachricht, die Richard eigentlich hätte froh stimmen müssen. Aber er war zu sehr vom Los seiner französischen Brüder bedrückt, als daß er sich über das Zögern des Papstes, sich dieser Hexenjagd anzuschließen, hätte freuen können.
Richard versuchte, sich den Schlaf aus den Augen zu reiben. Er sah müde und abgespannt aus, seine nächtlichen Streifzüge durch die Kerker von Paris wurden Tag für Tag bedrückender. Denn jeder Tag, der verstrich, bedeutete einen Gesichtsverlust für den französischen König, und je mehr sich dieser zur Eile getrieben sah, desto grausiger wurden die Berichte aus den Folterkammern. Es wurden sogar Fälle bekannt, in denen Ritter, die auf der Folterbank ihre Unschuld beteuert hatten, zu Tode gemartert worden waren.
Sie standen auf der Brücke über der Seine. Denn dort, im Gedränge und im Lärm, bestand am wenigsten Gefahr, belauscht zu werden.

Pferde, beladene Karren, Händler, Bauern, Bettler, Geistliche und Kinder zogen in fast ununterbrochenem Strom über die Brücke, an den dicht an dicht stehenden Häusern entlang. Aber die beiden Ritter bemerkten nichts von dem Getriebe. Ferrands empfindsame dunkle Augen waren auf das Gesicht seines Gefährten gerichtet, der auf das Wasser hinunterblickte.

Er sah nicht die Männer auf dem Wasser, hörte nicht ihre Stimmen, roch nicht den Geruch des Holzes und des Wassers. Er roch nur den qualvollen Geruch von Blut, vermischt mit dem Gestank von Eiter und menschlichem Auswurf, Schweiß und feuchtem Stroh, und die bangen Fragen, das Geschrei der Wahnsinnigen, das leise Stöhnen und Wimmern der Brüder klangen in seinen Ohren. Vor den Augen hatte er die verzerrten Gesichter, die verkrampften Gestalten im Licht einer Fackel. Und über allem die Spuren unmenschlicher Marterwerkzeuge.

Richard schloß die Augen, als wolle er das alles nicht mehr sehen. Er konnte ihnen Mut zusprechen, Rat geben, sie trösten, ihre Wunden waschen und verbinden, aber all das war hoffnungslos unzureichend. Seine Unfähigkeit, ihre Not wirklich zu lindern, machte ihn rasend.

Er fühlte Ferrands Hand auf seinem Arm.

»Der König hat die Antwort des Papstes erhalten. Der Brief wurde am Tag vor dem Fest der Heiligen Simon und Judas überreicht. Seine Heiligkeit schrieb, sie bedaure die Form dieses Prozesses. Einen Teil des Textes habe ich wörtlich im Gedächtnis behalten. ›Während wir Euch ferne waren, habt Ihr Hand an die Personen und Güter der Templer gelegt. Ihr seid so weit gegangen, sie in Gewahrsam zu nehmen, und was der Gipfel unsres Schmerzes ist, ihr habt sie nicht wieder freigelassen. Ja, ihr seid sogar, wie man mir sagt, noch weiter gegangen und habt der Prüfung der Gefangenschaft eine andere Prüfung hinzugefügt‹.«

Richard nickte. Also hatte Kardinal Corbara dafür gesorgt, daß sein Bericht den Papst erreichte.

»Und weiter?« fragte er.

»Wir schämen uns für die Kirche und für uns selbst, und daher erachten wir es für ratsam, dies alles mit Stillschweigen zu übergehen.«

»Was? Diese grausamen Folterungen mit Stillschweigen übergehen?«
Ferrand machte eine entschuldigende Geste.
»So stand es da, und nicht anders. Philipp hat die Macht. Der Papst kann nur diplomatisch vorgehen, bis er sich seiner Sache sicher ist.«
»So stand also kein Wort da von unserer Unschuld?«
»Kein Wort. Er durfte es nicht aussprechen. Denn wenn Geständnisse gemacht werden, würde er sich kompromittieren, wenn er jetzt erklärte, an unsere Unschuld zu glauben, und wenn er unseren Orden verteidigte. Immerhin hat er die Bischöfe, also die Inquisition, ihrer Macht enthoben.«
Richard entfuhr ein Seufzer der Erleichterung. Also hatte der Papst den Kampf noch nicht aufgegeben.
Ferrand biß sich auf die Unterlippe. Er hatte die weniger schlechten Nachrichten zuerst erzählt. Der Rest stand noch bevor.
»Die Machtenthebung der Bischöfe ist zu spät gekommen. Wir haben Berichte über den Großmeister«, sagte er vorsichtig.
Richard hob den Kopf und sah Ferrand gespannt an. Aber er erkannte an dessen niedergeschlagenem Gesichtsausdruck, daß er sich keine Hoffnungen machen durfte.
»Weißt du, wo er ist?«
»Ja, im Chatelet. Unerreichbar.«
Ferrand zögerte etwas und räusperte sich, bevor er mit einiger Anstrengung fortfuhr:
»Er hat ein Geständnis abgelegt, in aller Öffentlichkeit, vor den Professoren der Theologie und anderen Gelehrten und Geistlichen der Sorbonne. Ich weiß das schon seit einigen Tagen, konnte dich aber nicht erreichen.«
»Beim Herzen Gottes«, stieß Richard atemlos hervor. »Ich hatte Gerüchte gehört, aber ich konnte es einfach nicht glauben.«
»Guillaume Imbert hat ihn soweit gebracht«, erklärte Ferrand. »Er ließ ihn zwar nicht foltern, hat ihm aber mit Folter gedroht. Denn es war ihm sicher klar, daß Molay dafür zu schwach und zu alt ist. Es wäre sein Tod gewesen, und einen toten Großmeister kann Philipp nicht brauchen.«
Richard schüttelte verzweifelt den Kopf. Wieder mußte er an seine

armen Brüder denken. Wenn ihnen diese Nachricht zu Ohren kam, würde das ihre Ratlosigkeit und Unsicherheit noch steigern.

»Guillaume Imbert fand eine bessere Lösung«, hörte er Ferrand weiter berichten. »Er ließ zwei Brüder vor den Augen de Molays verhören und unterwarf sie dabei einer von ihm selbst erfundenen Folter, die ›die Senge‹ genannt wird. Ihre Fußsohlen wurden mit Fett eingeschmiert, dann wurden sie dicht vor einem Feuer festgebunden, mit einer Eisenplatte dazwischen, um die Hitze gleichmäßig zu verteilen.«

Richard kannte diese Methode nur zu gut. Die armen Teufel, deren Füße er verbunden hatte, würden nie wieder gehen können.

»Ich habe mir sagen lassen, daß de Molay vor Qual weinte und sich geschlagen gab, als man ihm versprach, die Ritter zu schonen, wenn er seinen Widerstand aufgab. Er gab in diesem Augenblick dem Inquisitor sein Ehrenwort, er werde die wichtigsten Anklagen, die man gegen ihn vorgebracht hatte, zugeben. Er hat sein Wort gehalten. Und er war nicht der einzige, der ein Geständnis ablegte. Gérard de Gauche, der Komtur von Le Bastit, Guy Dauphin, der Komtur von Celles, Geoffroy de Charnay, der Komtur der Normandie und Gautier de Liancourt, der Komtur von Laon und Reims gaben ebenfalls Erklärungen ab, die den Orden der Ketzerei beschuldigten.«

Ferrand schwieg. Er war erleichtert, daß er diesen traurigen Bericht, der ihm seit Tagen das Herz schwergemacht hatte, endlich losgeworden war. »Wann hat sich das abgespielt?« wollte Richard wissen.

»Eine Woche nach dem Fest des heiligen Lukas«, erwiderte Ferrand.

»So wußte der Papst schon von allem, als er Philipp schrieb?«

»Möglich, aber er hat es nicht gesagt. Immerhin schrieb er, er wolle zwei Kardinäle nach Paris senden.«

Ein harter Zug erschien um Richards Mund.

»Wir werden dafür sorgen, daß sie die Wahrheit erfahren. Komm, hier bleiben wir nicht länger.«

Er legte Ferrand die Linke auf die Schulter, und während die Rechte über den Schwertknauf strich, sprach er:

»Wir werden dem König die gebührende Antwort erteilen.«

4. KAPITEL

Fortune knows we scorn her most
*When most she offers blows.**

William Shakespeare – Antonius und Cleopatra

Diese Antwort kam schnell und gewaltsam. Nur ein paar Mann standen Richard zur Verfügung. Die meisten hatte er als Kundschafter ins Umland geschickt, damit sie sich ein Bild über den Umfang und die Intensität der Aktivitäten der Inquisition außerhalb von Paris machen konnten. Zwei andere waren eilig nach Poitiers geritten, um Kardinal Corbara über die Umstände der Geständnisse des Großmeisters und der Komture zu informieren. Richard brauchte auch nicht mehr als eine Handvoll Gesellen, denn Zorn und Empörung gaben ihm Kraft. Innerhalb einer Woche überfiel er drei königliche Burgen. In das überfüllte Paris wagte er sich dieses Mal nicht, aber in Orléans befreiten er und seine Männer an die dreißig Gefangene.

In Blois gelang ihm die Befreiung von über zwanzig Brüdern. Freilich waren einige von ihnen so gefoltert worden, daß sie getragen werden mußten. In Tours war die Situation noch schlimmer. Dort lag ein Ritter im Kerkerstroh, der buchstäblich keinen heilen Knochen mehr im Leibe hatte und Richard flehentlich bat, ihn von seinen Leiden zu erlösen. Aus Barmherzigkeit schnitt ihm der Engländer die Kehle durch.

Obwohl sein Rachedurst noch lange nicht gestillt war, mußte er seinen Feldzug abbrechen, da er nach Paris zurückgerufen wurde, während Aymer mit der kleinen Schar nach Le Mans weiterzog.

* Das Schicksal weiß, daß wir es am meisten verachten, wenn es am heftigsten zuschlägt.

Drei Ritter erwarteten Richard in Paris, die ihm eine Dominikanerkutte überstülpten, und er folgte ihnen, die Kapuze tief ins Gesicht gezogen, durch die frostignebligen Straßen der Stadt.
»Was gibt es?« fragte er.
Der Ritter neben ihm zuckte hilflos mit den Schultern.
»Wir wissen es nicht. Seit einigen Tagen legen immer mehr Brüder Geständnisse ab, ohne Folterspuren aufzuweisen. Und bei früheren Verhören haben sie geschwiegen wie das Grab! Sie sind vollkommen außer sich, wollen uns aber nicht verraten, warum sie so plötzlich gestanden haben.«
»Ihr habt doch nichts vom Großmeister erwähnt?«
Alle drei schüttelten heftig den Kopf und verfolgten schweigend ihren Weg, bis sie Richard schließlich in einen feuchten Stadtkeller führten, der aus Platzgründen als Gefängnis diente.
Als die Tür geöffnet wurde, schlug ihnen der übliche Gestank entgegen. Richard trat entschlossen ein, obwohl er wußte, daß jeder Schritt in diesem Kerker für ihn lebensgefährlich war.
Während seine drei Gefährten die Wache ablenkten, blickte er sich im fahlen Schein einer Fackel ruhig um und begrüßte die Gefangenen mit ermutigendem Lächeln. Seine Kapuze hatte er zurückgeworfen, so daß sie ihn genau erkennen konnten.
Einer der Gefangenen hatte sich abseits von den anderen in die dunkelste Ecke zurückgezogen. Richard hob die Fackel, und die Flamme erleuchtete ein nervös zuckendes Gesicht und den unsteten Blick zweier dunkler Augen.
»Bruder Raymond«, begann Richard in ruhigem Ton. »Ich habe gehört, daß du gestern Geständnisse gegenüber den Offizieren des Königs abgelegt hast. Doch finden sich keine Spuren einer Folter an deinem Körper. Wie haben sie dich zum Sprechen gebracht?«
Der unglückliche Ritter seufzte.
»Die Offiziere haben mich nicht gezwungen«, antwortete er leise.
»Bist du also ihren Drohungen erlegen?«
Der andere schüttelte nur den Kopf.
»Du hast dich geweigert, auf die Fragen meiner Kameraden zu antworten. Ich bin hierher gekommen, um die Wahrheit zu hören«, sagte Richard mit sanftem Nachdruck. Aber kein Laut kam über die zusammengepreßten Lippen.

Eine tiefe Falte grub sich in Richards Stirn.
»Ich erwarte eine Erklärung, Bruder Raymond«, sagte er, immer noch ruhig.
»Ich habe gestanden, das ist alles«, sagte der andere kleinlaut. Seine Scham war größer als seine Angst.
»Das genügt mir nicht.«
Der Mann schloß die Augen und schwieg.
»Bei den Wunden Christi, wie sollen wir da an deine Unschuld glauben?« rief Richard ungeduldig.
»Ihr tut mir unrecht«, flüsterte der Ritter heiser. »Ich war nur gehorsam, wie es mir die Regel vorschreibt.«
»Wem warst du gehorsam?«
Wie selbstverständlich kam die Antwort:
»Dem Großmeister.«
Richard fühlte sich wie vor den Kopf geschlagen. Wenn das wahr war, was er allmählich vermutete... Aber das war doch unmöglich! Er legte dem Unglücklichen die Hand auf die Schulter und sprach ihm gut zu.
»Erzähle mir genau, was geschehen ist.«
Ritter Raymond zögerte eine Weile, dann begann er zu sprechen.
»Vorgestern auf dem Weg zum Inquisitor wurde ich von einem unserer Brüder angehalten, der gerade von dort kam. Er schob mir einen Brief in den Ärmel und flüsterte dabei den Namen des Großmeisters. Er bat mich, den Brief auf die gleiche Weise den mir Folgenden weiterzugeben. Ich hatte nur einen Augenblick Zeit, um den Inhalt zu lesen. Er kam tatsächlich vom Großmeister, denn unten war sein Siegel im Wachs eingedrückt, unübersehbar.«
»Was stand darin?«
Der Ritter faßte Mut und sagte:
»Der Text war sehr kurz. Ich mußte ihn dreimal lesen, bevor ich es glauben konnte. Aber es war sonnenklar. Der Brief enthielt den Befehl, unsere Schuld zu bekennen, wie er selbst es getan hatte. Was konnte ich anderes tun? Wir haben ja alle gehört, daß er ein Geständnis abgelegt haben soll. Er muß einen Grund gehabt haben. Ich habe ihm gehorcht in der Hoffnung, damit dem Orden zu dienen.«
Der Ritter schlug ein Kreuz.

»Ich habe die Heilige Jungfrau Maria um Vergebung gebeten.«
»Was hast du bekannt?« fragte Richard.
»Das, wonach man uns am häufigsten gefragt hatte: Daß ich bei meinem Eintritt aufgefordert wurde, auf das Kreuz zu spucken und Christus dreimal zu verleugnen.«
Wieder bekreuzigte er sich, beugte das Haupt und begann verzweifelt zu beten.
Richards Augen flammten, aber er hielt sich angesichts dieses Häufchens Elend zurück. In einer Aufwallung von Mitleid umarmte er seinen Bruder, der sich an ihm festklammerte wie ein Kind, das Trost sucht.
»Fürchte nichts, Bruder«, sagte Richard leise. »Der Herr wird dir vergeben. Er kennt die Wahrheit.«
Als die Tür hinter ihm ins Schloß fiel, brach es aus ihm hervor: »Daß doch der Teufel seinen Darm auf die Kreatur entleere, die sich diese niederträchtige List ausgedacht hat!«
Den folgenden Abend war Richard im Forêt de Rouvray, um seinen Brüdern die schlechten Nachrichten zu überbringen. Schweigend hörten sie ihn an. Auch die Tatsache, daß so viele Brüder aus Orléans, Blois und Tours hatten befreit werden können, vermochte sie kaum zu ermutigen. Ebensowenig die Tatsache, daß der Papst die Macht der Inquisition beschnitten hatte.
Auf ihren Gesichtern malte sich Bestürzung und Angst. Kein Zweifel, Philipp gewann zunehmend an Terrain. Wenn ihm der Papst nicht energisch Widerpart bot, würde er den Templerorden vernichten.
»Es sind zwei Kardinäle unterwegs nach Paris«, erzählte Richard. »Wir bemühen uns dahinterzukommen, wer sie sind. Inzwischen können wir nicht viel mehr tun, als unsere Brüder vor dem angeblichen Brief des Großmeisters zu warnen, der...« Richard fuhr herum. Aus der Nähe erklang der Hufschlag galoppierender Pferde, vielleicht zwei oder drei Reiter, gewiß nicht mehr.
Auf einen Wink Richards liefen die Templer auseinander, und Sekunden später lag die Lichtung im Wald still und verlassen.
Die Hufschläge wurden lauter und kamen rasch näher, obwohl die Reiter, behindert durch das dichte Unterholz, offensichtlich ihre Geschwindigkeit verringern mußten.

Richard lief hastig in die Richtung, aus der das Geräusch kam. Im Mondlicht konnte er zwei Pferde ausmachen, aber nur einen Reiter. Mit banger Ahnung bahnte er sich einen Weg durch das dichte Farnkraut und kam gerade noch rechtzeitig, um den Reiter aufzufangen, der kraftlos aus dem Sattel glitt.

»Ferrand!« rief er entsetzt, als er das weiße, entstellte Gesicht erkannte, das auf seinem Arm ruhte. Eine warme, klebrige Flüssigkeit tropfte ihm auf die Hand, mit der er Ferrand unter der Schulter stützte.

»Chançard?«, fragte Richard bestürzt. Zwei seiner Brüder, die ihm gefolgt waren, nahmen sich der Pferde an. Ein dritter half Richard, den verwundeten Ritter zum Lager zu tragen, wo sie ihn ins Stroh betteten.

Richard kauerte sich bei ihm nieder, und seine geübten Hände entfernten behutsam Ferrands Kleider, um die Wunde, einen tiefen Hieb in die Schulter, versorgen zu können. Bevor er noch einen Verband anlegen konnte, richtete Ferrand sich auf und starrte ihn mit weit aufgerissenen Augen an.

»Richard, Aymer, er ist...« Sein Atem stockte, und er stöhnte. Richard drückte ihn sanft nach hinten.

»Später«, sagte er kurz und tat fachkundig seine Arbeit, bis die Wunde versorgt und verbunden und der Blutstrom gestillt war.

»Wein!« befahl er, und ein Bruder brachte den Lederschlauch mit kräftigem Rotwein. Richard füllte einen Becher und ließ Ferrand mit kleinen Schlucken trinken.

»Geht es besser?« fragte er. Der andere nickte mit mattem Lächeln.

»Dann darfst du jetzt reden. Was ist los mit Aymer?«

»Sie haben ihn erwischt, bei Le Mans, nein, eigentlich schon weit davor auf dem Weg nach Paris.«

»Und die übrigen?«

»Geflüchtet in die Alpes Mancelles. Wir versuchten, die Verfolger auf eine falsche Fährte zu locken.« Sein Gesicht verzog sich vor Schmerz.

»Ich habe einen Menschen getötet«, flüsterte Ferrand. »Mein Gott, überall war Blut, von ihm, von mir, scheußlich. Sie dachten, ich sei tot. Das war meine Rettung.«

Richard tätschelte Ferrand ermutigend den gesunden Arm. Der zarte Aristokrat war nicht für das rauhe Kriegshandwerk gemacht. Aber er hatte darauf bestanden, die Stelle Richards einzunehmen, als der dringende Hilferuf aus Paris gekommen war.
»Sie werden ihn nach Paris bringen. Sie werden ihn foltern.« Ferrands Stimme klang äußerst erregt. »Jemand muß Godefroy warnen.«
»Ich gehe direkt zurück nach Paris«, antwortete Richard beruhigend.
»Sei vorsichtig, sie erwarten dich vielleicht schon.«
Richard war bereits aufgestanden.
»Sorg du nur dafür, daß es dir bald besser geht«, sagte er. Sein Plan stand bereits fest, und er gab einige kurze Befehle. Das Lager im Forêt de Rouvray mußte abgebrochen werden. Die Brüder im Forêt d'Amboise sollten sich zerstreuen, und die aus Le Mans in die Alpes Mancelles geflüchteten Brüder mußten aufgehalten werden. Es durfte kein Risiko eingegangen werden, bevor der Fall Aymer bereinigt war. Selbst Ferrand mußte von hier verschwinden, auch wenn ein Ritt in seiner Verfassung eine Tortur für ihn bedeutete. Die Jagdsaison war zu Ende. Es war verboten, vom 14. September bis zum 3. Mai Hirsche zu jagen, und die Wildschweinjagd begann erst an Weihnachten und dauerte bis Mariä Lichtmeß. Bis dahin würden sie in den Wäldern sicher sein, wo sie sich auch aufhielten. Doch dachte er auch an Godefroy. Für dessen Problem hatte er keine Lösung.
In wenigen Minuten sattelte er Pilgrim und machte sich auf den Weg. Schon im Morgengrauen tauchten die Wälle von Paris vor ihm auf, und kurz nach der Mette ließ er sich bei Godefroy melden. Beide Männer warteten schweigend, bis der Knecht gegangen war, und musterten einander mißtrauisch. Schließlich sagte Godefroy kalt:
»Ich habe Euch hier nicht erwartet. Eure Gegenwart in La Cité ist unerwünscht und bringt mich ohne Not in Gefahr.«
»Ich komme, Euch zu warnen, Beau Sire«, antwortete Richard ohne Umschweife. »Bei Le Mans ist einer unserer Ritter gefangengenommen worden. Wahrscheinlich wird er heute nach Paris gebracht. Bei diesem Kampf ist Euer Bruder verwundet worden.«

Godefroy war totenbleich geworden. Stumm stand er Richard gegenüber und starrte ihn an.
»Wo ist er?« stieß er schließlich hervor.
»In guten Händen.«
Das war nur ein dürftiger Trost.
»Ich kann Euch nur einen Rat geben«, fuhr Richard unbewegt fort. »Haltet Euch ruhig und macht nicht auf Euch aufmerksam. Er wird Euren Namen und den von Ferrand nicht preisgeben. Im übrigen mag er verraten, was er weiß. Wir haben unsere Maßregeln getroffen.«
Seine Worte schienen Godefroy etwas zu beruhigen.
»Wer ist es?« wollte er nun wissen. Richard dachte kurz nach. Vielleicht war es besser, Godefroy hier die Wahrheit zu sagen.
»Aymer de Vraineville, Ritter der Komturei Lyon«, sagte er.
»Ein edles Geschlecht«, sagte er nachdenklich. »Das erklärt, warum Ihr den Namen zunächst verschwiegen habt.«
»Es ist eine Frage der Selbsterhaltung, daß niemand der Betroffenen mehr weiß, als unbedingt erforderlich«, erklärte Richard sachlich. »Das gilt auch für meine Brüder, sogar für Aymer.«
Er stand vor der Herdstelle und starrte in die graue Asche. Es war gar nicht auszudenken, was mit Aymer alles geschehen konnte. Ein Frösteln durchfuhr ihn, und er zwang seine Gedanken in eine andere Richtung.
»Ist schon bekannt, welche Kardinäle der Papst abgesandt hat?« fragte er.
»Sie sind sogar schon angekommen. Es sind die Kardinäle Etienne de Suisy und Bérenger Frédol.«
Richard nickte kurz.
»Haben sie schon mit dem König gesprochen?« fragte er. Er wußte, daß es bereits zu spät war. Die Ereignisse hatten sich überstürzt, so daß die Gelegenheit vorbei war, sich zwischen die Kardinäle und den König zu drängen und die Wahrheit aufzudekken.
»Der König«, berichtete Godefroy, »teilte ihnen mit, er werde ihnen heute noch einen Brief an Seine Heiligkeit aushändigen. Der Text ist schon bekannt.«
»Konntet Ihr einen flüchtigen Blick auf das Konzept werfen?«

Godefroy nickte.
»Nur sehr flüchtig. Einzelne Sätze habe ich mir eingeprägt, die aber den Sinn des ganzen Briefes durchaus richtig wiedergeben. Ich zitiere sinngemäß: ›Gott verachtet die Lauen. Jeder Aufschub einer Bestrafung der Freveltaten der Templer bedeutet, sich mitschuldig zu machen. Darüber hinaus versichern wir Euch, daß die Prälaten es nicht dulden werden, daß man sie beleidigt, indem man sie ihrer Ämter enthebt, die sie im Namen Gottes bekleiden. Wir können, ohne unseren Eid zu schänden, nicht dulden, daß man ihnen dieses Unrecht antut, weshalb wir uns auch widersetzen ...«
Richard hatte mit zugekniffenen Lippen zugehört. Aus den Worten des Königs klang unverhohlene Drohung. Die Gefangennahme Aymers war in einem äußerst ungünstigen Augenblick erfolgt. Er hatte seine Leute auseinanderziehen müssen, und der Informationsaustausch zwischen ihnen würde schwierig sein.
In diesem Moment konnte er nichts unternehmen, weder für Aymer noch für den Orden, der nun mehr denn je bedroht war, noch für den Papst, der auf seinem Stuhl in Poitiers zitterte.
Richards Gedanken bewegten sich noch in eine ganz andere Richtung. Wenn der Papst vor Philipps Einschüchterung zurückwich, würden die Niederlassungen der Templer auch außerhalb Frankreichs in Gefahr geraten – auch die in England. Dann würde ein Verbindungsmann am englischen Hof sehr nützlich sein.
Godefroy d'Uzès unterbrach seine Überlegungen. Er wollte diesen Ritter loswerden, und er verbarg diese Empfindung nicht.
»Kann ich noch etwas für Euch tun, Monsire?« fragte er knapp.
»Ja, betet für uns«, entgegnete Richard und verließ mit einer kurzen Verbeugung das Zimmer.

5. KAPITEL

Souvent femme varie
*Bien fol est qui s'y fie!**

François I, König von Frankreich

Es war ein kalter und nebliger Novembermorgen. Der Nebel hatte sich in den kahlen Bäumen festgesetzt und tropfte an den Ästen herab. Durch den Wald bewegte sich langsam ein Reiter, der ein zweites Pferd hinter sich herführte. Eine Kirchenglocke bimmelte, ein dünner Klang, der sich zwischen den stummen, naßglänzenden Stämmen verlor.

Der Reiter beschleunigte den Schritt seines Pferdes und richtete die Augen auf die viereckigen Türme von Château Lyons-la-Forêt, die sich über dem Ufer der Epte erhoben. Etwas später band er beide Pferde an, ließ seinen weiten Mantel zurück und ging zu Fuß weiter, in einen einfachen Bauernkittel gehüllt.

Beim Schloß mischte er sich unter die Kirchgänger und ließ sich unbemerkt durch das Haupttor mit in Richtung Kapelle treiben. Er erkannte sie sofort. Sie ging langsam, gehüllt in einen kostbaren Mantel aus tiefgrünem Tuch, mit Goldfäden bestickt und pelzverbrämt. Die Mütze ließ genug von ihrem Gesicht frei, so daß man die dunklen Augen und die zarte Haut, darüber das sanftschimmernde Haar sehen konnte.

Sie war das einzige Kind des Burggrafen von Lyons-la-Forêt, Erbin der Burg und der dazugehörenden Titel und Besitzungen. Noch vor Erreichen des heiratsfähigen Alters hatte sie mehr als ein Dutzend Anträge aus adligen Familien abgewiesen.

* Launisch ist die Frau, ein Tor, wer ihr vertraut.

Blanche war eine junge Frau, die gewöhnt war, ihren Launen zu folgen. Nach verschiedenen Liebesabenteuern war sie Aymer de Vraineville begegnet, dem zweiten Sohn des Herrn de Vraineville, der herzlich wenig zu bieten hatte. Aber niemals hatte sie ein Geheimnis daraus gemacht, daß Titel ihr wenig galten. Für sie hätte er auch ihr Stallknecht sein können.

Daß Aymer ein Tempelritter und damit an das Keuschheitsgelübde gebunden war, hatte das Ganze nur aufregender gemacht. Ihn zu erobern, war eine unwiderstehliche Herausforderung gewesen. Und es war ihr geglückt, ungeachtet der Tatsache, daß der Burggraf ihr diese Verbindung aufs strengste verboten und auch Aymer versucht hatte, ihrer Verführung zu widerstehen.

Kein Wunder, dachte Richard, daß Aymer einer Frau von so betörender Schönheit erlegen war.

Richard konnte die Augen nicht abwenden. Es war, als wäre er einem Zauber verfallen.

Er versuchte sich dagegen zu wehren, vermochte es aber nicht. Die vollkommene Harmonie ihrer Schönheit war mächtiger als sein Wille.

Kaum hörte er die lateinischen Verse, die die Mönche sangen. Selbst das Tedeum schien wie aus dunstiger Ferne zu kommen. Mit den anderen kniete er zum Gebet nieder und erwachte erst aus seinem Traum, als sie die Kapelle verließ und in der Burg verschwand.

Jetzt erst konnte er begreifen, warum Aymer sein Gelübde gebrochen hatte. Sie nur zu betrachten, war schon mehr, als ein Mann ertragen konnte.

Doch war ihm noch etwas aufgefallen. Es sah so aus, als ob die Jungfrau von Lyons-la-Forêt bewacht wurde. Stets standen zwei Gewappnete neben ihr, während sich zwei andere in kurzer Entfernung von ihr aufhielten. Und wo war der Burggraf selbst?

Richard dankte im stillen seinem instinktiven Mißtrauen, das ihn bewogen hatte, erst die Lage zu erkunden, bevor er sich bei der Dame melden ließ.

Ohne Zweifel wäre er in die bewaffneten Arme ihrer Wächter hineingelaufen.

Er schlenderte noch etwas innerhalb der Burgmauern umher, doch

brachte das nicht viel Neues. Dann eilte er zurück zu den Pferden und schlug sich den Mantel wieder um die Schultern.
Er stieg in den Sattel und ritt in den Wald nördlich von Gisors, wo er sein Lager aufschlug und den Rest des Tages verbrachte.
Gegen Sonnenuntergang verließ er sein Versteck und ritt ostwärts. Wo die Epte in die Seine mündet, stieg er ab, stand bei seinem Pferd still, die Zügel lose in den klammen Fingern, und wartete.
Er wartete bis lange nach Sonnenuntergang. Aber als er dann in der Dunkelheit zum Lager zurückritt, wußte er von einem seiner Leute, daß sich Aymer in La Cité befand – in den Kerkern des Königs.
Am Morgen des folgenden Tags erwachte er fröstelnd vor Kälte. Er zog den Mantel fester um sich, sattelte Chançard und bestieg den weißen Hengst. Nach kurzem Ritt zog er die Zügel an und klopfte dem Pferd auf den Hals. Vor ihm erhoben sich die Mauern von Lyons-la-Forêt. Der Graben am Fuß der mächtigen Mauer war mit einer dünnen Eisschicht überzogen, und unter lautem Geschrei und Jubel prüften die Kinder, die in der Burg wohnten, die Stärke der Eisdecke mit Steinen und Ästen. Hoch über ihnen auf dem Wehrgang beugte sich eine zarte Gestalt über die Brüstung, und ein paar lachende Augen schauten auf die eifrig spielenden Kinder herab.
Es war höchst ungewöhnlich, daß der Frost so früh im November einsetzte. In diesem Augenblick war sonst niemand zu sehen, und plötzlich hatte Richard einen Einfall. Er spornte Chançard und ritt bis zum Rand des Grabens.
Die Kinder wichen vor dieser rauhen Erscheinung zurück. Ritter pflegten vor ihnen nicht anzuhalten, es sei denn, um sie zu schelten. Aber als sie den freundlichen Ausdruck in den Augen des Fremden sahen, kamen einige von ihnen neugierig näher.
Ein kleiner Junge mit flachsblondem Haar streckte das Händchen aus und streichelte Chançards Mähne. Als Richard auf ihn hinabschaute, fühlte er, wie Blanches dunkle Augen ihm im Rücken brannten.
»Ist das nicht ein gefährliches Spiel?« fragte er freundlich. Der Junge zuckte die Schultern.
»Nein, Herr, im Sommer ist der kleine Jean hineingefallen, und

wir haben ihn wieder herausgezogen. Er sagte, er habe den Grund genau gesehen, und es war wirklich nicht tief.«

»Aber recht kalt und naß, meine ich doch.«

Der kleine Junge lachte, und die anderen Kinder fielen mit ein.

»Jetzt bestimmt, Herr, wo es gefroren ist. Aber das Eis ist viel zu dünn. Man kann nicht darauf stehen.«

»Wartet nur, bis es wirklich Winter wird«, sagte Richard.

Chançard schnaubte und stampfte mit den Hufen. Die Kinder wichen zurück, nicht jedoch der blonde Junge.

»Ein Prachtpferd, Herr«, sagte er voller Bewunderung. »Ich hab noch niemals ein so schönes Pferd gesehen.«

»Bist du ein Kenner?« fragte Richard lachend, während seine Augen den Jungen musterten. Dieser nickte begeistert.

»Willst du auf ihm reiten?«

Das Gesicht des Kindes strahlte vor Aufregung.

»Und ob, Herr.«

Richard griff hinunter, zog ihn hoch und setzte ihn fest vor sich auf den Sattel.

»Halte dich nur gut an der Mähne fest. Wir wollen ein Stückchen reiten. Hab keine Angst, ich sorge schon dafür, daß du nicht runterfällst.«

Er wandte Chançard und ritt in leichtem Trab davon. Sich halb im Sattel drehend blickte er erst jetzt zu dem Platz hinauf, wo Blanche noch immer über der Brüstung lehnte. Er hob grüßend seine Hand und sah, daß sie Chançard erkannt hatte, denn sie lachte und winkte ihm zu.

Höchst erstaunt sah der Junge Richard an.

»Die Frau hat Euch zugewinkt«, rief er aus.

»Natürlich tat sie das. Sie kennt mich.«

»Aber ich kenne Euch nicht.«

»Warum solltest du?«

»Weil ich der Sohn des Torwächters bin«, war die stolze Antwort.

Richard lachte. Die Offenheit des Kleinen gefiel ihm.

Er spornte sein Pferd und sagte dem Jungen, jetzt werde er Galopp reiten. Die Händchen griffen fest in die weiße Mähne, aber er hatte keine Angst und schrie vor Vergnügen:

»Schneller, Herr, geht es noch schneller?«

Richard lachte über seine Begeisterung und feuerte Chançard an. Nach zehn Minuten ließ er das Pferd in Trab fallen und blickte in das glühende Gesichtchen vor ihm.
»Das war herrlich, was? Bist du noch niemals auf einem Pferd geritten?«
»Nein, Herr. Nun ja, manchmal helfe ich den Stallknechten, und dann lassen sie mich auf einem Pferd sitzen und im Hof herumreiten. Aber das jetzt war doch erst richtiges Reiten.«
Richard nickte. Es war ein gefährliches Spiel, aber es schien ihm das am wenigsten gefährliche von allen zu sein, die er spielen konnte.
Er öffnete die Satteltasche und zog ein Stück Pergament hervor, Tinte und eine Gänsefeder. Ungeschickt kritzelte er mit seiner kalten, steifen Hand ein paar kurze Sätze, während der Junge mit vor Erstaunen offenem Mund zuschaute.
Schreiben, das war ein Wunder in seinen Augen. Er hatte noch niemals jemanden schreiben sehen.
Als Richard fertig war, rollte er das Briefchen zusammen, steckte es dem Kind unter das Hemd und setzte es wieder auf Chançards Rücken.
»Also gut, junger Freund, sei vorsichtig und behalte gut, was ich dir gesagt habe. Erzähle deinen Freunden nur, daß ich ein Fremder bin, der nach dem Weg nach Paris gefragt hat.«
Der Weg in fliegendem Galopp zur Burg war noch einmal ein großes Erlebnis für den Sohn des Torwächters.
In einiger Entfernung von der Burg, wo ihn der Wald noch schützte, hielt Richard an und setzte den Jungen ab.
»Sag mir doch, wie heißt du eigentlich?« fragte er, bevor sie sich trennten.
»Raoul, Herr.«
»Kann ich mich darauf verlassen, daß du meinen Auftrag ausführst, Raoul?«
»Bei meiner Ehre, Herr.«
»Dann stehe ich tief in deiner Schuld. Ich hoffe, daß ich dich einmal belohnen kann. Geh aber nicht vor Nachmittag zur Frau Blanche. Kannst du den Brief bis dahin sicher aufbewahren?«
Raoul nickte.

»Leb wohl, Raoul, Gott schütze dich.«
Der Kleine lachte und winkte, als Richard Chançard umwandte, wegritt und bald im Schatten zwischen den Bäumen verschwand.

Es war ein heller Tag, die Luft war frisch, und ein stetiger Ostwind blies durch das kahle Geäst. Richard hielt Pilgrim an und stand bewegungslos, aufmerksam lauschend. Er wußte, daß er sich nicht getäuscht hatte. Das Geräusch sich nähernder Huftritte klang durch die Stille des Waldes. Er wandte Pilgrim und ritt langsam den Weg zurück, den er gekommen war.
Kurze Zeit später stieg er ab und verfolgte seinen Weg zu Fuß, Pilgrim am Zaum mit sich führend. Er nahm das Pferd mit bis zur Spitze des Hügels und lächelte. Denn hier fanden sich die Spuren von Pferdehufen und Stiefeln, nach denen er gesucht hatte.
Nicht Blanche wartete also auf ihn am angegebenen Platz, sondern eine Schar Gewappneter, die sie nach ihm ausgeschickt hatte.
Gut, dann mußte er sie eben in der Burg aufsuchen. Doch zuerst wollte er sich dieser Leute entledigen, die ihm im Wald eine unangenehme Überraschung bereiten wollten.
Er schaute empor nach dem Stand der Sonne und ließ Pilgrim zurück. Geräuschlos schlüpfte er zwischen dem kahlen Unterholz hindurch, bis er den Platz fand, wo sie ihre Pferde angebunden hatten. Er machte ihre Zügel los und jagte sie mit einem Schlag der flachen Schwertklinge auf die Hinterhand in den Wald. Dann begab er sich rasch zurück zu Pilgrim.
Es war eine gute Stunde zur Burg, wenn man gemächlich ritt, aber Richard war in Eile. Er feuerte sein starkes Roß an und erreichte die ihm nun schon bekannten grauen Mauern in kaum zwanzig Minuten.
Ganz außer Atem ritt er zur Zugbrücke, die niedergelassen war, wie er erwartet hatte. Er sprengte über die Brücke durch das Tor und parierte das Tier im Innenhof.
»Raoul«, rief er, aus dem Sattel springend.
Der Junge kam gerade hinter den Ställen hervor.
»Ihr seid es, Herr«, rief er verblüfft. Richard hatte keine Zeit, Erklärungen abzugeben. Er ergriff den Jungen beim Arm und zog ihn mit sich zum Eingang der Burg.

»Hab keine Angst, Raoul, du weißt, daß ich dein Freund bin.«
»Aber... aber Ihr...«
Auf dem Innenhof erklangen schnelle Fußtritte und Befehle. Er zog den Jungen weiter in den breiten Gang hinein.
»Zeig mir den Weg zur Kemenate des Fräuleins, Raoul«, flüsterte er. Raoul ermannte sich und lief ihm durch die schwacherhellten Gänge der Festung voran.
Richard glaubte sich in Sicherheit, wenn er nur erst bei Blanche wäre, und eilte hinter Raoul her.
Schließlich hielt Raoul vor einer geschnitzten Tür aus Eichenholz und trat vor Richard zur Seite.
»Dies ist ihr Zimmer, Herr. Soll ich Euch anmelden?«
»Das ist nicht nötig. Geh nur rasch zurück und halte mein Pferd bereit. Du kannst den Stallknechten sagen, daß das Fräulein die Burg binnen einer Viertelstunde auf ihrem schnellsten Pferd zu verlassen wünscht. Sorge dafür, daß ihr Befehl ausgeführt wird, und sorge auch für ein Packpferd. Sag ihnen, daß das ihre Befehle sind, und vergiß auch nicht, unsere Satteltaschen mit Speisen und Wein zu füllen.«
»Ich werde es ausrichten, Herr«, rief der Junge und lief die Wendeltreppe hinab.
Als Raoul verschwunden war, stieß Richard die Tür auf und trat über die Schwelle. Vier junge Damen saßen friedlich um das Feuer, zwei von ihnen mit Stickereien beschäftigt. Sie hielten ein feines Stück Stoff für ein Unterkleid in den Händen. Die beiden anderen besprachen das Rezept für eine Arznei, zubereitet aus Kräutern, die sie in einem geschützten Garten innerhalb der Burgmauern anpflanzten. Sie wandten ihre Köpfe zur Tür und blickten erschrocken auf den Ritter.
Richard ging weiter in die Kemenate hinein und trat auf die Frau zu, die am weitesten hinten auf einem mit seidenen Kissen bedeckten Schemel saß. Sie war gekleidet in einen enganliegenden Cothardi, ein langes Oberkleid mit Ärmeln aus kostbar besticktem rotem Stoff. Ihr rabenschwarzes Haar, in zwei Knoten beiderseits des Kopfes aufgesteckt, war von Goldfäden durchflochten.
»Ich möchte das Fräulein unter vier Augen sprechen«, sagte er kurz. Die Damen rafften hastig ihre Röcke und verließen mit

einem Knicks die Kemenate. Blanche blieb allein mit ihm zurück. Sie stand auf und maß ihn mit einem Blick, der Feuer sprühte. Erst jetzt verbeugte er sich vor ihr.
»Mein Fräulein«, sagte er mit beherrschter Stimme. »Ihr habt doch meine Botschaft erhalten. Anscheinend seid Ihr aber nicht auf meinen Besuch vorbereitet.«
»In der Tat nicht«, antwortete sie eisig. »Ich wollte, daß man Euch gebunden vor mich führt. Es tut mir sehr leid, daß mein Plan mißlungen ist. Steht auf, ich brauche Eure Huldigung nicht. Ich bin nicht so naiv, einem Mann nur deshalb zu vertrauen, weil er mit Aymer befreundet ist.«
Richard erhob sich und blickte sie an. Ihre feindseligen Worte taten ihm weh. Er hatte ihr höflich gegenübertreten wollen, um Aymers willen, und trotz der Tatsache, daß der Orden jeden Umgang mit Frauen, in welcher Form auch, verbot.
»Ich bin hierhergekommen, um Euch zu warnen, Madame. Ihr seid in Gefahr.«
Sie lachte, aber es war ein kaltes Lachen.
»Wenn Ihr meint, daß Ihr mich in Gefahr bringt, täuscht Ihr Euch«, erwiderte sie. »Ihr müßt doch verstanden haben, daß ich Euch nicht empfangen will. Wollt Ihr nun die Güte haben, mich zu verlassen?«
»Nein, Madame«, sagte er und trat ihr in den Weg, als sie sich auf die Tür zubewegte, die er nun von innen verriegelte. »Nicht, bevor Ihr mich angehört habt.«
Sie blieb ungerührt stehen und sah ihn mit Augen an, die schwarz waren vor Wut und Empörung.
Sie ist noch schöner, wenn sie böse ist, dachte Richard. Aber er zwang seine Gedanken in eine andere Richtung.
»Ihr habt ein unerlaubtes Verhältnis mit einem Ritter des Templerordens gehabt, Madame, und werdet die Konsequenzen tragen müssen, wie auch er sie tragen muß. Dieses Verhältnis kann weitreichende Folgen haben, wenn Ihr meinem Rat nicht folgt. Aymer ist dem König in die Hände gefallen. Er ist in La Cité und wird verhört.«
Er sah den Schrecken auf ihrem Gesicht, obwohl sie sich zu beherrschen wußte.

»Mein Verhältnis zu Aymer de Vraineville war nur ein flüchtiges Abenteuer. Ich bin nicht für seine Taten verantwortlich.«
Richard schüttelte den Kopf. »Darin täuscht Ihr Euch. Man weiß in Paris um Euer Verhältnis zu Aymer. Und man wird das auf eine Art ausnützen, die Ihr nicht für möglich haltet. Aymer liebt Euch. Er wird versuchen, Euch auf seine und unsere Kosten zu schonen. Wir haben unsere Maßregeln getroffen, soweit uns das möglich war. Wir könnten ihn und Euch dem Schicksal überlassen, das aus Eurem unerlaubten Verhältnis folgt. Aber dafür habe ich ihn zu gern. Er hat sein Leben gewagt, um seine Brüder zu retten, und ich bin bereit, das meine zu wagen, um ihn zu befreien. Aber dafür brauche ich Eure Hilfe.«
»Wenn Ihr so gerne mit Eurem Leben spielt, ist das Eure Sache. Ich kann nicht einsehen, was ich damit zu schaffen habe. Wie ich schon sagte, Aymer war ein Liebesabenteuer, das ich nach dem 13. Oktober abgeschlossen habe.«
Richard hatte Mühe, höflich zu bleiben.
»Aymer hat mir sein Herz ausgeschüttet, Madame«, sagte er ruhig und blickte ihr fest in die Augen. »Ich weiß, wieviel Mühe Ihr Euch gegeben habt, ihn für Euch zu gewinnen. Ich weiß, wie schamlos Ihr zu Werk gegangen seid, bis Ihr Euer Ziel erreicht und er Eid und Ehre geschändet hatte.«
Mit der flachen Hand schlug sie ihm hart ins Gesicht. Er hatte diesen Ausbruch vorausgesehen und packte sie am Gelenk, bevor sie noch einmal zuschlagen konnte. Die schmale, weiße Hand schien in der seinen zu brennen, und er kämpfte gegen die Begierde an, die in ihm aufwallte.
»Auch Aymer ist nicht frei von Schuld, Madame«, sagte er leise. »Aber wer den Tempel herausfordert, kann sich dem Kampf nicht entziehen. Wir schlagen zurück.«
Sie war leichenblaß geworden, und er fühlte, wie ihre Hand in seiner Faust bebte.
»Bei Gott, Herr Ritter, haltet gebührenden Abstand«, zischte sie zwischen den Zähnen. Er ließ sie los, blieb aber stehen, wo er stand.
»Ich bitte um Vergebung«, sagte er pflichtgemäß und fuhr fort. »Aymer wird für seinen Fehltritt büßen müssen. Jedenfalls wenn

er lebend aus Paris herauskommt. Und auch Ihr werdet ein Opfer bringen müssen. Ihr müßt Frankreich verlassen. Ihr seid eine Gefahr für uns. Und es wartet eine Aufgabe auf Euch in England, im Dienste des Tempels.«

Richard ließ sich auf ein Knie nieder und hob beschwörend die Hände:

»Um der Liebe Gottes willen, junge Frau, wollt Ihr mir nicht vertrauen? Ihr seid bereits Gefangene in Eurer eigenen Burg. Schon ist ein Bote aus Paris unterwegs mit dem Befehl, Euch nach La Cité zu bringen. Sie werden Euch benützen, um Aymer zum Sprechen zu bringen. Eilt Euch, die Zeit drängt.«

Er sprang auf, denn beide hörten, daß an der verriegelten Tür gerüttelt wurde. Die stolze Schöne von Lyons-la-Forêt war zum ersten Mal in ihrem Leben von einem Mann so aus der Fassung gebracht, daß sie vollkommen ratlos war.

»Aber mein Vater, er ist krank, und was soll ich in England?« stammelte sie.

»Macht Euch reisefertig. Gibt es keinen anderen Ausgang?«

Sie schüttelte den Kopf und ließ sich willig in das Nebenzimmer ziehen, wohin sich ihre Damen zurückgezogen hatten.

»Eilt Euch«, rief er, »und bedenkt, daß Ihr nicht viel mitnehmen könnt.«

Das singende Geräusch seines Schwertes, das er aus der Scheide zog, brachte sie zur Besinnung. Sie riß die Tür auf und trat entschlossen ein.

»Meinen Reisemantel, Reisestiefel, Peitsche und Handschuhe. Sitzt nicht so herum und starrt mich an. Los, auf«, herrschte sie die drei Damen an. Hinter sich hörte sie, wie die Riegel brachen und die Klingen aufeinander schlugen.

Richard focht, wie er es im Tempel gelernt hatte. Einer der vier Ritter aus Paris, der in der Burg zurückgeblieben war, griff ihn, unterstützt von zwei anderen, an. Richard war in eine Ecke getrieben worden, aber sie konnten nicht weiter kommen, als sein Schwert reichte.

Hinter ihm befand sich die Fensternische. Ein weiteres Zurückweichen war nicht möglich. In diesem Augenblick stieß Blanche mit kühnem Schwung die Tür des Nebenzimmers auf und trat ein.

Diese Sekunde der Verwirrung benützte Richard dankbar zu einem Ausfall. Tief stieß er dem Pariser Ritter sein Schwert in den Leib. Er machte sich nicht die Mühe, die Klinge wieder aus dem niedersinkenden Körper herauszuziehen, sondern zog den Dolch und traf damit den zweiten Gegner am Schwertarm, bevor dessen Waffe ihn treffen konnte. Dann warf er sich kaltblütig auf den letzten, der mit einem Schrei sein Schwert fallen ließ und hinterrücks aus dem Zimmer stürzte, die blutige Hand an den Körper gepreßt. Richard wischte sich mit dem Ärmel den Schweiß von der Stirn und bückte sich, um sein Schwert aus dem leblosen Körper zu ziehen.

Blanche schüttelte sich.

»Dank für Eure Hilfe«, sagte er keuchend. »Seid Ihr bereit zu gehen?«

Sie nickte und folgte ihm in den Gang, der zum Hof führte.

Am Portal verhielt Richard den Schritt. »Ihr garantiert mir das freie Geleit. Sie könnten mich leicht mit Pfeilen spicken, sobald ich draußen bin.«

Sie nickte und trat ins Sonnenlicht hinaus.

»Setzt eure Bogen ab«, rief sie mit heller Stimme. »Wir haben nichts zu befürchten. Alles ist in Ordnung.«

Er hörte einige Befehle über die Burgmauern schallen, dann folgte er ihr vorsichtig nach draußen.

Raoul war der einzige, der sich bewegte. Er rannte auf ihn zu, Pilgrim am Zaum mit sich ziehend. Richard übernahm die Zügel und stieg in den Sattel. Dann beugte er sich tief hinab, um dem Jungen über das Haar zu streichen.

»Das hast du großartig gemacht, kleiner Freund. Vielleicht werden wir einander an einem glücklicheren Tag wieder treffen, auf Lyons-la-Forêt. Gott behüte dich.«

Raoul streckte den Arm aus und schüttelte dem Ritter mit strahlendem Lächeln die Hand.

»Gute Reise, Herr«, sagte er und winkte ihm nach, bis er verschwunden war.

Einige Zeitlang ritten sie im Galopp. Dann verringerte Blanche ihr Tempo und fiel in langsamen Trab. Richard schob sich vor bis an ihre Seite, und nun ritten sie Steigbügel an Steigbügel.

»Seid Ihr müde?« fragte er.
»Bei meiner Ehre, nein, Herr Ritter. Ich möchte Euch nur ein paar Fragen stellen. Als erstes: Wann werdet Ihr Aymer befreien?«
»Sobald wie möglich.«
»Wie wollt Ihr zu ihm gelangen?«
»Wo er sich jetzt befindet, ist er unerreichbar. Aber früher oder später muß er herauskommen. Und dann schlage ich zu.«
»Muß ich Euren Worten entnehmen, daß Ihr Euch nicht einmal sicher seid, ob Ihr wirklich zuschlagen wollt?«
Richard zögerte, aber er brauchte ihre Frage nicht zu beantworten, denn in diesem Augenblick entdeckte sie Chançard, den Richard zurückgelassen hatte. Sie glitt aus dem Sattel, lief zum Pferd ihres Geliebten und verbarg ihr Gesicht in seiner langen Mähne.
»Oh, mein guter Chançard, mit dir umarme ich ein Stückchen von Aymer«, rief sie aus.
Auch Richard stieg ab. Er raffte ein paar Sachen zusammen, die er im Lager zurückgelassen hatte und lächelte. Sie liebte Aymer vielleicht nicht so sehr wie Aymer sie. Aber sie liebte ihn.
»Wir müssen sofort weiter, Madame. Es gibt einen besseren Platz, wo wir bis zur Dunkelheit warten und unsere Pferde rasten lassen können«, sagte er leise, aber eindringlich.
Sie streichelte Chançard mit ihrer schmalen Hand.
»Ihr seid gestern gut auf ihm geritten«, sagte sie. Ihre dunklen Augen blickten ihn wohlgefällig an, und ihre Stimme war tief und sinnlich. Ihm wurde unbehaglich. »Ich habe Euch unrecht getan.«
Bevor sie weitersprechen konnte, übernahm er Chançards Zügel von ihr und gab wortlos seinem Pferd die Sporen.

Blanche ging am Ufer der Epte auf und ab und versuchte sich warmzuhalten. Ihr Begleiter stand auf einem hohen Felsen, der aus dem Wasser emporragte, und hielt Ausschau über die Felder und die Straße, die nach Paris führte.
Unwillkürlich stand Blanche still und betrachtete ihn. Der Wind wehte ihm den Mantel von den Schultern und sie sah die Kraft, die von seiner schlanken Gestalt ausging, sah die edle Linie seiner Stirn, der Nase und ahnte das entschlossene Kinn, das der üppige Bart verdeckte.

»Er ist wie ein schönes Tier, Chançard«, flüsterte sie. »Ein schönes Mannstier.«
Das Pferd jedoch war nicht an ihr interessiert und senkte den Kopf, um auf der Erde nach Futter zu suchen.
Blanche war eine Frau der Extreme. Wenn sie einen Mann nicht mochte, haßte sie ihn. Und wenn sie ihn mochte, begehrte sie ihn. Die Männer lagen ihr zu Füßen, daran war sie gewöhnt. Sie war ungewöhnlich schön, und das wußte sie. Deshalb stieß sie die Männer zurück. Aber wenn ihr ein Mann den Rücken kehrte, weckte er den Teufel in ihr. Dann ruhte und rastete sie nicht, ehe sie ihn sich unterworfen hatte.
Aymer hatte das erfahren müssen, und ihr Erfolg hatte ihr Interesse schon ein wenig erlahmen lassen. Es war ihr noch nicht klar, was Richard für sie bedeutete. Er hatte ihr bisher nur um Aymers willen zu Füßen gelegen, nicht ihretwegen. Er hatte ihr fest in die Augen gesehen, ganz ohne den verschwommenen, weichen Blick, den die Männer in ihrer Nähe sonst immer bekamen. Er war höflich, sprach aber zu ihr, wie wenn er von Mann zu Mann spräche. Das machte sie unsicher.
Aus diesen Gedanken wurde sie aufgeschreckt, als sich Richard plötzlich umwandte und von dem hohen Felsen herabsprang.
»Es ist jemand auf der Straße.«
Blanche fühlte die Spannung in seiner Stimme. Er hatte ihr ganz flüchtig über seine Beziehungen zu Leuten hinter den Mauern von La Cité erzählt, und sie wußte, daß die Ankunft eines Mannes von dort Nachricht über Aymer bedeuten konnte.
»Wir sollten ihm entgegenreiten. Ich friere entsetzlich«, rief sie ungeduldig.
Richard blickte sie fest an: »Wir erwarten ihn hier, wo wir einigermaßen sicher sind. Aber ich möchte nicht, daß Ihr durch meine Schuld frieren müßt.«
Er warf den Mantel ab und legte ihn ihr um die Schultern. Als er die Kupferschließen in Höhe der goldenen Kettchen, die ihren eigenen Mantel zusammenhielten, zuschnürte, beugte sie absichtlich den Kopf, um seinen Bewegungen zu folgen. Er spürte ihren warmen Atem, eine Locke löste sich aus der aufgebundenen Frisur und fiel ihm auf den Ärmel.

Hastig zog er die Hände zurück.
»Nicht so schnell«, wies sie ihn spöttisch zurecht. »Ich bin gerade dabei, mich an Eure Nähe zu gewöhnen.«
Sie faßte sein Handgelenk und zog ihn dichter heran. Ihr süßes Parfüm betäubte ihn, und ihre großen, dunklen Augen forderten ihn heraus. Aber er machte sich los und wandte sich ab.
»Es gibt eine bessere Art, eine Frau zu wärmen, Herr Ritter«, hörte er ihre lockende Stimme dicht hinter sich. Verwirrt blickte er auf den schwellenden Mund, der ihn auslachte.
In diesem Augenblick ertönte Hufgetrappel, und wenig später tauchte ein Reiter aus dem Waldesdunkel und parierte mit einem rauhen Ruck der Zügel sein Pferd.
Richard eilte ihm entgegen und fing ihn auf, als er erschöpft vom Pferd glitt. Der Reiter taumelte und klammerte sich an Richards Arm fest. Ein Hustenanfall erschütterte den mageren Körper. Es war Ferrand.
»Hole Wein!« rief Richard über die Schulter seiner Begleiterin zu, die – zu ihrer eigenen Überraschung – gehorchte.
Ferrand ermannte sich wieder und ließ sich auf einem Stein nieder, während Richard für sein Pferd sorgte. Der Fuchswallach war mit Schweiß bedeckt. Der Dampf stieg in die kalte Nachtluft auf.
Als Blanche mit dem Wein zurückkam, nahm Richard ihn wortlos entgegen und wies sie mit einer Handbewegung zurück bis in eine Entfernung, aus der sie nichts verstehen konnte.
»Komm, trink das, dann wirst du dich besser fühlen.« Ferrand nahm den Becher. Er rang nach Atem und schüttelte müde den Kopf.
»Beim Tode Gottes, heute bin ich durch die Hölle gegangen.« Er warf einen mißtrauischen Blick auf Blanche. »Ist sie ...?«
Richard nickte, und Ferrand fuhr ohne sichtbare Bewegung fort: »Ich mußte einfach nach La Cité zurück. Ich mußte wissen, was mit Aymer geschehen war. Und ich habe es gesehen!« Er schaute Richard schuldbewußt an. »Zuerst bin ich zu meinem Bruder gegangen. Godefroy richtete es so ein, daß ich in kurzer Entfernung von der Folterkammer mithören konnte, was dort gesprochen wurde. Immer wenn die Tür aufging, konnte ich einen Blick hineinwerfen.«

Er hielt inne, wie um Kraft zu sammeln, und fuhr fort:
»Ich habe ihn gesehen. Er lag gefesselt mit einer Wunde am Kopf, die noch von dem Scharmützel bei Le Mans stammte. Sein rechter Arm – den bearbeiteten sie gerade, während sie ihn verhörten. Heilige Mutter Gottes, ich höre sein Geschrei jetzt noch! Es wird mich bis ans Ende meiner Tage verfolgen.«
Ferrand schauderte. Noch nie war er Zeuge der grausamen Foltermethoden der Inquisition geworden, die Guillaume de Paris entwickelt hatte.
Richard hörte ihm ruhig zu und nickte verständnisvoll.
»Seine Hand...« Ferrand stockte, streckte seine rechte Hand aus und betrachtete sie mit weitaufgerissenen Augen, als sehe er alles wieder vor sich. Dann sprach er: »Er gestand sein Verhältnis mit dem Fräulein von Lyons-la-Forêt und gab die Stellen an, wo sich unsere Lager befanden. Aber er weigerte sich, die Namen seiner Brüder zu nennen unter dem Vorwand, sein Komtur habe sie ihm niemals anvertraut. Das brachte sie erst recht in Rage. Und schließlich gab er, kurz bevor er bewußtlos wurde, deinen Namen preis und alles, was er von dir wußte. Ihr seid für vogelfrei erklärt.«
Richard blickte ihm gerade in die Augen.
»Niemand, kein Mensch auf der weiten Welt, könnte solche Qualen erdulden, ohne alles zuzugeben. Er konnte nicht anders. Guillaume Imbert weiß, daß wir hart sind, gewohnt, Schmerzen zu ertragen. Darum hat er sich Methoden ausgedacht, deren es bei gewöhnlichen Menschen nicht bedarf. Hat Aymer Godefroy verraten?«
»Nein.«
»Und unsere Kontaktleute in Paris, die er kennt?«
»Nein, niemanden.«
»Dann ist keine Gefahr. Wir warten ruhig ab, bis unsere Stunde kommt. Vorläufig werden sie ganz zufrieden sein mit diesen Geständnissen. Sie reichen aus, um ihn an den Galgen zu bringen.«
»Ich habe noch mehr Neuigkeiten«, sagte Ferrand. »König Philipp hat von König Edward von England Antwort erhalten.«
Richard sah ihn mit gespannter Erwartung an.
»König Edward schreibt, er habe Philipps Berichte seinen Präla-

ten, Grafen und Edlen weitergegeben. Er schreibt weiter, es falle ihm schwer, die Wahrheit der Anschuldigungen zu glauben, die hier gegen uns erhoben worden sind. Auch der römische König Albrecht hat reagiert. Er scheint ebenfalls nicht alles zu glauben und schreibt Philipp, daß eine Angelegenheit wie diese vor den Heiligen Stuhl gehöre.«

»Gott sei Dank«, sagte Richard tief aufatmend. »Es gibt doch noch Leute mit Verstand. Wie fühlst du dich jetzt, Ferrand?«

Der Franzose winkte ab.

»Wenn du glaubst, stark genug dafür zu sein, möchte ich, daß du nach Paris zurückkehrst. Wir müssen wissen, was weiter mit Aymer geschieht. Aber sei vorsichtig. Und dann habe ich noch eine Bitte an dich. Mir wäre sehr an einem Blanko-Pergament gelegen, versehen mit dem Siegel des Königs oder auch seiner Tochter Isabella. Wenn du die Möglichkeit siehst, so etwas in die Hände zu bekommen, würdest du dem Tempel einen großen Dienst erweisen. Ich brauche ungefähr vier, fünf Tage, um das Fräulein in Sicherheit zu bringen. Hoffen wir, daß ich rechtzeitig zurück bin. Wenn nicht, dann weißt du, was zu tun ist. Aber gehe kein unnötiges Risiko ein. Wir treffen einander wieder an derselben Stelle.«

Ferrand stand auf.

»De par Dieu*, Beau Sire«, sagte er – die Wendung, mit der jeder Tempelritter einen Befehl seines Komturs bestätigte.

Richard legte Ferrand die Hand auf die Schulter.

»Paß gut auf dich auf«, sagte er und ließ ihn gehen.

Blanche hatte die ganze Zeit über am Ufer gestanden und erwartete ihn mit unbewegter Miene.

»Wir müssen aufbrechen, Madame. Kann ich meinen Mantel zurückhaben? Ihr werdet im Sattel schnell warm werden.«

»Wohin bringt Ihr mich?«

»Nach Lüttich. Wir besitzen dort acht Landgüter in der Komturei Villers-le-Temple. In einem davon werde ich Euch unterbringen.«

»Glaubt Ihr, daß Euere Brüder eine Frau in ihrer Mitte dulden werden?« fragte sie spöttisch.

* Im Namen Gottes

»Ihr werdet sie kaum zu sehen bekommen. Und sie Euch ebensowenig.«
»Habt Ihr Nachrichten über Aymer?«
»Er ist immer noch in La Cité, wo er verhört wird.«
Mehr wollte er ihr nicht erzählen. Sie maß ihn mit einem hochmütigen Blick und ließ mit scheinbar absichtsloser Nachlässigkeit den Mantel von den Schultern gleiten. Dann schritt sie zu ihrem Pferd und stieg in den Sattel.
Er hob seinen Mantel auf und legte ihn um. Ein Hauch ihres Parfüms, der in dem Stoff hängengeblieben war, erregte ihn, und er fühlte, wie ihm der Duft das Blut heiß durch die Adern jagte. Doch er achtete nicht darauf und bestieg Pilgrim. Die Zügel Chançards und des Packpferdes fest in den Händen haltend, ritt er ihr durch die Dunkelheit voraus.
Das Tauwetter setzte ebenso unerwartet ein wie vorher der Frost, und schnell versanken die Straßen wieder im Morast. Mühsam stapften die Pferde voran und zogen die Hufe mit schmatzendem Geräusch aus der zähen Masse.
»Es gibt eine bessere Straße als diese hier«, maulte Blanche.
»Diese ist sicherer«, erwiderte Richard. »Tagsüber müssen wir auf Schleichwegen reiten. Wenn es dunkel wird, nehmen wir wieder die Hauptstraße.«
Sie seufzte und zog die Zügel an.
»Laßt uns in einer Herberge etwas Warmes essen und ein wenig rasten.«
»Nein, aber Ihr könnt etwas Brot und Wein bekommen. Sobald wir Frankreich verlassen haben, essen wir.«
»Ich hasse Euch«, sagte sie, während sie den Krug und das Brot aus seiner Hand nahm. Der Wein flößte ihrem erstarrten Körper etwas Wärme ein, und sie hielt ihm den Krug entgegen.
»Eßt Ihr nichts? Trinkt etwas, der Wein ist gut.«
»Heute nicht mehr. Gestern war Montag vor Sankt Martin. Wir fasten nun bis Weihnachten.«
»Mein Gott, was für ein Leben!« lachte sie. »Wie haltet Ihr das aus? Die Entbehrungen eines Kriegers und die Enthaltsamkeit eines Mönches!« Und wieder sah sie ihn mit jenem herausfordernden Augenaufschlag an, dem er sich so schwer entziehen konnte.

»Disziplin«, war seine kurze Antwort.
»Ihr habt mir noch nicht gesagt, was ich in England tun soll«, sagte sie, als sie wieder neben ihm ritt.
»Innerhalb kurzer Zeit wird Isabella, die Tochter Eures Königs, König Edward II. von England ehelichen«, erklärte er, ohne den Blick vom Horizont zu wenden. »Ihr kennt sie, wie mir Aymer erzählt hat. Wenn ich das nötige Siegel rechtzeitig in die Hände bekomme, schicke ich Euch an den englischen Hof, wo Ihr als Hofdame Isabellas deren Ankunft vorbereiten werdet. In dieser Stellung, und auch später, wenn Ihr zu ihrem Hofstaat gehört, werdet Ihr vieles hören, was für uns wichtig sein kann.«
Sie war so verblüfft, daß sie vergaß, die Zügel anzuziehen.
»Ihr verlangt also von mir, daß ich mich mit einem falschen Dokument an den Hof König Edwards schleiche? Wie soll ich aber dann die Prinzessin empfangen, die mich doch an dieser Stelle gar nicht vermutet? Soll ich auch sie betrügen? Und das alles nur, um Euch, dem ich in keiner Weise verpflichtet bin, einen Gefallen zu tun? Soll ich etwa Euretwegen einen König und eine Königstochter ausspionieren?«
Jetzt zog sie wirklich die Zügel an und wandte ihr Pferd. Aber noch ehe sie kehrtmachen konnte, war er neben ihr und packte sie derb am Arm, so daß sie fast aus dem Sattel fiel.
»Des Tempels wegen, Madame«, verbesserte er sie.
Sie wand sich, um seinen eisernen Griff abzuschütteln.
»Laßt mich los, Ihr tut mir weh.«
»Ich habe Euch erzählt, was Euch in Paris erwartet«, sagte er ruhig, ohne seinen Griff zu lockern. »Ich vermute, daß Ihr mein Angebot annehmen werdet. Eine Alternative gibt es nicht.«
»Ich habe Freunde in Holland. Sie werden mich aufnehmen.«
»Es tut mir leid, Madame, aber Ihr seid dem Tempel diesen Dienst schuldig. Ihr habt uns eines unserer mutigsten Ritter beraubt.«
Ihre Augen, schwarz vor Zorn, funkelten ihn an. Sie warf den Kopf empor und schnaubte verächtlich.
»Und wenn Aymer nicht lebend aus La Cité herauskommt?«
»Das wird nicht geschehen.«
Sie lachte kurz und höhnisch auf. In der Ferne läutete eine Glocke, die die Stunde der Vesper ankündigte. Richard ließ Blanches Arm

los und setzte sein Pferd wieder in Bewegung, ohne sich umzusehen. Er wußte, daß sie ihm folgen würde.
Müde und hungrig erreichten sie nach einem langen, doch störungsfreien Ritt Villers-le-Temple, wo Richard abstieg und seinen Mantel gegen den weißen Mantel der Templer austauschte. Mit argwöhnischen Blicken betrachtete man ihn, und Blanche wurde nicht weiter vorgelassen als bis unter das Tor.
»Wollt Ihr so gut sein und mein Pferd versorgen, während ich mit dem Komtur spreche?« hörte ihn Blanche zu einem dienenden Bruder in brauner Kutte sagen. Sie wunderte sich, daß er einem Stallknecht, denn mehr war der Mönch nicht, in so freundlichem, mildem Ton begegnete.
Eine volle Viertelstunde mußte Blanche warten, ehe er zurückkam.
»Madame«, sagte er, indem er an ihren Steigbügel herantrat, um ihr beim Absteigen zu helfen, »man kann Euch nur eine Einzelzelle anbieten. Aber dort seid Ihr wenigstens sicher. Der Raum wird gerade für Euch fertiggemacht.«
»Eine Zelle?« fauchte sie, bleich vor Entrüstung.
»Wir dulden nun einmal keine Frauen in unserer Mitte. Und es steht hier außer dem Dormitorium der Mönche kein anderer Platz zur Verfügung. Seid froh, daß Ihr überhaupt hier bleiben dürft. Es hat mich eine Menge Überredungskunst gekostet.«
Sie traf keine Anstalten, vom Pferd zu steigen.
»Bringt mich nach Holland.«
»Dazu ist keine Zeit.«
»Ihr braucht mich nicht persönlich zu begleiten. Es ist hier doch sicher eine Eskorte aufzutreiben.«
»Ihr werdet keinen der Ritter bereitfinden, Euch Gesellschaft zu leisten. Unter den gegenwärtigen Umständen wollen sie sicher nicht in Begleitung einer Dame gesehen werden.«
Da packte sie fest die Zügel ihres Pferdes und stieß ihm die Sporen in die zitternden Flanken.
»Dann reite ich eben allein. Jedenfalls besser als Eure Strafzelle.«
Richard mußte vor den Hufen des Pferdes zur Seite springen, aber er griff fest in den Zaum und zwang das Tier zum Stehen.
»Gebraucht Euren Verstand, Madame«, herrschte er sie an. »Es ist beinahe Abend. Ihr seid hier sicherer als irgendwo anders.«

Er war wütend, aber sein Gesicht blieb unbeweglich.
»Geht mir aus dem Weg, Bastard.« Ihre Stimme klang drohend, und Richard konnte eben noch dem wütenden Schlag ihrer Reitpeitsche ausweichen. Sie war die erste, die seinen Beinamen als Beleidigung aussprach. Doch nichts in seinem Gesicht verriet, daß es ihn kränkte.
Zwei Brüder waren ihm zu Hilfe geeilt und hielten das Pferd. Richard faßte Blanches schmales Handgelenk und zog sie ohne weiteres aus dem Sattel.
»Ihr könnt hineingehen«, sagte er. »Ihr seid in guten Händen.«
Blanche starrte ihn an: die ruhigen, grauen Augen, den straffen, entschlossenen Mund, die unwiderstehliche Kraft und den weiten, weißen Mantel mit dem Kreuz.
Plötzlich überkam sie ein Verlangen, ihn zu küssen. Ihr Körper hungerte nach einem Mann. Zu lange hatte sie Aymer entbehren müssen.
»Ich hasse Euch«, sagte sie und spuckte auf den Boden vor seinen Füßen. Sie sah, wie sich seine Augen verengten, und zufrieden wandte sie sich ab. Willig folgte sie dem Ritter, der ihr voranschritt. Nach der Frühmette, die sie aus dem Schlaf riß, hörte sie ihn wegreiten. Sie lauschte, bis die Hufschläge in der Ferne verklungen waren.

6. KAPITEL

Un grand sommeil noir
Tombe sur ma vie:
Dormez, tout espoir,
Dormez, toute envie!

Je ne vois plus rien,
Je perds la mémoire
Du mal et du bien . . .
*O la triste histoire!**

Paul Verlaine – Sagesse

»Dort ist die Porte St. Denis«, erklärte Ferrand und wies nach Osten.
In der Dunkelheit konnte Richard drei Mühlen unterscheiden, die auf einem Hügel vor den Stadtmauern standen. Er wußte, daß das Stadttor nicht weit dahinter lag. Eine Weile blieben sie stehen und blickten in die Runde, um die Umgebung in sich aufzunehmen. Richard zeigte auf die Mühlen.
»Willst du dich dort mit den Pferden bereithalten?«
Ferrand nickte.
»Und die anderen?« wollte Richard wissen.
»Sie warten auf uns, etwas weiter oben, mit den übrigen Pferden. Außerdem werden an die zehn Mann aus der Stadt mitkommen, um sich unter die Bürger zu mischen. Sie bahnen uns den Weg.«
Sie eilten durch die Dunkelheit des frühen Morgens zu den Mühlen und banden ihre Pferde an der Nordseite der Wurte fest, auf der die Mühlen standen.

* Ein großer schwarzer Schlaf/ fällt auf mein Leben./ Schlafe, meine Hoffnung,/ schlafe, meine Lust!/ Ich sehe nichts mehr,/ die Erinnerung an Gut und Böse ist mir erloschen./ Ach, welch eine traurige Geschichte!

Richard warf seinen Mantel ab, rollte ihn zusammen und legte ihn vor den Sattel. Er tastete nach dem Dolch, der unter seinem schlichten Bauernkittel verborgen war, und blickte flüchtig zum Horizont, wo sich ein Schimmer der Morgenröte abzeichnete. Sein Blick wanderte prüfend zu den Pferden. Pilgrim schien sich von dem erschöpfenden Ritt nach Villiers-le-Temple noch kaum erholt zu haben, aber Chançard war glücklicherweise in besserem Zustand.

Noch einmal überdachte er alle Einzelheiten seines Plans.

»Riskant, aber durchführbar«, sagte er schließlich. »Sorge dafür, daß du rechtzeitig kommst.«

Ferrand nickte kurz.

»Wir retten ihn!«

»Mit Gottes Hilfe«, fügte Richard hinzu und verschwand in der Finsternis.

Eine Ratte schoß unter seinen Füßen davon. Er hörte, wie das Tier in das Wasser des Grabens am Fuße der Stadtmauer plumpste, und wartete, im Schatten verborgen.

Ein Hahn krähte in regelmäßigen Abständen. Im hellerwerdenden Licht erkannte Richard den Pfahl, der den Platz markierte, an dem der Scheiterhaufen aufgerichtet werden würde. Er schauderte.

Als es Tag geworden und das Stadttor geöffnet war, hörte er aus der Ferne das Gejohle der Volksmenge hinter der Mauer. Man brachte den Gefangenen. Reiter, zwölf an der Zahl, alle in den Farben des Königs, kamen durch das Tor geritten, und hinter dem letzten her stolperte Aymer mit einem langen Strick an das Pferd gebunden, bewacht von Fußknechten, die ihm in einigem Abstand folgten.

Als die Reiter ihre Pferde in Trab setzten, wurde Aymer mit einem Ruck umgerissen. Verzweifelt versuchte er, den Kopf mit den Armen zu schützen, während er über Steine, durch Erde, Schlamm und Schmutz geschleift wurde. Die eisernen Ringe um seine Gelenke schnitten ihm ins Fleisch.

Eine große Zahl Bürger war zum Feld vor der Porte St. Denis geströmt, um das Schauspiel zu verfolgen.

Die Luft vibrierte vom Lärm. Die Menschen stoben vor den Pferden zur Seite und bildeten danach einen Kreis um den Delinquenten. Ohne auf die lauten Proteste derer zu achten, die er zur Seite stieß, bahnte sich Richard einen Weg durch die hinzudrängende Menge. Es glückte ihm, Aymer zu erreichen, bevor dieser von den Fußknechten abgeschirmt wurde.

Aymer blickte auf. Als er das vertraute Gesicht erkannte, öffnete er mit schmerzverzerrtem Gesicht die Lippen.

»Töte mich, töte mich, mach ein Ende«, flüsterte er kaum hörbar.

»Fasse Mut, Aymer«, sagte Richard leise. Da schleuderte ihn schon der Stoß eines Spießes in die Menge zurück.

Dann ging alles sehr schnell. Der Scheiterhaufen wurde vorbereitet, und Aymer rappelte sich auf. Die Menschen schrien ihm Flüche nach, während er zwischen ihnen hindurchging. Doch schritt er nun kerzengerade mit herausfordernd erhobenem Haupt, als ob ihm die Beleidigungen nichts anhaben könnten.

Richard beobachtete das Schauspiel mit kühler Entschlossenheit. Langsam, kaum bemerkt durch die Umstehenden, bewegte er sich zum Holzstapel und lud sich ein Bündel trockener Äste auf die Schultern.

Damit reihte er sich ein in die Gruppe der Männer, die das letzte Holz heranschleppten. Aymer, an den Pfahl gebunden, starrte mit erhobenem Haupt in die graue Luft, seine Lippen bewegten sich im Gebet.

Vor ihm züngelten die ersten Flammen auf, krochen langsam auf seine Füße zu.

Die Umstehenden wichen zurück. Da trat Richard zum Scheiterhaufen und warf seine Zweige ins Feuer, das plötzlich aufprasselte und ihn wie Aymer für Sekunden vor den Blicken der Menge verbarg. Mit gezogenem Dolch tastete er nach den Stricken, mit denen Aymer festgebunden war.

»He! Komm dort herunter!« rief eine Stimme, und aus den Augenwinkeln sah er, wie einer der Fußknechte, der auf ihn zustürzen wollte, von einem anderen zurückgehalten wurde – ohne Zweifel einem seiner Brüder.

Er kniete nieder und durchschnitt hastig die Stricke um Aymers Beine. Schon hatten einige Leute bemerkt, was da vor sich ging, und begannen zu rufen:

»Es ist der Bastard! Tötet ihn! Verbrennt sie, Tod den Templern!«

Die Schreie übertönten das Geräusch des prasselnden Feuers. Er sah, wie brennende Äste in die Menge flogen, die kreischend und schreiend zurückwich.

Durch die so entstandene Gasse stürmte Ferrand auf seinem Fuchswallach heran, Chançard und Pilgrim hinter sich herziehend. Richard ergriff Chançards Zügel und schob Aymer in den Sattel, während die Flammen bereits an ihren Kleidern leckten.

»Folge Ferrand«, überschrie er den Tumult.

In der nächsten Sekunde schon stob das Pferd mit Aymer davon, der sich mit der Kraft der Verzweiflung mit einer Hand am Sattel festklammerte.

Pilgrim bäumte sich mit gefletschten Zähnen vor dem Feuer zurück. Gierige Hände aus der Menge griffen nach seinen Zügeln.

»Pilgrim«, rief Richard befehlend, und widerstrebend kam das Pferd heran, mit knapper Not den Händen eines Fußknechtes entgehend, der es am Zaum packen wollte.

Richard sprang durch die Flammen, warf sich auf sein scheuendes Pferd und preschte den anderen nach, durch den Rauch hindurch, der nun überall aufstieg.

Ein lichterloh brennender Heuwagen ratterte von der Seite heran und trennte ihn von den Reitern des Königs, die vergebens versuchten, durch die verängstigte Menge die Verfolgung aufzunehmen. Ihre Pferde waren toll vor Angst. Einige warfen ihre Reiter ab.

Richard feuerte sein schwarzes Roß an. Vor ihm hatten Ferrand und Aymer schon einen ziemlich großen Vorsprung gewonnen. Aymer saß nun fest im Sattel.

Gott sei Dank haben sie die schnelleren Pferde, dachte Richard. Er stieß Pilgrim die Fersen in die Flanken. Aber das Pferd wurde nicht schneller.

Noch ehe er die ersten Ausläufer des Forêt de Chantilly erreicht hatte, bemerkte er, daß es den Reitern des Königs gelungen war, die Verfolgung aufzunehmen. Sechs davon zählte er. Und wo zum Henker blieben die übrigen Templer? Hatte Ferrand nicht gesagt, daß sie hier auf sie warten würden, um ihren Rückzug zu decken?

Pilgrim wurde unterdessen immer langsamer. Vor ihm, ein paar hundert Meter weiter, floß ein kleiner Bach. Richard schätzte die

Entfernung bis dahin und den Abstand zu seinen Verfolgern und galoppierte weiter, bis er beim Wasser angelangt war. Dort stieg er ab, gürtete sein Schwert, legte die Sporen an, ergriff den Schild fest mit der linken Hand, bestieg sein Pferd wieder und watete durch den Bach.

Auf der Böschung des anderen Ufers erwartete er seine Verfolger mit gezücktem Schwert.

Vorsichtig kamen sie den Hügel herunter und teilten sich in drei Paare. Richard ritt auf die beiden zu, die ihm am nächsten waren, und trieb sie aufs Wasser zu. Sie wichen zurück, gerade so langsam, daß sie selbst nicht gefährdet waren, die anderen vier aber Zeit genug hatten, die Böschung zu erklettern.

Richard sah sich um. Wenn er hier blieb, würde man ihn von beiden Seiten einschließen. Sechs Mann waren eine Übermacht, gegen die er allein nicht ankommen konnte.

Er gab Pilgrim die Sporen und jagte ihn am Ufer entlang bachaufwärts, bis zu einer Stelle, wo er mehr Bewegungsfreiheit hatte.

Sie folgten ihm in geschlossener Gruppe. Da zog er die Zügel an, wendete sein Pferd und gab ihm aufs neue die Sporen. In vollem Galopp sprengte er den Reitern entgegen, laut erklang der Schlachtruf der Templer: »Vive Dieu, Saint-Amour!« und mit ein paar wuchtigen Schwerthieben trieb er die auf einen so tollkühnen Angriff nicht gefaßten Gegner auseinander. Mit dem ersten Streich warf er einen Mann aus dem Sattel und schlug dem folgenden eine tiefe Wunde in den rechten Arm.

Wieder spornte er Pilgrim an und entzog sich mit einem Sprung dem Gedränge. Jetzt hatte er freies Feld, ihrem Angriff dort zu begegnen, wo er ihn haben wollte: an der rechten Flanke seines Pferdes.

Auch der dritte Reiter machte unliebsame Bekanntschaft mit seiner Klinge. Der Mann glitt mit einem Aufschrei aus dem Sattel, heftig aus einer Wunde im Schenkel blutend.

Jetzt aber begann Pilgrim heftig zu lahmen. Ohne den gewohnten Schutz seiner Rüstung fühlte sich Richard beinahe nackt, aber er hielt stand, während die Schwerthiebe auf seinen Schild prasselten. Plötzlich traf ihn ein Speer mitten auf der Brust. Der Stoß war nicht heftig, aber er genügte, um ihm eine blutende Wunde zu schlagen. Die Wucht des Stoßes und der Schmerz warfen Richard zurück.

Mit einem mächtigen Schlag seines Schwertes konnte er den Speer noch entzweihauen, aber er hatte das Gleichgewicht verloren und fühlte, wie er aus dem Sattel flog. War es Blut oder Schlamm, auf dem er ausglitt, als er sich wieder aufrichten wollte? Er wußte es nicht. Jedenfalls konnte er sich nur noch mit Mühe aufrechthalten und verteidigen, da nun die Hiebe hageldicht auf ihn niederprasselten.

Aber war da nicht Hufgetrappel zu hören, das durch das Schwertgeklirr näherkam?

Ein gewaltiger Streich warf ihn zu Boden, und der Schild entglitt seinen Händen. Jeden Augenblick mußte ihn der tödliche Hieb treffen. Er rang nach Atem. Es war vorbei!

Im nächsten Augenblick stand die riesige Gestalt eines bäumenden schwarzen Pferdes über ihm. Die Hufe wirbelten gefährlich dicht an seinem Kopf durch die Luft.

Ein Huf traf ihn. Er stieß einen Schrei aus, der jedoch von einem anderen Schrei übertönt wurde: »Baucent à la rescousse!«* Halb betäubt durch den Hufschlag vernahm er den Schlachtruf seiner Ritter.

Als es schließlich still wurde, rappelte sich Richard mit dröhnendem Schädel auf. Über ihm stand Pilgrim, der sich trotz seiner Erschöpfung auf die Feinde gestürzt hatte, um seinen Herrn zu schützen.

Richard lehnte sich an den Hals des mutigen Tieres und streichelte die schwarze Mähne. In der Ferne sah er, wie die reiterlosen Pferde seiner sechs Feinde davongaloppierten, und in der Nähe jenseits des Baches die Verwundeten, die fluchend den Rückzug antraten. Dicht vor ihm stellten sich seine Reiter auf. Einer von ihnen sprang vom Pferd.

* Baucent, auch Baussant oder Beauséant ist das Banner des Tempels. Baussant bedeutet zweifarbig, weil das Banner in zwei Felder geteilt war, ein weißes und ein schwarzes. Andere sind der Ansicht, daß Baussant von »biens-éant« kommt, was wohlwollend heißt und besagen will, daß also die Brüder des Tempels verpflichtet waren, dem Mitbruder unter allen Umständen freundlich und höflich zu begegnen.

»Euer Schild, Herr«, sagte er und überreichte ihm dieses geschundene Stück seiner Rüstung.
»Alles in Ordnung, Herr?« fragte der Ritter weiter mit besorgtem Blick auf Richards Kopfwunde und die klaffende Wunde unter seinem Wams.
Richard lachte. »Soeben habe ich meinem Pferd ewige Treue geschworen.«
Die Ritter blickten einander unsicher an. Dieser merkwürdig junge Komtur war so ganz anders als die alten, erfahrenen Männer, die sie an der Spitze ihrer Kapitel gewohnt waren.
»Ihr seid spät gekommen«, stellte Richard ohne Vorwurf fest und blickte in die Runde.
»Wir wurden aufgehalten, Herr.«
Richard verlangte keine weitere Erklärung. Er nahm Pilgrim beim Zügel.
»Ich werde weiter nach Norden reiten. Euch bitte ich, meinen Fluchtweg zu sichern, um eine neue Verfolgung zu verhindern,« sagte er.
»Ouil, Sire, de par Dieu«, erscholl es wie aus einem Munde. Sie bestiegen die Pferde und ritten davon.
Richard blieb allein zurück. Zu Fuß verfolgte er seinen Weg durch den Forêt d'Halatte, wo er Ferrand und Aymer treffen wollte. Er fand sie im Windschatten eines hohen Hügels.
Aymer lag auf dem Rücken an ein paar aufeinandergeschichtete Steine gelehnt, und versuchte, sich von dem mörderischen Ritt zu erholen, der ihn die letzten noch verbliebenen Kräfte gekostet hatte.
Er zeigte den Anflug eines Lächelns, als Richard bei ihm niederkniete, und hob mühsam den linken Arm, um dessen Schulter mit seiner eiskalten Hand zu umklammern. Er wollte etwas sagen, aber der sonst so impulsive Franzose fand keine Worte, um seine Dankbarkeit auszudrücken.
Ferrand reichte Richard ein Bündel sauberes Linnen. »Ich habe keine Erfahrung mit solchen Verwundungen«, sagte er zögernd. Richard nickte.
»Sorge nur für mein Pferd, es lahmt.«
Richard holte einen Krug Wein aus seiner Satteltasche und ließ

Aymer trinken. Rasch tat der Alkohol seine Wirkung. Trotzdem konnte er nur mühsam einen Schrei unterdrücken, als Richard sein Hemd entfernte, um seine Wunden zu untersuchen.

Das kühle Wasser, womit er sie reinigte, tat ihm wohl. »Aymer!« Richards Stimme riß ihn aus seiner Betäubung. »Mach den Mund auf.«

Aymer gehorchte. Er wußte, was jetzt kommen mußte. Richard schob ihm ein Stück Holz zwischen die Zähne.

»Ferrand«, rief er dann, »ich brauche deine Hilfe. Halte ihm den anderen Arm fest.«

Aschfahl im Gesicht gehorchte Ferrand. Mit größtmöglicher Schonung behandelte Richard die Masse aus Blut und Schmutz, die einst Aymers rechte Hand gewesen war. Als er das aufgerissene Fleisch berührte und mit einem dünnen Strahl Wasser den Schmutz wegwusch, zog Aymer unwillkürlich und mit schmerzverzerrter Miene den Arm zurück.

Richard warf Ferrand einen schnellen Blick zu. Die Hand war völlig verstümmelt, die Finger gebrochen und verrenkt. Die erbarmungslosen Schergen der Inquisition hatten zwischen die Finger keilartige Stäbchen geklemmt und sie solange brutal nach innen getrieben, bis schließlich die Mittelhandknochen gebrochen waren. Übrig war jetzt eine formlose schwärende Masse, vom feuchten Brand befallen.

Richard zog seinen Dolch. Schnell und sicher schnitt er das brandige Fleisch weg, während Aymer stöhnend den Kopf hin- und herwarf. Schließlich legte ihm Richard einen Verband an, der das Blut stillte und die Wunde bedeckte.

»Wir brauchen so schnell wie möglich einen Arzt«, sagte er, während er Aymer den Knebel aus dem Mund nahm. »Wahrscheinlich verlierst du deine Hand.«

Mit einem kalten, feuchten Tuch wischte Richard den Schweiß von der Stirn des Freundes.

»Wir müssen weiter. Kannst du reiten, Aymer?« fragte Richard. Aymer nickte, und Richard stützte ihn, während er zu seinem Pferd taumelte.

»Meinen Mantel, Ferrand«, befahl Richard über die Schulter.

Als ihm Ferrand das Kleidungsstück reichte, hüllte er vorsichtig

Aymers zitternden Körper darin ein. Zusammen hoben sie den Verletzten in den Sattel.
»Ihr behandelt mich, als ob ich ein Krüppel wäre«, maulte Aymer und schloß seine linke Faust kräftig um Chançards Zügel.
»Du wirst dich auch so fühlen, bevor der Tag zu Ende ist«, versicherte ihm Richard und ging ihm auf dem schmalen Weg mit Pilgrim voran, der hinter ihm herhinkte. »Du hast Fieber und mußt so schnell wie möglich Courtrai erreichen, bevor du wirklich zusammenbrichst.«
»Wohin willst du mich bringen? Nach Flandern?«
»Ja, nur dort bist du sicher!«
»Es geht mir nicht um meine Sicherheit, sondern um die von Blanche. Sie werden sie finden. Ich habe ihren Namen verraten. Wir müssen ihr helfen, oder ich gehe zurück nach Paris, auf der Stelle.«
»Ihr beide habt zumindest eines gemeinsam«, lächelte Richard. »Auch Blanche wollte nichts lieber als zurückgehen, der Gefahr entgegen. Sie ist in Sicherheit, Aymer.«
Aymer starrte ihn ungläubig an.
»Man sagte mir, sie werde in ihrer eigenen Burg gefangengehalten, und man wolle sie als Geisel nach Paris bringen, wenn ich nicht mit ihnen zusammenarbeiten würde. Du lügst, Richard, du lügst mich an!«
»Du weißt es besser.«
»Du versuchst mich an einen sicheren Ort zu locken, aber ich kann sie nicht in Paris zurücklassen. Ich verlasse Frankreich nicht ohne sie.«
»Bei meiner Ehre, Aymer, sie ist gerettet. Ich habe sie zu unseren Brüdern in Villers-le-Temple gebracht, obwohl ihr die Zelle, in die man sie sperrte, gar nicht gefiel. Sie ist in guten Händen. Niemand wird sie dort suchen. Sobald du wieder bei Kräften bist, holen wir sie.«
Aymer schwieg und starrte ihn an.
»Es ist wahr«, fügte Ferrand hinzu. »Ich habe sie gesehen. Sie ist unglaublich schön.«
Aymer lächelte Richard, noch etwas ungläubig, an.
»Wenn das wahr ist, bist du deinem Eid um meinetwillen untreu

geworden, Bruder. Bei Gott, du mußt mir alles über dieses Abenteuer erzählen.«

»Später«, antwortete Richard knapp.

Sie waren am Rand des Waldes angelangt.

»Vor uns liegt der Weg nach Flandern. Beeile dich, sonst war alles umsonst.«

Er schaute ihnen nach, bis sie in der Ferne verschwunden waren, und betrachtete dann kopfschüttelnd das lahme Bein Pilgrims.

»Komm, mein Freund«, sagte er aufmunternd, »laß mich nicht im Stich. Du bist alles, was ich auf Erden besitze.«

Es dauerte noch fast drei Tage, bis Richard Courtrai erreichte. Er ging zu Fuß, das dunkle Haupt seines hinkenden Pferdes stets neben sich. Er wußte, daß Pilgrim einer langen Ruhepause bedurfte. Aber genau das war es, was er weder seinem tapferen Roß noch sich selbst gönnen durfte.

So stolperte er voran, während seine Kräfte langsam schwanden. Nur ab und zu hielt er für eine kurze Rast an, um einen Schluck Wasser zu nehmen.

Als er schließlich durch das Stadttor wankte und über die mit Feldsteinen gepflasterten Straßen von Courtrai schritt, war er bis auf die Knochen erstarrt und zitterte in der abendlichen Kälte.

Wie durch einen Nebel fand er den Weg zu der Herberge, die er nach Ferrands Angaben aufsuchen sollte. Er übergab Pilgrim einem der Stallknechte und bat ihn, das Tier gut zu pflegen.

Danach betrat er die Herberge und fragte nach seinen Kameraden. Ferrand hatte den Klang seiner Schritte schon im Gang gehört und umarmte ihn brüderlich.

Er führte ihn in einen Raum, wo ein warmes Herdfeuer prasselte.

»Gott sei gedankt, daß du hier bist. Ich hatte schon Angst, die Schergen des Königs hätten dich erwischt.«

»Wie steht's mit Aymer?« fragte Richard besorgt.

»Viel besser. Das Fieber stieg zwar, als wir die Grenze passiert hatten, aber er hat durchgehalten. Inzwischen hat ihm ein Arzt die Hand abgenommen. Die erste Nacht war die schlimmste. Aber jetzt erholt er sich langsam.«

»Gott sei gelobt«, seufzte Richard und sank auf einen Schemel beim Herdfeuer nieder.

»Bring mir etwas Wein«, flüsterte er.
Ferrand sah ihn von der Seite an und kam näher. »Ich fürchte, daß ich in meinem Krankenzimmer noch einen Patienten kriege. Du hast Fieber.«
Er war gerade noch rechtzeitig zur Stelle, um seinen Freund aufzufangen, als dieser vornüber sank.
Allmählich erholten sich die drei Ritter in Courtrai von ihren Mühen und Schmerzen und stellten sich der Welt mit neuer Energie. Nachdem sie Blanche aus ihrer Einzelhaft in Villers-le-Temple befreit hatten, begaben sie sich nach Brügge, wo sie sich auf einem der flämischen Wollschiffe einschiffen wollten.
Aymer hatte vor, seine Geliebte nach England zu begleiten und erst nach Frankreich zurückzukehren, wenn er das Schwert mit der Linken ebensogut führen konnte wie zuvor mit der Rechten. »Und wenn mir auch beide Hände fehlten, so würde ich mich doch mit meinem Dolch zwischen den Zähnen durchschlagen«, hatte er mit kampflustigem Blick erklärt, und Blanche hatte ihm beim Wiedersehen zugeflüstert:
»Solange der Rest von Euch noch derselbe ist, Liebster, will ich mich nicht beklagen.«
Aymer hatte sich von den geschickten flämischen Schneidern neu einkleiden lassen. Er trug einen modischen kurzen Cothardi aus kostbarem Stoff in warmem Grün und Blau, darüber für die kalte Jahreszeit einen Surcot, ein Oberkleid mit Schlitzen in den Ärmeln, die die engsitzenden Ärmel des Cothardi durchscheinen ließen. Richard hatte mehr auf Zweckmäßigkeit geachtet. Seine Arbeitskleidung, wie er es nannte, bestand aus einer gewöhnlichen Kutte: einem Oberkleid, das ihm bis auf die Waden reichte und aus grobem Serge gearbeitet war, sowie einem schweren Mantel, der in weiten Falten herabfiel – beides in Schwarz.
So trafen sie mittags in Brügge ein. Die beiden Ritter, die nach Frankreich zurückkehren mußten, nahmen am Kai Abschied.
»Du wirst England liebgewinnen. Es ist ein schönes Land«, sagte Richard wehmütig.
»So hättest du von Frankreich auch gesprochen, wenn du ihm vor dieser Pest begegnet wärst, die sich jetzt über das Land gelegt hat«, antwortete Aymer.

Einen Augenblick noch standen die drei Männer schweigend beisammen. Keinen Tag war es her, daß ein Kurier aus Frankreich ihnen die Nachricht gebracht hatte, der Papst habe, ermutigt durch die Geständnisse von mehr als hundert Tempelrittern in Paris, eine Bulle erlassen, die Bulle Pastoralis Praeeminentiae, worin er alle Fürsten anwies, die Tempelritter gefangenzusetzen und ihre Güter in seinem Namen zu beschlagnahmen. Philipp triumphierte.
Richard legte seine Hand um Aymers Schultern.
»Mache unseren Brüdern in England um Gottes willen klar, daß auch sie bedroht sind, und daß sie sich gegen einen solchen Angriff wappnen müssen. Edward wird früher oder später nachgeben.«
Aymer trug einen Brief Richards bei sich, gerichtet an William de la More, Komtur der englischen Tempelprovinz. Der Brief enthielt einen vollständigen Bericht über das tragische Schicksal der französischen Templer, das, wie Richard annahm, den englischen Ordensbrüdern größtenteils unbekannt geblieben war. Er schlug dem Ordensmeister vor, mit dem Kardinal Corbara Verbindung aufzunehmen, um zu versuchen, über ihn Papst Clemens zu beeinflussen.
Dann forderte er ihn auf, mit größter Eile Kuriere zu den anderen Tempelprovinzen zu senden, um sie zu warnen und die Kräfte des Tempels zu sammeln. Aymer möge er trotz dessen Entgleisungen als Bruder empfangen und ihn im Tempel üben lassen, bis er das Schwert mit der Linken führen konnte.
Es lag auch ein kurzer Brief für Thomas von Lincoln bei, den Richard selbst geschrieben hatte, obwohl er wußte, daß ihn der Ordensmeister als erster öffnen würde.
Der Brief, den Thomas also vielleicht gar nicht erhalten würde, endete mit den folgenden Sätzen: »Es gibt eine Frage, um die meine Gedanken ständig kreisen, und die ich Euch, der Ihr mich von dem Augenblick an, als Ihr aus dem Heiligen Land zurück kamt, begleitet habt, vorlegen möchte. Je länger ich darüber nachdenke, um so seltsamer kommt es mir vor, daß mir niemand etwas darüber erzählt hat, wer meine Eltern waren. Ich kann nur zu einer einzigen Schlußfolgerung kommen, nennt man mich doch auch den Bastard, unter welchem Namen ich in ganz Frankreich be-

kannt bin. Ich weiß, daß ich meine Vergangenheit, die nicht zu meinem Leben als Tempelritter gehört, von mir abgestreift habe. Daher werde ich auch auf keine andere Weise von dem Wissen um meine Herkunft Gebrauch machen, als um mein Herz damit zu beruhigen. Den Beinamen Bastard habe ich mir übrigens auch nicht aus diesem Grunde zugelegt. Für mich hat er eine andere Bedeutung. Ich fühle mich als Bastard des Tempels, da ich, obwohl aus mir unbekannten Gründen von ihm ausgeschlossen, Leib und Leben immerdar in den Dienst des Ordens stellen werde und mich unvermindert an den Eid gebunden fühle, den ich geschworen habe.

Gegeben und gezeichnet fünf Tage vor dem Fest des heiligen Andreas im Jahr des Herrn 1307. Richard der Bastard.«

7. KAPITEL

Seid klug wie die Schlangen und unschuldig wie die Tauben.

Matthäus 10, Vers 16

In Gedanken versunken ging Richard durch die belebten Straßen von Paris. Guillaume de Nogaret hatte die Dinge fest im Griff, denn der Papst hatte Philipp ebenfalls in die Hände gearbeitet. Zwar hatte er zwei Kardinäle zum Hof geschickt mit dem dringenden Ersuchen, die Gefangenen unter die Aufsicht der Geistlichkeit zu stellen, statt sie in Gegenwart von Laien durch die Inquisition zu verhören, aber er hatte dafür die Kardinäle Bérenger Frédol und Etienne de Suisy ausgewählt, beide aus der Umgebung des Pariser Hofes. Bevor Bertrand de Got, Erzbischof von Bordeaux, als Papst Clemens V. den Heiligen Stuhl bestieg, war Frédol Bischof von Béziers gewesen und Suisy Kanzler von Frankreich.

Frédol und Suisy würden sich vom König nur zu gerne überzeugen lassen, daß die Gefangenen der beiden Pariser Burgen des Tempels, im Augenblick auf den Tempel selbst, das Château Corbeil, Château de Moret-sur-Loing und andere Festungen verteilt, keiner Verlegung bedurften.

Trotzdem hatte die Gegenwart der beiden Prälaten Richard Hoffnung gemacht, denn die französischen Brüder würden sicher Gelegenheit finden, ihnen zu erklären, daß ihre Geständnisse durch Drohungen und Marter abgepreßt waren.

Festen Schrittes ging Richard weiter. In der Abtei von St. Martin des Champs wartete ein anderer Kardinal auf ihn. Es handelte sich um Thibaut de Corbara, der mit seinen Kollegen Suisy und Frédol unter einem Vorwand nach Paris gekommen war.

Das Klirren der Sporen hallte seltsam durch die Ruhe des Klosters. Im Kreuzgang der Abtei kam ihm der Kardinal schon lächelnd entgegen, und Richard kniete eilends nieder, um den Ring zu küssen.

»Monseigneur, es tut mir wohl, Euch hier begrüßen zu können«, sagte er, bevor er sich wieder aufrichtete.

»Geht nur neben mir her. Hier können wir ungestört sprechen«, antwortete der Kardinal. Zusammen wandelten sie langsam durch den Kreuzgang.

»Fünfzig Tage sind nun seit der Nacht vergangen, da meine Brüder gefangengenommen wurden«, begann Richard. »Ich möchte Euch ein paar nüchterne Zahlen nennen, die die Situation, wie sie sich im Augenblick darstellt, genau beschreiben. Wir besitzen in Frankreich fünf- bis sechshundert Komtureien mit schätzungsweise 3000 Rittern. Nachricht haben wir von ungefähr 800. Fast ein Viertel davon ist auf der Folterbank gestorben. An die 200 unserer Brüder, Monseigneur! Allein in Paris sind von 140 Gefangenen 36 durch Folter ums Leben gekommen. In Sens waren es 26, und in Caen, Cahors, Bigorre, Carcassonne und Clermont könnt Ihr mit...«

Der Kardinal schüttelte ungläubig den Kopf.

»In Paris sind nur zwei den Einschüchterungen nicht erlegen. Könnt Ihr Euch vorstellen, wie groß die innere Not all der anderen ist, die gestanden haben? Abgesehen von ihren körperlichen Qualen?«

»Kannst du diese Worte beweisen, Bruder Richard? Worte allein genügen nicht, wenn ich eine so schwere Beschuldigung gegen den Inquisitor dem Heiligen Vater überbringen soll.«

»Ich werde Euch die Beweise liefern, noch bevor Ihr nach Poitiers zurückkehrt«, versicherte ihm Richard. »Seine Heiligkeit hat sich durch die vielen Geständnisse täuschen lassen, Monseigneur, aber in dieser Art erpreßte Bekenntnisse sind ohne jeden Wert!«

»Papst Clemens ist ein edelmütiger Mann, Bruder Richard. Wenn das, was du sagst, auf Wahrheit beruht, wird er sicher für deine Entrüstung Verständnis zeigen. Er ist ein sanftmütiger Mensch, der gewiß sehr unter alledem leiden wird.«

Die Stimme des Kardinals klang unsicher. Offensichtlich hatte er keine Ahnung vom Ausmaß der Tragödie, die sich unter seinen Augen abspielte.

»Wir müssen Philipp Einhalt gebieten, bevor es zu spät ist«, nahm Richard wieder das Wort. »Nur der Papst kann diesem entsetzlichen Schauspiel ein Ende machen. Ich kann nicht oft genug betonen, daß das, was hier geschieht, durch Seine Heiligkeit hätte verhindert werden müssen. Wir sind nicht der bischöflichen Jurisdiktion unterworfen, und auch die Inquisition der Dominikaner hat keine Befugnisse über uns. Sehr alte Privilegien stellen alles, was den Tempel betrifft, allein unter die Obhut des Papstes. Doch statt das Recht zu wahren, hat der Papst die Bulle Pastoralis Praeeminentiae ausgefertigt. Bei Gott, Monseigneur, das hätten wir nicht erwartet.«

Der Geistliche legte Richard die Hand auf den Mund und zog ihn dichter zu sich heran.

»Philipp ist ein gefährlicher Mann«, sagte er so leise, daß Richard ihn kaum verstand. »Ich kenne ihn länger als du. Es ist dem Papst auch noch frisch im Gedächtnis, was mit Bonifatius VIII. geschehen ist. Ganz zu schweigen von Nogaret.* Clemens tut alles, um sich ihn vom Leib zu halten, was ihm leider nicht immer glückt. Philipps Einfluß reicht noch weiter, als du befürchtest, mein Sohn.«

»Wie weit genau, Monseigneur?«

Der Kardinal seufzte und legte die Hand auf das goldene Kreuz, das an einer kostbaren Kette auf seiner Brust ruhte.

* Ende des 13. Jahrhunderts hatte sich zwischen Papst Bonifatius VIII. und Philipp IV. eine Meinungsverschiedenheit über eine Steuer ergeben, die der König der französischen Geistlichkeit auferlegt hatte. Die Auseinandersetzung spitzte sich zu einem erbitterten Kampf zu. Guillaume de Nogaret trieb Propaganda mit allerlei Pamphleten, um das Ansehen des Papstes zu unterminieren. Er klagte ihn, unterstützt von Guillaume de Plaisians, verschiedener Vergehen an, unter anderem der Sodomie und Ketzerei. 1303 sandte Philipp Nogaret zum päpstlichen Sommersitz in Anagni, wo sich Bonifatius aufhielt, mit dem Auftrag, den Papst nach Frankreich zu bringen (wo dann später Philipp ein Konzil einberief, das den Papst verurteilen mußte). Nogaret umzingelte die Stadt, drang in den päpstlichen Palast ein und beschimpfte den Heiligen Vater, der seinerseits Nogaret und den Seinen alle Flüche des Himmels entgegenschleuderte. Daraufhin gab Sciarra Colonna, ein Bundesgenosse Nogarets aus Florenz, dem Papst mit eisenbehandschuhter Hand eine Ohrfeige. Zwar wurde der Papst von den Bewohnern und 400 römischen Rittern befreit und nach Rom gebracht, aber er überwand vor allem den seelischen Schock nicht und starb einen Monat später.

»Es ist ein offenes Geheimnis, daß König Philipp Macht über den Papst besitzt. Denn es war ja Philipp, der ihm in den Sattel half. Was mancher jedoch nicht weiß, ist, daß Philipp nach den in der Kurie umlaufenden Gerüchten das nur unter bestimmten Bedingungen getan hat, über die ich mich nicht weiter auslassen will. Sechs Bedingungen soll Philipp ihm gestellt haben, von denen fünf bereits erfüllt sind. Die sechste und letzte wollte der König, so heißt es, bis zu einem bestimmten Zeitpunkt geheimhalten, da es sich um ›eine sehr wichtige und geheime Angelegenheit‹ handelt. Ich fürchte mehr und mehr, daß sie sich auf den Tempel bezieht. Wenn es tatsächlich so ist, dann ist der Tempel verloren. Denn wenn der Papst seine Mitwirkung verweigert, wird ihn Philipp zerschmettern, wie er Bonifatius zerschmettert hat. Und das war ein weitaus stärkerer und klügerer Mann als Clemens – ein Charakter, fast ebenso stark wie Philipp selbst.«
Richard biß die Zähne aufeinander und murmelte halb in sich hinein: »Sind wir also auf Gedeih und Verderb einer durch Korruption ausgehöhlten Kirche ausgeliefert?«
Der Kardinal ließ die Frage offen.
»Gott ist mein Zeuge, daß ich dir nur meine Vermutungen erzählt habe. Ich habe dich ins Vertrauen gezogen, mein Sohn, weil ich glaube, daß du ein Recht darauf hast zu wissen, mit welchen Mächten du dich in einen Kampf eingelassen hast. Mißbrauche dieses Vertrauen nicht. Was hier gesagt wurde, muß unter uns bleiben. Seine Heiligkeit ist ein guter und barmherziger Mensch, der euch nicht ohne weiteres ausliefern wird. Er wird keine Möglichkeit ungenützt lassen, euch zu helfen, wenn er nur irgendeine Chance dazu sieht.«
Richard nickte ergeben.
»Wollt Ihr den Kardinal de Suisy oder den Kardinal Frédol bitten, die morgige Nacht hier in der Abtei zu verbringen?« fragte er, und mit Nachdruck fügte er hinzu: »Nicht alle beide, einer von ihnen genügt.«

Wieder war es Nacht, die zweite Nacht nach Richards Gespräch mit Kardinal Thibaut de Corbara in der Abtei St. Martin des Champs.

Es regnete, und ein unangenehmer Wind fegte die abgefallenen Blätter durch den Klostergarten, der an allen vier Seiten durch Reihen von Steinsäulen gesäumt war. Richard konnte kaum sehen, wohin er seine Schritte setzte. Aber er erinnerte sich an jede Steinplatte. Er tastete nach dem Türknauf und drückte sanft gegen die flache hölzerne Türfüllung. Die Riegel waren nicht vorgeschoben. Er schlüpfte hinein. Nur eine Kerze brannte in dem Raum, so daß er soeben noch das Bett an der gegenüberliegenden Wand des kleinen Gelasses erkennen konnte. Der Kardinal schlief. Richard beugte sich zu ihm nieder.
»Monseigneur«, flüsterte er und schüttelte ihn sacht.
»Wacht auf!«
Der Geistliche schrak zusammen. Er hob den Kopf, faßte die Seitenkanten des Bettes mit beiden Händen und versuchte, mit den Augen die Finsternis zu durchdringen.
»Kleidet Euch an, schnell«, sagte Richard und drückte ihm ein Bündel Kleider in die Hände.
»Oh, du bist es«, sagte er und begann ungeschickt die ungewohnte Bürgerkleidung überzustreifen.
»Ist es Frédol oder Suisy?« fragte Richard.
»Frédol.«
Richard nickte und verschwand im angrenzenden Raum. Es kostete erheblich mehr Zeit und vor allem Überredung, um Bérenger Frédol dazu zu bringen, mitten in der Nacht in Bürgerkleidung die Abtei zu verlassen.
Aber schließlich stand Richard wieder im Zimmer von Thibaut de Corbara und Frédol neben ihm.
»Wohin bringst du mich?« wollte Frédol wissen.
»Zu einem Gefängnis.«
Der Kardinal schlug ein Kreuz und folgte der dunklen Gestalt durch die Kirche der Abtei und durch eine Hintertür nach draußen.
»Wo sind deine Kameraden?« fragte Corbara leise, als sie die breite Straße hinter sich gelassen und ein Labyrinth düsterer stinkender Gäßchen durchquert hatten.
»Sie sind schon dort, um darauf zu achten, daß Ihr sicher hineinkommt.«

Schweigend gingen sie weiter, tief in ihre Mäntel gehüllt, bis Richard plötzlich vor einer kleinen Tür anhielt, die sofort geöffnet wurde, als er dreimal anklopfte.
Sie führte zu einem schmalen Durchgang, an dessen Ende sich wieder eine Hintertür befand. Durch sie kamen sie zu einem steinernen Gebäude, das von einem kleinen viereckigen Turm überragt wurde.
Fröstelnd, die Hand auf dem eisernen Türknauf, stand dort im Priestergewand einer von Richards Männern unter dem Torbogen und erwartete sie.
»Bitte kein Wort, schaut Euch nur um und macht die Ohren auf«, schärfte Richard den beiden Geistlichen ein. Corbara nickte und trat ebenfalls ins Innere, wo eine Fackel brannte. Frédol folgte widerstrebend.
Richard steckte noch eine weitere Fackel an und nahm sie mit, während er eine steile Treppe hinabstieg und einen kurzen Gang durcheilte. Er stieg vorsichtig über den Körper eines schlafenden Wärters, dann ging es noch einmal eine Wendeltreppe hinab.
Ein schmutziger, abgerissener Kerl wartete mit deutlich herausfordernder, ausgestreckter Hand auf sie. Richard drückte ihm hastig ein Goldstück hinein. Der Mann grinste, murmelte ein paar unverständliche Worte und ließ sie passieren. Er ging sogar so weit, ihnen die Riegel zu öffnen und die Tür aufzuhalten, die wegen der Feuchtigkeit in den Scharnieren verräterisch quietschte.
»Glücklicherweise beschränkt sich Korruption nicht auf die Kirche«, sagte Richard spöttisch.
Vor ihnen öffnete sich eine kalte, enge Zelle. Ein unangenehmer, feuchtkalter Windzug schlug ihnen entgegen, und die Kardinäle zögerten lange, ehe sie eintraten.
Es handelte sich um eine Art Kammer. Grünes, glitschiges Moos hatte sich auf dem feuchten Fußboden und auf der unteren Hälfte der Steinwände angesiedelt. Eidechsen und Salamander suchten vor ihren Schritten eilig das Weite.
Die Wände entlang und auf einem Strohhaufen standen und saßen etwa ein Dutzend spukhafter Gestalten, die Augen weit aufgerissen vor Angst, die Augenhöhlen schwarz und tief eingesunken wegen Mangels an Nahrung. Ihre weißen Kittel waren zerrissen

und schmutzig. Nichts von ihrer einst imponierenden Kraft war ihnen geblieben.
Zuerst standen die Kardinäle wie am Boden festgenagelt und sprachlos, dann schob Richard sie sanft beiseite, bahnte sich seinen Weg durch die Türöffnung und versuchte, seine Brüder zu beruhigen.
Einige von ihnen waren sichtlich erleichtert, als sie ihn erkannten. Die anderen schwiegen, während er sie begrüßte und sich neben die fünf Männer auf das Strohlager niederkauerte. Als er ihre Wunden untersuchte, fiel kein Wort zwischen ihnen, denn ihre Regeln erlegten ihnen Schweigen auf.
Corbara und Frédol beobachteten Richard und kamen auf seinen Wink näher, um die entsetzlichen Wunden in Augenschein zu nehmen, die er versorgte. Mit wachsender Verwunderung schaute Corbara zu, wie der junge Ritter fachmännisch einen ausgekugelten Arm einrenkte.
Trotz der Kälte in der Zelle traten Richard Schweißtropfen auf die Stirn, denn es war eine schwere Arbeit, die viel Kraft kostete. Ohne jede Rast mühte er sich ab. Zum ersten Mal sah ihn Corbara nicht als tollkühnen Abenteurer, sondern erkannte in ihm das Bild des wahren Tempelritters. Ein ernster schweigsamer Mann, der Körper und Geist auf Gebet und Kampf abgestimmt hatte, sowie auf das Gebot, an der Seite seiner Brüder dem Orden zu gehorchen.
»Gottes Tod!« fluchte der Templer, was den Kardinal aus seinen Gedanken riß.
»Dieser arme Teufel wird niemals mehr gehen können.« Richard wies auf die Füße eines Opfers, von denen das Feuer alles Fleisch weggebrannt hatte, so daß die Knochen bloßlagen.
»So etwas lassen Nogaret und Imbert Euch nicht sehen!«
Mit diesen Worten wandte sich Richard an Frédol.
»Aber meine Brüder werden sprechen. Ich werde dafür sorgen, daß Euch und Kardinal de Suisy die Ohren gellen, auch wenn Ihr es nicht hören wollt. Guillaume Imbert braucht Geständnisse, um die anderen Fürsten der Christenheit dazu zu bewegen, Philipps Vorbild zu folgen. Das ist der Grund, weshalb wir hier bluten müssen, Monseigneur.«

Der Kardinal nickte mechanisch. Aber Richard war noch nicht zufrieden. Er wies auf zwei andere Ritter, die unbeweglich auf dem Boden lagen. »Opfer des ›Chevalet‹. Ihre Gliedmaßen sind auf der Folterbank völlig verdreht worden.«
Und er deutete auf den Knöchel eines dritten Ritters.
»Der ›Brodequin‹« sagte er kurz, ohne weitere Erklärung. Das Fußgelenk war von einem jener Folterwerkzeuge zermalmt worden, die man mit dem hübschen Namen »Spanische Stiefel« bezeichnete.
»Er hat sich zuerst aufs Bitten verlegt und dann versucht, die Beschuldigungen zu widerlegen. Nach der erforderlichen ›Überzeugungsarbeit‹ warf er sich heulend auf die Knie und gestand die Hälfte der Anschuldigungen.«
Frédol erschauderte, sprach aber kein Wort. Schließlich winkte Richard einem Vierten, näherzukommen. Er legte dem unglücklichen Ritter den Arm um die Schultern und erzählte.
»Bruder Gautier, 24 Jahre alt. Er hat in der Folterkammer seine Männlichkeit verloren. Sie haben ihm Gewichte an die Geschlechtsteile gehängt. Das sind die Methoden der Dominikaner der Inquisition, Monseigneur. Der Anblick muß so herzzerreißend gewesen sein, daß ein Mönch, der beim Verhör dabei war, zum Schluß ausrief: ›Quält ihn doch nicht so! Er ist noch so jung!‹ Soll ich Euch seine Wunden zeigen?«
Der Kardinal schüttelte mit einem Blick des Abscheus den Kopf.
»Ihr seid entsetzt, Monseigneur?« fragte Richard. »Wir sind es gewöhnt, in der Schlacht Schmerz auszuhalten, wir haben gelernt, Hiebe einzustecken. Das ist ein wichtiger Teil unserer Ausbildung. Aber was mich noch mehr erschüttert hat, ist, daß der Inquisitor sich damit noch nicht zufrieden gab. Er schrak auch nicht davor zurück, einigen Gefangenen ein gefälschtes Schreiben in die Hände zu spielen, und erweckte den Anschein, es komme von unserem Großmeister selbst. Es enthielt die Anweisung, Geständnisse abzulegen.«
Frédol blickte ihn scharf an.
»Ich kann sehr wohl mit meinen eigenen Augen sehen, wie der Inquisitor geglaubt hat, die Gefangenen zum Sprechen zwingen zu müssen. Aber du hast keinen Beweis, um diese letzte, schwerwie-

gende Beschuldigung zu belegen. Das ist eine Unterstellung. Woher weißt du, daß es sich um eine Fälschung handelte? Schließlich hat Molay...«

»Ja, ja, er hat öffentlich gestanden, das gebe ich zu«, fiel ihm Richard wütend ins Wort. »Aber es ist eine Sache, ein Geständnis abzulegen, nachdem man durch die Methoden dazu gezwungen wurde, deren Spuren wir soeben gesehen haben, Monseigneur. Eine ganz andere Sache dagegen ist es, die Ritter schriftlich aufzufordern, den gleichen Verrat zu üben. Ich halte ihn einer solchen Gemeinheit nicht für fähig, denn das ist das einzige Wort, das ich dafür finden kann. Ich möchte darauf schwören, daß er nicht einmal etwas von der Existenz des Briefes weiß. Es ist nicht schwer, einem hilflosen Gefangenen das Siegel zu rauben und es in Siegelwachs zu drücken.«

Der Kardinal schwieg, obwohl ihm die Röte ins Gesicht gestiegen war, und ließ sich von Richard wieder zu dem engen Gang führen. Bevor die Türe geschlossen wurde, wandte sich Richard noch einmal zu den Gefangenen:

»Behaltet Mut, Brüder, und fürchtet euch nicht. Der Herr hat euch schon vergeben, denn er kennt die Wahrheit – unsere Unschuld.«

Als er die Riegel wieder vorgeschoben hatte und sich umdrehte, begegnete er dem Blick Frédols, der ihm den Weg in dem engen Gang versperrte.

»Du maßt dir das Recht an, Worte zu sprechen, zu denen du nicht befugt bist. Du bist ein Mönch, Bruder, und kein Priester. Es ist nicht deine Sache, jemandem für seine Sünden Absolution zu erteilen oder von Vergebung zu sprechen, noch überhaupt zu beurteilen, wer unschuldig ist und wer nicht.«

»Bei Gott, Herr Kardinal«, antwortete Richard heftig, »es ist nur gut, daß Ihr dies nicht gesagt habt, als wir noch drinnen waren. Ich hätte Euch den Schädel eingeschlagen.«

Er übersah das unterdrückte Grinsen eines seiner Kameraden, der mit einer Fackel in der Hand im Gang stand.

»Ich hatte die Absicht«, sagte Richard, nur mit allergrößter Mühe seine kochende Wut beherrschend, »Euch nach diesem kurzen Besuch von meinen Kameraden zur Abtei zurückführen zu lassen. Da ich jetzt aber feststellen muß, daß Ihr immer noch nicht überzeugt seid, noch immer zweifelt, fordere ich Euch auf, mich heute nacht weiter zu begleiten, denn es wartet noch mehr Arbeit dieser Sorte auf mich. Es wird mir ein Vergnügen sein, Monseigneur, Euch eine neuartige Empfindung zu vermitteln, nämlich wie man sich fühlt, wenn man morgens in ein kaltes, ungemachtes Bett zurückkehrt, mit nassen Füßen, quälendem Kopfschmerz und einem Gefühl, als habe man keinen gesunden Knochen mehr im Leibe.«

Eine Hand legte sich begütigend auf seinen Arm. Es war Thibaut de Corbara.

»Ich würde gerne auch mitgehen, wenn es nicht zu gefährlich ist.«

Die beiden Männer fühlten sich schließlich genauso, wie Richard es ihnen vorausgesagt hatte, als sie gegen morgen in der Abtei auf ihre Betten niedersanken.

Richard ließ Frédol in heftiger, innerer Bewegung allein und kletterte durch das Fenster von Corbaras Schlafkammer.

»Eure Kleider«, flüsterte Richard, während er sich von der schmalen Öffnung nach unten fallen ließ.

»Meine Kleider«, wiederholte der Kardinal wie im Traum.

Richard lachte und holte den scharlachfarbenen Mantel, der sauber über eine Holztruhe gelegt war. Er hatte Mitleid mit dem alten Mann, der wirklich ganz erschöpft aussah.

»Ach, natürlich, meine Kleider.«

Richard mußte ihm aus der unbequemen Hose und dem ledernen Wams heraushelfen.

»Ich habe Euch vorausgesagt, wie es am Morgen sein würde«, sagte er freundlich, aber bestimmt, während er ihm in das Gewand aus leichtglänzendem Stoff half. »Und bedenkt auch, daß Ihr nur Zuschauer wart. Ihr könnt vor der Messe noch ungefähr eine Stunde ruhen.«

»Das ist sehr großzügig von dir. Ich sehe dich also dann in der Kirche?« Der alte Mann hatte seinen Sinn für Humor nicht verloren.

»Ich fürchte nein. Ich habe anderes zu tun«, antwortete Richard.

Der Kardinal, schon halbwegs im Bett, richtete sich plötzlich auf.

»Sag mir doch, Bruder Richard, wann betest du eigentlich?«

Die Frage überraschte ihn etwas. Dann lachte er und gab zur Antwort: »Wie die Zisterzienser bete ich, während ich arbeite. Aber ich bin mir nicht so sicher, auf welcher Seite Gott steht. Eigentlich bin ich mir über gar nichts mehr sicher.«

Den Kardinal schien Richards offene Antwort keineswegs zu befremden. »Die Wahrheit ist«, sagte er ruhig, »daß du in einem kurzen Zeitraum soviel Elend gesehen hast, daß du an dem Punkt angelangt bist, wo der Mensch die Gerechtigkeit Gottes in Zweifel zieht.«

»Ihr könnt Gedanken lesen, Monseigneur. Ist es ein Wunder, daß mein Glaube ins Wanken gebracht wird, wenn ich sehe, wieviel Unrecht uns angetan wird? Wenn sogar der Papst sich gegen uns wendet? Wenn Gott so etwas zuläßt, ist Er kein guter Gott.«

Der Geistliche blickte ihn fest an.

»Mein Sohn, so darfst du nicht sprechen. Gott stellt dich auf eine schwere Probe. Aber Seine Liebe ist groß. Gott ist Liebe, Bruder Richard.«

Richard lachte bitter.

»Wann bist du das letzte Mal zur Beichte gegangen?« wollte der Kardinal wissen.

Richard dachte an die runde Temple Church in London und murmelte bedrückt: »Beinahe zwei Monate ist es her.«

Der alte Mann schien bestürzt, und Richard machte eine entschuldigende Geste.

»Selbst wenn ich einen Kaplan des Tempels erreichen könnte, würde ich doch schweigen müssen. Ich würde mich selbst und meinen Beichtvater in Gefahr bringen. Wie denkt Ihr denn, daß eine Unternehmung wie die von heute nacht zustandekommt? Das erfordert Tage und Nächte der Vorbereitung. Die Methode, wie es mir schließlich gelungen ist, uns Zugang zu den Gefängnissen meiner Brüder zu verschaffen, ist nicht gerade rechtschaffen zu nennen. Ich versuche zwar, an die Gefühle ihrer Wärter zu appellieren, aber allein aus Mitleid wird mir selten eine Tür geöffnet. Also verlege ich mich auf Bestechung, Einschüchterung und Erpressung – und werde schuldig. Ich flehe Euch an, berichtet dem Papst, was Ihr gesehen habt. Überzeugt ihn von der Notwendigkeit, der Inquisition Einhalt zu gebieten. Bewegt ihn dazu, selbst die Sache in die Hand zu nehmen und uns einen ehrlichen Prozeß zu gönnen, so daß wir uns verteidigen können. Und befreit mich so von einer Aufgabe, die ich zwar mit Hingabe erfülle, die ich aber verabscheue.«

Er kniete nieder, um den Ring zu küssen, und fühlte die Hand des Kardinals auf seinem Haar.

»Wer seine Sünden nicht beichtet, hat keinen Anteil an den Sakramenten der Heiligen Römischen Kirche, und wer keine Absolution empfangen hat, darf nicht an der Heiligen Kommunion teilnehmen. Er nimmt also auch nicht teil am Wesen Christi und nährt seine Seele nicht fürs ewige Leben. Was soll dann aus dir werden, Bruder Richard?«

»Monseigneur, meine Brüder sind in ihrer Gefangenschaft auch der Sakramente der Kirche beraubt. Ihr könnt Euch vorstellen, wie sehr sie darunter leiden. Ich habe kein Recht, mehr als sie zu bekommen!«

Jetzt lachte der Kardinal.

»Du sprichst mit überwältigender Offenheit, mein Sohn. Vielleicht hast du recht. Ich bin froh, daß du aufrichtig zu mir gesprochen hast. Ist das nicht so gut wie beichten? Ich erteile die Absolution für deine Sünden, auch ohne daß ich sie gehört habe.«

Er schlug das Zeichen des Kreuzes und fuhr fort:

»Darf ich dein Gewissen noch einmal prüfen? Ich muß meiner Sache sicher sein, bevor ich zum Heiligen Vater gehe, um ihm zu berichten.«

Richard hob den Kopf.

»Gewiß, Monseigneur.«

»In den Kreisen der Inquisition hält sich hartnäckig die Überzeugung, daß der Tempel im Innersten ein Geheimnis bewahrt, das nur einem Teil der Ritter anvertraut ist. Aber aus den Urkunden läßt sich bis jetzt nichts entnehmen, das deutlicher in diese Richtung weist. Was ist daran wahr, Richard?«

Richard hielt dem durchdringenden Blick des Kardinals stand.

»Wenn der Tempel wirklich ein Geheimnis hütet, bin ich nicht darin eingeweiht«, antwortete er.

»Mit dieser Antwort kann ich mich nicht zufrieden geben. Wenn es so etwas im Tempel gibt, mußt du es auf die eine oder andere

Weise gemerkt haben. Ich meine nicht die Perversitäten und Gotteslästerungen, von denen die Inquisition spricht. Vielleicht ist es viel unschuldiger oder scheint unschuldiger zu sein. Ketzerei ist ein großes Wort. Aber sie verbirgt sich im kleinsten Winkel und kann viele Gestalten annehmen. Was das betrifft, haben wir die seltsamsten Dinge erlebt.«
Richard antwortete nicht sofort. Er dachte an seine Jahre in der Londoner Komturei zurück.
Nach einiger Zeit sagte er:
»Die Templer stammen aus dem niederen Adel. Wir sind keine Schriftgelehrten. Die einzigen Bücher, die wir im Tempel hatten, waren Bibeln, Meßbücher, Psalmbücher und Antiphonaria, ein Buch über die Heiligen Märtyrer und ein Buch, das die Klosterregeln enthielt. Daraus lernt man keine Ketzerei. Wir sind keine Philosophen, keine Mystiker, sondern Soldaten, die dem Herrn auf ihre eigene, einfache Art dienen. Erwartet von uns keine tiefen philosophischen Betrachtungen. Auch keine Irrtümer. Man sagt, daß wir durch unseren langen Aufenthalt im Osten von den Lastern und Unsitten der Ungläubigen verdorben seien und wirft uns Sodomie vor.« Er schüttelte müde den Kopf. »Niemals habe ich irgendeine Form von Homophilie im Tempel feststellen können. Wenn wir während unseres Aufenthalts im Osten etwas gelernt haben, Monseigneur, so höchstens dies, daß unsere Erfahrungen dort unseren Horizont erweitert haben, aber ohne daß wir dadurch dem Christentum untreu geworden wären.«
Der Kardinal nickte. »Dessen bist du dir ganz sicher?«
Richard legte die Hand auf die Stelle, wo einst das Kreuz seinen weißen Mantel geziert hatte.
»Ich schwöre bei allem, was mir heilig ist, daß der Tempel nach meinem besten Wissen nichts verbirgt, was das Licht des Tages scheuen müßte.«
Thibaut de Corbara brummte zufrieden.
»Beweise mir die Wahrheit deiner Worte, indem du mich jetzt zur Kirche in die Frühmette begleitest. Laß mich wenigstens das für dein Seelenheil tun.«
Richard machte eine resignierte Geste. Sollten diejenigen, die an diesem Morgen den Bettler von St. Martin des Champs dringend

brauchten, umsonst kommen? Es wurde auf ihn gewartet. Sollte er für den Kardinal eine Ausnahme machen?
Er stand auf. Vielleicht konnte er einige von ihnen noch rechtzeitig informieren.
»Sobald die Glocken läuten, bin ich wieder hier«, versicherte er dem Geistlichen. Ein Lächeln glitt über die strengen Züge.
»Ich werde tun, was in meiner Macht steht, um dir zu helfen. Möge Gott dich behüten und dir beistehen.«

8. KAPITEL

Stone walls do not a prison make
Nor iron bars a cage:
Minds innocent and quiet take
*That for an hermitage.**

Richard Lovelace – To Althea, from Prison

Einzelhaft kann einen Menschen ebenso mürbe machen wie die Folter. Und da der Großmeister der Templer schon bejahrt war, (er hatte ein Alter von 63 Jahren erreicht) versuchte die Inquisition ihn so zu den gewünschten Geständnissen zu zwingen.
Der alte Mann, der sich im Heiligen Land Verdienste erworben hatte, hatte während der ganzen Zeit seiner Großmeisterschaft eine unbeugsame Haltung gezeigt. Niemals hatte er sich zu Konzessionen bewegen lassen, weder durch den Papst noch durch den König von Zypern noch durch die Hospitalritter. Doch hatte der Tempel schon bessere Führer gesehen. Aber bei der Belagerung von St. Jean d'Acre hatte der Orden seine Elite verloren, während er versuchte, das letzte Stückchen Boden des Heiligen Landes für die Christenheit zu retten. Nun war de Molay den Einschüchterungen des Großinquisitors Guillaume Imbert erlegen.
De Molay hatte den Orden durch seine Geständnisse verraten. Der Mann, den die Kardinäle Frédol und Suisy in seiner niedrigen Zelle besuchten, als sie nach zähen Verhandlungen endlich die Erlaubnis dazu erhalten hatten, zeigte denn auch gar nichts von der Größe, die sie von einem Großmeister des Tempels erwartet haben mochten.

* Steinmauern bilden kein Gefängnis,/ noch Eisenstäbe einen Käfig./ Ein unschuldiges und ruhiges Gemüt/ sieht in ihnen nur die Höhle eines Klausners.

Von Einsamkeit gequält und ohne irgendeine zuverlässige Nachricht aus der Außenwelt empfing er seine Besucher mit einer Mischung aus Mißtrauen, Angst und gleichzeitig Hoffnung wider besseres Wissen.
Seine düstere Zelle war noch einigermaßen bequem. Er verfügte über ein Bett. Es gab einen Stuhl, ein Schreibpult und eine kleine Öffnung in der Außenwand, die die schwachen Strahlen der Wintersonne einließ.
Jacques de Molay erhob sich mit einiger Anstrengung und begrüßte die Besucher so förmlich und hoheitsvoll, wie sich dies nur ein Meister des Tempels erlauben konnte.
Dann fiel sein Blick auf den Dominikaner, der zögernd im Türrahmen stand, ehe auch er eintrat. Die Miene des alten Mannes gefror augenblicklich. Eine Dominikanerkutte war unvermeidlich verbunden mit der Inquisition, und auch das Schreibgerät, das der Mönch in der Linken hielt, war ihm nicht entgangen. In Gegenwart dieses Mannes würde er nicht offen mit den Kardinälen sprechen können. Die Tür wurde geschlossen und von außen verriegelt. Der Dominikaner trat nun einen Schritt nach vorne, so daß er im Licht stand, das durch das Fenster fiel. Er warf die Kapuze seiner Kutte zurück, kniete nieder und beugte sein Haupt, ohne ein Wort zu sprechen.
»Was hat dies zu bedeuten?« fragte Molay vorsichtig.
»Einer von Euren Rittern – aus England, nach seinem Akzent zu urteilen. Nach langem Drängen haben wir ihm erlaubt, sich uns auf eigenes Risiko anzuschließen. Er hat sein Wort gegeben zu schweigen, bis wir mit Euch gesprochen haben«, erklärte Frédol. Die Nacht, die er mit Richard und seinen Leuten in den Gefängnissen von Paris verbracht hatte, schien im Gewissen des Kardinals schließlich doch ihre Spuren hinterlassen zu haben. Jacques de Molay ließ seinen Blick auf dem jungen Mann ruhen und sprach fragend seine Gedanken aus.
»Ein Ritter des Tempels? Ein freier Mann?«
Und dann zum Kardinal gewendet:
»Monseigneur, damit habt Ihr mir einen großen Dienst erwiesen. Es tut meiner Seele wohl, einen meiner treuen Ritter zu sehen.«
Er machte eine kurze Bewegung mit der Hand, woraufhin Richard

sich erhob, einen Schritt zurücktrat und, den Rücken an die geschlossene Tür gelehnt, geduldig wartete, während er aufmerksam den Stimmen der beiden Kardinäle lauschte.
Der Papst habe sie geschickt, um eine genauere Untersuchung durchzuführen, weil er noch nicht völlig überzeugt war, daß die Tempelritter wirklich der Verbrechen schuldig waren, die ihnen durch die Inquisition zur Last gelegt wurden – so erklärten sie.
Sie berichteten ihm, wie viele Geständnisse inzwischen von den Gefangenen abgelegt worden waren, von der päpstlichen Bulle, die die Folge davon gewesen war, aber auch, wie Frédol insgeheim mit eigenen Augen gesehen hatte, welche Greueltaten dem vorausgegangen waren. Dabei erwähnten sie jedoch nicht Richards Namen.
Molay unterbrach sie kein einziges Mal und hörte nur zu, wie sie zu seiner großen Überraschung über seine eigenen Geständnisse und die der anderen Würdenträger des Ordens sprachen.
Zum Schluß fragten sie ihn, ob er wirklich den Gefangenen einen Brief in die Hände gespielt habe, worin er sie zu Geständnissen ermunterte, wie das Gerücht ging.
Eine zornige Falte erschien auf der Stirn Molays. Er schüttelte den Kopf, noch bevor sie ausgesprochen hatten. Schließlich schwiegen Frédol und Suisy.
In der Stille der düsteren Zelle suchte der müde, gequälte Blick des Großmeisters die Augen des jungen Ritters. Mit einem kurzen Nicken und einem frischen Lächeln, die dem alten Großmeister Mut machten, trat Richard an das Schreibpult. Während der Federkiel über das Pergament kratzte, wurde er Zeuge der Worte des Jacques de Molay:
»Die unerträglichen Folterungen unserer Brüder und der schwere Druck, den man auf mich selbst ausgeübt hat, erklären wohl, warum ich zusammengebrochen bin. Aber ein Brief wie jener, von dem Ihr berichtet habt, stammt mit Sicherheit nicht von mir. Ich bitte Euch, beim König darauf zu dringen, mich vor seiner Heiligkeit, dem Papst, erscheinen zu lassen, dem allein ich verantwortlich bin. Und dann werde ich von dieser Gelegenheit Gebrauch machen, die Geständnisse, die ich abgelegt habe, mit Nachdruck zu widerrufen.«
Frédol blickte ihn scharf an.

»Ihr widerruft Eure Geständnisse?«
»Unbedingt«, antwortete Molay entschlossen.
Kardinale Etienne de Suisy blickte Richard über die Schulter, um zu sehen, ob er die Worte des Großmeisters dem Pergament auch getreulich anvertraute, während Molay weitersprach und sich darüber beklagte, daß man ihm trotz seiner flehentlichen Bitten den notwendigsten geistlichen Beistand vorenthalte: Man habe ihm verboten, die Messe zu hören und Aufträge für Messen zu geben. Er fühle sich behandelt wie ein Exkommunizierter, ebenso seine Brüder.
Noch trauriger wurde die Stimme des Großmeisters, als er fortfuhr:
»So groß ist meine Ohnmacht, daß ich nicht einmal verhindern kann, daß Ritter, die in ihren Gefängnissen an den Folgen der Folter gestorben sind, außerhalb geweihter Erde verscharrt werden, ohne daß ihnen die heiligen Sterbesakramente gereicht wurden.«
Der alte Mann schwieg, und Richard stand auf und überreichte den Bogen Pergament Etienne de Suisy, der den Text sorgfältig durchlas und zustimmend nickte.
»Ihr könnt nun mit ihm sprechen, aber nur kurz«, sagte er.
Richard wußte, daß ihm nur wenig Zeit blieb. Er wandte sich direkt an Jacques de Molay.
»Sire, ich bin hier, um Euch die Treue einer kleinen Hundertschaft freier Ritter zu bezeugen, die Euch ganz zu Diensten stehen.«
»Ich kenne Euch nicht von unserer Komturei in Paris. Wer seid Ihr?«
»Richard, Ritter der Komturei London. Augenblicklich Komtur der freien Ritter Frankreichs.«
Der Großmeister konnte seine Überraschung nicht verbergen und hörte begierig zu, als ihm Richard berichtete, daß er einige Dutzend Gefangene gerettet hatte und nun eine Organisation aufbaute, die den Gefangenen von außen Hilfe gab und ihnen die Nachrichten brachte, von denen sie abgeschnitten waren.
»Euer Kommen und vor allem diese Nachrichten, die Ihr mir bringt, haben mir neuen Mut gegeben«, antwortete Molay, als Richard ausgeredet hatte. »Es ist gute Arbeit, die Ihr leistet, doch

bin ich nicht damit einverstanden, daß Ihr unsere Brüder mit Waffengewalt aus ihrer Gefangenschaft befreit. Das kann unserer Sache nur schaden. Ihr seid jetzt auf die Leute angewiesen, die Euch im Moment zur Verfügung stehen. Wir aber müssen uns von hier aus verteidigen. Eure Hilfe dabei ist von großem Wert. Ich kann Euch aber keine weiteren Richtlinien geben. Ihr kennt die Möglichkeiten besser als ich. Ihr werdet nach eigenem Gutdünken handeln müssen, in Abstimmung mit Euren Brüdern.«

»De par Dieu, beau Sire«, antwortete Richard, während er auf ein Knie sank und seine gefalteten Hände zwischen die des Großmeisters legte.

Die Kardinäle beobachteten beide genau, doch entging es ihnen, daß unter den Händen der beiden Männer drei Kupfertäfelchen und ein Zeichenstift den Besitzer wechselten. »Ich wußte, daß Ihr diesen Brief nicht geschrieben haben konntet, der unter den Gefangenen zirkulierte, um sie zu Geständnissen zu bewegen«, sagte Richard. »Es wird ihnen guttun zu hören, daß Ihr Eure Geständnisse widerrufen habt. Ich werde diese Nachricht so schnell wie möglich unter ihnen verbreiten.«

Der Zweck der Kupfertäfelchen war dem Großmeister nun vollkommen klar. Er nickte den Kardinälen kurz zu, die ihn aufforderten, das Gespräch zu beenden, und wandte sich noch einmal an Richard.

»Hiermit bestätige ich Eure Ernennung zum Komtur. Ich gebe Euch alle Befugnisse, die zu diesem Rang gehören. Alle Ritter und Brüder, die sich in Freiheit befinden und sich nicht mehr zu ihren Komtureien begeben können, stehen unter Eurem Befehl.«

Der Großmeister berührte Richard leicht an der Schulter und bedeutete ihm damit, er möge aufstehen. Als Richard sich wieder aufgerichtet hatte, umarmte ihn der alte Mann, und während er ihn an sich drückte, flüsterte er ihm hastig ins Ohr:

»Auf dem Sterbebett darf ein Templer, der in das Geheimnis des Ordens eingeweiht ist, einen Teil dieses Geheimnisses einem anderen Bruder enthüllen. Ich weiß, daß ich verloren bin. Dies ist der erste Teil: ›Christus ist *ein* Weg‹.«

Mit sanftem Druck schob er den jungen Ritter von sich weg und ließ seine Hand wie beiläufig an der weißen Schnur entlanggleiten,

die sein eigenes Habit, seine Kutte, zusammenhielt. An beiden Enden waren drei Knoten eingeknüpft. Mit bedeutungsvollem Blick hob er einen Finger.
»Geht nun. Möge Gott Euch Weisheit und Kraft schenken«, sagte er abschließend.
In äußerster Verwirrung folgte Richard den Kardinälen nach draußen. Es war ein Wort in dem Ausspruch des Großmeisters, das ihn vollkommen verstört hatte, obwohl der Ausspruch doch so normal erschien. Warum hieß es nicht »*der* Weg«?
Am Abend knüpfte er in das glatte Ende der weißen Schnur, die er unter seiner Kleidung um den Körper trug, einen Knoten.
Am nächsten Tag widerrief auch Hugues de Pairaud seine Geständnisse. Und es folgten weitere Ritter, die ihre früher abgelegten Geständnisse für ungültig erklärten, wohl fünfzig an der Zahl. Sie schöpften Hoffnung aus der Anwesenheit der Kardinäle in Paris und aus den Kupfertafeln, auf die Jacques de Molay einige Worte gekritzelt und die er danach seinen Mitgefangenen hatte zutragen lassen.
Mitte Dezember erreichten die Kardinäle Poitiers, wo Thibaut de Corbara dafür sorgte, daß seine Kollegen dem Papst einen getreuen Bericht überbrachten. Der Papst konnte, als er von diesen Greueltaten erfuhr, seinen Abscheu kaum verbergen.

9. KAPITEL

He was a scholar, and a ripe and good one;
Exceeding wise, fair-spoken, and persuading:
Lofty and sour to them that loved him not;
*But, to those men that sought him, sweet as summer.**

William Shakespeare – König Heinrich VIII.

Es war, als ob die Vergangenheit wieder lebendig geworden wäre. Die Fahne mit dem schwarzen und weißen Feld flatterte über den Mauern, und die Ritter in ihren weißen Mänteln bewegten sich auf dem Übungsplatz des Tempels von London. Es war, als ob Philipp der Schöne und seine Machenschaften nicht existierten.
Aymer holte tief Atem. Er hatte das Tor erreicht, das den Zugang zum Tempel bildete. Dort, über seinem Haupt, wehte der Beauséant. Er hörte das vertraute Geläut und roch die bekannten Gerüche von Pferden, vermischt mit dem würzigen Duft von Spezereien, die in den Vorratskammern aufbewahrt wurden.
Chançard schüttelte die Mähne, als Aymer vor den Torwächtern anhielt.
»Ich trage einen Brief bei mir, den ich dem Komtur aushändigen soll.«
Mit kurzem Kopfnicken wies der Gewappnete am Tor auf die dicht an dicht stehenden Häuser innerhalb der Ummauerung. Auf einen Wink seiner Hand trat ein anderer Ritter aus dem Wächterhaus und begleitete Aymer. Chançard wurde durch einen Burschen zu den Ställen geführt.

* Er war ein erfahrener und kundiger Gelehrter, außergewöhnlich weise, einnehmend und überzeugend. Stolz und schroff denen gegenüber, die ihn nicht mochten, aber für alle, die seinen Rat suchten, milde wie der Sommer.

Sie gingen an den Schmiedewerkstätten, den Ställen und den Vorratsschuppen entlang.
»Euer Name, Herr?« fragte der Ritter, als sie die schmale Temple Lane durchschritten.
»Aymer de Vraineville, Ritter der Komturei Rouen.« Der andere ließ weder einen Ausruf der Überraschung hören, noch warf er einen prüfenden Blick auf die kostbare Kleidung des anderen. Er zeigte nicht die geringste Reaktion.
»Eure Botschaft?«
»Ein Brief für Euren Komtur, der ihm persönlich durch mich selbst ausgehändigt werden muß.«
Der Ritter neigte das Haupt und schlug ein Kreuz, als sie an der Kirche vorbeigingen. Dahinter lag der Saal, und Aymer wurde ohne weitere Zeremonien vorgelassen.
Man ließ ihn allein mit William de la More, der der englischen Provinz des Ordens vorstand.
Aymer verbeugte sich und überreichte ihm die Pergamentrolle.
»Sire, diese Schrift wurde mir vor drei Tagen in Brügge von Bruder Richard, einem Eurer Ritter, ausgehändigt. Ich bitte um Entschuldigung, daß ich Euch die Linke gebe.«
Die dunklen Augenbrauen zogen sich zusammen, und ein Paar strenge blaue Augen blickten Aymer prüfend an, bemerkten den verbundenen rechten Arm und das krankhaft bleiche Gesicht.
»Setzt Euch«, sagte er knapp. Er erbrach das Siegel und las. Wiederum keine Spur einer Bewegung. Es war ganz still. Irgendwo läutete ein Glöckchen. Der Meister räusperte sich.
»Ihr habt meine Erlaubnis, hier zu bleiben. Wir werden Euch zu alter Kraft und Frische wiederherstellen. Was ist das?«
Er schwenkte das gefaltete Briefchen, das Richard nicht versiegelt hatte.
»Etwas, das er an Bruder Thomas von Lincoln geschrieben hat. Er wußte, daß Ihr es zuerst lesen würdet. Das ist der Grund, warum er es nicht versiegelte.«
Ein kleines Lächeln trat auf die dünnen Lippen. Der Meister entfaltete das Blatt und überflog rasch die Zeilen.
»Ja, Bruder Thomas weiß recht gut, wie er diesen jungen Mann behandeln muß.« Er griff nach einer Klingel, hielt aber inne.

»Bringt es ihm lieber selbst. Es wird ihm guttun, mit Euch zu sprechen. Sagt ihm, ich würde ihn später zu mir kommen lassen. Und auch Ihr sollt dabei sein, wenn wir diese Fragen besprechen.«
Derselbe Ritter, der ihn herbegleitet hatte, stand draußen vor der Tür und zeigte ihm den Weg zu einem schlichten Steinhaus südlich der Kirche. Es gab fast keine Fenster in den dicken Mauern, nur ein niederes Portal mit einer Tür aus Eichenholz führte in einen gewölbten Gang, der im Halbdunkel lag.
Aymers Stiefel dröhnten hohl auf den Fliesen. An beiden Seiten führten enge Öffnungen zu den Zellen der Ritter. Es gab keine Türen. Jeder konnte frei aus- und eingehen. In jeder Zelle standen zwei einfache Spannbetten und eine Kerze mit Binsendocht.
Am Ende des Ganges lag ein hoher, vom Tageslicht erleuchteter Raum, das durch zwei lange, hoch in der Außenmauer gelegene Spitzbogen einfiel. Als er den Raum betrat, sah Aymer, daß er mit drei Schreibpulten und ein paar hölzernen Bänken an den Wänden entlang ausgestattet war. Linker Hand stand ein Herd mit steinerner Haube, auf dem ein Holzfeuer knisterte. Es warf seinen Schein auf das Gesicht eines alten Mannes, der auf einem schlichten, unbearbeiteten Eichenstuhl saß und eine Rolle Pergament in Händen hielt.
»Tretet nur näher, Herr, ich heiße euch willkommen«, sagte er, ohne von dem Dokument, das er studierte, aufzublicken. Seine Stimme klang müde, hatte aber eine Wärme und Freundlichkeit, die in diesen kalten Raum nicht zu passen schienen.
Aymer trat näher und wärmte seine klamme Hand über der roten Glut.
»Thomas von Lincoln?« fragte er.
Der alte Mann legte das Pergament nieder und knetete seine gichtigen Hände. »Ihr sprecht mit ihm«, antwortete er. Er blickte zu dem Gesicht mit dem Kraushaar und dem kurzen, schwarzen Bart auf und begegnete den braunen Augen.
»Aymer de Vraineville, Ritter der Komturei Rouen«, stellte sich Aymer vor.
Thomas ließ seinen Blick zu der kostbaren Seide wandern, die durch Aymers Mantel hindurchschimmerte, und musterte den ausländischen Schnitt seiner Kleidung.

»Ein seltsamer Aufzug für einen Templer«, sagte er nachdenklich und fügte dann in schärferem Ton hinzu:
»Wann standet Ihr das letzte Mal auf französischem Boden?«
»Vor ungefähr zehn Tagen.«
Bei dieser Antwort hellte sich das faltige Gesicht auf, und die Stimme wurde etwas kräftiger:
»Dann könnt Ihr uns erzählen, was mit unseren Brüdern in Frankreich los ist. Nach dem berüchtigten Oktobertag haben wir kaum noch etwas gehört. Zwar haben wir einige Leute ausgeschickt, um die Lage zu erkunden, aber sie sind unverrichteter Dinge zurückgekehrt.«
Aymer steckte die Hand in die Falten seines Mantels und holte Richards Brief hervor.
»Ihr sollt alles hören, aber in Gegenwart von Master de la More. Hier ist immerhin wenigstens ein Vorgeschmack, geschrieben von dem Mann, den Ihr einige Tage vor der tragischen Nacht fortgeschickt habt.«
Der alte Mann stützte sich mit den Händen auf die Armlehnen seines Stuhls und erhob sich ächzend.
»Ihr habt Richard getroffen? Ach, Ihr seid mir vom Himmel gesandt, Bruder!«
Aymer lachte auf und hielt seinen verbundenen Arm in die Höhe.
»Es war eher die Hölle, die mich hierhergeführt hat.«
Thomas von Lincoln lachte nicht. »Ich habe Gott um ein Lebenszeichen von ihm gebeten. Als wir nichts mehr von ihm hörten, wußte ich, daß sein Übermut ihn nach Frankreich gelockt hatte.«
Er nahm den Brief und entfaltete ihn mit bebenden Händen.
»Die Wahrheit ist«, sagte er entschuldigend, »daß ich nicht ganz bei mir war, seit er weggegangen ist. Mir war, als ob ich meinen eigenen Sohn verloren hätte.«
Er sank wieder in seinen Stuhl und las die Zeilen in der Handschrift, die er so gut kannte. »Richard, der Bastard«, sprach er kopfschüttelnd. »Wart Ihr es, der darauf gedrungen hat, er solle mich hierüber befragen?«
Aymer blickte auf, vom scharfen Ton der Frage überrascht.
»Ja, woher wißt Ihr das?«
Thomas lachte und deutete auf den Brief.

»Ich kenne diesen jungen Mann besser als meine rechte Hand. Wo ist er jetzt?«
»Ich kann es Euch nicht sagen. Unmittelbar nach seiner Rückkehr wird er unsere freien Brüder organisieren, sozusagen als Geheimtruppe. Vor allem das Nachrichtenwesen, das für uns sehr wichtig ist, läßt noch zu wünschen übrig. Wir haben kaum Zeit gehabt, uns mehr darum zu kümmern. Aber im Augenblick wird er sich wohl am meisten mit der päpstlichen Bulle befassen. Er hatte vor, die anderen Fürsten, an die Philipp sich heranmachte, aufzusuchen. Auch wollte er mit den Kardinälen sprechen, die der Papst nach Paris gesandt hat. Pläne im Überfluß, der König wird sie, wie gewöhnlich, durchkreuzen.«
Es entstand ein Schweigen, und der alte Templer las den Brief noch einmal. Zum Schluß faltete er ihn zusammen und steckte ihn in die Falten seines weißen Übergewandes.
»Er hat Euch und die Jungfrau von Lyons-la-Forêt hierhergeschickt, um unseren König zu beeinflussen?«
Aymer nickte voller Hoffnung. »Edward könnte dem französichen König eine moralische Ohrfeige geben, indem er sich weigert.«
»Das hat er schon getan, Gottlob. Aber er ist kein Mann von festen Grundsätzen. Er wird nachgeben, sobald genügend Druck auf ihn ausgeübt wird. Die Bulle Seiner Heiligkeit wird ihn vollkommen überzeugen.«
»Deshalb bin ich hier«, unterbrach ihn Aymer, »um ihm zu berichten, daß diese Bulle auf Geständnissen beruht, die unseren Brüdern durch grausame Folterungen entrissen worden sind.«
Thomas blickte den französischen Ritter nachdenklich an.
»Ich habe alle Achtung vor Eurem Mut und Eurer Entschlossenheit, Bruder, aber ich fürchte, daß Ihr den Tag unserer Gefangenschaft nur werdet hinausschieben können. Die Stimmung ringsum ist feindselig. Jedermann ist gegen uns. Und wer kann sich schon gegen den Wille der Kirche auflehnen? Wir selbst doch an letzter Stelle! Wenn Seine Heiligkeit an unserer Unschuld zweifelt, werden wir keinen Widerstand leisten. Wir werden uns von diesem Schandfleck nur auf die Weise, die uns zukommt, reinigen können: durch Unterwerfung unter den Vater der Kirche. Auf wessen

Befehl habt Ihr und Richard gehandelt?« Aymer machte eine ungeduldige Bewegung.
»Wir haben alles getan, um mit unseren Oberen in Verbindung zu kommen, aber sie wurden von den anderen Gefangenen getrennt und streng bewacht. Wir haben auf eigene Faust gehandelt.«
Der alte Mann hob fragend die Augenbrauen.
»Und ihr habt offenen Widerstand gegen den König und den Inquisitor geleistet? Ist Euch bewußt, daß es unserer Sache nur schaden kann, wenn Ihr die Waffen gegen Staat und Kirche erhebt?«
Sein Blick wanderte hinüber zu dem Pult, an dem Richard viele Stunden unter seiner Anleitung gearbeitet und gelernt hatte.
»Mein Sohn, mein Sohn«, murmelte er.
»Gottes Tod! Was sollen wir denn sonst gegen Philipp unternehmen?« brach es aus Aymer hervor. »Großinquisitor Guillaume de Paris ist sein persönlicher Berater... Philipp ist ein gefährlicher Mensch, der Großmeister hat ihn unterschätzt. Selbst der Papst hat Jacques de Molay verschiedene Male andeutungsweise gewarnt. Aber auch er erkannte nicht den Ernst der Situation. Wir sind nicht unantastbar, Bruder Thomas. Wir haben keine andere Wahl, als uns mit Gut und Blut gegen seine Tücke aufzulehnen.«
»Muß derjenige, dem es an Verstand fehlt, das mit brutaler Gewalt ausgleichen? Ich habe Euch nicht erzogen, Ritter Aymer, aber von Richard erwarte ich ein verständiges und wohlerwogenes Urteil und ein würdigeres Auftreten als das Raubritterspiel, das Ihr beide aufgeführt habt.«
Aymer war sprachlos. So wenig Achtung vor ihren mühsamen Versuchen, einen Widerstand aufzubauen, hatte er nicht erwartet, obwohl Richard ihm diese Reaktion vorausgesagt hatte.
Thomas hustete und wies, als Aymer die Augen wieder hob, auf einen Krug und Becher, die beim Herd standen.
»Ihr haltet mich für hart und unbarmherzig«, stellte er gelassen fest.
»Doch beim heiligen Johannes, ich erziehe keine jungen Mädchen, sondern Kerle, die durchs Feuer gehen können müssen! Männer, die mir bedingungslos Gehorsam leisten, in die ich felsenfestes Vertrauen setzen kann!«

»Darum hat ja Guillaume de Paris seine Foltermethoden den Umständen angepaßt! Er wußte, daß er es nicht mit kleinen Jungen zu tun hatte. Mort de Dieu! Ich wünschte, Ihr könntet Euren Zögling, den Ihr so streng verurteilt, in Aktion sehen und Ihr würdet Zeuge, wie ihm die Qual seiner Brüder zusetzt. Wie er sich einsetzt, um ihre Leiden zu lindern, auf Kosten seiner eigenen Gesundheit, mit Gefahr für Leib und Leben. Er leidet wirklich mit ihnen. Glaubt mir, wir suchen auch nach anderen Wegen, aber unsere Mittel sind begrenzt. Ich habe fast mein ganzes Vermögen in Bestechungsgelder gesteckt.«

»Euer Vermögen?«

»Ja. Das erste, was ich tat, als ich zu meines Vaters Schloß kam, war, mein Erbteil zu beanspruchen. Nennt es eine Leihgabe an den Tempel. Ach ja, das erinnert mich daran, daß ich also eine beträchtliche Forderung an Euch habe.«

»Das müßt Ihr mit Bruder John de Stoke regeln. Er ist unser Schatzmeister. Obwohl mir nicht ganz klar ist, wie Ihr Geld von uns fordern könnt. All Euer persönlicher Besitz und alle Geschenke, die Ihr erhaltet, fallen doch ohnehin an den Orden.«

Aymer blickte auf Thomas hinab.

»Bei der ersten Sitzung des Kapitels Eurer Komturei wird man mich wegen der Übertretung des 70. Artikels unserer Regel zur Rechenschaft ziehen. Mein Umgang mit Blanche wird mich Mantel und Haus kosten. Danach bin ich frei, meine Forderungen zu stellen.«

Thomas von Lincoln musterte ihn amüsiert.

»Ihr seid offenbar wieder Herr der Lage, Bruder Aymer. Aber mein Gespräch mit Euch war gar nichts, verglichen mit dem, was Euch erwartet, wenn Ihr vor Master de la More erscheinen müßt. Ich wünsche Euch dafür Kraft und Weisheit.«

Er beugte sich vor und legte Aymer seine verkrümmte Hand vorsichtig auf den rechten Arm.

»Während der Kapitelsitzung werde ich zu Eurer Verteidigung sprechen. Glaubt nicht, daß ich kein Verständnis oder keine Achtung davor habe, was Ihr und Richard in Frankreich geleistet habt. Ich habe Euch schon gesagt, daß ich Eure Kühnheit und Entschlossenheit bewundere. Ihr beide habt zwar Fehler gemacht, aber dem steht gegenüber, daß Ihr zweifellos unseren schwergeprüften Brüdern eine große Hilfe gewesen seid, ein Fünkchen Hoffnung und Licht in den dunklen Stunden, die sie derzeit durchmachen. Ihr habt Euch eine undankbare Aufgabe gestellt und werdet nur den Grimm des Königs und der Kirche ernten. Ich werde Master de la More bitten, Euch hier mit einigen unserer besten Schwertkämpfer üben zu lassen. Dann kommt Ihr unter meine Aufsicht. Ich habe Euch schon vorgewarnt: Ich bin ein harter Lehrmeister! Aber das braucht Ihr auch. Es ist die einzige Möglichkeit für Euch, in kürzester Zeit zu lernen, Euch allein mit Eurer linken Hand im Kampf zu behaupten.«

»Euere Schule kann kaum härter sein als die Ausbildung, die Richard uns gibt«, erklärte ihm der andere mit einem Lächeln. »Meine linke Hand ist nicht ganz ungeübt. Er läßt uns regelmäßig Übungsgefechte durchführen, mit einem oder zwei Armen auf den Rücken gebunden, zu Pferd und zu Fuß. Wir müssen uns unter allen Umständen schlagen können.«

Thomas lachte zustimmend.

»Ihr könnt Richards Platz haben, der immer noch frei ist. Er teilte seine Zelle mit Lawrence de Toeni, einem tüchtigen Ritter Eures Alters.«

»Ich habe anderes vor«, fiel ihm Aymer ins Wort und dachte an Blanche.

»Wenn Ihr unsere Mitarbeit haben wollt, müßt Ihr auch unsere Bedingungen annehmen. Und darin sind Frauen nicht inbegriffen. Wenn Ihr damit nicht einverstanden seid, kann ich leider nichts für Euch tun.«

Der strenge Ton des Alten schnitt Aymer jeden Einwand ab, und er begann zu begreifen, warum sich Richard so diszipliniert verhielt, als ob es ihm zur zweiten Natur geworden wäre.

»Ihr werdet mich auch noch in einen Heiligen verwandeln, ohne daß ich merke, wie mir geschieht«, brummte er. Thomas' scharfe Augen blickten ihn forschend an.

»Obwohl ich darin Erfolg hatte, Richard die schlechten Eigenschaften, die er geerbt hat, auszutreiben, ist er bestimmt kein Heiliger. Vergeßt nicht, daß Ihr ihn erst kurze Zeit kennt. Ihr habt ihn unter Umständen kennengelernt, die wie für ihn geschaffen sind. Gebt ihm ein Ziel, dem er nachstreben kann, und er wird sich zu einer Höhe aufschwingen, von der er jetzt selbst nicht einmal träumen kann. Kommt ihm nur in die Quere, und er wird Euch wie Kehricht hinwegfegen. Es hat mir sehr leid getan, ihn wegschicken zu müssen. Denn er muß sich dazu zwingen – das habe ich ihm beigebracht –, seine Impulsivität und Rücksichtslosigkeit in Schach zu halten.«

Aymer spitzte bei diesen Worten die Ohren. »Ihr *mußtet* ihn wegschicken?«

Der alte Templer, der den letzten Teil seines Lebens damit verbracht hatte, mit fester Hand die Temperamentsausbrüche eines verwegenen jungen Mannes zu zügeln, verzog keine Miene.

»So ist es«, antwortete er knapp.

»Und auf wessen Befehl mußtet Ihr ihn wegschicken?«

»Auf Befehl seines Vaters.«

»Aha, desjenigen, der einen Bastard zeugte, und ihn dann seinem Schicksal überließ.«

»Genau.«

»Und wer ist es?«

Thomas von Lincoln wich dem fordernden Blick des jungen Mannes aus und blickte zur Decke. Er seufzte nur und sagte:

»Ich habe Richard einmal erzählt, daß in dieser Welt wahre Freundschaft ein seltenes Geschenk Gottes ist. Ich sehe, daß er diese himmlische Gabe empfangen hat, und er sollte sie über alles preisen. Merkt Euch das, Vraineville.«

»Ihr beantwortet meine Frage nicht.«

Es kam keine Antwort.

»Also gut, wenn Ihr es mir nicht anvertrauen wollt, dann ist das mindeste, was Ihr tun könnt, es auf Pergament zu schreiben und zu versiegeln. Ich werde es ihm bei meiner Rückkehr in Courtrai persönlich aushändigen.«

»Ihr habt mich nicht verstanden. Ich kann die Wahrheit weder Euch noch ihm enthüllen. Vielleicht wird es mir eines Tages erlaubt sein zu sprechen. Aber jetzt sind meine Lippen versiegelt.«

»Bei Gott und allen Heiligen«, rief Aymer aus. »Ihr könnt tot und begraben sein, bevor ihn sein Weg wieder nach England führt.«

»Wenn Gott es so will, dann ist es eben so. Sollte es mir nicht vergönnt sein, vor dem Ende meiner Tage mit ihm zu sprechen, so wird es andere geben, die ihn schon zu finden wissen, wenn es notwendig ist.«

»Andere?«

»Man kann sie an den Fingern einer Hand abzählen. Was die übrigen betrifft, die um seine Herkunft wissen, so sind sie alle tot.«

Aymer unternahm einen letzten Versuch, obwohl er wußte, es würde vergeblich sein.

»Wann wird es Euch erlaubt sein zu sprechen?«

Thomas von Lincoln richtete seine grauen Augen auf das Feuer und sagte langsam:

»Am Tag des Zornes.«

Einige Tage später mußte Aymer de Vraineville sich für seine Taten vor dem Kapitel* im New Temple von London verantworten. Nach einem Verhör in Gegenwart aller Ritter, das von Master de la More auf ein gerade noch zulässiges Minimum begrenzt wurde, wurde er zum Verlust des Mantels verurteilt. Seine Ausweisung, der Verlust des Hauses, wurde bis zu einem späteren Datum ausgesetzt, wenn er vollständig in der Lage sein würde, sich aus eigener Kraft zu verteidigen.

* Kapitel: Organ der Mitglieder eines geistlichen Ordens, das auf die Führung dieses Ordens Einfluß nahm. Kapitel ist auch der Name für die Zusammenkunft eines solchen Kollegiums. Der Tempel kannte drei Arten von Kapiteln: Das gewöhnliche oder lokale Kapitel, das wöchentlich zusammenkam und aus vier oder mehr Brüdern bestand: das Provinzialkapitel, dem der Komtur oder Präzeptor der Provinz vorstand und das Generalkapitel, bei dem der Großmeister den Vorsitz führte. Bei den gewöhnlichen Kapiteln wurden auch Übertretungen angezeigt und die Strafen dafür ausgesprochen.

10. KAPITEL

Nou is Edward of Carnarvon
King of England al aplyht,
God lete him ner be worse man
Then is fader, ne lasse of myht
*To holden is pore men to ryht.**

Anonym - On the Death of King Edward I.

Der zweite Edward, durch Gottes Gnade König von England, Herr von Irland und Herzog von Aquitanien, nun im sechsten Monat seiner Regierung, lehnte sich in seinem reichgeschnitzten Eichenstuhl zurück und lachte jungenhaft über einen Scherz Piers de Gavestons.

Der Edelmann aus der Gascogne, Günstling des Königs, stand Edward zur Rechten und stützte sich bequem auf die Rücklehne des Stuhls. Seine Arme waren elegant über der Brust gekreuzt und ließen die gepflegten Hände sehen, an denen jeder Finger einen mit kostbaren Edelsteinen besetzten Ring trug.

»Beim Kreuz! Ich lasse mir von meinem Neffen keine Vorschriften machen! Lancaster mag der mächtigste Graf meines Reiches sein. Aber er hat auch nichts unversucht gelassen, sich mir in den Weg zu stellen. Nein, dieses Mal wird er seinen Willen nicht bekommen. Du, Bruder Perrot, sollst mein Regent und Großsiegelbewahrer sein, solange ich in Frankreich bin, um Isabella zu heiraten.«

Die zynisch herabgezogenen Mundwinkel des Gascogners zuck-

* Jetzt ist Edward von Carnarvon zum König von England geweiht. Gott gebe, daß er kein schlechterer Mann als sein Vater und nicht weniger imstande ist, seine armen Untertanen gerecht zu behandeln.

ten nervös. Er war nicht ehrgeizig. Er strebte nicht nach der Macht des Königs, aber es würde ihm schon gefallen, sich auf diese Weise nach seiner Verbannung aus England durch den alten König zu rehabilitieren.

»Lancaster soll zur Hölle fahren«, sagte er. Und sie kicherten mit boshaftem Vergnügen.

Ein Diener verbeugte sich und trat näher.

»Der Herr de Vraineville und die Ehrendame der französischen Prinzessin, Blanche de Lyons-la-Forêt, warten auf die Audienz bei Euer Gnaden.«

»Ein normannischer Schildknappe, perfay! Das wird uns vielleicht Spaß machen, Edward.«

Aber der König blickte gelangweilt.

»Und die Dame? Hat Isabella sie geschickt?«

Die französische Prinzessin stand im Ruf großer Schönheit, und dies weckte seine Neugierde.

»Sie hat einen Brief der Prinzessin an Euer Gnaden bei sich.«

»Laßt sie hereinkommen.«

Als die eisenbeschlagene Tür aufsprang, raffte sich der König aus seiner lässigen Haltung auf und blickte dem Eintritt des französischen Edelmanns und seiner dunklen Geliebten entgegen. Im vorgeschriebenen Abstand vor des Königs Thron blieben sie stehen. Blanche machte einen tiefen Knicks, und Aymer sank auf ein Knie, sein Haupt ehrerbietig neigend.

Nach einem kurzen Kopfnicken des Königs sprach Aymer:

»Sire, ich bitte untertänig um Eure Geneigtheit, mein dringendes Ersuchen anzuhören.«

Er hob seinen Kopf gerade noch rechtzeitig, um das drohende Lächeln auf dem Gesicht des Mannes in stutzerhafter Kleidung an des Königs Seite zu sehen.

Aymer blickte ihn kühl an und war sich augenblicklich klar darüber, daß diesem Mann nicht zu trauen war, wer immer er auch sein mochte. Rasch glitt sein Blick über die Gesichter der Höflinge, die im Saal anwesend waren, und ein Schock des Wiedererkennens durchfuhr ihn: Bernard Pelletin. Die Anwesenheit des französischen Gesandten am englischen Hof konnte nur eines bedeuten. Pelletin war ein gewiegter Diplomat, und es war klar,

daß er hierher geschickt worden war, um den König im Sinne Philipps zu beeinflussen.
Vorläufig aber zeigte der König für keinen der beiden Männer Interesse. Edwards blaue Augen waren wieder leer, und das schmale Gesicht schien äußerst gelangweilt.
»Ein Ersuchen? Aha«, sagte er. »Und die Jungfrau?«
Blanche machte noch einen Knicks.
»Majestät, ich trage einen Brief bei mir, der meine Anwesenheit hier erklärt. Die Prinzessin, Eure zukünftige Gemahlin, empfiehlt mich höflich Eurer Gunst.«
Ein Diener sprang vor, um die Rolle Pergament, die sie ihm überreichte, zu übernehmen und kniend Edward auszuhändigen. Während Edward die Zeilen las, die Richard in Courtrai niedergeschrieben hatte, hatte der Gascogner die Unverfrorenheit, über des Königs Schulter einen Blick in den Brief zu werfen. Edward störte das nicht im mindesten.
Als sie beide den Brief gelesen hatten, löste sich Piers de Gaveston aus seiner lockeren Haltung am königlichen Thron und tat ein paar Schritte auf die französische Jungfrau zu.
Er hockte sich auf die Fersen, so daß er nun von der Erhöhung aus, auf der Edwards Thron stand, auf gleicher Höhe mit ihrem Gesicht war. Begehrlich wanderten seine Augen über ihre Körperformen, die sich unter dem Gewand abzeichneten.
Er pfiff leise durch die Zähne. Als er aber dann die rechte Hand ausstreckte, um ihr Kinn zu heben und ihr Gesicht noch eingehender zu betrachten, wandte sie mit einem Ruck den Kopf zur Seite und trat schnell ein paar Schritte zurück. Vor Zorn war ihr das Blut in die Wangen gestiegen.
Masters Piers schlug sich vor Vergnügen auf die Schenkel und stand wieder auf.
»Wenn schon Isabellas Ehrendame eine solche Schönheit ist, wird die Prinzessin selbst ein Wunder an Schönheit sein«, sagte er und grinste. Edward machte keinen Versuch, seiner Gäste wegen ernst zu bleiben, und lehnte sich, wegen der Bemerkung seines Günstlings in sich hineinkichernd, zurück.
Master Piers hatte seinen Platz neben dem König wieder eingenommen und ließ seine Hand auf dessen Schulter ruhen.

»Wir schätzen den französischen Stil sehr, Edward und ich«, sagte er sarkastisch. »Wir stellen ihn über die fade englische Mode. Wenn wir« – damit bezog er sich offenbar auf den König und sich selbst – »nicht damit angefangen hätten, hätte man in diesem Land noch nicht einmal die zweifarbige Hose entdeckt.«
Das Beinkleid, das er selbst trug – ein Bein war hellblau, das andere kanariengelb – ließ erkennen, wovon er sprach.
»Wenn Ihr dieses graue Loch«, fuhr er mit einer weiten Geste gegen den großen Saal des Towers fort, »in ein mit Rosen bestreutes Boudoir verzaubern könnt, um dadurch der ... Sehnsucht unserer jungen Königin aufzuhelfen, werden wir uns Euch sehr erkenntlich zeigen, Madame.«
Der König platzte mit einem ziemlich albernen Lachen heraus.
Aymer wandte sich seitwärts an einen Edelmann mittleren Alters, der nicht zu dem Schwarm junger Edelleute zu gehören schien, die bunt gekleidet durch den Saal schlenderten.
»Wer ist dieser Windbeutel?« fragte er flüsternd.
Der Mann strich sich vorsichtig über den gutgepflegten Schnurrbart, folgte der Richtung, in die Aymers Augen wiesen, und wandte sich dem Ritter mit angewiderter Miene wieder zu.
»Das«, sagte er abschätzig, »ist Master Piers de Gaveston, ein Dorn im Auge der Barone und so etwas wie das Schoßtier des Königs. Bruder Perrot nennt er ihn.«
Ehe er weitersprechen konnte, wurde er von jenem Mann in kostbarem Brokat, den Aymer kurz zuvor wiedererkannt hatte, beiseite geschoben. Und während Blanche noch mit dem König Artigkeiten austauschte, sprach ihn Bernard Pelletin mit öliger Stimme an:
»Das ist aber wirklich eine Überraschung, Messire de Vraineville! Was führt Euch so unvermutet hierher? Fandet Ihr die Wärme des Fegefeuers nicht angenehm genug?«
Aymer vergaß, daß er sich in Gegenwart des Königs befand. Er packte den Ärmel des Diplomaten mit seiner einen Hand und sagte:
»Euer Lachen wird Euch schnell vergehen, Messire, sobald ihr gezwungen seid, dem König von Frankreich mitzuteilen, daß Euer Auftrag mißglückt ist.«

»Große Worte«, antwortete der französische Diplomat achselzukkend und kehrte Aymer den Rücken.
»Jungfrau, Ihr seid an unserem Hofe willkommen«, erklang jetzt Edwards Stimme warm und freundlich. »Isabella wird sich freuen, hier durch eine Bekannte begrüßt zu werden.«
Mit einem kurzen Wink gab er zu erkennen, daß er die Audienz für beendet hielt, wobei er vergaß, daß Aymer noch gar nicht zu Wort gekommen war. Aber Gaveston hatte in diesem ein neues Opfer seines Spottes gefunden. Er richtete seinen Blick auf Aymers verbundenen Arm und rief:
»Edward, fast hätten wir Heinrich den Einhändigen unverrichteter Dinge wieder abziehen lassen. Sagt doch, Messire, was habt Ihr gestohlen, daß man Euch die Hand abgehackt hat?«
»Herr«, erklärte Aymer mit lauter Stimme, die durch den hohen Saal hallte, »ich habe mehr als achtzig Tempelritter aus den Kerkern des Königs von Frankreich gestohlen.«
Tödliche Stille breitete sich im Saal aus. Aymer trat vor, setzte einen Fuß auf das Podest und riß mit einem Ruck den Verband ab, so daß seine gräßliche Wunde sichtbar wurde.
»Dies«, sagte er, indem er den verletzten Arm ausstreckte, so daß ihn der König sehen mußte, »ist die Folge der Folter, deren Opfer meine Brüder sind. Ich preise mich glücklich, Euer Majestät, denn ich kam mit dem Leben davon.«
Der König fuhr zurück und starrte Aymer entsetzt und ungläubig an. Es war zwar nicht ungewöhnlich, daß Männern wegen bestimmter Verbrechen, meistens wegen Meineids, eine Hand abgehackt wurde. Aber Edward hatte noch niemals das Ergebnis einer solchen Strafe mit eigenen Augen gesehen. Aufrichtiges Mitleid war in seinen Augen zu lesen.
Aymer erkannte, daß dies der Augenblick war, in dem er den König um jede Gunst, die er wollte, bitten konnte. Er fühlte, wie die Augen Pelletins, der nun ins Schwitzen geraten war, ihm im Rücken brannten. Der Gascogner kam ihm zuvor.
»Ein Templer? Wollt Ihr unser Geld, Herr Ritter?«
Mit einladender Geste streckte er beide Arme aus.
»Ihr könnt es bekommen. Unsere ganze Schatztruhe gehört Euch. Nur ist sie leer.«

Die Höflinge lachten über seinen Scherz. Auch Edwards Augen lachten. Die freundlichsten Augen, denen er jemals begegnet war, dachte Aymer, vertrauensvoll, offen und sanft. Diese Augen wurden nun traurig, aber mit mehr Selbstironie als Selbstmitleid sagte der König:

»Ein schönes Erbe, das mir mein Vater da hinterlassen hat! Ein Königreich ohne Geld, aber mit einer Bande streitsüchtiger, ehrgeiziger Barone und einem Krieg, in dem uns die Schotten die Hölle heiß machen.«

»Oder seid Ihr gekommen, uns Geld zu leihen?« fragte Piers rasch, um den König bei Laune zu halten.

»Ich fürchte, daß wir uns auch das nicht erlauben können. Ihr seid sicher zu teuer.«

»Herr«, sagte Aymer ohne Umschweife. »Ihr habt die Aufforderung König Philipps von Frankreich erhalten, die Tempelritter in Eurem Reich gefangen zu setzen.«

»Das ist richtig.«

»Ich nehme an, daß Messire Bernard Pelletin mit Euch bereits über dieses Thema gesprochen hat.«

Edward blickte in die Richtung, wo der Diplomat stand.

»Er hat tatsächlich bestimmte Fakten erwähnt, die aber so unschicklich sind, daß es sich für einen gottesfürchtigen Mann nicht ziemt, auch nur darüber zu sprechen.«

»Ich bin hier, um Euch die Kehrseite der Ereignisse aufzudecken, so daß Ihr selbst urteilen könnt, wer es ist, der unter dem Auge Gottes die Welt betrügt.«

»Das sind stolze Worte, Herr Ritter. Nennt Ihr den König von Frankreich einen Betrüger?«

»Ja, Herr.«

Gemurmel erhob sich im Saal. Pelletin protestierte heftig, aber Edward schien durch Aymers unverblümte Behauptung nicht sehr irritiert zu sein.

»Sagt, was Ihr auf dem Herzen habt, Herr Ritter.«

Aymer holte tief Atem, bevor er begann.

»Die Verbrechen, die der König von Frankreich den Templern zur Last legt, sind Euch bekannt. Ich brauche Euch nicht mit den Details zu ermüden. Sie gründen auf falschen Geständnissen, die von abtrünnigen Rittern gemacht wurden, welche aus unserem Orden verstoßen waren, weil sie die Regel übertreten hatten. Auch wurden die Aussagen von Dienstleuten, die niemals Augenzeugen waren, verwendet, um uns zu belasten. Unsere Kapitelsitzungen und Einweihungszeremonien, in denen wir den Teufel verehrt haben sollen, wurden im Gegenteil in untadeliger und frommer Form abgehalten.«

Irgend etwas schien im Kopf des Königs zu arbeiten. Er hob die Augen und fragte:

»Ihr sagt, daß Ihr ein Tempelherr seid, der in Frankreich gefoltert wurde. Warum tragt Ihr den weißen Mantel nicht?«

Aymer lächelte und legte seine Hand auf Blanches Handgelenk.

»Es spricht für die Strenge des Ordens, daß ich Mantel und Haus wegen meiner Liebe für diese Frau verloren habe. Hätte ich in Frankreich nicht so viel für den Tempel getan, so hätten sie mich sicher schwerer bestraft.«

Der König war sichtlich beeindruckt, und Aymer fuhr sogleich fort:

»Wenn wir Gelegenheit bekämen, uns zu verteidigen, wenn uns ein ehrlicher Prozeß zugestanden würde, dann könnten wir uns von diesen schamlosen Lügen reinigen. Aber die Inquisition foltert meine Brüder mit derart abscheulichen Methoden, daß sie entweder sterben oder alles gestehen, was die Folterknechte hören wollen. Sie werden wie Exkommunizierte behandelt, Herr. Es werden ihnen die Sterbesakramente vorenthalten. Wenn sie um einen Beichtvater bitten, verweigert man es ihnen. Sie werden mit dem Tode bedroht, und im Austausch für die geforderten Geständnisse bietet man ihnen Absolution. Und dies alles, weil wir Gott treuer gedient haben als alle anderen Mönche der Christenheit! Weil wir unser Blut im Kampf gegen die Feinde der Christenheit vergossen und uns einer harten Disziplin unterworfen haben, so daß wir die Reichtümer nicht genießen konnten, die wir zur Eroberung des Heiligen Landes gesammelt hatten. Wollt Ihr diesen habgierigen König unterstützen und ihm erlauben, die Ritter Christi, die Soldaten des Herrn zu vernichten?«

Er hob seinen verletzten Arm und ließ Blanche die Binden wieder herumwickeln.

»Ich habe niemals an der Aufrichtigkeit der Tempelherren gezweifelt«, sagte König Edward. »Obwohl ich im kommenden Monat seine Tochter heirate, habe ich König Philipp meine Mitwirkung versagt und ihm mitgeteilt, ich wolle und könne nichts gegen einen Mönchsorden unternehmen, ohne besondere Instruktionen von Seiner Heiligkeit, dem römischen Papst selbst, zu besitzen. Nun gut, diese Instruktionen sind da, niedergelegt in der Bulle ›Pastoralis Praeeminentiae‹.«

»Es ist *Euer* Königreich, Majestät«, sagte Aymer, »und es liegt an Euch, es zu führen und zu regieren.«

Der König warf den Kopf in den Nacken und lachte höhnisch.

»Ha, Ihr überschätzt mich, Messire. Es ist kaum ein halbes Jahr her, seit mein Vater gestorben ist, und nun verhalten sich die Barone, als ob ein Idiot auf dem Thron säße. Seit meiner Geburt versuchen sie schon, mich zu gängeln, wie es ihnen gerade paßt.«

Das war Edward, wie er leibte und lebte. Es war ihm einerlei, was die Menschen von ihm dachten oder sagten. Er sagte stets, was er dachte. Aymer und Blanche blickten einander an.

»Hoheit, Ihr tut Euch selbst unrecht«, sagte Blanche sanft, und Aymer hakte rasch bei Edwards Worten ein und sagte:

»Wenn Ihr ihnen zeigen wollt, daß Ihr Eure eigenen Beschlüsse unabhängig von dem Druck, den man auf Euch ausübt, fassen könnt, dann ist jetzt der richtige Augenblick dazu.«

Edward strich sich über das Kinn und dachte nach. Er trat zu einer Fensternische, um auf den Fluß hinauszusehen. Dann drehte er sich langsam um und schickte nach seinem Schreiber, um die Bulle des Papstes zu holen.

Als er das Pergament in Händen hielt, entrollte er es feierlich.

»So lautet die Bulle«, sagte er mit einem Seitenblick zu den Gästen und las mit dramatisch erhobener Stimme:

„Clemens, Bischof, der Diener Gottes, entbietet dem in Christus hochgeliebten Edward, erhabenen König von England, Gnade und apostolischen Segen.«

Edward überflog einige Zeilen und murmelte: »Es fällt ihm schwer, zur Sache zu kommen. Ah, hier steht es.«

Mit spöttischem Lachen gab er seinem Mißfallen Ausdruck, als sein Blick auf einen der ersten Sätze fiel:

»Es ist uns in der Tat vor einiger Zeit, ungefähr damals, als wir zur höchsten apostolischen Würde aufstiegen, durch eine bestimmte Andeutung zu Ohren gekommen, daß durch Satans Atem im Orden der Templer eine verderbliche Saat ausgesät wurde und zu einer abscheulichen Ernte aufwuchs, die aus ihrer Frucht wiederum Samen derselben pestbringenden Art erzeugte. Das will sagen, daß die Templer unter der Maske ihres Glaubens und dem äußeren Anschein nach Soldaten, im Inneren in verräterischer Abtrünnigkeit lebten, ja in widerlicher ketzerischer Entartung.
Wir bitten und ermahnen Eure königliche Hoheit ernstlich, so schnell wie möglich und so weit Ihr es könnt, nach dem Empfang dieses und nachdem Ihr das Vorhergehende so umsichtig und so geheim wie möglich mit Euren Räten beraten und erwogen habt, darauf zu achten und Befehl zu tun, daß alle und im besonderen die Templer Eures Königreiches und die sich sonst darin aufhalten mögen, an einem einzigen Tag verhaftet und auf die bestmögliche Weise durch vertrauenswürdige Personen in unserem Namen gefangengesetzt und im Namen des Apostolischen Stuhles an sicheren Plätzen und in zuverlässigem Gewahrsam gehalten werden, bis wir Eurer Exzellenz andere Nachricht geben.«
Der König wies auf das Pergament.
»Er läßt wenig Spielraum für eine Alternative, nicht wahr?« Er las weiter.
»Ihr werdet uns unverzüglich brieflich darüber informieren, was Ihr befehlen werdet, und welche Instruktionen Ihr von uns noch braucht, damit es schneller geht.« Der König blickte auf.
»Das ist der Ausweg, und ich werde ihn benützen. Alles, was ich tun kann, ist Aufschub zu erlangen.«
Dann rollte er das Pergament zusammen, warf es achtlos seinem Diener zu und wandte sich an Aymer.
»Ihr müßt mir alles darüber erzählen, Messire, Ihr müßt mir helfen, denn ich stehe allein. Ich glaube an Eure Unschuld und die der Euren.«
Tiefe Furchen gruben sich in Aymers Stirne. Er wußte, daß er sich dem König nicht verweigern konnte, aber er wünschte England so schnell wie möglich zu verlassen und sich seinen Freunden im Kampf gegen Philipp den Schönen anzuschließen. Edward jedoch

wollte ihn als persönlichen Ratgeber in dieser Angelegenheit. Das würde ihn monatelang in England festhalten.

»Mein Komtur, Herr, erwartet mich gegen Ende des Monats in Courtrai«, sagte er.

Der König lächelte und winkte ab.

»Meine Kuriere stehen Euch zu Diensten, Herr Ritter.«

Aymer kniete nieder.

»Ich bin Euer Mann, Sire.«

Edward war eine spontane Natur.

»Großartig«, rief er, Aymers Schultern mit beiden Händen umfassend. »Darauf müssen wir trinken.«

Am 4. Dezember sandte Edward Briefe an die Herrscher von Aragon, Kastilien, Portugal und Sizilien, worin er ihnen nachdrücklich nahelegte, den Klagen Philipps und des Papstes, die er als »von Verleumdungen und Habgier eingegeben« bezeichnete, nicht zu glauben. Edward war kein erfahrener Diplomat, die grenzenlose Habsucht lag ihm fern, mit der sich sein zukünftiger Schwiegervater ein Vermögen zusammenscharrte, um seine Macht auszudehnen und eine Verwaltung aufzubauen, die das Reich eisern im Griff hielt. Edwards Schatztruhe war leer. Die Macht entglitt seinen Händen, ohne daß er dessen gewahr wurde, und ging in die Hände seiner Barone über. Aber er würde sich niemals so weit erniedrigen, das teuflische Spiel, das Philipp mit dem Papst spielte, mitzuspielen. Es sprach für Edwards Aufrichtigkeit, daß er sich nicht geschlagen geben wollte, solange noch ein anderer Weg offen stand.

Am 13. Dezember empfing Papst Clemens seine Antwort auf die Bulle. Sie lautete wie folgt:

Der König an den Papst. Herzliche Küsse auf die gesegneten Füße. Dieser Tage sind wir überrascht worden von einem sehr ernsten und ungünstigen Bericht betreffend die Meister und Brüder des Ordens der Tempelritter. Ein Bericht fürwahr voller Bitterkeit, schrecklich, nur daran zu denken, abscheulich, davon zu hören und verwerflich in seiner Verderbnis, derart, daß sie, wenn es wahr ist, gemäß der hohen Achtung, die alle Gläubigen in Christus vor ihnen gehabt haben, strengstens bestraft werden müssen. Und weil die vorgenannten Meister und Brüder standhaft in der Reinheit ihres katholischen Glaubens durch uns und alle Bewohner unseres Königreiches sowohl um ihrer Lebensweise als auch um ihrer Tugenden willen hoch geschätzt werden, können wir diesen Argwohn säenden Berichten keinen Glauben schenken, bevor uns ihre Zuverlässigkeit deutlicher kundgetan ist. Wir fühlen daher von Herzen mit den Prüfungen und der Schande mit, die durch diesen abscheulichen Bericht über den Meister und die Brüder gekommen sind, und bitten Eure Heiligkeit mit dem größten Nachdruck, mit Eurer Erlaubnis und in Anbetracht des Wohlwollens, die der Meister und die Brüder aufgrund ihres guten Rufes verdienen, Ihr mögt es für geraten halten, die Verleumdungen und Beschuldigungen, die durch mißgünstige und schlechtbeleumundete Menschen, welche darauf aus sind, die guten Taten der Brüder in Verbrechen zu verkehren und damit gegen die Ehrfurcht, die wir Gott schuldig sind, verstoßen, mit mehr Zurückhaltung zu betrachten, bis die vorgenannten Freveltaten, die ihnen in unserer Gegenwart oder der unserer hiesigen Stellvertreter förmlich zur Last gelegt werden, zuverlässiger aufgedeckt sind. Möge Er Euch beschirmen und so weiter und so weiter. Gegeben zu Westminster, den 10. Dezember, im ersten Jahr unserer Regierung.

11. KAPITEL

Ein Prälat sagte einst zu König Richard I., er müsse seine drei Töchter verheiraten. Der König antwortete, er habe keine Töchter. »Doch«, sagte der Prälat: »Ihr habt Hochmut, Habgier und Reichtum.« »Hört mich an«, rief da der König den Umstehenden zu: »Hochmut gebe ich den Templern, Habgier den Zisterziensern und Reichtum den Benediktinern.«

Philip Lindsay – Kings of Merry England

Richard las Aymers Brief in Courtrai beim spärlichen Licht einer Öllampe und wies Ferrand an, sie würden im ersten Schimmer der Morgenröte nach Frankreich zurückkehren, um die neue Wendung der Dinge mit ihren Brüdern zu besprechen.

Er hatte hart gearbeitet, und langsam aber sicher begann das Netz, das er über ganz Frankreich gespannt hatte, zu funktionieren. Seine Leute, nicht einmal hundert an der Zahl, die er mit größter Sorgfalt instruiert hatte, arbeiteten in absoluter Heimlichkeit und hielten engen Kontakt mit ihm. Berichte über den Widerruf der Geständnisse und den Besuch der Kardinäle sickerten in die Festungen durch, wo die Brüder gefangensaßen. Dies und die Tatsache, daß sie sich von ihren Brüdern draußen unterstützt wußten, stärkte ihre Moral. Der Tempel holte wieder Atem und gürtete sich mit dem Schwert, das ihm kraftlos aus der Hand gefallen war. Aber damit war die Gefahr noch längst nicht gebannt. Denn Philipp ruhte nicht.

Am 21. Dezember meldete Richards Spion in der päpstlichen Residenz, der Nuntius und die Gesandten des Papstes an Edwards Hof hätten den Erfolg ihrer Mission bekanntgegeben.

Erst einen Tag zuvor hatte er einen dringenden Brief von Aymer

mit der alarmierenden Nachricht empfangen, er werde beim König nicht mehr vorgelassen.
Edward hatte nicht den Mut gehabt, seine Schwäche einzugestehen, und war einer Begegnung mit dem französischen Ritter und seiner Geliebten ausgewichen. Aber noch bevor er einen Befehl an die Amtmänner und Vögte seines Reiches ausgefertigt hatte, alle Templer zu verhaften und ihre Besitzungen zu beschlagnahmen, die in Irland, Schottland und Wales inbegriffen, und zwar an dem dem Dreikönigsfest folgenden Mittwoch, befand sich Richard schon auf dem Weg nach England. Er landete in Rye und ritt geradewegs zu der Stadt, mit der ihn so viele Erinnerungen verbanden.
Die niedrige Wintersonne stand im Zenit, als er seine Augen mit der Hand beschirmte und die Zügel anzog.
Bequem im Sattel sitzend betrachtete er die Betriebsamkeit auf dem ausgedehnten Übungsplatz vor der hohen Mauer des New Temple, der als Ficketscroft bekannt war. Es erfüllte sein Herz mit Freude zu sehen, wie die Ritter in ihren weißen Mänteln zum Angriff antraten und sich wieder zurückzogen, sich wandten und ihre Waffen ruhen ließen, um dann wieder mit eingelegter Lanze aufeinander loszustürmen und ihre Kräfte zu messen.
»Zu Hause, Pilgrim«, sagte er leise und klopfte dem Pferd den Hals, während sein Blick weiter umherschweifte. Er hielt inne, als er einen dieser Männer erkannte, der, die Lanze kräftig in der linken Hand haltend, kühn zum Angriff vorging, jedoch recht ungenau zielte.
»Beim Kreuz!« rief Richard aus und trieb sein Roß an, quer durch das Kampfgewühl. Doch auf halber Strecke wurde ihm der Weg durch zwei Lanzen versperrt. Erst jetzt wurde ihm klar, daß ihn diese Männer, mit denen er einst täglich das Brot geteilt hatte, kaum wiedererkennen konnten. Seinen Bart, den kein Templer nach den Ordensregeln jemals auch nur stutzen durfte, hatte er abrasiert, die Tonsur war von Haaren bedeckt. Er trug eine schwarze Kutte und den dazugehörigen Mantel, während sie ihn nur in der weißen Chlamys kannten. Auch war er magerer geworden, aber mehr als all dies war es sein Gesicht, das von den Entbehrungen und Aufregungen der siebzig bewegten Tage, die hinter ihm lagen, gezeichnet war.

»Was wollt Ihr hier, Herr?« rief ihn ein Ritter mit barschem Ton an.
»Ich besuche einen Freund«, antwortete er auf französisch, und wies auf Aymer.
Als sich die Ritter nach diesem umwandten, zog er sein Schwert und schlug sich die Lanzen aus dem Weg. Mit fliegenden Hufen ging Pilgrim zum Angriff über.
Aymer, durch den plötzlichen Überfall aufgeschreckt, wendete Chançard, warf seine Lanze weg und zog das Schwert. Aber Richard hatte das seine schon wieder in die Scheide gestoßen und zog die Zügel an, indem er grüßend die Hand hob. Ein breites Lachen erschien auf Aymers Gesicht.
»Mort de Dieu«, rief er. Beide Männer sprangen aus dem Sattel und umarmten einander herzlich.
»Sie haben mich nicht erkannt. Laß es dabei«, sagte Richard dicht an Aymers Ohr. Aymer schlug seinem Freund auf die Schulter.
»Es ist gut, dich wiederzusehen«, sagte er.
Richard zeigte nur ein müdes Lächeln.
»Unglaublich, du bist wieder so stark wie ein Bär. Wie steht es mit deinem Arm?«
»Du meinst meine Hand? Als ob ich sie niemals verloren hätte. Du hast mich ja gerade fechten sehen.«
Richard nickte beifällig.
»Die einzige Schwierigkeit ist«, fuhr Aymer munter fort, »daß mein Daumen immer noch juckt und ich nicht weiß, wo ich mich kratzen soll.«
»Von so etwas habe ich schon gehört«, antwortete Richard und dachte an die Verletzungen seiner Brüder in Frankreich. Er schwieg und starrte auf die grauen Mauern, die den Tempel umgaben.
»Wir wollen hineingehen«, sagte Aymer. Sie banden ihre Pferde an und betraten den umfriedeten Raum des Tempels. Es war gut, wieder durch den dunklen Gang mit den engen Zellen zu gehen, als ob man niemals fortgewesen wäre. Als Richard über die Schwelle trat und den niederen Eichenstuhl vor dem Herd erblickte, blieb er stehen. Einen Augenblick starrte er auf den leeren Sitz, bevor er sich zu Aymer wandte und erschrocken rief:

»Was ist mit Thomas geschehen?«
»Er ist vor zwei Tagen nach York gezogen«, antwortete der.
Richard ließ sich auf einer der Bänke nieder.
»Ich hatte gehofft, ihn hier zu treffen. Was will er bloß in seinem Alter in York? Ich habe keine Zeit, ihm in den Norden zu folgen.«
»Hast du meine Nachricht erhalten?« fragte Aymer.
Richard nickte.
»Und was für Neuigkeiten hast du?«
»Schlechte Nachricht. König Edward hat aufgegeben.«
»Was? Jetzt schon?«
Richard machte eine hilflose Geste.
»Wer sind wir, wenn ein König und ein Papst unsere Gegner sind? Si Deus nobiscum est, quis contra?*« spottete er bitter.
Aymer murmelte einen obszönen französischen Fluch und zupfte sich am schwarzen Bart.
»Wann und wie ist das passiert?«
»Dahinter werden wir schon noch kommen. In jedem Fall rate ich dir, keine Nacht länger in diesen Mauern zuzubringen.«
»Mich werden sie hier nicht finden«, rief Aymer im Brustton der Überzeugung. »Trotz allem, was in Frankreich geschehen ist – und du kannst davon überzeugt sein, daß ich ihnen alles bis in jede Einzelheit erzählt habe – haben sie nicht vor, sich gegen ihre Verhaftung zur Wehr zu setzen. Das ist mir unbegreiflich.« Er schüttelte den Kopf über soviel Unverstand.
»Der Tempel bewahrt ein Geheimnis, Aymer, das alle Opfer wert ist, die wir bringen können. Ich habe das Gefühl, wie seltsam das auch klingen mag, daß wir dieses Geheimnis verraten, wenn wir uns einem Prozeß entziehen. Das erst würde das wahre Eingeständnis unserer Schuld bedeuten.«
Mehr wollte er nicht sagen. Mehr konnte er auch nicht sagen, denn die kryptischen Worte, die Jacques de Molay ihm anvertraut hatte, hatten ihn in den Wochen seit ihrer Begegnung der Aufdeckung dieses Geheimnisses keinen Schritt nähergebracht.
»Es ist unsere Pflicht, dafür zu sorgen, daß sich in England das französische Beispiel nicht wiederholt.«

* Wenn Gott mit uns ist, wer sollte gegen uns sein?

Sie schwiegen, während er sein Bier trank. »Ich muß nun zum Meister gehen. Ich hätte nicht zuvor mit dir darüber sprechen sollen.« Er stand auf. »Ich hoffe, daß ich hier einen Bruder Kaplan finden kann, der bereit ist, mir die Beichte abzunehmen.«

»Suche nicht weiter«, riet ihm Aymer. »Du weißt zuviel. *Wir* ahnen düstere Ereignisse in der Zukunft, aber es hat keinen Sinn, andere mit Andeutungen oder scheinbar belanglosen Tatsachen zu belasten, die wir doch nicht verraten dürfen.«

William de la More war sichtlich überrascht, als Richard in Begleitung Aymers den Ratssaal betrat.

»So, da ist ja unser verlorener Sohn«, sagte der Meister nicht ohne Wohlwollen, als Richard ihn begrüßte.

»Du hast uns in eine merkwürdige Lage gebracht, indem du dich weigertest, deine Freiheit anzunehmen.«

Unwillkürlich zog es Richards Blick zu der Schnur, die das weiße Habit unter dem wallenden Mantel la Mores zusammenhielt. Es befanden sich zwei Knoten an einem Ende. Bei ihm selbst war es nur einer. Nur mit Mühe konnte er verhindern, daß seine Gedanken zu dem alten Großmeister im Gefängnis von Paris und seinen rätselhaften Worten abschweiften. Dann antwortete er:

»Sire, ich gebe den Ketten des Ordens den Vorzug vor jedem beliebigen Rang in der Freiheit.«

Der Meister lächelte.

»Ich nehme an, du bringst schlechte Nachrichten, sonst wärst du nicht hier.«

»Schlechter kann es gar nicht für Euch aussehen. Der König hat angeordnet, alle Templer in diesem Königreich in Gewahrsam zu nehmen.«

»Zweifellos hat dich Aymer de Vraineville bereits über unseren Standpunkt unterrichtet. Wenn es Gottes Wille ist, daß Sein Diener unsere Integrität, unsere Aufrichtigkeit und Frömmigkeit in Zweifel zieht, dann müssen wir uns der Untersuchung stellen.«

»Ich nehme einen etwas anderen Standpunkt ein«, bemerkte Richard.

»Und das ist verdammt zurückhaltend ausgedrückt«, ergänzte Aymer, der weniger diplomatisch war.

»Das ist Insubordination.«

»Sire«, antwortete Richard, »in aller Bescheidenheit muß ich Euch sagen, daß ich das Recht habe, meinen Standpunkt zu äußern. Ich...«
La More unterbrach ihn mit kurzer Handbewegung. Gewohnheitsmäßig gehorchte Richard und schwieg.
»Dieses Kapitel hat einen klaren Beschluß gefaßt. Ich habe deinen Bericht dankbar entgegengenommen. Aber nach deiner Meinung habe ich nicht gefragt. Anstatt Kritik zu üben, tätest du besser daran, dich auf die nächste Kapitelversammlung vorzubereiten. Du hast einen Befehl des Tempels mißachtet, indem du nach Frankreich gegangen bist. Wir haben das eine oder andere über deine Tätigkeit dort gehört. Du wirst dich vor den Rittern dieser Komturei verantworten müssen.«
Aymer, der sah, wie ein Feuer in Richards Augen aufflammte, lächelte.
»Ich weigere mich, diesem Kapitel gegenüber Rechenschaft für meine Taten abzulegen«, sagte Richard mit jener kalten Entschlossenheit, die Aymer an ihm so bewunderte. »Ihr habt mir im Oktober befohlen zu reisen, ohne irgend einsichtige Gründe dafür anzugeben. Also habe ich darüber nachgedacht, wie ich mich nun verhalten müßte, und meine Situation mit der eines Tempelritters verglichen, der in der Hitze des Kampfes von seiner Schwadron abgeschnitten wird. Die Regel gebietet, daß wir uns in einem solchen Fall einem befreundeten christlichen Panier anschließen, oder, wenn es ein solches nicht gibt, dorthin gehen, wohin Gott uns schickt. Gut, ich bin vielleicht nicht dorthin gegangen, wohin Ihr es gerne gehabt hättet, aber Gottes Wege sind unerforschlich. Daß meine Rückkehr Euch in Verlegenheit bringt, begreife ich wohl. Das ist aber ein Problem, das Ihr nicht dadurch lösen könnt, daß Ihr mich in einer Kapitelsitzung zur Verantwortung zieht. Es ist niemand hier, der die Lage in Frankreich und meine Rolle dabei beurteilen kann. Außerdem falle ich nicht mehr unter die Jurisdiktion dieses Kapitels, sondern unter die meines eigenen Kapitels in Frankreich, dem ich regelmäßig meine Fehltritte mitteile. Nein, Sire, wenn ich nur hierhergekommen wäre, um Euch zu warnen, dann hätte ich ebensogut einen Kurier schicken können. Ich möchte mit Euch über die Vorsorgemaßregeln sprechen, die wir

treffen können, damit sich keine Wiederholung dessen, was in Frankreich geschehen ist, ereignet.«
Für einen Moment war Master de la More durch den Redefluß, den er von Richard nicht gewohnt war, aus der Fassung gebracht. Er hatte ein einfaches »Ja, Sire, im Namen Gottes« erwartet. Aber Richard fuhr fort:
»Der Zeitpunkt Eurer Verhaftung ist uns noch nicht bekannt. Sorgt dafür, daß keine wichtigen Urkunden in die Hände des Königs oder des Inquisitors fallen. In Paris hat man nur ein paar belanglose Abrechnungen gefunden, obwohl sie dort vollkommen überrascht wurden.«
La More nickte.
»Natürlich, wir werden alles tun, um zu verhindern, daß wichtige Papiere in unrechte Hände geraten.«
»Es muß noch mehr geschehen. Ich kann keine Leute dafür erübrigen, hier in England den Gang der Dinge zu kontrollieren. Dafür müßt Ihr selbst sorgen. Ohne Zweifel werden Brüder dieser Komturei bereit sein, sich dafür zur Verfügung zu stellen. Gebt ihnen Gelegenheit zu entfliehen, bevor es zu spät ist.«
Nun war das Gesicht von Master de la More wieder versteinert.
»Ich denke nicht daran, meine Ritter dafür zur Verfügung zu stellen«, sagte er kurz.
Aymer ballte die Faust. Er wäre aufgesprungen, wenn Richard ihm nicht die Hand auf den Arm gelegt hätte. Aber auch er hatte nicht die Absicht, es dabei bewenden zu lassen.
»Sire«, sagte er, »wir haben gesehen, wie man in Frankreich vorging. Es gibt niemanden, der garantieren kann, daß sich dieselben Bestialitäten nicht auch hier wiederholen. Natürlich werden wir all unseren Einfluß aufbieten, um dem zuvorzukommen, aber Ihr müßt Euch darüber klar sein, daß der Papst von König Edward verlangt, alle Templer seinen Inquisitoren auszuliefern, und diese haben seine Erlaubnis, alle, die ihnen in die Hände fallen, so zu behandeln, wie es ihnen beliebt.«
»Wir sind hier in England, Bruder Richard«, warf la More ein. »Unsere Geistlichkeit besteht aus vernünftigen Männern, die nicht religiösem Fanatismus verfallen sind.«
»Ja, wir sind hier in England«, bestätigte Richard, »in England, wo

Edward, der Vater König Edwards, die Juden um ihres Geldes willen gefangennehmen und verbannen ließ. Es ist noch keine dreißig Jahre her, Sire, daß zweihundert von ihnen erstickten, weil mehr als 600 von ihnen in einem Gefängnis zusammengepfercht wurden.«

»Juden«, schnaubte la More verächtlich.

»Menschen«, verbesserte ihn Richard. »Ich prophezeie Euch, daß Ihr keine Woche nach Eurer Verhaftung diese Worte bedauern werdet. Ihr kennt die Verbrechen, deren wir beschuldigt werden. Wer uns ungestraft einer solchen Verderbnis bezichtigt hat, kann nicht mehr zurück. Er muß weitergehen, koste es, was es wolle, bis zu unserem Untergang oder dem seinen. Beim heiligen Johannes, ich will einfach nicht, daß dasselbe in England geschieht!« Richard hatte sich in Hitze geredet, doch nun beherrschte er sich wieder und fügte in ruhigem Ton hinzu:

»Und auch in keinem anderen Land. Übermorgen reise ich nach Portugal, Kastilien und Aragon. König Edwards Beschluß wird die Ansichten der Herrscher dieser Länder sicher beeinflussen.« Er sank auf ein Knie und streckte seine Hände, die Handflächen nach oben, dem alten Mann entgegen.

»Sire, das Schicksal der Tempelritter dieses Reiches liegt in Euren Händen. Ihr seid ihr Herr und Meister. Ihr müßt nur befehlen, und sie werden gehen, wohin Ihr befehlt. Gebt mir eine Handvoll Männer, dreißig, wenn ihr könnt, Pferde, Waffen, und ich werde dafür sorgen, daß Ihr und Eure Brüder verschont bleiben.«

»Glaubst du wirklich, daß du das kannst?« fragte la More.

Ein kurzes Kopfnicken war Richards Antwort. Der Meister rief einen Diener.

»Wollt Ihr Bruder Michael de Baskeresville, Bruder John de Stoke und Bruder Richard de Herdewikes bitten, hierher zu kommen.« Dann ließ er die Augen wieder auf Richard ruhen, der sein Haupt in Dank und Unterwürfigkeit neigte. Keine Sekunde hatte er gezögert, sich um seiner Brüder willen zu erniedrigen und auf den Knien um Hilfe zu flehen. La More mußte sich Gewalt antun, um seine Hände nicht auf dieses blonde Haupt zu legen und seine tiefe Sympathie für den jungen Ritter zu bekunden.

Den Rest des Nachmittags brachte Richard in Gesellschaft seiner früheren Oberen zu, von denen vor allem Bruder Michael, der Präzeptor, und Bruder John, der Schatzmeister, sich hartnäckig gegen seine Ansichten wehrten.

Aber als er sich tags darauf nach den spanischen Königreichen einschiffte, konnte er doch mit gewisser Genugtuung auf seinen kurzen Besuch in London zurückblicken. Er hatte das Wort einer kleinen Schar von Rittern, die lieber illegal kämpfen als sich einem Prozeß unterwerfen wollten, und er trug eine wohlgefüllte Börse bei sich.

Am 8. Januar 1308 wurden die Tempelritter in England, Schottland, Wales und Irland verhaftet und in den Gefängnissen der Sheriffs in Ketten gelegt, ungeachtet der Tatsache, daß der König von ihrer Unschuld überzeugt war.

Fünf Tage später ließ auch der König von Neapel, ein Neffe König Philipps von Frankreich, alle Templer in seinem Reich festnehmen.

Am letzten Sonntag des März, eine Woche nach Ostern, kam ein Kurier in Westminster Palace an. Dort war die leichtfertige und kindliche Fröhlichkeit verflogen, die in Gegenwart des Königs und seines Günstlings geherrscht hatte, seit der Gascogner durch einen offiziellen Beschluß der Barone aus dem Reich verbannt war.

Es war ihm vom Bischof bei Strafe der Exkommunikation verboten worden, zurückzukommen. Obwohl beides Bruder Perrot nichts auszumachen schien, hatte der König die Vorbereitungen zur Abreise seines Günstlings mit wachsendem Unmut und dem Gefühl der Ohnmacht durchgeführt. Er hatte den Gascogner tatsächlich noch zum »königlichen Leutnant« in Irland ernannt und ihm ein Salär ausgesetzt, das seinen extravaganten Wünschen vollauf entsprach. Aber Edward haßte den Gedanken, allein inmitten seiner Feinde zurückbleiben zu müssen.

Nachdem der Kurier in Sandwich an Land gegangen war, war er unaufhörlich geritten. Er hatte den Auftrag, der Frau von Lyons-la-Forêt ein Dokument zu überreichen.

Blanche erbrach das Siegel und fand ein zweites versiegeltes Dokument, auf dem stand: Gegeben zu Gent, den Tag nach dem Fest des heiligen Josef.

Sie entließ den Kurier und ließ ihren persönlichen Boten kommen. Diesem übergab sie das Dokument und befahl ihm, ohne Aufenthalt nach Prae Wood zu reiten, wo sich Aymer bei den freien Tempelrittern aufhielt, die ihn in den vergangenen Monaten so gut trainiert hatten, daß seine linke Hand das Schwert jetzt fast ebenso kräftig und geschickt führte, wie es die rechte getan hatte.

Aymer empfing das Dokument, erbrach seinerseits das Siegel und rollte das Pergament auf. Dann verschlang er die Zeilen in der kräftigen, etwas hastigen Handschrift.

»Douce frère«, begann der Brief. »Der Orden kann gerettet werden. König Philipp hat eingewilligt, die Gefangenen dem Papst zu überstellen, und Seine Heiligkeit hat der Inquisition ihre Macht entzogen und die Inquisitoren ihrer Funktionen entkleidet. Er behält sich selbst die Angelegenheit vor und scheint fest entschlossen zu sein, den Prozeß wiederaufzunehmen. Das ist gleichbedeutend mit einer Ungültigkeitserklärung des ganzen Verfahrens, wie es von Philipp durchgeführt wurde. Als Antwort darauf hat Philipp den Gelehrten der Sorbonne die Frage vorgelegt, ob die weltliche Macht selbständig gegen Abtrünnige vorgehen könne, und ob nicht durch unsere Schuld unsere Vorrechte verfallen seien. Der Spruch dieses hohen Kollegiums, mein Freund, muß ihm durch den Herrn selbst eingegeben worden sein: Ein weltliches Tribunal kann über das Vergehen der Abtrünnigkeit nicht richten. Es muß vor ein geistliches Tribunal gebracht werden, und dies gilt auch für die Frage des Eigentums des Ordens. Dies hat uns neuen Mut gegeben und gute Hoffnung für die Zukunft, trotz der schlechten Berichte, die wir weiterhin empfangen. Für zwei von uns ist die Maßnahme des Papstes zu spät gekommen. Wir wissen, daß Gérard de Villiers und Bernard de la Roca, Komture von Frankreich und der Provence, unsere einzigen Komture, die kein Schuldbekenntnis abgelegt haben, in ihren Gefängnissen umgekommen sind.

Nach dieser Ohrfeige, die ihm die Sorbonne verpaßt hat, mußte Philipp seinen Gesichtsverlust wieder wettmachen. Deshalb kündigte er noch am selben Tag eine Versammlung seiner Großen an, die in Tours stattfinden soll. Ich fürchte aber, daß der Spruch dieser Versammlung von ihm diktiert werden wird. Er ist eifrig

dabei, die öffentliche Meinung gegen uns aufzuwiegeln. Pierre Dubois* verbreitet Schriften unter dem Adel, der Geistlichkeit und den Honoratioren der Bürger, worin er uns verleumdet und den Papst der Korruption beschuldigt. Der Heilige Vater soll durch uns gekauft und deshalb dem Orden günstig gesinnt sein!
Meine Reise in den Süden war nur teilweise erfolgreich. Unsere Brüder in Aragon haben sich in ihre Befestigungen verschanzt und werden sich gegen eine Gefangennahme zur Wehr setzen. Sie können monatelang Widerstand leisten, auch unsere Brüder in den Kurfürstentümern am Rhein werden sich nicht kampflos ergeben. Aber sie sind die einzigen. In Ravenna, Bologna, Pisa und Florenz wurden unsere Brüder als Missetäter vor Gericht gestellt und mit Folterung bedroht, in Kastilien wurden sie verhaftet und ihre Güter beschlagnahmt. Aber durch den Spruch der Theologen der Sorbonne und die Unterstützung des Papstes sind wir stark und können in einem ehrlichen Prozeß unter Führung der Geistlichkeit unsere Unschuld verteidigen.
Leider habe ich für Dich, mein guter Freund und Bruder, und für die Jungfrau im besonderen eine betrübliche Nachricht. Am 7. dieses Monats hat der Herr von Lyons-la-Forêt das Zeitliche gesegnet. Gott sei seiner Seele gnädig. Die Nachricht, daß es mit ihm zu Ende ging, gelangte zu mir, und ich kam noch rechtzeitig, um seinen letzten Wunsch zu vernehmen. Zu meiner Überraschung wurde ich als alter Freund empfangen. Der Sterbende schien aufzuleben, als er von meiner Ankunft hörte, und ich erzählte ihm alles, was er wissen wollte. Er muß lange, bevor ich seine Tochter entführte, gewußt haben, was sich hinter seinem Rücken abspielte, obgleich er, um seinen Besitz vor der Rache des Königs zu schützen, so tat, als ob er nichts davon wüßte. Er bat mich, an seinem Krankenbett zu wachen, bis er den Geist aufgegeben hatte. Und das tat ich auch. Auf diese Weise hörte ich, daß er Euch beide liebhatte und Eure Verbindung guthieß. Es war sein inniger Wunsch, daß die Hochzeit so bald wie möglich stattfände,

* Pierre Dubois, Rechtsgelehrter und Publizist in Diensten Philipps IV., Verfasser anonymer Pamphlete und Traktate. Auf diese Weise hatte er dem König auch in der Sache gegen Bonifatius VIII. geholfen.

und daß du sein Nachfolger und Herr über sein Erbe sein solltest. Er brachte mich in große Verlegenheit, als er mir auftrug, über seine Burg zu wachen, und seine Besitzungen während Deiner Abwesenheit zu verteidigen. All dies legte ich auf sein Ersuchen schriftlich nieder. Mit letzter Kraft zeichnete und siegelte er dann das Dokument, und während ich ihm dabei half, sank er tot vornüber. Vier Tage später, als wir ihn in der Kapelle begruben, kamen drei Abgesandte aus Paris, um die Burg im Namen des Königs zu beschlagnahmen. Ich zeigte ihnen das versiegelte Dokument, erklärte ihnen, ich sei bereit, Deine Besitzungen wenn nötig mit dem Schwert zu verteidigen, und ersuchte sie, das Gebiet zu verlassen. Darauf versteckte ich das Testament an einem sicheren Platz, und stationierte vier meiner besten Leute in der Burg mit genauen Befehlen, um im Falle einer Belagerung die Verteidigung der Burg zu leiten. Ich habe die Burg noch bevorratet, die Keller sind mit Getreide, Fleisch und ausreichend Salz, Wein, Käse, Bohnen und Schmalz gefüllt. Die Waffenkammer enthält genügend Pfeile und Armbrüste, außerdem habe ich die Ausrüstung der Besatzung inspiziert. Schwache Stellen in den Mauern und Wällen habe ich reparieren lassen. Im übrigen habe ich einen schnellen Rückzug in den Schutz der Mauern mit Bauern und Vieh üben lassen. Sie werden sicher einen Monat oder länger standhalten können, und in dieser Zeit habe ich meine Mannschaften beisammen, um den Belagerern in den Rücken zu fallen. In jedem Fall steht Philipp in diesem Augenblick zu sehr unter Druck, um sich einen vergeblichen Angriff auf Lyons-la-Forêt leisten zu können.«
Aymer wartete ein wenig, bevor er weiterlas und dachte nach.
»Sobald sich die Gelegenheit ergibt, kehre ich in die Burg zurück und hole das Dokument, das Dich zum Miterben von Lyons-la-Forêt macht, um es nach England zu bringen. Ich bitte Dich, der Jungfrau zu sagen, daß ich Mitgefühl mit ihrer Trauer empfinde. Es soll ihr ein Trost sein zu wissen, daß ihre Heirat den Segen ihres Vaters hat. Sie darf dessen gewiß sein, daß ihre Burg und alles, was ihr rechtens gehört, ihr nicht mit Gewalt geraubt wird, so wahr mir Gott helfe. Gegeben zu Gent, den Tag nach dem Fest des heiligen Josef, im sechsten Monat der Gefangenschaft des Tempels. Richard der Bastard.«

12. KAPITEL

Le pape se siet en son siege,
Jadis, Pierre, ore de liege,
Fauvel regarde en sa presence, ...
Le pape si li tent la main ...
Et puis frote a Fauvel la teste
En disant: ›Ci a bele beste.‹
Li cardinal dient pour plere:
*›Vous dites voir, sire saint pere.**

Gervais du bus – Roman de Fauvel

Nach Philipps Wunsch sollte die Versammlung in Tours, die Ende März 1308 begann und sich bis in den April hinzog, den beschämenden Spruch der Theologen der Sorbonne ungültig machen, und mit seinen üblichen Methoden, Listen und Einschüchterungsversuchen stellte er dies sicher. Die Flugschriften, die Pierre Dubois verfaßte und verbreitete, hetzten bedenkenlos. »Der Papst nehme sich in acht! Er ist korrupt, ärger als Bonifatius! Er ist käuflich und schachert mit der Gerechtigkeit. Kein Zweifel, er hält seine Hand nur für Geld über die Templer, die schuldig sind und

* Der Papst saß auf dem Heiligen Stuhl,/ der einst der Felsen Petri war,/ und jetzt aus Holz besteht./ Er blickte zu Fauvel (...) Der Papst streckte seine Hand aus (...) und sagte, sanft über das Haupt Fauvels streichelnd: Ein artiges Tierchen./ Die Kardinäle, immer darauf aus, dem Papst zu schmeicheln, antworteten:/ Heiliger Vater, Ihr sprecht die Wahrheit./
Der »Roman de Fauvel«, geschrieben zwischen 1310 und 1316 von Gervais du Bus, Notar der königlichen Kanzlei in Paris, ist eine Satire auf den Hof Philipps IV. und Papst Clemens' V. in Avignon. Die Hauptfigur, Fauvel, ist ein allegorisches Tier, ein Esel, der die schlechten Eigenschaften von le Bus' Zeitgenossen in sich vereinigt, aus denen sein Name aufgebaut ist: F ist die flatterie (Schmeichelei), A avarice (Habsucht), U vilenie (Niederträchtigkeit), V vanité (Eitelkeit) oder variété (Untreue), E ist envie (Neid) und L lacheté (Feigheit).

gestanden haben, und arbeitet so gegen den katholischen Eifer des Königs von Frankreich. Moses, der Freund Gottes lehrt uns, wie wir die Templer behandeln müssen: er tötete 22 000 Menschen, die Götzen anbeteten. Greift zum Schwert und tötet eure Nächsten! Warum macht der Papst nur Versprechungen, statt sie wirklich zu bestrafen?«

Die Offiziere des Königs sorgten dafür, daß alle, die den Templern gewogen waren, nicht in Tours erschienen. Nur gefügige Barone trafen dort ein, die sich willig die ihrem Herrn genehmen Stellungnahmen diktieren ließen. Das Ergebnis war ein scharfer Verweis an die Adresse des Papstes. 26 Adelige gaben nach und ließen die Templer, die sich auf ihren Gebieten befanden, verhaften. Unter ihnen waren der Herzog von Burgund, der Herzog der Bretagne, die Grafen von Flandern, Auvergne und Talleyrand de Périgord sowie der Burggraf von Narbonne.

Gestärkt durch soviel guten Willen stellte Philipp mit scheinbar naiver Unschuld den Theologen der Sorbonne die Frage, wie er nun weiter vorgehen sollte. Aber die Gelehrten konnten nur noch einmal erwidern, daß der Prozeß allein der Kurie vorbehalten sei. Nogaret und Plaisians hatten nichts anderes erwartet und bereiteten sich mit ihrem Fürsten auf den Endkampf mit Clemens V. vor. Am 29. Mai ritt Philipp an der Spitze eines eindrucksvollen Gefolges nach Poitiers, wo Clemens, vom Einzug des Königs in Kenntnis gesetzt, ihn mit zitternden Knien unter dem goldgesäumten Gewand im großen Saal des Palastes erwartete. Selbstbewußt kniete der König zu Füßen des Papstes nieder, beugte das runde Gesicht, das ihm den Beinamen die »Eule« eingebracht hatte, und küßte demütig die päpstlichen Pantoffeln.

Clemens sah mit einer Mischung von Verwirrung und Mißtrauen auf den Schädel des Königs hinab. Welch teuflischer Plan nistete nun wieder unter diesen Locken? Er kannte Philipp zu gut, um glauben zu können, daß er nur zum Zweck dieser Huldigung nach Poitiers gereist war. Aber nur kurze Zeit mußte der Papst diese Unsicherheit ertragen, denn sobald die Begrüßungszeremonie beendet war, trat Guillaume de Plaisians vor und bestieg ein Podium im Saal, von dem aus er im Namen des Königs mit lauter Stimme zu sprechen begann.

Er erwies sich als würdiger Nachfolger Nogarets, der sich seit seinem berüchtigten Auftreten gegen Bonifatius VIII. in Anagni nicht mehr am päpstlichen Hof zu zeigen wagte. Plaisians sprach französisch, nicht lateinisch, um mit seinen unverschämten Worten, die er zusammen mit Nogaret vorbereitet hatte, so viele Zuhörer wie möglich zu erreichen, auch solche, die nicht zur Geistlichkeit gehörten:

»Noch niemals hat Jesus selbst einen Sieg über die Feinde Seiner Kirche und des rechtmäßigen Glaubens errungen, der so groß, so schnell, so wertvoll und so notwendig gewesen ist wie dieser jüngst erkämpfte, indem Er auf wunderbare Weise die Ketzerei der verderbten Templer aufgedeckt hat.

Dieser Sieg ist durch keinen geringeren als den König von Frankreich und sein ganzes Volk möglich geworden, die nun hier an dieser Stelle die Verbrechen des Tempels dem Papst vortragen wollen. Da, o Heiliger Vater, der König, die Großen und das ganze Volk des Königreichs fordern, daß diese Angelegenheit rasch zu Ende geführt wird, möge es Euch gefallen, sie so schnell wie möglich abzuhandeln. Wo nicht, werden wir uns gezwungen sehen, eine andere Sprache mit Euch zu sprechen.«

Die Bestürzung des Papstes wurde noch größer, als die Erzbischöfe von Narbonne und Bourges dem Sprecher beipflichteten. Clemens antwortete mit ein paar diplomatischen Floskeln, um sich selbst aus der Schußlinie zu ziehen. Er gab dem König nicht so ohne weiteres recht, widersprach ihm aber auch nicht direkt. Er setzte sich warm für den Orden ein, da er an seine Unschuld glaube. Sollten jedoch die Templer wirklich so sein, wie man sie schilderte, dann würde er selbst sie verfluchen und ohne Verzug, aber auch nicht übereilt, gegen sie auf eine Weise prozessieren, die der Kirche würdig sei.

Richard, der König Philipp auf dem Fuße gefolgt war und kurz nach ihm mit zwei seiner treuen Gefolgsleute in Poitiers ankam, brauchte es nicht zu bereuen, daß er dem Auftritt Plaisians nicht beiwohnen konnte. Die Rede wurde lang und breit in der ganzen Stadt und weit im Umland weitererzählt.

»Beim Herzen Gottes«, rief Richard aus, »wenn Clemens jetzt nicht standfest bleibt, ist alles umsonst gewesen. Dann sind wir

wieder soweit wie ein halbes Jahr zuvor. Er muß einfach darauf bestehen, daß allein die Kurie den Prozeß gegen uns führen darf.«
Die zwei Franzosen blickten ihn schweigend an und schüttelten beinahe gleichzeitig den Kopf:
»Die Anwesenheit Philipps, mit Plaisians und Nogaret hinter den Kulissen, weist nur auf eines hin: Der Papst soll in die Zange genommen werden, auf Biegen oder Brechen.«
Sie hatten recht. Hatte Thibaut de Corbara Richard nicht schon bei ihrer ersten Begegnung vor Nogaret und Plaisians gewarnt? Vor dem Kanzler und dem Gelehrten, die den König in allem berieten?
Während der folgenden Wochen versuchte Richard, sich trotz der enormen Gefahr, die er dabei lief, Zugang zur Kurie und sogar zum Papst persönlich zu verschaffen, doch vergeblich. Das gefürchtete Triumvirat aus Paris verbreitete einen solchen Schrecken, daß selbst Kardinal de Corbara sich weigerte, ihn zu empfangen, ja sich so verhielt, als ob er ihn gar nicht kennen würde.
Gegen Ende Juni fühlte Plaisians sich stark genug, um noch einmal einen Beweis seiner Brutalität zu geben. Der Papst hatte mehrmals den Wunsch geäußert, selbst die Ritter zu verhören. Nun gut, nur zu gerne präsentierte ihm Plaisians 22 Templer, sorgfältig durch Großinquisitor Guillaume Imbert ausgesucht, zum persönlichen Verhör.
Clemens delegierte diese Aufgabe an vier Kardinäle, die weitgehend unter Philipps Einfluß standen, was wieder einmal bewies, wie groß der Druck war, den man auf ihn ausübte:
Bérenger Frédol, Etienne de Suisy, Pierre Colonna, der schon früher zusammen mit Nogaret eine Rolle im Spiel gegen Bonifatius VIII. gespielt hatte, und Kardinal Landulph Brancaccio, auch er ein loyaler Parteigänger des Königs.
An dem Tag, an dem sie den bischöflichen Palast in Poitiers verließen, um ihre Aufgabe zu übernehmen, ließ Richard alle Vorsicht fallen und versperrte den Kardinälen den Weg, mitten auf der Straße, wo es von den Leibwachen Philipps und des Papstes nur so wimmelte.
»Herr Kardinal«, rief er mit lauter Stimme, die den Lärm der Stadt übertönte, und sah dabei Frédol fest in die Augen. »Ihr erinnert

Euch meiner. Denkt daran, was ich Euch habe sehen lassen, wenn Ihr meine Brüder verhört. Sprecht die Wahrheit wie ein wahrhaftiger Christ!«

Er konnte die Reaktion nicht abwarten und mußte sich eilig in Sicherheit bringen, doch bevor er den Waffen der Fußknechte entkam, schien es ihm noch, als sei der Kardinal erbleicht.

»Verhaftet diesen Mann!« hörte er einen Hauptmann der Wache rufen. Aber der Überraschungseffekt seines plötzlichen Erscheinens rettete ihn. Er entkam in wilder Flucht durch die Straßen von Poitiers.

Kaum drei Tage später war es bereits klar, daß er sich die Mühe hätte sparen können, an Frédols Gewissen zu appellieren.

Die Kardinäle beeilten sich, genau das zu tun, was Philipp von ihnen erwartete, und Richard ahnte, daß es nur die Frage von Tagen wäre, bis sich der Papst Philipps Forderungen beugte.

Wenn Clemens sich den Prozeß aus den Händen nehmen ließ, wenn er die Ritter des Tempels wieder der gnadenlosen Inquisition auslieferte, dann waren sie verloren und der Orden mit ihnen. Würde indessen Clemens sich durchsetzen, dann müßte es möglich sein, den Orden zu retten, und das war Richard das größte Opfer wert, das er bringen konnte. Er informierte seine Brüder und eilte zum bischöflichen Palais, wo der Papst residierte.

Durch einen Hintereingang, der zur Anlieferung von Vorräten diente, schlüpfte er hinein. Es gelang ihm, in die Privatgemächer des Papstes vorzudringen. Einen Weg zurück gab es nicht. Seine Anwesenheit war schon bemerkt worden. Hastig verbarg er sich hinter den reichbestickten damastenen Vorhängen, als er sich nähernde Stimmen hörte. Er meinte, die Stimme des Papstes zu erkennen. Da verließ er sein Versteck und löste die Kupferschließen seines Mantels. Kaum war der schwarze Mantel von seinen Schultern geglitten, wobei das weiße Gewand mit dem roten Tatzenkreuz auf der Brust enthüllt wurde, stand er schon Auge in Auge mit Guillaume de Plaisians, der an Clemens' Seite das Zimmer betrat. Seine rechte Hand zuckte nach dem Dolch. Er konnte den Rechtsgelehrten mühelos niederstechen und so den Tempel von einem seiner gefährlichsten Widersacher befreien. Doch ein Anschlag auf Plaisians' Leben würde dem Tempel nur schaden.

Auch Plaisians, der durch die plötzliche Konfrontation mit einem Templer wie erstarrt war, fand seine Geistesgegenwart zurück und rief nach dem wachhabenden Offizier. Es blieben Richard nur einige Sekunden. Er machte einen Kniefall vor dem Papst, der sich in dieser Lage etwas hilflos fühlte.
Clemens heftete die Augen voller Mitleid auf den vor ihm knieenden Ritter, fühlte aber zu gleicher Zeit die drohende Gegenwart von Plaisians. Befehle schallten durch den Korridor. »Der Tempel appelliert an Euch, Heiliger Vater«, erklang Richards leidenschaftliche Stimme.
»Schweigt!« befahl Plaisians. »Ihr habt nicht das Recht, hier zu sprechen.«
Doch Richard beachtete seinen Protest nicht.
»Glaubt nicht den Geständnissen, die durch Folter erzwungen sind. Einige Brüder haben schwerer gelitten als Christus, um Ihn und Seinen Orden nicht zu verleugnen. Aber statt sie als Märtyrer selig zu sprechen, verscharrt die Kirche ihre Leichen außerhalb geweihter Erde, als ob sie Ketzer wären!«
Der Papst war nun äußerst bestürzt und warf einen schnellen Blick auf Plaisians. Im gleichen Augenblick sprang die Tür auf. »Laßt kein anderes Gericht als das Eure über den Tempel urteilen«, konnte Richard noch ausrufen, bevor die päpstliche Leibwache in den Raum eindrang, ihm den Mund schloß und ihn mit Gewalt abführte.
Im Korridor entstand eine Meinungsverschiedenheit darüber, wo man ihn hinbringen sollte.
Richard pries sich glücklich, daß es nicht die Leute Plaisians' waren, die ihn ergriffen hatten. Die päpstliche Leibwache würde ihn vorläufig nicht ausliefern.
»Ich bin ein Ritter des Tempels, achtet meine Rechte«, forderte er. Tatsächlich wurde er nicht in das örtliche Gefängnis gebracht, sondern befand sich etwas später in der Einzelzelle des Klosters, zwar isoliert und unter strenger Bewachung, aber immer noch in Händen der Geistlichkeit. Indessen würde dieser Zustand gewiß nicht lange dauern, dafür würde Plaisians schon sorgen.
Er setzte sich auf die hölzerne Bank, die auch als Lager dienen mußte und stützte den Kopf niedergeschlagen in die Hände, wobei

er sich fragte, ob dieser Auftritt seine Freiheit wert gewesen war. Er war kein Rechtsgelehrter, sondern nur ein einfacher Ritter, der durch die Umstände zwischen die einander bekämpfenden Fronten des Papstes und des Königs von Frankreich geraten war. Es war ein Kampf, der über die Köpfe seiner Brüder hinweg ausgetragen wurde und ihr Schicksal besiegeln mußte. Was aber hätte er in diesem entscheidenden Moment anders tun sollen? Der Tag verstrich, ohne daß weiter etwas geschah. Und Richard wunderte sich, daß niemand kam, um ihn zu verhören. Vielleicht wußten sie noch nicht, wer er war.
Gegen Abend zogen sich seine Wächter zurück, und er blieb allein in der kalten Zelle zurück. Er versuchte auf der harten Bank zu schlafen, doch seine Gedanken hielten ihn wach. War Plaisians zu sehr mit Clemens beschäftigt, um sich um dessen Gefangenen kümmern zu können? Oder wollte er seine Mission nicht in Gefahr bringen und seine Auslieferung erst fordern, wenn seine Aufgabe vollbracht war? Das würde jedenfalls nicht mehr lange dauern, außer sein kühner Streich hätte Erfolg gehabt und seine Worte hätten das Gewissen des Papstes doch angerührt. Oder würde Plaisians versuchen, dem ganzen Vorfall keine Aufmerksamkeit zu schenken in der Hoffnung, daß auch der Papst ihn dann schnell vergessen würde?
Als die Gesänge der Frühmette verklungen waren, hörte Richard plötzlich Fußtritte im Korridor. Ein Mönch, die Kapuze tief in die Stirn gezogen, blieb vor dem Gitterfenster seiner Tür stehen. Er trug einen Leuchter mit einer Kerze. Die Riegel wurden zurückgeschoben, und eine Hand bedeutete ihm hinauszukommen. In dem schwachen Licht konnte er eine zweite Gestalt erkennen, und sein geübtes Auge nahm den blitzenden Stahl wahr, der unter dem Strick um seine Kutte steckte.
Richard zögerte. Hatte Plaisians sie geschickt, um ihn in die Hand zu bekommen? Oder gedachte er, ihn mit ein paar schnellen Dolchstößen verschwinden zu lassen?
Er stand auf und bewegte sich vorsichtig auf die geöffnete Tür zu, gespannt bis in die Fingerspitzen, um bei der ersten verdächtigen Bewegung zu reagieren.
»Beeilt Euch«, flüsterte eine Stimme. Er stand nun im Korridor,

und der Mönch mit dem Leuchter schob die Riegel zu. Er stand mit dem Rücken zu Richard, der eine solche Gelegenheit nicht ungenutzt verstreichen lassen durfte.
Mit katzenartiger Behendigkeit sprang er vor und warf sich auf den anderen, der zu seiner Überraschung kaum Widerstand leistete, als er ihn entwaffnete. Erschrocken drehte der Mönch an der Tür sich um und schaute zu seinem Gefährten, der, einen Arm auf den Rücken gedreht und die Spitze des Dolches am Hals, von Richard festgehalten wurde.
»Um Gottes willen, Bruder Richard, Ihr vergeßt Euch«, stieß er atemlos hervor. Also hatte man ihn erkannt. Hatte Frédol ihn verraten?
»Mir ist das Sichere lieber als das Unsichere«, antwortete er barsch.
»Es ist Euer eigener Dolch, den wir Euch zurückbringen«, sagte der Mönch flüsternd. »Folgt mir.«
Es war tatsächlich sein eigener Dolch. Er ließ die Waffe sinken und folgte den Brüdern des Klosters, blieb aber auf seiner Hut. Am Ende des Ganges blieben sie vor einer niedrigen Tür stehen, die sie vor ihm öffneten. Sie reichten ihm seinen schwarzen Mantel.
»Wir sollen Euch folgende Worte ausrichten«, flüsterte der Mönch, der den Dolch getragen hatte. »Der Heilige Vater ist tief berührt von Eurem und dem Schicksal Eurer Brüder. Er bittet Euch, Geduld zu haben und Euch nicht von den Geschehnissen, die sich in der nächsten Zukunft ereignen werden, irritieren zu lassen. Wenn er dem König peinliche und scheinbar ehrenrührige Konzessionen macht, so tut er das nur, um Zeit zu gewinnen.«
Seine Hand bedeutete Richard, durch die geöffnete Tür zu verschwinden. Wegen seiner Größe mußte dieser sich bücken, um unter dem niedrigen Türbalken hindurchzukommen. Und während er sich vornüberbeugte, traf ihn der schwere Leuchter hart am Hinterkopf. Ohne einen Laut sackte er zusammen. Erschrokken blickten sich die beiden Mönche über seinen regungslosen Körper hinweg an.
»Du hast ihn doch nicht getötet, Bruder Antonius?« fragte ängstlich die Stimme des anderen. Ein dünner Blutstrom rann über das weiße Gewand des Templers.

Mit quälenden Kopfschmerzen kam Richard wieder zu Bewußtsein. Er öffnete die Augen und versuchte einen Brechreiz zu unterdrücken, da ihm ein Knebel, der von einer Schnur festgehalten wurde, in den Mund gestopft war. Die Hände waren ihm auf den Rücken gebunden und sein weiter Mantel einige Male fest um ihn gewickelt, so daß er sich wie eine Puppe im Kokon kaum bewegen konnte. Um ihn war es stockdunkel.

Der Geruch von Wein drang ihm in die Nase, und er fröstelte. Man hatte ihn in einem großen Weinfaß versteckt und auf einen Wagen geladen, stellte er fest. Wie lange die Fahrt dauerte, wußte er nicht. Schließlich hielt der Wagen an, Licht fiel in sein enges Versteck. Dann wurde er mit der nötigen Vorsicht aus dem Faß gezogen. Die Sonne stand hoch, und das Licht tat seinen Augen weh. Ohne daß er eine Möglichkeit hatte, einen Blick auf den Fuhrmann zu werfen, wurde der Strick um seinen Mantel gelokkert, während der Karren auf dem steinigen Weg weiter ratterte. Es kostete Richard noch geraume Zeit, bevor er sich seines Mantels entledigt und die Stricke um seine Gelenke an einem scharfen Stein durchgerieben hatte.

Mit einem Seufzer der Erleichterung entfernte er dann die Schnur mit dem Knebel. Er betastete sich den Hinterkopf und fühlte das geronnene Blut, das ihm am Haar klebte.

»Was für ein Pfuschwerk«, murmelte er. Aber wem die Freiheit in den Schoß fällt, darf nicht wählerisch sein. Die Absicht des Papstes war klar. Er hatte den Ritter schonen wollen, ihm aber auf diese Weise zu verstehen gegeben, daß er ihn weit von Poitiers entfernt wünschte.

Er taumelte in das Gebüsch am Weg, wo er den Rest des Nachmittags und die folgende Nacht in der feuchten Kälte liegenblieb, um sich von dem schlechtgeführten Schlag auf den Schädel zu erholen. Erst danach versuchte er sich zu orientieren.

Inzwischen spielte der Papst in Poitiers eifrig seinen Part in dieser Farce. Er rief seine Kardinäle zusammen und gab Befehl, den »entflohenen« Gefangenen wieder zu verhaften. Außerdem setzte er eine Belohnung von 10000 Gulden für denjenigen aus, der Hinweise auf das Versteck des Flüchtlings geben konnte. Das würde Plaisians gewiß zufriedenstellen.

Während Richard die mühsame Wanderung zu Fuß zurück nach Poitiers unternahm, ruhten Philipp und Plaisians nicht. Am 5. Juli erzielten sie einen Kompromiß mit Clemens V. Der Papst würde dem Großinquisitor seine Befugnisse zurückgeben, aber nur unter zwei Bedingungen. Er verlangte, daß erneut eine Untersuchung der Schuld des Ordens und zwar durch eine päpstliche Kommission durchgeführt werden sollte, bei der er sich das Recht vorbehielt, selbst die Mitglieder auszuwählen. Überdies entbot er die sieben höchsten Ritter des Ordens vor den Heiligen Stuhl: den Großmeister Jacques de Molay, den Visitator Frankreichs Hugues de Pairaud, den Komtur der Normandie, Geoffroy de Charnay, und die Komture von Zypern, Aquitanien, Frankreich und der Provence. Die Rechtsprechung über die einzelnen Tempelritter übertrug er Kommissionen der betreffenden Diözesen, die aus zwei Domherren, zwei Dominikanern, zwei Franziskanern und den beigeordneten Inquisitoren bestehen sollten. Diese Kommissionen sollten die Befugnis haben, die Angeklagten abzuurteilen. Seit seinem mutigen Schritt im Februar hatte Clemens vergeblich versucht, die Führung des Prozesses an sich zu ziehen. Jetzt, nach fünf Monaten, hatte er in Philipp seinen Meister gefunden.

Als Richard nach Poitiers zurückkehrte und diese Neuigkeiten von seinen Brüdern erfuhr, hob er die Hände in Verzweiflung zum Himmel.

»Clemens denkt wahrscheinlich, daß er das Bestmögliche für uns erreicht hat. Mein Gott, dies ist ein Schlag, den viele Brüder nicht überstehen werden.«

Philipp aber war zufrieden. Am 20. Juli verließ er Poitiers, doch Guillaume de Plaisians und Gilles Aycelin, Erzbischof von Narbonne und Siegelbewahrer des Königs, blieben zurück, um den Papst weiter unter Druck zu setzen, so daß sie ihr Werk vollenden konnten. Der unglückliche Clemens fühlte sich in jenen Tagen krank vor Elend. Keinen Augenblick wurde er durch dieses erbarmungslose Gespann in Ruhe gelassen. Von seinen eigenen Kardinälen verraten und verkauft, fühlte er sich in Poitiers nicht länger sicher und wollte sich dem Zugriff des französischen Königs durch die Flucht entziehen in der Illusion, er könnte sich damit aus dem Würgegriff Philipps befreien. Dreimal ließ er seine Wertsachen auf

Maulesel packen und ritt mit diesem Zug bis ans Stadttor. Und dreimal wurde er höflich, aber nachdrücklich ersucht, wieder umzukehren. Er war der Gefangene des französischen Königs, genauso wie die Templer, die der Einsatz in diesem tödlichen Schachspiel waren. Und er würde erst freigelassen werden, wenn auch die letzte Figur auf dem Schachbrett in die Hände des Königs gefallen war. Dabei nagte in ihm ein Schuldgefühl, das er nicht zum Schweigen bringen konnte. Gegen besseres Wissen unternahm er einen letzten Versuch. Er entbot den Großmeister und die höchsten Würdenträger des Ordens nach Poitiers.

Zwei von ihnen konnten diesem Ruf kein Gehör mehr schenken. Die Komture von Frankreich und der Provence hatten auf ihrer Unschuld beharrt und dies mit dem Leben bezahlen müssen.

Im August machten sich der Großmeister und vier seiner ranghöchsten Ritter auf den Weg, ohne zu wissen, daß sie ihr Ziel niemals erreichen würden.

In Chinon wurde der Konvoi angehalten, und unter dem Vorwand, der Ritt sei für die Gefangenen zu anstrengend und einige von ihnen seien krank, wurde die Reise abgebrochen. Die Templer wurden in dem alten Kastell von Chinon, das mit seinen Türmen in uneinnehmbarer Höhe über der Vienne in den Himmel ragte, gefangengesetzt. Hinter den beinahe vier Meter dicken Mauern des Donjons mit dem Namen »La Tour Pavée« harrten die Männer der Dinge, die da kommen sollten.

Hin- und hergeworfen zwischen Hoffnung und Verzweiflung kratzten Jacques de Molay und seine Schicksalsgenossen Inschriften in die Mauern ihres Kerkers: ein Kreuz, die Heilige Magd und eine Kirche, als ob es eine Kapelle wäre, wo sie in ihrer Not Trost im Gebet finden konnten.

Die Machtdemonstration Philipps war nicht mißzuverstehen. Mit seinem letzten Einsatz hatte der Papst zuviel gewagt. Die Figur, die Jacques de Molay hieß, würde er niemals in seine Gewalt bekommen.

Clemens wagte es auch nicht, selbst nach Chinon zu reisen, um dort mit den Templern zu sprechen. Schon früher waren Päpste in solche Fallen gelockt worden. Er war sogar so eingeschüchtert, daß er, bevor er drei Kardinäle nach Chinon abordnete, noch die Bulle

»Faciens Misericordiam« unter dem wachsamen Auge Plaisians' ausfertigte. Danach begab er sich nach Lusignan, wo sich die Kardinäle am 21. August mit ihrem Bericht wieder bei ihm einfanden. Zu dieser Zeit war Richard schon unterwegs nach England, um Aymer und seine Getreuen über den Text der Bulle, den er mündlich von Kardinal de Corbara erfahren hatte, zu informieren. Er landete in Dover und verfolgte seinen Weg nach London, wo er Aymer im Haus eines französischen Kaufmanns traf. Nach einer warmen Begrüßung sagte Richard:

»Schlechte Neuigkeiten. Der Papst hat den Kampf so gut wie aufgegeben. Es ist eine neue Bulle an alle regierenden Fürsten, Bischöfe und Erzbischöfe unterwegs mit genauen Anweisungen, wie man uns das Wasser abgraben soll. Die Inquisition läuft wieder auf vollen Touren, und nun nicht mehr in Frankreich allein.«

Aymer ballte die Faust, und der aufgestaute Haß brach aus ihm heraus: »Dieser Schwächling in Poitiers, dieser korrupte Feigling, dieser...«. Er konnte keine Worte finden, um seine Empörung und seinen Ekel auszudrücken.

»Papst Clemens hat wirklich versucht, uns zu retten, aber gegen das Trio Philipp, Nogaret und Plaisians ist er machtlos«, sagte Richard. Er wischte sich den Schweiß von der Stirn und hustete. Es war heiß, und seine Kehle war trocken vom Staub der Straße. Aymer reichte ihm einen Krug Bier, den er mit durstigen Zügen leerte.

Dann erzählte er Aymer von dem Manöver, dessen Opfer der Papst geworden war, und von den fünf Oberen des Tempels, deren Reise nach Poitiers in Chinon zwangsweise unterbrochen wurde.

»Wir wissen immer noch nicht, was sich hinter den Mauern der Burg von Chinon abgespielt hat. Vielleicht werden wir es niemals wissen. Aber eines ist sicher. Nogaret war schon dort, als sie ankamen, und Plaisians traf kurz danach ein. Wie elend müssen sie sich gefühlt haben! Sie wiegten sich in der Zuversicht, daß sie von Clemens persönlich gehört werden würden. Wir standen bereit, den Papst nach Chinon zu begleiten. Wir hatten ihm Schutz angeboten, aber er war zu feige, um es zu wagen. Er sagte, sein Vorgänger Benedikt sei von Nogaret vergiftet, Bonifatius fast ermordet worden und er fühle sich nicht zum Martyrium berufen.

»Was enthält diese neue Bulle genau?« fragte Aymer grimmig.
»Die Bulle ›Faciens Misericordiam‹ ernennt eine Kommission, die die Zeugenaussagen für und gegen den Orden sammeln und während des Konzils zusammenfassen soll, das in zwei Jahren, genauer im Oktober 1310, beginnen soll. Inzwischen sollen unsere Brüder selbst durch örtliche Kommissionen abgeurteilt werden. Das Konzil wird dann anhand der Untersuchungen und Urteile beschließen, ob der Orden in der gegenwärtigen Form belassen, reformiert oder aufgehoben wird. Den Vorsitz der übergeordneten Kommission wird übrigens Monseigneur Gilles Aycelin übernehmen.«
Er lachte höhnisch. »Der Erzbischof von Narbonne, auch ein Parteigänger Philipps.«
Er trank den Rest seines Bieres aus.
»Ich muß unsere englischen Brüder aufsuchen. Sind sie immer noch in The Weald?«
»Ja, aber sei vorsichtig«, warnte Aymer. »Sie mißtrauen dir.«
»Warum?«
»Meinetwegen, wegen Blanche, wegen deiner plötzlichen Abreise vor fast einem Jahr, die in ihren Augen nach Desertion aussah, wegen deines unorthodoxen Auftretens in Frankreich. Du kannst wählen. Gründe, soviel du willst, bester Freund.«
Richard hielt nichts von Aymers ungenauen Andeutungen.
»Hast du denn keinen Erfolg gehabt, sie zu organisieren, wie wir das in Frankreich getan haben?«
Der Franzose schüttelte den Kopf.
»Sie sind mir nicht gefolgt. Ich habe ihnen erzählt, wie wir in Frankreich arbeiten, und einige haben sich wohl auch bewährt. Aber der Rest ist ein eigenartiges Völkchen. Sie brauchen eine starke Hand, die sie führt.« Er hob seinen verletzten Arm und lachte. »Und das ist etwas, was ich nicht habe.«
Richard lachte nicht.
»Ich hätte natürlich viel früher kommen müssen«, tadelte er sich selbst. »Ich hätte wissen sollen, daß ein Teil von ihnen durch die Umstände demoralisiert sein würde.«
Langsam stand er auf. Seine Glieder waren steif geworden. Er tastete unter sein Leinenhemd.
»Bevor ich abreise«, sagte er, »muß ich noch eine Pflicht erfüllen.

Ich habe das Dokument mitgebracht, das dich zum Miterben von Lyons-la-Forêt macht.«

»Erzähle mir doch«, fiel ihm Aymer ins Wort, »wo du das Testament die ganze Zeit über, die du durch Frankreich gereist bist, gelassen hast. Du hast mich neugierig gemacht, als du schriebst, daß es niemand würde finden können.«

»Ich habe es in der Strohmatratze des kleinen Raoul versteckt.«

Beide lachten, während sie an das mutige Söhnchen des Torwächters von Lyons-la-Forêt dachten, das Stallknecht werden wollte.

»Am besten, ich gebe es dir jetzt«, sagte Richard, wieder ernst geworden. »Wahrscheinlich werde ich dich lange nicht sehen.«

»Oh nein«, sagte Aymer sehr entschieden, mit einer abwehrenden Geste gegen das Pergament, das ihm entgegengehalten wurde. »So leicht kommst du mir nicht davon...«

13. KAPITEL

Here ys good ale y founde:
Drynke to me and y to the
*And lette the cuppe go rounde.**

Trinklied

Die Gesellschaft, die die kleine Kirche der heiligen Maria innerhalb der alten Mauern von Portchester Castle füllte, war in der Tat vornehm zu nennen. Juwelen blitzten, und weiche Seide glänzte in den Strahlen der Sonne. Unter den Gästen, die in den Süden gereist waren, befand sich auch Königin Isabella, kühl und hochmütig in ihrer blendenden Schönheit. Sie hatte sich in ein dunkelblaues Oberkleid mit Hermelinbesatz geworfen, das gerade genug von dem roten Kleid sehen ließ, welches sie darunter trug.

Sie war allein nach Portchester gekommen. Denn Edward hatte die Geistlichkeit nicht provozieren wollen, indem er Aymers Hochzeitszeremonie mit seiner Anwesenheit beehrte. Tatsächlich hatte der französische Ritter mit ihm gebrochen. Seit der Verhaftung der englischen Templer hatte er sich nicht mehr am Hof sehen lassen. Blanche hatte seine Arbeit übernommen und ihrer Aufmerksamkeit entging nichts, was wissenswert war.

Als alle Gäste ihre Plätze in der Kirche eingenommen hatten, wartete man nur noch auf die Braut und den Brautführer.

Doch in diesem Augenblick war Richard noch unterwegs. In der Ferne aber konnte er schon die Türme von Portchester Castle erkennen, auf denen die Fahne von Lyons-la-Forêt neben dem königlichen Löwen wehte. Er spornte Pilgrim an, denn er war spät

* Hier gibt es gutes Bier. Trink auf mich und ich auf dich und laß den Krug nur kreisen.

dran. Tage- und nächtelang war er unterwegs gewesen. Er hatte Kontakt mit einigen seiner Brüder aufgenommen, und zusammen hatten sie die meisten Ritter des Londoner Tempels aufgespürt. Er wußte nun, wo sie gefangengehalten wurden. Aber Thomas von Lincoln war nicht in London gewesen, als man die Templer gefangengesetzt hatte. Er war irgendwo auf dem Weg nach oder auf dem Rückweg von York gewesen. Niemand wußte, wo man ihn aufgegriffen hatte. Jedenfalls stand sein Name auf den Listen, die Edward von seinen Sheriffs empfangen hatte.

Vor den Schloßtoren des alten Kastells parierte Richard sein Pferd, und Pilgrim stand dampfend still. Richard sprang aus dem Sattel und umarmte Aymer, der an der Tür zum Innenhof stand und ihn erwartete. Die beiden Stallknechte, die sich um Pilgrim kümmerten, verbeugten sich. Richard blickte Aymer erstaunt an und folgte seinem Blick, mit dem er beifällig seine Kleidung musterte. Der altmodisch wirkende Surcot mit kurzen, ziemlich weiten Ärmeln aus elegantem, doch bescheidenem rotbraunem Wollstoff, der die Ärmel seiner Kutte freiließ, wurde durch den Schwertgurt zusammengehalten und fiel ihm in weiten Falten bis über die Waden: würdige Schlichtheit, die ihm gut stand. »Dank für dein Kommen«, sagte Aymer freundlich.

»Hast du mit dem König über die Bulle gesprochen?« fragte Richard, während er mit nach drinnen ging.

»Ich? Blanche hat es getan.«

»Was sagte er?«

»Er versprach mitzumachen.«

In Richards höhnischem Lachen schwang ein drohender Unterton mit. »Ich muß nur an zwei unserer Brüder denken. Sie sitzen in Cripplegate. Wenn Edward nicht mehr für uns tun kann als vage Versprechungen zu geben, werde ich mir Zugang zu ihren Gefängnissen verschaffen.«

»Wenn du meine Hilfe brauchst ...«, bot sich Aymer eifrig an.

Richard lachte.

»Nein, nein, du gehst, um deine Güter zu verwalten und zu verteidigen. Dann kann ich meine Leute, die in Lyons-la-Forêt sitzen, anderswo einsetzen. Hier kannst du nichts mehr für uns tun.«

Diese Mitteilung war Aymer nicht angenehm, aber er hatte es so kommen sehen und Blanche darauf vorbereitet.
»Ich bin bereit, nach Frankreich zurückzukehren«, sagte er. Die Männer drückten einander die Hand, und Aymer eilte zur Kirche, während Richard die Treppe zu Blanches Zimmer hinaufstieg.
Die nächsten Stunden blieben ihm für immer in Erinnerung: der leichte Druck von Blanches Hand auf seinem Arm, als er sie zur Kirche St. Mary begleitete, die lichtblaue, mit Brokat besetzte Seide ihres Kleides, das Netz aus Goldfäden, das die welligen Flechten ihres dunklen Haares zusammenhielt, und die weiche weiße Haut ihrer Hände, die die seinen berührten, als er ihr unter dem gewölbten Portal der Kirche die Börse, schwer von Gold, aushändigte, das Symbol ihres Brautschatzes. Schließlich die Tränen des Glückes und Schmerzes, die ihr übers Gesicht rollten, als er nach der Feier Aymer die Pergamentrolle überreichte, die ihres Vaters Testament enthielt. Er umarmte Aymer und wünschte ihm Glück, doch weigerte er sich, die Hand zu küssen, die ihm Blanche versehentlich entgegenstreckte. Statt dessen sank er auf ein Knie, um ihr seine Huld zu bezeugen.
»Meine Freundschaft für Euch wird ebenso warm sein wie sie stets für Aymer gewesen ist. Wann immer Ihr mich braucht, stehe ich Euch zu Diensten.« – Worte, die sie so tief rührten, daß sie keine passende Antwort finden konnte und ihn unter den erstaunten Blicken der umstehenden Gäste hastig aufhob.
Königin Isabella schien ein besonderes Interesse an dem jungen Ritter zu haben. Jedesmal, wenn er zu ihr hinblickte, begegnete er den kalten, blauen Augen, die ihn durchdringend musterten. Die Königin war blond wie ihr Vater, und aus ihren Zügen sprach, so jung sie war, dieselbe Härte, die er von Philipp kannte.
Sobald sich die Gelegenheit dazu ergab, fragte Isabella:
»Wer ist dieser Mann, Blanche?«
»Es ist der beste Freund von Aymer und mir.«
»Das sieht doch jeder. Aber wer ist es? Warum habt Ihr mir niemals von ihm erzählt?«
Blanche war auf derartige Fragen vorbereitet.
»Sein Name wird Euer Gnaden nichts sagen. Er verkehrt nicht bei Hofe.«

Beim Bankett saß Richard ihr zur Linken, während Isabella neben Aymer plaziert war. Auf der Galerie an der Ostseite spielten die Musikanten, während kniende Pagen die Schüsseln reichten. Met und Saft, gewürzter und angewärmter Wein wurden im Überfluß ausgeschenkt.

Richard tat den leckeren Pasteten, dem gebratenen Hammel- und Ochsenfleisch und den Süßigkeiten und Früchten, die er niemals zuvor gekostet hatte, alle Ehre an. Er war es nicht gewöhnt, während der Mahlzeiten zu sprechen. Im Refektorium des Tempels durfte man beim Essen nur dem Mönch zuhören, der aus den Regeln las. Aber nun tat er sein Bestes, um mit Blanche zu plaudern. Diese schaute ihn mit amüsiertem Lächeln von der Seite an und wunderte sich über diesen Mann, der für sie bei aller Vertrautheit ein Buch mit sieben Siegeln blieb.

Gegen Abend nahm Isabella Abschied, weil sie noch Netley Abbey erreichen wollte, wo sie die Nacht verbringen würde.

Als die Dunkelheit hereinbrach, wurden in einem kleineren Saal fast hundert Kerzen angesteckt. Es war angenehm kühl nach der Hitze des Tages. Der Flur war mit Blumen bestreut, die den Raum mit ihrem süßen Duft erfüllten. Große, bis zum Rand mit Wein gefüllte Kannen standen bereit. Juwelen funkelten im Licht der flackernden Kerzen. Es gab Musik von Harfen und Fiedeln, einen Dudelsack, Flöten, Trommeln, eine Schalmei und eine Drehleier, gespielt von einer Truppe durchreisender Spielleute, die von Gauklern und Akrobaten unterstützt wurden.

Richard schaute bewundernd zu, wie Aymer und Blanche den Tanz eröffneten. Er hätte es niemals für möglich gehalten, daß sich sein Freund nach den Takten des feierlichen Tanzes so anmutig über die Tanzfläche bewegen konnte. Hier handelte es sich in der Tat um Dinge, die seiner schlichten Lebensweise so fern lagen, daß er sich in eine andere Welt versetzt glaubte. Er genoß die Schönheit und Harmonie, ließ sich den Wein schmecken und lauschte dem Sänger, der zu den weichen Klängen der Laute ein Minnelied sang. Nein, diesen Tag würde er niemals vergessen.

Beim zweiten Tanz, dem Danse réale, dem Königstanz, waren es nicht die Bewegungen, die ihn faszinierten, sondern die Aufeinanderfolge der verschiedenen Teile der Musik. Immer wenn der

Fiedler eine neue Variation gespielt hatte, fielen die anderen Instrumente ein und kehrten zu der Melodie zurück, die das ganze Stück dominierte.

Das erinnerte Richard an den König von Frankreich. So wie diese Musik immer wieder zu dem einen beherrschenden Thema zurückfand, so behielt König Philipp bei allem, was immer Richard zur Rettung der Templer unternahm, das letzte Wort.

Nach dem Tanz trat einer der Spielleute nach vorne und verbeugte sich ehrerbietig vor Aymer.

»Sprich«, sagte der Franzose gutmütig.

»Herr, wir haben in unserer Gesellschaft eine weise Frau, eine Wahrsagerin. Sie kann Euch die Zukunft aus den Linien Eurer Hand lesen.«

»Tatsächlich?« fragte Aymer skeptisch. Aber Blanche flüsterte ihm ins Ohr:

»Willst du nicht wissen, wieviel Kinder ich dir schenken werde?«

»Aber gewiß«, antwortete Aymer mit einem Kuß auf ihre Stirn.

»Bringe die Frau hierher«, befahl er.

Der Mann zog sich zurück, um die Wahrsagerin zu holen. In der Zwischenzeit gab der Sänger eine deftige Ballade zum besten, die die Männer mit schallendem Gelächter quittierten, während die Mehrzahl der Damen errötete. Jetzt kam die alte Frau herein. Sie war in erbärmliche Lumpen gekleidet, doch der scharfe Gegensatz zwischen ihren schmutzigen Kleidern und dem Luxus und der Üppigkeit um sie her schien sie nicht zu stören. Sie verbeugte sich nicht einmal vor der Braut und dem Bräutigam, sondern nickte nur mit dem Kopf, warf die wirren, grauen Haare zurück und sagte mit gellender, vom Alter brüchiger Stimme:

»Möge der Herr euch segnen, meine Kinder, euch auf dem Lebensweg begleiten und die Dämonen von euch fernhalten.«

Blanche hätte sich sonst niemals herabgelassen, mit einem solchen Geschöpf auch nur ein Wort zu wechseln. Aber Spielleute bildeten eine Ausnahme. Und schließlich hatte sie selbst Aymer gebeten, diese Person in den Saal zu lassen. So raffte sie sich auf und antwortete:

»Ich danke dir für deine freundlichen Worte, gute Frau. Man sagt, daß du die Zukunft vorhersagen kannst. Ist das wirklich wahr?«

»Madame, fragt das alle die, aus deren Händen ich gelesen habe. Sie haben am eigenen Leibe erfahren, daß das, was ich sagte, eingetroffen ist. Ich täusche mich niemals. Ich habe auch aus den Händen des alten Königs, des ersten Edward und seiner Königin, Eleonore der Treuen, gelesen.«
»Wie hast du diese Kunst gelernt?«
»Sie wurde mir von meiner Mutter beigebracht, die sie wieder von der ihren gelernt hat. Diese Kunst ist so alt wie die Welt.«
Richard, der das Schauspiel schweigend und mit wachsendem Interesse betrachtete, setzte den Becher nieder und stimmte ihr zu. »Es steht in der Schrift geschrieben: Dann versiegelt Er die Hand jedes Menschen, denn Er kennt alle Glieder seines Werkes.«
Die Alte zog die Brauen hoch und nickte ihm kurz zu.
»Ein wahres Wort, Herr«, krächzte sie. Sie nahm einen Leuchter in die zittrige Hand und schob sich dicht an Blanche heran.
»Wollt Ihr ein Stückchen des Schleiers lüften, der Eure Zukunft bedeckt, Madame? Laßt mich dann die Linien sehen.«
»Der rechten Hand, Frau?«
»Beide, mein Kind.«
Gehorsam streckte die Jungvermählte die Hände aus, während die Wahrsagerin dastand und die Linien im Kerzenlicht forschend betrachtete. Es dauerte einige Zeit, und Blanche wurde schon ungeduldig. Die Alte murmelte ein paar unzusammenhängende Worte. Schließlich nahm sie Blanches Hände, drehte sie um und betastete sie gründlich mit ihren knochigen Fingern.
»Schöne Hände, mein Kind, kräftige Hände.«
»Da erzählst du mir nichts Neues«, sagte Aymer spöttisch.
Die Frau nickte. »Ihr habt Euch eine Frau gewählt, die ebenso schön wie temperamentvoll ist«, bemerkte sie. Nach einer Weile blickte sie Blanche wieder an und sagte:
»Euer Leben wird unruhig sein. Ich sehe viele Gefahren. Aber immer werdet Ihr aus ihnen als triumphierende Siegerin hervorgehen. Ihr seid ehrgeizig und herrschsüchtig, doch gehorsam dem Mann, den Ihr geheiratet habt. Eure Ehe wird lang und glücklich sein, obwohl Ihr immer wieder lange Zeit voneinander getrennt sein werdet. Doch Treue... da gibt es einen anderen Mann, den Ihr heimlich liebt!« Aymer wandte mit einem Ruck den Kopf.

»Wage es nicht, Liebste«, sagte er scherzhaft drohend und hob einen Finger.
»Eure Gesundheit ist ausnehmend gut«, fuhr die Frau fort, »und das wird bis ins fünfzigste Jahr so bleiben.«
Sie hielt inne, um die Linien noch einmal zu betrachten, als ob sie sich einiger Einzelheiten vergewissern wollte.
Blanche benutzte das Schweigen, um zu fragen:
»Werden wir Kinder haben?«
Die Frau lächelte und zwinkerte ihr zu.
»Ja, Ihr werdet fünf Kinder haben. Alle gesund.«
»Söhne oder Töchter?«
»Söhne, mein Kind, nur Söhne.«
Fünf Söhne, dachte Blanche zufrieden. Ebenso launisch wie sie selbst und ungestüm wie ihr Vater! Sie wurde durch Aymer aufgeschreckt, der in lautes Gelächter ausbrach.
»Fünf Söhne, liebe Frau! Also kann ich mich getrost in Gefahren stürzen. Wir haben genug Zeit.«
Die Alte warf ihm einen bösen Blick zu.
»Fordert die Zukunft nicht heraus! Es steht gar nicht fest, ob sie von Euch sein werden.«
Blanche blickte auf ihre Hände, und aus der Tiefe ihrer Brust erklang ein leises, melodisches Lachen. Dann schaute sie Aymer an und schob ihm die Frau hinüber. Es schien ihr sicherer, nicht weiterzufragen.
Die Alte wandte sich an Aymer, der durch ihre Worte kaum aus dem Gleichgewicht gebracht war. Nichts konnte ihm diesen Tag verderben.
»Lies in meinen Händen, wenn du kannst«, sagte er lächelnd, und der Blick, den er ihr zuwarf, warnte sie. Er hatte die Arme die ganze Zeit auf dem Rücken verschränkt gehabt. Nun streckte er sie aus und zeigte die linke Hand und den Stumpf, der die Rechte getragen hatte.
»Ihr treibt Euren Spott mit mir, Herr«, sagte sie. Doch sie zuckte mit keiner Wimper, als sie den verstümmelten Arm erblickte.
»Was meinst du? Kannst du nicht aus der einen lesen, die ich noch habe?«
»Jawohl, Herr, aber es ist die linke.«

»Was macht das aus?«
»Die linke Hand gibt nur Hinweise auf den Charakter, die guten und schlechten Eigenschaften, die Neigungen und die Vergangenheit, während die rechte Hand berichtet, was Ihr daraus macht und welche Zukunft Euch erwartet. Sie ergänzen einander. Ich werde sehen, was sich machen läßt.«
Aymer war einverstanden, und sie studierte seine Hand eine Weile.
»Ein langes Leben, Herr«, begann sie.
»Dem Himmel sei gedankt«, rief Blanche aus.
»Ja, das könnt Ihr wohl sagen«, bemerkte die Frau, »denn es gibt einen Bruch in der Lebens- und Gesundheitslinie, irgendwo zwischen dem zwanzigsten und fünfundzwanzigsten Jahr. Ihr befindet Euch gerade oder werdet es demnächst sein, am Rande des Todes.«
»Ich war es«, antwortete Aymer sehr beeindruckt.
»Die Linien lügen niemals. Seid vorsichtig, denn es gibt noch einen Bruch gegen das dreißigste Jahr. Gott wird Euch nochmals gnädig sein. Jedoch nicht zum dritten Mal. Ihr werdet eines gewaltsamen Todes sterben.«
»Ich hatte niemals vor, im Bett einzuschlafen.«
»Doch werdet Ihr klug daran tun, vorsichtiger zu sein. Ihr habt eine Neigung zur Sorglosigkeit, Tollkühnheit und zum Leichtsinn. Streit und Kampf liegen auf Eurem Weg. Und es steht übel um die Gunst, die Ihr bei hohen Personen genießt. Ihr macht Euch schnell Freunde, geht aber zu achtlos mit deren Freundschaft um und verliert sie durch Mangel an Selbstbeherrschung. Doch habt Ihr ein gutes und warmes Herz. Wenn Ihr Euch mehr mäßigen würdet, würdet Ihr mehr Ehre einlegen. Legt Euch Zügel an, und Ihr könnt ein Herr von hohem Ansehen und Einfluß werden. Ihr habt alle Voraussetzungen dafür. Macht guten Gebrauch davon.«
»Ich danke dir für deinen Rat«, sagte Aymer, ernst geworden. Er kannte seine Fehler. Er nahm die Börse, die an seinem Gürtel hing, und holte drei Goldstücke heraus. Während er sie ihr in die knochige Hand drückte, sagte er:
»Eines für die Zukunft meiner Frau, eines für die meine und das dritte, wenn du aus der Hand dieses Ritters liest.«

Er begab sich zu Richard. Dieser weigerte sich nicht, und meinte nur:
»Wenn ich dabei nur sitzenbleiben kann. Ich habe allerhand von diesem herrlichen Wein getrunken, mein Freund.«
Aymer lachte.
»Es muß Monate her sein, daß du guten Wein getrunken hast. Dein Durst sei dir verziehen.«
Als die seltsame weise Frau auf ihn zukam, richtete er sich aus seiner zurückgelehnten Haltung auf, ließ die Ellbogen auf den Armlehnen des Stuhles ruhen und schlug ein Kreuz, bevor er ihr die Handflächen hinhielt. Die merkwürdige Sicherheit, mit der sie Aymers Schwächen erkannt hatte, gefiel ihm gar nicht. Während sie in die Geheimnisse seiner Hand eindrang, betrachtete er aufmerksam ihr Gesicht: die verwitterte, verschrumpelte Haut, die knochige Nase und die flinken Augen, die so scharf kombinierten und schlußfolgerten.
»Ihr habt die Samariterlinie. Ihr seid ein guter Mensch.«
Der feste Griff ihrer knochigen Finger um die seinen ließ nach, und sie trat etwas zurück.
»Es hat keinen Zweck, Eure Herkunft vor mir zu verbergen, Euer Gnaden. Eure Hände verraten Euch«, murmelte sie, indem sie sich tief bis zu seinen Füßen verneigte.
In Richards leicht benebeltem Kopf wurde es mit einem Schlage hell. Er erstarrte. Im Saal herrschte plötzlich Totenstille, und Richard konnte die auf ihn gerichteten mißtrauischen und neugierigen Blicke fühlen.
»Steh auf, Frau«, sagte er ruhig. »Es ist nicht nötig, daß du dich verneigst. Du fandest es auch nicht nötig, dich vor dem Herrn von Lyons-la-Forêt zu verneigen. Warum hast du es getan?«
Seine ruhigen Worte lösten die Spannung ringsum. Die Gäste setzten ihre Gespräche da fort, wo sie sie unterbrochen hatten. Die Alte blickte zögernd auf seine Hände, die er wieder vorstreckte und fragte sich, ob sie sich vielleicht getäuscht hätte. Um ihn abzulenken, fragte sie:
»Woher kennt Ihr die Worte, die Ihr so genau aus der Schrift zitiert habt? Ihr seid mit der Geistlichkeit verwandt, seid aber selbst kein Mann der Kirche?«

»Nein. Ich habe Latein durch die Lektüre der Heiligen Schrift gelernt. Die Worte stammen aus dem Buch Hiob.«
Sie wollte sich bedanken für diese Auskunft, doch ihre Augen konnten nicht anders, als den Linien seiner Hände zu folgen, die ihr mehr und mehr offenbarten, bis sie in ein vages Bild zerflossen, das stets näher kam. Es war, als ob sie in eine Spiegelung in zitterndem Wasser blickte. Sie stieß einen leisen Schrei aus und starrte vor sich hin, durch ihn hindurch, um das Bild, das sie sah, festzuhalten. Da umklammerte sie plötzlich wie in großem Schrekken ihren Hals mit beiden Händen.
Richard sprang auf und packte sie an den Armen.
»Was fehlt dir, Frau? Was siehst du, das dich so erschreckt?«
Ohne ihn anzusehen, begann sie wie wild ihren Kopf zu schütteln. Sie versuchte, sich aus seinem Griff zu befreien.
»Wehe Euch«, schrie sie. »Es ist das Werk des Satans!«
Da ließ Richard sie los, und sie floh eilig aus seiner Nähe. Bevor sie aber die Tür erreichen konnte, wurde sie auf ein Zeichen Aymers rauh bei den Armen gepackt und gezwungen, sich umzudrehen, während sie um sich stieß und schrie, als ob ihr der Teufel auf den Fersen säße.
Aymer hatte seinen Platz neben Blanche verlassen. Er war dabei, auf das arme Geschöpf loszustürzen, als Richard ihm brüsk in den Weg trat. Zur Überraschung aller Anwesenden wandte er sich um und gebot Ruhe.
»Laßt sie gehen in Frieden.«
Die Frau rieb sich die schmerzenden Arme. Mit gekrümmtem, knochigem Zeigefinger wies sie auf Richard: »Ihr werdet den nächsten Frühling nicht sehen, Herr!«
Dann verbeugte sie sich vor ihm, und im nächsten Augenblick sprang sie durch die geöffnete Tür und verschwand.
Schweigend ging Richard an Aymers Seite, der ihn bestürzt anstarrte, zurück zu seinem Sessel und schenkte sich noch einen Becher Wein ein, als ob nichts geschehen wäre. Aber seine Hand zitterte, und er verschüttete den Wein.
»Gottes Rückgrat«, rief Aymer ärgerlich und setzte sich neben seinen Freund. »Warum hast du der alten Hexe erlaubt, dir zu entwischen?«

»Weil es schlimmer gewesen wäre, wenn wir sie gezwungen hätten, zu bleiben und mehr zu sagen. Solche Menschen sind gefährlich.«

»Beim Kreuz! Das war die Chance, mehr über deine Herkunft zu erfahren. Durch Gottes Vorsehung ist sie dir geschickt worden, und du hast sie gehen lassen!«

Richard lehnte sich zurück und lachte.

»Gottes Vorsehung?« fragte er. »Warum sprach sie dann vom Satan? Schau doch, es geht hier um mein Leben. Und wenn ich mich weigere, die Wahrheit mit Gewalt aus ihr herauszuprügeln, so ist das meine Sache. Ihre Andeutungen hätten nur noch mehr Fragen aufgeworfen.«

»Nein, Richard, sie wußte mehr, als sie vorgab, in deiner Hand zu lesen.«

»Also hast du es auch gemerkt?«

Beide Männer schwiegen einen Augenblick. Sie schauten einander fest in die Augen, prüfend, wie weit sie gehen konnten. Denn keiner wollte dem anderen wehtun, obwohl ihre Ansichten diesmal auseinandergingen.

»Beim Kreuz«, rief Aymer nochmals aus und hob seine Arme zum Himmel. »Und dies nach allem, was ich versucht habe, um Thomas von Lincoln sein Geheimnis zu entreißen!«

»Er hatte einen Grund, es geheimzuhalten. Sie hatte vielleicht einen anderen. Wer bin ich, daß ich mir ein Urteil über sie erlauben kann? Ich will niemanden zwingen, es mir zu verraten.«

»Wie kannst du darüber urteilen, wenn du nicht einmal weißt, worüber du urteilst? Willst du dein Brot von einer silbernen Schale? Du hungerst offenbar lieber, als es aus schwieligen Händen zu nehmen.«

»Du solltest mich besser kennen, Aymer. Es ist nicht die Schale oder die Hand, die mir zuwider ist, sondern die verbotene Frucht. Übrigens vernachlässigst du deine Gemahlin.«

Aymer unterdrückte einen obszönen Fluch, lachte und gesellte sich wieder zu seiner Braut.

»Du mußt dir so eine englische Ballade anhören. Sie sind hinreißend«, sagte Blanche und gab einem der Spielleute ein Zeichen. »Kennst du das Lied von König Estmere?« fragte sie.

Der Spielmann nickte, verbeugte sich, griff in die Saiten seiner Laute, und seine warme Stimme erfüllte den Saal.
Richard trank an diesem Abend entschieden zuviel, obwohl es der Wein nicht vermochte, die Gedanken zu vertreiben, die ihm durch den Kopf gingen.
Beim Kreuz, wenn er noch vor dem nächsten Frühling sterben mußte, dann sollte er so schnell wie möglich hier in England abschließen und nach Frankreich zurückkehren, um jedenfalls dafür zu sorgen, einen seiner Brüder als Nachfolger zu bestimmen.
Nachdem die letzten Gäste gegangen waren und er Aymer und Blanche eine gute Nacht gewünscht hatte, wandte er sich ab und ließ den Geruch von Wein und Blumen hinter sich. Langsam ging er durch den Haupteingang nach draußen und die steinerne Treppe hinab. Da fühlte er sich plötzlich schwindelig. Er taumelte und lehnte sich gegen die Seitenwand. Über ihm schien die gewölbte Decke des Portals zu schwanken. Er stolperte und ließ sich auf die unterste Stufe nieder. »Gebt starkes Getränk denen, die verloren gehen und Wein denen, die betrübt in ihrer Seele sind, damit er trinke, seine Armut vergesse und seiner Trübsal nicht mehr gedenke«, sagte er laut, während sich die Welt um ihn drehte. »Weisheit Salomos«, fügte er, etwas ruhiger geworden, hinzu und stieß ein kurzes, verächtliches Lachen aus.
Während er die kühle Nachtluft eintrank, suchten seine Augen den Himmel und blickten nach den Tausenden von Sternen und der unendlichen Ferne dahinter. Er fragte sich, ob Gott dort oben wohnte, und ob Er ihn jetzt wohl sah. War Er es gewesen, der ihm die alte Hexe geschickt hatte, um ihn zu warnen? Und er sank auf ein Knie, die Hände fest ineinanderverschränkt, und betete zu seinem Gott. Doch sein Gebet hatte keine Kraft. So lange hatte er bei den Kaplänen des Tempels nicht beichten, keine Absolution für seine Sünden empfangen können und nicht an den Sakramenten der Kirche teilgenommen! Er fühlte sich schlecht und unwürdig und glaubte, daß Gott ihm nicht zuhörte, nicht, bevor er sein Gewissen erleichtert hatte. Er öffnete die Augen und starrte in die Finsternis hinaus. Das Geheimnis des Tempels, was enthielt es? Würde er es jemals erfahren? »Christus ist ein Weg.« Was sollte das heißen? Ketzerei? Er schüttelte diesen Gedanken von sich ab.

Nein, es mußte eine andere Erklärung geben. Wie oft hatte er sich den Kopf nun schon darüber zermartert, immer umsonst. Er mochte mit niemandem darüber sprechen, obwohl er seit seiner Begegnung mit dem Großmeister stets auf die Stricke geachtet hatte, die seine Brüder um die Hüften trugen, soweit sie sie nicht unter den Kleidern verborgen hielten. Nur wenige trugen mehr als die drei Knoten, die bei ihrer Aufnahme geknüpft worden waren...

Am folgenden Morgen machten sie sich früh auf den Weg. In der frischen Morgenluft trabten sie gemächlich über die Hügel von Sussex. Die strahlende Sonne stand schon hoch am südlichen Himmel, als sie sich dem geschäftigen Hafen von Hastings näherten, wo das große Handelsschiff, das Aymer nach Flandern bringen sollte, mit Wolle beladen wurde.

»Es sieht so aus, als ob du eine ruhige Überfahrt haben wirst«, sagte Richard, während er in die blaue Luft hinaufblickte, »wenigstens, wenn der günstige Wind anhält.«

»Falls er sich legt, dümpeln wir vielleicht Stunden herum, ohne weiterzukommen. Es wird mir guttun, Frankreich wiederzusehen«, antwortete Aymer. »Wo werde ich Ferrand finden?«

»Wem denn, glaubst du, habe ich die Verteidigung deiner Burg anvertraut?« fragte er. »Er befindet sich in Lyons-la-Forêt, schon seit ich Frankreich verließ, und wird dort bleiben, bis er Nachricht von einem von uns empfängt.«

»Natürlich«, lächelte Aymer. »So etwas ist für dich selbstverständlich.«

Richard sprang aus dem Sattel, um Chançards Zügel zu fassen, während Aymer Blanche von ihrem Reitpferd half. Aller Hochmut war von ihr abgefallen, und sie klammerte sich wie ein ängstliches, unsicheres Mädchen an ihren Geliebten. Aymer schlang seine Arme um sie und küßte ihre nassen Wimpern.

»Nicht für die Ewigkeit sagen wir einander Lebewohl. Du bist mir noch fünf Söhne schuldig.«

Sie lachte durch ihre Tränen hindurch und drückte seine Hand gegen ihren Bauch.

»Ich denke, daß ich den ersten schon in mir trage«, flüsterte sie.

»Was? Seit wann?«

»Zwei Monate, vielleicht drei.«
»Warum hast du mir das nicht früher gesagt?«
»Ich weiß, was du sagen willst, aber ich wollte nicht, daß du mich schonst. Es hätte die herrlichen Tage, die wir zusammen hatten, verdorben. Ich wollte dir alles geben, was dein Herz begehrte.«
»Und das habe ich auch gehabt«, flüsterte er und verbarg sein Gesicht in ihrem Haar, während er sie fest an sich preßte.
»Ich werde bei dir sein, wenn unser erster Sohn geboren wird.«
Dann blickte er zu Richard, der in einiger Entfernung stand, um auf die Pferde aufzupassen.
»Hast du gehört, Richard? Im nächsten Frühjahr bekomme ich einen Erben.«
»Möge dein Sohn eine bessere Welt erleben als diese.«
»Ja, sorge dafür, daß sie in guten Händen ist, mein Freund, und wirf so dann und wann ein Auge auf sie, wenn du die Zeit dafür hast.«
Bevor Richard ihm versichern konnte, daß er das tun würde, wurden sie durch einen Matrosen unterbrochen.
»Messire, Ihr geht jetzt besser rasch an Bord. Der Wind flaut ab. Wenn wir noch länger warten, kommen wir nicht mehr aus dem Hafen.«
»Ich bin immer bei dir«, antwortete Aymer und umarmte Blanche noch einmal. Schnell wandte er sich, um Chançards Zügel zu übernehmen, und streckte Richard seine linke Hand hin, der sie mit beiden Händen ergriff und drückte.
»Der Herr sei mit dir«, sagte er ernst.
Nichts konnte Aymer die gute Laune verderben, nicht einmal die Aussicht auf die schweren Aufgaben, die vor ihm, hinter der Küste in weiter Ferne, lagen. Gutmütig sagte er zu Richard: »Sorg du nur dafür, daß du nicht von deinen Landsleuten erledigt wirst.«
Dann rannte er vor seinem arabischen Hengst her über die Laufplanke und war verschwunden. Sie warteten, bis das Schiff aus dem Hafen geglitten war, hinaus auf die offene See. Richard wandte sich zu Blanche:
»Ihr steht nun ganz allein«, sagte er und kniete nieder, wobei er ihr seine ineinander verschränkten Hände als Steigbügel bot. Sie setzte ihren Fuß auf seine Handflächen, und er hob sie in den Sattel.

»Ihr seid sicher, solange Ihr die Gunst des Königs und der Königin genießt.«
»Ich werde klug genug sein, um mich so zu verhalten«, versicherte sie ihm mit einem warmen Blick. »Lebt wohl, Herr Ritter«, sagte sie einfach. Er verbeugte sich tief.

London war eine dichtbesiedelte Stadt, die nach Rauch stank, mit schmalen Straßen, die von Sonnenaufgang bis zur Dämmerung von einer bunten Menschenmenge bevölkert waren, von Krüppeln und Bettlern in zerrissenen Lumpen bis zu Edelleuten, gehüllt in kostbare Stoffe mit Farben nach der letzten Mode, von schmutzigen Hausierern, Waschfrauen, Kesselflickern und Scharlatanen bis zu reichen Kaufleuten, ganz zu schweigen von den Schweinen, Ziegen und Hühnern. Und dann gab es noch die Straßenreiniger, die Tag und Nacht die Gosse absuchten, sowie die Hunde, Ratten und Raben.
Richard passierte das Stadttor zu Fuß und bahnte sich den Weg zum »Sarazenen«, einer gedrängt vollen Taverne, wo er eine schnelle Mahlzeit verzehrte. Während er an den letzten Knochen nagte, lauschte er geistesabwesend auf die Gespräche ringsum und wartete, bis die Dämmerung einfiel. Kurz bevor die Abendglocken läuteten und die Tore geschlossen wurden, verließ er den »Sarazenen« und ging zurück zu seinem Pferd, das er am Stadtwall zurückgelassen hatte. Während sich die Stadt hinter ihm in Dunkelheit hüllte, ritt er mit Pilgrim über die Fleet. Es war nun ganz finster, die Luft war kühl, und die Blätter der Sträucher vor den Mauern des New Temple, über denen nicht länger der stolze Beauséant flatterte, raschelten im leichten Wind. Doch sonst störte kein Geräusch die tiefe Stille.
War es schon damals im Dezember beklemmend gewesen, die Ritter aufzusuchen, als ob nichts geschehen wäre, so war es nun geradezu schauerlich, diese Geisterstadt zu betrachten: die Schmieden, die Ställe, die Mühlen, den Getreidespeicher, all die vertrauten Plätze leer und verlassen. Der Reiter glitt aus dem Sattel und klopfte dem Pferd sanft auf den Hals.
»Warte hier, Pilgrim.« Langsam ging er weiter. Seine Füße hallten dumpf auf dem trockenen Boden. Schließlich blieb er stehen und

starrte auf die graue Mauer vor sich. Der Mond schimmerte durch die Wolken. Deutlich konnte er die Konturen der runden Temple Church erkennen, die über die Zinnen emporragte. In seiner Vorstellung hörte er die Geräusche, die mit diesen Gebäuden verbunden gewesen waren, die Hämmer in den Schmieden, die auf rotglühenden Stahl fielen, das Geklirr von Sporen und Waffenrüstungen, Karren, die knarrend ein- und ausfuhren, den Knall einer Peitsche, den Hall marschierender Füße, Hufschläge und in der Ferne die Kirchenglocke und den Gesang der Mönche.

Er ging weiter, bis er an den Mauern entlang die östliche Ecke erreichte. Es war unmöglich, die Tore zu passieren, die abgeschlossen und verrammelt waren. Schildwachen standen auf den Wällen, wo einst die Ritter Wacht gehalten hatten. Aber seine Seele konnte hineingehen, da sein Körper das nicht konnte, und sie versetzte sich in die runde Kirche, die er so liebte.

Als er schließlich seine Augen von den Schemen der Gebäude und den gräßlichen Barrikaden vor dem Tor losriß und die Erinnerungen abschüttelte, die ihm durch den Kopf wirbelten, wußte er, warum er so lange gezögert hatte, diesen Ort aufzusuchen. Er hatte die Konfrontation gefürchtet – und mit Recht. Nun hatte er gesehen, was er sehen wollte, und der Anblick hatte ihm das Herz zerrissen.

Wieder auf seinem Pferd wandte er sich noch einmal um und zog das Schwert. Die Faust um die Klinge geballt, Knauf und Heft emporgestreckt, als ob es ein Kreuz wäre, schwor Richard, diesen Tempel, seinen Tempel, zu rächen. Dann stieß er Pilgrim die Sporen in die Flanken und ritt davon.

14. KAPITEL

Diese Männer, sanfter als Lämmer,
sind wilder als Löwen.

Bernhard von Clairvaux –
De Laude Novae Militiae ad milites templi

Ein einsamer Reiter jagte über die Straße dahin, tief in den Sattel geduckt, die Sporen an die Flanken des keuchenden Tieres gedrückt. Er erreichte die Spitze eines Hügels und hielt an, um das Land zu überschauen. Zu seinen Füßen erstreckte sich der Wald, meilen- und meilenweit. Ein wogendes Meer grüner Wipfel, deren Laubdecke ein vollkommenes Versteck für jeden bot, der Schutz vor der Welt suchte.

Hier hatte vor langer Zeit Willikin of the Weald, ein Bandenführer, der seinen Namen von diesem Wald hatte, mit seinen tollkühnen Leuten das französische Heer zur Verzweiflung gebracht. Aus dem dichten Farnkraut und Gesträuch heraus hatte er zugeschlagen und war wieder untergetaucht, ohne daß die Opfer jemals erfuhren, was oder wer sie getroffen hatte. Das war zur Zeit des schwachen Königs Johann Ohneland gewesen.

Seitdem hatte sich der Wald kaum verändert. Und jetzt schwang ein anderer fast ebenso kraftloser König das Zepter.

Richard dehnte den Rücken und blickte nach der Sonne. Es war schon spät. Der Ritt von London war lang gewesen, und die Müdigkeit setzte ihm zu. »Anscheinend seid Ihr diese Nacht ziemlich aktiv gewesen«, hörte er in Gedanken wieder Blanches melodische Stimme vom Vormittag und seine eigene knappe Erwiderung: »Meine Antwort an den König.«

Damit hatte er ihr einen versiegelten Brief übergeben, und sie hatte mit einem ihrer juwelengeschmückten Finger über den Abdruck des Siegels im Wachs gestrichen – eine glatte Fläche, schräg durchkreuzt von einem Balken: das Wappenzeichen eines Bastards.

Nach dem Erhalt der päpstlichen Bulle hatte Edward unter dem Druck des Nuntius befohlen, daß alle Templer in seinem Reich von den Inquisitoren, die vom Papst geschickt worden waren, verhört werden sollten, daß diese Inquisitoren und der Nuntius überall bevorzugt zu behandeln seien und ihren Anweisungen seitens des Constable des Towers, der Sheriffs und aller anderen Bewacher der Templer unbedingt Folge geleistet werden müßte. Es war dies eine völlige Unterwerfung unter die Forderungen des Papstes, eine völlige Unterwerfung unter Philipp. Die Folgen lagen auf der Hand.

Noch in derselben Nacht hatte Richard die beiden Brüder, mit denen er schon seit seiner Rückkehr in Verbindung stand, aus ihrer Gefangenschaft befreit. Dank seiner in Frankreich gesammelten Erfahrungen hatte er sich sogar zu den Kerkern von Cripplegate Zugang verschaffen können.

»Eine Warnung?« hatte Blanche gefragt, und Sensationslust schwang in ihrer Stimme mit.

»Nein, Madame, eine Kriegserklärung.«

»Also habt Ihr die Worte des Königs in die verkehrte Kehle bekommen?«

»Nicht nur das. Sie sind einfach unerträglich.«

Unerträglich war auch die Tatsache, daß sich fünfzehn Tempelritter in The Weald aufhielten, die er nun dringend brauchte und die sich aus undurchsichtigen Gründen, die aber anscheinend mit seiner Person zu tun hatten, von den übrigen absonderten.

Jetzt, da er in London reinen Tisch gemacht, Verbindungen mit allen aufgenommen hatte, die begriffen hatten, was von ihnen verlangt wurde, und sich unter seinem Kommando zusammenscharten, war die Zeit gekommen, dieser Gruppe in The Weald einen Besuch abzustatten.

Er gab seinem Pferd einen Klaps auf die Hinterhand und galoppierte den Hügel hinunter, hinein in den Schatten des Waldes. Schnell wurde es dunkel, und er mußte in Schritt zurückfallen. Er hielt Pilgrim an und lauschte aufmerksam. Kein Geräusch war zu hören. Kein Lüftchen bewegte die Blätter. Irgendwo scharrte ein kleines Raubtier zwischen den Büschen, aber sonst war es still. Glücklicherweise war er noch auf dem richtigen Weg. Selbst jemand, der regelmäßig hierherkam, konnte sich ohne weiteres verirren. Er ließ sich aus dem Sattel gleiten und ergriff das Pferd am Zaum. Das treue Tier hatte seine Last heute lang genug getragen. Mechanisch ging er weiter, während seine Gedanken in die Vergangenheit schweiften, zurück zu den Tagen, da er noch im Tempel von London gewohnt hatte. Er fragte sich, welche der Kameraden von einst ihn im Wald erwarten mochten.

»Wer da?«

Der barsche Anruf schreckte ihn aus seinen Gedanken. Er hatte nicht bemerkt, daß er dem Lager schon so nahe war. Seine Hand flog an den Dolch.

»Dein Bruder im Herrn«, antwortete er, den Knauf fest umklammernd.

»Gott sei gelobt«, sagte der andere. Richard stieß einen Seufzer der Erleichterung aus, und sein Dolch glitt wieder in die Scheide. Es konnte sich hier auch allerhand Gelichter herumtreiben. Der Ritter bedeutete ihm zu folgen. Richard hatte Mühe, mit den langen Schritten seines Gefährten mitzuhalten, denn er war müde. Doch gelangte er innerhalb einiger Minuten ins Lager. Ein kleines Feuer brannte in der Mitte der Lichtung. Die Reste eines Rehbocks steckten an dem Spieß darüber, der in zwei Astgabeln lag. Das war alles, was von ihrer Mahlzeit übrig war. Aber es war ihm willkommen.

Mit einem Stück Fleisch zwischen den Zähnen führte er Pilgrim zu den anderen Pferden. Danach wandte er sich dem Ritter zu, der ihn begleitet hatte und nun in einiger Entfernung wartete, bis er sein Pferd versorgt hatte.

»Ihr seid hierhergekommen mit der Bitte, zu diesem Haus des Tempels zugelassen zu werden?« fragte der Ritter einfach.

Mit kritischem Blick auf die Bühne ringsum antwortete Richard: »Wenn Ihr diesen Unterschlupf so nennen wollt, ja.« Der Ritter nickte, gebot ihm zu warten und gesellte sich zu den anderen, die sich in ihren Beschäftigungen nicht stören ließen, als ob sie von Richards Ankunft gar nichts gemerkt hätten.

»Brüder, ein Ritter namens Richard, der einmal unser Bruder war, hat sich an unserer Tür gemeldet. Er hofft auf die Gnade des Hauses.«
Einer der Angesprochenen stand auf. Offensichtlich war es ihr Anführer, denn er rief den anderen zu, es solle ein Kapitel abgehalten werden. Als sie sich alle um ihn geschart, ihre Kopfbedeckungen abgenommen und ein Vaterunser gemurmelt hatten, wie es üblich war, sprach der Komtur:
»Im Namen des Herrn eröffne ich diese Sitzung. Brüder, ich habe euch zusammengerufen, um euch zu fragen, ob wir Ritter Richard, der einst unser Bruder war, wieder in unserer Mitte aufnehmen können. Ich bitte euch, darüber zu beraten, ob wir ihn, der ein Deserteur ist, wieder zu diesem Haus zulassen können.«
Richard, der teils aus Neugierde, was sie tun würden, teils aus Vorsicht an dem ihm angewiesenen Platz geblieben war, setzte sich nun in Bewegung. Er kannte die Regeln gut genug, um zu wissen, was nun kommen würde. Und dazu hatte er wenig Lust.
Bevor er aber in ihre Mitte gelangen konnte, wurde er durch zwei Brüder aufgehalten. In der Dunkelheit erkannte er die Gestalt von Hubert mit Beinamen The Boar. Bruder Hubert, dessen Haar in der Tat fast ebenso borstig und steif war wie das eines Ebers, war der Schmied des Tempels und ein baumlanger Kerl. Neben ihm stand Bruder Guy of Hascombe, auch er ein Hüne von Gestalt.
»Ein Deserteur, der zum Hause zurückkehrt, muß geraume Zeit vor dem Tor warten, um seine Torheit überdenken zu können. Erst dann mag er, wenn das Kapitel es gutheißt, eintreten, nackt bis auf die Hose, einen Strick um den Hals gebunden zum Zeichen seiner Reue, um dann vor dem Vorsitzenden des Kapitels niederzuknien und in Tränen um Erbarmen zu flehen.« Hubert zitierte die Rechtsstatuten des Hauses mit rauher Stimme.
»Vorausgesetzt, man kann von Desertion reden«, sagte Richard und schob die Männer mit einiger Mühe von sich weg, so daß er sich in den kleinen Kreis der Ritter begeben konnte. Er hatte sich an den Mann gewendet, der als ihr Komtur gesprochen hatte, Gilbert von Mansourah, Enkel eines Kreuzfahrers, der vor nunmehr 68 Jahren den Tod in der Schlacht von Mansourah gefunden hatte, ein hochmütiger und intriganter Edelmann voller Mißgunst,

enterbter Nachkomme einer Familie, die sich durch Fehden und Blutrache selbst ausgerottet hatte.
Die destruktive Kraft, die seinen Großvater und seine Familie zugrunde gerichtet hatte, schien sich in dem Mann selbst konzentriert zu haben. Aus Erzählungen Thomas von Lincolns wußte Richard, daß es eine Zeit gegeben hatte, wo es im Tempel von dieser Art Mitgliedern wimmelte: dem Abschaum der Ritterschaft der ganzen Christenheit, für den der Tempel oft der letzte Zufluchtsort war. Häufig waren aber gerade diese Leute die besten Kämpfer, die der Tempel hatte.
Bruder Gilbert fiel unter diese Kategorie, die gegenwärtig längst nicht mehr so zahlreich war. Es überraschte Richard nur, daß er so viele Brüder hatte finden können, die bereit waren, sich ihm anzuschließen. Sie kannten Gilbert. Sie hätten klüger sein müssen.
Er blickte in der Dunkelheit auf den Kreis schweigender Männer ringsum, die keine Anstalten machten, ihn aus ihrer Mitte zu entfernen. Im Gegenteil, der Ring hatte sich hinter ihm geschlossen, und sein Protest wurde nur mit Schweigen beantwortet. Die meisten, bemerkte er, trugen die braune Servientenkutte, nur einige den weißen Rittermantel. Das erklärte vieles. Gilbert von Mansourah durchbrach die Stille.
»Diese Art des Auftretens, Bruder Richard, dieses unerlaubte Eindringen in unsere Mitte, ist ein überdeutlicher Beweis dafür, daß du seit deinem Weggang letztes Jahr unsere Regeln mit Füßen getreten hast. Dieses Kapitel verlangt vollständige Aufklärung.«
Richard antwortete nicht. Sein Blick wanderte über die durch die Glut des Feuers beleuchteten Gesichter in der Runde. Da war Edmund the Lion, ein Ritter mit wüstem blondem Bart, Amaury de Breton, von französischer Abstammung, Henry of Ascalon, einer der Älteren, der noch im Heiligen Land bis zum Fall von Akkon gekämpft hatte, Simon de Burgh, ein Sproß des berühmten alten englischen Geschlechtes, und Simon the Hermit, alt und grau und immer von neuen Kreuzzügen träumend.
Richard drehte sich um, so daß er auch die sehen konnte, die hinter ihm standen: Robert-fitz-Alfric, mit Beinamen The Wulf, Peter de Montfort, Bruder Eustace, dessen Nachnamen er nicht kannte.
Richard lächelte. Dieser Eustace war verantwortlich für den lecke-

ren Rehbock. Seine Brüder hatten in ihrer neuen, armseligen Unterkunft den Koch nicht missen wollen. Zwei von ihnen kannte er nicht. Vielleicht kamen sie von einer anderen Festung des Tempels, aus der Umgebung von London. Mit Schrecken erkannte Richard schließlich in den letzten beiden Rittern, die den Kreis schlossen, Edward of Kimbolton und Lawrence de Toeni, zwei der wenigen jungen Ritter, die dem Tempel von London angehört hatten. Vor allem den letzten hatte Richard hier am allerwenigsten erwartet.
Seit dem Augenblick, da er den Eid des Tempels abgelegt hatte und Ritter geworden war, hatte er seine Zelle mit Lawrence de Toeni geteilt. Sie hatten einander in schwierigen Situationen geholfen, und Gott allein wußte, was sie alles auszustehen hatten, bis sie lernten, ihren jugendlichen Übermut den strengen Regeln des Ordens zu beugen. Sie hatten einander vor Fehltritten bewahrt und nach Übungsgefechten gegenseitig ihre Wunden versorgt.
Toeni scharrte unruhig mit den Füßen. Der fragende Blick aus Richards Augen machte ihn unsicher, und dessen ruhige Haltung, die eine ihm gleichsam angeborene Überlegenheit ausstrahlte, reizte ihn noch mehr als die anderen.
Richard blickte Toeni weiter an, als er zu sprechen begann, obgleich er sein Wort an niemanden persönlich richtete, gewiß nicht an Gilbert of Mansourah.
»Brüder«, sagte er, »ich bin euch keine Erklärung schuldig. Im Gegenteil. Ich bin gekommen, um die eurige anzuhören. Trotzdem will ich versuchen, euch einige Sachverhalte zu erklären. Ihr nennt mich einen Deserteur, weil ich vor beinahe einem Jahr den Tempel in London verließ, ohne daß jemand davon wußte. Aber niemals, Brüder, habe ich dem Tempel meine Treue so deutlich bewiesen wie gerade in diesem Augenblick, als man mir die Freiheit bot, einen anderen Brotherrn zu suchen, und ich statt dieser Freiheit die Ketten des Ordens wählte.«
Allgemeines Gemurmel erklang. Seine direkte Art zu sprechen zeugte von Mut, wurde aber von Gilberts Leuten anders ausgelegt.
»Im Dezember des vorigen Jahres«, fuhr er fort, »ein paar Wochen, bevor König Edward die Verhaftung der englischen Tempelritter anordnete, bin ich nach London zurückgekehrt, um Master de la More zu warnen. Ihr habt es allein meinem Besuch damals zu

danken, daß ihr nun hier seid und nicht in Händen der Inquisition.«
Da verließ Gilbert of Mansourah den Kreis und stellte sich Richard genau gegenüber.
»Wir haben nur dein Wort als Beweis dafür«, sagte er schroff. »Master de la More hat deinen Namen nicht erwähnt, als er uns vor seiner Verhaftung anbot, aus dem Tempel zu fliehen.«
»Viele meiner Taten im vergangenen Jahr habe ich im geheimen ausgeführt. Es steht ein hoher Preis auf meinem Kopf, aber das ist jetzt ohne Bedeutung. Ich wäre nicht hierhergekommen, wenn die Umstände mich nicht dazu gezwungen hätten. Es gibt glücklicherweise Ritter, die ihre Verantwortung auf bessere Art erfüllt haben, jedenfalls bis vor kurzem – jetzt nicht mehr. Der Papst hat befohlen, unsere gefangenen Brüder in die Hände seiner Inquisitoren zu übergeben. Ich hoffe, daß ihr begreift, was das für sie bedeutet: die Folterkammer. Wir haben euch unbehelligt in diesen Wald ziehen lassen, aber jetzt brauche ich mehr Leute. Nur um diejenigen zu retten, die in Kürze gefoltert werden sollen, habe ich mich in eure Mitte gewagt. Einen deutlicheren Beweis kann ich euch nicht geben. Ihr beschuldigt mich der Desertion – die wahren Deserteure, Brüder, stehen hier, mir gegenüber.«
»Worte«, sagte Mansourah, »du spielst mit Worten. Du versuchst, unsere Aufmerksamkeit davon abzulenken, worum es in dieser Sitzung geht. Ritter Richard, ich beschuldige Euch der Übertretung von mindestens zehn Artikeln unserer Regeln. Ihr habt den Tempel ohne Zustimmung des Meisters verlassen. Ihr habt Euch woanders als in unseren Häusern oder Klöstern Unterkunft verschafft. Ihr habt es versäumt, beim Kaplan des Tempels zu beichten. Ihr habt der Messe nicht zu den dafür vorgesehenen Stunden beigewohnt. Häufig überhaupt nicht. Ihr habt Euch den Bart kurzgeschnitten. Ihr habt die Schweigepflicht nach dem Abendessen nicht eingehalten. Ihr habt die Waffen des Tempels mit Christen gekreuzt. Ihr habt Euch mit dem Gold anderer bereichert, während Ihr keinen persönlichen Besitz haben dürft. Ihr habt Euch in andere Kleidung gekleidet, als sie durch den Tempel erlaubt ist.«
Bei diesen Worten blickte er verächtlich auf die Seide und den

kostbaren Wollstoff, die Richard für seinen Besuch bei Blanche angelegt hatte.

»Und Ihr habt Umgang mit Frauen gehabt. Des weiteren habt Ihr Euch der Insubordination schuldig gemacht, die Gewalt Eurer Obrigkeit nicht anerkannt, und schließlich seid Ihr desertiert. Ihr kennt die Strafen des Tempels. Ihr wißt, was in der Vergangenheit mit denjenigen von uns geschehen ist, die sich nicht an die Regeln hielten.«

Richard schwieg. Er blickte Gilbert fest in die Augen, bleich vor Zorn, aber äußerlich eiskalt. Hatte einer der Anwesenden ihn bespitzelt? Hatte ihn jemand verraten? Oder hatten sie dies alles aus Gerüchten zusammengebraut, die über ihn in Umlauf waren? Die Strafen des Tempels – er konnte sich noch gut an die Sonntagmorgen erinnern, an denen der Meister des New Temple ungehorsame Brüder nach der Kapitelsitzung in der Kapelle von St. Anne gestraft hatte.

Das war die Kapelle, in der er geweiht worden war, aber auch die Kapelle, worin er selbst manchmal an eine Säule gebunden gestanden und seine Augen auf die großen Rippen der Gewölbedecke geheftet hatte in dem Versuch, die Gedanken von dem Schmerz zu isolieren, der ihn jedesmal durchfuhr, wenn der Meister die Geißel auf seinen blutigen Rücken niedersausen ließ. Und das war noch die leichteste Strafe gewesen. Diejenigen, die in die Büßerzelle oberhalb des Rondells der Temple Church eingesperrt wurden, waren bestimmt nicht um ihr Los zu beneiden. Sie konnten weder stehen noch liegen, und ihr einziger Trost war, daß sie die Messe in der darunterliegenden Kirche hören konnten. Einmal war ein Ritter sogar für ein ganzes Jahr verurteilt worden, mit den Hunden das Fleisch zu essen.

»Du hast unsere Regeln verleugnet, unserem Orden Schande gemacht«, erklang wieder die Stimme von Mansourah. »Noch keine 24 Stunden ist es her, daß dich der Bischof von London für deine Mitwirkung bei der Flucht zweier unserer Brüder exkommuniziert hat. War das auch ein Teil deiner Absprache mit Master de la More?«

Diese Nachricht, die Richard erst am heutigen Mittag erfahren hatte, hatte sie aber schnell erreicht! Aber was bedeutete ihm

schon ein Bischof! Er war ein Templer. Nur der Papst war berechtigt, den Bann über ihn auszusprechen. Doch auch das war nur eine Frage der Zeit, darüber mußte er sich klar sein.
»In Anbetracht der Tatsache, daß unsere normalen Strafen unter diesen Umständen nicht vollziehbar sind«, sagte Gilbert von Mansourah kurz, »müssen wir dich nach unserem eigenen Ermessen bestrafen. Also, was ist deine Antwort?«
Richard blickte im Kreise umher zu den anderen.
»Brüder«, begann er ruhig, »ich nehme an, ihr alle steht hinter dieser Anklage.«
Sie nickten zustimmend, auch Lawrence de Toeni. Richard heftete seinen Blick wieder auf Gilbert von Mansourah.
»Da hier niemand ist, der für mich sprechen kann, muß ich es selbst tun. Wollen wir doch die Angelegenheit einmal von einer anderen Seite aus betrachten. Gibt es jemanden unter euch, der beweisen kann, daß ich nicht weggeschickt wurde, sondern wirklich desertiert bin?«
Niemand antwortete mit ja. Also fuhr er fort.
»Davon ausgehend, daß ihr mir dann auf mein Ehrenwort glauben müßt, frage ich euch das folgende: Was hättet ihr an meiner Stelle getan, wenn ihr euch in der gleichen Situation befunden hättet? Das Band mit dem Haus zerschnitten, die freie Wahl, ein Leben im Dienst eines anderen Herrn als des Tempels zu beginnen, und schließlich die Konfrontation mit der völlig unerwarteten Verhaftung eurer Brüder in Frankreich? Kein Weg zurück. Öffentlicher Protest und Widerstand unmöglich, kein anderes Hilfsmittel als eure Waffen. Keine Unterstützung durch die Komtureien in den angrenzenden Ländern, da sie sich nicht einmischen wollen und sich lieber abseits halten, gerade wie ihr, die ihr euch hier in der Sicherheit des Waldes abseits haltet. Ihr entzieht euch eurer Verantwortung. Müßtet ihr nicht eher alles daransetzen, euren Brüdern zu helfen? Müßte euch nicht jedes Mittel recht sein, in einem so ungleichen Kampf?«
Es war totenstill ringsum.
»Im Dienst an unseren gefangenen Brüdern«, fuhr er leise fort, »habe ich mich einiger Fehltritte schuldig gemacht, die ich sonst niemals begangen hätte. Ich behaupte nicht, wie ein Heiliger gelebt

zu haben. Ich weiß, wo ich abgewichen bin, wo ich gefehlt habe. Wäre es euch an meiner Stelle besser ergangen? Bei einem Kampf wie diesem gibt es keine vorgeschriebenen Regeln. Wir müssen sie selbst aufstellen. Selbst müssen wir denken, gemeinsam beschließen und danach handeln. So habe ich in Frankreich gearbeitet. Immer habe ich mich mit meinen Brüdern beraten, stets ihre Zustimmung eingeholt. Wie ein Fisch auf dem Trockenen ins Wasser zurück muß, so müssen auch wir zurück in unsere Zellen. Ich werde mich für meine Taten verantworten, und wenn man der Ansicht ist, sie verurteilen und bestrafen zu müssen, werde ich die Folgen davon tragen. Aber nicht jetzt, jetzt, wo der Kampf noch in vollem Gange ist, und nicht durch euch. Ihr könnt mich nicht verurteilen.«

Er blickte sich nochmals um und sah, daß seine Worte bei einigen ihren Eindruck nicht verfehlt hatten.

»Wir können tatsächlich nur von deinem Wort ausgehen, was immer es wert sein mag«, höhnte Gilbert von Mansourah. »Warum hast du England verlassen? Niemand hat dir befohlen, nach Frankreich zu gehen. Aber du bist dort am Hof gesehen worden, sogar am Hof des Papstes, wo du Kontakte mit verschiedenen Klerikern hattest, die das Licht der Öffentlichkeit scheuen. War es nicht so, daß du Mantel und Haus verloren hattest und als Intrigant zu König Philipp gegangen bist, um ihm alles das einzuflüstern, wessen er uns beschuldigt hat? Was wir hier gehört haben, ist nicht, daß du für unsere Brüder gekämpft, sondern daß du dich dem Trunk und den Weibern ergeben hast.«

Richard fühlte kalte Wut in sich aufsteigen. Gilberts Worte, die zunächst eine lähmende Wirkung auf ihn gehabt hatten, brachten ihn nun an den Rand der Raserei. Nur mit größter Mühe konnte er sich beherrschen.

»Die Zeugnisse, die Philipp der Schöne und Nogaret als Beweis für unsere Schuld ins Feld führen, stammen tatsächlich von einigen Abtrünnigen und ausgestoßenen Mitgliedern unserer Bruderschaft, die aus Mißgunst handelten. Überdies hatte Nogaret Spione in unsere Komtureien eingeschleust, die ihn über all unsere Gebräuche und Handlungen informierten. Ich selbst hege keinen Groll gegen den Tempel, denn ich habe weder Mantel noch Haus

verloren. Ich bin nicht nackt und bloß aus dem Tempel gejagt worden, ich durfte meine vollständige Rüstung, meine Waffen und sogar zwei meiner Pferde behalten.«
Er konnte ihnen keine andere Erklärung geben. War nicht seine Entfernung aus dem Tempel von London für ihn selbst ein Rätsel gewesen? Seine Stimme klang gepreßt, seine Augen waren schwarz vor Wut, die Hand griff unwillkürlich nach dem Schwertknauf.
Gilbert lachte sein höhnisches, herausforderndes Lachen.
Richard schüttelte den Kopf, wie um sich selbst zu verbieten, dem Drang seines kochenden Blutes zu folgen. Aber die unwillkürliche Bewegung seiner Hand war durchaus bemerkt worden, und bevor er sein Schwert noch berührt hatte, wurde er von hinten von Hubert the Boar und Henry of Ascalon angesprungen, die ihm die Arme auf den Rücken drehten, so daß er sich nicht mehr bewegen konnte.
Gilbert zog ihm das Schwert aus der Scheide und stieß es vor ihm in die Erde, wo es zitternd stehen blieb. Richard heftete den Blick auf die glänzende Klinge mit der Inschrift, die er selbst ausgewählt hatte: Etiamsi occideret me, in ipso sperato«*, und das Kreuz, das dicht unter dem Heft in die Klinge eingeritzt war.
»Gott ist mein Zeuge, daß ich die Wahrheit gesprochen habe«, sagte er. »Euer Wort steht gegen das meine.«
Gilbert richtete sich zu voller Größe auf und schmähte:
»Ha! Das Wort eines Bastards! Deine Mutter, die in Geburtswehen starb, konnte nicht mehr berichten, mit wem sie ihre Sünde geteilt hatte. Aber fünf Jahre später wurdest du zu uns gebracht, und man trug uns auf, dich aufzuziehen, einen Ritter aus dir zu machen. Der Ehrgeiz dieser Natternbrut kannte keine Grenzen. Immer mußte er tapferer, stärker, klüger sein als seine Brüder. Als König Edward starb und seinem Sohn befahl, das Herz seines toten Vaters nach Palästina zu bringen, in Begleitung von nicht weniger als 140 Rittern, wem fiel da die ehrenvolle Aufgabe zu, neben dem jungen Edward an der Spitze des Zuges zu reiten?«
Er spuckte Richard auf das seidene Hemd.

* Und wenn er mich auch tötete, so will ich doch meine Hoffnung auf ihn setzen (Hiob).

»Und wie, denkst du«, fuhr Gilbert in beißendem Ton fort, »war die Reaktion unseres Bastards? Er ergriff das Hasenpanier, so schnell er konnte. Nichts für ihn, die Heiden in der Wüste zu bekämpfen, zu verflucht unangenehm! Wenn er gewußt hätte, daß unser lieber junger König gar nicht die Absicht hatte, den Wunsch seines Vaters zu erfüllen, hätte er aber vielleicht seinen Entschluß wieder rückgängig gemacht!«

Richard stockte der Atem. Warum hatte er davon niemals etwas gehört? Wußte Gilbert of Mansourah noch mehr, als ihm in seiner Wut entschlüpft war? Es entstand ein Schweigen, währenddessen die beiden Männer einander stumm mit den Augen maßen. Die Ritter im Umkreis bewegten sich nicht. Sie hörten nur zu und machten sich ihre eigenen Gedanken.

»Welcher Hochmut verführt dich dazu, zu glauben, daß einer von uns einem Hurensohn gehorchen würde?« Gilbert wandte sich mit einem Ruck zu seinen Leuten. »Wer von uns will diesem feigen Verräter folgen?«

Richards Herz verkrampfte sich schon, als er sich einen Hurensohn nennen hörte. Er dachte an die Frau, die in Geburtswehen gestorben war. Aber das Wort Verräter ließ ihn zu Eis erstarren. Er sah nun, wie Gilbert sich die anderen hatte gefügig machen können. Er hatte ihnen dieses Bild vor Augen gestellt, basierend auf Gerüchten und vervollständigt durch Vermutungen, und es war sicher nicht schwer gewesen, ihren Widerstand gegen einen solchen Komtur zu wecken.

Gilberts Mißgunst und eigenes Unvermögen hatten sie nicht durchschaut. Er konnte nun nur noch darauf hoffen, daß seine eigenen Worte ihre Wirkung nicht verfehlt hatten.

»Meine Seele mag nicht fleckenlos sein«, sagte er kühl, »doch bin ich keineswegs das, was Ihr aus mir macht. Eure Beschuldigungen sind grundlos.«

»Auf diesen Verrat und diesen Hochmut hat der Tempel nur eine Antwort. Stirb und sei verdammt! Denn der Fluch der Kirche wird dir ewig nachfolgen.« Während er diese Worte herausschrie, packte Gilbert of Mansourah plötzlich das schwere, zweischneidige Schwert und holte nach Richard aus. Im allerletzten Moment ließen ihn Hubert the Boar und Henry of Ascalon los und sprangen zurück. Es war zu spät, dem Schlag auszuweichen. Richard griff nach seinem Dolch, stieß aber einen Schrei aus, den er sogleich mit der Faust erstickte. Der Dolch fiel zu Boden, und er umklammerte den linken Arm, mit dem er den Schlag wie in einem Reflex pariert hatte. Eine klaffende Wunde unterhalb seiner Schulter färbte das Hemd rot, der Knochen mußte gebrochen sein, er taumelte und bückte sich, um seinen Dolch aufzuheben, aber ein weiterer Schlag, der ihm um ein Haar die rechte Hand abgeschlagen hätte, hinderte ihn daran. Der Tiger von Mansourah hatte die Wildkatze in den Pranken und würde nicht loslassen, bis er sie zerrissen hatte.

»Bruder Gilbert, ihr überschreitet Eure Befugnisse«, rief einer der Männer.

»Gebt ihm eine ehrliche Chance«, rief ein anderer. Richard erkannte die Stimme von Lawrence de Toeni. »Wir haben noch kein Urteil gefällt!« erinnerte ein Dritter Gilbert. Dieser stieß die Spitze des Schwertes gegen Richards Brust.

»Fällt also euer Urteil, aber schnell, ich kann mich nicht länger beherrschen, ihn zu töten«, stieß er hervor.

Richard klemmte die linke Hand unter seinen Gürtel, um dem verwundeten Arm Halt zu geben. Er ließ Mansourah nicht aus den Augen, beobachtete jede seiner Bewegungen. Ringsum hörte er die Stimmen der anderen. Jemand rief, alle, die seinen Tod wünschten, sollten die Hand heben. Richard konnte nicht sehen, wer Folge leistete. Er sah nur, wie Gilberts linke Hand nach oben ging.

»Sieben«, wurde gezählt. Das bedeutete Stimmengleichheit. Seine Worte hatten also doch Eindruck gemacht.

Da trat Hubert the Boar vor und stellte sich zwischen die beiden Männer. Er hob den Dolch auf und drückte ihn Richard in die Hand.

»Verteidige dich selbst«, sagte er kurz. »Der Kampf soll entscheiden.«

»Unter einer Bedingung«, zischte Richard. »Ich fechte nicht, um mein Recht zu beweisen. Ich fechte nur, um mir die Treue meiner Männer zu gewinnen. Wenn ich siege, verlange ich bedingungslosen Gehorsam von euch allen.«

»Zugestanden«, grinste Mansourah. »Dieses Schwert und meine

Jahre gegen deinen Dolch und die Jahre, die zwischen uns liegen. Fasse dies als Hinrichtung auf.«

Einige Ritter steckten Fackeln an, um ihnen zu leuchten. Das Schwert zuckte durch die Luft, und der junge Ritter sprang schnell zurück in das schwelende Feuer, das er mit den Stiefeln austrat. Rauch stieg auf, und Richard entkam dem Hieb der Waffe.

Bevor er mit seinem Dolch zustoßen konnte, tauchte Gilbert mit der Geschmeidigkeit eines Mannes von der Hälfte seiner Jahre wieder aus dem Rauch hervor. Ein blitzartiger Angriff warf Richard rücklings zu Boden. Er war aber schon wieder auf den Füßen, bevor Gilbert das Schwert auf ihn niedersausen lassen konnte. Eine Reihe von Hieben jagte den jungen Ritter im Kreise herum.

Gilbert lachte. Der Mann, ein lebendes Denkmal an die Schlacht bei Mansourah, wo so viele Templer den Tod gefunden hatten, war ein fähiger Schwertkämpfer, und Richard konnte ihm nicht nahe genug kommen, um ihn mit seinem Dolch zu treffen. Ein wilder Schlag trennte ihm beinahe den Kopf von der Schulter. Blitzartig duckte er sich und stieß zu. Dabei fühlte er aber den Luftzug der Klinge in den Haaren. Gilbert kam mit einer harmlosen Schramme davon, und Richard fiel zu Boden. Das Schwert sauste auf ihn nieder. Mit lautem Schrei warf er sich noch rechtzeitig zur Seite und sprang wieder auf. Keuchend umschlich er den anderen, geduckt wie eine Katze auf dem Sprung nach der Beute. Er beobachtete Gilberts Augen, auf jede Bewegung gefaßt. Würde er nur den Bruchteil einer Sekunde zu spät reagieren, mußte er ihm ins Schwert laufen, statt den Mann zu treffen. Da war er nun, der Augenblick, kaum sichtbar im Fackellicht, wo die Augen härter wurden und die Kiefer sich aufeinander preßten: der Ansatz zu einem neuen Schlag.

Gebückt schoß Richard vor, jäh, aber genau berechnend. Er fühlte, wie der Körper des Gegners zusammenzuckte, als er seinen Dolch hineinstieß. Noch umklammerte seine Hand den Griff, als Gilbert mit einem Schmerzensschrei vornübersackte. Er fühlte das warme Blut über seine Hand strömen. Im nächsten Augenblick spürte er einen scharfen Schmerz in der linken Seite, die wegen seines verwundeten Armes ungeschützt war.

Gilbert von Mansourah hatte noch im Fallen versucht, Richard das Schwert in die Brust zu stoßen. Aber seine Kraft war schon erschöpft. Die Schwertspitze glitt von den Rippen ab und ließ nur eine lange Fleischwunde, quer durch das seidene Hemd, zurück. Richard fiel auf die Knie, die freie Hand an die Brust gepreßt.
»Du schmierige Ratte«, stieß der Sterbende mit rauher Stimme hervor.
»Viel hat nicht gefehlt«, stöhnte Richard, »aber Ihr hattet etwas vergessen. Ich kann mir nicht erlauben zu sterben.«
Der andere grinste. Seine Stimme war noch kräftig, als er antwortete:
»Ich habe Templer gekannt, die Heiden getötet haben, ich habe einige gekannt, die Christen getötet haben, und ich kenne sogar einen, der einen Hospitalritter getötet hat. Du aber bist der erste Tempelritter, der einen seiner Brüder ermordet hat. Diese Schmach wirst du künftig tragen müssen.«
Seine Stimme wurde nun schwächer.
»Ich werde für deine Seele beten«, sagte Richard. Mit seiner blutbeschmierten Hand schlug er das Zeichen des Kreuzes. »Gib mir mein Schwert.«
Gilbert gehorchte, und Richard wischte sein eigenes Blut von der Klinge, bevor er dem Sterbenden das eingeritzte Kreuz vor Augen hielt.
»Ich kann nicht.« Gilberts Stimme war nicht mehr als ein Flüstern.
»Du mußt, für den Frieden deiner Seele. Küsse das Kreuz und sprich dein Credo.«
Es war ein Befehl, und er wurde befolgt. Die bleichen Lippen bewegten sich, während er Richard die lateinischen Worte nachsprach:
»Credo in Deum, Patrem omnipotentem; creatorem coeli et terrae; et in Jesum Christum, filium Dei unicum... credo remissionem peccatorum... et corporis in resurrectionem... vitam aeternam. Amen.«*
»Es ist gut«, lächelte Richard. »Die Gnade Christi sei mit dir!«

* Ich glaube an Gott, den allmächtigen Vater, Schöpfer des Himmels und der Erden. Und an Jesus Christus, seinen einzigen Sohn, unseren Herrn, (...) die Vergebung der Sünden, Auferstehung des Fleisches und ein ewiges Leben. Amen.

Gilberts Gesicht verzog sich, die Worte quälten ihn mehr als seine tödliche Wunde. Er wollte etwas sagen, und Richard neigte sich vor, um ihn verstehen zu können. Mit gräßlichem Winseln stieß Gilbert of Mansourah schließlich seine letzten Worte hervor, während er dem Mann ins Gesicht starrte, durch dessen Hand er den Tod sterben mußte:

»Hüte dich vor Thomas von Lancaster!«

Dann brach ihm die Stimme, und die Augen starrten mit angstvollem Blick in den Himmel. Obwohl ihm Richard sofort die Augen zudrückte, blieb ihm dieser Blick noch lange im Gedächtnis.

»Begrabt ihn vorläufig«, sagte er kurz. »Später werden wir ihn in geweihter Erde ruhen lassen.«

Der Leichnam wurde weggetragen, und sie gruben dem trotzigen Ritter von Mansourah ein Grab. Ein einfaches Kreuz ohne Inschrift wurde daraufgestellt. Dann knieten sie nieder und beteten. Als sie wieder aufstanden, blieb Richard auf den Knien liegen, das Gesicht totenbleich, die Hände fest ineinander verschränkt, bewegungslos.

Lawrence de Toeni beugte sich zu ihm hinab.

»Soll ich deine Wunden versorgen, Richard?« Mit eigentümlich ruhiger Stimme, die keinen Widerspruch duldete, antwortete Richard:

»Ich bete für seine Seele, und bei Gott, er wird es nötig haben. Er hat seinen Tod selbst verschuldet. Er hatte nicht das Recht, mir die Schuld aufzubürden. Störe mich nicht, Bruder. Ich habe dieses Gebet ebenso nötig wie er.«

Es verging geraume Zeit, bis Richard endlich den Kopf hob. Sein seidenes Hemd war von Blut und Schweiß durchtränkt, der Schmerz seiner Wunden pulste ihm durch den Körper, und in seinem Kopf fühlte er sich leer und schwindelig.

»Toeni«, rief er. Sofort war der Ritter an seiner Stelle.

»Hilf mir aufstehen!«

Es wurde ihm schwarz vor Augen. Schwer hing er an Toenis Arm.

»Innerlich fühle ich mich jetzt etwas besser. Gibt es einen Bach in der Nähe, wo ich mich waschen kann?«

»Wo sonst hätten wir unser Lager aufgeschlagen? Nicht weit von hier gibt es ein Flüßchen.«

»Schön. Bring mir meine Satteltasche.«

Das Gehen war eine einzige Qual. Seine Wunden begannen wieder zu bluten, und die gequetschten Rippen machten jeden Schritt zu einer Hölle. Als sie schließlich den Bach erreichten, warf Richard seine Kleidung ab und ließ sich nackt in die kalte Strömung gleiten, wo er ein paar Sekunden still liegenblieb. Dann hob er den Kopf und rief:

»Bei Gottes Füßen, ich lebe noch. Das wenigstens spüre ich!«

Während das eiskalte Wasser den Schmerz etwas betäubte, reinigte er rasch die Wunden in Arm und Brust und stieg wieder aus dem Wasser.

»Den Verband in meiner Satteltasche, rasch«, sagte er.

Die Schwüle der Luft schlug über ihm zusammen wie eine schwere Decke. Toeni beeilte sich, ihn zu verbinden und den verwundeten Arm zu schienen. Hierauf zog Richard vorsichtig das Leinenhemd an, seine Kutte und den ledernen Gürtel, schwarz wie die tiefen Falten in dem groben Wollstoff darunter.

»Thomas von Lancaster«, sagte Richard nachdenklich, »Sohn von Edmund Crouchback, dem Bruder des alten Königs. Was bedeutet er für uns, Bruder Lawrence?«

»Ich wollte, ich wüßte es. Er besitzt vier Grafschaften, fünf, sobald Graf Henry de Lacy von Lincoln stirbt, denn er hat dessen einzige Tochter geheiratet. Er ist High Steward des Königs.«

Richard nickte.

»Manche Menschen fassen die Worte: Hüte dich vor jemandem als eine Warnung auf«, sagte er leichten Mutes. »Ich bin eher geneigt, sie als Herausforderung anzusehen.«

Er legte eine Hand an den Schwertknauf und schob den Gürtel zurecht. Während sich Toeni noch fragte, was diese Worte bedeuten sollten, band sich Richard ein schwarzes Tuch um den Hals und befestigte es als Trageschlaufe für den Unterarm, um den verletzten Arm richtig zu halten. Dabei sagte er eher beiläufig:

»Bruder Lawrence, du sollst meine rechte Hand sein.«

Es folgte ein Schweigen.

»Du vertraust mir?«

»Die Vergangenheit ist vorbei. Ich blicke nur nach vorne.«

»Und der Bannfluch?«

»Der Bannfluch?« wiederholte Richard mit Schärfe.
Der Bannfluch der Kirche, obgleich nur von einem Bischof ausgesprochen und deshalb für einen Templer nicht rechtsgültig, lastete schwerer auf ihm, als er zugeben wollte. Die Bestätigung dieses Bannfluchs durch den Papst war nur eine Frage der Zeit. Fast ein Jahr lang war er vogelfrei gewesen. Von nun an würde er ein Ausgestoßener sein. Nicht, daß sich dadurch viel für ihn änderte. Offensichtlich machte es aber Toeni doch sehr zu schaffen, denn er wußte nicht, was er sagen sollte.
»War dir nicht klar, daß unsere Brüder in Frankreich seit ihrer Gefangennahme wie Exkommunizierte behandelt werden?« fragte Richard.
»Aber freiwillig, mutwillig ein solches Urteil zu provozieren!«
»Ich hatte beschlossen, mich selbst von Bann und Exkommunikation nicht beeindrucken zu lassen, lange bevor der Bischof auf diese Idee kam.«
»Gottes Herz, wenn du diesen Weg gehen willst, mußt du ihn allein gehen«, sagte Toeni und schlug ein Kreuz.
»Ich könnte jetzt meine Befehlsgewalt ausspielen, aber ich gebe dir das Recht, dich zu weigern. Ich werde niemals von jemandem verlangen, meinem Vorbild zu folgen.« Der junge Ritter, der noch den weißen Mantel trug, ermannte sich. Es war keine Spur von Unsicherheit mehr in ihm, als er sagte:
»Ich stehe zu dir.«
Richard ergriff seine Hand und drückte sie kräftig.
»Ich werde dich brauchen. Auch ein Komtur steht nicht gerne allein. Du sollst wieder mein Bruder sein, deines Bruders Hüter.«
Er wartete die Antwort nicht ab, wandte sich um und ging zum Lager zurück.
Simon the Hermit, der Älteste, trat vor.
»Wir anerkennen Euch als unseren Komtur, solange die Offiziere unserer Komtureien gefangen sind. Verfügt über unsere Treue und unseren Gehorsam, Sire.«
»Brüder«, antwortete Richard. »Ihr wißt, daß ich in Kürze exkommuniziert sein werde und ihr mich wie einen Aussätzigen meiden müßtet. Daß ihr mir trotzdem Folge leisten wollt, gibt mir völliges Vertrauen zu euch. Doch übernehme ich diese Verantwortung mit

einigem Zögern. Nicht, weil ich mir dessen bewußt bin, daß wahrscheinlich noch einige Zweifel in euch zurückgeblieben sind, sondern weil ich bedaure, was heute nacht geschehen ist. Ich habe den Tod Bruder Gilberts nicht gewollt. Er ließ mir aber keine andere Wahl.«

Zustimmendes Gemurmel war die Antwort.

»Die Aufgabe, die ich mir hier gestellt habe«, fuhr er fort, »unterscheidet sich von derjenigen, die mir in Frankreich obliegt. Ihr seid mit einem König gesegnet, der den Mut hat, sich gegen Philipp und die Kirche aufzulehnen. Ich habe Gründe anzunehmen, daß er uns weiter unterstützen wird, wo es nur möglich ist, trotz der Befehle, die er kürzlich seinen Sheriffs gegeben hat. Deshalb brauchen wir nicht bis zum Äußersten zu gehen. Ich möchte nicht, daß ihr wie ich in den Bann getan werdet, wenn es nur irgendwie zu vermeiden ist. Euer Kampf sei ein gewaltloser Kampf.«

»Eure Worte sind genau dieselben wie die von Thomas von Lincoln, bevor wir von den anderen Abschied nahmen«, sagte Edmund the Lion.

Richard antwortete mit einem Lächeln:

»Er ist ein weiser Mann, auf den ich gerne gehört habe.«

Eine Erinnerung schoß ihm durch den Kopf, und er hing ihr kurz nach, bevor er wieder das Wort nahm.

»Wir werden uns auf die Aufgabe beschränken, die seit der Gründung des Ordens für uns an erster Stelle steht: Wachsamkeit, auch wenn es nun um die Sicherheit unserer eigenen Brüder anstelle der Pilger geht. Sobald einer von euch entdeckt, daß man Folter anwendet, um ihnen Geständnisse abzuzwingen, werde ich unverzüglich Maßnahmen ergreifen. Ich habe dem König brieflich klargemacht, daß ich, nachdem er unsere Brüder den französischen Inquisitoren ausgeliefert hat, es nicht dulden werde, daß Geständnisse unter Androhung von Folter abgelegt werden. Abgesehen davon ist es unsere Pflicht, unseren gefangenen Brüdern zu helfen, wo wir können, ihr Los zu erleichtern und ihnen alle Informationen zu geben, die wir haben, so daß sie imstande sind, sich später während ihres Prozesses zu verteidigen. Ich fürchte wohl mit Recht, daß uns der französische König nicht zugestehen wird, daß wir uns verteidigen. Deshalb muß dies nach Beendigung der Un-

tersuchungen unser nächster Schritt sein. Wir müssen dafür sorgen, daß wir die richtigen Leute finden, die für uns eintreten, daß sie gehört werden und Erfolg haben. In Frankreich habe ich schon Schritte in dieser Richtung unternommen. Ich habe allen Einfluß aufgeboten, über den ich verfüge, und die Aufmerksamkeit einiger hoher Würdenträger der Kirche gewonnen. Meine französischen Kameraden unterhalten gute Beziehungen zu ihnen. Darum werde ich so schnell wie möglich nach Frankreich zurückkehren. Ihr bleibt dann direkt unter meinem Befehl. Vorläufig bleibe ich noch in England, bis ich sicher bin, daß alles nach Wunsch verläuft.«
Es gab keinen Widerspruch. Richard lächelte und ergriff wieder das Wort.
»Eine schwere Aufgabe steht euch bevor. Dafür brauche ich Leute, die Entbehrungen ertragen können, die bereit sind, das Kleid des Tempels abzulegen und in Armut zu leben. Es werden Stunden kommen, von denen ihr jede Sekunde hassen werdet. Aber es führt kein Weg zurück. Falls der Hof des Königs und seiner Barone für uns unzugänglich ist, gibt es keinen besseren Platz, zu erfahren, was im Lande vorgeht, als das gewöhnliche Volk, vor allem, wenn es auf den Märkten zusammenkommt, um die Spielleute zu hören. Dort entstehen die Gerüchte, in denen sich immer ein Körnchen Wahrheit befindet. Sobald derartige Gerüchte, die sich auf uns beziehen, euch zu Ohren kommen, vergewissert euch, daß sie zuverlässig sind und gebt sie mir weiter. Handelt niemals aus selbstsüchtigen Beweggründen. Das ist gefährlich und führt immer ins Unglück. Nur gemeinsam sind wir stark.
Darum möchte ich dieses Land in zwanzig Bezirke einteilen. In London habe ich schon zwei Leute, einen in Winchester, zwei in Lincoln, zwei in Canterbury und einen in Carlisle. Die beiden Brüder, die ich gerade befreit habe, habe ich nach York geschickt. Überlegt euch, wer welchen Bezirk übernehmen soll. Bruder Lawrence de Toeni soll bei mir bleiben. Bleibt noch die Frage, wie wir uns Zugang zu den Gefängnissen unserer Brüder und zu den Informationen verschaffen, die uns sonst unerreichbar sind. Fast jeder ist käuflich, aber Bestechungen kosten viel Geld. Wieviel habt ihr?«
Die Ritter schauten einander an. Sie hatten ihre Pferde, ihre Waf-

fen und ihre Kleidung aus dem Tempel mitgenommen, aber Gold? Für das erste Jahr war es genug gewesen, doch nun gingen die Mittel zur Neige. Richard seufzte. Er hatte schon verstanden.

»Es ist notwendig, daß ihr soweit möglich selbst für euren eigenen Unterhalt sorgt. Die unter euch, die lesen und schreiben können, können sich selbst helfen. Es ist genügend Bedarf an Schreibern. Für die anderen findet sich überall Gelegenheit zu arbeiten. Wenn nicht, müßt ihr von dem leben, was das Land zu bieten hat, und dem eure Eß- und Lebensgewohnheiten anpassen. Bedenkt, daß eure Brüder auch nicht viel mehr als Wasser und Brot bekommen. Morgen brauche ich die Hilfe von drei Männern. Einer davon soll Bruder Lawrence sein.«

Er wartete etwas und zögerte, bevor er seine Wahl traf.

»Der zweite ist Bruder Edmund, der dritte...«, seine Augen glitten suchend über die schweigenden Männer und blieben an der riesenhaften Gestalt von Hubert the Boar hängen. »...ist Bruder Hubert. Wir brechen morgen etwa zur Zeit der None auf. Noch vor Ablauf der Nacht wird euch Bruder Edmund mit Gold versorgen, dann trennt euch ohne weiteren Aufschub und begebt euch in die euch zugewiesenen Gebiete. Macht euch reisefertig. Gegen Sonnenuntergang gebe ich Instruktionen aus.«

»Ja, Herr, im Namen Gottes«, erklang es rings um ihn wie aus einem Munde. Er holte seine schmal gewordene Börse aus dem Mantel, entnahm ihr ein paar Münzen und winkte Robert the Wulf herbei.

»Ein Bruder des Tempels ist in dieser Nacht gestorben«, sagte er. »Gemäß dem 11. Artikel der Regeln muß der Tempel jetzt einen Armen für vierzig Tage speisen. Wollt Ihr, Bruder Robert, mit größter Diskretion dafür Sorge tragen, so daß man nicht vermutet, daß es von uns stammt?«

»Ja, Herr, im Namen Gottes.«

Richard nickte kurz. Der Schmerz in seinem Arm lähmte ihn, und am liebsten wäre er sofort zur Ruhe gegangen, um Kräfte für den nächsten Tag zu sammeln. Bevor er aber seine Hände falten konnte, um mit einem Vaterunser das Kapitel zu beschließen, trat Hubert the Boar vor. Er sank auf die Knie und beugte das Haupt, als ob er um Vergebung bäte.

Hubert war ein ehrlicher Mann, einfach und aufrichtig. Er wußte jetzt, daß er durch Gilbert of Mansourah irregeführt und mißbraucht worden war, und bedauerte seinen Fehler mehr, als er mit Worten ausdrücken konnte. Er hob die rechte Hand:
»Richard, Herr«, begann er ungeschickt. »Ich gelobe Euch Treue. Ich werde Euch folgen, solange der Meister gefangen ist. Wenn ich diesen Eid jemals brechen sollte, dann strafe mich Gott. Das schwöre ich bei dem Kreuz auf Eurem Schwert.«
Auch Henry of Ascalon trat vor und kniete nieder. Die anderen folgten seinem Beispiel. Richard blickte mit einer Ergriffenheit auf sie nieder, die ihm neu war. Doch im Geiste sah er drüben unter dem Schatten der Bäume jene Alte stehen. Sie schüttelte die Faust gegen ihn, und er konnte ihre krächzende Stimme hören:
»Es hat keinen Sinn, Eure Herkunft vor mir zu verbergen, Euer Gnaden. Eure Hände verraten Euch.«
Es war ihm fast, als ob ihre krummen, knochigen Finger seine eigene Kehle umklammerten.
»Kniet nicht vor mir, sondern vor Gott«, sagte er schroff. »Ich bin nur Sein Sklave, der danach trachtet, Ihm zu dienen, indem er die Bruderschaft des Tempels vor dem Untergang bewahrt.«
Er umfaßte seine linke Hand, die vor Schmerz steif und gefühllos war, und sprach ihnen das Vaterunser vor. Dann wandte er sich langsam um, schob die schnell ausgestreckte Hand zurück, die ihn stützen wollte und suchte ein Fleckchen im Schatten, wo er sich im Moos ausstreckte.
Von dieser Stelle aus ließ er seine Leute an diesem Tag eine Kampfübung durchführen, wie sie sie noch niemals mitgemacht hatten. Vor allem Lawrence de Toeni, der ebensowenig wie die anderen je an einem Seil emporgeklettert war, mußte ein ums andere Mal bis in die höchsten Baumwipfel hinaufsteigen, bis seine Schnelligkeit Richard zufriedenstellte.

15. KAPITEL

(...) those bricky towers,
The which on Thames' broad, aged back doe ride,
Where now the studious lawyers have their bowers,
There whilom wont the Templar Knights to bide,
*Till they decayed through pride.**

Edmund Spenser - Prothalmion

Sie verbrachten die Nacht ungestört. Am Spätnachmittag gab Richard allen seinen Leuten genaue Instruktionen und rief dann die drei Ritter zu sich, die er ausgewählt hatte. Aus seinem Gepäck holte er drei kleine Bündel, die er ihnen mit dem Auftrag aushändigte, sich ihrer Kleider zu entledigen.

»Ich glaube, das wird dir ganz gut passen«, sagte er mit spöttischem Lächeln, während er die mächtige Gestalt Huberts the Boar betrachtete, der eine Karmeliterkutte auspackte. Für die beiden anderen hatte er ein paar einfache Bürgerkleider besorgt, in denen sie vollkommen unverdächtig aussahen.

»Seid ihr reisefertig? Es ist ein tüchtiger Ritt von fünf Stunden. Wir müssen London etwa zwei Stunden nach Sonnenuntergang erreichen.«

Die Ritter nickten und bestiegen ihre Pferde. Mit Richard an der Spitze ritten sie fort.

Es war schon lange dunkel, als die vier Männer schließlich am südlichen Ufer der Themse standen, ein geraumes Stück außerhalb der Sichtweite der Stadtmauern von London.

* (...) die Steintürme,/ die über dem breiten, alten Rücken der Themse stehen,/ wo jetzt die gelehrten Juristen ihre Räume haben,/ dort pflegten die Tempelritter zu wohnen, bis sie am eigenen Stolz zugrunde gingen.

Richard zeigte über den Fluß hin nach rechts.
»Dorthin gehen wir heute nacht.«
Ihre Augen folgten der Richtung seiner Hand und ruhten auf der Uferterrasse des Tempels, der in Finsternis gehüllt war.
»Der Tempel«, rief Edmund the Lion aus und machte aus seinen Bedenken kein Hehl. Richard gebot ihm zu schweigen.
»Das ist der Platz, wo Master de la More uns für Notfälle etwas hinterlegen wollte. Einen besseren Platz gab es nicht.«
»Wie gut wird unser Eigentum bewacht?« wollte Toeni wissen.
»Gut genug. Sie ließen alles dort, wo es war, oder fast alles. Vor allem die Reliquien in der Kirche, die Meßkelche, Weihrauchfässer, Gefäße, alles Silber und die Meßgewänder, die Meßbücher, unsere zwei Bibeln, die Chorbücher und die Antiphonaria. Nichts ist entfernt worden, und das alles lohnt den Einsatz von ein paar Wächtern.«
»Was für eine Chance haben wir, hinein und wieder herauszukommen, ohne geschnappt zu werden?« fragte Edmund.
»Wir kennen die Gebäude in- und auswendig. Das ist unser Vorteil. Natürlich müssen wir vorsichtig sein. Wir wissen nicht genau, wo innerhalb der Mauern die Wächter stehen.«
»Und wie kommen wir hinein?« fragte Hubert the Boar.
»Über die Mauer. Die Terrasse und der Kai sind zu gefährlich, sie sind eben und offen. Man kann uns dort zu leicht sehen.« Richards Blick schweifte über die Schatten der breiten Wälle in der Ferne, die von starken Wehrtürmen bekrönt wurden.
»Die Mauer ist glatt. Es gibt keine Haltegriffe. Wir müssen Seile benützen.« Er schlug seinen Mantel auf und zeigte ihnen das nicht zu dicke, aber starke Seil, das ihm um den Hals hing.
»Wir werden versuchen, so dicht wie möglich bei unserem Ziel über die Mauer zu kommen, damit wir weniger Zeit damit verlieren, drinnen herumzulaufen.«
»Wo also?« fragte Toeni.
»Im Friedhof der Karmeliter.«
Die bedrohlich hohen Mauern am gegenüberliegenden Ufer flößten Respekt ein. Es schien unmöglich, sie zu überklettern, und doch war Richard ruhig und selbstsicher.
»Warum wollen wir gerade die härteste Nuß knacken? Gibt es

keine andere Möglichkeit, an Geld zu kommen?« fragte Lawrence de Toeni.
»Willst du lieber den Schatz aus dem Royal Tower rauben?« spottete Richard kopfschüttelnd. »Ich hätte einen anderen Weg gewählt, wenn es einen gäbe. Wir brauchen Geld, um Informationen zu kaufen, um Menschen zu bestechen, Geld für Arznei, um allen zu helfen, die krank oder verwundet sind. Einige der Unseren, die alt und gebrechlich waren, sind schon im Gefängnis gestorben. Zum Beispiel Bruder Adam le Mazon. Er starb kurz nach Aschermittwoch, hielt also kaum mehr als einen Monat in seiner Zelle durch. Viele werden wie er das Urteil des Papstes nicht mehr erleben.«
Richard starrte über den Fluß, und sein Mund wurde hart. Er dachte an Thomas von Lincoln. Würde der Alte die Gefangenschaft überleben? Der Umstand, daß der König angeordnet hatte, die Templer nicht in die tiefsten, grausigsten Kerker zu stecken, würde dem alten Mann mit seinen gichtigen Gelenken nicht viel helfen.
»Gut«, sagte er und schob seine trüben Gedanken beiseite. »Ich glaube, wir sind uns darüber einig, daß bestimmt noch mehr Tote zu beklagen sein werden, und zwar durch Folter, wenn wir nicht zur Tat schreiten. La More hatte keine Zeit mehr, ein besseres Versteck zu finden. Also, worauf warten wir noch?«
»Niemals werde ich mit meinem Gewicht über diese Mauern kommen«, bemerkte Edmund.
»Nur Bruder Lawrence und ich gehen hinein.«
»Gottes Blut«, sagte Edmund, immer noch verblüfft über die Kühnheit des Planes. »Ich hoffe, daß es euch gelingt, heil zurückzukommen. Weißt du, was dir passiert, wenn sie dich auf frischer Tat ertappen? Sie werden dir bei lebendigem Leib die Haut abziehen und sie als abschreckendes Beispiel über dem Tor aufspannen. Jedenfalls war dies das Schicksal der Einbrecher, die vor fünf Jahren die Schatztruhe des vorigen Königs aus der Chapel of the Pyx unter der Westminster Abbey raubten.«
Richard ließ sich nicht beeindrucken.
»Soll ich Skrupel haben, unser Eigentum zu rauben, wenn derselbe Edward 10 000 Pfund aus den Gewölben des Tempels wegge-

schleppt hat unter dem Vorwand, er müsse die Juwelen seiner Mutter inspizieren? Soll ich den Groll seines Sohnes fürchten, der um kein Haar besser ist? Du erinnerst dich sicher noch an den Tag, als er mit Piers de Gaveston unsere Schatzkammer ausplünderte.«
Er erhob sich, und sie folgten ihm am Flußufer entlang bis zu einer Stelle, wo unter Gesträuch ein kleines Ruderboot versteckt lag.
»Folgendermaßen werden wir vorgehen. Um Mitternacht werden die Wächter auf den Mauern abgelöst. Vorher müssen wir über den Fluß. Edmund bleibt mit Hubert auf dem Friedhof. Drei Stunden später wird die Wache wieder abgelöst. Ich werde euch zwei Säcke mit Goldstücken zuwerfen. Ihr nehmt sie mit und rudert wieder über den Fluß. Der eine Sack wird genügen, um unsere Brüder in The Weald mit dem zu versorgen, was sie brauchen, so daß sie sich auf den Weg machen können.
Wenn ihr das Gold dort abgegeben habt, bringt ihr den zweiten Sack, den schwereren, unsere Pferde und die Ausrüstung zu den ersten Ausläufern von Waltham Forest, wo wir uns morgen gegen die Stunde der None wieder treffen. Werden wir gefangen, ist das Gold bei euch sicher, während wir sie in die Irre führen.«
Richard blickte zu den Sternen hinauf. Der abnehmende Mond verbreitete silbernes Licht. Zuviel, dachte er.
Sie banden ihre Pferde an und traten in das kleine Boot. Vorsichtig hob Hubert die Ruder und ließ sie geräuschlos ins Wasser tauchen, um mit einem kräftigen Ruck das Boot in Bewegung zu setzen.
Aus der Ferne ertönte das »Over-over« der Ruderer, die gegen alle Vorschrift Bürger übersetzten, die nach dem Läuten der Abendglocke auf keine andere Weise in die Stadt kommen konnten. Die vier Ritter sprachen kein Wort, bis sie das andere Ufer erreicht hatten, wo sich ein paar Häuser zusammendrängten.
»Laß es hier liegen«, flüsterte Richard. Es war Ebbe, und durch die Trockenheit der letzten Wochen stand das Wasser unter dem niedrigsten Pegel. Sie zogen das Boot ans Ufer und schlichen im Schatten der Häuser zu einem schmalen Steg, der zum Wasser hinunter führte.
Es stank nach Fäulnis und Abfällen. Der Steg begann an einer Stelle, die im Volksmund der »Hurensteg« hieß. Es war eine schmale Straße, die nordwärts in Richtung Fleet verlief.

Alte, verkommene Bordelle standen dicht an dicht zu beiden Seiten, und an der Westseite schienen sie sich buchstäblich an die Mauer anzulehnen, die den Besitz der Karmeliter umgab. Einige Weiber saßen in den Türöffnungen und genossen in ihren dünnen, aufreizenden Kleidern die milde Nachtluft. Drei Betrunkene standen und redeten auf eine Frau ein mit rot geschminkten Wangen, einer ungeordneten Masse feuerroten Haares und wohlgeformten, aus dem Mieder hervorquellenden Brüsten. Anscheinend hatte sie einen zu hohen Preis gefordert, denn es entstand eine Diskussion, bei der sie das große Wort führte. Keine Handbreit wich sie von der Tür, die sie mit ihrem Körper blockierte. Richard blieb stehen und drängte sich zwischen den Männern durch.

»Schwierigkeiten, Meg?«

»Nicht mehr, als ich meistern kann, Herr«, antwortete sie gleichgültig, stemmte die Arme in die Hüften und musterte ihn mit einem frechen Blick.

»Wollt Ihr nicht hineinkommen?«

Richard blickte ebenso gleichgültig auf ihr halboffenes Mieder.

»Mit Ihrem Einverständnis, Madame«, antwortete er höflich. Gewohnheitsmäßig strich sie eine Locke nach hinten, die ihr über die Stirn gefallen war. Richard stieg die knarrende Holztreppe hinauf und bedeutete seinen Kameraden, ihm zu folgen, während Meg ihm in das spärlich erleuchtete Zimmer voranging, in dem noch zwei andere Frauen saßen.

»Arbeit, Kinder«, sagte Meg, und mit einem verstohlenen Blick auf Huberts Mönchskutte: »Soll noch ein Fräulein für den Frater kommen?«

»Gib dir keine Mühe, Meg, wir haben nur abgemacht, daß wir auf den Dachboden gehen dürfen«, unterbrach sie Richard. Er bewegte sich schon auf die Leiter zu, die auf den Dachboden führte, als Meg ihm den Weg versperrte. »Wißt Ihr das genau?« Sie lachte und strich ihm langsam mit einer Hand über die Brust. Er ergriff sie am Handgelenk, als sie bis zur Mitte gelangt war.

»Ein anderes Mal vielleicht«, brummte Richard mit einer ungeduldigen Geste zu seinen verwirrten Gefährten, die unter dem Protest der beiden anderen Frauen bereits auf die Leiter kletterten.

»Hört doch, ich habe gerade drei anderen die Tür gewiesen, Euch

zu Gefallen, wie wir das abgesprochen hatten. Und jetzt laßt Ihr uns in der Kälte sitzen.« Meg lachte wieder ihr einstudiertes Lachen und spitzte die roten Lippen.
»Ich bezahle Euch die Zeit, die ich Euch nehme. Ihr empfangt niemanden, bis wir zurück sind«, antwortete Richard kurz. Er holte ein paar seiner letzten Münzen aus der Börse.
»Habt Ihr auch nichts vergessen?« fragte sie, als er ihr das Geld in die Hand gedrückt hatte und schon mit einem Fuß auf der Leiter stand.
Bevor er wußte, wie ihm geschah, stand sie auf den Zehen und küßte ihn auf die Wange, wobei sie die üppigen Brüste gegen sein Wams preßte.
»Also hör einmal, Richard«, stieß Toeni hervor, als sie auf dem mit Gerümpel gefüllten Speicher standen.
»Still«, antwortete der ärgerlich und schob sie durch eine Luke, die auf die Mauer der Karmeliter hinausging. An deren Innenseite ließen sie sich hinab und kamen mit dumpfem Aufprall im Klostergarten auf.
Während sie im schützenden Schatten der Mauer vorsichtig in Richtung Friedhof weiterhasteten, hörten sie die Männer in der Straße hinter ihnen noch immer fluchen. Offenbar waren noch andere hinzugekommen, denn man hörte nun auch Gelächter und Geschrei. Geräuschlos erreichten die vier Ritter die ersten der schlichten Steinplatten, die die Gräber der Mönche bedeckten.
Vor ihnen tauchte die Umfassungsmauer des Tempels auf. Edmund ergriff Richards Arm und fragte leise, aber eindringlich: »Was sollen wir von diesem Weib halten?«
»Ich habe sie um ihre Mitwirkung gebeten und dafür bezahlt. Der siebzigste Artikel unserer Regeln besagt, daß wir uns von Frauen fernhalten sollen, nicht daß wir uns ihrer nicht bedienen dürfen«, flüsterte er zurück.
»Da bin ich mir gar nicht so sicher.«
»Du wirst dich an den Gedanken gewöhnen müssen«, antwortete Richard kurz. Er holte das Seil mit dem stoffumwickelten Wurfanker hervor. Es würde beim ersten Wurf halten müssen. Immer wieder hatte er sich darin geübt, und es war ihm in Frankreich mehrmals gelungen, ohne daß er erwischt wurde. Die langsamen

Schritte eines Wächters klangen durch die Nacht, genau über ihnen.
Den Rücken dicht gegen die Mauer gepreßt, die Füße fest auf die schräge Mauerstrebe gestemmt, blickte er in die schwindelerregende Höhe. Am Atem der anderen konnte er hören, wie nervös sie waren.
»Toeni, sorge dafür, daß deine Hände trocken sind«, flüsterte er. »Du mußt mir helfen, ich kann mit einer Hand nur schlecht klettern.« Aus der Innenseite seines Mantels holte er ein weiteres Bündel und drückte es Toeni in die Hände.
»Laß das zu mir herunterfallen, sobald du oben bist«, flüsterte er mit bedauerndem Lächeln und wies auf seinen geschienten Arm. »Ich trage immer etwas Bequemes für Notfälle mit mir.«
Es handelte sich um eine geschickt geflochtene Strickleiter aus sehr dünnen Schnüren, die sich geräuschlos entrollen ließ.
Die Schritte über ihnen entfernten sich, und Richard begann, den Haken mit dem Seil im Kreise zu schwingen.
Die Glocke der Karmeliterkirche begann zu läuten. Auf diesen Moment hatte Richard gewartet. Das Seil wirbelte empor, und dumpf schlug Eisen auf Stein.
»Du treibst dein Spiel mit einem der stärksten Bollwerke der Christenheit«, sagte Edmund voller Bewunderung.
Richard beachtete ihn nicht. Er konzentrierte sich auf die Geräusche, die von drinnen kamen.
»Hinauf«, sagte er kurz. Alles hing nun von ihrer Schnelligkeit ab. Sie hatten nur wenige Minuten Zeit, um auf die andere Seite zu kommen und Deckung zu suchen.
Behende kletterte Lawrence am Seil hinauf, während Richard gespannt und ungeduldig wartete. Sobald der andere den Rand der Mauer erreicht hatte und die Strickleiter herunterfiel, folgte er, indem er sich mit den Zähnen im Strick festbiß, solange er mit der einen Hand Halt suchte. Den letzten Meter zog ihn Toeni nach oben. Es blieb keine Zeit, um Atem zu schöpfen.
Richard ließ das Seil an der Innenseite hinabfallen und bedeutete Toeni mit einer knappen Bewegung, sich in den ummauerten Hof des Tempels hinunterzulassen. Darauf folgte er selbst, gerade bevor nahende Schritte die Ankunft der neuen Wachen ankündigten.

Vor ihnen lagen die niedrigen Ställe, die Quartiere der Hausknechte und Schildknappen, dahinter die Klöster und, undeutlich zu sehen, das kegelförmige Dach der Kirche.
Als die Schildwache weitergegangen war, glitten sie hinüber zu den Ställen. Richard wartete, bis Toeni bei ihm war.
»Deine Kleider sind zu hell«, flüsterte er. Er öffnete seinen Mantel und warf ihn dem anderen über die Schulter.
Dann blickte er zu den Männern auf den Wällen, um den richtigen Moment abzupassen.
»Jetzt.«
Unsichtbar in ihrer schwarzen Kleidung huschten sie über den offenen Platz und erreichten die Kette von Klostergebäuden rund um die Kirche. Wie früher brannten an den Wänden in kurzen Abständen Fackeln. Eine Schildwache lehnte am Portal des Haupteingangs der Kirche. Eine weitere stand beim Kapitelsaal. Von ihrem Standort aus konnten sie sonst niemanden entdecken.
»Hier können wir nicht vorbei«, meinte Richard. »Wir müssen durch die Klöster rechts zur Chapel of St. Anne.«
Toeni nickte. Also wandten sie ihre Schritte zurück und eilten weiter, bis sie zu einem niedrigen Tor kamen, das den Seiteneingang des Klosters im Süden der Kirche bildete.
Gerade vor ihnen, am anderen Ende der gepflasterten Straße, stand mit dem Rücken zu ihnen ein Wächter, den Spieß in der Rechten. Richard wechselte einen Blick mit Toeni und glitt zur Tür, wobei er den Wächter keinen Augenblick aus dem Auge ließ. Es dauerte quälend lange, bis er mit seinem Dolch den Riegel erbrochen hatte. Endlich schwang die Tür auf, und er drückte sich hinein. Toeni warf einen letzten Blick auf den Wächter und verschwand ebenfalls.
Sie standen in einem dunklen Gang, der so niedrig war, daß sie sich fast bücken mußten.
Die Kühle des Gangs ließ sie wieder zu Atem kommen. Langsam verfolgten sie ihren Weg an den engen Zellen entlang, wo seit dem 8. Januar keine Kerzen mehr an den Lagern der Ritter gebrannt hatten. Schließlich erreichten sie die verlassene Kapelle von St. Anna und stiegen die fünf Stufen zur Kirche hinauf, die ebenso friedlich dalag wie stets. Ein paar Kerzen brannten am Altar des

heiligen Johannes, auch am Altar des heiligen Nikolaus. Noch immer wurden hier die Messen für die Seelen der Ahnen des Königs gelesen – von sechs Kaplänen, die mit ihren Schreibern und Dienern aus dem Eigentum der Templer bezahlt wurden.
Ergriffen betrachteten die beiden Ritter für eine Weile die schlichte Schönheit ihrer Kirche. Richard ließ seine Augen zu den Bildnissen der Edlen schweifen, die in der Round begraben waren. Er liebte diese steinernen Bildnisse sehr. Sie waren dagewesen, so lange er sich erinnern konnte. Niemals hatte er hier entlanggehen können, ohne sich an den leuchtenden Farben zu weiden, mit denen die Gewänder, Schilde, Schwertscheiden, Sporen und Gürtel bemalt waren: glänzendes Gold, Königsblau und Hennarot, getreu den Worten des heiligen Bernhard: »Sie schmücken ihre Tempel mit Wappen statt Edelsteinen, mit Schilden anstelle von goldenen Kronen, mit Satteln und Zügeln statt Kandelabern.«
Betrübt kehrte er der Round den Rücken. Vor seinen Füßen gähnte das dunkle Loch einer Wendeltreppe, die zu den geheimen unterirdischen Gewölben führte, der Schatzkammer der Templer unter dem südlichen Seitenschiff ihrer Kirche. Eine der Altarkerzen in der Hand, tauchten sie hinab in die Tiefe, entfernten die schweren Riegel von der eisenbeschlagenen Tür und betraten den Raum.
Es war eine kleine Kammer, klein genug, um verborgen zu bleiben, aber auch ausreichend groß, um alles das aufzunehmen, was die Ritter in sicherem Gewahrsam wissen wollten. Richard und Lawrence hatten hier Wache gehalten, manchmal auch Kunden begleitet, die ihre Wertsachen inspizieren wollten.
Im spärlichen Licht konnten sie nun die niederen Steinsimse sehen, auf denen mehrere Truhen gestanden hatten, jede sorgfältig abgeschlossen und versiegelt. Sie waren alle verschwunden. Am Ende der Kammer befand sich ein festes Doppelschränkchen, an der Wand mit vier eisernen Haken befestigt. Hinter seinen Türen waren einst die Finanzregister und andere Dokumente des Tempels aufbewahrt worden. Auch dieser Schrein war leer. Die wichtigsten Urkunden und Manuskripte waren rechtzeitig verbrannt, der Rest beschlagnahmt worden. Richard zeigte auf das Schränkchen.

»Dahinter muß es sein.«
Toeni machte sich an die Arbeit, während Richard ihm leuchtete. Es dauerte einige Zeit, bevor er es aus den Haken heben und die Wand dahinter untersuchen konnte.
»Hinter dem mittleren Schrein muß ein Hohlraum sein«, erklärte Richard.
Es war, wie er gesagt hatte. Der glatte Stein löste sich schnell aus der Wand, und sie fanden ein hölzernes Kästchen.
Toeni erbrach das Siegel, öffnete das Schloß und nahm zwei Ledersäckchen heraus, die er vorsichtig öffnete. Sie enthielten Goldstücke genug, um einen Mann reich zu machen.
»Und was sollen wir mit diesen Papieren?« fragte Toeni.
Richard folgte seinem Blick und zuckte mit den Schultern.
»Zurücklassen, nehme ich an.« Er nahm den Stapel versiegelter Dokumente, die auf dem Boden des Kästchens lagen, und ließ sie durch seine Hände gleiten. Einige trugen nur eine Aufschrift oder einen Namen, andere nicht einmal das. Es gab auch lange Listen mit Namen und Geldbeträgen. Liebevoll strich er ein zerknittertes Pergament glatt und lachte.
Die Tempelbrüder waren hochgeachtete Bankiers gewesen. Die unglücklichen Adligen und Kaufleute, die noch Kreditbriefe des Tempels besaßen, hatten sicher inzwischen gemerkt, daß sie wertlose Dokumente in Händen hielten, die niemand mehr versilbern wollte. Alle Schuldner des Tempels aber waren die Gewinner. Nach ihren Schulden krähte kein Hahn mehr. Trotzdem hatte Master de la More alle diese Vorgänge pflichtgetreu festgehalten.
»Sind wir hierhergekommen, um alte Register zu studieren?« fragte Lawrence scharf.
Die Ruhe des Begleiters machte ihn nervös. Er hatte jetzt, weshalb sie hierhergekommen waren, und wollte so schnell wie möglich verschwinden.
»Bleib ruhig, wir haben Zeit genug.« Richard schlug langsam ein paar Seiten um, nichts Besonderes suchend, nur die Erinnerung an eine Zeit, die vorbei und vergangen war.
Ein Briefchen, das offenbar lose zwischen die Register geschoben war, flatterte zu Boden. Es war dreimal gefaltet, so daß nichts vom Inhalt an der Außenfläche zu lesen war, und versiegelt.

Als Richard es aufhob, fiel sein Blick auf einen Namen: »Lancaster« stand dort in der zittrigen Handschrift der gichtigen Hände des alten Thomas von Lincoln, der in den letzten Jahren nur noch selten zu Feder und Tinte gegriffen hatte. Das Dokument war auf August 1307 datiert.

Er schaute sich zu Toeni um, der es entweder vorzog, seine Gedanken bei sich zu behalten, oder die mögliche Bedeutung ihres zufälligen Fundes nicht erkannte. Richard betrachtete das Siegel: das Lamm Gottes mit dem Strahlenkranz an der rechten Seite. Die Rückseite des Siegels zeigte ein abgeschnittenes Haupt mit einer Kapuze, das persönliche Siegel von Master de la More. Er nahm das Siegelwachs zwischen Daumen und Zeigefinger, um es zu brechen.

»Richard, um Gottes willen, was tust du? Das ist nicht für unsere Augen bestimmt.«

Der wandte langsam den Kopf. »Bruder Lawrence, du hast nichts gesehen. Das ist ein Befehl.«

Mit diesen Worten erbrach er vorsichtig das Siegel und entfaltete behutsam das Dokument. »Diese Schrift ist der Beleg für die Auszahlung der Summe von 50 Mark an Thomas, zweiten Graf von Lancaster und High Steward des Königreichs, welche Summe an ihn vom New Temple von London ausgezahlt wurde, als Gegenleistung für das Versprechen des vorgenannten Grafen, Geheimhaltung über die Geburt und Herkunft Bruder Richards, Ritter, Schüler von Bruder Thomas von Lincoln, zu bewahren. Gezeichnet und versiegelt am Tag nach dem Fest Mariä Himmelfahrt, im Jahre unseres Herrn 1307.«

Da stand sie, die Unterschrift des mächtigen Grafen, der Abdruck seines und des Siegels la Mores in Wachs, und danach in zittriger Handschrift der Name Thomas' von Lincoln.

Richards Augen starrten auf die Zeilen, als ob er durch sie hindurchsehen wollte, um ihre volle Bedeutung zu ergründen. Der Graf von Lancaster, soviel stand fest, war tief in dieses Geheimnis verwickelt, so tief sogar, daß er ohne weiteres den Tempel betreten konnte, um einem so untadeligen Ritter wie Thomas von Lincoln Geld abzupressen.

15. August: genau zwei Monate, bevor er ausgewiesen worden war

und zu hören bekommen hatte, er müsse fortan Glück und Ruhm woanders suchen, außerhalb des Tempels. Hatte Thomas von Lincoln gefürchtet, der habsüchtige Graf würde die Schatztruhe des Tempels plündern? War er deshalb auf den Gedanken gekommen, es wäre klüger, die Ursache dieses peinlichen Besuches aus der Welt zu schaffen?

Richard blickte von dem Pergament auf. Toeni studierte die Akanthus-Blätter an einem Kapitell in der Ecke beim Eingang. Hatte ihm Aymer nicht geschrieben, Thomas von Lincoln habe zugegeben, es sei ihm aufgetragen worden, Richard wegzuschicken? Und zwar durch seinen Vater! Nein, sein Weggang aus dem Tempel und diese Urkunde hatten wahrscheinlich nichts miteinander zu tun. Aber vielleicht hatten sie den Beschluß beschleunigt. Möglicherweise lief dieses krumme Geschäft schon seit Jahren, und der Graf hatte nach und nach ein Vermögen an sich gebracht. Aber warum sollte Thomas von Lincoln derart gewaltige Summen opfern, nur um ein unbedeutendes Geheimnis zu bewahren? Warum hatte er derart verfängliche Worte schriftlich niedergelegt und den Grafen sie außerdem noch unterzeichnen lassen, so daß nun der unumstößliche Beweis für diese schamlose Erpressung vorlag? Er sah in Gedanken, wie der kluge Alte den törichten Grafen so zu beschwatzen wußte, daß er ein Dokument unterzeichnete, das ihn kompromittieren mußte.

Richard begriff nun, warum Gilbert of Mansourah ihn vor Lancaster gewarnt hatte. Doch was hatte Gilbert von dem allem gewußt? Jedenfalls war es nicht bloßer Neid, der seinen Haß auf Richard genährt hatte. Vielmehr mußte er auf die eine oder andere Weise von den zweifelhaften Praktiken Lancasters gewußt haben – genug jedenfalls, um unter Einsatz seines eigenen Lebens zu verhindern, daß gerade er, Richard, ihr Anführer wurde. Aber er hatte den anderen die wahren Gründe seines Mißtrauens nicht zeigen können und darum seine Zuflucht bei wohlfeilen, vordergründigen Anschuldigungen gesucht, und er selbst hatte wohl richtig gehandelt, als er die alte Hexe in Portchester Castle hatte entkommen lassen.

Das Verlangen stieg in ihm auf, die Wahrheit aus dem Grafen von Lancaster herauszubekommen, ohne Rücksicht auf die Folgen.

Aber sogleich verwarf er diesen Plan. Er war dem Grafen nur einmal begegnet und konnte sich noch deutlich an ihn erinnern: Eine hagere Gestalt, lang und finster, mit stumpfen, groben Zügen. Ein kurz angebundener, begriffsstutziger Mann, doch von solcher Brutalität, daß er sein Pferd bis aufs Blut gespornt hatte.

Richards Mund verzog sich zu einem zynischen Lächeln. Der Graf würde ihn eher töten lassen, als ihm von dem Geheimnis zu erzählen, das auf seiner Geburt lastete.

In Gedanken versunken faltete Richard das Dokument zusammen und verbarg es unter seinem Hemd. Mit einer Handbewegung gebot er Toeni, das Kästchen samt Inhalt zurückzustellen und den Wandschrank wieder an seinen Platz zu hängen. Hierauf prüfte er, ob keine Spuren ihres nächtlichen Besuches zurückgeblieben waren, und schließlich kehrten sie auf dem gleichen Weg zurück, den sie gekommen waren.

Jetzt aber drohte das Glück sie zu verlassen. Keine vier Fuß vom Ausgang des Klosters entfernt stand ein Wächter.

»Wir sitzen in der Falle«, flüsterte Toeni, während er etwas zur Seite wich. Richard drückte seinem Gefährten beruhigend den Arm und glitt durch den Türspalt. Der Schlag mit dem kurzen, stumpfen Streitkolben war gut gezielt, und lautlos sackte der Wächter zusammen. Richard war schon dabei, ihm das lederne Wams auszuziehen.

»Zieh das an, schnell«, sagte er zu Toeni. Er drückte ihm den Spieß des Wächters in die Hand und gab ihm rasch ein paar Anweisungen. Es war keine Zeit zu verlieren. In wenigen Minuten würde die Wache abgelöst werden.

Während Toeni auf die Mauern zuschlich, schleifte Richard den Körper in den Gang des Klosters und schloß die Tür. Währenddessen kletterte Toeni die Treppe empor, die zum Wehrgang führte. Oben angelangt, erhob er ein lautes Geschrei:

»Räuber, Banditen«, gellte seine Stimme durch die Nacht. Dabei schwenkte er seinen Spieß wild in Richtung auf die Kirche. Als die Wächter dorthin schauten, ließ er schnell die Geldsäckchen auf der anderen Seite der Zinnen hinunterfallen. Niemand achtete auf ihn. Befehle wurden geschrien, Füße trappelten – und zwischen den Grabsteinen der Karmeliter bewegten sich zwei Gestalten vorsich-

tig auf die Stadt zu. Sie hatten Megs Bordell schon erreicht, als sich Toeni schnell abseilte, wobei er zu Gott betete, Richard möge ihm bald nachfolgen.
Der hatte in der allgemeinen Verwirrung unbehelligt den Wehrgang erreicht, mußte sich aber dort eilig verbergen. Jetzt wartete er kaltblütig den richtigen Moment ab.
In Frankreich war es schon heißer hergegangen, und es war nicht das erstemal, daß er sich aus einer üblen Lage retten mußte. Seine Hand tastete nach dem Gürtel und fand den kurzen Streitkolben, der ihm schon gute Dienste geleistet hatte. Er packte die Waffe fest mit der Hand und schleuderte sie mit kräftigem Schwung weit von sich weg. Sie schlug mit dumpfem Knall auf den Stalldächern auf. Sofort wandten sich die Wächter in Richtung des Geräusches, und Richard verließ sein Versteck. Aber in dem Augenblick, als er sich aufrichtete, um über die Brustwehr zu klettern, wurde er angerufen. Man hatte ihn entdeckt.
Richard zögerte keinen Augenblick. Mit einem Satz sprang er auf die hohe Brustwehr, griff nach dem Seil und ließ sich einhändig daran hinunter. Drinnen rief man nach Fackeln, und Stiefel polterten die Treppe empor. Jemand zog am Seil, um ihn wieder emporzuziehen, doch dann klang Stahl auf Stein, das Seil gab nach, und Richard stürzte aus etwa vier Metern Höhe zu Boden.
Der Aufprall raubte ihm für einen Moment den Atem, doch sofort war er auf den Beinen. Stolpernd und strauchelnd hastete er zwischen den Grabsteinen auf die Reihe der schwacherhellten Fenster zu, während hinter ihm die Pfeile zischten.
Es waren die starken Arme von Lawrence de Toeni, die ihn durch Megs Speicherluke emporzogen. Keuchend stützte er seinen gesunden Arm auf Toenis Schulter und sagte:
»Ich fürchte, wir haben die Karmeliter aufgeweckt.«

16. KAPITEL

*There is a tide in the affairs of women, which, taken at the flood, leads – God knows where.**

Lord Byron – Don Juan

Die ersten Strahlen der Sonne berührten die in ihrem Schein aufglühenden Felder um Westminster Castle, als Richard die Zügel anzog. Es würde ein warmer Spätsommertag werden. Er betrachtete die Mauern und Tore des königlichen Schlosses und ritt langsam weiter bis zur Zugbrücke.

»Ich bringe einen Bericht für die Frau von Lyons-la-Forêt, Hofdame der Königin«, sagte er und zeigte dem Torwächter das Siegel von Lyons-la-Forêt – einen Abdruck des großen Ringes, den Aymer am linken Daumen trug.

Ohne Umstände wurde er eingelassen. Dankbar steckte Pilgrim den Kopf in den Hafersack, als Richard ihn in den Ställen zurückließ und das Schloß betrat. Bereitwillig führte man ihn zu Blanches Gemächern.

Westminster Castle unterschied sich beträchtlich vom Tower von London. Es war nicht so trutzig und abweisend, auch wimmelte es hier nicht dauernd von Beamten, denen die Verwaltung des Königreichs oblag: den Münzmeistern, den Juristen und ihren Schreibern. Es lag im offenen Land, weit weg von der stinkenden Stadt, deren Gräben an einem Tag wie diesem faulig rochen.

Blanche stand am Fenster, blickte hinaus und wartete darauf, daß die ersten Sonnenstrahlen in ihr Zimmer fielen. Sie unterdrückte einen Schrei der Überraschung, als Richard über die Schwelle trat.

* Es gibt Gezeiten in den Gefühlen der Frauen, und wenn die Flut kommt, führt sie sie Gott weiß wohin.

»Madame«, sagte er mit eleganter Verbeugung. Der schwarze Mantel fiel auseinander und enthüllte den Surcot und das seidene Hemd, die er darunter trug. Der Schildknappe und die beiden Dienstmägde, die im Raum waren, zogen sich auf einen Wink von Blanche zurück.

»Willkommen in Westminster, Herr Ritter. Ich habe Euch nicht so bald erwartet. Es ist gut, Euch hier zu sehen«, sagte sie freundlich und hob die glänzenden Augen zu ihm auf. Aber sogleich erstarb ihr das Lächeln auf den Mundwinkeln wieder.

»Seid Ihr verwundet?« fragte sie mit einem Blick auf den Arm in dem schwarzen Tragetuch.

»Stellt bitte keine Fragen«, antwortete er freundlich. »Eine Wunde, nichts weiter. In ein paar Wochen kann ich den Arm wieder gebrauchen.«

»Vergebt mir meine Neugierde, Herr Ritter.«

Wie hatte er sich seit jenem Tag in Lyons-la-Forêt verändert! Sie konnte die Entbehrungen, die Schrecken und die Enttäuschungen, die er erlebt hatte, aus den tiefeingegrabenen Furchen auf seinem Gesicht lesen. Aber sein harter Blick verriet die Kraft eines unbeugsamen Willens, der sich niemals unterwerfen würde. Er war ein Templer durch und durch. Hatte sich nicht Thomas von Lincoln so über ihn geäußert, das einzige Mal, als er in aller Offenheit seiner tiefen Zuneigung zu ihm Ausdruck gab? Für sie, die schöne Blanche von Lyons-la-Forêt, die stets bekam, was sie wollte, war ein solcher Mann ein Rätsel, eine unwiderstehliche Herausforderung. Ein Ritter, der die Stirn hatte, einer verführerischen Frau wie ihr zu widerstehen! In einem solchen Fall mußte sie einfach feststellen, ob er sich dem Diktat seines Körpers entziehen konnte. Und sie hatte es festgestellt. Doch nun, Auge in Auge mit Richard in ihrem Zimmer in Westminster Castle, allein nach Aymers Abreise, die nun schon Wochen zurücklag, lockte sie das Spiel von neuem. Langsam stahl sich das Lächeln auf ihren roten Mund zurück. Sie trat auf ihn zu und legte ihm die Hand auf den Arm.

»Ihr seht müde aus«, sagte sie. »Ich will Wein für Euch kommen lassen.«

Er blickte nachdenklich in ihre dunklen Augen und kam zu dem Schluß, daß Wein nichts Böses sein konnte.

»Ich bitte Euch, gerne.«
»Ihr seid hier sicher. Bleibt und ruht Euch etwas aus«, fügte sie hinzu, während sie zur Tür ging, um ihren Bedienten zu rufen. Als der Wein gebracht war und der Page sich zurückgezogen hatte, füllte Blanche zwei Becher bis zum Rand und reichte ihm den einen. Er schloß die Hand um das Zinn und leerte den Becher in einem Zug bis zur Hälfte. Er fühlte, wie die Flüssigkeit durch seine Kehle rann und die Wärme in ihm aufstieg.
»Wie geht es unserem König? Kommt er jetzt mit seiner französischen Gemahlin aus?« erkundigte er sich lebhaft.
»Sie sind schlimmer denn je, alle beide«, lachte Blanche und setzte sich auf einen Schemel am Fenster. »Der König schmollt, weil er seinen Günstling verloren hat, und die Königin macht kein Hehl daraus, daß ihr die Abwesenheit von Bruder Perrot sehr angenehm ist, und kommt allen Versuchen des Königs zuvor, ihn an den Hof zurückzubringen. Sie sind wie Hund und Katze, und doch beklagt Isabella in den Briefen an ihren Vater, daß Edward ihr Bett meidet.«
»Ich kann Edwards Abneigung gut verstehen. Sie ist doch noch ein Kind.«
»Ein Kind? Ihr habt sie doch gesehen! Sie ist ausnehmend hübsch.«
»Aber launisch, verwöhnt und hochmütig«, ergänzte Richard.
»Ihr dürft nicht vergessen, daß sie ein ums andere Mal von Gaveston und indirekt auch von Edward beleidigt wurde. Ma foi! Kaum hatte sie ihren Fuß auf englischen Boden gesetzt, als Edward sie im Beisein des ganzen Hofes stehen ließ, um Gaveston zu umarmen – Gaveston, der wie gewöhnlich königlicher herausgeputzt war als der König selbst! Wißt Ihr übrigens, daß Piers als Großsiegelbewahrer, während Edward in Boulogne war, um Isabella zu heiraten, eine große Zahl Blanko-Urkunden mit dem königlichen Siegel gezeichnet hat?«
Richard schaute sie ungläubig an.
»Es ist wahr«, bekräftigte Blanche. »Und jetzt trägt er die Juwelen, die Edward von König Philipp als Teil des Brautschatzes erhielt.«
Richards tiefes Lachen erfüllte den Raum. »Kein Wunder, daß sich Philipp mit den Anführern der englischen Barone gegen Edward zusammentut.«

Blanche lachte und trat dicht zu ihm, um seinen Becher zum zweiten Mal zu füllen. Als er den Arm hob und den Becher an die Lippen führte, strich sie ihm über den seidenen Ärmel.

»Diese Kleider machen einen anderen Menschen aus Euch«, sagte sie. »Die Damen am Hof fragen sich immer noch, wer der schöne Edelmann war, der mich in die Kirche in Portchester Castle geleitete. Wärt Ihr ein freier Mann, nicht gebunden an den Eid Eures Ordens, Ihr würdet sie eine nach der anderen bekommen können.« Sie wollte seiner Eitelkeit schmeicheln, aber ihre List verfing nicht.

Ihr Körper hungerte nach einem Mann – nach ihm. Aber er blickte wie durch sie hindurch ins Leere.

Mit einem Seufzer sank sie auf ihr Ruhelager nieder. Par Dieu! Was war nur mit ihr los? War sie nicht mehr fähig, einen Mann zu verführen?

Mit drei langen Schritten war er bei ihr, und sie sah, wie seine Hand zurückzuckte, ehe sie sich auf ihre bloße Schulter legte.

»Habe ich Euch zu sehr ermüdet?« hörte sie ihn sagen, und ohne ein Wort nahm sie seine Hand in die ihre und küßte die Handfläche.

Die Berührung ihrer warmen Lippen durchfuhr jäh seinen Körper, aber er ließ es zu, daß sie seine Hand liebkoste.

»Fühlt Ihr Euch hier sehr unglücklich?« fragte er leise.

Sie lachte, fast verlegen.

»Einsam«, antwortete sie, gerade noch hörbar. »Und es ist so langweilig hier.« Sie hoffte, daß seine Phantasie ihm sagen würde, warum, doch er verstand sie anders. Im Schloß Westminster herrschte genug Leben, und doch konnte man sich unermeßlich verloren darin vorkommen. Richard bat Gott, Er möge ihm vergeben und nahm ihre Hände in die seinen.

»Einsam vielleicht«, sagte er leise, »aber die, die Euch liebhaben, sind in Gedanken bei Euch, vor allem jetzt.«

Unmittelbar danach stand er auf. »Ich muß Euch nun verlassen.«

»Werdet Ihr bald wiederkommen?« flehte sie. Er nickte, warf den Mantel um, verbeugte sich tief und war verschwunden.

Mitte Oktober kehrte Richard wieder nach London zurück und traf Blanche im Garten hinter dem Haus eines reichen französischen Schneiders. Den Tag zuvor hatte er ihr seinen Besuch angekündigt. Beim Lesen dieser Mitteilung hatten ihre bleichen Wangen Farbe bekommen.

Richard stand am äußersten Ende des Gartens, wo sich die Grasfläche sanft zur Themse hinabneigte. Seine dunkle Kleidung wirkte düster vor den farbenprächtigen Blumen des Gartens. Als er das Rauschen ihres Gewandes hörte, drehte er sich um und deutete eine Verbeugung an.

Ehe er sich versah, hatte sie ihm die Arme um den Hals geschlungen und küßte ihn auf beide Wangen.

»Seid Ihr so einsam gewesen?« scherzte er, und beide lachten.

»Oh, Richard, es ist so lange her«, seufzte sie, und als er ihr den Arm bot, lehnte sie sich leicht darauf, genau wie an dem Tag, als er sie zur Kirche der Heiligen Maria geleitet hatte.

»Wir haben eine harte Zeit hinter uns, aber das Netz beginnt jetzt zu funktionieren«, erwiderte er.

Langsam wandelten sie auf dem schmalen Gartenpfad auf und ab, der von Blumenbeeten und Ziersträuchern gesäumt war.

»Ich ginge lieber heute als morgen nach Frankreich zurück«, vertraute er ihr an, »aber ich bin mir meiner Leute noch nicht sicher. Aber wie steht's mit Euch, Madame? Sorgt man gut für Euch? Werdet Ihr in guten Händen sein, wenn es soweit ist?«

»Die Königin hat mir die Dienste ihres eigenen Leibarztes zugesagt. Er ist schon bei mir gewesen, und alles geht ausgezeichnet. Und ich werde eine französische Hebamme haben. Es gibt also keinen Grund zur Besorgnis.«

»Wenn es etwas gibt, was ich für Euch tun kann – ich bin Euer Diener, Madame.«

»Ist die Last, die Ihr tragt, noch immer nicht schwer genug? Nein, ich treibe keinen Spott mit Euch, bester Feund. Ich weiß, daß Ihr nur allzu aufmerksam und besorgt seid. Ihr seid ein Ritter mit Takt und Zartgefühl.« Sie zögerte etwas, bevor sie fortfuhr. »Ich möchte Euch etwas fragen. Erzählt mir doch, wart Ihr es, der in den Tempel einbrach?«

Richard nickte kurz, und sie lachte.

»Ich habe es sofort vermutet. Sie wissen bis heute noch nicht, was Ihr gestohlen habt, aber immerhin, daß Ihr etwas gestohlen habt.«

»Es war ein Vermögen«, antwortete Richard schlicht. »Wir konnten Kleidung, Waffen, Pferde und eine Anzahl wertvoller Verbindungsleute damit kaufen.«
Eine Stille trat ein, während sie über die Themse auf das grüne Land hinausblickten.
»Neuigkeiten von Aymer?« fragte er.
Sie hob die Schultern. »In Frankreich hat sich wenig geändert.«
»Bis jetzt können wir zufrieden sein. Wenn aber die Dinge eine Wendung zum Schlechteren nehmen, werde ich die Hölle in Bewegung setzen«, sagte er heftig.
Blanche warf ihm von der Seite einen Blick zu, und es wurde ihr klar, daß er meinte, was er sagte. Sie fühlte plötzlich den Wunsch, ihre Hand zurückzuziehen, die leicht auf seinem Arm ruhte, aber sie unterdrückte ihn. Wie hatte sie jemals glauben können, daß sie diesen Mann kannte!
»Mit 25 Mann?« fragte sie vorsichtig.
»Allein, wenn es sein muß. Wir müssen dafür sorgen, daß die Welt, in der Euer Sohn aufwächst, besser ist als die, in der wir leben, Madame.«

Er besuchte sie wieder am Ende dieses Monats, als die Tage kürzer wurden und das Laub im Garten sich braun, gelb und rot färbte. In fliegendem Galopp war er von Gloucester aus nach Osten geritten, nur um sie für eine halbe Stunde im Hinterzimmer eines Londoner Spitzenkaufmanns zu treffen, wo sie noch einige Kleinigkeiten für ihr Kind aussuchte.
»Geht alles nach Wunsch?« fragte er. »War der Ritt in die Stadt nicht zu anstrengend für Euch?«
»Gar nicht. Es steht mir ein sehr bequemes Fahrzeug zur Verfügung.«
Er lachte freundlich, als er ihre gesunde Röte sah.
»Das nächste Mal besuche ich Euch in Windsor«, sagte er.
»Das dürft Ihr nicht. Es ist viel zu gefährlich für Euch, dorthin zu kommen.«
Richard nahm ein dünnes Stückchen Gazestoff und hielt es in die Höhe. »Das ist eine Schloßmauer.« Er stieß mit den Fingern hindurch und lachte. »So – und wieder zurück. Bleibt während der

Messe an Allerheiligen in Eurem Zimmer. Ich werde dort sein.« Sie ergriff seine Hand und drückte sie zwischen ihren warmen Handflächen.
»Es gab eine Zeit, wo ich Euch die Augen hätte auskratzen können. Und Ihr wußtet es. Warum seid Ihr so gut zu mir?«
»Weil Ihr die Frau meines besten Freundes seid. Ich liebe Aymer, wie ich einen Bruder geliebt hätte. Und Euch liebe ich, wie ich eine Schwester geliebt hätte.«
Es war eine ebenso diplomatische wie ehrliche Antwort. Blanche zeigte ihm ein strahlendes Lächeln und preßte den Rücken seiner Hand gegen ihre errötende Wange. Immer noch suchte sie nach einer Möglichkeit, diesen unwiderstehlichen Mann zu verführen, ihn zu erobern. Der unbeugsame Ritter mit seiner unberührbaren Keuschheit war schon fast zu einer fixen Idee für sie geworden. Sie mußte dieses Spiel einfach spielen, das sie so lockte.
So nahm sie seine Hand von der Wange und drückte sie an ihre Brüste.
»Ihr müßt mich häufiger besuchen, Richard. Ich brauche Euch«, flüsterte sie.
Er fühlte den Drang, seine Hand wegzuziehen, tat es aber nicht, aus Angst, ihre Gefühle zu verletzen.
»Euer Wunsch ist mir Befehl, Madame. Bekomme ich nun meine Hand zurück?«
In einer plötzlichen Aufwallung sprang sie auf und schlang die Arme um seinen Hals. »Ich habe es gar nicht gern, wenn Ihr geht. Ich sehne mich immerzu nach Euch.«
Er umfaßte ihre Gelenke, um sich aus ihrer Umarmung zu lösen.
»Küß mich, Richard«, flehte sie. »So lange schon habe ich nicht mehr die Lippen eines Mannes auf den meinen gespürt.«
»Madame«, erklärte er ernst, »ich bin ein Mönch. Ich habe den strengsten Eid der Christenheit zum Zölibat geschworen. Bringt mich nicht in Versuchung.« Der Duft ihres Parfüms betäubte ihn.
»Ihr sagtet, ich sei für Euch wie eine Schwester«, hielt sie ihm lachend entgegen.
»Und wenn Ihr meine Mutter wärt, würde ich Euch nicht küssen. Eigentlich dürfte ich gar nicht hier sein.«
Es hatte eine Zeit gegeben, wo eine solche Antwort sie in flam-

mende Wut versetzt hätte. Nun aber schlug sie die Augen nieder und starrte auf seinen ledernen Gürtel.
»Warum weicht Ihr mir aus, Richard? Gefalle ich Euch nicht? Wir könnten einander lieben, Ihr und ich.«
Ihre Worte machten ihn sprachlos. Er straffte den Rücken und blickte sie streng an. Man müßte ihr einfach den Mund zuhalten, dachte er, aber er wagte es nicht.
»Komm, Richard«, lockte sie weiter, »ich will geliebt werden! Euer Bett ist ebenso kalt und einsam wie das meine.«
»Ihr seid sehr begehrenswert«, sagte er langsam. »Aymer liebt Euch. Seine Liebe wärmt Euch. Auch, wenn er Euer Bett nicht teilen kann.«
Sie nickte und plötzlich lachte sie auf.
»Mein Gott, warum um Himmels Willen haben sie Euch in ein Kloster gesteckt? Gott durfte einen so hübschen Burschen doch nicht für sich selbst reservieren! Ein Mönch, der zu gut aussieht, ist ein Fluch für sich selbst und für die Frauen, die seinen Weg kreuzen.«
»Unsere Regeln sind unmißverständlich, Madame«, entgegnete er bestimmt. »Das weiße Kleid ist ihr Symbol.«

Allerheiligen ertrank in einem unaufhörlichen Sturzregen. Von Blanches Fenster aus betrachtete Richard durch einen grauen Regenvorhang die ihn umringenden Mauern. Es waren kaum Wächter zu sehen. Die meisten wohnten der Messe in der Kapelle bei oder verkrochen sich in den Wachtürmen.
So war er problemlos unbemerkt durch die Hinterpforte hineingekommen.
»König Edward wird sich in der zugigen Kapelle noch erkälten«, brummte er mißgelaunt, denn er fröstelte in den nassen Kleidern.
Blanche lag auf ihrem Ruhebett und lachte.
»Seit Ihr hier seid, verwünscht Ihr nun schon das Wetter, während doch direkt hinter Euch die Sonne scheint.«
Er drehte sich nach ihr um, amüsiert über den versteckten Vorwurf.
»Eure Bescheidenheit ziert Euch, Madame.«
»Erzählt mir doch, wie haltet Ihr es aus bei solch bestialischem

Wetter? Man könnte schwören, daß Ihr den ganzen Winter hindurch krank seid.«

»Hier in England haben die meisten von uns jetzt eine feste Bleibe. In Frankreich ist das schwieriger. Das Leben eines Flüchtlings ist hart. Wir haben an einigen Stellen Hütten unter der Erde gebaut, gut abgestützt und mit genügend Vorräten und Raum. Bei Gefahr und besonders schlechtem Wetter bieten sie guten Schutz.«

»Und wovon lebt Ihr?«

»Ich esse, was ich am Weg finde, Früchte des Waldes, eßbare Pflanzen und Pilze, Nüsse, Äpfel.«

»Äpfel? Das ist Schweinefutter.«

Er lachte.

»Und manchmal einen Fasan oder anderes Kleingetier.«

Wieder ertönte dieses Lachen.

»Pfui, Templer, Ihr dürft nicht jagen. Man wird Euch noch einmal wegen Wilderei erwischen.«

»Dafür werde ich lieber erwischt als für alles andere. Übrigens habe ich mir alles gut schmecken lassen. Kennt Ihr die Gewürze und Kräuter, die wir aus dem Osten eingeführt haben?«

Sie nickte.

»Ihr müßt im Tempel vortrefflich gespeist haben.«

»Da täuscht Ihr Euch. Meistens gab es an den fleischlosen Tagen nur einfachen Gemüseeintopf. Die meisten der exotischen Kräuter habe ich nur gerochen. Im Refektorium war Luxus ebenso verpönt wie im übrigen Tempel.«

Blanche war damit nicht einverstanden.

»Warum soll ein Mönch seine Speisen nicht etwas schmackhafter zubereiten, um so mehr, da er sich doch vier Tage die Woche des Fleisches enthalten muß?«

»Madame, es war der heilige Bernhard von Clairvaux selbst, der die Eßgewohnheiten der Klöster verurteilte und uns die Regeln gab. Er schrieb: Weil wir eine Abneigung gegen einfache Nahrung, wie sie die Natur uns schenkt, haben, wecken wir die Eßlust durch allerlei unnatürlichen Geschmack, wobei die Speisen auf unzählige Arten miteinander gemischt und der natürliche Geschmack, den Gott den Dingen beigelegt hat, verdorben wird! Wollt Ihr diese Weisheit bezweifeln?«

Als sie den Kopf schüttelte, fuhr Richard fort:
»Gut. Deshalb also esse ich rohe Äpfel, und ich muß Euch sagen, daß Gott einen guten Geschmack hat. Genauso die Schweine.«
»Ihr macht mir Spaß«, lachte Blanche.
Er setzte sich auf einen Schemel am Fußende des Bettes und hörte, was sie zu berichten wußte.
»Der König sprach vor einigen Tagen mit Hochachtung über Euch. Ich fragte ihn, warum er – wenn er eine so hohe Meinung von Euch habe – nicht versuche, den Papst zur Aufhebung des Bannfluches über Euch zu bewegen.«
»Was sagte er?«
»Er reagierte fast gereizt, sagte, er sei dabei, mit dem Papst über die Frage des Banns über den aus England verbannten Piers de Gaveston zu verhandeln, und er wolle nicht riskieren, seine Chancen durch eine so unmögliche Bitte zu gefährden. Ich drang nicht weiter in ihn aus Angst, meine enge Beziehung zu Euch zu verraten. Noch vermutet niemand, daß ich regelmäßig mit Euch in Verbindung stehe.«
Richard zuckte mit den Schultern, aber seine Gleichgültigkeit war nur äußerlich.
»Er erzählte mir«, fuhr Blanche fort, »er habe sogar an Philipp den Schönen geschrieben und ihn um Hilfe gebeten.«
Mit ungläubigem Staunen blickte ihr Richard kurz ins Gesicht. Darauf erfüllte aufs neue sein tiefes Gelächter das Zimmer. Blanche schaute ihn lange an. Noch nie hatte sie ihn so fröhlich und sorglos gesehen.
»Edward ist närrisch, bequem und vergnügungssüchtig. Er hätte ein Spielmann oder Vagant werden sollen.«
»Achtet auf Eure Worte, Richard, um Gottes willen. Das Leben bei Hofe hat mich gelehrt, daß es gefährlich ist zu sagen, was man denkt.«
»Sogar, wenn es zufällig die Wahrheit ist.«
»Vor allem, wenn es die Wahrheit ist«, verbesserte sie ihn.
»Ja, bei allem, was ich über ihn gehört habe, glaube ich, daß er sich mehr um seinen Günstling kümmert als um das Wohl und Wehe seines Volkes. Er kämpft härter darum, seinen Bruder Perrot an den Hof zurückzubringen, als die Rechte seiner Untertanen zu

verteidigen. Warum ist dieser verfluchte Narr nicht mit dem Herzen seines Vaters nach Palästina geritten!«
Blanche wandte begütigend ein: »Edward ist ein freundlicher Mensch und sehr warmherzig. Er kann keiner Fliege etwas zuleide tun. Und die schöne Isabella ist zu perfekt und zu kühl. Sie paßt nicht zu seinem schlichten Bedürfnis nach Liebe. Seine Tragik ist, daß er als Prinz geboren wurde. Oft habe ich ihn seufzen hören, warum man ständig von ihm verlange, er solle wie sein Vater sein. Warum dürfe er nicht er selbst sein? Er ist so jungenhaft, kaum erwachsen, und ich bezweifle, daß er es jemals wird.«
»Ihr habt recht«, sagte Richard, ruhiger geworden. Blanche wechselte das Thema. »Ich denke, daß ich mir ein Haus nahe am Westminster Palast bauen werde. Es ist näher an London und nahe genug bei der königlichen Familie. Ich fürchte, daß ich lange genug in diesem Land bleiben muß, um ein eigenes Haus zu kaufen. Ich habe nicht den Mut, nach Frankreich zurückzukehren, solange Philipp dort das Zepter führt. Denkt Ihr, es ist vernünftig, einen so großen Betrag in ein Haus bei London zu investieren?«
Er dachte kurz nach. Schließlich sagte er: »Ich denke, daß Ihr es tun müßt. Ihr habt dann zumindest die Möglichkeit, jeden zu empfangen, den Ihr wollt, ohne daß sich die anderen in Eure Angelegenheiten mischen.«
»Ach, Ihr denkt nur an Euch selbst. Ihr wollt mir einfach Eure Meinung nicht im Ernst sagen.«
»Vielleicht war ich doch ernst genug, mit Verlaub«, antwortete er. »Ich habe schon genug Mühe damit, mir die weltliche Gerichtsbarkeit vom Leibe zu halten und die Kirche dazu, auch ohne meine regelmäßigen Besuche bei Euch. Was die Finanzen betrifft, so möchte ich bemerken, daß es eine kluge Investition sein würde. Die Bürger Londons gewinnen Jahr für Jahr an Einfluß und Wohlstand. Ihr werdet das Haus später gut verkaufen können.«
Er stand auf und machte eine kurze Verbeugung.
»Madame, ich muß Abschied von Euch nehmen. In einigen Tagen kehre ich nach Frankreich zurück.«
Enttäuschung war auf ihrem Gesicht zu lesen.
»Ist etwas geschehen, was Euch dorthin ruft?« fragte sie gespannt.
»Nein, ich habe meine Arbeit hier beendet. Alles geht nach

Wunsch. Die ernsteste Klage unserer gefangenen Brüder hier ist, daß die Zulage, die sie aus dem Eigentum des Ordens empfangen, ihnen nicht erlaubt, regelmäßig ihre Kleidung waschen zu lassen.« Er lachte bitter.
»Ich gehe nach Frankreich, um Vorbereitungen für den Prozeß gegen den Orden zu treffen.«
Blanche war nun auch aufgestanden. Die Wölbung ihres Leibes war deutlich sichtbar. Es würde noch drei Monate dauern.
»Wart Ihr deshalb heute so fröhlich?«
»Nein, Ihr wart es, die mich die Wirklichkeit für eine kurze Zeit vergessen ließ. Wollt Ihr, daß ich Aymer ein paar Worte von Euch überbringe? Ich werde ihm sicher begegnen.«
Sie zögerte einen Augenblick, etwas verwirrt. Natürlich, es war ihre Pflicht, Aymer wissen zu lassen, daß ihre Schwangerschaft ohne Komplikationen verlief. Aber ihre Gedanken waren bei der Abreise des Mannes, der jetzt neben ihr stand. Sie griff hastig nach einem Pergament und einem Gänsekiel.
»Nicht schriftlich«, sagte Richard. »Ich überbringe es lieber mündlich.«
Sie nickte zustimmend. Das Kind in ihrem Leibe war durch die plötzliche Bewegung der Mutter wachgerüttelt worden und begann ungeduldig zu strampeln.
»Sagt ihm, daß ich mich wohlbefinde«, sagte sie geistesabwesend, »daß ich ihn vermisse, vor allem jetzt, da Ihr mich verlassen müßt. Und daß ich die Tage zähle, bis Ihr... er zurückkommt. Oh Gott, Richard. Eure Besuche haben mir so gutgetan. Paßt gut auf Euch auf.«
Sie schlang ihre Arme um ihn und fühlte, wie er seine Hände auf ihre Schultern legte nicht um sie von sich wegzustoßen, sondern um sie zu umarmen. Ihr echter Kummer um seine Abreise bewegte ihn mehr als ihre unverblümten Avancen während seines vorigen Besuches.
»Lebt wohl, Madame, Gott behüte Euch«, sagte er so dicht bei ihr, daß sie seinen Atem fühlen konnte. Dann trat er eilig zurück, machte eine leichte Verbeugung und verschwand.
Richard verließ England eine Woche später als geplant. Einer der Brüder des Londoner Tempels starb am 1. November in seinem

Gefängnis. Es war Hugh de Kirketoft, der nur zehn Monate Gefangenschaft überlebt hatte, und Richard hatte Toeni sofort den Auftrag gegeben, die Ursache für den Tod dieses Templers zu erforschen. Sobald er mit einiger Sicherheit wußte, daß Bruder Hugh eines natürlichen Todes gestorben war, schiffte er sich zur Überfahrt nach Frankreich ein.

Während seiner dreimonatigen Abwesenheit war dort wenig geschehen. Nach dem turbulenten ersten halben Jahr seit der Verhaftung der französischen Brüder hatten sich die Diplomaten längst wichtigeren Fragen zugewandt, und im täglichen Leben sowohl der Gefangenen als auch ihrer untergetauchten Brüder war das Ungewöhnliche zur Gewohnheit geworden. Deshalb löste Ende Dezember die Nachricht, es sei eine neue Bulle unterwegs, einen Schock aus. Eilig wurde in einem Versteck tief im Forêt d'Amboise ein Kapitel zusammengerufen. In dem niedrigen, in Halbdunkel gehüllten Raum unter dem Dach aus Lehm, Zweigen und moosbewachsener Erde konnte Richard die gespannten Gesichter kaum unterscheiden. Nachdem er der Tradition gemäß das Kapitel mit dem Vaterunser eröffnet hatte, forderte er einen der Ritter auf, zu sprechen.

»Was wir in Toulouse in Erfahrung gebracht haben«, begann dieser, »ist, daß Seine Heiligkeit in kurzem eine Bulle erlassen wird, worin er einem jeden verbietet, die angeklagten Templer zu unterstützen, zu befreien, zu verstecken oder ihnen sonst mit Rat und Tat behilflich zu sein. Ja, man sei statt dessen verpflichtet, sie zu verhaften und den Inquisitoren auszuliefern. Alle, die den Templern Rat oder Hilfe gewähren, bedroht er mit Exkommunikation. Nicht einmal die bischöflichen Eminenzen sind davon ausgenommen.«

Richard gab seinen Brüdern Gelegenheit, ihre Gedanken zu äußern. Die meisten bezogen den Text der Bulle auf sich selbst, auf die aktive Rolle, die sie im vergangenen Jahr gespielt hatten. Wurden sie also selbst durch den Papst unmittelbar mit Exkommunikation bedroht?

»Sire«, sagten sie zu Richard, »Ihr seid vor vier Monaten in den Bann getan worden. Verlangt Ihr von uns, daß wir dasselbe Schicksal auf uns nehmen?«

Ohne ein Wort zu sagen, hörte Richard zu, wie ihnen allmählich klar wurde, daß die plötzlich feindselige Haltung des Papstes den mühsam aufgebauten Widerstand bedrohte. Die Brüder aus den Kurfürstentümern am Rhein, die freie Männer geblieben waren und nicht verfolgt wurden, würden jetzt jede Unterstützung verweigern, und jene in Kastilien würden das Urteil des bischöflichen Konzils von Salamanca, das wahrscheinlich zu ihren Gunsten ausfiel, nicht gefährden wollen. Und auch die Templer jenseits der Alpen, die einst mit den lombardischen Bankiers konkurriert hatten, würden bemerken, daß der Wind sich gedreht hatte, und jede Provokation des Klerus vermeiden.

»Seigneurs-frères«, erklang Richards Stimme, als alle ihre Meinung geäußert hatten. »Ich glaube, daß wir zwei Dinge deutlich voneinander trennen müssen. Wenn Eure Information über den Text der zu erwartenden Bulle zuverlässig ist...« sie nickten bestätigend... »dann muß ich in erster Linie annehmen, daß es sich um eine vorsichtige Warnung an die Adresse der Bischöfe handelt, die im Augenblick über das Schicksal unserer gefangenen Brüder befinden. Es ist ein nur zu deutlicher Beweis, wie weit sich Papst Clemens durch Philipp hat drängen lassen.

Das zweite ist: Ich glaube nicht, daß sich diese Bulle unmittelbar auf uns bezieht. Jedenfalls würde ich mich sehr geschmeichelt fühlen, wenn man meine Handvoll Leute für so wichtig hielte. Aber der Text scheint so formuliert zu sein, daß die Bulle doch jederzeit auf uns angewendet werden kann. Und das wird auch sicher geschehen, sobald sich dazu die Gelegenheit bietet. Deshalb möchte ich hier jedes Mißverständnis ausschließen. Für mich gibt es keine Wahl. Es gibt keinen anderen Weg als den, den wir eingeschlagen haben. Wir werden niemanden herausfordern. Aber wenn uns die Umstände dazu zwingen, werden wir dieser Strafe nicht aus dem Weg gehen. Befinden sich unsere gefangenen Brüder nicht in der gleichen Lage? Werden nicht alle, die im Gefängnis sterben, außerhalb geweihter Erde begraben? Wenn uns ihr Schicksal wirklich zu Herzen geht, müssen wir es auch mit ihnen teilen.«

»Könnten wir nicht einer Menge Schwierigkeiten zuvorkommen, wenn wir hierüber mit dem Papst selbst sprechen? Das wäre eine einfachere Lösung, als abzuwarten, bis das Unvermeidliche geschieht. Eine einmal ausgesprochene Exkommunikation ist nicht so einfach wieder aufzuheben.«

Richard blickte den Bruder, der gesprochen hatte, forschend an.

»Ich bin bereit, jedes Risiko auf mich zu nehmen«, sagte er bitter, »doch kein nutzloses. Papst Clemens ist nur eine Schachfigur in Philipps Händen. Seine Heiligkeit kann es sich nicht erlauben, gnädig zu sein.«

»Der Heilige Vater versucht schon, sich dem Griff des Königs zu entziehen. Er hat Poitiers bereits verlassen. Wie verlautet, ist seine neue Residenz Avignon.«

»Um welchen Preis, Bruder?« unterbrach ihn Richard. »Es kostet ihn eine neue Bulle, um der Gefangenschaft in Poitiers zu entrinnen. Clemens hat nicht gezögert, uns für seine Freiheit bluten zu lassen. Warum sollte er seine soeben gewonnene Freiheit wieder aufs Spiel setzen und sich auf seine Versprechungen besinnen? Mit dem gleichen Ziel habe ich schon einmal meinen Hals in die Schlinge gesteckt – ohne Ergebnis. Er hat sich meines Anliegens nicht angenommen. Der Papst wünscht keine Märtyrer, die Freiheit und Leben für die Wahrheit des Tempels opfern. Er inszenierte meine Flucht, um ein reines Gewissen zu haben – so, als ob meine Vorsprache nie stattgefunden hätte. Dieser Papst hat vielleicht ein Herz, aber kein Rückgrat, und sicher keine Skrupel.« Seine Stimme klang verbittert.

»Aber wenn du zu diesem Zeitpunkt persönlich am päpstlichen Hof erscheinst, wird das seinen Eindruck nicht verfehlen«, hielt ihm ein anderer Ritter vor. »Vor allem, wenn du im Büßergewand auftrittst.«

»Wenn ich den Papst aufsuche, wird das nicht im Büßergewand geschehen, sondern in der weißen Chlamys. Ich habe nichts zu bereuen und verachte Heuchelei. Wo ist Papst Clemens jetzt?«

»In Toulouse.«

Die Falte zwischen seinen Augen verriet ihnen, daß der Komtur ernstlich böse war. »Ich werde dort sein, aber nicht, um auf Knien um Gnade zu flehen, sondern um ihm zu erzählen, daß wir uns von seinen Machtdemonstrationen nicht beeindrucken lassen. Wollen diejenigen, die dafür sind, ihre Hand heben!«

Er war nicht überrascht, als beinahe alle die Hand hoben.
»Ich brauche dreißig Männer, gut bewaffnet, und ebenso viele schnelle Pferde«, sagte er und drehte sich mit weitem Schwung seines schwarzen Mantels um.
»Ferrand, du gehst mit mir«, sagte er. »Dich kann ich nicht entbehren.«
Noch vor Ende der Woche traf er in Toulouse ein und trat vor den Papst. Wie er es gesagt hatte, trug er die weiße Kutte mit dem roten Tatzenkreuz auf der Brust, teilweise bedeckt von dem weiten, ebenfalls makellos weißen Mantel, der das gleiche Kreuz auf der linken Schulter hatte. Um die Mitte wurde das Habit von der Kordel zusammengehalten, dem Strick, der den geweihten Ritter an sein Zölibatsgelöbnis erinnern sollte. Auf ein Knie gesunken, die rechte Hand am Knauf seines Schwertes, sprach er mit lauter Stimme:
»Heiliger Vater, ich bin gekommen, um im Namen meiner Brüder zu sprechen, die sich durch die Bulle, die in kurzem von Euch veröffentlich werden soll, bedroht fühlen. Es ist meine Pflicht, Euch mitzuteilen, daß wir – es sei denn, Ihr seid bereit, Euren Entschluß noch einmal zu revidieren – es uns nicht erlauben können, durch Drohungen behindert zu werden, die wir für unrechtmäßig halten. Wir haben ein Recht darauf, uns in einem ehrlichen Prozeß zu verteidigen. Warum soll uns die Hilfe all derer entzogen werden, die uns und unseren Zielen treu geblieben sind? Wiederholt haben wir versucht, Eure Heiligkeit davon zu überzeugen, daß Ihr durch falsche Zeugnisse irregeführt worden seid. Unser Orden ist auf Wohltätigkeit und der Liebe wahrer Bruderschaft gegründet. Es ist ein heiliger Orden, der Gott, unserem Vater, sehr nahe steht, der unbefleckt ist von jeder Schande und Verderbnis, worin stets eine reine Lehre gegolten hat und immer gelten wird, zur Ehre der Heiligen Magd und zur Ehre und Verteidigung der Heiligen Kirche und des Glaubens der ganzen Christenheit. Ich verlange nicht von Euch, gerechter als Gott zu sein. Verlangt Ihr also nicht von uns, reiner zu sein als unser Schöpfer!«
»Haben denn Eure Brüder ihre Verbrechen nicht gestanden?« verteidigte sich der Papst schwach.
»Unter dem Druck schwerster Folterungen. Schmerzen zwingen

selbst Unschuldige zu lügen. Eure Heiligkeit wissen, was gespielt wird. Wiederholt habe ich Euch erklärt, wie die Inquisition vorgeht. Diese Bulle darf einfach nicht erlassen werden. Ihr nehmt uns den letzten Strohhalm, an dem wir uns festklammern.«
Der Papst lehnte sich im Stuhl zurück und seufzte: »Ich begreife Eure Sorgen. Aber Ihr müßt auch begreifen, daß ich für die Reinheit der katholischen Lehre fürchte und mir wegen der verderblichen Ketzerlehren Sorgen mache, die in sie eindringen könnten.«
Richard schnaubte verächtlich.
»Ihr wißt sehr gut, daß es hier nicht um Ketzerei geht, sondern um einen Machtkampf. Die Kirche begeht einen entsetzlichen Irrtum.«
»Wie kommt Ihr eigentlich an den Text einer Bulle, die noch gar nicht veröffentlicht ist?« fragte der Papst. »Vielleicht will ich gerade, daß diejenigen Leute, die Euch solche Dinge zuspielen, durch diese Bulle entmutigt werden.«
»Ich bezweifle, daß diese Bulle eine Wirkung auf sie haben wird«, lachte Richard bitter. »Dazu haben sie sich schon zu weit vorgewagt – einige aus Überzeugung, andere aus purem Selbsterhaltungstrieb. Eure Heiligkeit, wenn Euch Lügen lieber sind als die Wahrheit, dann habe ich Euch weiter nichts zu sagen. Dann mögt Ihr ruhig diese Bulle erlassen und den Bann über alle aussprechen, die uns behilflich sind. Ich bin neugierig, welche Namen Ihr einsetzen werdet.«
»Wir haben zum Beispiel Euren Namen. Ihr habt die Warnungen der Kirche wiederholt in den Wind geschlagen. Ihr seid deshalb bereits exkommuniziert. In der Folge habt Ihr Euch um diesen Ausschluß und diesen Fluch nicht gekümmert. Ihr übt ganz offen Euer Amt aus und laßt Euch dabei durch Eure Männer beschützen, die Euch immer noch folgen. Ihr negiert die Autorität der Kirche. Euer Name ist uns in der Tat genugsam bekannt.«
Richard nickte.
»Dann müßt Ihr alles auf meine Rechnung schreiben. Ihr werdet keine anderen Namen erfahren. Ich wünsche keinen Schutz von einer Kirche, die von einem König gekauft ist. Eine solche Autorität erkenne ich nicht an. Ich verlasse mich auf den Herrn. Möge Er Euch lohnen, wie es Eure Taten verdienen.«

Während Zornesröte das Gesicht des Papstes verfärbte, sprang Richard auf und wandte sich um. Er war zu schnell verschwunden, als daß ihm jemand hätte folgen können.
Fünf Tage später feierten dieselben Ritter die Geburt Christi in ihrer Lehmhütte, tief im Forêt d'Amboise versteckt, auf ihre einfache, schlichte Weise, während droben in zahllosen Burgen die Ochsen, Gänse und Schweine am Spieß über dem Küchenfeuer gedreht, die Pasteten, Brote und das Gebäck in die Öfen geschoben wurden, die Luft gesättigt war vom Geruch der Bratäpfel, gewürztem Bier und Wein, und in den Kirchen von Priestern und Mönchen die großen Mysterienspiele aufgeführt wurden.
Als König Edward von England die päpstliche Bulle empfing, fertigte er dem Text entsprechend neue Verordnungen aus, um »die herumschweifenden Templer, die noch irgendwo gefunden werden oder noch auf freiem Fuß sind oder in der Kleidung von Laien herumvagabundieren, zu verhaften«. Richard befand sich noch in Frankreich. Er hatte seine Probleme mit Kardinal Corbara besprochen, der den Papst in seine neue Residenz nicht begleitet hatte.
Es war Februar, als der Komtur schließlich nach England zurückkehrte, in der Hoffnung, es werde sich nur um einen kurzen Aufenthalt handeln. So schnell wie möglich wollte er wieder zu seinen Brüdern nach Frankreich zurückkehren, um bei ihnen zu sein, wenn die päpstlichen Kommissionen ihr Werk begannen und der eigentliche Prozeß seinen Anfang nahm.

2. TEIL

DIE MAGD VON MORLEY

JANUAR 1309 BIS
DEZEMBER 1310

17. KAPITEL

*I have no words, – My voice is in my sword.**

William Shakespeare – Macbeth

Ein paar Wochen, nachdem Richard in Dover an Land gegangen war, überquerte auch Aymer den Kanal und ritt nach Windsor. Am 20. März wurde Blanches Sohn geboren, und Aymer küßte tief gerührt die heiße Stirn seiner Frau, bevor er seinen Blick dem kleinen Bündel zuwandte, das Etienne de Vraineville de Lyons-la-Forêt hieß. Königin Isabella war begeistert und brachte soviel Zeit bei ihrer Hofdame zu, wie sie erübrigen konnte. Oft klagte sie darüber, daß ein Kind etwas war, worauf sie selbst in nächster Zukunft nicht hoffen durfte, da sie ihr Bett selten mit Edward teilte, was freilich ebenso sehr ihre Schuld war wie die seine.
Blanche behielt dieses Wissen für sich, und konzentrierte sich auf ihr Kind. Sie legte Wert darauf, soviel wie möglich bei ihm zu sein, während die Amme es säugte und versorgte. Aber es gab Tage, an denen selbst das zufriedene Schmatzen ihres trinkenden Söhnchens und seine kleinen, greifenden Händchen sie nicht genug beschäftigen konnten und ihre Gedanken zu dem Mann schweiften, von dem sie mehr als von allen anderen erwartete, er solle ihren kleinen Etienne bewundern.
Kurz nach seiner Rückkehr hatte sie ihn getroffen. Er war gekommen, ihr mitzuteilen, daß Aymer sich bereits auf dem Weg nach England befand. Danach hörte sie nichts mehr. Es folgte eine lange, unheilverkündende Stille. Und es hätte ihr auch wenig geholfen, wenn sie die Gründe für seine Abwesenheit gekannt hätte.

* Mir fehlen die Worte – mein Schwert soll für mich sprechen.

Denn als Richard englischen Boden betrat, wartete eine unangenehme Überraschung auf ihn. Die Untersuchung nach dem Tod Hugh de Kirketofts im November hatte durch einen Zufall auf die Spur von zehn Rittern geführt, die nicht auf den Gefangenenlisten des Sheriffs standen, die sich aber auch nicht unter Richards Leuten befanden.

Anfang März konzentrierte sich seine Untersuchung auf die Umgebung von Durham, wo die zehn vermißten Ritter zuletzt gesehen worden waren. Er war in Lincoln, York, Wakefield, Richmond, und schließlich begab er sich in die einsame, vom Sturm zerzauste Gegend am Fuße des Penninischen Gebirges, von der Simon the Hermit seinen Namen hatte. Gegen den wütenden Sturm ankämpfend, galoppierte er die verlassenen Hügel hinab und hielt sein Pferd an, als er die Stelle erkannte, wo der Eingang zur Höhle des Klausners verborgen war.

Richard ließ sich aus dem Sattel gleiten und lief auf das dunkle Loch in der Felswand zu.

»Sola fides sufficit«, sagte er laut. »Der Glaube allein genügt«, so lautete die Parole. Simon the Hermit erkannte die Stimme und erhob sich mühsam.

»Weißt du, warum ich gekommen bin?«

»Nein, aber ich kenne dich. Dein Besuch bedeutet meist nichts Gutes.«

»Diesmal noch Schlechteres als sonst. John de Braose ist in Richmond gehängt worden.«

Simon schlug ein Kreuz und murmelte ein paar lateinische Worte für das Seelenheil des armen Templers.

»Bruder John«, sagte er kopfschüttelnd. »Er war zu jung zum Sterben.«

Richard nickte kurz.

Braose war zusammen mit Richard, Toeni und Edward of Kimbolton einer der jüngsten Ritter gewesen, und Richard hatte ihn gemeinsam mit William Mauclerc aus seinem Londoner Kerker befreit.

»Aufgehängt und enthauptet, ohne Prozeß. Ich habe diejenigen, die regelmäßig in Verbindung mit ihm standen, ausgefragt. Aber sie konnten mir nicht berichten, was passiert ist, nicht einmal, wo es geschah. Und nun frage ich dich, ob du mir helfen kannst.«

Der Einsiedler schaute Richard forschend an. Er wußte nie, was er von seinem jungen Komtur denken sollte, der von Zeit zu Zeit in seine sichere Höhle hineinstürmte und meistens innerhalb einer Viertelstunde wieder verschwunden war.
»Er kam vor zwei Wochen zu mir.«
»Aha. Dann bist du vielleicht der letzte von uns, der ihn lebend gesehen hat.«
Richard warf den Mantel von den Schultern und setzte sich auf einen Steinsims, während er einen Schluck aus seinem Wasserkrug nahm.
»Bedeutet das, daß du länger zu bleiben gedenkst als sonst?«
»Ich warte hier, bis Toeni zurückkommt. Ich habe ihn nach Süden geschickt, um William Mauclerc hierherzuholen. Er kann nicht mehr weit sein.«
»Aha, der Gelehrte.«
Dem Klang seiner Worte nach zu urteilen, schätzte der alte Mann anscheinend einen Kriegsmann weit mehr als einen Ritter wie Mauclerc, der selten zum Schwert griff – worin er sich freilich sehr irrte. Aber alt und nörglerisch, wie er war, hatte er die Gewohnheit angenommen, alles zu bekritteln, außer vielleicht einen neuen Kreuzzug.
»Wein?« fragte er und zeigte auf den Krug in Richards Hand.
»Nein, Wasser«, war die enttäuschende Antwort.
Aus der Ferne erklang Hufgetrappel und kündigte die Ankunft der beiden Ritter aus dem Süden an.
»Mauclerc ist nun einer der Verwalter des Königs in Winchester. Er hat Zugang zu den interessantesten Verzeichnissen«, erklärte ihm Richard.
Draußen konnte man hören, wie die Pferde den steilen Hügelrükken hinabtrabten. Richard ging hinaus und schüttelte Mauclerc herzlich die Hand, einem hochgewachsenen, mageren Mann in den Vierzigern, dessen dunkles Haar an den Schläfen schon ergraute. Toeni klopfte er auf die Schulter und schob ihn hinein, wo er vor dem heulenden Wind geborgen war. Während sie tiefer in die Höhle gingen, wo ein kleines Feuer wenigstens einige Wärme bot, bemerkte Toeni trocken, dies sei der üppigste Dank, den Richard ihm bisher erwiesen habe.

Sobald die Ritter rund ums Feuer Platz genommen hatten, begann Simon the Hermit auf einen Wink Richards zu berichten, was er wußte. Der Alte sprach monoton mit noch kräftiger Stimme.

»Bruder John de Braose war vor knapp zwei Wochen hier. Er hatte anscheinend einen gegen den Herrn von Morley gerichteten Auftrag. Aber er war sehr wortkarg.«

Richard zog die Brauen hoch.

»Morley?« sagte er und blickte Toeni und Mauclerc fragend an.

»Ihm gehört eine Burg, Haughton-le-Moor«, erklärte Mauclerc, »und ein ansehnlicher Besitz.«

»Warum, warum nur?« grollte Toeni. Es fiel ihm schwer, den Tod des Kameraden zu verwinden, der ein gutherziger junger Mann gewesen war, vielleicht etwas zu sanft und idealistisch für den harten Kampf, in den sie verwickelt waren.

»Jeder von uns wagt täglich sein Leben«, sagte Richard ruhig. Er hatte dem Tod in den vergangenen anderthalb Jahren so oft in die Augen geblickt, daß er gelernt hatte, mit ihm zu leben.

»Was befiehlst du?«

Es war die Stimme von Simon the Hermit, der einen einfachen Befehl erwartete, mehr nicht.

»Wir sollten ihnen eine ernste Warnung zukommen lassen.«

»Zum Beispiel?« fragte Toeni, schon ungeduldig geworden. »Nach meinem Geschmack haben wir in letzter Zeit viel zuviel gewarnt.«

»Wir könnten den König auffordern, Maßregeln gegen Morley zu ergreifen.«

»Wieder Briefe abschicken!« sagte Toeni verächtlich und wandte sich plötzlich an Richard.

»Du sagst immer, daß du für uns bis zum letzten Atemzug kämpfen würdest. Warum gehst du nicht hin und sprichst von Mann zu Mann mit König Edward und machst ihm klar, daß er seine Barone unbedingt besser beaufsichtigen muß?«

»Wenn ich dächte, daß das helfen würde«, antwortete Richard sehr ruhig, »würde ich sofort hingehen wie seinerzeit in Toulouse, offen in die weiße Chlamys gehüllt.«

Toeni konnte das nicht einsehen.

»Wir decken den Brunnen jetzt zu, nachdem das Kind hineingefallen ist. Willst du warten, bis noch einer von uns aufgehängt wird?«

»Toeni, beherrsche dich«, gebot Mauclerc scharf.
»König Edward«, erklärte Richard, »hat nicht die Macht, seinen Baronen Paroli zu bieten. Sie haben zur Rückkehr von Piers de Gaveston ihre Zustimmung gegeben, also wird er in diesem Augenblick nicht einmal daran denken, ihnen Vorwürfe zu machen. Der Papst hat den Bann über Gaveston aufgehoben, nichts steht seinem triumphalen Einzug in England mehr im Wege. Nein, wir können nicht mehr auf Edwards Hilfe rechnen. Jetzt nicht und nicht in naher Zukunft. Denn sobald der Günstling wieder beim Thron steht, wird sich sein Einfluß im Palast wie eine Pest ausbreiten und alle Aktivitäten lähmen. Wir müssen es dieses Mal selbst tun.«
Tiefes Schweigen war die Antwort. Simon the Hermit summte ein altes Kreuzfahrerlied, William Mauclerc studierte seine Fingernägel, und Lawrence de Toeni ging ruhelos durch die enge Höhle.
»Plündere die Ländereien des Herrn von Morley, brandschatze sie, zeige ihm, wer wir sind, und daß wir meinen, was wir sagen«, stieß er hervor.
»Erst möchte ich Sicherheit haben«, sagte Richard ruhig. »Beweise, daß es Morley war, der ihn hängen ließ, oder ob eine Verbindung zwischen dieser Sache besteht und den zehn Vermißten, nach denen Braose gesucht hat. Dann...« Er schwieg. In Gedanken war er schon viel weiter.
»Ich brauche mehr Leute«, sagte er plötzlich.
»Neun sind hier im Norden, geübte Kämpfer«, sagte der Klausner.
»Nein, ich meine, daß wir aus dem Tod von Bruder John gelernt haben sollten, daß wir mehr Verbindungsleute brauchen, wenn wir guten und regelmäßigen Kontakt miteinander halten wollen.«
»Diese Entfernungen sind tatsächlich nicht zu überbrücken«, gab Mauclerc zu. »Vor allem jetzt, da seit der letzten päpstlichen Bulle die Nachrichten so schwer durchkommen.«
»So ist es. Sobald wir wissen, wo die zehn Ritter gefangen sind, müssen wir sie befreien.«
»Das ist endlich eine klare Sprache«, rief Toeni aus.
Mauclerc war weniger begeistert.
»Denk an den Bannfluch. Du trägst die Verantwortung, wenn auch diese Zehn exkommuniziert werden.«

Richard steckte die Daumen in den Gürtel und ging langsam auf Mauclerc zu. Auge in Auge mit ihm blieb er stehen und blickte ihn an.
»Wir brauchen diese zehn Mann, Mauclerc, um andere vor dem Schicksal, das Braose getroffen hat, zu bewahren. Gott sei seiner Seele gnädig. Ich dachte, daß wir darüber bereits einig gewesen wären. Wenn die Spur von Braose zu diesen zehn Gefangenen führt, werde ich sie befreien.«
Mauclerc schwieg und hörte Richard zu, als dieser heftig hinzufügte:
»Ich möchte nicht, daß hier dasselbe geschieht wie in Frankreich. Bann oder nicht, ich werde es nicht zulassen.«
Er schwieg und lauschte auf den heulenden Wind auf der Heide. Nächste Woche ist Frühling, dachte er, und seine Gedanken schweiften zu der seltsamen Alten in Portchester Castle.
»Ich möchte, daß ihr dies begreift«, sagte er leise. »Denn einer von euch muß an meine Stelle treten, wenn ich falle.«
Mauclerc nickte kurz.
»Gut«, sagte Richard. »Zuerst gehe ich nach Haughton-le-Moor. Mauclerc und Toeni, ihr nehmt Verbindung auf mit Amaury le Breton in York, Gilbert of Acre in Lincoln und Peter de Montfort in Wakefield. Sie sollen alle Männer aufrufen, die sie rechtzeitig erreichen können, um sich Ende der nächsten Woche mir anzuschließen. Ich werde auch in Carlisle sein, um mit Robert-fitz-Alfric zu sprechen. Wenn wir Glück haben, sind sie alle Freitag nächster Woche hier.«
Er bückte sich, um seinen Mantel aufzuraffen und schloß die Kupferschließen zu.
»Mach dich bereit, deine Gäste zu empfangen«, sagte er, indem er Simon the Hermit eine Hand auf die Schulter legte. Dann verließ er die Höhle. Sein Mantel blähte sich im Sturm. Mauclerc und Toeni folgten ihm.
Die drei Ritter wünschten einander gute Reise und ritten in verschiedene Richtungen davon.

18. KAPITEL

She was a phantom of delight
When first she gleamed upon my sight,
A lovely apparition, sent
To be a moment's ornament; (...)
A dancing shape, an image gay,
*To haunt, to startle, and waylay.**

William Wordsworth – Perfect Woman

Der 18. März war ein außergewöhnlich milder Tag, der das Nahen des Frühlings mit einer strahlenden Sonne ankündigte. Sie lachte freundlich herunter auf die gepflügten und geeggten Äcker und die aufgesprungenen Knospen einiger vorwitziger Sträucher. Richard blinzelte mit den Augen zum blauen Himmel hinauf, dessen übermütige Freude seine an die Nacht gewöhnten Augen blendete. Er war sehr müde. Die Wärme der Sonne und der langsame Trott seines Pferdes ließen ihn beinahe einschlafen. Er hatte kaum fünf Stunden geruht, seit er die Höhle von Simon the Hermit verlassen hatte, und das war jetzt drei Tage her.
Richard hielt sein Pferd an.
»So können wir nicht weitertrödeln, Pilgrim«, sagte er. Er ließ sich aus dem Sattel gleiten, hob ihn vom nassen Rücken des Tieres und ließ ihn mit Gedröhn auf den weichen Waldboden fallen. Pilgrim scharrte unruhig, die Ohren fest an die schwarze Mähne gelegt.
»Hoh, Pilgrim«, sagte Richard, das erschreckte Tier beruhigend. »Hier wollen wir im Schatten des Waldes ruhen.«

* Sie war entzückend anzusehen, als ich sie zum ersten Mal erblickte./ Eine liebliche Gestalt, gesandt, die Zierde eines Augenblicks zu sein (...) Ein tanzender Schatten, ein heiteres Bildnis, um es zu verfolgen, zu überraschen und zu überfallen.

Nachdem Pilgrim getränkt und gefüttert war, streckte sich Richard auf dem kühlen Moosgrund aus. Langsam wurde das Licht in seinen Augen schwächer, und das Gezwitscher der Vögel verwandelte sich in seinen Ohren in klagende Stimmen, die von sehr weit her klangen. Richard träumte. Er träumte vom Tempel und der Zeremonie, durch die er einst zum Ritter geworden war. Doch diesmal gab es keinen Thomas von Lincoln, der ihm zur Seite stand. Statt dessen fielen die Brüder über ihn her und ziehen ihn all seiner Verstöße gegen die Regeln. Als sie zuletzt mit ihren Schwertern auf ihn eindrangen, fuhr er schlaftrunken empor und riß die eigene Klinge aus der Scheide.
»Ho«, rief die feenhafte Gestalt vor ihm aus und schlang die Arme um den Hals ihres Pferdes, das abrupt stehengeblieben war, bäumte und erschrocken die Augen rollte. Das Mädchen selbst hätte nicht überraschter sein können, wenn ihm der heilige Michael selbst in voller Waffenrüstung erschienen wäre.
Richard reagierte schnell. Er sprang hinzu und ergriff den Zügel des erschrockenen Pferdes, gerade noch rechtzeitig, um sie vor einem Fall zu bewahren.
»Springt ab«, rief er. Sie sprang zu Boden und brachte sich vor den mahlenden Hufen des Pferdes in Sicherheit. Der Wallach wollte sich losreißen, aber Richards eiserne Faust bezwang ihn.
»Ruhig, nur ruhig, so ist's gut«, sagte Richard, und wirklich beruhigte sich das Tier. Er hatte französisch gesprochen, und sie schien ihn verstanden zu haben, oder hatte sie instinktiv reagiert?
Er band die Zügel um einen Baum und wandte sich ihr zu.
»Wir... ich... mein Falke ist mir entflogen«, stammelte sie. Dann schwieg sie und starrte ihn verwirrt an. Vor ihm stand das hinreißendste Wesen, das ihm jemals zu Gesicht gekommen war. Mochte sie auch keine blendende Schönheit wie Blanche oder Königin Isabella sein, so sprach doch aus ihrem feinen Gesicht soviel Liebreiz, daß er kaum glauben mochte, daß sie ein Wesen aus Fleisch und Blut war, obwohl die langen, vom Wind gelösten Locken ihres rotbraunen Haares nur zu wirklich waren. Sie hatte Angst, er konnte es sehen, und er mochte in der Tat einen furchterregenden Anblick bieten im düsteren Schwarz der Kutte und des Mantels, den glänzenden Stahl in der Faust.

»Es wird Euch nichts geschehen, Madame«, sagte er und steckte sein Schwert in die Scheide. »Habt Ihr Euch verletzt?«
Sie verstand nicht, und er wiederholte den Satz auf englisch, doch mit absichtlichem französischen Akzent. Schnell schüttelte sie den Kopf.
»Nein, ich bin nur sehr erschrocken.«
Der melodische Klang ihrer Stimme verschlug ihm wieder die Sprache. Sie war so hell, jung und unschuldig, daß er jetzt schon den Mann haßte, der ihre Jungfräulichkeit besitzen würde.
»Geht schnell«, drängte er. »Ihr dürft hier nicht bleiben.« Aber sie rührte sich nicht. Eine Amsel sang hoch oben im Baum, und ihre Augen ließen ihn nicht los. Sein Mund war wieder streng, aber die graublauen Augen lachten ihr immer noch entgegen.
»Um Gottes willen, geht endlich«, sagte er.
»Ich kann nicht. Ich zittere noch so«, sagte sie mit entschuldigendem Lächeln.
Richard fluchte innerlich und raffte hastig seine auf dem Boden verstreuten Habseligkeiten auf.
»Es war ein prächtiger blauer Merlin«, sagte sie plötzlich.
An der rechten Hand trug sie einen langen Handschuh aus festem Leder. Sie hielt die Schnur noch fest, an der das Kettchen des Wurfriemens ihres Vogels befestigt gewesen war. Das Ende der Schnur hing ihr in einer Schleife über den kleinen Finger.
»Denkt Ihr, daß ich ihn jemals wiederkriegen werde?«
Er war schon dabei, sein Pferd zu satteln, und sagte, ohne sie anzublicken:
»Ich weiß es nicht. Ich verstehe nichts von der Falknerei.«
»Pfui, Herr Ritter. Jagt Ihr niemals mit Falken?«
»Ich jage nur Löwen«, erklärte er, während er den Gurt anzog. Sie lachte fröhlich, aber es war kein Scherz gewesen. Die Jagd gehörte zu den Vergnügungen, die den Templern aufs strengste verboten waren. Das Töten jedes Tieres wurde als große Sünde betrachtet, mit Ausnahme des Löwen, der für alle, die durch die Wüsten des Ostens reisten, eine ständige Bedrohung darstellte.
»Die werdet Ihr hier nicht finden«, sagte sie.
»Um so besser.«
»Seid Ihr irgendwohin unterwegs?« fragte sie.

»Ich bin ständig unterwegs.«
»Ihr wollt mir nichts sagen. Ihr haltet mich für eine Törin«, schmollte sie und fügte hinzu, wie um ihm ein gutes Beispiel zu geben:
»Ich bin Beatrice de Morley! Ich wohne auf der Burg Haughton-le-Moor.«
Seine Hände, die gerade die Satteltaschen festzurrten, hielten inne. Noch einmal sah er sie an. Morley! Er fluchte in sich hinein. Warum mußte er gerade hier einschlafen? Ausgerechnet hier!
»Bin ich also soweit südlich geraten?« bemerkte er wie nebenbei.
»Gewiß, Herr Ritter, dies ist Hamsterley Forest. Wir jagen hier immer.«
»Wer sind wir?«
»Na, so ungefähr jeder.«
Er konnte schon das Geräusch galoppierender Hufe in der Ferne hören und pries sich glücklich, daß er sich als Fremdling ausgegeben hatte.
»Wollt Ihr mir nicht helfen, aufzusteigen?« fragte Beatrice. Richard fühlte, daß er ihr das kaum verweigern durfte. Er band die Zügel ihres Pferdes los und führte es zur Mitte des offenen Platzes, wobei er den näherkommenden Hufschlägen lauschte. Während sie langsam zu ihm trat und sich doch ein wenig verlegen fühlte, als sie jetzt so nahe bei diesem anziehenden Fremden stand, wurde ihm klar, daß es schon zu spät war, um ungesehen zu verschwinden. Er wartete also besser ab, wie sich alles weiter entwickeln würde.
Er kniete nieder, um ihr sein Knie als Tritt anzubieten. Der Duft ihres Parfüms ließ sein Blut schneller fließen, als sie bei ihm stand und ihren kleinen Fuß auf seinen Schenkel setzte.
Als sie ihr Bein über den Sattel schwingen wollte, stieß sie plötzlich einen Schrei aus und wäre mit dem gleichen Schwung wieder herabgefallen, wenn sie Richard nicht umfaßt und wieder hinaufgehoben hätte. Ein junger Mann mit hochmütigem Blick jagte zu Pferd auf sie zu. Richard drehte sich um, aber es war zu spät. Der junge Mann hatte die Schnur seines Falkens in der Faust und schlug ihm damit ins Gesicht. Ein blutender Striemen blieb auf seiner Wange zurück.

»Ha, ich glaube, ich habe Euch noch rechtzeitig erwischt«, schnaubte der Edelmann.
Richard betastete sein Gesicht und betrachtete das Blut auf seiner Hand, während er sich langsam auf sein Pferd zubewegte.
Beatrices Bruder drängte sein Pferd zwischen den schwarzen Ritter und dessen Roß.
»Ihr wollt doch nicht ausreißen? Wir haben uns noch nicht kennengelernt«, rief er herausfordernd, und während er seinen Handschuh vor Richard hinwarf, damit ihn dieser aufnehmen sollte, fuhr er fort: »Diese Beleidigung unserer Familie kann niemals vergeben werden.«
Der Ritter traf keine Anstalten, auf die Herausforderung einzugehen.
»Eine Beleidigung«, wiederholte er ungläubig.
»Ihr habt eine Frau des Hauses Morley beleidigt, Herr, indem Ihr ihren Körper berührt habt. Wären wir nur Minuten später gekommen, wäre es eine Vergewaltigung gewesen, für die Ihr Euch hättet verantworten müssen. Wie die Dinge nun stehen, werden wir es als einen Versuch dazu nehmen.«
»Vergewaltigung? Ich bitte Euch. Geht Eurer Wege, Herr! Ihr amüsiert mich.«
Das Gesicht des anderen lief rot an vor Wut, und Beatrice lachte.
»Geoffrey, er gibt sehr merkwürdige Antworten«, erklärte sie ihrem Bruder.
»Ach ja? So habt Ihr auch schon miteinander gesprochen? Hast du Will of Scarborough vergessen?«
Jetzt erst wurde ihr bewußt, welche Gerüchte entstehen konnten, wenn der Bericht über ihre seltsame Begegnung Haughton-le-Moor erreichen würde – einschließlich der Ohren ihres Bräutigams.
»Wer seid Ihr? Woher kommt Ihr?«
Er hatte sich wieder Richard zugewandt, während sich ein Schildknappe und ein paar Fußknechte um den jungen Edelmann scharten.
»Ich bin ein Ritter, wie Ihr seht«, antwortete Richard mit kampflustigem Blick. »Ich bin heute morgen aus Carlisle weggeritten auf dem Weg in den Süden.«

»Euer Name, Herr«, drängte der Schildknappe.
»Richard«, antwortete er und sah dem Erben von Morley offen in die Augen. »Meine Freunde nennen mich ›le Hardi‹«, fügte er mit drohendem Lächeln hinzu.
»Ihr befindet Euch auf verbotenem Terrain. Dies ist unser Jagdgebiet«, erklärte ihm der Edelmann.
»Ach so«, antwortete Richard. Mit dem Handrücken wischte er das Blut weg, das ihm immer noch über die Wange lief. Ein Gedanke stieg langsam in ihm auf. Vielleicht konnte er diesem Vorfall doch noch eine günstige Wendung geben. »Bei Gottes Hand, ich muß Eure Grenzpfähle glatt übersehen haben, mein Herr«, reizt er den anderen.
Der andere knirschte mit den Zähnen.
»Ich fordere Euch heraus, Herr Ritter. Ihr müßt Euch für diese Beleidigung in einem Zweikampf verantworten.«
»Du bist nicht ehrlich, Geoffrey. Er kennt dich nicht«, tadelte ihn Beatrice, aber wohl überflüssigerweise. Selbst ein ungeübtes Auge konnte sehen, daß Geoffrey Richard an Wuchs nicht nachstand, und daß er von Kraft nur so strotzte.
»Er kennt mich auch nicht«, sagte Richard gleichgültig.
»Habt Ihr Angst?« höhnte Geoffrey. »Ha, er ist ein Feigling«, rief er seinem grinsenden Schildknappen zu.
»Angst«, sagte Richard, »was ist das? Nur ein Gemütszustand, der durch Selbstzucht überwunden werden kann. Ich kenne keine Angst, Herr. Und was Feigheit betrifft, so ist das etwas, was mir so ferne liegt wie die Tore der Stadt Jerusalem.«
Beatrice hob trotzig ihr Kinn und nickte ihrem Bruder vorwurfsvoll zu. Richard lächelte jetzt nicht mehr und fuhr fort:
»Ihr beschuldigt mich eines schweren Übergriffs, Herr. Die Ehre der Jungfrau bedarf keiner Genugtuung. Es ist ihr nichts geschehen, wie sie zweifellos auch bezeugen wird. Außerdem beleidigt Ihr mich, indem Ihr mich einen Feigling nennt. Ihr überschreitet die Grenzen meiner Geduld. Niemand nennt mich ungestraft einen Frauenschänder und Feigling.«
Seine Stimme erscholl laut und befehlsgewohnt. Er wußte, daß die Drohung seinen Gegner beeindruckte. Alles lief hervorragend nach Plan. Er bückte sich und hob den Handschuh auf.

»Laßt bekanntmachen, daß ich, Richard le Hardi, den Handschuh aufnehme von Geoffrey, Sohn des Herrn von Morley. Das ist eine ernste Angelegenheit. Deshalb stelle ich die Bedingung, daß es nicht ausreicht, wenn einer den anderen im Zweikampf vom Pferd wirft. Unser Kampf soll weitergehen, bis einer von uns die Waffen nicht mehr aufhebt.«

Er fühlte plötzlich wirkliche Abneigung gegen den arroganten Edelmann. Es würde ihm gewiß nicht schwerfallen, die Waffen mit ihm zu kreuzen.

»Das entspricht genau meinen Wünschen, mein Herr. Allein der Tod soll unseren Streit schlichten«, antwortete der Edelmann.

Richard hatte zwar etwas anderes gemeint, doch nickte er und erklärte:

»Es versteht sich von selbst, daß ich als Herausgeforderter das Recht habe, den Platz zu wählen, wo ich dem Herausforderer entgegentrete. Und auch die Waffen, mit denen gekämpft werden soll.«

Er warf dem jungen Mann seinen Handschuh vor die Füße, und dieser sah jetzt etwas weniger selbstbewußt drein als zuvor. Doch auch Richard sah zur Genugtuung seines Gegners bekümmert aus, denn er fragte sich, wie in Gottes Namen er Dispens für diesen Kampf erhalten sollte. Denn die Teilnahme an einem Turnier galt als sinnloser Zeitvertreib und war den Templern verboten. Keiner seiner Kameraden hatte das Recht, ihm Dispens dafür zu gewähren.

»Nennt sie«, knurrte Geoffrey.

Der Ritter im schwarzen Kleid schüttelte lachend den Kopf.

»Noch nicht. Ich muß mich erst um die Sache kümmern, die mich in den Süden geführt hat. Ich werde Euch einen Boten senden, um Euch Nachricht zu geben, wo, wann und wie ich Eurer Herausforderung begegnen werde.«

Er würde sich reichlich Zeit nehmen, die Umgebung zu erkunden und seine Kameraden zu sammeln, dachte er. Diese Begegnung war tatsächlich ein glücklicher Zufall.

»Geht nur und übt noch fest, Master Geoffrey«, sagte er leichthin. Er lachte laut, während er die Fußknechte, die ihm im Weg standen, zur Seite stieß und in den Sattel sprang. »Denn ich erlaube mir niemals zu verlieren.«

19. KAPITEL

Whether fate be foul or fair,
Why falter I or fear?
*What should man do but dare?**

Anonym – Sir Gawain and the Green Knight

Nach seiner unvermuteten Begegnung mit den Erben des Hauses Morley besuchte Richard das Gebiet der Morleys noch einmal, um sich mit Schloß und Umgebung vertraut zu machen, und er sah sich nicht enttäuscht.

Ein Frühlingsmarkt sollte in dem Dorf stattfinden, das sich am Fuße des Schloßhügels freundlich ausbreitete. Im weiten Umkreis war man emsig bei den Vorbereitungen. Bald würde das Dorf wimmeln von Besuchern. Es würde Spielleute, Tänzer und Possenreißer geben: ein vorzügliches Versteck.

Richard legte den Kampf auf den Tag nach dem Markt fest, und der Herr von Morley war sich seines Sieges so sicher, daß er ein Turnier ausschrieb, an dem eine große Zahl Edelleute von den umliegenden Burgen teilnehmen sollte. Die Burg selbst lag ideal auf einem hohen Felsen über einem kleinen Fluß. Im Süden schloß sich öde Heide an die Mauern an, die sich bis zum Horizont ausdehnte.

Am Fuß des Hügels an der Ostseite lag, in ein fruchtbares Tal geschmiegt, das blühende Dörfchen. Es bot mehr als genügend Platz, um das Turnierhaus aufzubauen und davor einen abgegrenzten Platz mit Schranken für das Turnier selbst und den Zweikampf zu umgeben.

* Ob mir das Glück gewogen ist oder nicht, warum sollte ich zögern oder mich fürchten? Was kann ein Mann denn anderes tun als wagen?

Richard wählte ein flaches Gelände, das vom Burgtor nicht eingesehen werden konnte. Als Waffen wählte er die hölzerne Lanze, das zweischneidige Schwert und den kurzen Dolch. Er schickte einen Boten nach Haughton-le-Moor, um Morley hiervon zu benachrichtigen. Seinerseits empfing er die Aufforderung, auch an dem Turnier teilzunehmen. Er ergänzte seine Rüstung durch einen Kettenpanzer, einen Helm und einen Schild und verzichtete auf den offiziellen Höflichkeitsbesuch, bei dem die Teilnehmer am Tag vor dem Turnier Wappenschild und Helmzier vorzuweisen pflegten.

Es bereitete dem Tempelritter ohnehin genug Kopfzerbrechen, rechtzeitig einen Schild und eine Helmzier anfertigen zu lassen, die nicht das Wappen des Tempels trugen. Er wollte so geheimnisumwittert wie möglich erscheinen, um viele Zuschauer auf den Turnierplatz zu locken.

Richard ließ sich von Lawrence de Toeni ausführlich in den Spielregeln unterweisen und seine Ritter unter Anleitung von Simon the Hermit in den verlassenen Hügeln gegen sich fechten. Am Abend vor dem Turnier saßen elf Ritter um das Feuer in Simons Höhle. Die anderen waren zu weit weggewesen, um rechtzeitig benachrichtigt werden zu können.

»Es ist einfach töricht«, sagte William Mauclerc. »Du bringst ein Opfer, das wir uns nicht erlauben können.«

Richard ergriff dankbar die Lammkeule, die ihm von Bruder Eustace gereicht wurde, und biß in das weiche Fleisch, das eine willkommene Abwechslung darstellte. Die letzten fünf Tage hatte er nichts anderes als rohes Fleisch gegessen, obwohl der Tempel seinen Mitgliedern nicht gestattete, mehr als dreimal pro Woche Fleisch zu essen, schon gar nicht in der vorösterlichen Fastenzeit.

»Welches Opfer?« fragte er mit vollem Mund.

»Du weißt, was ich meine. Du setzt dein Leben aufs Spiel. Was geschieht, wenn du nicht zurückkehrst?«

»Ihr wählt euch einen neuen Komtur. In Frankreich habe ich schon einen Stellvertreter.«

»Darum geht es nicht«, entgegnete Mauclerc ungeduldig. »Ich halte nur einfach nichts von dieser Art, sich in die Höhle des Löwen zu begeben.«

Richard lächelte über Mauclercs Verzweiflung. »Es ist kein Zufall, daß ich mich an jenem Tag verirrte und die Jungfrau mir begegnete. Gottes Wege sind unerforschlich.«
»Es wird dir schlimm ergehen, wenn sie den Überfall entdecken, während das Turnier noch im Gang ist.«
»Es liegt an euch, dafür zu sorgen, daß das nicht geschieht.«
»Wir können niemals ganz sicher gehen. Wenn hier etwas falsch läuft, bist du von mindestens vierzig Gewappneten umzingelt.«
Richard blickte den Ritter fragend an und danach in die Runde. Sie saßen und warteten auf seine Antwort.
»Ich ziehe mich nicht zurück«, sagte er. »Wir vermuten, daß wir unsere zehn Brüder in den Kerkern von Haughton-le-Moor entdecken werden. Hier ist uns eine Tarnung sozusagen in den Schoß gefallen, wie wir sie niemals wieder finden. Gerade weil ich so in aller Offenheit dorthin gehe, gerade weil diese Begegnung so überraschend kam, wird niemand Verdacht schöpfen. Mein Entschluß ist gefaßt. Wenn es Gott gefällt, mich morgen oder tags darauf aus dem Leben zu nehmen, dann finde ich eben den Tod, ob durch die Hand von Morleys Sohn oder eines anderen.«
Er ergriff die Weinkanne und trank in durstigen Zügen. Er hatte diese Gelegenheit mit beiden Händen ergriffen, doch rechnete er nicht damit, lebend zurückzukehren, außer wenn das Glück ihm ungewöhnlich hold war. Denn morgen begann der Frühling...
Am ersten Tag des Frühlings zeigte sich die Sonne von ihrer besten Seite. Sie liebkoste die Äcker und Heideflächen mit ihrer Wärme, und die Luft war klar und blau. Ein sanfter Südwind ließ die Paniere über den Köpfen der Fahnenträger flattern. Ideales Wetter für ein Turnier. Das Turnierhaus summte von den aufgeregten Stimmen der Edelfrauen und ihrer Begleiter. Davor lag ein großes Feld, eingegrenzt von zwei Schranken aus Holz, die eine in der anderen gelegen.
Gegen den Brauch sollte das Turnier vor dem Zweikampf am ersten Tag abgehalten werden. Es wäre Richard lieber gewesen, wenn es umgekehrt gewesen wäre. Er brauchte diesen ersten Tag, um das Schloß zu erkunden und den Überfall vorzubereiten. Das Spektakel eines allgemeinen Turniers am zweiten Tag wäre eine bessere Deckung gewesen als der Zweikampf.

Edmund the Lion, der ihn, soweit es ging, auf dem Weg zum Schloß begleitete, hielt sein Pferd an. Richard hielt neben ihm.
»Zeig diesen Grünschnäbeln, was Fechten heißt, Richard«, sagte er, »und sorge dafür, daß es der andere ist, der getötet wird. Wir können dich nicht entbehren.«
Richard nickte und schaute auf die wehenden Fahnen in der Ferne.
»Bereite nur schon Wasser und Brot für ein paar Wochen vor. Heute werde ich gegen unsere Regeln sündigen«, antwortete er trocken. Er stieß Pilgrim die Sporen in die Flanken.
Die Nachricht über den Ritter, der mit dem Sohn des Herrn von Morley kämpfen würde, verbreitete sich wie ein Lauffeuer. Als Richard wenig später beim Turnierhaus vorritt und sich dem Herrn von Morley vorstellte, den Helm unter dem rechten Arm und seinen Schild über dem linken, konnte er das aufgeregte Tuscheln ringsum hören.
Der Edelmann, ein Hüne mit dunklem, genau unter den Ohren abgeschnittenem Haar und einem kurzen Bart, beugte sich vor und stützte sich mit seinen muskulösen Armen auf die Balustrade, die von einem grauen Tuch mit dem Wappen der Morleys bedeckt war. Er betrachtete das trotzige Gesicht und danach den schwarzen Mantel, der den Kettenpanzer bedeckte. Dann schweifte sein Blick zu dem mit dem Vorderhuf aufstampfenden schwarzen Streitroß und schließlich zu dem Schild, der einen goldenen Widderkopf auf rotem Grund zeigte, von einem schwarzen Schrägbalken von links nach rechts durchkreuzt, dem Bastardzeichen. Auch auf dem Helm war ein Widderkopf zu sehen.
»Ist er das?« fragte er den Herold, der hinter ihm stand.
»Ja, Herr. Aber dieses Wappen kenne ich nicht.«
Der Edelmann wandte sich wieder zu dem Ritter.
»Welches Haus vertritt dieses Wappen?«
»Ich komme aus Frankreich, Herr«, antwortete Richard mit lauter Stimme, so daß die meisten der Umstehenden ihn hören konnten.
Morley brummte mißmutig. Er hielt nichts von ausweichenden Antworten.
»Wie ist Euer Name?«
Richard lächelte und hob seinen Schild.

»Mein Vater hat mich verstoßen. Ich trage seinen Namen nicht. Meine Freunde nennen mich Richard le Hardi.«
»Im Dienst welches Herrn steht Ihr?« fragte der Edelmann unbeirrt weiter.
»Ich diene dem Hause Longwy-Rohan«, antwortete Richard nicht ohne Selbstbewußtsein. Wer von ihnen konnte schon wissen, daß Jacques de Molay aus dieser Adelsfamilie stammte. Auch die meisten Tempelritter wußten das nicht. Der Herr von Morley lehnte sich in seinem breiten Sessel zurück.
»Wir werden sehen, ob Ihr dem Namen, den man Euch beigelegt hat, Ehre macht. Ihr könnt Euch dort bei den Herausgeforderten aufstellen, unter dem roten Panier. Mein Sohn wird auf seiten der Herausforderer kämpfen, unter dem Panier derer von Morley.«
Richard nickte kurz und wandte sein Pferd. Er blickte geradeaus vor sich hin, als er an den Sitzplätzen der Damen vorbeiritt. Beatrice würde dort sein, und er wollte bewußt nicht in ihre Richtung schauen.
Als die Ritter ihre weiten Mäntel abgeworfen hatten, betrachtete Richard mit Verwunderung die schimmernden Metallplatten, die Brust, Arme und Beine teilweise bedeckten – eine neue Erfindung. Die anderen besahen sich ihrerseits Richards einfachen, altmodischen Kettenpanzer, der nicht weiter reichte als bis zu den Knien. Der Reiter, der neben ihm auf einem grauen Hengst saß, stieß ihn an.
»Werdet Ihr morgen auch nichts anderes tragen als einen alten Kettenpanzer?« fragte er, indem er seinen mit Eisen überzogenen Handschuh an den Mund hielt, um den Tumult zu übertönen.
Richard lehnte sich zu ihm hinüber, um sich verständlich zu machen, behielt aber die Hand am Zügel. Pilgrim roch den Kampf und war kaum im Zaum zu halten.
»Ein Ritter braucht im Kampf nur dreierlei«, rief er zurück. »Wach in der Verteidigung, schnell im Sattel und immer bereit zum Angriff!«
Ein dickes Seil war vor beiden Gruppen der Ritter ausgespannt, die sich jetzt einander gegenüber aufstellten. Richard drückte sich den Helm auf den Kopf.
Der Herr von Morley war aufgestanden und überschaute das Feld.

»Los«, schrie er, und das Seil wurde durchschnitten. Richard reagierte blitzschnell. Er war einer der Ersten, die zum Angriff vorstürmten und die Schwerter mit den Gegnern kreuzten. Im nächsten Augenblick brach der Kampf in voller Heftigkeit los. Der Lärm war ohrenbetäubend. Hunderte von Zuschauern, die das Feld umringten, brüllten und jauchzten so laut sie konnten.
»A Morley, a Morley«, hörte Richard links und rechts neben sich, wo die Söhne des Herrn ihren Schlachtruf ausstießen.
»Sankt Michael, Sankt Joris«, ertönten Schreie vor und hinter ihm, und er fragte sich, ob die Heiligen auch die Schwerter gegeneinander ziehen sollten. Er lachte hinter dem eisernen Visier seines Helms, während er ein Scheingefecht lieferte und wartete, bis sein Gegner die Deckung vergessen würde. Diesen Tag würde er seinen Spaß haben.
Hinter der Balustrade rutschte Beatrice unruhig auf der hölzernen Bank hin und her. Richard hatte nicht in ihre Richtung geblickt. Das hatte sie enttäuscht. Ihr Blick schweifte über die Helme der kämpfenden Männer. Aber so sehr sie auch versuchte, es zu vermeiden, ihre Augen ruhten doch immer wieder auf dem Helm mit dem Widderkopf. Sie bewunderte seine starken, unerschrockenen Angriffe und rang die Hände, wenn er einen Hieb abbekam. Dann wieder seufzte sie vor Erleichterung, wenn er sich ins Gewühl stürzte, und lachte fröhlich, wenn er jemanden aus dem Sattel stieß. Schnell hatte sie jedes Interesse für das angestrengte Gefuchtel ihres Verlobten Will of Scarborough verloren, der auf seiten der Morleys stritt. Wenn die Gegner Terrain gewannen, jauchzte sie ebenso laut, wie wenn ihre Brüder sie wieder zurücktrieben. Ihre Wangen glühten vor Aufregung, und jeden Augenblick drehte sie sich zu ihrer Mutter und Schwester und den anderen Damen um. Mit ihrer schmalen, weißen Hand deutete sie auf den schwarzen Ritter.
»Habt ihr gesehen, wie er Sir Robert zu Hilfe kam, der von Vieren der Unsrigen umzingelt war?«
Etwas später rief sie:
»Geoffrey amüsiert sich köstlich. Er fegt über das Feld wie ein Wirbelsturm.«
Als die Sonne im Westen unterging, waren die Reihen bis auf weniger als die Hälfte gelichtet. Die meisten Männer waren tod-

müde, ihre Schwertarme fühlten sich unter dem Gewicht der Waffen wie Blei an. Timothy, der jüngere Bruder, hatte den Turnierplatz mit gebrochenem Arm verlassen, Folge seines kurzen, aber heftigen Treffens mit Richard. Beatrice umklammerte die Balustrade mit beiden Händen. Ihre Augen schmerzten von der ständigen Anspannung, mit denen sie der stets wechselnden Kampfsituation folgten.

Wer hier auf der Gewinner- oder Verliererseite stand, war zu diesem Zeitpunkt schon nicht mehr zu übersehen.

Ein schwarzer Arm hob sich hoch in die Luft. Das Schwert fiel mit Wucht auf einen Helm mit gefährlichem Drachenkopf und zermalmte die Helmzier. Das Metallstück wurde abgeschlagen und rollte über den plattgestampften Boden.

Beatrice klatschte in die Hände.

»Bist du verrückt geworden, Kind, das ist doch dein Will!«

Es war ihre Mutter, die sie scharf zurechtwies. Der Erbe von Scarborough, der sich wacker gehalten, aber keineswegs brillant gefochten hatte, schüttelte betäubt den Kopf und ließ das Schwert fallen. Er war nur leicht verwundet, denn Richard hatte den letzten Schlag nicht mit äußerster Kraft geführt, doch reichte er aus, den anderen bis zum nächsten Tag aus dem Stechen zu werfen.

Richard hatte vom Beginn des Turniers an ein Auge auf den stutzerhaften Edelmann gehabt. Was ihn betraf, so war ihm *ein* Gegner mit persönlichem Groll gegen ihn in dem Turnier mehr als genug.

Gedämpft erklang sein zufriedenes Lachen hinter dem eisernen Visier. Er wandte sein Pferd – und das Lachen erstarb ihm auf den Lippen. Er stand Auge in Auge mit Geoffrey de Morley, der ihm den Weg versperrte.

»Herr Ritter, Ihr habt der Rechnung, die ich mit Euch zu begleichen habe, eine weitere hinzugefügt«, rief Geoffrey. Er hob sein Schwert. Zu seiner Überraschung verteidigte sich Richard nicht. Im Gegenteil. Er steckte das Schwert in die Scheide und zog sich den schweren Eisenhelm vom Kopf. Sein Haar war naß von Schweiß.

»Jetzt kämpfe ich nicht mit Euch, Herr. Morgen werden wir aufeinander treffen«, sagte er.

Geoffrey spuckte Richard vor die Füße.
»Feigling«, schrie er.
»Ihr gebraucht dieses Wort ziemlich unbedenklich«, antwortete ihm Richard kühl. Der Herr von Morley, der jetzt von seinem hohen Stuhl im Turnierhaus aufstand, hätte keinen besseren Augenblick wählen können, um die Hand zu heben und das Ende des Turniers zu verkünden.
Die Ritter zogen sich langsam, Geoffrey an der Spitze, zum Schloß zurück. Stolz wurde das Panier der Morley durch seines Vaters Fahnenträger vor ihm hergetragen. Hinter ihnen lagen stöhnend die Verwundeten auf dem Grund.

20. KAPITEL

O see ye not yon narrow road,
So thick beseit wi' thorns and briers?
That is the Path of Righteousness,
*Though after it but few inquires.**

Anonym – Thomas the Rhymer

Als Richard nicht lange danach Pilgrim in den Ställen des Schlosses versorgte, berührte ihn ein Bedienter an der Schulter. Er blickte zurück und streckte seinen müden Rücken.

»Herr Ritter, mein Herr möchte wissen, warum Ihr nicht am Diner im Großen Saal teilnehmt.«

»Wie du siehst, versorge ich mein Pferd«, antwortete er kurz. Morley mußte doch wissen, daß er allein war, ohne Schildknappen, der sich um sein Roß kümmern konnte.

»Sage deinem Herrn:« sagte er, ohne sich umzuwenden. »Besser ein Gericht mit Grünzeug, aber mit Liebe, als ein gemästeter Ochse – und mit Haß.«

Überrascht machte sich der Knecht auf die Beine, um kurz darauf in Begleitung eines anderen zurückzukommen.

»Die Jungfrau Beatrice bietet Euch den Stallknecht ihres eigenen Reitpferdes an.«

»Das hätte sie nicht tun sollen«, sagte Richard. Aber es machte jetzt nichts mehr aus. Es war dunkel geworden, und er hatte genug von diesem Teil des Schlosses gesehen.

»Mein Herr heißt Euch willkommen. Er bittet Euch, als sein Freund an der Mahlzeit teilzunehmen«, fuhr der Bediente fort.

* O siehst du nicht den schmalen Pfad, so dicht bedeckt mit Dornen und mit Stacheln? Das ist der Pfad der Rechtschaffenheit, doch suchen ihn nur wenige.

»Sag ihm, daß ich seine Aufforderung dankend annehme«, antwortete Richard. Er tätschelte Pilgrim die Hinterhand und ging zu dem Brunnen, der sich auf halbem Weg im Innenhof befand. Es war ein Genuß, das kalte Wasser zu spüren, das er über sein Gesicht und den nackten Oberkörper strömen ließ.

Richard zog ein sauberes Hemd an und betrat den Saal, der vom schweren Duft des Weines und des gebratenen Hammel- und Rindfleischs erfüllt war. Auf der Sängergalerie befand sich eine Gruppe Spielleute. Fetzen von Liedern und Musik mischten sich mit dem lebhaften Gemurmel in dem vollen Saal. Es herrschte eine leichte und sorglose Atmosphäre, was Richard an jenen Abend in Portchester Castle denken ließ.

Er schritt über die Fliesen, die kurz zuvor mit frischem Stroh und duftenden Blumenblättern bestreut worden waren, und blieb vor seinem Gastgeber stehen.

»Ah, da seid Ihr ja«, sagte Morley gut gelaunt. Achtlos warf er einen Knochen über seine Schulter.

»Ihr habt eine lustige Gesellschaft hier, beau Sire«, sagte Richard.

»Ich suche mir meine Gäste stets sorgfältig aus. Nur meinen Freunden erlaube ich, über meine Schwelle zu treten. Niemals empfange ich Menschen, die ich nicht leiden kann, geschweige denn Feinde, aus welch seltsamen Gründen andere das auch tun mögen – im Gegensatz zu meinem Sohn, der Freude daran zu haben scheint, gerade diejenigen zu sich zu bitten, die er nicht mag.« Er brach in ein polterndes Gelächter aus, das alle anderen Stimmen übertönte, und schlug Geoffrey, der neben ihm saß, auf die Schulter.

Lady Morley auf der anderen Seite schaute stillvergnügt zu.

»Persönlich hege ich keinen Groll gegen Euch. Ich überlasse es euch Hitzköpfen, euch über solche Nichtigkeiten wie einen heimlichen Kuß im Wald zu streiten.«

Der Herr von Morley warf einen Blick auf seine Tochter, und seine Augen blitzten vor Vergnügen. Beatrice, die zwischen Geoffrey und Will of Scarborough saß, war schon errötet, als Richard den Saal betrat, und die Farbe auf ihren Wangen wurde durch die Bemerkung ihres Vaters noch tiefer.

»Er hat mich überhaupt nicht geküßt«, flüsterte sie mit gesenkten

Wimpern, während ihre Finger mechanisch mit dem Becher süßen Mets spielten.
»Er hat mich überhaupt nicht geküßt«, platzte der Edelmann heraus. »Mein kleines Rotkehlchen, niemand glaubt dir das. Ich hätte es selbst getan, wäre ich an seiner Stelle gewesen.«
Er wandte den Blick wieder zu Richard.
»Wenn es nicht mehr als das war, was Ihr mit meiner Tochter vorhattet, verstehe ich nicht, warum Ihr so auf einen frühen Tod aus seid, Herr Ritter. Ist es wirklich notwendig, daß Ihr um einen so hohen Einsatz spielt?«
»Euer Sohn hat mich einen Frauenschänder und Feigling genannt, Herr. Nicht die Ehre Eurer Tochter ist geschändet, sondern mein Name. Und den werde ich bis zum äußersten verteidigen.«
Morley hob die Brauen zu dem Edelmann neben ihm und bedeutete dann einem Diener, einen Sitzplatz für den Ritter an der Ecke jener Tafel freizumachen, die quer zu der stand, an der die Morleys und ihre nächsten Verwandten saßen.
»In diesem Fall«, schloß der Herr von Morley, »will ich glauben, daß Eure Absichten rein waren.«
»Ich nicht«, sagte Geoffrey mürrisch.
»Ich auch nicht«, pflichtete ihm Will of Scarborough hastig bei. Dieser sah ziemlich bleich aus und schien wenig Appetit zu haben. Die Beule an seinem Kopf war deutlich zu sehen.
Beatrice warf ihrem Bruder einen vernichtenden Blick zu, wandte sich ihrem Verlobten zu, nahm sich ein Bratenstück aus der Schüssel und begann es Häppchen für Häppchen zu verzehren.
Jetzt lächelte Richard, wandte sich ihr zu und verbeugte sich.
»Ich möchte Euch meine Dankbarkeit für Eure Güte bezeigen, mir die Dienste Eures Stallknechts anzubieten, Madame«, sagte er. Als er den Blick zu ihr hob, um ihr endlich offen in die Augen zu sehen, war es ihm, als ob alles um ihn her versank, der ganze Saal mit den vielen Menschen – als ob nur sie da wäre, die ihn mit ihren großen blauen Augen anschaute.
Schnell setzte er sich, aber sofort wanderten seine Augen wieder zu ihr und suchten ungewollt die ihren. Will of Scarborough sprang auf, sein Stuhl fiel krachend um. Er schwankte gefährlich, bis er am Tisch Halt fand.

»Ich bitte Euch um die Erlaubnis, mich zurückziehen zu dürfen, Herr«, sagte er, bebend vor kaum unterdrückter Wut. Morley gab mit einem Wink seiner Hand zu verstehen, er habe nichts dagegen, und sagte, nachdem der Edelmann, von seinem Schildknappen gestützt, den Saal verlassen hatte:
»Herr Ritter, ich fürchte, ihr habt ihn ziemlich hart angefaßt.«
Richard antwortete mit einer wegwerfenden Geste. Morley stützte sich mit seinen Ellbogen auf die Tafel und drückte die Fingerspitzen gegeneinander, während er den Ritter in der schwarzen Kutte mit grübelndem Blick musterte.
»Mir gefällt Euer Kampfstil«, sagte er plötzlich. »Sind alle französischen Ritter so brillante Schwertkämpfer?«
Richard lächelte. Er hatte beschlossen, seine schwarze Rüstung zu tragen, weil er sie auch in dem Augenblick getragen hatte, als die jungen Morleys ihn im Wald überraschten. Und er hatte sich vorgenommen, sie stets mit Lügen abzuspeisen, solange das möglich war, ohne Argwohn zu erregen.
»Ich schrecke nie davor zurück, mich mit anderen zu messen, selbst wenn das Verhältnis drei zu eins ist. Ich habe einen guten Ruf zu verlieren«, sagte er wie selbstverständlich.
»Natürlich, le Hardi«, murmelte Morley grinsend. »Habt Ihr heute das Turnier genossen?«
»Ja, mit vollen Zügen«, lautete die aus tiefster Überzeugung gegebene Antwort.
»Ich habe gute Neuigkeiten für Euch. Ihr seid Zweiter geworden, nach meinem ältesten Sohn, der die meisten Punkte gemacht hat.«
Richard trank Geoffrey zu: »Mein Kompliment!«
»Der Preis für Euer mutiges und ritterliches Auftreten auf dem Kampfplatz ist dieses goldene Armband«, fuhr Morley fort. Er legte das kostbare Geschenk vor dem Ritter auf den Tisch. Es war ein massives goldenes Band, das um den Oberarm getragen werden mußte, besetzt mit Halbedelsteinen, ein Kleinod von ursprünglicher, männlicher Schönheit. Aber der Tempel verbot Richard, Geschenke anzunehmen.
»Nein, Herr, dazu bin ich nicht gekommen. Ich kann diese Gabe nicht annehmen. Gebt sie Scarborough. Ich muß mich bei ihm entschuldigen. Es ist nicht meine Gewohnheit, andere Menschen

zu kränken. Wenn ich es doch durch meine zufällige Begegnung mit Eurer Tochter und dem Mißverständnis, das daraus folgte, tat, dann tut mir das wirklich leid.«
Morley war überrascht. Er nahm das Armband und legte es dann mit lautem Krach vor Beatrice auf den Tisch.
»Ein kleines Trostpflästerchen für den Verlobten«, sagte er. Beatrice würdigte das glänzende Gold keines Blickes. Ein zartes Lächeln erhellte ihr Gesicht, und ihre Augen blieben auf den Ritter am anderen Tisch gerichtet, der ihre warme Anteilnahme nicht einmal bemerkte und ruhig fortfuhr:
»Was nicht bedeutet, daß ich selbst Beleidigungen hinnehme. Ich werde Eurem Sohn den Sieg nicht gönnen, Herr.«
»Das werden wir morgen sehen«, sagte der Herr von Morley.
»Ich gebe dir wenig Chancen«, brummte der Sohn.
Morley warf nochmals einen forschenden Blick auf seinen Gast.
»Was für eine Sünde«, sagte er, wie zu sich selbst sprechend, »zwei so hervorragende Schwertkämpfer! Ist es der Tod, der Euch sucht, Herr Ritter, oder sucht Ihr andere zu töten?«
»Keins von beiden, Herr, mein Ehrenwort.«
Die schwarzen buschigen Augenbrauen hoben sich überrascht, und zögernd kam die Stimme:
»Wollt Ihr Euren Entschluß nicht revidieren?«
Offensichtlich war er sich nicht mehr so sicher, daß sein Sohn siegen würde. Aber sein Stolz verbot es ihm, dem Ritter rundheraus seine Entschuldigung für die Hitzköpfigkeit des Erben von Morley anzubieten und ihn zu bitten, sich mit einem Abwurf vom Pferd als Abschluß des Kampfspiels zufriedenzugeben. Im gleichen Augenblick sprang Geoffrey auf.
»Unser Streit kann nur durch den Tod beigelegt werden. Das ist sowohl mein Wunsch als auch der seine. Gib ihm keine Möglichkeit, sich im letzten Augenblick zurückzuziehen, Vater! Ich wünsche Genugtuung!«
Unwillkürlich stand auch Richard auf, ruhiger und würdiger als der andere. »Das ist wohl tatsächlich sein Wunsch. Und ich versichere Euch, daß ich mein Wort niemals zurücknehme, Herr.«
Er hatte zum Herrn von Morley gesprochen, blickte aber dabei dem Sohn offen in die Augen. Dann setzte er sich wieder.

Lady de Morley, die sich nicht ins Gespräch gemischt hatte, fand die Stille, die plötzlich im Saal herrschte, peinlich. Sie rief den Sängern zu, und Musik erfüllte den Raum. Jetzt wandte sie sich an Richard. »Erzählt mir doch, Herr Ritter«, sagte sie freundlich, »was führt Euch hierher, so weit von Eurem Vaterland?«

Sie sprach Französisch, und um ihr zu zeigen, daß er ihr für den Gebrauch seiner vermeintlichen Muttersprache dankbar war, lächelte Richard ihr zu. Er antwortete, nachdem er den Becher mit Wein abgesetzt hatte:

»Ich bin geboren am Tag des Heiligen Justinus«, begann er langsam, »und wie dieser heilige Märtyrer bin ich auf der Suche nach der Wahrheit, die ich irgendwo auf dem Pfad der Gerechtigkeit zu finden hoffe, in Schlaf gewiegt von den Armen der Justitia. Meine Suche führte mich hierher.«

Der Höflichkeit halber wiederholte er seine Worte noch auf englisch. Seine bilderreiche Sprache entsprach den Idealen höfischer Ritterlichkeit. Morgen würden sie verstehen, was er meinte, morgen, wenn er sich in Freiheit seinen Brüdern zugesellte. Vielleicht würden sie daraus lernen.

»Warum seid Ihr schwarz gekleidet, Herr Ritter?«

Es war Alice, die andere Tochter, die ihre Neugierde nicht länger bezähmen konnte.

Die Frage war unvermeidlich, und Richard war darauf vorbereitet. Er streckte den linken Arm aus und strich mit der rechten den wollenen Ärmel glatt. Seine Augen folgten der Bewegung, als ob er in Gedanken versunken wäre. Niemand vermutete auch nur, daß er mit ihnen spielte, um sie alle auf das Turnierfeld zu locken, wenn er am nächsten Tag gegen Geoffrey in die Schranken trat. Er war sich dessen bewußt, daß die Stimmen im Saal verstummt waren und daß alle Anwesenden, die Bedienten nicht ausgenommen, ihrem Gespräch folgten.

»Schwarz«, sagte er leise, »die Farbe der Mönche und des Todes.«

Er wartete etwas und fuhr dann fort:

»Es gibt Menschen, die schwören, ihre Bärte nicht mehr zu schneiden, sich nicht mehr zu waschen und zu pflegen, bis sie eine bestimmte Aufgabe vollbracht haben. So schweifen sie dann umher – wie die Vogelscheuchen.«

Jemand lachte. Aber er verstummte sofort wieder, als Richard plötzlich den Kopf hob und Alice anschaute.
»Schwarz«, wiederholte er, jetzt etwas lauter, »ist die Farbe, die ich zu tragen geschworen habe, weil mein Herz trauert. Ich werde sie tragen, bis meine Aufgabe vollbracht ist.«
»Aber warum trauert Ihr, Herr Ritter?« fragte Lady Morley, gerührt durch den Schmerz in seiner Stimme.
»Weil das, was ich auf dieser Welt am meisten liebte, zertreten ist und vernichtet.«
Er schenkte sich Wein ein und hob seinen Becher zum Herrn von Morley und seinem Erben. Der Edelmann tat das Gleiche und nickte seinem Gast zu.
»Ihr seid ein ganz besonderer Mann«, sagte er. »Ich trinke auf das Stechen von morgen. Ich freue mich sehr darauf.«
Ein zufriedenes Lächeln erschien auf Richards Gesicht.

21. KAPITEL

Saddled and bridled and booted rade he;
A plume in his helmet, a sword at his knee;
But toom cam' his saddle a' bluidy to see;
*O hame cam' his gude horse, but never cam' he!**

Anonym – Bonny George Campbell

Als die Nacht über Schloß Haughton-le-Moor hereingebrochen und Tische und Bänke aus dem Saal geräumt waren, wurde frisches Stroh auf die Fliesen gebreitet, um als Schlafplatz für die vielen Gäste zu dienen.

Richard legte sich nieder und streckte die Glieder aus. Wie kurz waren doch die Stunden reinen Glücks im Leben! Niemals war seine Stimmung so oft und schnell umgeschlagen wie an diesem denkwürdigen Tag. Er mußte zugeben, daß er sich eigentlich gut amüsiert und dann und wann sogar vergessen hatte, weshalb er hierhergekommen war. Die Haut seines Gesichtes fühlte sich an wie gegerbtes Leder, wahrscheinlich als Folge des vielen Weins, den er getrunken hatte, obgleich er noch nicht betrunken war. Er schaute auf die einzelne Fackel, die am Eingang brannte, und sank allmählich in Schlaf.

Etwas später schrak er auf und bemerkte, daß er in die grinsenden Zähne von Sir Robert blickte, des Mannes, dem er während des Kampfes geholfen hatte.

»Bei Gottes Rückgrat, Ihr seid ein unruhiger Schläfer«, brummte der Ritter. Richard lachte leise.

* Gesattelt, gestiefelt und gespornt ritt er dahin/ einen Federbusch auf seinem Helm, ein Schwert an seiner Seite/ Aber leer kam sein Sattel zurück, mit Blut bespritzt./ Ja, sein gutes Pferd kam zurück, aber er kam niemals wieder.

»Ich hätte es vorgezogen, im Gang zu schlafen, aber aus dem einen oder anderen Grund paßte das nicht zu meinem Stand. Hier ist es ziemlich eng.«
Sir Robert nickte in der Finsternis.
»Ich bin es auch nicht gewöhnt, in solcher Gesellschaft zu schlafen.«
Richard starrte einige Zeit an die Balkendecke. Er seufzte und drehte sich wieder um.
»Ich brauche frische Luft. Wollt Ihr mich auf einem Spaziergang begleiten?« flüsterte er Sir Robert zu.
»Seid Ihr verrückt? Morley wird es gar nicht schön finden, wenn wir in tiefster Nacht in seinem Schloß herumspuken.«
Aber Richard drang weiter in ihn. Er wollte lieber in Gesellschaft eines neutralen Gefährten ertappt werden als allein.
»Ich kann nicht mehr schlafen. Zur Hölle mit Morley«, sagte er gleichgültig und stand auf.
»Nervös wegen des Zweikampfes morgen?«
»Nein, das nicht.«
Vorsichtig und ohne ein Geräusch zu machen, gürtete er sich und vergewisserte sich, daß sein Dolch an der richtigen Stelle saß. Sir Robert entschied, daß er sich ihm ebenso gut anschließen konnte, und sei es auch nur aus Neugierde. Sie bewegten sich zur anderen Seite des Saales, ohne die anderen aufzuwecken, und traten durch die kleine Tür, die zu einem Innenhof führte, nach draußen.
»Ihr scheint den Herrn von Morley nicht zu kennen, nach Eurer respektlosen Bemerkung über ihn zu schließen«, brummte Sir Robert.
»Ich weiß sehr wenig von ihm«, nickte Richard.
»Er ist gar kein so übler Bursche, solange ihm niemand in die Quere kommt. Ihr habt einen guten Eindruck auf ihn gemacht. Er äußerte das vielleicht nicht ausdrücklich, aber für einen Kenner waren seine wenigen Worte deutlich genug.«
»Er hätte sich seine Schmeicheleien bis morgen sparen sollen«, war die kühle Antwort.
»Was Ihr nicht sagt«, lachte Sir Robert. »Geoffrey wird sich noch umschauen. Wir alle haben heute gesehen, was Ihr wert seid. Bei der Punktezählung ist gemogelt worden. Ihr hattet viel mehr als er.

Kein Wunder, daß Ihr den zweiten Preis nicht annehmen wolltet. Es war eine Beleidigung.«
Richard ließ das auf sich beruhen. Er lehnte sich an die Mauer und starrte zum sternübersäten Himmel hinauf.
»In welcher Beziehung steht Ihr zu Morley?« fragte er plötzlich.
»Ich besitze ein bescheidenes Stück Land im Norden seines Besitztums. Aber normalerweise sehe ich nicht sehr viel von ihm, und er nicht sehr viel von mir. Ich kümmere mich um meine eigenen Angelegenheiten, und er sich um die seinen. Das bekommt uns beiden sehr gut. Die Söhne, die sind arrogant. Ich bin ein einfacher Ritter. Ihr könnt mich auch bäurisch oder ungeschliffen nennen, aber Ihr werdet immer einen aufrechten Mann in mir finden. Und ich sage Euch, diese Söhne gefallen mir nicht.«
»Mir auch nicht.«
»Ich möchte Euch warnen«, fuhr Sir Robert fort. »Morgen müßt Ihr gegen Geoffrey kämpfen und habt vor, ihn, soweit ich sehe, auf die mühsamste Art zu schlagen: ganz nach den Regeln. Aber verlaßt Euch nicht darauf, daß er das auch tut. Er hat ein paar ganz faule Tricks auf Lager.«
»Damit habe ich schon gerechnet. Ich werde ihm ein paar von den meinen servieren. Obwohl sie nicht faul sind, werden sie ihm ganz hübsch zusetzen.«
»Wißt Ihr, daß wir Wetten darüber abgeschlossen haben, wer morgen gewinnt?«
»Verschwendet Euer Geld nicht. Auf wen habt Ihr gewettet?« fragte Richard beiläufig.
»Auf Euch, aber die meisten wetten auf Geoffrey. Der Betrag, den sie eingesetzt haben, beläuft sich auf...«
»Was war das?« fragte Richard plötzlich und hob die Hand, um den anderen am Sprechen zu hindern.
Schweigend standen sie ein paar Minuten beisammen.
»Es hört sich so an, als ob jemand stöhnt«, flüsterte Richard.
»Vielleicht einer von den Rittern, die heute verwundet wurden«, antwortete Sir Robert.
»Werden die in den Gefängnissen des Schlosses gepflegt?«
»Gefängnisse?« wiederholte der Nachbar der Morleys überrascht.
Richard winkte ihm näherzukommen und wies auf die Öffnung in

der dicken Mauer, gerade über dem Boden. Offensichtlich ein Luftschacht, der zu einer Zelle tief unter der Erde führte.
»Wahrscheinlich ein Wilddieb«, bemerkte Sir Robert schulterzukkend.
»Von denen hat er anscheinend eine ganze Menge.«
Der andere starrte ihn ungläubig an.
»Hört doch selbst. Der arme Teufel hat offensichtlich seine Mitgefangenen im Schlaf gestört.«
Der Ritter kniete sich hin und lauschte aufmerksam, dicht bei der Öffnung in der Steinmauer.
»Bei den Gebeinen der Heiligen, Ihr habt recht!« Sir Robert war stumm vor Staunen. In seiner kleinen Ritterburg hatte er nur eine winzige Zelle in der Tiefe seines Schlosses, wo er dann und wann jemanden wegen Diebstahls oder Wilderei einsperrte. Aber sein mächtiger Nachbar schien eine ganze Sammlung solcher Elemente zu haben, und er hatte nichts davon gewußt.
»Kürzlich ließ er einen Mann in Richmond aufhängen. Er hatte ihn des Hausfriedensbruchs, der Wilderei, des Raubes und dergleichen angeklagt«, erzählte er. »Der Ärmste hatte keine Chance. Niemand hörte auf ihn. Sein Kopf hängt jetzt noch am Tor über der Zugbrücke. Habt Ihr ihn gesehen, als Ihr hereinkamt?«
Richard nickte kurz. Er hatte Braose kaum mehr erkannt, so sehr waren die Überreste des Kopfes, den der Herr von Morley als abschreckendes Beispiel dort hatte aufspießen lassen, bereits verwest.
Dicht bei den Luftschächten stehend konnten sie nun Stimmen unterscheiden, obwohl sie die Worte nicht verstanden. Richard streifte langsam die Mauer entlang, und sein Gefährte ging neben ihm.
»Kommt man hier nach drinnen?«
»Das schon, aber der Gang führt zu den Räumen der Bedienten und den Küchen.«
So suchten sie die ganze Burg ab, und als sie ihre nächtliche Wanderung schließlich beendet hatten und in den übervollen Saal zurückkehrten, hatte Richard einen brauchbaren Eindruck von der ganzen Einteilung des Schlosses gewonnen, und den Rest der Nacht schlief er tief und traumlos.

Im Morgengrauen nahm er hastig eine Mahlzeit ein, bevor er das Schloß verließ, um auf einem kurzen Ritt sein ausgeruhtes Pferd einzureiten und die Festvorbereitungen im Dorf in Augenschein zu nehmen.

Er stieg ab, mischte sich unter die Bauern und Leibeigenen, die die Ländereien der Morleys bewirtschafteten, und genoß die Musik der Spielleute.

Lange stand er still, um einen Bären zu betrachten, der mit täppischen Schritten nach der Musik einer Fiedel, einer Schalmei und einer Trommel tanzte. Ein Stückchen weiter war eine Frau zu sehen, die, auf zwei steinernen Krügen balancierend, eine Art Tanz vorführte, indem sie ihre Hüften im Rhythmus einer erregenden Melodie wiegte. Geraume Zeit hatte er dort zugebracht, als ihm einer der Spielleute unauffällig ein Zeichen gab. Er folgte dem Mann hinter die Bühne aus Holzbrettern und schlüpfte in den Wagen. Der Spielmann zog den Vorhang hinter sich zu, und sie schüttelten einander herzlich die Hand. Es hatte Richard viel Zeit und Mühe gekostet, in diese abgeschlossene Welt der Vaganten einzudringen. Aber mit seiner üblichen Beharrlichkeit hatte er es schließlich geschafft. Sie waren wichtig für ihn. Sie reisten viel, erfuhren also viel. Weder die Kirche noch das Gesetz hatten Zugriff auf diese unabhängigen Menschen, und genau das war es, was Richard brauchte.

König Philipp hatte seinerzeit die bestochenen Vaganten dazu benutzt, um belastende Gerüchte über die Templer auszustreuen. Diesmal war Richard seinem Vorbild gefolgt. Er zahlte seinen Preis für ihre Freundschaft und belohnte sie großzügig, denn sie waren arm wie Kirchenmäuse.

Er setzte sich auf den Boden des hölzernen Wagens.

»Wie steht es?« erkundigte er sich.

»Wie immer«, war die melancholische Antwort.

»Wir spielen und laufen,
solang wir noch schnaufen.
Unser tägliches Brot
ist Armut und Not.«

»Ganz hübsch«, lachte Richard. »Aber Ihr könnt sicher viel mehr als solche Reimereien.«

»Die Frau hat eine Totgeburt gehabt. Unaufhörlich setzen sie Kinder in die Welt, die dumpfen Weiber.«
»Aber da mischst du doch selbst mit.«
»Das Kind war nicht von mir. Gottverdammt«, schimpfte der Spielmann. »Eines Tages lenkten wir den Wagen vom Weg, um für einen Edelmann mit Gefolge Platz zu machen. Er sieht sie neben mir auf dem Bock sitzen, zeigt auf sie, und bevor wir noch wissen, wie uns geschieht, haben sie seine Fußknechte mit sich fortgeschleppt. Ich kann noch von Glück sagen, daß sie mir einen Monat später wieder zulief, verletzt und schwanger. So geht es immer. Das Schwein! Noch ein Glück, daß das Kind tot geboren wurde. Wieder ein Mund weniger, der gestopft werden muß.«
»Ihr habt es doch nicht selbst...« fragte Richard und machte eine schnelle Geste mit der Handkante am Hals entlang.
»Gott behüte. Sehe ich aus wie ein Kindsmörder? Du kannst dir vorstellen, wie froh ich war, daß es nicht lebte. Sonst wäre ich vielleicht doch noch in Versuchung gekommen.«
Er ergriff seine Drehleier und drehte die Kurbel. »Ich habe ein Lied auf dieses Schwein gemacht. Das wird ihm gar nicht gut in den Ohren klingen.«
Richard hatte kein Bedürfnis, sich den sicher unflätigen Text anzuhören. Er holte einen kleinen Krug unter dem Mantel hervor und gab ihn dem Spielmann, dessen Gesicht sich aufhellte, als er daran schnupperte.
»Wein«, sagte er zufrieden. »Das Leben wäre das Leben nicht wert, wenn du dich nicht so dann und wann besaufen könntest.«
»Es reicht nicht für einen Rausch«, erklärte Richard. In diesem Augenblick wurde der Vorhang zur Seite gezogen, und Edmund the Lion kam herein. Er schüttelte dem Spielmann jovial die Hand, der währenddessen den Krug nicht absetzte.
»So weit geht alles gut«, sagte Richard zu seinem Gefährten. Er gab Edmund the Lion seine Befehle und malte eine grobe Skizze in den Sand auf dem Wagenboden.
»Gib mir ein Zeichen, sobald ihr alle in Sicherheit seid«, schloß er und drückte dem Spielmann eine Münze in die Hand.
Rechtzeitig war er wieder zurück, um seinen Kettenpanzer anzulegen und sich den begierigen Zuschauern zu präsentieren.

Vor seinen Augen nahm Geoffrey aus den Händen seiner Mutter ein seidenes Halstuch entgegen. Während des Stechens würde er ihre Farben tragen. Aber der stolze Sohn der Morleys war damit nicht zufrieden. Er trieb sein Pferd noch dichter an die Balustrade heran und machte eine ungeduldige Handbewegung:
»Ich werde deine Ehre verteidigen, Schwesterchen. Damit hat schließlich alles angefangen.«
Beatrice gehorchte und überreichte ihrem Bruder ein hellblaues Taschentuch, doch so zögerlich, daß Richard lachen mußte. Geoffrey warf ihm einen triumphierenden Blick zu.
»Die Ehre welcher Dame werdet Ihr verteidigen?« höhnte er.
»Herr«, antwortete Richard eisig, »ich kämpfe nur für die Glorie einer Frau.« Er schlug ein Kreuz und richtete die Augen zum blauen Himmel empor:
»Heilige Mutter Gottes, auf Euch verlasse ich mich.«
Geoffrey war enttäuscht. Sein unangebrachter Scherz war von seinem Gegner mit einer Würde pariert worden, die ihn selbst wieder ins Unrecht setzte. Und so war zur moralischen Schlappe des Vortags eine weitere hinzugekommen. Eine zuviel: Er gewann sein erstes Spiel mit einer Brutalität, die schon fast gegen die Regeln verstieß. Schwitzend und keuchend nahm er im Turnierhaus Platz, den Schaum vom Maul seines Pferdes noch am Ärmel, um den Kampf zwischen Richard und einem Ritter zu verfolgen, der sich Conan the Red nannte, ein Name, der sich von einem jetzt ganz unter dem Helm verborgenen roten Schopf herleitete.
»Paß auf«, sagte Timothy, der jüngere Bruder, der den Arm in einer Schlinge trug, und zeigte auf den Ritter auf dem schwarzen Pferd. »Er gesteht seinem Gegner Angriffe ohne Gegenschlag zu, bevor er selbst zum Angriff übergeht. So hat er es im ersten Spiel gemacht, und er macht es auch jetzt wieder so.«
Morley wandte sich seinen Söhnen zu.
»Merkwürdig, diese Taktik ist mir neu.«
Es war keine Taktik. Morley wußte nicht, daß die strengen Regeln des Tempels seinen Rittern die Verpflichtung auferlegten, in jedem Zweikampf drei Angriffen des Gegners zu trotzen, bevor sie selbst zum Angriff übergingen.
»Ich kann keinen Sinn darin sehen«, bemerkte Geoffrey.

»Brauchst du auch nicht. Schau nur gut hin und mach es dir zunutze.«
»Ich werde ihn den Sand vor meinen Füßen fressen lassen!«
Mit schrecklichem Krachen zersplitterte Richards Lanze auf dem Schild Conans the Red. Er hatte sein ganzes Gewicht und alle Kraft Pilgrims in diesen Stoß gelegt, und der schwere Ritter wurde durch den Anprall vom Pferd geworfen.
Morley nickte beifällig. Ein Mann von der Statur Conans the Red war nicht so einfach aus dem Sattel zu heben. Der Schwertkampf, der nun folgte, verlief klar zu Gunsten Richards. Der schwerere und ältere Mann konnte seine schnellen Schläge nicht parieren. Die drei Morleys schauten konzentriert zu. Plötzlich wandte sich der Vater an seinen Sohn:
»Schau, wie sein linker Arm schlaff wird. Er läßt immer wieder den Schild sinken, als ob ihm die Last zu schwer würde. Das ist die Lücke in seiner Verteidigung, Sohn. Das ist die schwache Stelle, die du ausnützen mußt!«
Richard war sich der Tatsache, daß er seine Deckung preisgab, peinlich bewußt, aber er konnte es nicht vermeiden. Die Wunde, die ihm Gilbert of Mansourah beigebracht hatte, war zwar verheilt, aber die Muskeln seines linken Armes waren der ständigen schweren Anspannung noch nicht gewachsen. Den Schwerpunkt seiner Verteidigung mußte er also in die Schneide seines Schwertes legen. Die Zuschauer jubelten laut, als Conan the Red schließlich zum Zeichen der Aufgabe auf ein Knie sank und sein Schwert übergab.
Richard nahm den Helm ab, nickte kurz, dankte seinem Gegner für sein ehrliches Spiel und verließ, begleitet von den Lobes- und Bewunderungsrufen der Umstehenden, das Feld. Er war zufrieden. Alles verlief nach Plan. Er hatte gesehen, wie Hubert the Boar und Amaury de Breton, gekleidet in die Morleyschen Farben, einen verwundeten Ritter zum Schloß trugen.
Inzwischen würden sie wohl drinnen sein und bereit stehen, die Türen für ihre gefangenen Kameraden zu öffnen.
Es gab eine kurze Pause, und die Gäste wurden mit getrockneten Früchten und kaltem Fleisch bewirtet. Richard nutzte die Zeit, um den linken Arm und die Schulter mit Öl zu massieren. Es war zwei

Uhr, als er wieder die Kettenhaube über den Kopf zog und den Helm mit dem Widderkopf darüberstülpte.

Inzwischen hatten sich so viele Zuschauer eingefunden, daß ihre Zahl die vom Vortag sogar noch übertraf. Die Burg mußte nahezu ausgestorben sein.

Pilgrim stampfte kampfeslustig mit dem Vorderhuf. Richard beugte sich hinab und nahm seinen Schild und die hölzerne Lanze aus den Händen des Schildknappen entgegen, der ihm zugewiesen war. Auf der anderen Seite des Platzes hielt Geoffrey sein ungestümes Pferd im Zaum. Der Boden bebte, als beide Reiter ihre Streitrösser spornten und aufeinander zugaloppierten. Im Bewußtsein, daß der Gegner keinen Schlag vor dem vierten Angriff führen würde, zielte Geoffrey mit tödlicher Genauigkeit. Richard wich nicht vom Kurs ab. Aber im letzten Augenblick riß er das Pferd herum, und die Lanzenspitze seines Gegners schrammte nur an seinem Schild entlang.

Der Tumult bei den Zuschauern war enorm. Richard lachte. Er wußte, daß seine Brüder gehört hatten, daß das Gefecht begonnen hatte, und nun mit ihrer Arbeit in den Kerkern von Haughton-le-Moor beginnen konnten.

Seine Aufgabe war es nun, das Spiel in die Länge zu ziehen und möglichst viel Zeit zu gewinnen. Er wandte sein Pferd und ließ es wieder angaloppieren. Mit lautem Geschrei schoß Geoffrey auf ihn zu. Auch Richard ließ das Pferd laufen, kümmerte sich nicht um die Richtung seiner Lanzenspitze, sondern umklammerte das verschlissene Leder seines Sattels fest mit den Knien. Plötzlich machte Pilgrim eine erschreckte Bewegung. Richard fühlte, wie der Sattel zu rutschen begann. Im nächsten Augenblick traf ihn die volle Wucht des Anpralls mitten auf den Schild. Irgendwie gelang es ihm, im Sattel zu bleiben. Langsam ritt er zurück und sprang vom Pferd. Unverzüglich tastete er nach dem Sattelgurt. Am zerfaserten Rand war ganz deutlich ein Einschnitt zu sehen. Mißtrauisch blickte er zu seinem Schildknappen, dem einzigen, den er in Pilgrims Nähe geduldet hatte. Der Mann wich seinem Blick aus.

Es dauerte geraume Zeit, bis Richard seinen Sattel in Ordnung gebracht hatte und wieder aufsteigen konnte. Auf der anderen Platzseite riß Geoffrey laut fluchend seinem Schildknappen eine

neue Lanze aus der Hand. Seine List war mißglückt. Es blieb ihm nur noch eine Chance, den Gegner zu werfen. Aber Richard gab ihm keine Gelegenheit, sie auszunützen.
Der Kampf konnte fortgesetzt werden. Die Menge feuerte Geoffrey an, der schon wieder für den nächsten Angriff bereit stand. Richard hatte keine Eile. Kühl bat er um eine neue Lanze, obwohl die erste ganz unbeschädigt war. Pilgrim schnaubte laut. An der Art, wie der Herr die Beine gegen seine Flanken drückte, fühlte er, daß es ernst wurde.
Der Anprall war fürchterlich. Beide Lanzen splitterten, aber beide Reiter saßen fest im Sattel und wandten ihre dampfenden Pferde. Daß das Publikum deutlich auf seiten des jungen Morley stand, interessierte Richard nicht. Stoß um Stoß führte er jetzt aus und zerbrach noch zwei Lanzen. Obwohl er dreimal die Möglichkeit hatte, den anderen vom Pferd zu werfen, tat er es nicht. Geoffrey seinerseits wurde immer ungeduldiger und fluchte lästerlich, wenn sich seine ungestümen Angriffe am Schild des Gegners brachen oder ihn total verfehlten.
Richard schwitzte. Sein Ehrgeiz dürstete danach, dem anderen den Gnadenstoß zu geben. Aber jede Minute, die er gewinnen konnte, war für seine Brüder lebenswichtig, selbst wenn das bedeuten sollte, daß er als erster vom Pferd gestoßen wurde.
Wieder ritt er Geoffrey entgegen. Zu spät sah er, wie dieser die auf den Schild gerichtete Lanze plötzlich senkte und ihn schmerzhaft am Oberschenkel traf. Empört parierte er Pilgrim so abrupt, daß das Tier stieg und ihn fast abwarf. Dann ritt er langsam zum Turnierhaus und blieb vor dem Herrn von Morley stehen. Er klappte das Visier auf.
»Herr, dagegen muß ich protestieren!«
Er führte eine Hand zum Oberschenkel, berührte die Wunde und zeigte das Blut, dann fuhr er fort:
»Ein Stoß unter die Gürtellinie, Herr.«
Morley winkte seinem Sohn. Widerstrebend ritt dieser heran. Vielleicht hatte er gehofft, daß sein Vater Richards Protest nicht beachten würde.
»Ein Verstoß gegen die Regeln, Sohn.«
»Es war ein Versehen. Die Lanze glitt mir aus der Hand.«

Ungläubig blickte Richard den jungen Mann an. Die Wunde selbst kümmerte ihn wenig. Früher oder später würde doch Blut fließen. »Ich verlange von Euch, daß Ihr Euch an die Regeln haltet.«
Mit diesen Worten wandte er entschlossen sein Pferd, um sich wieder aufzustellen. Totenstille trat ein, während er darauf wartete, daß Geoffrey das Treffen wieder aufnahm. Der stolze Sohn von Morley galoppierte auf seinen Platz. Er war außer sich vor Wut, was ihn alle Vorsicht vergessen ließ. Bedenkenlos stürmte er vorwärts, gewillt, seinen Feind mit einem vernichtenden Stoß aus dem Sattel zu heben. Doch zu seiner Verblüffung schwenkte der auf ihn zukommende Ritter plötzlich nach links und bot ihm die ungeschützte Flanke. Doch noch ehe er die Blöße des Gegners nutzen konnte, sah er dessen Lanzenkrönchen auf seinen Helm zuschießen, und im nächsten Augenblick fand er sich mit Sand im Mund und mit entblößtem Kopf auf dem Boden wieder, während der verbeulte Helm scheppernd über den Sand kollerte.
Richard beruhigte sein erschrecktes Pferd und ritt gelassen zu seinem Schildknappen zurück. Er händigte ihm die Überbleibsel der beschädigten Lanze aus und tat so, als ob er nicht sähe, wie Geoffrey sich hastig aufrappelte und sein Pferd bestieg. Den Helm holte er sich nicht wieder.
Die Menge tobte wie von Sinnen.
Beatrice sprang auf und umklammerte die Balustrade mit beiden Händen. Als Richard sich umdrehte, saß Geoffrey hoch auf seinem scharrenden Pferd, mitten auf dem Turnierplatz. Er machte keine Anstalten, sich eine neue Waffe zu holen. Richard runzelte die Stirn, setzte Pilgrim in Trab und zog das Schwert aus der Scheide.
Als er auf halbem Wege war, wandte Geoffrey sein Roß und galoppierte davon. Richard hielt sein Pferd an und folgte den Bewegungen des anderen, wobei er sich fragte, was dieser vorhaben mochte.
Geoffrey griff sich eine Kronenlanze mit Eisenspitze aus den Händen eines Leibwächters und kam in vollem Galopp auf ihn zu. In den wenigen Sekunden, die Richard blieben, stieß er die Sporen in Pilgrims nervös zitternde Flanken, in der Hoffnung, wenigstens genügend Tempo zu entwickeln, so daß er sein Pferd manövrieren

und Raum für sein Schwert schaffen konnte. Es war ein vergeblicher Versuch. Die Eisenspitze traf Richards Schild, glitt von der glatten Oberfläche ab und fuhr durch ein böses Verhängnis genau in die beschädigten Ringe des Kettenpanzers, wo Geoffrey ihn zuvor verwundet hatte. Für einen Augenblick löste der Schmerz die Muskeln von Richards Beinen, und er verlor den Kontakt mit dem Sattel.

Das Schwert beschrieb einen harmlosen Bogen durch die Luft, als er vom Pferd gerissen wurde. Geoffrey grinste zufrieden. Er ließ die Lanze fallen und ritt mit gezogenem Schwert auf den anderen Ritter zu, der sich an seinem Pferd festklammerte, einen Fuß noch im Steigbügel, eine Hand am Sattelbaum. Der Schild mit dem Widderkopf lag auf dem Boden. Geoffrey hob das Schwert und schrie triumphierend. »Sprich dein letztes Vaterunser!«

Richard verschwendete seinen Atem nicht an Worte. Er ließ Pilgrim los und tauchte unter der sausenden Klinge hindurch, sprang wieder auf die Füße und ergriff Geoffreys Steigbügel. Mit seinem vollen Gewicht riß er den völlig überraschten Edelmann vom Roß. Mit scheppernden Krachen fielen beide zu Boden, ein Klumpen kämpfendes Eisen, und machten sich nach einigen Minuten keuchend voneinander los. Geoffrey sprang zurück, grinste und stellte den Fuß auf den zu Boden gefallenen Schild. Er hob seine Hand und rief:

»Meinen Helm für Euren Schild!«

Richard öffnete das Visier und blickte zur Sonne. Er dachte an seine Brüder in den kalten Verliesen der Burg.

Ach, wie gern wäre er nun bei ihnen! Ströme von Schweiß liefen ihm übers Gesicht, und sein Leinenhemd war damit getränkt. Beinahe eine halbe Stunde war vergangen, aber das genügte noch nicht. Sie brauchten noch mehr Zeit.

»Gut«, nickte er, »Euer Helm für meinen Schild.«

Als er den Kampf wieder aufnahm, führte Geoffrey das Schwert sehr vorsichtig und deckte sich sorgfältig mit dem Schild. Er focht wie eine gutgeölte Maschine, im regelmäßigen Rhythmus angreifender und parierender Bewegungen, worin er sich endlos geübt hatte.

Richards Gehirn dagegen war frei von jedem Gedanken. Er

brauchte sich nicht auf die Bewegungen zu konzentrieren, die ihm durch endloses Training so zur zweiten Natur geworden waren, daß sie sein Körper wie von selbst ausführte. Er hielt sich an die eine Regel, die der heilige Bernhard den Rittern des Tempels mitgegeben hatte: »Tretet Euren Feinden furchtlos entgegen. Stürzt euch auf sie wie auf eine Schafherde und vertraut auf die Hilfe Gottes.«

Keiner der beiden Ritter gab auch nur einen Fußbreit nach. Geoffreys Schwertarm war ebenso kräftig wie der Richards, und er machte gleichzeitig guten Gebrauch von seinem Schild, parierte Richards Schläge mit der eisenbeschlagenen Oberfläche und trieb ihn so allmählich zurück.

Richard ließ ihn langsam, aber sicher Terrain gewinnen. Wenn er Geoffreys Augen, verborgen hinter dem Helmschlitz, erkennen konnte, sah er, daß sie unablässig die Stellung seines Schildes beobachteten und nach dem ersten Anzeichen einer Erschlaffung Ausschau hielten.

Allmählich aber verlor Geoffrey die Beherrschung – Geduld war nicht seine Stärke. Immer ungestümer begann er mit dem Schwert dreinzuschlagen, fatale Augenblicke für Richard, dessen linker Arm jetzt von der Schulter bis zum Ellbogen zitterte. Er drückte den Schild dicht gegen den Körper, um nicht zu verraten, daß er sich in Bedrängnis befand.

Doch Geoffrey reagierte unverzüglich. In der Hoffnung, den Kampf nun schnell beendigen zu können, griff er mit erneuter Energie an. Richard mußte vollständig in die Verteidigung gehen. Der Schweiß rann ihm übers Gesicht. Sein linker Arm zuckte heftig unter den wie Schmiedehämmer auf seinen Schild niederprasselnden Schlägen, und schließlich sah er sich zum Rückzug gezwungen.

Triumphgeschrei für Geoffrey erhob sich in der Menge, die in dem jungen Edelmann bereits den Gewinner sah.

Trotz aller Gefahr waren Richards Gedanken doch bei seinen Brüdern. Sie waren jetzt bestimmt schon unterwegs, doch hatte er das abgesprochene Zeichen noch nicht gehört, das verkündete, daß sie in Sicherheit waren. Sie brauchten einen gehörigen Vorsprung. Beatrice war bleich geworden. Fest heftete sie ihre Augen auf die

Gestalt im Kettenpanzer und der schwarzen Kleidung. Plötzlich stieß sie einen Schrei des Entsetzens aus und bedeckte das Gesicht mit den Händen. Aber sie konnte nicht anders – sie mußte angstvoll durch ihre Finger hindurchsehen.
Unerwartet trat Richard ein paar schnelle Schritte zurück und warf seinen Schild ab.
»Gesteht mir zu, Herr, daß ich ohne meinen Schild weiterkämpfe«, rief er mit vor Anspannung rauher Stimme.
»Mit Vergnügen«, antwortete Geoffrey gönnerhaft. Er konnte sich nicht vorstellen, was sich der Gegner davon versprach. Aber befreit von der lähmenden Last schien Richard plötzlich Flügel zu bekommen. Er sprang vor, das Heft seines Schwertes fest mit beiden Händen umklammernd, und trieb seinen Widersacher mit einer Serie blitzschneller Schläge zurück. Innerhalb weniger Minuten hatte er wieder den Platz erreicht, wo sie den Schwertkampf begonnen hatten.
Beatrice stieß einen Seufzer der Erleichterung aus und legte die Hände wieder in ihren Schoß. Jetzt war es an Geoffrey, sich zu überlegen, wie er sich vor der drohenden Niederlage retten konnte. Er hatte sich eine tüchtige Prellung an der rechten Schulter geholt und einen Schnitt über den Handrücken, der quer durch den Handschuh gegangen war. Außerdem behinderten ihn die eisernen Brustplatten.
Ohne Vorwarnung warf auch er seinen Schild weg und zog den Dolch. Es war aber nicht der kurze Dolch, den Richard gewählt hatte, sondern ein gefährliches Ding, dessen Klinge beinahe zweimal so lang war.
Geoffrey wartete, bis er nahe genug herankam und stieß zu. Doch die Waffe blieb im zuverlässig festen Kettenpanzer hängen. Im selben Augenblick war Richards Dolch aus der Scheide, obwohl er wußte, daß er angesichts der Schwäche in seinem linken Arm wenig damit anfangen konnte.
Von diesem Moment an hatte der Kampf alle Ritterlichkeit verloren. Es war eine Auseinandersetzung auf Leben und Tod, voller Haß und Mordgier.
Doch der Herr von Morley trennte die Kämpfer nicht, er vertraute auf die Fähigkeiten seines Sohnes, der schließlich selbst diesen

Kampf gewollt hatte. Er war derart in Bann geschlagen von der kaltblütigen Entschlossenheit, mit der dieser fremde Ritter focht, daß er gar nicht bemerkte, wie seine Tochter voll Abscheu das Haupt abwandte.

Sie stand auf und drängte sich zwischen den anderen Damen zu ihrem Vater durch. Er blickte nicht auf, als sie ihn am Arm faßte und ausrief:

»Im Namen der heiligen Jungfrau, ich flehe Euch an, macht hier ein Ende, Vater. Das ist eine Schlächterei!«

»Sie haben doch gerade erst begonnen, mein Täubchen«, lachte der Edelmann. »Dein Bruder würde es mir sehr übelnehmen, wenn ich jetzt eingreifen würde. Mach dir keine Sorgen. Er weiß, was er tut. Und wenn es wirklich schlecht läuft, so haben wir für den Notfall vorgesorgt.«

Er zeigte zu den drei Seiten des Turnierplatzes, die nicht an das Turnierhaus grenzten. An jeder Seite stand ein Bogenschütze, den Pfeil auf der Sehne.

»Wenn Geoffrey wirklich in Not kommt, bedarf es nur eines Zeichens von meiner Hand oder der seinen, und ein Pfeil schaltet seinen Gegner aus.«

»Aber...« wollte sie protestieren, fast sprachlos vor Entsetzen. Morley gebot ihr mit ungeduldiger Geste Schweigen und beugte sich vor. Er hatte die kämpfenden Männer keinen Augenblick aus den Augen gelassen. Geoffrey war in Bedrängnis. Er hatte Richards Zorn geweckt und war jetzt den kraftvollen Streichen seines Schwertes nicht mehr gewachsen. Sein Dolch drang niemals hinter die Reichweite dieses Schwertes. Mit der Wucht seines ganzen Gewichtes hinter der Waffe führte Richard noch einen schmetternden Schlag, und Geoffreys Schwert flog ihm aus der Hand und fiel einige Meter weiter zu Boden. Es folgte eine Stille, die Stunden zu dauern schien, während Richard sich seinen Feind mit der Spitze seiner Waffe vom Leibe hielt, denn immer noch war dessen Dolch drohend auf ihn gerichtet.

Weit aus der Ferne über die Heide erscholl der melancholische Klang eines Horns, dreimal geblasen. Das Echo widerhallte in den Tälern, bis es schließlich erstarb. Hinter dem eisernen Visier schien sich Richards müdes Gesicht zu glätten: Seine Brüder waren in

Sicherheit. In Gedanken schickte er ein Dankgebet zum Himmel. Jetzt dürstete er nicht mehr nach Geoffreys Blut. Seine Aufgabe war erfüllt.

»Es ist genug. Ergebt Euch«, sagte er keuchend.

»Niemals. Wir kämpfen bis zum Tod.«

»Ich schenke Euch meine Gnade.«

»Niemals!«

Richard antwortete auf Geoffreys Weigerung mit einem kurzen Schwerthieb, der den jungen Edelmann am Schwertarm verwundete und ihn praktisch kampfunfähig machte.

Da sah er die plötzliche Handbewegung des anderen. Ein abgesprochenes Zeichen, dachte er, und unmittelbar darauf gellte die Stimme Beatrices warnend durch die Stille:

»Richard, paß auf!«

Er konnte den Schützen nicht sehen, der weit weg hinter der Schranke den Bogen spannte und den Pfeil abschwirren ließ. Seine Augen waren auf den Dolch vor ihm gerichtet. Er machte eine schnelle Bewegung seitwärts, sich fragend, was Geoffrey im Schilde führte. Er sah, wie auch der andere wegtauchte. Der Pfeil traf ihn an der Schulter, durchschlug den Kettenpanzer, wurde aber vom Schulterblatt aufgehalten. Doch genügte die kleine Wunde, um seinen Schwertarm einen Augenblick zu lähmen. Geoffrey nahm seine Chance wahr.

Er drückte mühelos das Schwert zur Seite und sprang Richard an die Kehle. Das Gewicht seiner Rüstung warf Richard zu Boden. Trotzdem fing er den Dolchstoß mit dem linken Arm auf, doch Geoffrey schlug ihm den Helm vom Kopf. Als der Helm wegrollte, sah Richard, wie der Dolch auf seine Kehle niederstieß. Er schnellte den Kopf zur Seite und warf die Last des anderen ab, dann packte er seinen kurzen Dolch mit der rechten Hand und stieß ihn genau in die ungeschützte Stelle zwischen den Brustplatten des anderen.

Mit einem Schmerzensschrei warf Geoffrey den Kopf zurück. Der Dolch glitt ihm aus der Hand, und er sackte zusammen. Blitzschnell sprang Richard auf und schaute nach seinem Pferd. Pilgrim war nicht da. Der einzige Weg vom Turnierplatz war durch ein Dutzend Fußknechte versperrt.

Jetzt bemerkte er auch die Schildwache, die, noch am Strick zerrend, der ihre Handgelenke fesselte, auf der Treppe des Turnierhauses stand, und den Herrn von Morley, der mit ihr sprach. Richard begriff, daß trotz aller Vorsichtsmaßregeln seiner Brüder doch einer der Burgwächter hatte entkommen können. Das Spiel war aus. Eine einfache Rechnung mußte seine Beteiligung an dem Komplott ans Licht bringen.
Ruhig wandte er sich dem Herrn von Morley zu, der aufstand und haßerfüllt auf ihn herabblickte.
»Ihr habt dieses Spiel gewonnen, Herr Ritter«, sagte er. Richard wußte nur zu gut, was er damit meinte: ... und das andere verloren.
Morley lachte höhnisch und fuhr fort, während er einen Beutel voll Gold emporhielt:
»Der Preis gebührt Euch. Ich fordere Euch auf, herzukommen, um ihn aus meiner Hand entgegenzunehmen.«
Richard stand unbeweglich. Der Blick der beiden mit Streitäxten bewaffneten Leibwächter, die vor dem Turnierhaus standen, gefiel ihm nicht, ebensowenig das Gesicht des Herrn von Morley. Er blieb auch stehen, weil die Wunde in seiner Schulter bei jedem Atemzug heftiger zu stechen begann. Langsam wischte er den blutbeschmierten Dolch ab. Hinter ihm wurde Geoffrey vorsichtig auf eine Tragbahre gelegt und fortgetragen. Richard blickte kurz auf das bleiche Gesicht mit den geschlossenen Augen und wandte sich danach an Morley.
»Behaltet Euer Gold. Ich bin reich genug belohnt. Ihr habt mich nun, Herr, aber es ist Euch teuer zu stehen gekommen.« Kein französischer Akzent mehr, sondern unverfälschtes Englisch.
Beatrice betrachtete den Ritter, den sie so bewundert hatte, nun mit Abscheu. Sie begriff nicht den Sinn seiner Worte und heftete die Augen auf ihren Vater, der rot vor Wut geworden war.
»Verräter«, brüllte er. Seine donnernde Stimme hallte über die Köpfe der Menge und erstarb dann. Beatrice duckte sich vor Angst, denn sie wußte: Wenn ihres Vaters Wut so heftig war, dann sah es schlecht aus für den Ritter.
»Angst?« hörte sie ihn in der Erinnerung sagen. »Ich kenne keine Angst.« Nun, er würde sie schnell genug kennenlernen. Aber jetzt

war ihm jedenfalls noch nicht bange. Wie konnte er nur so ruhig bleiben! Er lächelte sogar und hob seine Arme, um sich von den Schildwachen fesseln zu lassen, die auf ihn zutraten.
Sie wurde aus ihren Gedanken gerissen, als der Herr von Morley die Stufen des Turnierhauses hinabstieg und seiner Frau und Tochter bedeutete, ihm zu folgen. Die Frauen rafften die Röcke und eilten ihm nach. Vor dem Gefangenen am Fuß der Treppe standen sie still, und zum dritten Mal, seit sie ihm im Wald in die Arme gelaufen war, begegnete Beatrice den graublauen Augen, nur einen Augenblick – denn schnell wandte er den Blick ab.
»Was soll ich mit ihm machen?« fragte der Fußknecht.
»An den Geißelpfahl.«

22. KAPITEL

En mond n'ad si bel ne si sage,
Ne si curtois ne si preysé,
Si eure ne lui court de avantage,
*Que il ne serra pur fol clamé.**

Edward II – De le Roi Edward le Fiz Roi Edward,
le Chanson que il fist mesmes

Es geschah nur selten, daß ein Opfer, das am Schandpfahl auf dem Vorplatz der Burg von Haughton-le-Moor festgebunden war, nicht mit Steinen und Abfällen beworfen wurde. Jetzt warf niemand, denn niemand begriff, warum er dort stand. Er hatte mutig gekämpft und ehrlich obendrein, der Sohn Morleys hatte es seiner eigenen Unvorsichtigkeit zu verdanken, wenn er verwundet war. Die Bedienten des Schlosses blieben stehen, betrachteten Richard aus der Entfernung und behielten ihre Gedanken klugerweise für sich. Sir Robert war der einzige, der sich ihm zu nähern wagte.

»Also darum ging es im Grunde«, sagte er freundlich und musterte den Gefangenen von Kopf bis Fuß.

»Aber warum wolltest du ein Pack Diebe und Wilderer befreien? Mußtest du für diesen Abschaum deinen Kopf in die Schlinge stecken?«

»Diebe? Wilderer? Es waren zehn Brüder des Tempels!«

»Templer!«

Das war alles, was Sir Robert zunächst herausbringen konnte. Richard nickte. Es hatte leise zu regnen begonnen. Er hob den Kopf und fühlte die weichen Tropfen auf seinem Gesicht.

* Niemand auf Erden ist so schön, so weise, so höfisch oder so geehrt, daß er nicht, wenn das Glück ihn verläßt, zum Narren gemacht werden könnte.

»Sieh doch«, sagte er, »der Himmel weint.«
Als er dem verständnislosen Blick Sir Roberts begegnete, erklärte er:
»Mein alter Lehrer im Tempel erzählte mir immer, als ich noch ein Kind war, daß die Regentropfen die Tränen der Engel seien, die über die Bosheit der Menschen weinen.«
Er schwieg und zuckte mit den Schultern. »Es ist nur eine kindische Geschichte.«
Seine Augen fielen auf die Überreste des Hauptes von John de Braose, das immer noch über dem Tor hing.
»Der Herr von Morley hat drei Monate lang meine Brüder in seinen Gefängnissen dort drunten hungern lassen und gemartert«, erzählte er Sir Robert. »Jetzt sind sie frei, Gott sei Dank.«
Er leckte die Regentropfen von seinen Lippen und lächelte. In diesem Moment fand Sir Robert die Sprache wieder.
»Natürlich, jetzt wird mir alles klar. Ihr habt uns hübsch hereingelegt mit Euren doppelzüngigen Antworten. Ich wünsche Euch Kraft. Beim Kreuz! Das ist alles, worauf Ihr noch hoffen könnt. Denn wenn die Morleys Euch in ihren Klauen haben, kann kein Mensch Euch helfen.«
Richard schaute Sir Robert nach, als dieser das Schloß verließ, und fühlte sich einsamer als jemals zuvor. Hoch über und hinter ihm in den Türmen der Burg Haughton-le-Moor blickten zwei schöne blaue Augen voller Tränen auf ihn hinunter: Die roten Lippen zitterten. Beatrice konnte ihre Augen nicht von ihm abwenden. Sie stand da, bewegungslos, während sie der Stimme des Priesters lauschte, der ihrem Bruder die Sterbesakramente reichte. Sie stand da, als ihr Vater Befehl gab, den Gefangenen zu geißeln, um entweder seinen Widerstand oder seine Knochen zu brechen, wie er sich ausdrückte, bevor er ihn verhören würde. Und sie stand immer noch da, als ihm die Kutte über den Gürtel fiel und sie ihm das Hemd auszogen.
Ein Schauer durchfuhr sie bei jedem Schlag, der auf seinen Rücken niedersauste, obwohl er selbst keinen Schmerzenslaut von sich gab. Als sie aufgehört hatte, die Schläge zu zählen, war sein Rükken mit hellen Striemen bedeckt, und sie konnte sehen, wie sein ganzer Körper unter jedem neuen Schlag der langen Gerte zusam-

menzuckte. Plötzlich lief sie aus dem Zimmer. Mit gerafften Rökken rannte sie die schmale Wendeltreppe hinunter.
Scheinbar sehr ruhig trat sie zu ihrem Vater, der die Prügelei mit Behagen genoß. Sie blieb mit abgewendetem Gesicht bei ihm stehen.
»Damit bekommt Ihr Euren Sohn nicht zurück«, sagte sie bitter.
Entsetzt ergriff Morley ihren Arm.
»Ist er...?«
»Ihr solltet besser hingehen.«
Seit langem hatte sich Morleys massiger Körper nicht mehr so schnell in Bewegung gesetzt. Er ging nicht, er rannte zum Eingang des Schlosses und verschwand durch die Tür.
Richard hob langsam das schmerzverzerrte Gesicht. Er blickte sie an und öffnete den Mund, um etwas zu sagen. Aber der nächste Stockschlag machte ihn am ganzen Körper zittern, und er schloß wieder die Augen.
Beatrice gebot dem Knecht mit einer Handbewegung Einhalt.
Richard blickte sie wieder an und fragte mit brüchiger Stimme:
»Wo ist mein Pferd?«
»In den Ställen. Es ist ein schönes Tier.«
»Seid gut zu ihm. Es war mir teuer.« Sein Flüstern war kaum noch zu verstehen.
»Ich will mich darum kümmern.«
Ihre Stimme war süß, genau so süß, wie er sich an sie erinnerte.
Doch war ein fremder Unterton darin, den er nicht kannte, denn Beatrice war verwirrt.
Sie hatte Mitleid mit ihm und haßte ihn gleichzeitig. Droben lag ihr Bruder im Sterben, und alles, worüber er sich Sorgen machte, war sein Pferd! Er schaute sie immer noch an, aber sein Blick war vom Schmerz getrübt. Als ob er ihre Gedanken gelesen hätte, fragte er:
»Ist Euer Bruder tot?«
»Das fragt Ihr? Wart nicht Ihr es, der ihn niederstach?«
Ein Schock durchfuhr ihn, als ob noch ein Schlag auf ihn niedergesaust wäre. Er neigte das Haupt und schwieg. Sie drehte sich um und lief zu den Ställen.
»Mein Pferd«, befahl sie.

»Wohin geht Ihr? Euer Vater könnte Euch brauchen«, sagte der Stallknecht vorsichtig.

»Ich reite aus.«

Hinter sich hörte sie, wie die Stockschläge in regelmäßigen Abständen fortgesetzt wurden. Sie zählte mit.

Als sie kurz danach in vollem Galopp aus dem Tor sprengte, sah sie, wie Richard in den Knien zusammensackte und bewußtlos in den Stricken hing.

Der kühle Wind erfrischte ihre heißen Wangen und geröteten Augen. Sie weinte nun laut heraus, da niemand in der Nähe war, vor dem sie ihren Kummer hätte verbergen müssen. Sie dachte nicht darüber nach, wohin sie ritt. Darauf kam es ihr nicht an. Sie wollte allein sein und das widerwärtige Schauspiel weit hinter sich lassen. Gott wußte, daß ihr das Schicksal des fremden Ritters tief zu Herzen ging. Aber er hatte ihren Vater betrogen, das konnte sie ihm nicht verzeihen. Zwar hatte sie niemals darüber nachgedacht, warum ihr Vater die Templer gefangenhielt. Sie hatte kaum etwas darüber gewußt, und es ging sie auch nichts an. Aber sie begriff genug, um zu wissen, daß der Ritter, der sie befreit hatte, des Todes war.

Sie zügelte ihre Geschwindigkeit, bedeckte das Gesicht mit den Händen und schluchzte heftig. Stets würde sie sich an ihn erinnern, dachte sie, was immer er auch verbrochen haben mochte.

Plötzlich fielen ihr die Worte wieder ein, die er am Abend zuvor gesprochen hatte, und jetzt begriff sie, was er gemeint hatte. Zum ersten Mal begann sie sich zu fragen, was da eigentlich unter ihren Augen vor sich ging, ohne daß sie davon Notiz nehmen wollte.

Das Geräusch von Hufschlägen unterbrach ihre Gedanken. Sie drehte sich im Sattel um und erblickte den einsamen Reiter.

Edmund the Lion war ihr von dem Augenblick an gefolgt, als sie den Weg verlassen hatte. Jetzt galoppierte er direkt auf sie zu. Er hielt dicht bei ihr an und packte sie am Arm, bevor sie fliehen konnte.

»Was ist mit Richard geschehen?« fragte er barsch. Sie war voller Todesangst. War er einer von ihnen?

»Sprecht, Madame, erzählt mir die Wahrheit«, stieß er zwischen den Zähnen hervor und schüttelte sie heftig:

»Er«, stammelte sie, »er ist tot!«
Edmund ließ sie los und schlug ein Kreuz.
»Gott sei seiner Seele gnädig«, sagte er. In fliegendem Galopp ritt er in südlicher Richtung auf die Straße nach London.

Blanche stand vor dem Fenster in Windsor Castle und wiegte ihr Kind im Arm. Die Strahlen der Frühlingssonne schienen ihr aufs dunkle Haar, und sie sang leise ein französisches Lied. Jemand klopfte an der Tür, offenbar in großer Eile, nach dem Geräusch zu schließen.
Mitten im Lied brach sie ab und rief »herein«, wobei sie sich fragte, warum kein Diener da war, der eine Meldung machte. Die Tür schwang auf. Ein Ritter in verschlissenem Habit und staubbedeckten Stiefeln stapfte über die Schwelle und kniete nieder.
Blanche legte den kleinen Etienne vorsichtig in die Wiege.
»Ich heiße Euch willkommen, Herr«, sagte sie. Und als er sich aufrichtete und ihr in die Augen blickte, kam sie zu dem Schluß, daß sie ihn noch nie gesehen hatte. Anscheinend war es ein Mann von wenig Worten, denn er stellte sich nicht einmal vor. Er brachte ein gefaltetes Dokument zum Vorschein, dessen Siegel schon erbrochen war, und händigte es ihr mit einigen Erklärungen aus.
Als er ein paar Sekunden später den Raum verließ, lief er Aymer in die Arme, der durch den Gang herankam.
»He, du da«, rief Aymer, dem das Gesicht im Halbdunkel bekannt vorkam. Der Ritter wandte hastig das Gesicht zur Wand und lief davon. Aymer wollte ihn noch festhalten, aber der andere riß sich los und verschwand ihm schnell aus den Augen.
»Wer war das?« fragte Aymer, der sich von seiner Überraschung noch nicht erholt hatte, als er Blanches Zimmer betrat.
»Ein Templer.«
»Wirklich, Liebste?«
Er kniete vor ihr nieder und nahm ihre kalten, zitternden Hände in die seine. Sie starrte auf das zerknitterte Pergament in ihrem Schoß. Aymer forschte in seinem Gedächtnis.
»Edmund! Edmund the Lion! Er war es!«
Nach kurzem Schweigen fragte Aymer:
»Was machte er hier? Nachrichten von Richard?«

Sie hob den Kopf, als Aymer diesen Namen nannte, und Tränen schossen ihr in die Augen. Zart wischte er die Tränen ab, die ihr über die Wangen rollten und wartete, bis sie sprach, während eine unheimliche Vorahnung ihm die Kehle zuschnürte.
»Ai! Seigner Dieus! Richartz es mortz«*, rief sie in ihrer Muttersprache.
Ohne etwas zu sehen, starrte Aymer auf den Teppich an der Wand. Mechanisch strich er seiner Frau über das Haar, während sie ihr Gesicht an seine Brust preßte, um dort Trost zu finden.
»Ich kann es einfach nicht glauben.«
»Weinen eure Männer niemals?« schluchzte sie.
»Tränen habe ich nicht, Madame, aber mein Herz weint. Wir haben einen sehr guten Freund verloren.«
Blanche ermannte sich schließlich.
»Aymer«, sagte sie leise und strich das Pergament auf ihrem Schoß glatt. »Ich habe ihn geliebt.«
Sie mußte etwas warten, bis sie mit ihrem Bekenntnis fortfahren konnte.
»Noch vor ein paar Monaten versuchte ich ihn zu verführen. Er wußte, was ich vorhatte, aber er war ebenso freundlich und verzeihend wie immer. Er gestattete sich selbst niemals auch nur die geringste Sympathie einer Frau gegenüber.«
»Das spielt jetzt keine Rolle mehr«, antwortete Aymer und nahm ihr das Briefchen aus der Hand. »Was ist das?«
»Ein Dokument, das er dem Ritter, der gerade hier war, am Morgen vor seiner Gefangennahme gab. Vielleicht wußte er, daß seine Tage gezählt waren, denn er bat ihn, es mir zu bringen, wenn es ihm schlecht ergehen sollte.«
»Lancaster«, las Aymer den Namen, der auf der Außenseite stand. Dann öffnete er es und las den Inhalt. Schließlich stand er auf, gab das Pergament seiner Frau und lief zum Fenster.
»Erinnerst du dich an die seltsame alte Hexe in Portchester Castle?« fragte er.
»Sie kniete vor ihm nieder«, antwortete Blanche langsam.
»Ja, sie sagte, er könne ihr nicht verheimlichen, wer er sei, und

* Weh mir, Herrgott! Richard ist tot.

sprach ihn mit Euer Gnaden an. Dabei wußte er selbst nicht einmal, wer er war. Gott weiß, welches Geheimnis er mit sich ins Grab nahm. Wir werden niemals wissen, welche Wahrheit hinter den Worten dieser Frau steckte.«

»Sagte sie nicht, daß er das nächste Frühjahr nicht sehen würde?« sann Blanche. »Sie hatte recht: Er sah keine zwei Tage davon.«

»Ich hatte es vergessen, aber er nicht. Er wußte, daß er sterben würde. Ich frage mich, wo er dieses Dokument gefunden hat.«

Es folgte ein kurzes Schweigen, worauf Aymer fest sagte:

»Wir werden ihn niemals vergessen, wer er auch war. Damit«, und er deutete auf das Dokument, »werden wir es früher oder später herausfinden, denn sicher ist es das, was er von uns wollte.«

Blanche stand auf und schaute in die Wiege, wo Etienne schlief.

»Unser zweiter Sohn soll Richard heißen«, erklärte sie.

23. KAPITEL

*›... it is better to suffre peyne for trouthe, than for to have a benefete by falsenes or by flaterye.‹**

William Caxton – The game and playe of the Chesse

Irgendwie kam Geoffrey doch wieder zu Kräften. Er genas langsam, denn er hatte viel Blut verloren. Es dauerte sehr lange, bevor er sich überwinden konnte, über das Turnier zu sprechen, denn mehr noch als sein Körper war sein Stolz verletzt.

Etwa einen Monat nach seiner schlimmen Niederlage saß er wieder, noch etwas bleich und schwach, neben seinem Vater im großen Saal der Burg Haughton-le-Moor. Von der Familie war nur noch sein Bruder Timothy anwesend, und Wächter standen an den Wänden.

Die Türen am Ende des Saales wurden weit geöffnet, und die beiden Brüder sahen, wie Richard der Bastard ihnen vorgeführt wurde. Hinter ihm schleiften klirrend die Ketten, mit denen man ihn an die Wände des Verlieses gefesselt hatte. Er schritt langsam und mit einiger Mühe, sein linker Arm zeigte deutliche Anzeichen einer Lähmung. Nur von Wasser und Brot war er ernährt worden, so daß ihm die schwarze Kutte lose um die Schultern hing. In der Mitte des Saales wankten seine Knie. Doch er blieb stehen und hob das abgemagerte Gesicht, immer noch in würdiger Haltung: Er war noch nicht gebrochen. Als er Geoffrey sah, zeigte sich in seinen ausdruckslosen Augen nicht die mindeste Regung.

Gleich nach dem Kampf hätte er Gott gedankt, wenn er gewußt

* Es ist besser, für die Wahrheit zu leiden, als sich durch Falschheit und Schmeichelei Vorteile zu verschaffen.

hätte, daß sein Gegner am Leben bleiben würde. Jetzt war es ihm gleichgültig. In der völligen Einsamkeit seiner dunklen Zelle hatte er anfänglich gegen besseres Wissen gehofft, seine Kameraden würden ihn befreien. Aber er wußte, daß die Lage der Burg einen Rettungsversuch fast aussichtslos machte. Hatte nicht er selbst auf Geoffreys Herausforderung eingehen müssen, weil er keinen anderen Weg sah, seine Brüder zu befreien? Er wußte, daß er allein auf sich gestellt war.

»Wie gefällt dir dein Aufenthalt hier?« erkundigte sich der Herr von Morley freundlich.

»Den Umständen entsprechend«, antwortete er kurz.

»Du bist nun schon mehr als einen Monat hier, und ich habe dich durch die Hölle gehen lassen.«

Richard schaute ihm offen in die Augen, mehr auf den Klang der Stimme achtend als auf den Gesichtsausdruck. Er wartete. Ein Monat, dachte er. Er hatte nicht die blasseste Ahnung gehabt, wie lange er schon hier war. Er konnte das Gesicht Morleys nicht deutlich erkennen. Nach der dichten Finsternis in seiner Zelle wurden seine Augen vom hellen Sonnenlicht geblendet, das durch die Fenster hereinkam. Doch der Klang dieser Stimme bedeutete wenig Gutes.

»Trotzdem sind wir noch keinen Schritt weitergekommen«, fuhr Morley fort.

»Ihr könnt ein Pferd zum Wasser bringen, aber Ihr könnt es nicht zwingen zu trinken.«

Morley überhörte die Bemerkung.

»Ich möchte dir einen Vorschlag machen. Ich biete dir dein Leben im Austausch für ein paar Informationen.«

»Mein Leben«, spottete Richard. »Denkt Ihr, ich lege soviel Wert auf mein Leben, daß ich meine Brüder darum verraten würde? Ich wäre nicht hier, wenn es so wäre. Ich fürchte den Tod nicht.«

Morley strich sich über das Kinn. Die beiden Söhne schwiegen betreten.

»Du hast meinen Zorn kennengelernt, Richard der Bastard, lerne jetzt meine Gnade kennen.«

Richard lachte bitter. Es klang schrecklich.

»Wie schlecht müßt Ihr uns kennen!« sagte er und schüttelte

langsam den Kopf. »Gnade!« Er spie das Wort aus, als ob es etwas Anstößiges wäre.

Morley hatte sich vorgenommen, geduldig zu sein, obwohl es ihm schwerfiel.

»Ich werde sogar noch weiter gehen«, sagte er ruhig. »Ich schenke dir die Freiheit. Alles was ich will, sind ein paar schlichte Informationen, und du kannst als freier Mann diesen Raum verlassen. Dein Pferd steht für dich bereit, und niemand wird dir folgen.«

»Niemals, selbst wenn ich so naiv wäre, Euch zu vertrauen.«

»Du weißt, was dich sonst erwartet?«

»Das weiß ich.«

Geoffrey machte eine Geste zu seinem Vater, als ob er sagen wollte: »Das habe ich dir doch gesagt!« Morley schlug mit der Faust auf die Stuhllehne und grollte:

»Ich kann mir auch die Mühe sparen, dich zum Sprechen zu bringen. Es braucht nur zwei Worte, und heute abend hängt dein Kopf über meinem Tor.«

Richard lachte. Darauf hatte er gewartet.

»Offensichtlich habt Ihr Euch noch nicht klargemacht, daß ein hoher Preis auf diesen Kopf gesetzt ist – natürlich nur, solange er noch sprechen kann.«

»Was die Kirche mir bieten kann, wiegt nichts gegen die Summe, die mir deine ganze Bande einbringt, sobald sie in meinen Gefängnissen sitzt.«

»Diesen Tag werdet Ihr nie erleben«, antwortete der Gefangene kühl. Nach kurzem Schweigen fuhr er fort: »In aller Bescheidenheit sage ich Euch, daß Ihr mich unterschätzt. Außerhalb der Grenzen dieses Landes ist mein Name viel besser bekannt. Es ist nicht die Kirche Englands allein, die sich für mich interessiert.«

»Sondern?« fragte Morley und lehnte sich vor.

»Wie Ihr schon sagtet, die englische Kirche ist sehr an mir interessiert«, antwortete er vorsichtig. Er durfte nicht zu eifrig wirken. »Das Gleiche gilt für König Edward. Aber ich bezweifle, daß er über die Geldmittel verfügt, um mit dem Angebot der anderen mitzuhalten. Dann gibt es noch den Papst und König Philipp von Frankreich. Sogar der Tempel wird in diesem Fall ein Lösegeld bieten – in Portugal besitzen meine Brüder noch all ihr Geld und

Gut –, obwohl ich bezweifle, ob Ihr mir die Freiheit wirklich gönnt. Schließlich muß ich noch auf den Grafen von Lancaster hinweisen, der seine eigenen Gründe hat, meiner habhaft zu werden, obgleich diese Gründe einer Erklärung bedürften, die ich Euch nicht geben kann. Euch wird es genügen zu sehen, wie sie alle auf meinen Kopf um die Wette bieten.«

Er schwieg und blickte Morley an.

»Warum?«

Richard zuckte mit den Schultern.

»Eitelkeit«, schlug er vor und fügte hinzu: »Vielleicht will ich bei näherer Überlegung doch noch länger am Leben bleiben.«

Letzteres kam der Wahrheit schon näher, denn er hoffte, daß Morley ihn schonen würde, solange die Unterhandlungen im Gange waren. Während dieser Zeit wollte er dann Kräfte sammeln und versuchen zu fliehen.

»Führt ihn weg«, befahl der Herr von Morley, und Richard wurde wieder in die kalte Tiefe des Verlieses geführt.

Als man ihn am nächsten Abend nach einer peinlichen Befragung in der Folterkammer wieder in seinen Kerker warf, waren seine Hände geschwollen. Auf Körper und Gesicht zeigten sich blaue Flecken und Quetschungen. Er befeuchtete sich die gesprungenen Lippen. Er litt quälenden Durst.

In diesem Augenblick hörte Beatrice ihn zum ersten Mal stöhnen, seit sie sich angewöhnt hatte, nach dem Abendessen auf dem Innenhof spazierenzugehen und auf die Geräusche aus der Tiefe des Schlosses zu horchen. Sie bückte sich, als habe sie etwas fallengelassen, und flüsterte in den Schacht, der zum Kerker führte, hinunter: »Seid Ihr es, Richard?«

Sie konnte zunächst nur ein unterdrücktes Stöhnen vernehmen, gefolgt von ersticktem Husten.

»Geh weg«, klang es schließlich dumpf aus der Tiefe. Aber das tat sie nicht. Sie blickte sich um, sah, daß niemand ihre Gegenwart bemerkt hatte, schlüpfte dann durch die verbotene Tür zu den Kerkern und eilte die Treppen hinunter.

»Laß mich durch, ich komme auf den Wunsch meines Vaters.«

Der Wärter war so überrascht, daß sie an ihm vorbei war – bevor er wußte, was geschah.

Der nächste ließ sich nicht so leicht übertölpeln. Breitbeinig trat er ihr in den Weg:
»Wohin wollt Ihr? Es ist Euch nicht erlaubt, hierher zu kommen. Niemand darf hierherkommen«, sagte er barsch. Sie kramte eilig in Ihrer Börse und drückte ihm eine Münze in die Hand.
»Ich werde meinem Vater, wenn er dahinterkommt, sagen, daß du schliefst, als ich vorbeischlüpfte«, sagte sie leise. »Bring mich nun zur Zelle des Templers.«
Der Mann betrachtete die Münze in seiner Hand und sagte:
»Das ist genug, um Euch durchzulassen, Mylady, aber um Euch zu ihm zu bringen, braucht es noch eine.«
Hastig gab sie ihm noch eine Münze und eilte hinter ihm her. An der Tür hielt er an und deutete darauf:
»Dort, genießt die Aussicht.«
Durch die Stäbe des Gitters spähte sie hinein.
»Eine Fackel«, flüsterte sie. Seit dem letzten Tag des Turniers hatte sie ihn nicht mehr gesehen, und sie erkannte ihn kaum noch. Sie sah, wie er sein Gesicht hob und seine Lippen sich im Gebet bewegten, denn er hatte die Schritte im Gang gehört und fürchtete, sie würden ihn wieder abholen.
»Was kostet es mich, diese Tür öffnen zu lassen?« fragte Beatrice leise.
»Noch zwei.«
Als die Münzen sich zu den anderen gesellt hatten, wurde der Riegel weggeschoben, und vorsichtig schritt sie über die Schwelle. Schnell wandte er das Gesicht ab. War sie es wirklich?
Fünf Wochen Einsamkeit, meist in vollkommener Finsternis, hatten ihn so weit gebracht, daß er sich auf seinen Verstand nicht mehr verlassen mochte. Doch da stand sie noch immer, der seidene Rock glänzte wie zuvor. Es war also keine Einbildung.
»Ihr seid in Gefahr«, murmelte er. »Geht, bevor es zu spät ist.«
»Es ist schon zu spät, um umzukehren«, antwortete sie und trat einen weiteren Schritt in die Zelle hinein, schaudernd vor Kälte. Als sie sich umblickte, sah sie die verschimmelte Brotkruste und eine Schale Wasser, die, ihm unerreichbar, in seiner Nähe standen.
»Gibt es etwas, das ich für Euch tun kann?« fragte sie mit entsetztem Blick auf sein entstelltes Gesicht.

»Ja, geht hier weg.«
Er blickte ihr nun gerade in die Augen. Wie schön sie war mit der Glut der Fackel auf ihrem Gesicht und ihrem rotgoldenen Haar! Aber er traute ihr nicht. Sie konnte nur als Köder von ihrem Vater geschickt sein.
»Ihr seid mir für mein Mitleid nicht sehr dankbar«, sagten jetzt die süßen Lippen.
»Ihr könnt mir glauben, daß mir allein von diesem Wort übel wird«, antwortete er eisig. »Vor allem wenn es von den Lippen einer Morley kommt.«
Sie hätte ihm für diese Beleidigung ins Gesicht schlagen mögen, aber sie brachte es nicht fertig.
Er hustete und lehnte sich mit dem Kopf an die feuchte Mauer. Trotz der Kälte standen ihm Schweißtropfen auf der Stirn. Er fletschte die Zähne bei dem Versuch, den tobenden Schmerz in seinen Armen zu ertragen. Beatrice wurde klar, daß er sie niemals um eine Gunst bitten würde. Ihr Blick wanderte zu dem zerrissenen Hemd, sichtbar unter dem schwarzen Kleid, das bis zur Mitte offenstand. Sie sah die hochgeschobenen Ärmel, die Spuren der Stricke, die sich ins Fleisch geschnitten und die Haut an einigen Stellen aufgeschürft hatten. Als sie die geschwollenen Hände sah, winkte sie den Wärter herbei, gab ihm noch drei Münzen und zeigte auf die eisernen Schellen um die Gelenke des Gefangenen.
»Du kannst ihn wieder an der Mauer anketten, wenn mein Vater herunterkommt, und das wird erst morgen sein«, sagte sie sachlich.
Richard hatte ihre Worte nur wie aus einer nebligen Ferne gehört und wußte nicht, ob es Wirklichkeit war oder ob er träumte. Ihm wurde schwindlig, und er schloß die Augen, um die schwebenden Schemen vor seinem Gesicht zu bannen. Als die Ketten gelöst wurden, konnte er sich nicht mehr aufrecht halten. Er fiel auf die Knie und versuchte, seine Arme zu massieren, aber er konnte sie nicht einmal heben. Es waren weder Gefühl noch Kraft in seinen steifen Händen. Er stöhnte leise und neigte das Haupt.
»Vergebt mir, daß ich Euch meine Schwäche sehen lasse«, flüsterte er.
Beatrice schüttelte den Kopf.

»Ihr habt mehr Mut als meine beiden Brüder zusammen.«
Plötzlich stieg ein Gedanke in ihm auf.
»Hat Euer Vater heute Briefe abgeschickt?«
Sie zog die Brauen hoch und antwortete:
»Ja, sein Schreiber ist den ganzen Mittag bei ihm gewesen.«
»Deo gratias«, murmelte er.
Beatrice stand da und betrachtete schweigend noch einen Augenblick die zusammengesunkene Gestalt. Dann drehte sie sich um und ging. Sie wußte nicht, was sie ihm noch sagen sollte.
»Dank Euch«, hörte sie ihn sagen, und als sie auf halbem Weg zur Tür den Kopf wandte, hob er den seinen und verzog das Gesicht zu einem gequälten Lächeln. »Aber tut das nicht noch einmal!«
Es war reine Seligkeit, zusammengerollt auf dem Boden zu liegen, wie feucht der auch immer sein mochte, und zu schlafen, ohne in jedem Augenblick von dem Schmerz aufzuschrecken, den die eisernen Handschellen verursachten. Aber wichtiger war noch, daß er jetzt in Ruhe gelassen wurde, und zwar, wie er annahm, für einen Zeitraum von ungefähr sechs oder sieben Wochen. Er bekam auch bessere Nahrung, manchmal sogar einen Krug Bier. Auch wurde er nur noch an einem Fuß oder einer Hand festgekettet, so daß er genug Bewegungsfreiheit hatte, um seine Muskeln etwas zu üben.
Allmählich gewann er auch seine Gesundheit zurück. Das war nicht etwa dem Einfluß Beatrices zu danken, denn sie besuchte ihn nicht mehr. Es war vielmehr ihr Vater, der zu dem Schluß gekommen war, daß sein Gefangener in einem so elenden Zustand wenig Eindruck auf eventuelle Kauflustige machen würde.
Inzwischen hatte König Edward einen für seine Verhältnisse großzügigen Betrag geboten, der sich aber schon gegen das Angebot des englischen Erzbischofs lächerlich bescheiden ausnahm, noch mehr gegenüber dem des Papstes, der seinerseits durch den französischen König übertroffen wurde, welcher für diesmal seine übliche Knauserigkeit vergaß. An den portugiesischen Zweig des Tempels hatte sich der Herr von Morley nicht gewandt.
Mitte Juli entschloß sich der Graf von Lancaster, dessen Neugierde bis zum höchsten Grad gestiegen war, nach Norden zu reisen, um diesen Mann selbst in Augenschein zu nehmen. Er war

besonders schlechter Laune. Denn vor nicht langer Zeit war er Zeuge der Rückkehr des frivolen Gascogners geworden, dessen Verbannung nach Irland aufgehoben worden war. Dies war der Grund, weshalb die tiefe Falte zwischen seinen Augen auch nicht verschwand, als er der schönen Tochter des Herrn von Morley vorgestellt wurde. Er nahm Platz und sagte verdrießlich:
»Wollen wir uns doch einmal anschauen, weshalb ich gekommen bin.«
Der Edelmann winkte einem Diener. Als die Türe aufging, legte sich Schweigen über die Szene, unterbrochen nur durch das Geräusch von Richards Ketten, die über die Fliesen klirrten. Die Ketten behinderten ihn scheinbar nur wenig, denn er ging mit ruhigen, entschlossenen Schritten bis zur Mitte des Saales und blieb dort stehen, kerzengerade, das Gesicht stolz erhoben. Sogar seine Kleidung war sauber und erneuert, denn der Herr von Morley wollte, daß der Gefangene einen seines Rufes würdigen Eindruck machte.
Richard hatte den Grafen erkannt, doch zeigte er keine Spur einer Empfindung.
Morley beugte sich seitlich zu Lancaster und sagte, strahlend vor Selbstgefälligkeit:
»Richard der Bastard ... na?«
»Na?« äffte ihn der Graf laut genug nach, um von allen Anwesenden gehört zu werden. »Was soll das ›na‹? Ich sehe nicht, was so Besonderes an ihm sein soll. Das heißt, für mich.«
Das Lächeln verschwand aus Morleys Gesicht, und er warf dem Gefangenen einen wütenden Blick zu. Richard lachte, und sein Lachen klang wieder warm und gesund wie früher.
»Ich sehe, ich muß Euer Gedächtnis auffrischen, Herr Graf«, sagte er.
Der ärgerte sich sichtlich, so unehrerbietig angesprochen zu werden.
»Was fehlt meinem Gedächtnis?« brummte er.
»Dämmert es Euch, wenn ich Euch verrate, daß ich der Mann bin, der im Tempel von London ab dem 5. Lebensjahr aufgezogen wurde?« fragte Richard schneidend.
Der Graf schoß in seinem Stuhl nach vorne.

»Was?« rief er.
»Und daß Thomas von Lincoln mein Lehrmeister war?«
Beatrice hielt den Atem an. Obwohl sie die Bedeutung dieser Worte nicht erfassen konnte, fühlte sie, daß sie für Lancaster ungeheuer wichtig waren.
»Schweig«, schrie Lancaster. Mit vier langen Schritten war er bei dem mit Ketten Gebundenen und betrachtete ihn von Kopf bis Fuß.
»Eine auffallende Ähnlichkeit«, murmelte der Graf. Seine Hand tastete unwillkürlich nach dem Griff seines Dolches.
»Gottes Rückgrat!« rief er aus. Er ging wieder zurück zu seinem Sessel. »Ich muß ihn allein sprechen«, erklärte er Morley, der inzwischen sein Selbstvertrauen zurückgewonnen hatte.
»Das kann ich einrichten, Euer Gnaden zu dienen«, antwortete dieser beflissen und winkte einem Diener.
»Bringe ihn zu seiner Zelle zurück und triff alle notwendigen Vorsichtsmaßregeln.«
Fünf Minuten später war Richard wieder an der Mauer seiner Zelle festgekettet, aber das machte ihm jetzt nichts aus. Hier war die Chance, auf die er gewartet hatte. Seine Freiheit, das wußte er nur zu gut, konnte er nur wiedergewinnen, wenn er Hilfe von außen bekam. Was das betraf, hatte er alle Hoffnung fahren lassen. Aber vielleicht konnte er mit etwas Glück den Schleier lüften, der über seiner Herkunft lag. Und wenn der Graf außerdem beschließen sollte, ihn in eine seiner eigenen Burgen überführen zu lassen – nun, wer konnte wissen!
Seine Zelle war sauber, der Boden mit frischem Stroh bestreut, ein ungewohnter Luxus, und er sog den würzigen Geruch ein.
Es dauerte nur einige Minuten, bis der Graf die enge Zelle betrat und eine Fackel an der Wand befestigte.
»Hier also ist unser Bastardsohn«, sagte er spöttisch.
»So ist es.« Richard mußte äußerst vorsichtig sein, denn wenn Lancaster auch nur vermutete, daß er absolut nichts über das Geheimnis seiner Geburt wußte, würde er kein Wort preisgeben.
»Nachdem ich genug Ärger mit dem rechtmäßigen Sohn gehabt habe, hat jetzt also auch der Bastard beschlossen, mich zu piesakken«, brummte der Graf, und entblößte seine Zähne in einem

bösartigen Grinsen. Also hatte er einen Bruder, das heißt einen Halbbruder!
»Das war doch zu erwarten«, antwortete er kühl.
»Du siehst deinem Vater ähnlich«, fuhr der Graf fort und musterte ihn unverhohlen.
»Mehr als er?« versuchte es Richard, und es zeigte sich, daß er ins Schwarze getroffen hatte.
»Gottes Füße! Sowohl was das Äußere, als auch was den Charakter betrifft.«
»Das ist es eben, wovor Ihr Angst hattet, nicht wahr«, sagte Richard leise. »Daß ich eines Tages auftauchen und meine Rechte fordern würde.«
Warum nannte der Graf keine Namen? Er war doch sehr vorsichtig!
»Die Rechte eines Bastards«, rief Lancaster verächtlich. »Was sollen das für Rechte sein!«
»Ländereien, ein Titel.«
»Ländereien!« rief der Graf, »Titel! John mag ein Baron sein und Schiffskommandant, aber es gibt einen großen Unterschied. Er steht auf meiner Seite. Und er wurde nicht dort und in diesem besonderen Augenblick geboren. Nein, von John habe ich nichts zu fürchten. Von dir wohl.«
Wenn er nur wüßte, von welchem John der Graf sprach!
»Mein Name ist zufällig Richard«, sagte er langsam, »und Ihr habt recht: Es ist ein himmelweiter Unterschied. Aber mein Ruf allein sollte Grund genug für Euch sein, mich zu fürchten.«
»Nicht, solange du hier sitzt«, grollte der Graf.
»Ich komme wieder heraus, früher oder später.«
»Oh nein, das wirst du nicht.«
Der Dolch des Grafen flog aus der Scheide, und der Stoß zielte genau auf Richards Herz. Der hatte den Anschlag erwartet. Zwar waren seine Arme gefesselt, aber die Beine hatte er frei. Blitzschnell hängte er sich in die Handfessel, zog die Beine an und rammte sie dem Grafen mit wuchtigem Stoß in den Leib.
Der prallte mit einem Schmerzensschrei gegen die Mauer. Der Dolch klirrte auf den Boden, und Richard konnte ihn rechtzeitig erreichen und seinen Fuß daraufsetzen.

»Ich hatte also recht mit meiner Vermutung, daß Ihr mich eher töten würdet, als mir etwas zu erzählen.«
Der Graf rang nach Atem. Er war zwar erst in den Vierzigern, aber sein Lebenswandel hatte ihn vor der Zeit träge und unbeweglich gemacht.
»Jetzt, da ich alles weiß, bin ich eine solche Gefahr für Euch, daß Ihr mich aus dem Weg räumen müßt?« fragte Richard leise. Und als der Graf nicht antwortete, fuhr er fort:
»Es muß ein schwerer Schlag für Euch gewesen sein, daß die englischen Tempelritter gefangengenommen wurden.«
»Warum?«
»Eure Henne mit den goldenen Eiern, Herr Graf. Ich weiß alles über Eure schmutzigen Geschäfte. Ich bin im Besitz eines Dokuments, das Eure Handschrift und Euer Siegel trägt.«
»Was?«
Der Graf erbleichte und ballte die Fäuste. Einen Augenblick war er so verblüfft, daß er keine Worte fand.
»Warum kam es Euch nicht eher in den Sinn, Geld aus diesem Geheimnis zu schlagen, solange ich es noch nicht kannte?«
»Keine Chance!« spottete der Graf, der seine Fassung wiedergewonnen hatte. »Nicht, bevor der alte Fuchs gestorben war.«
Also war es sein Vater gewesen, der Lancasters Erpressung im Wege gestanden hatte. Er fühlte einen plötzlichen Drang, für den Mann einzutreten, der sich nicht länger selbst verteidigen konnte und ein mächtiger Herr gewesen sein mußte.
»Nennt Ihr meinen Vater einen Fuchs, dann müßt Ihr Euch selbst ein Schwein nennen«, sagte er böse.
Zu seiner Überraschung lachte der Graf.
»Das ist der übliche Lauf der Dinge: So wenig der Vater von seinem Sohn geachtet wird, so tief wird er von seinem Bastard geliebt.«
Er stand da, überlegte ein wenig und sagte dann:
»Hätte er dies vor 25 Jahren gewußt, hätte er die Angelegenheit wahrscheinlich anders, zu unser aller Vorteil, geregelt. Aber wie die Dinge nun stehen, bist du eine dauernde Gefahr für meine Pläne. Du bist zu ehrgeizig und zu stolz, und deshalb mußt du sterben. Je eher, desto besser.«

Der Graf war kein kluger Mann, doch schlau genug, um zu begreifen, daß Richard keineswegs den Beweis geliefert hatte, daß er soviel wußte, wie er zu wissen vorgab. Deshalb beschloß er, ihn nochmals auf die Probe zu stellen.
»Wann hast du Lady Gwendolyn und Lady Joanna zum letzten Mal gesehen?«
Er hätte seine Frage etwas subtiler formulieren können. Richard konnte die Falle am Klang seiner Stimme erkennen. Aber irgendwie fühlte er beim Klang dieser Namen die seltsame Trauer, die er immer empfand, wenn er sich an die Zeit zu erinnern versuchte, die vor seiner Aufnahme im Tempel von London lag. War eine von ihnen seine Mutter?
»Leider«, sagte er, »kann ich mich an sie überhaupt nicht erinnern.«
Die Beleidigung, die Gilbert of Mansourah ihm ins Gesicht geschleudert hatte, stieg wieder in ihm auf, deshalb sagte er:
»Sie sind tot, alle beide, Gott sei ihren Seelen gnädig.«
»Das sind sie in der Tat. Die eine seit 20, die andere seit 25 Jahren. Wieviel weißt du eigentlich?«
»Es wäre sehr dumm, Euch das zu erzählen. Das herauszufinden, Herr Graf, überlasse ich Euch. Ihr wißt wahrscheinlich selbst nicht alles.«
»Ich werde es ganz gewiß herausfinden«, sagte Lancaster.
Er verließ die Zelle und vergaß dabei, seinen Dolch aufzuheben. Dieser blieb unter Richards Fuß verborgen, und als später die Ketten von der Mauer losgemacht wurden, nahm er die Waffe an sich und versteckte sie in einem Spalt in der Steinmauer.
Lancaster eilte geradewegs zum Herrn von Morley.
»Ich muß diesen Mann haben«, sagte er.
Morley bedachte ihn mit einem Lächeln, das entschieden zu freundlich war.
»Bester Graf, Ihr könnt nicht von mir erwarten, daß ich ihn Euch schenke. Es hängt ganz von Eurer Freigebigkeit ab – oder von der der anderen.«

24. KAPITEL

*And verily hit cometh of nature oftentymes to women to gyve counceyll shortly and unavysedly to thynges that ben in doute or perilous and nedeth hasty remedye.**

William Caxton – The Game and Playe of the Chesse

Wie sehr auch das inkriminierende Dokument, das irgendwo in Richards Umgebung verborgen sein mußte, und der Mann selbst den Grafen von Lancaster störten, quälten und nicht zur Ruhe kommen ließen, so hatte er doch nicht soviel Geld, daß er sich mit dem König von Frankreich messen konnte.

Doch es dauerte mehr als einen Monat, bis der Herr von Morley das herausgefunden hatte, und einige weitere Wochen, bis es schließlich zu einer Vereinbarung mit König Philipp kam. Der König schloß einen Kompromiß mit dem Herrn von Morley. Mit seiner bekannten Sparsamkeit beschloß er, zunächst nur die Hälfte des ausgehandelten Lösegelds im Austausch für das Recht zu bezahlen, den Gefangenen an Ort und Stelle von seinen Abgesandten verhören zu lassen. Erst wenn das Ergebnis befriedigend wäre, würde er ihn nach Frankreich überführen lassen und den Rest des Lösegelds bezahlen.

Etwa Mitte August trafen drei Herren in Haughton-le-Moor ein, um den Gefangenen zu verhören. Ihre Ankunft machte die Templer wieder zum Tagesgespräch.

Nur Beatrice, die ihre Gefühle für den Ritter kaum verbergen

* Und wirklich liegt es oft in der Natur der Frauen, kurz und unumwunden in Dingen zu raten, die zweifelhaft oder gefährlich sind und dringend einer Lösung bedürfen.

konnte, war darüber betrübt. Es verlangte sie danach, ihn wieder zu besuchen. Aber seine eigenen ernsten Warnungen und die Angst vor ihres Vaters Zorn hielten sie davon zurück. Trotzdem behielt sie ihre Gewohnheit bei, nach dem Abendessen im Innenhof spazierenzugehen und zu lauschen, ob sie irgendwelche Geräusche aus dem Verlies auffangen konnte. Manchmal dachte sie, sie höre einen Seufzer, ein anderes Mal, er huste, und manchmal, er verlange nach etwas. Aber sie war sich niemals sicher, ob es nicht ihr eigener Wunsch und Einbildung war.

An einem heißen Mittag Ende August saß sie an ihrem Stickrahmen und hörte ihren Brüdern zu. Es war zu heiß für die Jagd, ja sogar für einen Ausritt durch ihre Ländereien. In der Kemenate war es angenehm kühl. Auch Lady Morley und Alice hatten dort ihre Zuflucht gesucht. Besonders für die Damen empfahl es sich, bei solchem Wetter drinnen zu bleiben, damit ihre zarte weiße Haut nicht von der Sonne verbrannt wurde.

Während die anderen einen Augenblick schwiegen, summte Beatrice die Zeilen eines Liedes. Aber gerade als ihre sanfte Stimme den Raum füllte, wurde die Stille von einem Schrei aus der Folterkammer zerrissen. Beatrice erstarrte, Nadel und Seidenfaden fielen ihr aus der Hand, und sie erbleichte. Die Seide rollte über die Fliesen und blieb vor den Füßen Geoffreys liegen.

»Was ist denn, Schwesterchen, nervös? Es ist nur unser Gefangener«, sagte er herablassend, hob das Knäuel auf und reichte es ihr. Mit den Tränen kämpfend schaute sie seitwärts zu ihrer Mutter. Es war nicht so sehr ein Schrei gewesen, so kam es ihr vor, als ein paar Worte, die zu einem langen Stöhnen verschmolzen. Sie schauderte.

»Konntet Ihr es verstehen?« fragte sie ihre Mutter mit dünner Stimme, obwohl sie versuchte, unbesorgt zu wirken. Lady Morley nickte gleichgültig. Sie war an solche Klänge gewöhnt. Sie hatte dergleichen schon öfter gehört, denn ihr Ehegemahl kannte keine Gnade für alle, die ihm in den Weg kamen. Doch niemals hatte sie jemanden lateinisch sprechen hören.

»Deus propitius esto mihi peccatori«, sagte sie und übersetzte, da ihre Tochter kein Latein konnte: »Gott sei mir Sünder gnädig.«

»Er erklärte uns doch, ein Templer würde niemals um Gnade flehen«, höhnte Timothy.

»Nur bei Gott«, verbesserte ihn Lady Morley gelassen. Sie war eine kluge Frau, die viel gelernt hatte, zeigte aber ihre Bildung selten, da sie stets im Schatten ihres alles beherrschenden gewalttätigen Gemahls stand.
»Die Franzosen kennen ihn gut. Sie werden ihm schon beibringen, was Angst ist«, sagte Geoffrey.
In den folgenden Stunden konnte Beatrice den Klang dieser Stimme nicht aus ihren Gedanken verdrängen. Sie konnte es fast nicht erwarten, bis das Abendessen beendet war. Als sie schließlich in den Innenhof lief, hatte sie Angst, etwas zu hören, und doch hoffte sie darauf. Es drang aber kein Laut aus der Tiefe des Kerkers, und eine bange Ahnung beschlich sie. Sie ging zur Schloßkapelle und verbrachte dort den Rest des Abends, wartend, bis es dunkel war, und erfüllt von Gebeten, er möge noch am Leben sein.
Endlich verschwand die rote Glut der untergehenden Sonne aus dem Fenster der Kapelle, und Finsternis legte sich über das Schloß. Mit steifen Gliedern erhob sich Beatrice und schlug ein Kreuz. Dann verließ sie die Kapelle und schlich langsam zur Treppe, die zu den Zellen führte. Sie zitterte in ihrem dünnen Sommerkleid, während sie das erste Goldstück aus der schweren Börse holte.
Ihre Verhandlungen mit den Wächtern verliefen sachlich und erfolgreich, und innerhalb sehr kurzer Zeit erreichte sie die ihr schon bekannte Tür und blickte durch das Gitter. In der Zelle befand sich der Mann im schwarzen Habit, kaum sichtbar. Er hatte ihren leichten Tritt nicht gehört. Still lag er auf dem Boden, sein linker Arm stand in seltsamem Winkel vom Körper ab. Einen Augenblick fürchtete sie, er sei tot, aber dann sah sie, wie er den Kopf hob und langsam die rechte Hand zur Wand schob und an den Steinen entlangtastete. Offenbar fanden seine Finger, was er suchte, denn er arbeitete sich auf die Knie empor und begann einen Gegenstand aus dem Spalt zwischen den Steinen zu ziehen. Seine Finger bewegten sich ungeschickt, und mit Entsetzen bemerkte sie, daß ihm die meisten Fingernägel fehlten. Sie sah das kalte Blitzen des Metalls, als er schließlich den Dolch aus dem Versteck geholt hatte. Ohne zu zögern zielte er mit der Klinge auf sich, die Spitze genau gegen die unterste Rippe gerichtet, schräg nach oben,

um sein Herz zu durchbohren. Wie gelähmt schaute Beatrice zu, wie er das Zittern seiner Hand überwand, die den Dolch umklammerte.
In dem Augenblick, als seine Lungen sich füllten und er die letzten Kräfte zum Stoß sammelte, stieß Beatrice einen Schrei aus. Der Mann zuckte zusammen. Wie erstarrt blieb er einen Moment sitzen, dann entspannte sich seine Hand. Der Dolch glitt ihm aus den zitternden Fingern und klirrte auf den Boden.
Beim Geräusch der Riegel und ihres leichten Schrittes schien er wieder ins Bewußtsein zurückzukehren. Als sich die zarte Gestalt vor ihn hinkauerte, blickte er sie mit einem fremden, ausdruckslosen Glanz in den Augen an.
»Um Gottes willen, was tut Ihr!«
Er antwortete nichts und wandte sein Gesicht langsam zur Tür.
»Seid Ihr allein?« fragte er.
»Ja. Gebt mir diesen Dolch, Richard.«
Er lachte, und der Klang dieses Lachens entsetzte sie.
»Er hat seine Aufgabe noch nicht vollbracht«, sagte er ruhig. Als er sah, daß sie ihn mit Grausen betrachtete, wiederholte er die Worte, die er zu sich selbst gesprochen hatte, ehe sie gekommen war: »›Er, der zu sterben wünscht, fürchtet den Tod nicht. Warum sollte er ihn fürchten, für den Christus das Leben ist und der Tod ein Gewinn?‹ Ich habe keine Wahl. Wenn ich jetzt kein Ende mit mir mache, werde ich vielleicht morgen schwach und muß sprechen, da ich die Folter nicht mehr aushalten kann. Aber ich möchte meine Brüder nicht verraten.«
»Ist es so weit mit Euch gekommen?« fragte Beatrice und schämte sich.
»Ich weiß, wann ich meine Grenzen erreicht habe«, antwortete er schlicht. Mit dem Bewußtsein war auch der Schmerz zurückgekehrt. Er preßte den verwundeten Arm gegen den Körper, ohne zu bemerken, daß sich dabei sein Hemd öffnete und Brust und Schulter teilweise entblößte. Sie trat zur Seite, so daß das volle Licht der Fackel auf ihn fiel, und da sah sie das große Tatzenkreuz der Templer, das mit glühendem Eisen tief in seine Haut gebrannt war. Es zog sich über die ganze Breite der rechten Schulter und reichte hinunter bis zur Brustwarze.

»Ein Brandmal«, erklärte er ihr, während er ihrem Blick folgte. »Ein Erkennungszeichen an einem Mann, der sich gern in fremde Kleider hüllt.«
Plötzlich lachte er.
»Ich bin stolz darauf, es zu tragen. Ich kann jetzt den Mantel des Tempels nicht tragen, aber das Kreuz wird für immer da sein.«
Beatrice schüttelte ungläubig den Kopf.
»Eure Kaltblütigkeit, Herr Ritter, ist bestürzend. War dies der Moment, als Ihr schriet?«
»Ich schrie nicht, ich rief den Herrn um Gnade an.«
Nach einem Augenblick fügte er entschuldigend hinzu:
»Ich fürchte, daß ich tatsächlich schrie.«
»Ihr solltet diesen Dolch besser wieder verstecken, bevor sie ihn bei Euch finden. Benutzt ihn nicht, wenn Ihr noch genug Mut habt durchzuhalten. Ich ... ich werde Euch helfen zu entfliehen.«
Ihre Worte brachten ihn einigermaßen aus der Fassung. Dann sagte er spottend:
»Ich habe über diese Möglichkeit nun schon fünf Monate lang nachgedacht – ohne Ergebnis. Denkt Ihr, daß Ihr dieses Problem so einfach lösen könnt? Außerdem kann ich nicht einsehen, warum Ihr mir helfen wollt und Euch damit selbst in Gefahr bringt. Gar nicht zu reden von der Gefahr der Exkommunikation, die Ihr dabei lauft.«
»Warum?«
Sie blickte ihn schmerzlich betroffen an. Begriff er denn gar nichts? Hatte er ihren sehnsüchtigen Blick nicht gefühlt, der ihm dauernd gefolgt war, solange er sich in ihrer Gegenwart befand? Am Tag ihrer Begegnung, während des Turniers, des Diners, im großen Rittersaal, während des Besuches von Lancaster und das erste Mal, als sie hier im Kerker war?
Richard wich ihren flehenden Augen aus und suchte Halt an der Mauer.
»Eine unserer Vorfahren entwich einst während einer Belagerung durch einen geheimen Gang aus der Burg, der irgendwo zum Fluß hinunterführt«, flüsterte Beatrice eindringlich.
»Wo ist dieser Gang?« fragte er mit aufkeimender Hoffnung.
»Das weiß ich noch nicht.«

Er lachte höhnisch.
»Es gibt einen alten Mönch in unserer Kapelle, der damals schon hier war. Vielleicht kann er uns helfen.«
»Vielleicht! Wer sagt uns, daß dieser Mönch weiß, wo der Eingang sich befindet?«
»Der damalige Herr von Morley entkam mit der ganzen Besatzung und fiel dem Feind in den Rücken«, erklärte ihm Beatrice.
Richard blickte gerührt auf den beleidigten Ausdruck auf ihrem Gesicht.
»Ich lache Euch nicht aus. Ich dachte nur an eine alte Hexe oder was sie auch war, die mir voriges Jahr erzählte, ich würde den nächsten Frühling nicht sehen. Sie hatte recht. Aber bei Gott, noch lebe ich. Geht zu diesem Mönch, liebe Jungfrau und bittet ihn um Hilfe. Denkt Ihr, Ihr könnt ihn ins Vertrauen ziehen?«
Sie nickte entschlossen, lächelte ihm ermutigend zu und legte ihm die Hand auf den Arm.
»Habt ein bißchen Vertrauen zu mir, Richard. Ich werde Euch aus diesem Kerker erlösen. Versucht niemals mehr, Hand an Euch zu legen.«
»Ich weiß nicht, womit ich diese Liebe verdient habe.«
»Das ist nicht wichtig. Ich komme morgen vor der Zeit der None zurück. Sie fahren am Morgen nach York, also sind wir ungestört.«
Sie drückte sanft seinen Arm und schickte sich an, die Zelle zu verlassen. Seine Augen folgten ihren anmutigen Bewegungen.
»Bringt Salz mit und seid vorsichtig«, sagte er, als sie durch die Türe schritt. Sie nickte, ein Lächeln auf den Lippen. Dann verschwand sie in der Dunkelheit des Ganges.

25. KAPITEL

To defraude the beguylar is no fraude,
*and he that doth well foloweth oure Lord.**

William Caxton – The Game and Playe of the Chesse

Die Nacht und der folgende Morgen schienen niemals enden zu wollen. Richard konnte nicht schlafen. Er sprach seine Gebete und durchmaß seine drei Schritte breite Zelle hin und her, wie ein gefangener Löwe, bis sein ermüdeter, unterernährter Körper so erschöpft war, daß er sich doch niederlegen mußte.
Er nahm das Stück grobes Schwarzbrot, schabte mit seinen Zähnen den Schimmel ab und spuckte ihn auf den Boden. Ein Bissen vom Rest reichte aus, daß er sich fast übergeben mußte, und schnell nahm er einen Schluck Wasser, um den üblen Geschmack wegzuspülen.
Schließlich döste er ein, bis ihm das kalte Wasser, das ihm von der Mauer auf den Rücken tropfte, wieder wach machte.
Nicht lange danach hörte er Beatrices leichten Schritt im Gang. Das Geräusch der Riegel, die weggeschoben wurden, klang wie Musik in seinen Ohren, und er erwartete sie, an die gegenüberliegende Wand gelehnt. Das Lächeln, mit dem sie ihn begrüßte, hatte etwas Vertrautes. Sie ging direkt auf ihn zu und überreichte ihm den Krug Wein und ein Päckchen weißes Brot und kaltes Fleisch, die sie unter den Falten ihres weiten Gewandes hereingeschmuggelt hatte.
»Möge Gott es Euch lohnen«, sagte er und griff gierig nach Speise und Wein. Vom Brot nahm er nur ein paar Bissen und auch vom

* Einen Betrüger zu betrügen ist kein Betrug, und wer Gutes tut, folgt unserem Herrn.

Fleisch nur einen Happen. Sein Magen konnte nicht mehr vertragen. Doch der Wein tat ihm gut.
»Habt Ihr Salz mitgebracht?« fragte er. Sie nickte. Einem Bündel an ihrem Gürtel entnahm sie ein tönernes Büchschen und ließ ihn den Inhalt sehen. Er hob fragend den Kopf in Richtung des Ganges.
»Die Wärter?«
»Wir haben genug Zeit. Ich habe ihnen zwei Krüge Wein gegeben und ein paar Goldstücke.«
Er zog Habit und Hemd zur Seite und biß die Zähne zusammen, bevor er eine Handvoll Salz über die verbrannte Haut streute, ebenso über seine Fingerkuppen, aus denen der Henker die Nägel, einen nach dem anderen, mit einem Messer herausgeschnitten hatte.
Mit zitternder Hand zeigte er auf einen losen Stein im Fußboden.
»Versteckt das Büchschen unter diesem Stein.«
Während sie sich gehorsam auf den Boden kniete, schloß er die Augen und kämpfte gegen den Schmerz, mit dem das Salz in seine Wunden biß. Beatrice setzte sich neben ihn auf den Boden und rückte dich an ihn heran.
»Es ist kalt hier drunten«, sagte sie.
»Draußen scheint die Sonne. Es ist ein warmer Tag heute. Und der Himmel ist dunkelblau.«
»Woher weißt du das?«
»Ich kann es riechen an Eurer Kleidung.«
Sie lachte, als ob sie das nicht glaubte.
»Ich habe dir etwas mitgebracht.«
Er öffnete die Augen und sah, wie sie vorsichtig eine rote Rose unter ihrem Mantel hervorholte. Er lächelte, faßte vorsichtig den Stengel mit Daumen und Zeigefinger und sog den süßen Duft ein. Es war ihm, als ob er den Sommer selbst roch, kräftiger noch als den Hauch von Wärme, der sie umgab.
»Niemals in den 18 Monaten, während ich meine Brüder in ihren Kerkern besuchte, ist es mir in den Sinn gekommen, sie mit einer Blume zu erfreuen. Aber ich erinnere mich, daß sie an meinen Kleidern den Frühling riechen konnten, wenn ich hereinkam.«
War es der Duft der Blume, die Wärme des Weins in seinem

Körper oder ihre Gegenwart, die bewirkte, daß er sich fast wohlfühlte? Er hörte zu, wie sie von ihren Brüdern erzählte, und daß es ihr immer wieder schwerfiel, ihre Gefühle nicht zu verraten, wenn sie ihn in ihren Gesprächen schmähten.

»Eure Brüder«, lächelte er, »maßen sich ein Urteil über Dinge an, von denen sie nichts verstehen. Glaubt Ihr, was man über uns sagt?«

Sie zögerte, bevor sie erwiderte:

»Ich glaube nicht, daß du etwas getan hast, wofür du dich schuldig fühlen müßtest.«

»Ich habe mehr Dinge getan, für die ich mich schämen muß, als irgendeiner meiner Brüder. Und ich kann als Entschuldigung nur anführen, daß mich die Umstände manchmal dazu zwangen. Wir haben eine strenge Ordnung, Madame, und ich habe es in den letzten beiden Jahren nicht einfach gehabt, mich daran zu halten.«

»Das meinte ich nicht. Sind deine Brüder nicht vom Papst selbst beschuldigt worden? Der Ketzerei? Wenn die Heilige Kirche an ihnen zweifelt, muß es doch Gründe dafür geben.«

»Das ist es, was die meisten denken. Ich habe nicht vor, mit Euch in eine lange Auseinandersetzung über dieses Thema einzutreten. Der Papst hat sich dies alles vorlügen lassen, hat sich von den Helfershelfern Philipps einschüchtern und mißbrauchen lassen.«

Er hatte so heftig gesprochen, daß Beatrice schwieg, verängstigt vom plötzlich barschen Ton seiner Stimme. Aber fast im gleichen Augenblick zeigte er wieder ein anderes Gesicht, und seine Augen lächelten ihr zu.

»Ihr müßt vorsichtig sein«, sagte er. »Wenn Ihr in Euren Gesprächen Eure Empfindungen verratet, wenn sie entdecken, daß Ihr mich besucht, wenn sie vermuten, daß Ihr mir bei meiner Flucht helfen wollt, dann ist alles verloren. Nicht nur für mich, sondern auch für Euch. Ihr müßt an Eure eigene Zukunft denken. Ihr seid mit Will of Scarborough verlobt, nicht wahr?«

»Ja, aber ich mag ihn nicht. Ich habe die Hochzeit mit den fadenscheinigsten Ausreden verschoben.«

Richard war aufgestanden und ging in dem engen Raum seiner Zelle auf und ab.

»Ich bin Euch für Eure Hilfe dankbar und nehme sie gerne an«, sagte er ruhig. »Helft mir zu entkommen, wenn Ihr könnt. Aber bringt Eure eigene Zukunft nicht in Gefahr.«

Sie war sehr bleich geworden, und ihre Lippen zitterten.

»Aber...« stammelte sie. Ihre Augen füllten sich mit Tränen, die sie nur mit Mühe zurückhielt. »Wenn ich dir helfe, aus meines Vaters Kerker zu fliehen, kann ich nicht zurückbleiben. Ich will auch nicht länger dableiben, sondern mit dir fliehen.«

Jetzt nahm er sie beim Arm und sprach eindringlich:

»Das ist nicht möglich. Niemals. Die Regeln des Ordens gestatten uns nicht den geringsten Umgang mit Frauen.«

Sie lächelte ihn durch ihre Tränen hindurch an, so entwaffnend, wie nur sie allein es vermochte, und sie raubte ihm fast die Besinnung. »Aber begreifst du denn nicht? Ich liebe dich!«

Richard mußte sich Gewalt antun, um die körperliche Erregung zu beherrschen, die sich seiner allein durch ihren Körper, so dicht bei dem seinen, zu bemächtigen drohte. Sogar hier in diesem kühlen Gefängnis wurde ihm heiß. Könnte er nur einen Eimer mit eiskaltem Wasser über sich ausgießen oder barfuß durch Brennesseln laufen! Gott, wie gerne würde er sie jetzt in seine Arme nehmen und ihre Tränen wegküssen! Er versuchte sich vorzustellen, wie die Brennesseln unter seinen Füßen beißen würden. Das half, aber etwas tief in seinem Innern schmerzte, als er sein Verlangen aus dem Herzen drängte.

»Um Gottes willen, erzählt mir, was dieser Mönch sagte«, bat er eindringlich.

Ihre Augen wurden traurig, aber sie klagte nicht.

»Er weiß, wo der Eingang war. Man hat danach baulich viel im Schloß verändert, also werden wir nach dem jetzigen Eingang suchen müssen. In jedem Fall muß er hier drunten sein in den Verliesen, in der Nordwestecke der Burg.«

»Nordwest? Aber das ist hier.«

Sie dachte kurz nach und nickte zustimmend.

»Beim Kreuz. Fünf Monate zermartere ich mir den Kopf, wie ich hier herauskomme, und dabei liegt es mir direkt vor der Nase!«

»Es tut mir leid, ich war nicht früher dazu imstande. Es hat eine ganze Weile gedauert, bis ich mich davon überzeugte, daß das, was mir mein Herz eingab, gut war. Es war kein leichter Entschluß.«

»Gott sei gedankt, daß Ihr nun soweit seid.«
Er lief zur Zellentür und spähte durch das Gitter zu der Mauer links im Gang. Dann wandte er sich zu ihr um, eine tiefe Falte zwischen den Augen.
»Die Mauer sieht solide aus. Sie ist aus massiven Steinen hochgezogen, und die Verfugung scheint ganz neu zu sein. Der Eingang muß so gut versteckt sein, daß die Maurer, die nichts von ihm wußten, ihn nicht entdeckten, als sie diesen Teil der Mauern erneuerten. Wie sah es hier vorher aus?«
»Ich weiß es nicht. Ich war noch niemals hier, bevor du gefangengenommen wurdest. Wir sind wieder genau da, wo wir begonnen haben, nicht wahr?«
»Nicht ganz. Ruft den Wächter! Er soll Euch hinauslassen.«
Er bückte sich und half ihr aufstehen.
»Ihr seid lange genug hier gewesen.«
Er gab ihr den leeren Krug, den sie wieder zwischen den Falten ihres Rockes verbarg. Bevor sie wegging, sagte er:
»Kommt in ungefähr drei Tagen wieder, wenn Ihr könnt.«
Das Geräusch der Riegel machte, daß er sich sehr einsam fühlte. Er lauschte nach den Fußtritten, die sich im Gang verloren, und sprach ein Dankgebet zu Gott.
York war einen knappen Tagesritt von Burg Haughton-le-Moor entfernt. Und wie es Richard erwartet hatte, wurde er zwei Tage später, kurz nach Sonnenaufgang, in die Folterkammer gebracht. Es gab keine Möglichkeit herauszufinden, was sie in York gemacht hatten. Es hatte vielleicht gar nichts mit ihm zu tun. Eines aber war sicher: Sie waren fest entschlossen, ihn noch an diesem Tag zum Reden zu bringen. Er schwieg, preßte die Zähne aufeinander und isolierte seine Gedanken von den Stimmen, die eine Frage nach der anderen auf ihn abschossen. Er schrie laut, als sie ihm drei breite Streifen Fett auf den Rücken schmierten und ihn vor einem hoch aufflackernden Feuer festbanden, woraufhin sie mit Hilfe einer Eisenplatte die Strahlung der Hitze zu- oder abnehmen ließen. Es war lange nach der Stunde der None, als sie die Stricke lösten und ihn zu seiner Zelle zurückführten. Er konnte nicht mehr gehen und mußte auf den Knien durch den dunklen Gang kriechen, während er sich tiefer erniedrigt fühlte, als er es je für möglich

gehalten hätte. Der Schmerz trübte ihm die Augen und zwang ihn, sich seinen Weg auf dem Boden zu ertasten, wobei sich seine blutenden Finger an den Steinrändern noch wunder stießen. Doch trotz seiner Betäubung stieg ein Gedanke in ihm auf. Langsam kroch er weiter, bis er die Tür seiner Zelle erreicht hatte. Er tat so, als ob er sie nicht gesehen hätte und ließ seine Finger über die Steine gleiten, in der Hoffnung, so durch Zufall vielleicht den Eingang zu dem geheimen Gang zu entdecken.

Als er schon meinte, eine Fuge zwischen den Steinen auf dem Boden gefunden zu haben, die nicht dicht war, stieß man ihm in die Rippen und befahl ihm, in die Zelle zu gehen. Die folgenden Stunden verbrachte er bewegungslos auf dem kalten Fußboden. Die Brandwunden auf seinem Rücken ließen ihn fiebern, aber obwohl er vor Kälte zitterte, konnte er das rauhe schmutzige Leinen seines Hemdes nicht auf dem Rücken vertragen.

Nicht lange darauf erklangen aufs neue Schritte im Gang, und das Geräusch der weggeschobenen Riegel jagte ihm Schauder durch den ganzen Körper. So war es nicht schwer, das Spiel zu spielen, das er sich vorgenommen hatte. Er ließ der Angst, die ihn scheinbar schon lange vorher bezwungen hatte, freien Lauf und bebte vor den Männern zurück, die seine Zelle betraten.

Der Franzose, der in der Türöffnung stehenblieb, lächelte selbstgefällig. Endlich hatte er sein Opfer da, wo er es haben wollte. Endlich hatte er den letzten Rest Widerstand in diesem trotzigen, unbeugsamen Geist gebrochen. Alles, was jetzt noch fehlte, waren ein paar Stunden, und dann würde er ihn sprechen lassen – die ganze Nacht, wenn es sein müßte. Die beiden Wächter nahmen den Gefangenen beim Arm und stießen ihn durch die Tür.

Ihr Griff lockerte sich nur einen Augenblick, als er sich willig mitführen ließ, aber das genügte ihm, sich loszureißen. Er trat zurück, bis sein Körper die Mauer am Ende des Ganges berührte, schwang seine Arme zur Seite und warf seine Ketten gegen die Steine. Es klang so massiv wie nur möglich.

»Um Gottes willen, laßt mich in Ruhe«, schrie er, als die Wärter wieder auf ihn zukamen, und klammerte sich mit seinen blutenden Fingern an die Mauer, wie in äußerster Verzweiflung. Der Franzose nickte gutmütig.

Aber Richard konnte nicht die geringste Spur einer möglichen Öffnung in der Mauer entdecken. Während er ein Kreuz schlug, hörte er, daß die Ketten um seine Knöchel, die über den Boden schleiften, ein hohles Geräusch verursachten. Hier war es also! Oder hatten ihn seine Ohren getrogen?
»Heilige Mutter Gottes, sei mir gnädig«, flüsterte er und lauschte aufmerksam dem Klang seiner Ketten, als er sich zur Folterkammer führen ließ. Es stimmte sicher: vier Steine in einem Viereck, gerade groß genug für einen Mann, um hindurchzuschlüpfen, wenn er schlank genug war. Nun, was das betraf, brauchte er sich keine Sorgen zu machen. Er verlor wieder schnell an Gewicht, jetzt, wo die Franzosen in Haughton-le-Moor waren.
An diesem Abend hörte ihn Beatrice verschiedene Male schreien. Sie hatten ihn mit einem Gewicht an seinen Füßen aufgehängt und setzten ihn mit Zwischenpausen dem Feuer aus.
Nach einer halben Stunde tat er so, als ob er nicht mehr klar denken könnte, als ob er durch den Blutverlust in ein Delirium geraten wäre. Er kannte die Folgen der Folter vielleicht besser als seine Schergen und konnte sie in die Irre führen. Alles, was sie aus ihm herausbekamen, waren unzusammenhängende Worte, auf die sie sich keinen Reim machen konnten. Ohne seine Erfahrungen mit den Opfern von Philipps Henkern hätte er diese Nacht gewiß den Tod gefunden.
So aber trugen sie ihn zu seiner Zelle zurück und ließen ihn weiter in Ruhe.
Beatrice hielt sich getreulich an ihre Absprache. Als sie am dritten Tag die Zelle betrat, fand sie ihn zusammengekrümmt auf dem Boden sitzen, das Gesicht in den Armen vergraben, die auf den Knien ruhten.
»Wie geht es dir, Richard?« flüsterte sie. Langsam hob er den Kopf, und sie sah seine Augen, in denen noch der Schrecken stand. Sie streckte die Hand aus, um ihn zart zu streicheln und zu trösten, aber er wich zurück.
»In Gottes Namen, rührt mich nicht an«, hörte sie ihn mit heiserer Stimme sagen. Er blickte zu dem Wärter, der die Tür schloß und noch einmal durch das Gitter schaute, bevor er sich zurückzog.
»Erschreckt nicht«, flüsterte er Beatrice zu, »es ist weniger

schlimm, als es Euch scheinen mag. Sie denken, daß ich beinahe umgekommen wäre. Gott weiß, was ich ihnen gestern erzählt habe. Ich kann mich nicht einmal mehr erinnern, welchen Unsinn ich ihnen aufgetischt habe. Manchmal wußte ich selbst nicht mehr, ob ich bloß spielte oder nicht.«

Sie nickte.

»Ich habe den Eingang zu dem geheimen Gang gefunden«, fuhr er fort.

Ihr Gesicht hellte sich auf.

»Wann?«

»So schnell wie möglich. Ihr habt vier Tage Zeit, um alles zu regeln. Die brauche ich selbst auch, um wieder zu Kräften zu kommen. So lange kann ich sie noch an der Nase herumführen.«

»Was soll ich tun?«

»Geht zu Sir Robert. Erzählt ihm von diesem Plan. Ich glaube, daß man ihm trauen kann. Ich brauche ein Pferd, Waffen und Proviant für zwei Tage. Ihr dürft nicht mehr hierherkommen. Laßt am Abend vor der Flucht einen Diener zwei Krüge Wein hier herunter bringen. In dem einen muß ein Schlafmittel für die Wärter am Anfang des Ganges sein. Meinen eigenen Wärter nehme ich mir selbst vor. Er muß wach bleiben, bis er meine Zellentür geöffnet hat.«

»Ihr werdet Euer eigenes Pferd bekommen«, sagte sie.

Ihr Optimismus machte ihm Mut. Er gab ihr noch einige Anweisungen und zeigte dann auf den Stein, unter dem die Büchse mit Salz verborgen war.

»Bevor Ihr geht, müßt Ihr mir diesen Dienst erweisen. Mit entzündeten Wunden und Wundfieber kann man nicht fliehen. Und nehmt die Büchse wieder mit. Setzt Euren Liebreiz ein und erweicht meinen Wärter, Mitleid mit einem Mann zu haben, der den Verstand verloren hat.«

Er zog sein blutiges Hemd bis zur Mitte herunter und legte sich flach auf den Boden.

»Tut es schnell«, sagte er, bevor er sich den Ärmel seines Hemds in den Mund stopfte.

»Möge Gott dir Kraft geben.«

Beatrice biß auf die Lippen und streute mit zitternden Händen das

Salz auf die Streifen rohen Fleisches. Trotz des Knebels, der seine Schmerzensschreie dämpfte, erschrak sie so vor seinem dumpfen Stöhnen, daß sie die Büchse beinahe fallen ließ. Mit kühler Hand strich sie ihm über die Stirn. Er preßte die Kiefer in den Stoff. Das Salz brannte auf seinem Rücken.

Plötzlich fühlte er ihren Atem dicht am Gesicht, und als er die Augen aufschlug, küßte sie ihn auf die pochenden Schläfen. Dann eilte sie aus dem Kerker.

Am zweiten Tag nach ihrem letzten Besuch im Gefängnis begab sich Beatrice kurz nach der Mittagsstunde zu den Ställen und gab ihrem Stallknecht Befehl, Pilgrim zu satteln. Aufgezäumt und aus dem Stall geführt, betrachtete sie das schwarze Streitroß zunächst aus sicherem Abstand, und sie bekam Respekt vor seiner Stärke und Größe. Konnte sie, die zarte Beatrice, dieses Ungetüm reiten? Richard hatte gemeint ja, und hatte ihr geraten, nicht ängstlich zu sein. Das würde das Pferd sofort spüren.

»Sprecht ihm ruhig zu, streichelt ihn und steigt erst auf, wenn Ihr sein Vertrauen gewonnen habt«, hatte er gesagt.

Das Pferd war unruhig und scharrte mit den Hufen auf der Erde, während es den Kopf mit der langen Mähne auf und ab schüttelte.

»Ruhig, Pilgrim«, sagte sie, indem sie entschlossen auf ihn zuging. »Lerne deine neue Herrin kennen.«

Der Herr von Morley hatte ihr in einer Laune tags zuvor das Pferd geschenkt, als sie Interesse an dem Tier bekundet hatte. Sie wußte nur zu gut, daß ihr Vater ihr nichts verweigern konnte.

»Ich werde gut zu dir sein. Genauso gut, wie es Richard war«, sagte sie.

Das Pferd war dann und wann von den Stallknechten geritten worden, aber sie hatten das Tier gleichgültig, manchmal sogar grob behandelt.

Beatrice stieg in den Sattel. Ihr Rock war weit genug, um ihr die nötige Bewegungsfreiheit zu geben.

»Wir reiten ein Stückchen aus, Pilgrim, du und ich.«

Das Pferd spitzte die Ohren, als es seinen Namen hörte.

»Gut, laß ihn los«, sagte sie zum Stallknecht, und er nahm die Hand vom Zügel.

»Seid Ihr sicher, daß Euch niemand begleiten soll?«

»Ja. Das Pferd ist daran gewöhnt, mit seinem Reiter allein zu sein. Es war selten in Gesellschaft eines anderen. Folge mir nicht. Es würde ihn nur unruhig machen. Ich reite nicht weit.«

Als die Zugbrücke niedergelassen war, drückte sie die Beine an die schwarzen Flanken und das Pferd setzte sich in Trab. Einmal über der Brücke, ließ sie es galoppieren.

Beatrice atmete freier und genoß den Wind, der ihr die Haare aus dem Gesicht blies. Das Pferd lag ihr zwar etwas schwer auf der Hand, doch konnte sie es so leicht lenken, daß sie selbst überrascht war.

»Ich wünschte, du gehörtest wirklich mir«, sagte sie zu dem Pferd. »Am liebsten hätte ich euch beide für immer, aber dein Herr ist mir unerreichbar. Ich werde dich ihm bald zurückgeben müssen, Pilgrim, und dann muß ich Abschied von dir nehmen.«

Abschied nehmen von ihm, aber auch von ihrer sorglosen Jugend, dem Schloß ihres Vaters und allen, die sie liebhatte – es war ein hoher Preis, den sie für ihren Verrat bezahlen mußte.

In kurzer Zeit erreichte sie Sir Roberts Burg. Er begrüßte sie freundlich und half ihr selbst aus dem Sattel.

»Das ist aber eine angenehme Überraschung, Lady Beatrice.«

Er schaute fragend auf den schwarzen Wallach.

»Kann ich wohl unter vier Augen mit Euch sprechen?« fragte sie verlegen.

»Sicher, Mylady«, antwortete er und nahm sie mit hinein.

Als sie fast eine Stunde später die von einem Wall umgebene Burg wieder verließ, küßte ihr Sir Robert die Hand, und sie wechselten einen kurzen Blick des Einverständnisses. Sein ermunterndes Kopfnicken war kaum merklich, aber sie begriff und lächelte.

Kurz vor Sonnenuntergang kehrte sie nach Haughton-le-Moor zurück, hungrig, aber sehr zufrieden.

Am nächsten Tag packte sie heimlich ein paar ihrer Habseligkeiten in Richards Satteltaschen und machte noch einen kurzen Ritt auf Pilgrim. Nach der Dämmerung schlüpfte sie in die Waffenkammer und verbarg Richards Schwert, Dolch und Sporen unter ihrem Kleid. Bei Sonnenaufgang machte sie einen Spaziergang und stieg das steile Flußufer hinab. Lange blieb sie unten sitzen und ließ ihre Finger durch das schnellströmende Wasser gleiten. Die blühende

Heide färbte die Landschaft hellviolett. Wo auf dem bewachsenen Abhang mochte der geheime Gang wohl münden?
Wahrscheinlich war er dem Auge durch überwuchernde Sträucher und Wurzelwerk verborgen, denn seit langem war er nicht mehr benützt worden. Mutter Maria! Wenn er nur noch brauchbar war!
Sie fühlte sich ungeheuer erleichtert, als endlich die Zeit gekommen war, da sie sich unter dem Vorwand, ein Spielmann aus dem Süden wolle diesen Abend in Sir Roberts Saal die Gäste aufheitern, auf den Weg machen konnte. Sie nahm Pilgrim und winkte scheinbar vergnügt ihrem Vater zu, als sie über die Zugbrücke ritt. Dann galoppierte sie über die Heide dahin. Sie verringerte die Geschwindigkeit erst, als die tröstenden Arme Sir Roberts sie umfaßten, der am Tor auf sie wartete. Zusammen musterten sie Richards Habseligkeiten, und Beatrice betrachtete mit Verwunderung die dunkle Mönchskutte, den weißen Mantel der Aussätzigen, die schmutzigen Lumpen eines Leibeigenen und die eleganten Kleider, die er sich für Blanches Hochzeit gekauft hatte. Sie trugen noch die Spuren des Kampfes mit Gilbert of Mansourah.
Ihre Augen waren groß vor Neugierde. Sie reinigte die Gewänder und besserte sie in den Abendstunden bei flackerndem Kerzenlicht aus.
In Haughton-le-Moor beobachtete Richard den fahlerwerdenden Lichtfleck am Ende des Luftschachtes und wartete, bis er sicher sein konnte, daß Nacht und Schlaf sich des Schlosses bemächtigt hatten. Er streckte die steifen Glieder und schnürte seine Stiefel. Schon steckte Lancasters Dolch sicher im Gürtel, bedeckt von den schwarzen Falten seiner Kutte. Dann legte er sich hin und sorgte dafür, daß sein Gestöhn an die Ohren des Wärters drang, der am Ende des Ganges saß und döste.
»Wärter«, rief er mit heiserer Stimme. Er mußte es zweimal wiederholen, bevor sich der Mann von der Holzbank erhob und zur Tür schlurfte. Als sein Gesicht hinter dem Gitter erschien, stützte sich Richard mühsam auf den Ellbogen und flüsterte:
»Ich habe Durst. Seit gestern habe ich nichts getrunken. Jemand hat vergessen, die Schale zu füllen. Um Gottes willen, Freund, hole Wasser für mich.«
Er lehnte sich zurück an die Mauer und keuchte, auf die Antwort

wartend. Noch niemals in den fünf langen Monaten hatte er seine Wärter um etwas gebeten.
Der Mann nickte und lief weg. In ein paar Minuten kam er mit einer bis zum Rand gefüllten Schale zurück, die er ein Stückchen vom Gefangenen entfernt in der Zelle auf den Boden setzte.
»Gott segne dich«, sagte Richard, während er sich mühsam auf die Knie erhob. Er nahm die Schale und führte sie zu den Lippen. Der Wärter schaute zu, wie er trank.
In dem Augenblick, als er die Zelle verlassen wollte, sprang Richard auf, warf ihm die Schale mit Inhalt nach und schlug ihm mit dem Knauf seines Dolches hart auf den Hinterkopf. Zufrieden sah er, wie der bewußtlose Körper zwischen den Scherben auf den Boden sackte. Hastig knebelte er den Mann und schlüpfte aus der Zelle, die er sorgfältig hinter sich schloß. Dann nahm er die Fackel von der Wand und hielt sie dicht an die vier Steine im Boden. Weit entfernt hörte man die anderen Wärter schnarchen.
Nach fünf Minuten Arbeit hatte er einen Stein gelockert. Auch die anderen Steine konnte er bald entfernen. Vor ihm gähnte ein dunkles Loch, darauf lag ein Eisenrahmen, auf dem die Steine geruht hatten. Dumpfe Luft umgab ihn, als er sich durch die enge Öffnung gleiten ließ. Er fand Halt für seine Füße, griff nach der Fackel und nahm sie in die linke Hand. Vorsichtig legte er die Steine über seinem Kopf zurecht, bis die Lücke wieder dicht war, und hielt die Fackel vor sich ausgestreckt. Kaum konnte er etwas sehen. Er befand sich in einem steil nach unten führenden Tunnel, der in vollkommene Finsternis mündete.
Langsam schob er sich voran und tastete sich an den Mauern entlang weiter, bis er ungefähr zweihundert Meter weit gekrochen war. Anscheinend befand er sich jetzt unter den Wallen der Burg, denn hier begannen Baumwurzeln quer durch den Tunnel zu wachsen.
Die Luft wurde noch muffiger. Richard wußte, daß die Möglichkeit eines Einsturzes hier größer war als unter der Burg selbst. Bald mußte er sich einen Durchgang durch die Wurzeln hauen, und er kam nur langsam weiter, bis plötzlich der Weg von einer massiven Mauer aus Sand, Erde und Wurzeln versperrt war. Er hielt die rußig schwelende Fackel dicht daran und schlug ein

Kreuz. Es gab nur eine Alternative: entweder sich einen Durchlaß zu graben oder aufzugeben und zurückzugehen.
Sofort machte er sich an die Arbeit. Mehr als eine Stunde mußte vergangen sein, als er plötzlich einen Zug frischer Luft verspürte. Er hob den Kopf und nahm die Fackel, die schon heller zu brennen begann, konnte aber nicht entdecken, wo das Loch war. Doch mußte es irgendwo in der Decke des Tunnels eine kleine Öffnung geben. Mit unbezähmbarer Energie wühlte er weiter. Der Zug wurde stärker. Deutlich lag nun der Weg in die Freiheit vor ihm. Es dauerte noch geraume Zeit, bis das Loch groß genug war, daß er sich hindurchzwängen konnte. Er hörte, wie Ratten und andere kleine Tiere vor seinen Füßen davonschossen. Den restlichen Weg legte er halb stolpernd, halb rennend zurück, bis er den Mond durch das Gesträuch scheinen sah, das das letzte Hindernis zwischen ihm und der Freiheit bildete. Sofort löschte er die Fackel und schnitt sich einen Weg durch die Zweige. Da war der Fluß, sanft schimmernd im silbernen Mondlicht unter dem mit Tausenden von Sternen besäten Himmel.
Frei! Er war frei! Aber die Gefahr war noch nicht beseitigt. In nächster Nähe erhob sich drohend Burg Haughton-le-Moor und blickte auf ihn nieder. Vorsichtig ging er weiter, wobei er sich so dicht wie möglich an die überhängenden Felsen preßte, bis er sah, daß sich etwas am anderen Ufer bewegte. Regungslos verhielt er, wo er stand, und sah jetzt auch, wer sich da bewegt hatte. Allein ihr Anblick schien ihm neues Leben einzuhauchen. Er lächelte und flüsterte ihren Namen. Sie drehte den Kopf und blickte in seine Richtung, sah ihn aber nicht. Trotzdem wies sie auf die Stelle, wo sie seine Waffen versteckt hatte. Er schüttelte den Kopf über ihre Unvorsichtigkeit, ihn entgegen seiner Warnung an diesem Platz zu erwarten, und begab sich zum angegebenen Ort. Hastig gürtete er sich mit dem Schwert und umfaßte mit der Hand den Knauf seines eigenen Dolches. Es gab ihm ein beruhigendes Gefühl, wie das Wiedersehen mit einem treuen Freund, und so war es auch mit dem Schwert, das ihm freilich wie Blei in den Händen wog.
Die Burgwächter schritten nichtsahnend auf und ab, und er watete langsam durch den seichten Strom.
Am anderen Ufer war Beatrice aus ihrem Versteck aufgesprungen.

»Richard, du bist frei!« flüsterte sie aufgeregt. Bevor er sie daran hindern konnte, hatte sie ihm die Arme um den Hals geworfen und küßte ihn vor lauter Freude auf beide Wangen. Vorsichtig machte er sich los, seine Augen immer auf die Mauern in der Ferne gerichtet.
»Du hast Sand in deinem Bart«, lachte sie leise. Er nickte abwesend, faßte sie plötzlich beim Arm und zog sie mit sich hinter ein paar niedrige Sträucher.
»Nieder«, befahl er und drückte sie zu Boden, indem er ihr Gesicht mit seinem schwarzen Ärmel verdeckte. Zunächst erschrak sie ein wenig, aber dann lachte sie wieder und küßte ihm die schmutzige Handfläche.
»Hör auf damit«, sagte er kurz und beobachtete gespannt die Wächter auf dem Wehrgang. Er fragte sich, wie es möglich war, daß sein Körper in einem derartigen Moment durch den ihren, der sich dicht an den seinen preßte, so in Erregung geraten konnte.
»Geht genau vor mir her«, sagte er zu ihr, als er festgestellt hatte, daß das Ufer sicher war. Erst als sie den Schutz eines Tals erreicht hatten, beschleunigte er den Schritt und ging neben ihr weiter.
»Ich kann dich in der Dunkelheit kaum sehen«, meinte sie, während sie ihn von der Seite anblickte.
»Versteht Ihr jetzt, warum ich mich schwarz kleide?«
»Ja. Ich kann mich erinnern, was du Alice erzähltest, als sie danach fragte.«
Er lächelte.
»Wie Ihr seht, ist der wahre Grund einfach und praktisch. Doch habe ich sie nicht angelogen – nur konntet Ihr in diesem Augenblick die Bedeutung meiner Worte nicht begreifen –, denn der heilige Bernhard sagt, daß der Mund, der lügt, die Seele vernichtet.«
Plötzlich stand er still und spähte in die Finsternis hinaus.
»Ist das Sir Robert?« fragte er.
Sie folgte seinem Blick und sah nichts.
»Wir werden es gleich wissen.«
Er pfiff leise und fast sofort hörten sie das Geräusch galoppierender Hufe, die von rechts auf sie zukamen. Ein paar Sekunden später tauchte Pilgrims riesige Gestalt vor ihnen auf. Richard ließ

Beatrices Hand los und griff nach dem Zügel, aber das Pferd wich zurück.

»Ruhig, Pilgrim, ich bin es wirklich«, sagte er und ließ das Pferd an seiner Hand schnuppern. »Du magst Gefängnisluft gar nicht, nicht wahr? Ich auch nicht.«

Jetzt hatte Pilgrim seinen Herrn erkannt. Das anhängliche Tier drückte die Nase an Richards Schulter, der ihm Hals und die lange Mähne liebkoste. Wehmütig schaute Beatrice zu.

»Du willst deine Liebe keiner Frau schenken«, sagte sie, »also gibst du alle Liebe, die du hast, einem Pferd, das dich auf seine Art dafür belohnt.« Doch es lag keine Bitterkeit in ihrer Stimme.

»Touché, Madame«, antwortete er und nickte bestätigend. »Wer nicht liebt, trocknet innerlich aus. Meine Liebe Gott zu schenken, das wird von mir erwartet – aber mein Leben Ihm allein zu weihen, hat mir noch niemals genügt.«

Er schwieg kurz, bevor er hinzufügte:

»Die Liebe, die ein Mann braucht und die er geben will, ist nichts Erhabenes, sondern ein gewöhnliches irdisches Bedürfnis nach Wärme, nach etwas Festem, das er halten und berühren kann, nach etwas, das atmet und lebt.«

Er erwartete nicht, daß sie ihn verstand. Er befestigte seine Sporen und bestieg Pilgrim. Von der Höhe seines Rosses blickte er auf sie nieder. Sie war schön im silbernen Schein des Mondes.

»Reitet mit mir. Ich bin jetzt so leicht, daß uns Pilgrim bequem zusammen tragen kann. Stellt Euch rechts von mir hin. Mit meinem linken Arm kann ich Euch nicht aufheben.«

Sie gehorchte willig, dankbar für seine Geste und setzte ihren Fuß im Steigbügel auf den seinen. Als er sie um die Hüfte faßte, schlang sie die Arme um ihn.

»Alles, was du brauchst, ist eine Frau«, sagte sie. Er zog sie hinauf und setzte sie vor sich aufs Pferd.

»Ich würde sie nicht annehmen«, antwortete er und gab Pilgrim die Sporen.

Ein Stück weiter trafen sie auf Sir Robert, und Richard schüttelte ihm im Sattel sitzend herzlich die Hand.

»Ich finde kaum Worte, um meine Dankbarkeit auszudrücken«, sprach er aus tiefstem Herzen. Sir Robert winkte ab.

»Mein Gott, ich dachte, Ihr wäret schon tot«, sagte er mit seiner rauhen, nicht unfreundlichen Stimme. »Als Beatrice mir erzählte, daß Ihr noch lebt, war ich nur zu gern bereit zu helfen.«
»Ich hoffe sehr, daß Ihr durch mich nicht in Schwierigkeiten geratet.«
»Ach, Schwierigkeiten gibt es täglich«, lachte Sir Robert. Der Gedanke daran schien ihn nicht zu beunruhigen. »Morgen schon wird der Herr von Morley mit seinen Spürhunden hier sein. Ich werde ihm erzählen, daß seine Tochter niemals hier aufgetaucht ist. Natürlich wird er mir nicht glauben. Aber er kann mir unmöglich eine Schuld nachweisen. Ich wünsche Euch jedenfalls Kraft. Ich habe den Zorn Morleys kennengelernt und kann nicht sagen, daß ich mich wohl dabei fühlte.«
Sie gaben ihren Pferden die Sporen, bis sie sich in Trab setzten, und sprachen wenig, bevor sie die Burg erreicht hatten, die sie durch eine Hintertür betraten. Nur ein Stallknecht wartete auf sie, ein Mann, dem Sir Robert vertrauen konnte. Ein vollständig aufgezäumtes Reitpferd für Beatrice stand schon bereit. Der Stallknecht versorgte die Pferde, während Sir Robert seine Gäste hineinführte. Im Saal wartete eine Schüssel dampfender Suppe auf sie, dazu Brot und kaltes Fleisch sowie Krüge mit Met und Wein.
Sir Robert bediente sie und musterte forschend Richards bleiches, erschöpftes Gesicht im Kerzenlicht. Die schwere Arbeit in dem unterirdischen Gang hatte ihn sehr angestrengt, und er hatte die letzten Reserven aufbieten müssen, um das Schloß zu erreichen. Jetzt in der behaglichen Wärme des Raumes, wurde ihm schwarz vor Augen. Sir Robert bot ihm Wein, aber Richard lehnte ab.
»Ich habe fast einen Tag geschlafen, nachdem ich mich an dem Wein, den die Jungfrau mir in die Zelle gebracht hatte, allzu gütlich getan hatte«, erklärte er entschuldigend.
Sir Robert lachte gutmütig.
»Das können wir uns jetzt nicht leisten, nicht wahr?« meinte er.
Nach einer Pause lehnte sich Richard zurück und wischte sich den Mund ab. Er hatte wenig gegessen, sein Magen hätte eine ausgiebige Mahlzeit nicht vertragen, doch das Essen hatte ihm gutgetan.
»Seid so gut und versorgt meine Wunden, Herr, bevor wir uns auf die Reise begeben!«

Sir Robert stand sofort auf und winkte ihn in ein Seitenzimmer, wo drei Waschschüsseln mit warmem Wasser und ein Stapel Leintücher bereitstanden.
»Gottes Rückgrat, fühle ich mich schmutzig!« sagte Richard tiefaufatmend und zog eilig die Kleider aus. Er spülte den Sand von sich ab, der ihm durch die Kleider gedrungen war und den ganzen Körper bedeckte. Bäuchlings auf der Holzbank liegend ließ er dann Sir Robert die Brandwunden auf seinem Rücken behandeln.
»Nun seid Ihr also frei. Was jetzt?« fragte dieser.
»Ich werde den Weg zu meinen Brüdern schon finden.«
»Und die Jungfrau? Sie hat ein großes Opfer gebracht, indem sie Euch half. Ihr schuldet Ihr viel. Was gedenkt Ihr für sie zu tun?«
»Ich werde sie zu einem Unterschlupf bringen, wo sie vorläufig sicher ist. Was sonst könnte ich für sie tun?«
»Sie heiraten.«
Richard wandte sich mit einem Ruck um und stützte sich auf den rechten Ellbogen. Er sah den Ausdruck des Schreckens in den Augen des anderen, als dieser plötzlich das Kreuz erblickte, das tief in seine nackte Brust gebrannt war.
»Sie heiraten?« Der Blick seiner grauen Augen hielt dem fordernden Blick Sir Roberts stand: »Ich werde Euch die Wahrheit sagen, Herr, und Gott strafe mich für meine Worte. Wäre ich ein freier Mann, würde ich sie sofort heiraten, denn ich habe sie von Herzen lieb. Aber mein Körper gehört dem Tempel, dessen Diener und Sklave ich bin.«
Sir Robert drückte ihn grob nach unten, und Richards Gesicht verzog sich vor Schmerz, als er die harte Bank berührte.
»Ihr seid verrückt«, erklärte der Burgherr. »Beatrice ist das liebste Wesen, das jemals den Namen Morley trug. Und es wird langsam Zeit, daß sie diesen Namen verliert. Aber nicht um eine Scarborough zu werden.«
Richard verbiß sich den Schmerz, während Sir Robert weiter die Wunden behandelte, mit einer Hand, die erbarmungslos zupackte.
»Ich habe den heiligsten Eid geschworen, den die Christenheit kennt«, sagte Richard, »und ihm muß ich den Rest meines Lebens treu bleiben. Jeden Tag meines Lebens. Meine eigenen Wünsche, mein eigener Wille bestehen nicht mehr.«

»Es gibt keinen Eid, der nicht gebrochen werden könnte«, sagte Sir Robert leichthin, »auf jeden Fall in der Situation, in der Ihr jetzt seid. Ihr seid ein freier Mann, Eure Familie wird Euch und der Jungfrau doch wohl helfen.«
»Ich bin ein Bastard. Ich habe keine Familie. Außerdem bin ich exkommuniziert.«
Richard hatte keine Lust, seine persönlichen Umstände weiter zu erklären.
»Ich habe Freunde, bei denen Ihr untertauchen könnt«, bot Sir Robert an.
Ärgerlich stieß Richard den Arm Sir Roberts zurück, der ihm aufhelfen wollte.
»Was erwartet Ihr von mir? Daß ich meine Brüder und den Tempel für eine Frau im Stich lasse, der ich nichts anderes zu bieten habe als Armut, Gefahr und den Kirchenbann?«
»Ihr seid der erste, der ihr begegnet ist, der ihrer würdig ist. Sie wird alle Prüfungen, die schließlich auch ein Ende haben werden, mutig auf sich nehmen, um die Eure zu werden.«
»Ich werde meinen Eid nicht brechen, weder um ihret- noch um meinetwillen.«
»Der Templerorden, dem Ihr so unverbrüchlich dient, ist im Begriff sich aufzulösen.«
»Beim Kreuz«, rief Richard heftig aus, »nicht, solange ich ein Wort mitzureden habe!«
Sir Robert warf ihm einen skeptischen Blick zu.
»Habt Ihr das wirklich?«
»Ja, so wahr der Tempel das Heiligtum des Heiligen Geistes ist und die Heilige Dreifaltigkeit der Grund unserer Kirche. Ich habe ein Wort mitzureden.«
Der andere schüttelte mitleidig den Kopf.
»Ist Euch klar, was sie für Euch getan hat? Sie hat ihren Vater für Euch betrogen, den Zorn der Kirche riskiert und Haus und Herd verlassen. Nur das Kloster steht ihr offen, wenn Ihr Euch nicht ihrer erbarmt.«
»Sie war mir zu nichts verpflichtet. Ich habe sie davor gewarnt, sich um mich zu bemühen. Ich habe ihr abgeraten, mir zu helfen. Aber als sie darauf bestand, habe ich es dankbar angenommen.

Mein Gewissen ist schon schwer genug belastet, macht es mir nicht noch schwerer. Ich kann nicht anders.«
Sir Robert hatte nun auch das Brandmal auf seiner Schulter behandelt.
»In etwa einem Monat werden Euch nur noch die Narben an Haughton-le-Moor erinnern«, sagte er barsch. Er stand auf, nahm ein Hemd aus einer Truhe und warf es dem Ritter zu. »Wenn dann Euer Leib für den Tempel kämpft und Euer Herz bei ihr ist, beneide ich Euch nicht. Versucht dann nur, ohne sie, aber mit Euren Gewissensbissen zu leben.«
Richard seufzte und zog die Kleider an, die ihm Sir Robert reichte. Es war der Umhang, den er auf Blanches Hochzeit getragen hatte. Er erkannte das Kleidungsstück kaum wieder.
»Sie hat Eure Kleider ausgebessert und ist nun dabei, diese verfluchte schwarze Rüstung zu säubern.«
Es klang wie ein Vorwurf.
»Bringt sie nach Marrick Priory. Das ist ein Benediktiner-Nonnenkloster, eine Meile oder zwei südlich von Grimpton, am Weg von Richmond westwärts. Meine ältere Schwester ist dort eingetreten, und Beatrice hat eingewilligt hinzugehen ...« – er zögerte – »... wenn es keine bessere Regelung gibt.«
Der Ritter ging auf diesen letzten Versuch Sir Roberts nicht ein.
»Ich werde sie dorthin bringen«, sagte er, »und ihnen eine königliche Summe für ihr Stillschweigen bezahlen.«
Sir Robert legte ihm eine Hand auf die Schulter und sagte:
»Ich habe den ehrwürdigen Schwestern einen Brief geschickt. Sie erwarten Beatrice.«
Einen Augenblick saß Richard da und starrte, die Stiefel in den Händen, nachdenklich vor sich hin. Dann blickte er nochmals zu Sir Robert.
»Ich werde dafür sorgen, daß Morleys Hunde unseren Spuren nicht folgen können. Wir machen einen großen Umweg nach Grimpton, so daß es glaubhaft klingt, wenn die Jungfrau später erklärt, sie sei zu Fuß geradewegs zum Kloster gegangen. Wir werden lange genug brauchen, um das glaubwürdig erscheinen zu lassen.«
Er schnürte seine Stiefel und stand auf.

»Tut mir einen letzten Gefallen«, sagte er. »Erzählt Ihr um Gottes willen nicht, was ich Euch anvertraut habe. Es würde ihr alles nur noch schwerer machen. Sie weiß nicht, daß ich sie liebe.«
»Ich werde ihr nichts sagen«, versicherte ihm Sir Robert. »Und ich werde in Eurem Namen auf sie aufpassen, denn das ist es doch, was Ihr noch hinzufügen wolltet, nicht wahr?«
»Ja«, gab er zu und lief zur Tür.
Beatrice war an den Tisch zurückgekehrt und nippte von dem Wein. Sie lächelte glücklich, als sie ihn den Saal betreten sah, und schenkte ihm einen bewundernden Blick.
»Schon viel besser«, sagte sie und blinzelte Sir Robert zu. Aber Richard starrte wie in eine tiefe Leere vor sich hin.
»Wir müssen sofort aufbrechen. Sie werden schnell dahinterkommen, daß ich geflohen bin, und wenn sie ihre Schlüsse gezogen haben, kommen sie hierher, so schnell die Pferde sie tragen können.«
Er wandte sich an Sir Robert und dankte ihm nochmals für seine Hilfe.
»Paßt gut auf Euch auf«, antwortete dieser. »Ihr mögt imstande sein, jemandem einen tüchtigen Schlag auf den Kopf zu versetzen, aber das ist auch alles. Kümmert Euch gut um Euren Arm. Damit sieht es schlecht aus.«
Richard nickte und führte Beatrice zur Tür, wo sie von Sir Robert Abschied nahmen. Dann half er ihr aufsteigen, und sie folgte Pilgrim durch das Tor.
»Die Nacht ist fast vorbei«, sagte Richard, »wir müssen uns sputen.«
Sie spornten ihre Pferde zum Galopp und schlugen einen scharfen Bogen nach Westen, quer durch Hamsterley Forest, wo ihr tragisches Abenteuer begonnen hatte.
»Wohin reiten wir jetzt?« keuchte Beatrice durch das Rauschen des Windes.
»Nach Westen, weg aus dem Gebiet der Morleys«, sagte er.
Als sie den Wald hinter sich hatten, fühlte sie, wie der Boden unter ihr immer abschüssiger wurde, und bald stolperte ihr Pferd durch moorigen Schlamm. Auch Pilgrim kam nur noch langsam vorwärts. Etwas weiter lenkte Richard die Pferde mitten in einen seichten Bach und folgte ihm stromaufwärts.

»Ich habe Angst«, sagte Beatrice mit dünner Stimme. »Was ist das für ein Weg?«
»Ich reise niemals auf Wegen«, antwortete er. »Wir sind zu den Penninischen Bergketten unterwegs. Wir müssen eine Meile oder mehr durch dieses Wasser waten, denn sie schicken Hunde hinter uns her. Dann gehen wir über die Berge nach Süden.«
»Aber das ist ein unwirtliches Gebiet!«
»Deshalb habe ich ja diese Route ausgesucht!«
Der Mond verbarg sich hinter dicken, grauen Wolken, die sich über dem Hügelrücken in der Ferne zusammenballten. Hinter ihnen schimmerte schon die Morgendämmerung bleich am Horizont.
Richard schützte seine Augen, als er zurückblickte und trieb zu größerer Eile an.
»Wir müssen Deckung suchen, bevor es Tag wird«, sagte er. »Noch eine Stunde, und ich kann nichts mehr sehen.«
Eine halbe Stunde später schmerzten ihn schon die Augen vom Licht, obwohl noch ein dünner Nebel die Sonne verbarg. Bis er ein geschütztes Fleckchen mit trockenem Boden fand, eine Meile oder zwei weiter nach Westen, ritt er fast ständig mit einer Hand vor den Augen.
Mit steifen Gliedern glitt er aus dem Sattel und half Beatrice beim Absteigen. Er breitete seinen weiten schwarzen Mantel auf dem Boden aus, und dankbar sank sie darauf nieder.
Beatrice schlief durch bis zum Mittag. Da schlug sie plötzlich die Augen auf und schaute überrascht umher.
»Guten Morgen«, sagte sie.
»Es ist schon fast Nachmittag«, antwortete er. »Hunger?«
Sie nickte, und er gab ihr die Satteltasche.
»Hab ich so lange geschlafen?« fragte sie zwischen zwei Bissen.
»Ja, aber seid unbesorgt. Wir könnten doch nicht vor der Dämmerung weiter.«
»Schön«, sagte sie, und dann, nach einer Pause zögernd: »Muß ich heute abend ... dorthin?«
Er wußte, daß sie das Kloster meinte und fühlte sich schuldig.
»Noch nicht«, antwortete er.
»Wie seltsam«, sagte sie nachdenklich. »Eigentlich habe ich dich

nur ein paarmal gesehen, und doch kommt es mir vor, als ob wir alte Freunde wären. Ich fühle mich in deiner Begleitung vollkommen sicher, obwohl jeder das Gegenteil erwarten würde.«
Er antwortete nicht. Es war nicht nötig. Sie wollte nur sprechen.
»Was für ein seltsames Leben du führen mußt!« fuhr sie fort. »Ständig herumziehen, nirgends ein Zuhause, in den Wäldern leben oder wo sonst du dein Lager aufschlägst. Hast du niemals genug davon?«
»Ich bin daran gewöhnt«, sagte er einfach.
Sie nickte.
»War das einer von euch, der mit dem wüsten blonden Bart, buschigen Augenbrauen und dem roten Gesicht?« fragte sie. »Oder frage ich etwas, das verboten ist?«
»Wo seid Ihr ihm begegnet? Wann? Warum hat er sich Euch vorgestellt?«
Sie erschrak vor seinem scharfen Ton.
»Es war, nachdem du auf unserem Vorplatz zusammengesunken warst. Ich konnte es nicht länger mit ansehen. Ich glaubte, du hättest meinen Bruder tödlich verwundet. Ich war böse auf dich, auf meinen Vater, auf Geoffrey, auf jedermann und ritt fort. Er muß mir gefolgt sein, denn plötzlich war er bei mir und fragte mich, was mit dir geschehen sei.«
Sie zögerte etwas, bevor sie ängstlich fortfuhr:
»Ich muß dich damals fürchterlich gehaßt haben, denn ich erzählte ihm, du seist tot.«
Richards Gesicht verriet seine Gedanken nicht.
»Das erklärt, warum sie mir nicht zu Hilfe kamen«, sagte er nur.
»Ich war krank vor Reue danach, aber es gab keine Möglichkeit, es wieder gut zu machen. Wenigstens dachte ich das damals. Es dauerte sehr lange, bis ich mich dazu überreden konnte, meinen Vater zu betrügen. Beinahe zu lange.« Sie blickte ihn mit Augen an, die um Verzeihung flehten.
»Euch trifft kein Tadel, Jungfrau«, sagte Richard. »Was mir geschehen ist, war von Gott so vorherbestimmt. Denn es steht schon in den Psalmen, daß das Herz eines Mannes ihm den Weg vorschreibt, daß aber der Herr seine Schritte lenkt.«
»Kennst du die Heilige Schrift?« fragte sie, sichtlich beeindruckt.

Er hob die Schultern.
»Ich begann sie auf lateinisch zu lesen, als ich noch ein Kind war. Wir hatten nicht viele Bücher im Tempel. Ich hatte mich dreimal hindurchgelesen, ehe man meinte, daß ich diese Sprache nun ausreichend beherrschte. Viele Sprüche habe ich mir gemerkt.« Er lächelte. »Sie wollten einen Priester aus mir machen, aber die Waffen lockten mich mehr.«
»Könnt Ihr Wache halten?« fragte er nach einer Weile. »Ihr müßt mich aufwecken, sobald Ihr etwas seht oder hört.«
Sie war im Begriff, den Mantel von ihren Schultern zu nehmen, aber er hinderte sie daran.
»Behaltet ihn nur an. Ich bin an die Kälte gewöhnt«, sagte er, legte sich auf die Seite, bedeckte seine Augen mit dem rechten Arm und war bald fest eingeschlafen.
Die Stunden zogen sich in die Länge, bis die Sonne am westlichen Himmel stand. Es wurde kühler, und Beatrice kroch dichter zu ihm hin, um Wärme zu suchen. Er bemerkte es nicht. Sein Arm war zur Seite geglitten; vorsichtig strich sie ihm das Haar aus dem Gesicht und küßte ihn auf die Stirne. Dann glitt sie mit einem Finger spielerisch über seine Augenbrauen, Schläfen und Wangen. In der Eile hatte sie ihm den Bart in der Burg Sir Roberts ohne große Sorgfalt abgeschoren. Ihre Hand hielt kurz an, als Richard sich bewegte. Er seufzte im Schlaf, und sie fühlte, wie sein Atem über ihre Hand strich. Dann setzte ihr schlanker Finger seine Reise fort. Sie lächelte über ihr Spiel und folgte nun dem trotzigen Bogen seiner Nase und der Form seiner Lippen. Sie bemerkte, daß sein Atem schneller ging, wußte aber nicht, was das bedeutete. Von einem unbezwinglichen Verlangen getrieben, beugte sie sich über ihn. Sie fühlte seinen warmen Atem, kurz bevor ihre Lippen die seinen berührten, um ihn zu küssen. Noch halb im Schlaf, im Glauben, er träume, griff er nach ihr und streichelte ihr die Schultern. Sein Kuß war kräftig und leidenschaftlich und erschreckte sie so, daß sie sich losreißen wollte, aber er hielt sie fest und tastete über ihren Körper. Sie ergab sich, zitternd vor Erregung, als seine Hand ihre linke Brust erreichte. In diesem Augenblick wurde er mit einem Schock wach.
Unwillkürlich stieß er sie grob von sich, aber es war schon zu spät.

Sein Atem kam in kurzen Stößen, und er rollte sich von ihr fort, um den Körper auf dem harten Felsboden zu peinigen. In einem letzten Versuch, sich zu beherrschen, biß er sich fest in die Faust. Doch dann spürte er, wie ihm der Same auf den Unterleib tropfte. Langsam richtete er sich auf und hockte sich mit gesenktem Kopf auf die Knie. Als er schließlich seinen Kopf hob und sie anblickte, war sein Mund grimmig und sein Blick schwarz wie die Nacht, aber er sagte kein Wort. Sie schlug erschrocken die Augen nieder und zupfte am Saum ihres Ärmels.

»Bist du böse auf mich?« fragte sie und wagte es nicht, ihn anzublicken.

Er gab ihr nicht sofort Antwort. Er wußte es selbst nicht.

»Nein«, sagte er schließlich. »Ich ekle mich vor mir selbst.«

Verständnislos starrte sie ihn an.

»Aber du hast mich doch...? Ich dachte, daß... Wie kannst du nur so hart zu dir selbst sein?«

»Schwach ist dieses verfluchte Fleisch«, brummte er ärgerlich. Dann ging er zu den Pferden, um sie für die lange Reise zu satteln.

»Richard«, fragte sie nach einer Pause zögernd. »Denkst du, daß ich exkommuniziert werde, weil ich dir geholfen habe?«

»Natürlich, aber nicht für lange. Der Bann wird zurückgenommen werden, weil sie wissen, daß Ihr in ein Kloster gegangen seid, um Buße zu tun.«

»Aber es tut mir gar nicht leid«, protestierte sie.

Er lachte. Manchmal war sie doch ganz wie ein Kind, so einfach und aufrichtig.

»Erzählt das den ehrwürdigen Schwestern lieber nicht.«

»Ich fürchte, daß ich für immer in diesem Kloster bleiben muß. Ich werde dich niemals vergessen können, Richard.«

Seine Stimme klang grausam, als er ihr antwortete:

»Ihr müßt mich vergessen. Ich bin Euch dankbar für Eure Hilfe, Lady Beatrice. Aber das hat mit Liebe nichts zu tun. Ich gehe meinen eigenen Weg, auf dem kein Platz für Erinnerungen ist.«

Er wußte, daß er ihr Schmerz zufügte und kehrte den Tränen, die ihr über die Wangen liefen, den Rücken. Es war die einzige Weise, auf die er sie veranlassen konnte, mit ihm zu brechen. Aber im Innersten fühlte er, wie sein Gewissen protestierte. Er wechselte

die Kleider, zog wieder das schwarze Habit an und arbeitete schweigend weiter bei den Pferden.
Etwas später, als die untergehende Sonne die Heide tiefrot färbte und die Dämmerung über die Hügel fiel, verließen sie ihr Versteck. Ein kräftiger, kalter Wind blies über das verlassene Land, und Richard sagte Beatrice, sie solle sich mit seinem Mantel gegen die Kälte schützen.
Als die Nacht gekommen war, waren sie in ihrer dunklen Kleidung fast unsichtbar. Sie ritten so schnell, wie es die rauhen Wege erlaubten, Richard voraus, mit äußerster Vorsicht den Weg wählend, und Beatrice dahinter, die Pilgrims wiegendem Gang folgte. Als der Boden weniger steinig wurde, drehte sich Richard im Sattel um.
»Ich will Euch etwas fragen, Jungfrau. Erlaubt Ihr es mir?«
»Natürlich.«
»Wußtet Ihr, daß Euer Vater meine Brüder illegal in seinen Kerkern gefangen hielt? Wußtet Ihr, daß der Mann, dessen Kopf über dem Tor aufgehängt wurde, ein Templer war, der Eurem Vater und seinem Geheimnis zu nahe gekommen war?«
Beatrice rutschte unbehaglich im Sattel hin und her.
»Ist es wichtig, ob ich das wußte?«
»Nur für mich.«
Sie schwankte unschlüssig.
»Das Letzte habe ich nicht gewußt. Aber daß mein Vater Templer gefangenhielt, schon.«
»Kanntet Ihr auch die Gründe?«
»Ich weiß nicht, ob ich darüber sprechen soll.«
»Ihr könnt mir wahrscheinlich nichts erzählen, was ich nicht sowieso schon weiß. Aber ich möchte es gerne von Euch hören.«
Sie fühlte sich recht unbehaglich, denn sie wußte, daß sie es nicht wagen durfte, ihn anzulügen. So beschloß sie, die Wahrheit zu sagen – jedenfalls alles, was sie davon wußte.
»Es ging um ein ausgedehntes Stück fruchtbares Land, das einst Haughton-le-Moor gehörte. Der Tempel hatte ein Auge auf dieses Land geworfen. Sie wußten ein Glied des Hauses Morley dahinzubringen, dem Orden beizutreten. Er war verheiratet. Seine Witwe überlebte ihn nicht lange, als er kurze Zeit darauf im Heiligen

Land umkam. Fast alles fiel an den Orden. Lange Zeit hatten die Morleys keine Chance, das Land wieder an sich zu bringen. Der Tempel war zu mächtig. Aber nach den Verbrechen ... einiger von ihnen konnte mein Vater im Austausch für seine Hilfe bei der Verhaftung und der Bewachung der angeklagten Brüder das Land wieder in Besitz nehmen.«

Sie hatte das sehr vorsichtig formuliert, voller Angst, etwas Verkehrtes zu sagen.

»Aha«, rief Richard aus, und Pilgrim erschrak so von den plötzlichen lauten Worten, daß er fast strauchelte. »Ihr habt ein Recht darauf zu wissen, was wirklich geschehen ist. Ich kann halbe und verdrehte Wahrheiten nicht leiden. Die Ritter, die Euer Vater so bereitwillig in seinen Gefängnissen einsperrte, waren Opfer einer alten Fehde. Dadurch, daß wir der Ketzerei und Teufelsanbetung beschuldigt wurden, sah Euer Vater die Gelegenheit gekommen, sich an Gütern zu bereichern, auf die weder er noch irgendein anderer Morley Anspruch hatte, nachdem sie an den Tempel gefallen waren. Nach der Verhaftung meiner Brüder in Frankreich hat Euer Vater sofort Spione ausgesandt, die ihm melden sollten, wann eine Verhaftung in England zu erwarten war. Kurz vor diesem Datum hat er dem Vogt zehn Brüder vor der Nase weggeschnappt, um sich damit bei der Kirche lieb Kind zu machen und so das Land an sich zu bringen – vielleicht auch noch mit Hilfe von Geständnissen, die er aus ihnen herauspressen wollte. Ein verheirateter Mann, der dem Tempel beitritt – und das geschieht nicht oft – weiß, daß die Hälfte seines Besitzes nach seinem Eintritt dem Tempel gehört. Verheiratete Ritter können nur unter dieser Bedingung eintreten. Die Unverheirateten geben ihren ganzen Besitz ab.«

»Deshalb also seid ihr so reich«, hörte er sie sagen.

»Reich? Vielleicht haben wir diesen Anschein erweckt. Aber darum bringen uns Neid, Habsucht und Unwissenheit zu Fall. Glaubt mir. Unser Reichtum ist ein Märchen. Wir besitzen keine Berge von Gold und Silber. Wir haben nur unsere Häuser und Domänen, und von deren Einkünften leben wir und unterhalten alle, die für uns diese Ländereien bearbeiten. Der Rest geht an die Armen und wird für die Eroberung des Heiligen Landes gespart.

Wir beuten unsere Knechte nicht aus, wie der Adel seine Hörigen und Leibeigenen ausbeutet. Ich habe soviel Armut gesehen, Jungfrau, soviel Elend, und das nur, weil der Adel verpraßt, was sich seine Hörigen vom Mund absparen müssen!
Ich war es anders gewöhnt. Im Tempel sind alle gleich, da hat ein Schmied ebensoviel Rechte wie ein Ritter. Jeder Leibeigene, der uns von seinem Herrn geschenkt wurde oder sich in unseren Schutz begab, wurde ein freier Mann und bekam ebensoviel wie wir selbst. Für jeden Bruder, der im Tempel sein Fleisch und Brot aß, wurde einem Armen ebenso viel Fleisch und Brot geschenkt. Ein Meister unterhielt sogar vier oder fünf Arme. Das kostete uns so viel, daß wir in der letzten Zeit einige unserer Besitzungen verkaufen mußten.
Daß wir mit unseren vermeintlichen Reichtümern nach der Macht greifen wollten, ist eine Fabel. Wir wollten nur das Gleichgewicht zwischen den Mächten der Christenheit bewahren. Krieg kostet Geld. Wir sorgten dafür, daß dieses Geld da war oder nicht, wenn wir der Meinung waren, daß ein gerechter Krieg unterstützt werden sollte, nicht zuletzt der im Heiligen Land.
Wir waren keine regierende, sondern eine ordnende Macht, weder gebunden an die Fürstenhäuser noch gebunden an die Kirche. Ich glaube, das war unser Ziel. Unsere Schatzkammern enthielten nur Schuldbriefe. Aber Ihr sagtet gerade, daß sich einige von uns Verbrechen schuldig gemacht haben. Meint Ihr das wirklich?«
Er sah, wie sie ihre Schultern hob. Bedächtig antwortete sie ihm, sorgfältig ihre Worte wählend, denn sie wollte ihn nicht kränken, wußte aber, daß sie es doch tun mußte, wenn sie ehrlich gegen ihn sein wollte.
»Wie soll ich das beurteilen? Die Kirche glaubt doch an die Ketzerei des Tempels. Sogar der Heilige Vater. Glaubst du, der Papst würde einen geistlichen Orden anklagen, wenn dieser gar keine Veranlassung dazu gegeben hätte? Der Tempel hat sich selbst zu Fall gebracht, Richard, durch seinen Reichtum, seine Macht, seinen Stolz, die von ihm ausstrahlten. Reichtum schwächt, lehrte mich meine Mutter. Wo Luxus ist, findet die Sünde immer ein Türchen, und wo Hochmut ist, der Teufel.«
Mit einem Ruck zog er die Zügel an und wartete, bis sie neben ihn

heranritt. Widerstrebend kam sie näher. In diesem Augenblick hatte sie Angst vor ihm. Sie fürchtete den schwarzen Blick seiner Augen und die geballte Faust, die die Zügel umklammerte.
Richard schwieg. Daß auch sie an der Unschuld des Tempels zweifelte, trotz allem, was er ihr erzählt hatte, das ertrug er nicht. Aber hatte sie nicht doch den Kern der Wahrheit berührt, der – soweit er wußte – die Ursache des Übels war? Der Stolz, ja vor allem der Stolz war es, durch den ihre Wachsamkeit erschlafft war, die Vorsicht, die sie rechtzeitig hätte warnen müssen. Wie anders war es möglich gewesen, daß der ganze Orden von Philipps Coup überrascht worden war, wie anders hatte Aymer ein Verhältnis mit Blanche haben können, ohne daß seine Vorgesetzten etwas davon gemerkt hatten – vielleicht hatten sie sogar durch die Finger gesehen?
»Ach, streiten wir doch nicht um des Kaisers Bart«, sagte er müde. »Es gibt in dieser Welt so vieles, was ich ganz anders sehe als andere Menschen, aber es würde mich den Kopf kosten, wenn ich darüber spräche. Die Kirche ist weniger auf Glauben gebaut als auf Macht, und sie verteidigt diese mit allen Mitteln. Die ganze Ketzerverfolgung entspringt ihrer eigenen Schwäche. Wenn die Kirche wirklich wäre, wie sie sein sollte, hätte sie es nicht nötig, Andersdenkende auszurotten. Aber die Kirche ist ein Machtapparat geworden, der auf Dogmen beruht, die der Beweglichkeit des menschlichen Geistes keinen Raum lassen. Durch seine Privilegien konnte sich der Tempel teilweise davon befreien, und in dieser relativen Unabhängigkeit, die wir uns im Heiligen Land erwarben, lag tatsächlich eine gewisse Macht. Wir verstanden es, sie nach unserer Rückkehr auch in Europa aufrechtzuerhalten, haben sie aber niemals mißbraucht. Überdies machten sich tatsächlich viele Fürsten durch ihre allzugroßen Anleihen von uns abhängig. So entstand das falsche Bild, das man nun überall von uns hat. Der Tempel stirbt, wenn Gott uns unser Recht in dieser Welt verweigert.«
Er wandte sich ihr zu, und die Angst verschwand aus ihren Augen. Aus seinem Gesicht sprach kein Zorn, sondern eine tiefe Trauer, die Beatrice das Herz schwer machte.
»Unser Traum war zu schön, Lady Beatrice. Meine Brüder sind

verloren. Nur den Namen des Tempels können wir noch retten, wenn es Gott gefällt.«

»Und wenn es Ihm nicht gefällt?«

Sie hatten auf der Kuppe eines Hügels haltgemacht, und er blickte über das weite Heideland.

»Dann hätte ich um so mehr Gründe, so schnell wie möglich nach Frankreich zu gehen.«

Er spornte Pilgrim an und galoppierte den Hügel hinunter, in die dunklen Schatten der Tiefe hinein. Beatrice folgte ihm eilig, um ihn nicht aus den Augen zu verlieren.

Einige Zeit ritten sie schweigend, Richard in Gedanken versunken, Beatrice mit tausendundeiner Frage auf den Lippen.

»Ist es sehr gefährlich, ich meine für dich, in Frankreich?« fragte sie plötzlich.

Richard klopfte Pilgrim auf den Hals und holte tief Atem, bevor er sich zu ihr umwandte. Er hatte fast vergessen, daß sie da war.

»Ich bin schon vorsichtig.«

»Ich werde für dich beten im Kloster, jeden Tag.«

Sein bitteres Lachen tat ihr weh.

»Ich habe für den Tempel gebetet, jede Stunde des Tages, bis die Zeit kam, da mein Gebet leer wurde und die Worte ungehört an den Steinmauern verhallten.«

Sie starrte ihn entsetzt an.

»Aber sogar daran gewöhnte ich mich«, fuhr er achselzuckend fort. »Ich sage meine dreizehn Vaterunser am Morgen und meine neun bei der Komplete auf, wie es meine Pflicht ist, und kümmere mich nicht länger darum, ob sie jemals den Himmel erreichen. Vor Jahren, als ich das Buch Hiob las, dachte ich, ja, schwor ich mir, daß auch mein Glaube so felsenfest sein würde. Schau.«

Er zog sein Schwert und ließ sie die Worte sehen, die in die Klinge eingraviert waren. Kalt glänzte sie im Mondenlicht: »Etiamsi occideret me, in ipso sperato.«

»Und wenn Er mich auch tötete, so will ich doch meine Hoffnung auf Ihn setzen«, übersetzte er. »Diese Worte sind mein Wahlspruch, aber ich habe erkannt, daß ich sie nicht verwirklichen kann, nicht nach den Greueln, deren Zeuge ich gewesen bin, und die von Seiner Kirche gerechtfertigt, ja, sogar begangen werden.

Mein Glaube ist doch nicht so stark, obwohl ich sehnlichst darum bete, daß er wiederhergestellt werden möge.«
Er lächelte, als er sah, wie sie schnell ein Kreuz schlug. Wie hatte er jemals erwarten können, daß sie ihn verstehen würde? Sie, die in der sicheren Abgeschiedenheit der Burg ihres Vaters lebte und nichts von der Tragödie wußte, die sich außerhalb ihres Gesichtskreises abspielte!
»Also ist es doch wahr«, hörte er sie sagen, »was man sich von den Templern erzählt, daß sie nämlich Christus abgeschworen haben. Wenn sogar du deinen Glauben verloren hast!«
»Es tut mir leid, daß Ihr meine Worte falsch auslegt«, sagte er schroff. »Wir werden verfolgt, weil man uns vorwirft, Gottes Sohn zu verleugnen. Ich habe meinen Glauben gerade durch diese fanatische Verfolgung verloren, und ich habe nicht im Namen meiner Brüder gesprochen. Was ich Euch erzählte, betrifft nur mich selbst.«
Er gab sich keine Mühe mehr, sie von ihrem Irrtum und der Unschuld seiner Brüder zu überzeugen. Er gab seinem Pferd die Sporen, winkte ihr zu folgen und sprach kein Wort mehr, bis die Sonne sich wie ein Schemen durch die Morgennebel zeigte und sie die Hügel erreichten, wo vor fast einem halben Jahr Simon the Hermit die Ritter aus seiner einsamen Felsenwohnung nach Haughton-le-Moor hatte wegreiten sehen.
Es konnte nicht mehr weit sein, dachte Richard, denn er hatte schon einige Erkennungspunkte gesehen, an denen er sich in dieser verlassenen Gegend orientieren konnte. Er blickte in die Ferne vor ihnen, wo ein Schwarm Krähen in der Luft kreiste.
»Rasten wir hier?« fragte Beatrice matt.
Der Ritt hatte sie so erschöpft, daß es ihr gleichgültig war, wohin er sie brachte, wenn sie nur irgendwo schlafen und etwas Wein trinken konnte, um ihren steifen Körper zu wärmen.
Als sich Richard zu ihr umwandte, sah sie, daß auch sein Gesicht grau vor Müdigkeit war. Er schüttelte den Kopf.
»Wartet hier«, sagte er, spornte sein Roß den Hügel hinauf und verschwand hinter den rauhen Felsen.
Beatrice sah ihn mit leerem, gleichgültigem Blick verschwinden. Sie hüllte sich tief in den schwarzen Mantel, der ihr immer noch

um die Schultern hing und ihren eigenen leichten Sommermantel bedeckte, und wartete, bis er zurückkam. Ungefähr eine Viertelstunde später hörte sie Hufschläge. Im nächsten Augenblick sprengte er den Abhang herab und zog knapp vor ihr scharf die Zügel an.

»Er ist tot«, sagte er ohne jede Spur von Bewegung und führte sie zu der Höhle.

»Wer ist tot?« fragte sie, als sie ins Halbdunkel hineinstolperte. Er nahm sie beim Arm, um sie daran zu hindern, weiterzugehen.

»Geht nicht zu nahe an ihn heran. Er kann durchaus an Altersschwäche gestorben sein. Er kann ebensogut eine ansteckende Krankheit gehabt haben. Gott weiß es.«

Im Dämmerlicht der Höhle konnte sie vage die Gestalt eines Mannes auf dem Boden unterscheiden, bedeckt mit der weißen Chlamys des Tempels mit dem roten Kreuz auf der Schulter.

»Oder ermordet worden sein«, ergänzte Richard, während er die Höhle mechanisch durchsuchte. Vielleicht fand er einen Hinweis, den der Eremit zurückgelassen hatte. Er deutete auf den Boden. »Schaut«, sagte er, »er wurde hereingeschleift.«

»Wer war er?« fragte Beatrice, die voller Entsetzen auf die leblose Gestalt blickte.

»Ein alter Templer, der sich seine Sporen im Heiligen Land verdient hatte und sein restliches Leben vom Verlangen verzehrt wurde, die Sarazenen aus Jerusalem zu vertreiben.«

Richard kniete neben dem Leichnam nieder.

»Der Herr hat's gegeben, der Herr hat's genommen. Der Name des Herrn sei gelobt«, sagte er.

Er schlug ein Kreuz und betete für das Seelenheil von Simon the Hermit. Beatrice schaute und hörte zu, wie er auf seine Weise dem Toten die letzte Ehre erwies. Er sang das »Dies irae dies illa«, und sie lauschte ihm, bis sie in Schlaf fiel.

Während sie schlummerte, durchsuchte er voller Unruhe die Höhle und tastete die Felswand nach dem Zeichen ab, das er dort angebracht hatte. Seine Züge entspannten sich, als er den Stein mit den drei Kratzern fand. Nicht einmal Simon the Hermit hatte das geheime Versteck ihres restlichen Goldes gekannt, das nur ihm selbst und William Mauclerc bekannt war.

Mit einiger Mühe entfernte Richard den Stein und steckte die Hand in das Loch. Das Gold war noch da. Vorsichtig schob er den Stein an seinen Platz zurück und kniete bei Beatrice nieder, die erwacht war und ihn überrascht betrachtete.

»Haltet Eure Hände auf«, gebot er ihr. Sie gehorchte automatisch. Er zählte ihr ein paar Goldstücke in die Handflächen.

»Gebt sie den ehrwürdigen Schwestern für ihr Schweigen.«

Beatrice nickte, und er lächelte über ihr Erstaunen, als er ein Goldstück nach dem anderen in ihre Hände zählte.

»Wir Templer leben nach den heiligen Zahlen. Drei, die Heilige Dreifaltigkeit, Neun, die Zahl der Vollkommenheit und 13, Christus und seine zwölf Apostel.« Dreizehn große, glänzende Münzen fielen ihr in die zitternden Hände. »Empfangt dies mit meinem demütigen Dank für alles andere, was Ihr mir bedeutet habt.«

»Aber...«, stammelte sie.

»Nehmt es«, sagte er mit eindringlicher Gebärde. »Ihr verdient mehr als das.«

Als sie ihn fragend anblickte und auf den kärglichen Rest in seiner eigenen Hand starrte, ließ er diese Münzen schnell in seinen Beutel gleiten.

»Das reicht, um mich nach Frankreich zu bringen.«

»Bist du sicher, daß du nicht mehr brauchst? Wovon willst du dort leben?«

Er lachte und stand auf.

»Pauperi milites Christi et templi Salomonici«, sagte er. »Die armen Ritter Christi und des Tempels Salomos. Ich möchte gar nicht mehr haben, liebe Jungfrau. Meine liebste Verkleidung ist die eines Bettlers und eines Aussätzigen. Ich bin mit wenigem zufrieden.«

Verständnislos starrte Beatrice auf die Goldstücke in ihren Händen nieder.

»Aber dies ist ein Vermögen!« stammelte sie. »Was soll ich damit anfangen?«

»Das müßt Ihr selbst entscheiden. Tut mir aber einen Gefallen. Laßt die Benediktinerinnen niemals etwas von Eurem Schatz wissen. Es wäre mir unangenehm, wenn er ihnen in die Hände fiele. Näht die Münzen ins Futter Eurer Kleider ein, und bewahrt sie dort auf, bis Ihr das Kloster verlaßt.«

»Das will ich tun«, versprach sie, füllte ihre Börse mit dem Gold und verbarg sie unter dem Kleid.
Etwas später waren sie wieder unterwegs und stapften in dem jetzt unaufhörlich niederströmenden Regen durch die Heide. Gegen Mittag erreichten sie die ersten Bauernhütten, und Richard fand ein sicheres Versteck für den Rest des Tages. Er wollte nichts riskieren, und so hielten sie sich verborgen, bis die Dunkelheit ihnen erlaubte, weiterzureiten, noch triefnaß, aber gut ausgeruht und gestärkt vom Rest der Speisen und des Weines.
Nach schnellem Ritt erreichten sie um Mitternacht Grimpton. Es hatte aufgehört zu regnen, der Mond leuchtete zwischen den dahinjagenden Wolken hindurch und breitete seinen fahlen Schein über das Tal. Marrick Priory sah gastfreundlich und friedlich aus, und Beatrice sehnte sich nach seiner Geborgenheit. Richard sprang aus dem Sattel, half ihr absteigen und nahm ihr den schwarzen Mantel von den Schultern. Sie schauderte in dem rauhen Wind, der den Herbst ahnen ließ.
»Denkt daran«, hörte sie seine ruhige Stimme, »daß ich Euch verließ, sobald ich mein Pferd und meine Waffen wieder hatte und daß Ihr ohne Aufenthalt zu Fuß hierhergekommen seid.« Er lächelte. »Ihr seht erbärmlich genug aus, daß man Euch glauben wird.« Und wieder ernst fügte er hinzu: »Sir Robert kommt in Eurer Geschichte nicht vor.«
Sie hörte kaum zu und hob ihr Gesicht zu ihm auf.
»Müssen wir wirklich Abschied nehmen?«
Er nickte kurz.
»Oh Gott, ich kann es nicht«, schluchzte sie und klammerte sich an ihm fest wie ein ängstliches Kind. Alles in ihm drängte danach, sie in die Arme zu schließen und zu trösten, aber dann schob er sie rauh von sich und wies auf das Kloster.
»Wenn Ihr diesen Abhang hinablauft, geht Ihr aus meinem Leben«, sagte er barsch.
Sie weinte leise und schüttelte den Kopf.
»Ich habe meine Rechnung mit Euch beglichen. Nichts mehr bindet mich an Euch.«
»Du bist abscheulich«, sagte sie bitter. »Dachtest du wirklich, daß du das mit Geld bezahlen könntest?«

»Geht, Beatrice, wir wollen als Freunde auseinandergehen«, sagte er warm.
Etwas in seiner Stimme ließ ihren Zorn schmelzen, und als ihre Augen einander begegneten, las sie darin die tiefe Traurigkeit, die ihn in diesem Augenblick beherrschte. Er kniete nieder, drückte seine Lippen auf ihre kalte Hand, und sie bückte sich schnell, bevor er aufstand, und küßte ihn auf das nasse Haar.
»Möge der Herr Euch behüten und glücklich machen«, sagte er sanft. »Und mögen Euch alle Heiligen des Himmels beschirmen.«
Sie fand keine anderen Worte als: »Lebwohl.«
Dann ließen ihre Hände einander los, und sie rannte den Hügel durch die nasse Heide hinab. Auf halbem Wege hielt sie an, wandte sich ihm noch einmal zu und winkte. Tapfer eilte sie weiter, bis sie das niedrige Tor erreichte. Müde und außer Atem wartete sie, bis man auf ihr Klopfen öffnete. Ehe sie über die Schwelle trat, warf sie noch einen kurzen Blick zurück. Er war noch dort. Sie konnte die schwarze Silhouette gegen das Licht des Mondes auf dem Hügelkamm sehen, und sie wußte, er hatte gewartet, um zu sehen, ob sie sicher eingelassen wurde.
Schluchzend fiel sie Sir Roberts Schwester in die Arme, die ihr übers Haar strich und sanft Trostworte sprach, während die Riegel zugeschoben wurden.
Zwei Tage später meldete sich ein völlig erschöpfter Ritter auf dampfendem Roß am Tor der Pariser Königsburg. Philipp empfing ihn gegen seine Gewohnheit noch vor der Frühmette in seinen Privatgemächern. Keuchend stammelte der Kurier die Botschaft, die man ihm auf Schloß Haughton-le-Moor wutschnaubend mit auf den Weg gegeben hatte: »Der Bastard ist los!«

26. KAPITEL

My conscience hath a thousand several tongues,
And every tongue brings in a several tale,
And every tale condemns me for a villain. *

William Shakespeare – König Richard III.

Herbststürme fegten über das Land, als Richard am letzten Oktobertag südwärts ritt. Ein grimmiges Lächeln umspielte seine Lippen, und seine grauen Augen blickten hart und kalt. Es war nun vier Wochen her, seit er Beatrice in Grimpton verlassen hatte und eiligst nach Winchester geritten war. Mauclerc war noch dort. Er arbeitete für die Beamten des Königs und hatte seinen totgeglaubten Komtur in sein Zimmer über der Werkstatt eines Lohgerbers geführt. Den größten Teil der Nacht hatten sie im Gespräch verbracht. Richards Seele verdüsterte sich, wenn er an die Worte zurückdachte, die Mauclerc gesprochen hatte: »Die Stimmen waren geteilt. Mit einer kleinen Mehrheit wurde ich zum provisorischen Komtur bestimmt. Aber Toeni konnte sich von Anfang an nur mühsam damit abfinden. Er lechzte nach Rache und hätte jede Hütte und Scheune auf dem Gebiet der Morleys eingeäschert, wenn ich ihn nicht daran gehindert hätte. Von diesem Augenblick an war unsere Einigkeit dahin. Seine radikalen Ideen fanden bei den Brüdern, die aus Morleys Gefängnissen kamen, mehr Widerhall als meine maßvolle Taktik. Immer wieder versuchte ich, einen für alle gangbaren Weg zu finden, aber anscheinend unterschieden sich seine Ideen in der Vergangenheit auch oft von den deinen.« Und mit mitleidigem Kopfschütteln hatte Mauclerc ergänzt:

* Mein Gewissen hat tausend verschiedene Zungen/ und jede Zunge erzählt eine andere Geschichte/ und jede Geschichte macht einen Schurken aus mir.

»Die Freiheit stieg ihm wohl zu Kopf. Solange du in seiner Nähe warst, bewahrte ihn das vor jedem Fehler. Das war schon im Tempel von London so, und so war es auch während der letzten Monate. Als uns die Nachricht von deinem Tod erreichte, heulte er fast vor Wut. Dann erschien eine Lady Margaret de la Zouch auf der Bildfläche. Er begegnete ihr, als er eine unserer Kontaktpersonen, einen Notar in Lincoln, besuchte, und verliebte sich bis über beide Ohren in sie.«

Von Zeit zu Zeit hatte Toeni die Edelfrau dann scheinbar zufällig wiedergetroffen, und bald waren ihm Besuche bei ihr zur Gewohnheit geworden. Mauclerc hatte Toeni mehrfach ermahnt, die Regeln des Tempels zu achten. Da hatte sich Toeni von Mauclerc losgesagt. Zwei Brüder aus Haughton-le-Moor waren ihm gefolgt und mit ihm auf Raub ausgegangen. Innerhalb einiger Wochen hatte sich dieses Kleeblatt einen zweifelhaften Ruf erworben, indem sie die Ländereien derjenigen, von denen sie wußten, daß sie den Templern feindlich gesinnt waren oder mit dem französischen König symphatisierten, ausplünderten und brandschatzten. Mauclerc hatte wenig dagegen tun können. Lang hatte er überlegt, welche Schritte er unternehmen sollte, um die jungen Ritter zur Räson zu bringen. Richards plötzliche Rückkehr hatte ihn von diesem Dilemma befreit.

»Überlaß Toeni mir«, hatte Richard gesagt. »Ich werde ihm noch eine Chance geben. Nimmt er die nicht wahr, dann bleibt mir keine Wahl mehr.«

Eine Woche hatte sich Richard Ruhe gegönnt, um seine Wunden auszuheilen und neue Kraft zu schöpfen, zwei weitere Wochen, um die Organisation wieder zu ordnen und seinen Leuten neue Instruktionen zu geben. Dann hatte er in Begleitung von Edmund the Lion die Verfolgung der Abtrünnigen aufgenommen, was nicht schwer gewesen war.

Richard lächelte grimmig, als er in der Dunkelheit des Charnwood Forests die Glut eines Feuers ausmachen konnte.

Als sie nahe genug herangekommen waren, stiegen sie ab. Richard ließ Edmund bei den Pferden zurück und ging geradewegs auf das Lager zu. Er bewegte sich so geräuschlos, daß das Kleeblatt durch seine Ankunft vollkommen überrumpelt wurde. Bevor sie sich von

ihrer Überraschung erholt hatten, stand er schon bei ihnen am Lagerfeuer.
Die beiden anderen Brüder rappelten sich eilig auf, aber er beachtete sie kaum. Sie folgten der Richtung seines ruhigen Blickes. Gekleidet in ein kostbares brokatenes Wams, das sein seidenes Hemd bedeckte, und eine eng anliegende Hose, die die muskulösen Beine deutlich hervortreten ließ, stand Lawrence de Toeni an einen Baum gelehnt, einen Krug Wein in der Hand. Der Geruch gebratener Hähnchen hing noch in der Luft. Toenis Pferd stand dich hinter ihm, gesattelt und reich aufgezäumt. Das Gesicht des jungen Ritters war erbleicht, aber nichts in seiner Miene wies darauf hin, daß er über das plötzliche Auftauchen seines Komturs erschrocken war.
»Träume ich?« fragte er gutgelaunt.
»Oder sehe ich ein Gespenst?«
Richard erwiderte das entwaffnende Lächeln des anderen nicht.
»Ich erwarte eine Erklärung«, sagte er düster.
Die beiden Brüder wagten nicht, den Mund aufzumachen. Toeni jedoch lachte.
»Wo kommst du her? Vom Tode auferstanden?« fragte er.
»Aus den Kerkern von Haughton-le-Moor.«
»Es ist nicht klug von dir, dich allein in unsere Mitte zu wagen.«
Jetzt war es an Richard zu lachen, und er tat es mit bitterem Sarkasmus.
»Glaubst du, es gibt irgend etwas, das ich noch fürchten müßte?« fragte er langsam.
»Ja, mich. Ich bin es müde, ein müßiger Jasager zu sein. Ich gehorche keinem lahmen Bücherwurm und auch keinem namenlosen Bastard. Ich bin ein Toeni. Ich bin mein eigener Herr.«
Die trotzigen Worte gingen Hand in Hand mit dem Singen des Schwertes, das er aus der Scheide zog. Richard machte keine Anstalten, nach seiner Waffe zu greifen.
»Verteidige dich«, spottete Toeni.
»Ich belaste meine Seele nicht mit dem Blut eines Templers.«
»Noch eines Templers, meinst du«, verbesserte Toeni mit schneidendem Ton. Richard blickte ihn vernichtend an, beherrschte sich aber. Bewegungslos stand er am Feuer, in ruhiger Selbstgewißheit,

den linken Arm lose am Körper, die rechte Hand am Schwertgurt. Es war stets seine dominierende Persönlichkeit gewesen, die andere zum Gehorsam gebracht hatte, und es hatte dazu keiner Drohungen oder Machtbeweise bedurft. Toeni hatte diesen Druck nur allzu oft gefühlt. Zunächst hatte ihn das gereizt, dann mit Haß erfüllt. Und wenn er in diesem Augenblick etwas haßte, so war es nicht Richard, sondern sein eigener Respekt vor diesem Mann, der ihn auch jetzt wieder bezwang. Resigniert steckte er das Schwert in die Scheide.

»Ich nehme an, daß du genau weißt, was ich in den vergangenen zwei Monaten getan habe.«

Richard nickte nur, aber sein Blick sprach für sich.

»Jemand mußte ihnen einmal eine Lektion erteilen«, rief Toeni aufgeregt, doch die grimmmige Stille, die seinen Worten folgte, machte ihm klar, daß Richard seine Meinung nicht teilte.

»Gottes Rückgrat, ich konnte nicht mit Mauclerc zusammenarbeiten, weil ich es einfach nicht ertragen kann, auf meinen Hinterbakken zu sitzen und darauf zu warten, was kommt. Ich habe mich von ihm distanziert, weil wir jetzt Taten brauchen. Taten, verstehst du?«

Richard nickte, und der andere fuhr fort:

»Die einzige Antwort auf Gewalt ist Gewalt. Das ist immer so gewesen und wird immer so bleiben.«

»Thomas von Lincoln hat uns das niemals gelehrt«, erwiderte Richard streng. »Und eben das ist der Grund, weshalb ich dich immer an meiner Seite haben wollte. Ich wußte, daß wir nicht den gleichen Geist haben. Schlimm genug, daß du, mein früherer Zellengenosse, bei Mansourah in the Weald warst. Hast du denn in den Monaten, die wir zusammen ritten, gar nichts gelernt?«

»Hast du denn gar nichts gelernt von Morley?«

Richard trat einen Schritt vor und schlug ihm mit dem Handrükken hart ins Gesicht. Langsam lief ein Blutstropfen von Toenis Mundwinkel herab, und er wich zurück, während Richard ihn anfuhr.

»Ein halbes Jahr habe ich in diesem gottverlassenen Kerker zugebracht, und ich ertrug es, weil ich wußte, daß ich meine Freiheit für zehn unserer Brüder geopfert hatte. Und während ich, den Tod

vor Augen, deinen Namen nicht preisgab und versuchte, dich zu schützen, verrätst du uns. Glaubst du, ich hätte nach meiner Flucht nicht Lust gehabt, mein Mütchen am Herrn von Morley zu kühlen? Aber darf ich, ein Templer, mich an armen Bauern vergreifen, die mit dem Ganzen nichts zu tun hatten, ja, wahrscheinlich gar nichts davon wußten? Aber du hast unseren Namen in den Schmutz gezogen, raubend, zerstörend, brandschatzend.«
Wütend griff Toeni nach dem Dolch und zog ihn aus der Scheide, aber sofort schlug ihm Richards Faust die Waffe aus der Hand. Wieder richtete Richard seinen Blick auf das Gesicht Toenis, das sehr bleich geworden war.
»Du bist in der letzten Zeit leichtsinnig geworden. Du hast zu lange dieselbe Grafschaft geplündert, und der Grund dafür ist nur zu einsichtig. Ich rate dir, sie nicht mehr zu treffen, keinesfalls heute nacht. Ich habe mich dort umgesehen. Man wartet nur auf dich. Der Graf von Lancaster und der Graf von Warwick haben Reisige zusammengezogen, um dich abzufangen.«
Richard rief Edmund the Lion zu sich und befahl ihm, mit den beiden Brüdern zum Wald von Fodringeia zu reiten.
»Du lügst«, sagte Toeni, als die drei Männer weggeritten waren. »Du willst mich nur daran hindern, sie wiederzusehen. Du hast ja keine Ahnung, was eine Frau für einen Mann bedeuten kann!«
Da sah er die Traurigkeit auf dem Gesicht seines Komturs und verstummte. Richard seufzte und legte Toeni seine Hand auf die Schulter.
»Was soll ich mit dir tun, Lawrence?« fragte er leise. »Eigentlich müßte ich dich töten. Du bist eine Gefahr für dich selbst und für uns. Doch ich gebe dir eine allerletzte Chance. Es liegt an dir, ob du sie ergreifst. Margaret de la Zouch ist nicht zu trauen. Wir haben nicht die geringste Macht über sie. Gottes Zähne, ich habe dich für klüger gehalten. Du läufst wie ein Blinder in die Falle, die sie für dich aufgestellt haben! Komm mit, wir verlieren hier nur unsere Zeit!«
Sie sprangen in den Sattel und ritten durch den dichten Morgennebel davon. Nach einigen Minuten des Stillschweigens sagte Toeni: »Weißt du, daß Simon the Hermit tot ist?«
»Das weiß ich.«

»Ich war vor ungefähr sieben Wochen dort.«
»Ich will es gar nicht wissen«, antwortete Richard schroff.
»Aber du begreifst nicht. Wir haben ihn nicht getötet. Der Himmel verhüte es. Er sackte einfach zusammen und starb vor unseren Augen.«
»Er muß gewußt haben, zu welchem Zweck ihr kamt. Ihr habt auf der Suche nach dem Gold die ganze Höhle durchwühlt! Warum hast du den alten Mann nicht wenigstens begraben?«
»Bevor wir ihn begraben konnten, bemerkten wir, daß wir verfolgt wurden. Wir konnten nur mit knapper Not entrinnen und sind niemals mehr zurückgekommen.«
Langsam hellte sich der Nebel auf und wurde von einem feinen Regen abgelöst. Sie näherten sich nun dem Rand von Charnwood Forest. Auf ein Zeichen Richards stieg Toeni ab und folgte ihm, sein Pferd am Zügel mitführend, einen dichtbewaldeten Abhang hinauf. Vom Kamm des Hügels aus konnten sie die Umgebung überblicken.
»Die Schlinge wird zugezogen.«
Richard wies nach unten, den steilen Abhang an der anderen Seite des Hügelrückens entlang, wo sich ein schmaler Sandpfad durch den Wald schlängelte. Es war der Weg, der aus dem Wald nach Osten führte. Dort wimmelte es von Fußknechten.
Vorsichtig bahnten sich die beiden Ritter einen Weg durch die Farne und Sträucher, die dicht zwischen den Bäumen wuchsen, bis sie zum Halten gezwungen waren. Vor ihnen lag eine weite, offene Lichtung, wo sie dem Auge eines jeden bloßgestellt gewesen wären, der dort entlangkam.
»Laufen wir um unser Leben!« sagte Toeni, während er in den Sattel stieg. Richard bestieg Pilgrim, hielt aber den anderen noch fest.
»Reiter«, sagte er leise.
Sie spähten durch den sich lichtenden Nebel, der noch um die Hügelkuppe hing, und ein grimmiges Lächeln huschte über Richards Gesicht.
»Welch angenehme Überraschung«, murmelte er, berührte Toeni am Arm und deutete auf eine magere Gestalt auf einem grauen Streitroß. Er nahm die Zügel fester in die Hände.

»Hier muß ich dich allein lassen«, fuhr Richard fort. »Auf mein Zeichen reitest du weiter, während ich sie ablenke. Geh geradewegs nach Fodringeia und warte nicht auf mich. Du wirst dort Edmund the Lion finden, deinen neuen Komtur. Vielleicht kommst du mit ihm besser zurecht als mit mir oder Mauclerc. Es ist deine letzte Chance, Lawrence. Ich muß so schnell wie möglich nach Frankreich. Und nun warte, bis ich dir den Rückzug decke!«
Richard ritt langsam an den Rand des steilen Abhangs und blieb dort stehen, noch in Nebelschleier gehüllt.
»Herr Graf«, rief er laut. Er konnte sehen, wie die Reiter ihre Pferde parierten und mit den Augen den Hügelrücken absuchten. Auch Lancaster versuchte, den Nebel zu durchdringen und den Mann zu entdecken, der ihn angerufen hatte. Er hatte jedoch die Stimme offenbar nicht erkannt.
Während Richard langsam den Abhang hinab- und aus dem Schutz der Bäume ins Freie hinausritt, gab Toeni seinem Pferd die Sporen und verschwand unbemerkt über den Hügel. Noch bevor er die Hälfte des Abhangs hinter sich hatte, hielt Richard an. Matt blinkte Stahl, als er seine Hand hob und rief:
»Herr Graf, ich glaube, daß dies Euch gehört.« Mit sausendem Geräusch durchschnitt der mit Juwelen besetzte Dolch die Luft und schlug genau neben dem Grafen in einen Baumstamm. Die Waffe zitterte noch, als er seine magere Hand um den Griff schloß und ihn mühsam herauszog. Er starrte auf die vertraute Form und den Edelsteinbesatz, während ihm die Bedeutung des Vorfalles langsam zu dämmern begann.
»Du bist umzingelt«, schrie Lancaster. Ungeduldig winkte er seinen Leuten, den flüchtenden Ritter zu verfolgen. Einige Minuten später klirrten Waffen, und dann galoppierte das große, schwarze Pferd reiterlos querfeldein.
Thomas of Lancaster lachte vergnügt und rief seine Leute zurück. Richard, seitlich am Sattel festgeklammert, entkam.
Edmund the Lion wartete in Fodringeia Forest vergebens. Der abtrünnige Templer wartete drei Tage lang, ehe er sich entschloß, Margaret de la Zouch mit einem Besuch zu beehren. Vor den Augen seiner verräterischen Geliebten focht er einen unerbittlichen Kampf mit seinen Verfolgern bis zum Tod.

Am Tag, da Toeni den Tod fand, kam Richard in London an. Der graue Tower sah in der Herbstsonne beinahe freundlich aus. Rundum und innerhalb der Befestigungen herrschte fröhliche Betriebsamkeit. Selbst im White Tower achtete niemand auf einen müden Reisenden, so daß sich Richard unbehelligt seinen Weg zu Blanches Zimmer suchen konnte. Unangekündigt trat er ein.
Blanche saß da und schaute zu, wie ihr Kind gesäugt wurde. Sie erblickte nur die staubbedeckten Stiefel, als die Tür aufging, doch als sie in sein Gesicht sah, wurde sie leichenblaß und wäre ohnmächtig vom Schemel gesunken, wenn Richard nicht hinzugesprungen wäre, um sie aufzufangen.
»Seid so gut und laßt uns etwas allein«, lächelte Richard der Amme zu. Die Frau zögerte, aber als sie sah, daß sich Blanche schon wieder erholte, stand sie auf und drückte Etienne dem verblüfften Richard in die Arme.
»Mylord«, sagte sie mit einem Knicks und zog sich eilig zurück.
Unbeholfen drückte der Ritter das Kind an sich, und unwillkürlich gingen seine Gedanken zurück zu der jungen Frau, die er in Marrick Priory zurückgelassen hatte.
»Ich bewundere Euren Sohn. Er ist ein schönes Kind«, sagte er zur Begrüßung und drückte Blanche das kleine Bündel in die Arme.
»Ist es wirklich wahr?« flüsterte sie. »Seid Ihr wirklich hier?«
»Wußtet Ihr es nicht? Hat der König Euch nicht erzählt, daß er einen Kaufpreis auf meinen Kopf bot, der dann noch durch die englische Kirche, durch Lancaster und den Papst überboten wurde, ganz zu schweigen von der horrenden Summe, die Philipp aufgebracht hat?«
Sie schüttelte den Kopf, während sich ihr verzehrender Blick nicht von seinem Gesicht abwenden konnte, und klammerte sich an seine Hand, als ob sie Angst hätte, er könne wieder verschwinden.
»Ihr seid mager geworden«, sagte sie und lächelte zärtlich.
»Sehe ich da nicht ein paar graue Haare an Eurer Schläfe?«
Es hätte ihn nicht überrascht, hatte er doch selbst gesehen, wie das Haar von Jacques de Molay im Gefängnis in ein paar Monaten schneeweiß geworden war.
»Eure Augen trügen Euch nicht«, antwortete er einfach. Sie führte seine Hand an ihre Lippen und küßte die Handfläche.

»Mon cher chevalier«, flüsterte sie mit einem entsetzten Blick auf seine entstellten Hände, »was ist passiert? Wo seid Ihr die ganze Zeit gewesen? Was haben sie Euch angetan?« Ein Name fiel ihr plötzlich ein. »Sagtet Ihr nicht, daß auch Lancaster versuchte, Euch vom Herrn von Morley loszukaufen? Lancaster – was bedeutet er für Euch, Richard?«
»Was bedeute ich für ihn?« verbesserte er sie. »Habt Ihr das Dokument erhalten, das ich Euch bringen ließ?« Sie griff nach einem verschlossenen Kästchen hinter dem Teppich, der die Wand bedeckte, doch er winkte ab.
»Wenn es Euch nichts ausmacht, es noch etwas länger für mich aufzubewahren, dann bitte ich Euch, es dort zu lassen. Ich habe jetzt weder die Zeit noch das Recht, mich mit dieser Frage zu beschäftigen.«
»Kann ich Euch vielleicht helfen? Wollt Ihr, daß ich versuche, die Wahrheit herauszubekommen?«
Seine Stimme klang erregt, als er antwortete: »Laßt um Gottes willen niemand merken, daß Ihr etwas davon wißt. Meine bloße Kenntnis von der Existenz dieses Dokumentes war für den Grafen schon Grund genug, einen Mord zu versuchen. Verzeiht mir, daß ich Euch im Augenblick nicht mehr erklären kann.«
Blanche war sichtlich enttäuscht.
»Gut, verschieben wir den Bericht auf später. Aber dann müßt Ihr mich wirklich entschädigen«, neckte sie.
»Es war ein schreckliches Erlebnis«, seufzte er. »Aber warum seid Ihr nicht bei der Königin in Windsor?«
»Dafür gibt es viele Gründe«, versetzte sie zynisch. »Zum ersten: die Schatztruhe ist leer. Das ist sie schon fast das ganze Jahr über. Und wir, das heißt die Königin und ihre Hofdamen, haben unseren Lebensunterhalt aus besonderen Erträgen der Landgüter in Ponthieu bestreiten müssen. Das erklärt den Mangel an Bedienten. Zum zweiten ist der Hof seit dem Turnier von Wallingford, wo Gaveston seine Rehabilitation in Szene setzte, noch nicht wieder vollzählig. Der Gascogner fand es für nötig, fast alle Grafen zu beleidigen, Lancaster, Gloucester, Pembroke und Warwick inbegriffen. Selbst der König wußte nicht, ob er über Piers Späße lachen oder weinen sollte.«

»Was tat er denn?« fragte Richard desinteressiert.
»Er gewann die meisten Zweikämpfe, denn er ist ein guter Schwertfechter und reitet wie kein zweiter. Schon das war ein unverzeihlicher Fehler, denn die Grafen, die er Sand schlucken ließ, werden ihm das niemals vergessen. Dann verhöhnte er sie, während sie sich noch den Staub aus den Kleidern klopften, mit seinen albernen Späßen.«
Richard lachte auf, wechselte aber sogleich das Thema: »Habt Ihr Nachrichten von Aymer?«
»Nein. Soweit ich weiß, gibt es keine wichtigen Neuigkeiten aus Frankreich.«
»Wollt Ihr, daß ich ihm Nachricht von Euch bringe?«
»Natürlich. Ich werde ihm schreiben.«
Hastig suchte sie nach einem Blatt Pergament und begann zu schreiben.
»Kommt Ihr bald wieder?« fragte sie unterdessen.
»Das hängt von vielen Dingen ab«, war die Antwort.
»Werdet Ihr bei Aymer bleiben?«
»Nur kurze Zeit.«
Blanche faltete eilig den Brief zusammen, versiegelte ihn und überreichte ihn dem Ritter.
»Wann reist ihr?«
»Morgen.«
»So bald schon?«
Er nickte und starrte aus dem schmalen Fenster.
»Ich hoffe, daß das gute Wetter noch ein paar Tage anhält«, sagte er. »Ich bin nicht für das Meer geboren.«
»Wollt Ihr mir erzählen, warum Ihr nach Frankreich geht? Oder mische ich mich da in Geheimnisse ein?«
»Ich weiß, daß Ihr schweigen werdet«, sagte er leise, »doch alles, was ich Euch erzählen kann, ist, daß ich offen mit dem Papst sprechen muß, um zu sehen, was er tun kann und tun will. Die Lage ist ziemlich aussichtslos. Es muß uns gelingen, unsere Verteidigung zu organisieren.«
Hegte er denn keinerlei Zweifel, ob ihn der Papst überhaupt empfangen würde. Doch sie wußte nur zu gut, daß er eine Weigerung des Heiligen Vaters nicht hinnehmen würde.

»Und Eure Leute hier in England?«
»Die kommen vorläufig auch ohne mich zurecht. Der Mann, der Euch von meinem vermeintlichen Tod berichtete, ist jetzt ihr Komtur. Er ist verläßlich. Alle anderen Probleme sind gelöst.«
Obwohl sie mit keinem Wort auf die Gerüchte angespielt hatte, die sie am Hofe gehört hatte – die Gerüchte über Toenis Bande, die der Wahrheit sehr nahe gekommen waren – wußte er, daß sie über die Entwicklung besorgt war. Seine Antwort jedoch beruhigte sie vollkommen, und sie lachte dankbar.
»Fürchtet Ihr nicht, wieder gefangengenommen zu werden, wenn Ihr Euch öffentlich an den päpstlichen Hof wagt?« fragte sie besorgt.
Richard steckte sich den Brief an Aymer unter das Hemd und schüttelte den Kopf.
»Die Luft der Folterkammer ist mir noch zu frisch in Erinnerung, als daß ich mir eine solche Torheit leisten würde. Diesmal werde ich vorsichtiger sein.«
Er beugte sich über die Wiege, betrachtete das Kind und schüttelte den Kopf.
»Es ist mir unbegreiflich, wie solch unschuldige, reine Wesen sich zu derart verfluchten Bestien auswachsen können. Aber glücklicherweise sind sie nicht immer die geborenen zukünftigen Philipps, de Nogarets und Lancasters – oder Morleys.«
Wie brüchig seine Stimme klang, da er den letzten Namen aussprach. Blanche wunderte sich und sah ihn erwartungsvoll an. Doch sie bekam keine Erklärung.
Richard wandte sich von der Wiege ab, verneigte sich hastig und ging zur Tür.
»Richard!«
Sie lief auf ihn zu. Der Ernst in ihrer Stimme ließ ihn anhalten.
»Werdet Ihr Seine Heiligkeit bitten, den Bann über Euch zurückzunehmen?«
Er schaute ihr gerade in die Augen, bevor er antwortete:
»Ich fürchte, das hat wenig Sinn. Natürlich werde ich ihn darauf aufmerksam machen. Aber hegt keine falschen Hoffnungen, Madame.« Er hielt ihrem flehenden Blick stand und fuhr entschlossen fort:

»Ich habe nicht vor, ihn auf den Knien darum anzuflehen. Wir haben nichts verbrochen, das eine so schwere Strafe verdient hätte. Gott selbst ist unser Zeuge.«

Sie wollte protestieren, ihn zu mehr Demut überreden. Aber er war verschwunden, noch ehe sie ein Wort sagen konnte.

27. KAPITEL

*Nulli tam feri affectus ut non disciplina perdomentur.**

Spruch

Ende November 1309 umarmten Aymer und Richard einander brüderlich in den Wäldern östlich von Lyons-la-Forêt. Aymer schien kaum überrascht, daß der Totgesagte noch lebte.
»Ich dachte mir schon, daß du uns in dieser Zeit nicht im Stich lassen würdest«, sagte er. Nachdem er Blanches Brief gelesen hatte, führte er Richard in das wohlausgestattete Lager, das er am Ufer der Epte hatte aufschlagen lassen. Bei einer kräftigen Mahlzeit und ein paar Krügen Bier erstattete er Bericht: »Wir machen kaum Fortschritte. Es ist noch so gut wie nichts erreicht. Auch sind schon im Mai Bevollmächtigte eingesetzt worden, unsere ›Missetaten‹ zu untersuchen und unsere Brüder zu verhören. Und in zwei Jahren soll dann durch das Konzil von Vienne das Urteil gesprochen werden.«
»Natürlich, der Papst ist in Avignon. Ich hatte ganz vergessen, daß er Toulouse verlassen hat. Es ist so lange her.«
So lange her – alles schien so lange her zu sein. Ein halbes Jahr hatte er in einer ganz anderen Welt gelebt, hatte nichts als die Wände seiner Zelle gekannt, Finsternis und Elend. Seine Gedanken irrten nach Haughton-le-Moor zurück, während er mit halbem Ohr zuhörte, wie Aymer berichtete, daß die Kommission auch nach einigen Monaten noch nichts von Bedeutung erarbeitet hatte. Die Anklagen waren absurd. Das wußte jedermann. Aber

* Kein Affekt ist so wild, daß er nicht durch Zucht bezwungen werden könnte.

niemand wagte, gegen Philipp aufzutreten. Die Ungeduld des Königs und die Gewissensbisse des Papstes hatten schließlich zu einem Kompromiß geführt, und im August hatte Clemens den Zeugen befohlen, sich ins bischöfliche Palais in Paris zu begeben. Der König selbst werde dafür sorgen, daß die hohen Würdenträger des Ordens und die Ritter des Tempels sich vor den päpstlichen Untersuchungsbeamten würden verteidigen können. Offiziell hatte man mit den Vorbereitungen dazu am 12. November begonnen, vor etwa zwei Wochen. Aber kein einziger Zeuge war angetreten, weder für noch gegen den Orden. Nogaret hielt die Fäden fest in den Händen, und durch Druck und schamlose Versprechungen hinderten seine Agenten die Brüder daran zu kommen. Alle, die trotzdem bereit waren, den Orden zu verteidigen und nach Paris zu reisen, wurden vom Profos des Châtelets gefangengenommen und mit dem Tod bedroht, falls sie dem Aufruf der Kommission Folge leisten sollten. Nur Hugues de Pairaud, dem Großvisitator Frankreichs für den Tempel, glückte es, bis zur Kommission vorzudringen und zu verlangen, daß man das Eigentum des Ordens sicherstelle. Und mit einem Seitenblick auf die Vertreter Philipps, die bei der Sitzung zugegen waren, fügte er hinzu, daß er – falls man ihm ausreichende Garantien für seine eigene Sicherheit vorenthielte – nicht weiter sprechen werde – außer in Anwesenheit des Papstes selbst.

Am 26. November, vier Tage vor Richards Ankunft in Frankreich, erschien der Großmeister vor der Kommission. Äußerlich schwach und gebrochen, trat er der Versammlung doch mit unbeugsamem Willen gegenüber.

»Wollt Ihr den Orden verteidigen?« wurde er gefragt, und seine Antwort lautete:

»Der Orden ist vom Heiligen Apostolischen Stuhl gegründet und legitimiert. Ich wäre sehr überrascht, wenn ihn die römische Kirche nun plötzlich dem Untergang auslieferte. Der Orden ist nur dem Papst verantwortlich, und demzufolge sind die Maßregeln, die König Philipp getroffen hat, ungesetzlich und stellen eine Überschreitung seiner Machtbefugnisse dar. Ich wäre ein schlechtes und erbärmliches Geschöpf, wenn ich diesen Orden nicht verteidigte, dem ich so viel verdanke.«

Seine kämpferischen Worte waren gar nicht nach dem Geschmack der Geistlichen und noch weniger nach dem Guillaume de Plaisians, der als Vertreter der Kirche der Vernehmung beiwohnte. Dieser mischte sich denn auch sogleich ein, als er erkannte, daß Jacques de Molay geistig frisch genug war, um den Prozeß für sich zu entscheiden. Was Plaisians mit Molay besprach, hat niemand je erfahren. Aber nach einer kurzen Besprechung erbat sich der Großmeister Bedenkzeit, die ihm auch zugestanden wurde.
Zwei Tage später erschien Molay aufs neue vor der Kommission. Von seiner stolzen Haltung war nicht mehr viel übrig. Er erklärte, er sei nur ein armer, ungebildeter Ritter, der nicht einmal lateinisch könne, und habe begriffen, daß der Papst sich seiner Sache annehmen wolle, ebenso wie der Sache der anderen Würdenträger des Ordens. In seiner augenblicklichen Lage wolle er nichts unternehmen.
Er stammelte noch einige schüchterne Worte zur Verteidigung seiner Brüder, indem er vorbrachte, in keiner anderen Kirche gäbe es einen ehrerbietigeren Gottesdienst als im Tempel. Nirgends finde man soviel Glauben, nirgends soviel Almosen wie im Tempel, und nirgends sonst hätten Männer soviel Blut für die christliche Religion vergossen wie die Soldaten Christi.
»›Das ist leider von keinerlei Nutzen für das Seelenheil, wenn dem allem die Grundlage des katholischen Glaubens fehlt‹, war die Antwort der Kommission. Guillaume de Plaisians und Guillaume de Nogaret hörten schließlich mit triumphierendem, selbstgefälligem Lächeln zu, wie der alte Mann mit zitternder Stimme darum bat, die Messe hören zu dürfen.«
Aymer schwieg abrupt.
»Aber du hörst ja gar nicht zu«, rief er zornig aus, was Richard veranlaßte, mit einem Ruck in die Gegenwart zurückzukehren.
»Wie war das mit Plaisians?« fragte er.
Aymer starrte ihn bestürzt an.
»Verzeih mir. Ich fürchte, ich war mit meinen Gedanken gerade irgendwo anders«, sagte Richard entschuldigend.
»Irgendwo anders? Natürlich. Du hast viel gelitten. Ich erzähle es dir nochmal.«
Er wiederholte, was er schon berichtet hatte, während er sich die

ganze Zeit über fragte, warum Richard seinem Blick beharrlich auswich. Nachwehen der Gefangenschaft? Er bezweifelte es.

Die Antwort kam schneller als erwartet. Denn kaum hatte Aymer das Gespräch auf seinen Sohn gelenkt, da verstummte der Gefährte. Seine Hände umklammerten krampfhaft den Krug. Warum gab es so vieles, was ihn an sie denken ließ?

Aymer blickte dem anderen forschend in die Augen. Sie konnten *ihn* nicht betrügen.

»Eine Frau, Richard?«

»Gottes Füße«, brach es aus diesem heraus. »Warum müssen wir ständig diese eine Sünde begehen, warum fällt uns gar nichts anderes ein, wenn wir schon unsere Regeln übertreten wollen? Es gibt 127 Arten, unseren Schwur zu brechen, wenn wir Philipp glauben wollen. Muß es denn immer eine Frau sein?«

Und er spuckte dieses Wort mit solcher Verachtung und Widerwillen aus, als ob es das Verruchteste wäre, was es auf Erden gab.

»Möge Gott mich verfluchen«, sagte er schließlich mit gebrochener Stimme und schlug die Augen nieder, nicht imstande, Aymers bestürzten Blick länger zu ertragen.

»Wer ist sie?« fragte Aymer.

»Macht das einen Unterschied?«

»Gewiß nicht, nein. Aber bis jetzt haben schließlich allein ich und du uns dieser Verfehlung schuldig gemacht.«

»Auch Lawrence de Toeni vergaß sich einer Frau wegen. Ich gab Befehl, ihn auszuschalten, falls er noch einmal zu seiner Mätresse zurückkehren würde. Kurz bevor ich aus Rye abreiste, wurde mir gemeldet, mein Befehl sei ausgeführt. Das hat mich seitdem niemals mehr losgelassen. Denn ich selbst war es, der ihn dorthin schickte, nur war ich mir dessen damals nicht bewußt: Ich strafte und erniedrigte ihn, weil er einer Schwäche nachgegeben hatte, der ich selbst nicht erlegen war. Es war mein Neid, der ihn in den Tod schickte.« Er seufzte. »Ein gnädiger Mensch tut seiner Seele Gutes. Aber ein grausamer verletzt sein eigenes Fleisch, steht in der Schrift. Meine Seele ist nicht rein, mein Freund; es ist wirklich eine schmutzige, unglückselige Geschichte.«

»Warum quälst du dich mit solchen Schuldgefühlen, Richard? Ich zweifle nicht daran, daß du recht gehandelt hast.«

»Wer selbst nicht frei von Schuld ist, darf sich kein Urteil über die Schuld anderer erlauben. Darum – und nicht nur darum – muß ich sie mir aus dem Herzen reißen.«

Verzweifelt schlug er sich mit der geballten Faust an die Brust.

»Versuchst du, deine Leidenschaft zu besiegen, Richard l'Intègre?« spottete Aymer. »Vergiß das, mein Freund, es wird dir nicht gelingen, dazu kenne ich dich zu gut.«

»Es wird mir wohl gelingen müssen«, war die festentschlossene Antwort, doch dann fügte er mit verzweifeltem Blick hinzu: »Mein Gott, ich könnte die Erde küssen, auf der sie geht!«

Doch jetzt, da Aymer es wußte, fühlte er sich besser.

»Sie ist die älteste Tochter des Herrn von Morley«, erklärte er. »Sie half mir bei meiner Flucht, und alles, was ich für sie tun konnte, war, sie mit dem Rest unseres Goldes auszustatten. Vorläufig kann sie es nicht einmal verwenden, denn sie muß in einem Kloster bleiben, bevor sie sicher nach Hause zurückkehren kann.«

»Hat sie dich geliebt?« wollte Aymer wissen.

Richard lachte bitter.

»Was für Fragen du stellst! Ich mißbrauchte ihre Liebe für mich – das ist es, was mein Gewissen am meisten drückt –, während ich mir vollständig bewußt war, was ich ihr antat. Ich gebrauchte ihre Liebe zu meinem eigenen Vorteil und schob sie dann zur Seite, wie man ein geliehenes Pferd zurückgibt. Man bezahlt für seine Dienste und läßt es stehen. Mit dem Unterschied, daß sie zuvor exkommuniziert wurde.«

»Du bist ein Ungeheuer und ein verfluchter Narr.«

»Ja, ich bin ein Schuft. Aber ich habe doch meine Pflichten und meine Gelübde. Manchen steht es frei, welchen Weg zu ihrem Ziel sie einschlagen wollen, Aymer. Für mich gibt es nur einen. Dem muß ich folgen, ob ich will oder nicht.«

Aymer nickte.

»Man sagt, die Zeit heilt alle Wunden«, fuhr Richard fort. »Aber sie tun verflucht weh, wenn sie noch frisch sind. Und auch, wenn die Wunde verheilt ist, bleibt eine Narbe zurück.«

Ihre Augen begegneten einander und hielten sich fest.

»Da mir ein Beichtvater fehlt, ist es gut zu wissen, daß du immer da bist«, schloß Richard.

28. KAPITEL

Vorwärts, Ritter, erschlage unerschrocken die Feinde Christi und sei gewiß, daß nichts dich scheiden kann von der Liebe Gottes!

Bernhard von Clairvaux – De Laude Novae Militiae ad Milites Templi

In ein Büßerkleid gehüllt bahnte sich Richard einen Weg zu den Gemächern des Papstes, zwischen all den Prälaten in ihren roten und violetten Gewändern von Seide und Brokat hindurch. Das Dominikanerkloster von Avignon hatte er unbemerkt betreten können, denn seit der Papst dort eingezogen war, wußte niemand mehr, wer zu ihm gehörte und wer nicht.

Nach wiederholtem Ersuchen um eine Audienz wurde er in einem Seitenzimmer zugelassen, wo etwas später ein Bischof zu ihm trat. Richard wiederholte seine Bitte.

»Unmöglich«, sagte der Bischof. »Wenn ihr statt dessen mit mir sprechen wollt...«

Richard richtete sich zu voller Größe auf und erklärte: »Ich muß Seine Heiligkeit allein sprechen. Heute noch. Es ist dringend.«

Beeindruckt durch den befehlsgewohnten Ton des anderen murmelte der Bischof eine Entschuldigung. Aus dem härenen Hemd des Büßers konnte er nicht auf dessen Rang schließen, aber offensichtlich war es ein Edelmann von hohem Stand und großer Bedeutung.

»Dies war ein ermüdender Tag für Seine Heiligkeit. Ich fürchte, er ist unpäßlich. Ein altes Übel.«

»Das tut mir leid. Ich werde hier warten, bis er sich besser fühlt.«

Richard glaubte dem Prälaten kein Wort. Der Papst pflegte seine schwache Gesundheit vorzuschützen, wenn er einer unangeneh-

men Begegnung aus dem Weg gehen wollte. Und so setzte er sich, bevor der andere protestieren konnte.
»Ich werde sehen, was sich tun läßt, wenn Ihr darauf besteht«, sagte der Bischof.
»Ich bestehe darauf.«
In der nächsten Stunde sank Richards Stimmung allmählich, nicht zuletzt wegen seines unbequemen Büßerkleides.
Seine düsteren Gedanken wurden plötzlich durch ein leises Geraschel unterbrochen. Er öffnete die Tür einen Spalt, gerade groß genug, um einen Blick auf die Frau zu erhaschen, die durch den Gang huschte. Offensichtlich hatte sie soeben die Privatgemächer des Papstes verlassen. Richard hatte genügend Gerüchte gehört, um zu wissen, daß ihn seine Augen nicht trogen. Die schöne Brunissende Talleyrand de Périgord war seit Jahren die Mätresse des Papstes, und sie kostete ihn ein Vermögen. Mit zynischem Lächeln bemerkte Richard, daß ihre Haare und Kleider noch zerzaust waren.
Nur einige Minuten später wurde er aufgefordert, den Audienzraum zu betreten, wo ihn der Papst im vollen Ornat auf seinem Thron sitzend erwartete. Zweifellos war ihm die Frau beim Anlegen der Gewänder behilflich gewesen.
Richard machte einen Kniefall, beugte ehrerbietig das Haupt und verharrte in dieser Stellung, bis er die Türe hinter sich ins Schloß fallen hörte. Dann blickte er dem Mann mit dem weichlichen Gesicht gerade in die Augen. Alles an diesem Mann war weichlich, nicht nur das Gesicht, auch der fette Bauch, die schlaffen Hände, die gefaltet im Schoß lagen, die flache Brust und die hängenden Schultern. Am weichlichsten aber war der Geist, denn sonst hätte er dem französischen König niemals in dieser Weise freie Hand gelassen. Einen Augenblick fragte er sich, was in Gottes Namen er hier wollte. Sollte dieser Mann, der nicht das geringste Rückgrat besaß, sie vor der Katastrophe retten, die sie bedrohte?
Der Ritter, der schon heißere Gefechte geliefert hatte, suchte nach Worten. Die Anrede »Heiliger Vater« wollte ihm einfach nicht über die Lippen kommen, und er zermarterte sein Gehirn um eine andere Anrede. Der Papst selbst löste schließlich das Problem. Mit einem Schock erkannte er den Ritter wieder.

»Ich erinnere mich nicht an Euch, und ich wünsche auch nicht, an Euch erinnert zu werden«, kam seine Stimme. Die weißen Hände mit den kostbaren Ringen bewegten sich auf ein Silberglöckchen zu, aber Richard trat schnell näher.

»Bitte geduldet Euch noch einen Augenblick«, sagte er. »Ich bin in friedlicher Absicht gekommen. Ich bereue, was ich getan habe. Mit Eurer Erlaubnis, Eure Heiligkeit, will ich in diesem Haus um Asyl bitten und Buße tun für meine Sünden.«

»Das ist gut, mein Sohn«, erwiderte der Papst gnädig, doch ohne Wärme, und zog seine Hand zurück.

Er betrachtete den Büßer nun etwas genauer und bemerkte den mit Knoten bedeckten Strick um das Habit, das zeigte, daß es häufig getragen worden war. Er konnte kaum vermuten, daß die Sünden, die Richard meinte, nicht dieselben waren, an die er selber dachte: Zwei Monate waren seit dem traurigen Abschied in Grimpton verstrichen, und immer noch brannte in Richard ein unbezähmbares Verlangen nach der liebreizenden Beatrice. Sein Körper hungerte nach ihr, und sein Herz krampfte sich vor Schmerz zusammen. Aber er wollte nicht nachgeben, und indem er sich mit dem Knotenstrick kasteite – den er einst als Zeichen der Keuschheit um das weiße Habit getragen hatte und den er jetzt meist auf der bloßen Haut trug –, bis ihm das Blut aus den kaum verheilten Wunden auf dem Rücken lief, tötete er langsam jenen Teil in sich, der ihr gehörte. Mit größter Entschlossenheit vertrieb er sie aus seinem Herzen, und was übrigblieb, war eine schmerzhafte Leere, die sich mit Bitterkeit füllte.

Indem er für sich die Worte mit Sinn füllte, die er soeben selbst gesprochen hatte, fand Richard den Mut, die undankbare Aufgabe zu erfüllen, die er sich selbst gestellt hatte. Er warf sich auf die Knie und küßte den seidenen Pantoffel des Papstes.

»Verzeiht uns, Vater, seid uns gnädig!«

Der Papst war sichtlich bewegt. Er hatte keinen Zweifel daran, daß der Ritter, indem er sich an Gottes Stellvertreter auf Erden wandte, geradewegs zu Gott gesprochen hatte. Er beugte sich vor und legte seine Hand auf die blonden Locken.

»Steht auf, Richard«, sagte er, »noch ist nicht alles verloren.«

Langsam erhob sich Richard, und seine grauen Augen ruhten auf den weißen Knöcheln seiner zusammengepreßten Hände. Als er den Kopf hob, begegnete er dem weichen Blick des Papstes.

»Es ist aber noch mehr nötig als dies, um den Bannfluch von Gottes Kirche über Euch aufzuheben. Viel mehr.«

»Das ist mir klar.«

»Ihr seid auf einem guten Weg, mein Sohn.«

Richard schüttelte den Kopf.

»Sagt der heilige Johannes nicht: ›Wer seinen Bruder lieb hat, bleibt im Licht. Aber wer seinen Bruder haßt, ist in der Finsternis und wandelt in der Finsternis und weiß nicht, wohin er geht, denn die Finsternis hat seine Augen verblendet‹, und auch: ›Wenn jemand sagt, ich liebe Gott, und haßt doch seinen Bruder, ist er ein Lügner. Denn wer seinen Bruder nicht liebhat, den er doch sieht, wie kann er Gott liebhaben, den er nicht sieht?‹«

Der Papst nickte.

»Was wollt Ihr damit sagen?«

»Daß ich meine Brüder liebhabe, Eure Heiligkeit, und nicht untätig zusehen kann, wie sie von Menschen, die durch Lügen und falsche Zeugnisse getäuscht sind, fälschlich beschuldigt werden. Daß ich vielmehr bereit bin, wenn nötig zu sterben im Versuch, sie zu retten, die Ehre unseres Ordens wiederherzustellen und ihn vor dem tragischen Mißgriff zu beschützen, der durch meinen Herrn, den König von Frankreich, geschehen ist, ebenso die Ehre derjenigen, die auf seinen Folterbänken starben, weil sie an der Wahrheit festhielten. Aber alles, was ich bis jetzt – getrieben von Verzweiflung – getan habe, hat die entgegengesetzte Wirkung gehabt. Ich rufe Euch um Hilfe an. Ich flehe um Eure Unterstützung, die Unterstützung und den Schutz Eurer Kirche. Denn sind wir nicht auch Eure Brüder? Habt Ihr Eure Brüder lieb, Heiliger Vater?«

Die Frage wurde so dringlich gestellt, so heftig, daß der Papst das Gefühl hatte, er solle in eine Falle gelockt werden.

»Gewiß«, antwortete er. »Aber die Missetaten, derer Ihr angeklagt seid, sind sehr schwer, und es gibt zahlreiche Zeugen, die geschworen haben, die Wahrheit zu sprechen.«

»Ich bitte für alle, die gegen uns gezeugt haben, denn der heilige Markus sagt: Nach euren Worten sollt ihr gerechtfertigt werden, und nach euren Worten sollt ihr verurteilt werden. Sie haben falsche Eide geschworen. Sie haben Euch Sand in die Augen gestreut, und Euer Vertrauen mißbraucht. Es sind gekaufte, abtrünnige Brüder, die den weißen Mantel aus Gott weiß welchen Gründen verleugnet haben, Verräter, Flüchtlinge. Sie haben ihren Spott mit dem frömmsten, uneigennützigsten und keuschesten Orden der Christenheit getrieben. Natürlich, von Verleumdung bleibt immer etwas hängen.«

Richard preßte die Lippen zusammen, um sich nicht noch weiter fortreißen zu lassen.

»Also verwerft Ihr alle Anklagen?« fragte der Papst lauernd.

»Kategorisch: Sie sind schändlich!«

»Doch haben viele Eurer Brüder gestanden!«

»Weil sie durch Drohungen und Folter dazu gezwungen wurden!« Richard wußte wohl, daß er dem Papst nichts Neues erzählte.

»Deshalb haben wir ja auch eine neue Untersuchung angeordnet, die in diesem Augenblick unter dem Vorsitz des Erzbischofs von Narbonne in Paris beginnt. Mitglieder dieser Kommission sind auch die Bischöfe von Limoges, Bayeux und Mende, sowie drei Erzdekane und Guillaume Agarni, Domprobst der Kirche von Aix. Es muß Euch doch Vertrauen einflößen, daß solche hervorragenden Geistlichen die Untersuchung leiten. Was wollt Ihr noch mehr?« Die Geste des Papstes war fast entwaffnend.

Richard antwortete mit bitterem Lächeln. Der Vorsitz von Gilles Aycelin, Erzbischof von Narbonne, flößte ihm kein Vertrauen ein. Dieser war ein mit allen Wassern gewaschener Mann, der das Vertrauen Clemens' hatte gewinnen können, ohne dabei das des Königs aufs Spiel zu setzen. Die anderen Namen machten ebenso wenig Eindruck auf ihn.

»Man hindert unsere Brüder, vor Eurer Kommission zu erscheinen. In Paris herrscht Terror, der es meinen Brüdern unmöglich macht, als Verteidiger des Ordens aufzutreten.« Richard sah, daß es der Papst als unangenehm empfand, mit der Wirklichkeit konfrontiert zu werden. Aber dadurch ließ er sich nicht entmutigen. »Außerdem beschränkt sich der Aufruf auf die Templer im Reiche König Philipps. Wir aber streben einen Aufruf an unsere Brüder auch außerhalb von Philipps Machtbereich an, die von den Agenten Nogarets nicht zum Schweigen gebracht worden sind.«

Der Papst schüttelte den Kopf. Der Name Nogaret war ihm ein Dorn im Auge und erinnerte ihn an seine eigenen Verpflichtungen Philipp gegenüber.

»Ich kann Euch nicht helfen. Der Prozeß ist bereits in vollem Gang.«

»Im Gegenteil! Er befindet sich jetzt schon in einer Sackgasse!« Richard hielt nun den Augenblick für gekommen, mit dem nötigen Nachdruck zu sprechen.

»In Frankreich haben sich nur einige Dutzend Brüder des Tempels gemeldet, und durch Einschüchterungen und Drohungen hat man sie soweit gebracht, daß sie nur sehr vage Erklärungen vor der Kommission abgaben. Aber mehr als 1200 meiner Brüder in der ganzen Christenheit würden lieber sterben als tatenlos zusehen. Entbietet sie nach Paris, und der Tempel wird verteidigt werden! Mit der nötigen Unterstützung von meiner Seite natürlich. Ich habe zwar nur eine kleine Schar von Männern, aber innerhalb kurzer Zeit könnten ein paar hundert von ihnen aus den angrenzenden Ländern ins Venaissin kommen, das dem Heiligen Stuhl gehört, und wo wir dicht genug bei Avignon wären – wenn wir genügend Zeit haben, beinahe tausend.«

»Genug davon«, sagte der Papst, der sich recht unbehaglich fühlte. »Was sind Eure Forderungen?«

»Wir fordern nichts, Eure Heiligkeit. Wir flehen voller Demut. Meine Männer stehen Euch zu Diensten, um Euch in Eurem Kampf gegen den König zu unterstützen.«

Clemens, gewohnt an die Einschüchterungsmethoden Philipps und Nogarets, sah auch in diesem Vorschlag Richards nichts anderes als eine Drohung, obgleich er hätte wissen müssen, daß die Templer niemals in Avignon einmarschieren würden. Aber Clemens traute seiner eigenen rechten Hand nicht mehr.

»Nennt mir dann Eure Bitte«, sagte er müde.

»Ich habe neun, Heiliger Vater: die Zahl der Vollkommenheit.«

Der Papst nickte und machte eine auffordernde Geste.

»Erstens: Ein Aufruf an alle Templer, auch die außerhalb von Philipps Reich, sich als Verteidiger des Ordens zu melden. Die Kommission muß dafür sorgen, daß dieser Aufruf so weit wie möglich verbreitet wird.

Zweitens: Keine Verhöre unter Druck, Drohung oder Folterung oder in Gegenwart von Laien oder anderen Anklägern als denen der Kirche.
Drittens: Die Geständnisse, die unter Druck oder Folterung abgezwungen wurden, müssen für ungültig erklärt und die Ritter, die sie abgelegt haben, aufs neue gehört werden.
Viertens: Diejenigen von uns, die den Orden im Lauf des Prozesses verteidigen, müssen auch anwesend sein und gehört werden von dem allgemeinen Konzil in Vienne, das das Urteil über uns sprechen soll.
Fünftens: Diese Verteidiger dürfen nur mit Billigung unseres Großmeisters auftreten, und es muß ihnen zugestanden werden, sich bei ihm Rat zu holen.
Sechstens: Diese Verteidiger sollen unter besonderem Schutz stehen, so daß sie frei und ohne Furcht sprechen können.
Siebtens: Alle, die den Mantel verleugnet, unserem Orden Schande gemacht und seine Ehre besudelt haben, müssen verhaftet und verhört werden, so daß geprüft werden kann, ob ihre Geständnisse falsch oder wahr waren.
Achtens: Unser Gold und unser Eigentum müssen gut verwahrt werden, mindestens bis das Urteil über uns gesprochen ist.«
Er schwieg kurz und dachte an den Schatz des Tempels in Paris, der bereits in die königlichen Schatzkammern geflossen war. »Neuntens«, sagte er schließlich, »und dies ist meine wichtigste Bitte, und ich flehe Euch an, hier mit der größten Eile zu handeln: Meinen Brüdern darf nicht länger das Recht vorenthalten werden, mit ihren Kaplänen und Beichtvätern zu sprechen. Man darf ihnen nicht länger die Sakramente der Kirche verweigern. Sie sind in elenden Kerkern eingesperrt, lange Zeit auf Wasser und Brot gesetzt, bedroht und gefoltert, und müssen obendrein den Trost ihrer Seelsorger entbehren. Das hat uns mehr Leid gebracht als alle Prüfungen, die meine Brüder sonst bestehen mußten. Wir sind erzogen und darin geübt, Schmerz im Kampf zu ertragen, Heiliger Vater. Wir sind Soldaten und Mönche, die in den Tempel eintraten, weil wir unser Leben für den Herrn opfern wollten, aber nicht auf diese Weise und nicht ohne die Heilige Kommunion. Ich flehe Euch an, Heiliger Vater, meinen Brüdern die Gelegenheit zu ge-

ben, der Messe beizuwohnen und die heilige Hostie zu empfangen!«
Die Stille im Raum nach Richards feuriger Rede war drückend. Der Papst fühlte sich elend bei dem Gedanken, wie Philipp reagieren würde, wenn er dies alles hörte. Er beschloß, geraume Zeit ernstlich krank zu werden.
»Ich werde meinen Schreiber bitten, alles schriftlich aufzusetzen«, sagte er matt.
»Und öffentlich bekanntmachen, daß Ihr mich angehört habt?« betonte Richard spöttisch. »Ihr werdet Euch an jedes meiner Worte erinnern, außerdem werde ich Euch helfen, Euch regelmäßig daran zu erinnern!«
Auf ein Knie gesunken, beugte er das Haupt vor dem Vater der Kirche. Er wußte, daß Papst Clemens im Grunde seiner Seele ein guter Mensch war, der nur nicht das Herz hatte, sich gegen Philipp den Schönen und Nogaret den Schrecklichen aufzulehnen. Niemand, der diese beiden kannte, konnte ihm seine Schwäche wirklich übel nehmen. Aber wenn man ihn genügend stützte, würde er den Tempel vielleicht noch retten können.

29. KAPITEL

True hope is swift, and flies with swallow's wings,
*Kings it makes gods, and meaner creatures kings.**

William Shakespeare – König Richard III.

Den Rest des Winters verbrachte Richard auf Reisen zwischen Avignon und Paris. Der Besuch beim Papst hatte Früchte getragen. In Clemens' Auftrag rief die Kommission alle Tempelbrüder auf, nach Paris zu kommen und sich als Verteidiger des Ordens zu melden. Bevor Nogaret noch eingreifen konnte, war der Aufruf so weit verbreitet, daß die Templer und ihre Freunde Vertrauen gefaßt hatten. Sie kamen aus allen Ecken der Christenheit, auch weniger bekannte Komtureien waren vertreten. So ließen sich Brüder aus Mende, Beauvais, Noyon, Vitry, Carcassonne, Sens, Corbeil, Chaumont, Tournai, Cambrai, Thérouanne und Utrecht den Weg nach Paris zeigen.

Viele von ihnen kannte Richard persönlich, vor allem die aus Flandern, bei denen er in den ersten Monaten Zuflucht gesucht oder denen er verwundete und entflohene Brüder geschickt hatte: Gossin von Brügge, den Präzeptor von Flandern, Jan van Veurne, Simon de Repere und Niklaas Verzele, mutige Männer, die den Tod nicht fürchteten. Wie ein Mann erhoben sie sich, um den Orden zu verteidigen.

Der Frühling kam näher, und die Strahlen der Sonne übergossen die Felder Frankreichs mit goldenem Licht.

Sogar für die gefangenen Templer in ihren düsteren Zellen schien das Leben erträglicher zu sein. Ihre Hoffnung stieg bei jeder neuen

* Wahre Hoffnung kann fliegen. Sie fliegt auf Schwalbenflügeln, macht aus Königen Götter und aus niedrigen Geschöpfen Könige.

Nachricht, die sie erreichte. Am 14. März waren beinahe 600 Templer im Park hinter dem bischöflichen Palais versammelt, wo ihnen die Kommission die Frage vorlegte, ob sie den Orden verteidigen wollten.

»Ja, bis in den Tod!«

Ferrand d'Uzès, der jetzt fest als Schreiber angestellt war, hatte vor Aufregung Mühe, den Gänsekiel zu halten. Gespannt hörte er zu, wie die Kommission den Brüdern auf lateinisch aus den Akten der Anklage vorlas. Obwohl die meisten diese Sprache nicht verstanden, hörten sie bewegungslos zu, ohne eine Miene zu verziehen, bis alle 127 Artikel verlesen waren. Am Schluß fragte ein Mitglied der Kommission, ob der Text noch einmal in der Landessprache vorgelesen werden sollte. Ein Tempelritter trat vor, blickte voller Verachtung auf den Bevollmächtigten und antwortete:

»Latein genügt uns schon! Wir haben keine Lust, uns solche Unverschämtheiten auf Französisch anzuhören. Alles, was darin steht, ist falsch.«

Sie kannten die Anklagen ja nur zu gut. Außerdem waren sie im voraus von einem Dominikaner informiert und vorbereitet worden, der sich Jean Guiraud nannte: Einige von ihnen kannten ihn besser unter dem Namen ›Richard der Bastard‹.

»Die Kommission wird sich mit dieser großen Versammlung keinen Rat wissen. Sie hat das nicht vorausgesehen und bestimmt nicht beabsichtigt«, hatte er gesagt. »Sie werden versuchen, sich die Arbeit zu erleichtern, indem sie nur eine Abordnung von Euch sprechen lassen. Geht nicht auf diesen Vorschlag ein. Besteht darauf, daß Ihr alle gehört werden wollt.«

Was er vorausgesehen hatte, geschah. Die Zusammenkunft artete in ein großes Chaos aus. Alle anwesenden Templer bestanden darauf, einzeln und der Reihe nach zu Protokoll zu geben, daß sie gefoltert worden seien und daß ihre Geständnisse nicht der Wahrheit entsprächen. Einige zeigten den Mitgliedern der Kommission ihre Narben, und sie gaben ihrer Entrüstung darüber Ausdruck, daß sie in ihrer Gefangenschaft die Sakramente der Kirche hatten entbehren müssen.

Der Vorsitzende der Kommission, Gilles Aycelin, Erzbischof von Narbonne, schlug den Brüdern vor, aus ihrer Mitte sechs oder höchstens zehn Delegierte zu wählen, Vertreter, die im Namen aller sechshundert Templer sprechen sollten. Es war dies eine juristische Falle; denn im kanonischen Recht war festgelegt, daß solche »Prokuratoren« in Gegenwart von wenigstens zwei Drittel der Betroffenen mit Mehrheit gewählt werden mußten. Da aber die Mitglieder des Ordens über ganz Frankreich und auch außerhalb in Kerkern verstreut waren, wäre eine Verteidigung durch diese Delegierten rechtsunwirksam gewesen.

Richard zählte auf einen Mann, den einzigen unter den Brüdern, der genügend juristische Kenntnisse besaß, um den Tempel vor fatalen Fehlern zu bewahren: Pierre de Bologne, Priester des Tempels und Prokurator des Ordens am Hof von Rom. Er hatte ihn Ferrand schon vorher gezeigt.

»Das ist der Mann, der den Tempel retten kann.«

Es war Pierre de Bologne, der nun vortrat und das Wort ergriff. Er bat die Schreiber, seine Antwort schriftlich festzuhalten, und begann zu sprechen. »Wir können nicht sehen, was ein Prokurator nützen soll ohne die Zustimmung des Großmeisters, dem wir alle und alle anderen Brüder Gehorsam schuldig sind«, sagte er würdevoll. »Wir verlangen, daß der Großmeister, die Brüder und Präzeptoren der Provinzen alle zusammenkommen, um über die Einsetzung solcher Vertreter zu beschließen und zu besprechen, was weiter geschehen soll.«

Natürlich waren aber auch die Mitglieder der Kommission entsprechend instruiert worden – von Nogaret. Sie hatten ihre Antwort parat:

»Der Großmeister und die anderen Würdenträger haben uns bereits mitgeteilt, daß sie die Verteidigung des Ordens nicht übernehmen können.«

Außerdem versuchten sie, die Brüder unter Druck zu setzen und einen schnellen Beschluß zu forcieren, indem sie auf das herannahende Konzil verwiesen.

Pierre de Bologne ließ sich jedoch nicht beirren. Er wandte sich an seine Gefährten, und in ein paar knappen Sätzen legte er ihnen dar, warum sie festbleiben müßten, und wie gefährlich es wäre, in den Vorschlag der Kommission einzuwilligen. Dann wandte er sich an den Vorsitzenden:

»Ich bleibe bei meiner vorigen Erklärung, und meine Brüder mit mir.«
Die Kommission versuchte zwar weiterhin, die Brüder zur Zustimmung zu überreden, aber diese blieben fest, und schließlich mußte der Bischof von Bayeux zustimmen, Notare an alle Stellen in Paris zu schicken, wo Templer inhaftiert waren, und dort ihre Wünsche aufzunehmen. Damit war das erste Gefecht zu Gunsten der Templer entschieden.
Als Richard später von Ferrand diesen Bericht hörte, sprach er zufrieden:
»Gut, jetzt können wir an die Arbeit gehen.«
Während die Notare und Schreiber im Auftrag der päpstlichen Kommission in den folgenden Wochen alle Templer besuchten, kamen immer mehr nach Paris. Jeden Tag meldeten sich an den Stadttoren Templer, die zur Verteidigung des Ordens beitragen wollten. Schließlich waren ungefähr neunhundert Brüder in der französischen Hauptstadt versammelt. Unter ihnen befanden sich knapp vierzig Priester und ungefähr ebensoviele Ritter. Aber die Maschinerie Nogarets arbeitete unerbittlich und selektierte die Gefangenen, so daß nur solche, die eine unbedeutende Rolle im Orden spielten und nicht viel zu sagen wußten, das bischöfliche Palais erreichten, und die Offiziere des Königs, allen voran der Profos des Châtelets, Jean de Jamville, wurden nicht müde, die Brüder mit dem Scheiterhaufen zu bedrohen, falls sie sich nicht von der Verteidigung zurückzogen oder ein für die Kommission günstiges Geständnis ablegten.
Richard war in diesen Tagen ununterbrochen unterwegs. Denn er mußte versuchen, den Notaren zuvorzukommen, um seine Brüder zu instruieren. Seine Arbeit wurde ihm dadurch erleichtert, daß die Gefangenen jetzt so zahlreich waren, daß die Pariser Gefängnisse sie nicht mehr fassen konnten. Sie waren nicht mehr nur im Tempel selbst und in den Abteien von St.-Martin-des-Champs, St.-Magloire und Ste.-Genviève-de-Bois untergebracht, sondern auch im Hause des Grafen von Savoyen und in anderen Privathäusern, zwar mit gebundenen Füßen und in Zimmern eingesperrt, aber doch mit minderem Risiko erreichbar. So konnte er dafür sorgen, daß jene zu Wortführern gewählt wurden, die auch wirk-

lich in der Lage waren, die Interessen des Tempels wirksam zu vertreten.

Im November schon hatte ihm Ponsard de Gisy, Komtur von Payns, zwei Namen genannt: Pierre de Bologne, der sich in der Zwischenzeit bereits hervorgetan hatte, und Renaud de Provins, Komtur des Hauses von Orléans, ebenfalls Priester des Tempels. Ferrand hatte Richard noch auf einen Dritten aufmerksam gemacht, der ihm im Februar vor der Kommission aufgefallen war: Bertrand de Sartiges, Ritter und Komtur von Carlat. Diesen Dreien wurde nach einigen Tagen noch Guillaume de Chambonnet, Komtur von Blandeix, hinzugefügt, ein Mann, der sich ebensowenig wie die vorgenannten von den Agenten des Königs einschüchtern lassen würde.

Am 5. April lieferten die Notare ihre Berichte bei der Kommission ab, die unter Führung des den Templern wohlgesinnten Bischofs von Bayeux beschloß, die vier genannten Ritter – Bologne, Province, Chambonnet und Sartiges – sollten die Freiheit haben, alle Gefangenen zu besuchen, die den Tempel verteidigen wollten, wenn auch unter strenger Bewachung und in Begleitung von Notaren und Schreibern.

Richard konnte zu diesen vier mutigen Männern nicht vordringen. Sie befanden sich im Châtelet in den Händen des Jean de Jamville, aber sie waren kaum auf ihn angewiesen.

Zwei Tage später ging Pierre de Bologne zum Angriff über. In Begleitung von acht Brüdern ließ er sich zum bischöflichen Palast bringen und las den Herren der Kommission das Plädoyer vor, das er im Namen seiner unglücklichen Brüder verfaßt hatte. Es war eine flammende Anklage gegen alle, die den Tempel beschuldigt hatten, und gegen die Art, mit der seine Brüder behandelt und zu Geständnissen gezwungen wurden.

»In Eurer Gegenwart, ehrwürdige Väter und Mitglieder der Kommission«, begann er mit lauter Stimme, »erklären die unterzeichneten Brüder des Ordens – nicht in der Absicht, einen Prozeß zu beginnen, sondern einfach als Reaktion auf den Umstand, daß sie in einer derart wichtigen Frage keine Prokuratoren ohne die Anwesenheit, den Rat und die Zustimmung ihres Meisters und des Kapitels einsetzen können, dürfen und wollen, daß sie sich alle

gemeinsam und auch jeder einzeln anbieten, den Orden zu verteidigen, und verlangen und darum bitten, persönlich dem allgemeinen Konzil beiwohnen zu dürfen; daß sie sich ferner ganz gewiß auf dieses Konzil begeben werden, sobald sie in Freiheit sind.
Um so verwunderlicher, ja bestürzend, ist es, daß man gekauften Lügnern mehr Glauben schenkt als Märtyrern, die durch Folter ums Leben gekommen sind, während sie an der Wahrheit festhielten. Vertraut man korrupten Betrügern mehr als denen, die, um der Wahrheit Genüge zu tun, nur ihrem Gewissen gehorsam waren und jeden Tag in ihren Gefängnissen gelitten haben und immer noch leiden, die für die Wahrheit so viel Unbill, Prüfungen, Angst und Elend auf sich nahmen und noch auf sich nehmen? Es dürfte doch eigentlich niemanden überraschen, daß unter solchen Drohungen und solchem Terror falsche Geständnisse abgelegt wurden. Eher ist es bewundernswert, daß es soviele gibt – die Mehrzahl von denen, die noch am Leben sind –, die trotz allem an der Wahrheit festhielten. Verwunderlich ist auch, daß man keinen einzigen Bruder des Tempels außerhalb des Königreichs Frankreich gefunden hat, der Lügen behauptet oder bekannt hat, woraus deutlich genug zu ersehen ist, warum gerade im Königreich Frankreich solche Lügen ausgesprochen wurden: weil diejenigen, die solche Zeugenaussagen gemacht haben, aus Furcht vor Drohungen oder durch Bestechung und Korruption schwach geworden sind.«
Es war eine lange Rede, die der Priester vor den Mitgliedern der Kommission hielt, und sie hörten unbewegt zu, bis er zum Ende kam.
»Wer in den Orden eintritt, gelobt vier wichtige Dinge: Gehorsam, Keuschheit, Armut und all seine Kräfte für das Heilige Land einzusetzen. Gerade aus diesem Grund sind die Artikel in den Akten der Anklage so unfaßbar abscheulich, schändlich und vollkommen absurd! Diejenigen, die diese Lügen unserem Herrn und Souverän, dem Papst, und unserem durchlauchtigsten Herrn, dem König von Frankreich, eingeredet haben, sind falsche Christen, Betrüger, Verräter der Heiligen Kirche und des Christentums. Sie haben den König und unseren Herrn, den Papst, irregeführt. Diese Lügner wurden getrieben von Habsucht und eifersüchtigem Neid, sie haben sich an abtrünnige, aus dem Orden ausgeschlossene,

Brüder herangemacht, die aufgrund von Verfehlungen aus unserer Bruderschaft ausgestoßen worden waren wie kranke Tiere aus dem Schafstall.«

Es war klar, wen er damit meinte: ehemalige Templer wie Esquin de Floyrano, die die ersten Verdächtigungen gegen den Orden ausgesprochen hatten, Nogaret, der sie dem König eingeflüstert, Pierre Dubois, der mit seinen aufrührerischen Pamphleten Adel und Volk gegen den Orden aufgewiegelt und Plaisians, der den Papst bearbeitet hatte.

»Ihr könnt nicht auf die Art und Weise vorgehen, wie man sie Euch vorgeschrieben hat«, schloß der Priester. »Vor unserer Verhaftung hat niemand gewagt, uns zu verleumden. Die öffentliche Meinung war nicht gegen den Orden. Und die, die uns mit falschen Zeugnissen belastet haben, standen unter Zwang. Sie befanden sich schon in der Gewalt der Männer, die den König irregeführt haben, und täglich wurden sie bedroht, ihre Aussagen ja nicht zurückzunehmen, genauso wie unsere Brüder, denen dauernd mit dem Scheiterhaufen gedroht wurde, damit sie ihre Geständnisse nicht widerriefen. Deshalb bitten wir Euch, ihnen in dem Augenblick, wo sie gehört werden, die größtmögliche Sicherheit zu garantieren, so daß sie ohne Furcht zur Wahrheit zurückkehren können.«

Als Pierre de Bologne geendet hatte, breitete sich unbehagliches Schweigen aus. Die Mitglieder der Kommission wichen seinem Blick aus und beratschlagten dann flüsternd über eine Erwiderung. Zum Schluß richtete Gilles Aycelin sich an den Priester und seine acht Sekundanten und verwarf mit scholastischer Engstirnigkeit alle Argumente des Plädoyers.

Die Bulle »Faciens Misericordiam« sei schließlich der schlagende Beweis für die Wahrheit der Anklagen.

Pierre de Bologne blieb unerschüttert. Er hatte von diesem Gremium nichts anderes erwartet und gab Jean de Monréal, dem Altkomtur des Hauses von Avignon, der verborgen hinter ihm stand, einen Wink.

Monréal trat vor und überreichte dem Vorsitzenden ein Blatt Pergament mit den Privilegien, die dem Orden in der Vergangenheit vom Heiligen Stuhl verliehen worden waren.

»Messires«, sagte er fest, »wir berufen uns auf die Vorrechte, die wir vom Apostolischen Stuhl selbst empfangen haben. Wir fordern Teilnahme an dem allgemeinen Konzil. Rund neunhundert Brüder sind zu diesem Zweck nach Paris gekommen. Es würden viel mehr sein, wenn man sie nicht daran gehindert hätte.«

Noch einen letzten Trumpf hatte er in Händen, der ihm von Richard aus den Pariser Kerkern zugespielt worden war. Er zeigte der Kommission Briefe, in denen den Gefangenen gegen eine Falschaussage die Freiheit versprochen wurde. Auf den Briefen prangte das Siegel des französischen Königs.

Die Kirchenväter starrten zunächst entgeistert auf die Pergamente und schwiegen. Schließlich verwiesen sie darauf, daß dies nicht in ihr Ressort falle und somit für den Prozeß ohne Bedeutung sei.

Immerhin waren die üblen Machenschaften der französischen Krone damit aktenkundig geworden, und nunmehr wagten es die Templer, mit weniger Zurückhaltung zu sprechen. Richard spornte sie unermüdlich an, die Wahrheit so unverblümt wie möglich ans Licht zu bringen, so daß auch andere den Mut finden würden, ihre erzwungenen Bekenntnisse zu widerrufen.

Der Orden der armen Soldaten Christi erhob nun das Haupt, und die Wahrheit gelangte auch unters Volk. Der Argwohn wich dem Mitleid, und mehr und mehr richteten sich Haß und Verachtung gegen die Agenten des Königs, denen man schon längst mit Mißtrauen begegnete. Die Bürger von Paris konnten ja täglich mitansehen, wie die gefangenen Templer unterernährt, schlecht versorgt und manchmal in Lumpen gekleidet zum bischöflichen Palast gebracht wurden, und wie sie von ihrem kärglichen Sold von 12 Deniers am Tag sogar noch selbst die Überfahrt bezahlen mußten, wenn sie mit Kähnen über die Seine gesetzt wurden. Ja, sie mußten sogar den Mann entlohnen, der ihre Fesseln aufbrach und sie ihnen wieder anschmiedete.

Die Mitglieder der Kommission hatten es nicht leicht. Nogaret bedrängte sie fortwährend, und Jean de Jamville hatte die Stirn, noch einige Zeugen gegen den Orden ins Feld zu führen, die allerdings schnell durchfielen. Die Kommission wies ihnen einfach die Tür. Ferrands Berichte wurden immer enthusiastischer.

»Wir werden den Orden retten«, rief er eines Tages aus und

konnte nicht verstehen, warum Richard auf seine Begeisterung mit bitterem Lächeln reagierte.
»Die ›Eule‹ hat ihre Beute immer noch in den Krallen, Ferrand.«
Richard tat alles, was er konnte, um die französischen Bürger noch mehr zu beeinflussen, die vier Ritter zu unterstützen und ihnen alle notwendigen Informationen zu verschaffen. Es war ein harter Kampf gegen die Agenten des Königs, die nunmehr danach trachteten, die Untersuchung in die Länge zu ziehen. Immer verwegener mußte er agieren, um sicherzustellen, daß seine Brüder überhaupt die Kommission erreichten und gehört werden konnten, so daß schließlich selbst Scharmützel bewaffneter Templer mit den Reisigen des Königs in den Straßen von Paris an der Tagesordnung waren. Der Umschwung der öffentlichen Meinung war dabei eine große Hilfe, und jeden Tag war er zur Stelle, wenn sich Pierre de Bologne in Begleitung von Provins, Sartiges und Chambonnet vom Châtelet zum bischöflichen Palast begab, stets von einer bewaffneten Eskorte umgeben. Trotzdem gelang es Richard meist, ihm Nachrichten zukommen zu lassen.
Später erinnerte sich Richard dieser Zeit als einer Periode, in der er unglaubliche Aktivität entfaltete, in der er zu allem, selbst dem Unmöglichen, imstande zu sein schien. Die Hoffnung schien ihm Flügel zu verleihen, und er war vom Verlauf der Ereignisse so mit Beschlag belegt, daß er es kaum zur Kenntnis nahm, als ihm Mitte April aus England mitgeteilt wurde, Beatrice de Morley habe die Vergebung der Kirche erlangt und sei des Bannfluchs enthoben. Nicht nur die öffentliche Meinung war nun auf Seiten des Tempels. Richard zog überdies alle freien Ritter rund um Lyon zusammen. Es waren jetzt fast schon 2000 an der Zahl – gefährlich nahe am Thron des Papstes, und jeden Tag nahmen sie eine bedrohlichere Haltung ein.
Philipp würde danach trachten, dem immer stärker werdenden Widerstand die Spitze abzubrechen. Immer noch wurden die Verteidiger des Ordens mit Gewalt bedroht und durch Bestechung verführt. Die Freiheit, ja sogar eine Leibrente konnte sich der Templer verdienen, der sich von seinem Orden zurückzog.
Am 23. April reichte Pierre de Bologne noch eine Petition ein, um gegen die Heimtücke der Agenten des Königs zu protestieren.

Diese argumentierten, es sei keine Schande, einen Orden im Stich zu lassen, der ohnehin verloren sei.
Ende April schlug der König zu. Er verlangte vom Papst die »Wahl« Philipps von Marigny zum Erzbischof von Sens. Marigny, Bischof von Cambrai, war noch jung und dem König unbedingt ergeben.
»Die Sache ist verloren«, erklärte Godefroy d'Uzès, der Richard zu einer improvisierten Zusammenkunft gebeten hatte. Marignys Bruder Enguerrand war die stille, aber immer rührige graue Eminenz hinter dem Herrscher in La Cité. Er würde schon dafür sorgen, daß sein jüngerer Bruder den Wünschen des Königs entsprach.
»Beim Kreuz, was meint Ihr? Kennt Ihr seine Pläne?« fragte Richard.
»Nein, Ihr könnt nur abwarten, zusehen und beten. Dieser Mann auf diesem Platz bedeutet das Ende des Tempels.«

29. KAPITEL

Lebend oder tot, wir gehören dem Herrn.
Ruhmreich die Überwinder, selig die Märtyrer!

Bernhard von Clairvaux – Die Ordnung des Tempels

Der Eifer des neuen Erzbischofs von Sens war vorbildlich. Kaum hatte er sein Amt angetreten, verlegte er die Kommission von Sens nach Paris, um dort das Urteil über die Templer zu sprechen, und vor allem über diejenigen, die den Orden verteidigen wollten.
Am Abend des 9. Mai ließ Richard alle Vorsicht beiseite und verschaffte sich als Jean Guiraud Zugang zum Châtelet.
Er wurde zur Zelle Pierre de Bolognes zugelassen, wußte jedoch, daß dies das erste und letzte Mal sein würde. Es mußte das Ende seiner Doppelrolle bedeuten. Selbst ein Dominikaner konnte sich keinen Zugang zum Châtelet verschaffen, ohne Argwohn zu erregen.
Er wartete, bis die Türe hinter ihm verriegelt war und warf dann seine Kapuze zurück.
»Richard, Ihr hier?« rief Pierre de Bologne überrascht aus. Er eilte auf den Ritter zu und ergriff dessen beide Hände. »Schon lange wollte ich Euch begegnen!«
Auch Richard hätte den anderen gerne schon viel früher kennengelernt, um mit ihm Gedanken auszutauschen. Aber ihre Zeit war begrenzt.
»Der neue Erzbischof von Sens«, begann er...
»Marigny?«
»... hat die Kommission von Sens nach Paris verlegt, um unsere Brüder dort zu verurteilen.«
Der Priester war sichtlich alarmiert.

»Dazu hat er kein Recht. Jedenfalls nicht, solange die päpstliche Kommission ihre Arbeit nicht beendet hat.«
»Marigny kann tun, was ihm beliebt. Er handelt im Auftrag des Königs.«
»Ich werde bei der päpstlichen Kommission protestieren, schon morgen, mit meinen drei Kollegen.«
»Beruft Euch auf den Papst. Der Erzbischof wird ihnen den Prozeß nicht wegen der bekannten Anklagepunkte machen, sondern weil sie ›Rückfällige‹ seien.«
Jetzt war der Priester nicht nur alarmiert, sondern heftig erschrokken.
»Rückfällige?«
»Diejenigen, die gestanden haben und sich dann zu Verteidigern des Ordens aufgeworfen haben, haben nach Marigny ihre Geständnisse widerrufen, sind also Rückfällige.«
Die Reaktion Bolognes war begreiflich: Einen Rückfälligen erwartete unweigerlich der Scheiterhaufen, ohne daß sich jemand einschalten konnte, um ihn freizukaufen oder Strafmilderung zu erreichen.
»Schlau«, sagte er endlich. »Der Teufel selbst hätte es sich nicht listiger ausdenken können.« Seine Stimme klang bitter. »Wir müssen schnell handeln. Schickt einen Kurier zum Papst, ein Brief von mir wird ihn vielleicht zu spät erreichen, und die Kommission wird wie immer zu träge reagieren. Bedient Euch ruhig meines Namens und laßt eure Männer ihre Pferde nicht schonen. Gebt mir Bericht, sobald Ihr weitere Neuigkeiten habt und informiert auch unsere Brüder, wo immer Ihr zu ihren Kerkern Zugang habt. Wir müssen an allen Fronten gegen diese ungesetzliche Prozeßführung auftreten. Die Zeit, mein Freund, ist unser größter Feind. Wir müssen Aufschub verlangen. Ich fürchte, daß wir weiter nichts tun können.«
»De par Dieu, beau Sire«, antwortete Richard mit kurzem Kopfnicken, aber Bologne drückte ihm nochmals die Hand und sagte: »Nein, nein, antwortet nicht so, als ob Ihr den Befehl eines Vorgesetzten entgegennähmet.«
Die Hochachtung Richards vor dem Priester beruhte auf Gegenseitigkeit. Wo Richard die ausgedehnten Kenntnisse, die Bered-

samkeit und Diplomatie des anderen bewunderte, respektierte Bologne den Mut, den Widerstandswillen und die Entschlossenheit des Ritters. Bologne lächelte.
»Ihr dürft nicht länger bleiben. Habt Dank für Euren Besuch. Ich werde tun, was in meinen Kräften steht, um diese neue Gefahr abzuwenden. Wartet! Ich weiß, wie schwer es für Euch ist, einen Beichtvater zu finden. Bevor Ihr geht, will ich Euch die Absolution erteilen.«
Doch als Richard vor ihm kniete und Bolognes Hände auf seinem Haupt fühlte, erklangen nicht die gewohnten lateinischen Worte.
»Dies kann auch mein letztes Stündchen sein, Bruder. Ihr kennt den ersten Teil des Geheimnisses des Tempels?«
Bologne hielt den Blick auf den weißen Strick gerichtet, der die Dominikanerkutte zusammenhielt.
»Christus ist ein Weg«, antwortete Richard.
»Dies ist der zweite Teil«, erklang bewegt die Stimme Bolognes: »Der rechte Weg führt zur Wahrheit.«
Richard nahm diese Worte auf, ohne zu sprechen.
Auf dem Rückweg durch die Dunkelheit wiederholte er sich die beiden Sätze ein ums andere Mal, wurde aber nicht klug daraus. In dieser Nacht knüpfte er einen zweiten Knoten in seine »Cordelière«.
Am nächsten Tag, dem 10. Mai, verlangten die vier Verteidiger dringend die Kommission zu sprechen. Sie wurden in einer Kapelle, die an den Bischofspalast angrenzte, empfangen, wo Pierre de Bologne heftig gegen das ungesetzliche Vorgehen des Erzbischofs protestierte.
»Ihr habt auf Ersuchen des Papstes die Templer gebeten, hierherzukommen, um den Orden zu verteidigen«, sagte er. »Doch haben wir vernommen, der Erzbischof von Sens habe ein Provinzialkonzil einberufen, das morgen zusammentreten soll, mit dem Ziel, die Ritter von ihrem Vorsatz abzubringen.«
Die Mitglieder der Kommission wollten ihn nicht weiter anhören, aber Pierre de Bologne ließ sich nicht beirren.
»Wir wissen, daß der Erzbischof uns den Prozeß machen will, wozu er nicht das Recht hat, solange die Arbeit Eurer Kommission noch im Gange ist. Wir sind gekommen, dieses ungesetzliche

Verfahren, das die Erfüllung Eures Auftrags beeinträchtigt, zu verhindern. Wir berufen uns auf den Papst und den Heiligen Stuhl und stellen uns und alle, die die Verteidigung des Tempels übernommen haben sowie unsere Rechte und die des Ordens unter den Schutz des Heiligen Stuhls. Wir verlangen finanzielle Unterstützung, so daß wir ohne Gefahr vor den Heiligen Vater geführt werden können, um dort unsere Bemühungen fortzusetzen. Verbietet dem Erzbischof von Sens, Gericht über uns zu halten, während Eure Untersuchung noch andauert. Gestattet, daß wir vor ihm erscheinen und ihm unser Anliegen unterbreiten.«

Aber Gilles Aycelin hatte seine Anweisungen – vom König. Er erwiderte, das Tun und Lassen des Erzbischofs von Sens sei keine Angelegenheit der Kommission, und zog sich dann unmittelbar zurück unter dem Vorwand, er müsse die Messe lesen. Pierre de Bologne indessen gab sich noch nicht geschlagen.

»Ich lege das Leben meiner Brüder in die Hände des Heiligen Stuhls. Ich flehe Euch an, mich zum Erzbischof zu senden. Dann werde ich ihm persönlich meine Berufung auf den Schutz des Heiligen Stuhls vortragen.«

»Wir fühlen mit Euch«, sagte der Bischof von Bayeux und konnte seine Beschämung kaum verbergen. »Aber der Erzbischof ist Herr seiner Provinz. Wir haben nicht die Macht, uns in diese Angelegenheit einzumischen.«

Am nächsten Tag reichte Pierre de Bologne wiederum eine Protestnote ein, aber die Kommission bestand darauf, sie sei nicht befugt, so sehr er sie auch beschwor, einzuschreiten.

»Gebt mir dann wenigstens zwei Notare«, bat Bologne, »daß ich in Form eines öffentlichen Dokuments Berufung einlegen kann, wenn ich schon niemanden finde, der den Mut hat, das Recht zu wahren!«

Bei der Sitzungseröffnung am nächsten Tag vernahm die Kommission, der Erzbischof von Sens habe in der Tat 54 Templer zum Scheiterhaufen verurteilt. Nur um das Gesicht zu wahren, schickte Gilles Aycelin ein Ersuchen an Marigny, die Vollstreckung des Urteils auszusetzen, da die Verurteilten bis zur allerletzten Minute darauf beharrten, sie, genauso wie ihr Orden, seien fälschlich angeklagt.

Eine Exekution würde die Arbeit der Kommission jedenfalls ungemein erschweren. Die Verbrennung ihrer Brüder würde den Zeugen soviel Angst einflößen, daß sie es nicht mehr wagen würden, an der Untersuchung mitzuwirken. Aber genau das war es, was Marigny mit den Urteilen bezweckte: Er wollte den Tempel mundtot machen, wie es ihm der König aufgetragen hatte.
Am selben Abend noch wurden die verurteilten Brüder des Tempels in Karren zur Porte Ste. Antoine gebracht. Dort kletterten sie schweigend von den Wagen und gingen zu den Scheiterhaufen. Sogar der Pöbel von Paris stand unter dem Eindruck des Geschehens. Niemand johlte, niemand rief Schimpfworte, nur die Befehle der Hauptleute des Königs hallten durch die beklemmende Stille. In dem Augenblick, als die ersten Flammen um die Füße der Verurteilten züngelten, sprengte ein Abgesandter des Königs heran.
»Mein Herr und Souverän, Seine durchlauchtigste Hoheit, der König von Frankreich, schenkt in seiner unendlichen Milde allen Gnade, die nicht auf ihrer Unschuld bestehen«, verkündete er mit lauter Stimme.
Inmitten der wie gebannt schweigenden Zuschauer hielt auch Richard den Atem an und wartete auf ihre Antwort. Und tatsächlich – statt auf den verächtlichen Vorschlag einzugehen, erhoben einige Brüder die Stimme, um die Totenhymne zu singen. Die anderen fielen ein, und so starben sie singend in den Flammen. Wie immer stand Ferrand d'Uzès neben seinem Komtur, der verlangt hatte, daß alle seine Leute, die zu diesem Zeitpunkt in Paris waren, Augenzeugen der Hinrichtung ihrer Brüder wurden. Der Franzose riß sich von dem grausigen Schauspiel los und betete still. Auch Aymer war da. Sein ganzer Körper war angespannt vor unterdrücktem Zorn. Plötzlich reckte er seine zur Faust geballte Hand in den Himmel und schrie:
»Dafür wird er büßen, bei Gott! Dafür wird er büßen!«
Schnell wurde er von seinen Gefährten zum Schweigen gebracht. Mit verbissener Miene und aschgrauem Gesicht starrte Richard ins Feuer und warf sich Versagen vor, während der Gestank verbrannten Menschenfleisches ihm in die Nase stieg. Die Schreie derer, die diesen entsetzlichen Tod starben, gruben sich wie Anklagen in

seine Seele. Sein Kurier, der auf seinem Ritt nach Avignon drei Pferde zuschanden geritten hatte, hatte ebenfalls nichts erreicht außer einen schwachen Protest des Papstes, der es nicht wagte, seinem neuen Erzbischof in den Rücken zu fallen. Erst als nichts mehr als Asche und einige halbverkohlte Gebeine übrig waren, wandte sich Richard von den Scheiterhaufen ab und schlug ein Kreuz. Dann formten seine Lippen einen Namen: Pierre de Bologne.

Der Priester hatte gewußt, daß er sich mit seinen letzten feurigen Protesten das eigene Grab geschaufelt hatte. Er mußte ihn unbedingt treffen, ihn, der die Seele und das Gehirn der Verteidigung des Tempels war.

Diese Nacht versuchte Richard vergeblich, mit den Gefangenen im Châtelet in Verbindung zu treten. Er fürchtete für Bolognes Leben. Notfalls wollte er eine Verwechslung inszenieren und sich anstelle des Priesters einschließen lassen, wenn ihn das retten konnte.

Auch der folgende Morgen brachte keine Lösung. Bologne erschien nicht wie gewöhnlich mit seiner Eskorte, um sich zur Kommission bringen zu lassen.

Richard eilte zum Bischofspalast, und es gelang ihm, den Bischof von Bayeux für sich zu gewinnen. Der Geistliche richtete namens der Mitglieder der Kommission ein Ersuchen an den Profos des Châtelets, Bologne ungesäumt der Kommission vorführen zu lassen. Doch Jean de Jamville ließ antworten, der Gefangene sei verschwunden.

Auch den anderen wurde der Mund verboten: Renaud de Provins wurde vom Erzbischof von Sens degradiert und konnte deshalb nicht länger sprechen. Guillaume de Chambonnet und Bertrand de Sartiges erklärten entmutigt, sie könnten nichts sagen, bevor sie den Rat von Pierre de Bologne eingeholt hätten. Eine große Anzahl von Brüdern folgte ihrem Beispiel, und die Kommission mußte ihre Arbeit unterbrechen. Mit einem Schlag hatte der König durch die Maßnahmen von Nogaret, Plaisians, Marigny und Aycelin die letzte Hoffnung des Tempels zunichte gemacht. Doch es klebte Blut an ihren Händen – zu viel, als daß es in einem Menschenleben abgewaschen werden konnte.

Nach ebenso fruchtlosen wie gefährlichen Nachforschungen mußte Richard erkennen, daß Bologne tatsächlich nicht aufzufinden war. Die Agenten des Königs hatten ihn buchstäblich von der Bildfläche verschwinden lassen.

Der Ritter vergeudete seine letzte Energie in einem vergeblichen Ritt nach Avignon, wo er eine Audienz beim Papst erhielt, auf der er versuchte, die Lawine aus Feuer zu stoppen, die in Paris ins Rollen gebracht worden war und jetzt auch in anderen Städten Frankreichs die Brüder des Tempels zu vernichten drohte. Nach längerem Wortwechsel schloß der Papst:

»Eure Brüder sind auf dem Scheiterhaufen gestorben. Man sagt, es seien verstockte Ketzer gewesen. Es ist besser, ein paar wenige Minuten im Feuer zu leiden, als für ewig verdammt zu sein. Ich werde Christus um Vergebung bitten. Er möge ihre Seelen retten. So nehme dann die irdische Gerechtigkeit ihren Lauf.«

»Gerechtigkeit?« schrie Richard, und seine Stimme überschlug sich vor Wut. »Dies, mein Herr und Papst, ist nichts anderes als feiger Mord. Wenn Eure Furcht vor Philipp größer ist als Eure Furcht vor Gott, habe ich Euch nichts weiter zu sagen.«

Die Lawine aus Feuer rollte weiter. Am 27. Mai wurden weitere fünf Templer in Paris verbrannt, und am selben Tag starben neun Brüder auf dem Scheiterhaufen in Sens, verurteilt vom Erzbischof von Reims.

Noch diesen Sommer versuchte Richard, der Verteidigung des Tempels neues Leben einzuhauchen. Die meisten seiner Brüder waren vollkommen verstört, gelähmt vor Schrecken. Und immer mehr von ihnen erklärten vor der Kommission, sie verzichteten auf die Verteidigung des Ordens. Andere wurden einfach von den Agenten des Königs behindert oder bedroht. Bei allen, die ihm früher geholfen und ihm Zugang zu den Gefängnissen verschafft hatten, stieß Richard nun auf eine Mauer der Abwehr.

Als schließlich auch die wahre Identität des Dominikaners Jean Guiraud bekannt geworden und Richard ein paarmal den Soldaten des Königs fast in die Arme gelaufen war, mußte er bei den Templern in den Bergen rund um Lyon untertauchen, um der unbarmherzigen Jagd zu entkommen, die der König auf ihn veranstaltete.

30. KAPITEL

Mais de deux choses sont criés
Maintes fois et souvent blâmés
Convoiteux sont, ce dit tuit
*Et d'orgueil ont-ils molt grant bruit.**

Guyot de Provins – Bible

Inzwischen war es November geworden, und aus England war die Nachricht gekommen, daß König Edward, vom Papst durch die Forderung unter Druck gesetzt, er solle die Templer »der Disziplin der Folterbank unterwerfen«, Befehl gegeben hatte, alle Templer seinen Sheriffs auszuliefern.

An mehreren Orten hatte man die englischen Brüder in ihren eigenen Kapitelhäusern, in ihren eigenen Domänen eingeschlossen. Und in den Verliesen der Sheriffs konnten die Inquisitoren ungehindert ihre Arbeit verrichten.

In Frankreich war die Situation freilich noch viel ernster. Die päpstliche Kommission war nicht mehr als eine Fassade; die meisten ihrer Bischöfe wurden vom König anderweitig beschäftigt, und der Erzbischof von Maguelonne, einer der wenigen, die übriggeblieben waren, erkrankte schwer – auf Zutun des Königs, wie man flüsterte.

Der Kommission blieb nur übrig, ihre Arbeit einzustellen.

Im waldigen Bergland um Lyon rief Richard ein Kapitel zusammen.

»Brüder«, sagte er, »wir müssen uns über die Schritte klar werden, die uns noch bleiben.«

* Aber zwei Dinge sagt man ihnen nach und tadelt sie deshalb: sie sind habsüchtig, das sagt jedermann, und in ihrem Stolz machen sie viel Wesens von sich.

Er war soeben von einem kurzen Besuch auf Lyons-la-Forêt zurückgekehrt, wo Aymer in offenem Aufstand gegen den König sein eigenes Schloß erobert hatte und sogleich von einer kleinen Streitmacht, angeführt von Vasallen des Königs, belagert wurde. Aymer hatte die Gelegenheit ergriffen, seinen Zorn zu kühlen: In sinnlosem Wüten hatte er den Gegner bis auf den letzten Mann niedergemacht. Dadurch war für ihn die Rechnung beglichen, obwohl es manche seiner eigenen Leute das Leben gekostet hatte. Auch der Vater des kleinen Raoul gehörte dazu.
Richard blickte in die matten und verzweifelten Gesichter, die ihn umgaben.
»Solange die Arbeit der Kommission nicht abgeschlossen ist, besteht noch Hoffnung«, erklärte er.
»Wir haben bereits 113 Brüder auf dem Scheiterhaufen für die Verteidigung des Ordens geopfert«, kam der Widerspruch aus den gelichteten Reihen. »Abgesehen von denen, die in der Folterkammer oder in ihrer Zelle starben. Das genügt uns. Wir wollen keinen einzigen Bruder mehr verlieren.«
»Ihr habt recht, wenn Ihr sagt, daß wir nicht wieder auf die gleiche Weise zu Werke gehen können. Einen zweiten Pierre de Bologne werden wir nicht finden. Außerdem wissen wir jetzt, wie der König uns mundtot machen kann. Nein, Seigneurs-frères, meine Gedanken gehen in eine andere Richtung: Gisors. Ich habe gehört, daß der Großmeister und die Präzeptoren von Frankreich, der Normandie, Aquitanien und Poitou dort gefangengehalten werden. Vor kurzem war es mir auch möglich, die Kampfmoral der Vasallen und Trabanten des Königs zu testen. Sie bilden für uns überhaupt kein Problem, obwohl wir in der Minderzahl sind.«
»Wir haben niemals den Plan gehabt, den König mit Waffengewalt zu bekämpfen.«
Richard runzelte die Stirne in Richtung des Ritters, der ihn so hartnäckig unterbrach.
»Worte machen auf ihn nicht den geringsten Eindruck«, bellte er zurück. »Gedenkt Ihr den Tempel mit eitlen Reden vor dem Untergang zu retten? Ich glaube, daß uns nur noch eine Möglichkeit bleibt: Den Großmeister zu befreien und nach Avignon zu bringen. Warum hat sich Philipp soviel Mühe gegeben, zu verhin-

dern, daß Molay den Papst persönlich sprach? Weil er mit Recht fürchtet, daß der Papst bei einer solchen Konfrontation sein Gewissen nicht zum Schweigen bringen kann. Wenn unser Großmeister selbst vor dem Papst seine Erklärungen abgibt, wird der Papst in die Knie gehen, allen Nogarets und Plaisians zum Trotz.«
Für eine Weile herrschte Schweigen rings umher.
»Es würde uns mehr nützen, wenn Nogaret und Plaisians tot wären«, murmelte ein Templer plötzlich.
Ein anderer überspielte hastig diese Bemerkung. »Philipp hat all seine Unternehmungen von der Kirche sanktionieren lassen. Er ist das Gehirn. Aber die Kirche trägt die Verantwortung. Wenn wir die Waffen gegen den König erheben, bringen wir die ganze Christenheit gegen uns auf.«
»Ich habe den Eindruck, daß wir uns bereits in dieser unangenehmen Lage befinden«, entgegnete Richard mit beißendem Hohn. »Wenn mit solcher Brutalität Gewalt angewendet wird, ist Gewalt die einzige Antwort. Habe ich einige hundert Mann hier zusammengezogen, nur um sie zusehen zu lassen, wie die Herbstblätter fallen? Was hat es für einen Sinn, mit unserer Macht zu drohen, wenn wir nicht gewillt sind, sie einzusetzen?«
»Unser Großmeister befindet sich in der Macht des Königs. Wenn wir Gisors belagern, wird das seinen Tod bedeuten!«
»Nein, das wäre ein Mord, den sich der König nicht erlauben kann.«
»Wie viele Tote wird uns so ein Angriff kosten? Wir haben schon genug Leben in diesem Kampf geopfert.«
»Bei den Wunden Christi«, rief Richard ungeduldig aus, »ich würde gern sterben, wenn ich damit den Orden retten könnte!«
»Also befreit uns von Nogaret und Plaisians – und von Marigny. Laßt sie verschwinden, wie Pierre de Bologne verschwunden ist.«
Es war wieder dieselbe leise Stimme aus ihrer Mitte. Richard suchte die Augen des Sprechers. Denn die Worte trafen ihn an einer schwachen Stelle. Das Verschwinden des Pierre de Bologne hatte ihn mindestens ebenso sehr getroffen wie der Tod seiner Brüder auf dem Scheiterhaufen.
»Ich habe Euch gehört«, sagte Richard. »Was Ihr sagt, ist ein allerletztes Rettungsmittel, an das selbst ich jetzt noch nicht denken will. Brüder, wir müssen energisch auftreten. Ich bin nach

Lyons-la-Forêt in Gisors gewesen. Ich habe mir die Umgebung angesehen und bin die Route hierher geritten. Gebt mir Eure Zustimmung, ich bitte Euch.«

Als er sah, daß nur einzelne von ihnen nickten, riß er verärgert an seinem Schwertgürtel.

»Beim Kreuz, wir haben nichts unversucht gelassen, den Orden zu retten. Kein Wagnis war mir zu groß. Und jetzt wollt ihr den Kampf aufgeben? Gebt mir eure Zustimmung, oder die Geier werden sich auf uns stürzen. Diese gierigen Bestien sitzen mit beutelüsternen Schnäbeln da und warten nur auf den letzten Atemzug des Tempels. Gebt mir eure Stimme, oder der Orden ist zum Untergang verdammt!«

Nur einige wenige streckten die Hand empor. Einer erklärte:

»Bis jetzt ist es Euch immer gelungen, die Mehrheit von uns mit Eurer Begeisterung, Eurer Kampfeslust, Eurer Willenskraft und Eurer Überredungskunst anzustecken, Sire. Aber heute ist Euer Zorn kein guter Überredungskünstler. Wir müssen Philipps Überlegenheit anerkennen. Akzeptiert die Niederlage! Wir haben keine andere Wahl. Vertraut auf Gott, Er wird mit uns sein, und wenn die ganze Welt gegen uns ist.«

Richard konnte diese Niederlage nur schlecht verdauen.

»Ich muß mich wohl oder übel dem Willen der Mehrheit beugen«, sagte er schroff. »Aber ich kann nicht verhehlen, daß ich mich das erste Mal für den Tempel schäme. Ich bin noch niemals vor einem Gegner zurückgewichen. Gesteht mir zu, daß wenigstens ich selbst nach Paris zurückkehre und für die Verteidigung des Ordens kämpfe, wenn die Kommission ihre Arbeit wieder aufnimmt.«

»Vielleicht wäre es besser, wenn Ihr nach England zurückgingt!« schlug ein Bruder vor. »Die Berichte von dort sind beunruhigend.«

»Die Situation in England ist weniger ernst, als es von hier aus aussieht«, wandte Richard ein. »Dort sind die Rollen umgekehrt: Wir haben den König und einen Teil der Geistlichkeit auf unserer Seite. Nur die öffentliche Meinung ist gegen uns.«

Er hatte recht. In England hatte der Orden seine Popularität verloren, weil man ihn mit fremden Provençalen oder Gascognern, die man verachtete, in einen Topf warf, und auch mit Roms

Finanziers, von denen man noch weniger hielt. Aber der König stand hinter ihnen, wenn er auch nicht immer nach Ehre und Gewissen handeln konnte. Bis auf einen Abtrünnigen hatten dort alle Brüder geleugnet und erklärt, ihre Brüder, die sich in der Macht des französischen Königs befanden, hätten aus Angst Geständnisse abgelegt. Doch das Kapitel war ganz und gar demoralisiert, und nur widerstrebend gestanden ihm die versammelten Brüder zu, seine Arbeit in Paris fortzusetzen.

»Seigneurs-frères, damit habt ihr das Todesurteil des Tempels unterzeichnet«, schloß Richard die traurige Versammlung, bevor er zu Pferd stieg.

Die bedrohliche Lage für den Orden der Templer hielt an, und es wurde Winter. Am 17. Dezember nahm die Kommission in Paris ihre Arbeit wieder auf, nicht mehr im Bischofspalast, sondern in einem Gebäude, das der Abtei von Fécamp zugehörte und den Beinamen »Maison du Serpent« trug. Es traten nur gekaufte Zeugen auf, und diejenigen, die trotz allem geschworen hatten, vor der Kommission als Verteidiger aufzutreten, wurden von den Leuten des Königs gewaltsam daran gehindert. Mehr oder weniger im selben Stil vollzogen sich die Ereignisse in Senlis, Amiens, Rouen, Chartres, Nevers, Reims, Le Mans, Orléans, Poitiers – soweit der Arm Philipps reichte.

In dieser verzweifelten Lage rief Richard die Brüder noch einmal zu einem Konvent auf Lyons-la-Forêt zusammen. An der Versammlung nahmen auch zwei Komture aus dem Reich des Römischen Kaisers teil, die er nicht kannte.

Sie saßen alle um die lange Eichentafel im Rittersaal von Lyons-la-Forêt. Richard eröffnete den Konvent mit der Bekanntgabe der letzten Nachrichten, die er in Paris hatte erfahren können.

Pierre de Bologne war ermordet worden. So hatte sich seine Vermutung schließlich nach einem halben Jahr bestätigt, und Haß und Verbitterung setzten sich noch tiefer in seiner Seele fest.

»Bei unserem vorigen Treffen wurde ein allerletztes Rettungsmittel erwähnt«, sagte er ruhig, nachdem sie gemeinsam schweigend des Priesters gedacht hatten. »Einer von ihnen muß sterben: Nogaret, Marigny oder Plaisians. In den letzten Monaten haben viele Brüder wiederholt darauf gedrungen.«

»Mein ist die Rache, spricht der Herr«, entgegnete einer der fremden Komture.

»Rache? Eine heilige Vergeltung, Auge um Auge, Zahn um Zahn, Sire. Und überdies der letzte Strohhalm, an den sich der Tempel klammern kann.«

»Wird uns das nicht mehr schaden, als wir uns in diesem Augenblick erlauben können?« fragte Ferrand vorsichtig.

»Nichts kann uns mehr schaden als die Schande, die über uns und den Orden bereits gekommen ist. Wir werden sie verhaften und verurteilen, Seigneurs-frères, genauso wie der König das mit uns getan hat. Wir werden sogar einen Geistlichen in die Vierergruppe aufnehmen, die sie verurteilen soll.«

Er saß an der Stirnseite der Tafel. Die tiefstehende Sonne fiel durch die hohen Fenster nach drinnen, und ein hoher Leuchter, der etwas hinter ihm stand, fing einen ihrer goldenen Strahlen auf und ließ den Eindruck entstehen, als ob der Mann, dessen Schatten auf die Fläche der Tafel fiel, eine Krone trüge.

Am anderen Ende der Tafel erhob sich ein älterer Ritter, der zweite Komtur, der noch nicht gesprochen hatte. Er war bereits ergraut, doch von kriegerischem Aussehen.

»Wir sind Ritter, keine Mörder«, sagte er kalt. »Ich zweifle daran, ob wir eine so niedrige Gesinnung in unserer Mitte dulden können.«

Ein drohendes Lächeln erschien auf Richards Lippen. Er blickte dem anderen gerade in die Augen.

»Ihr überrascht mich, Sire«, sagte er eisig. »Viele von euch haben im letzten halben Jahr nach Rache geschrien und unseren Feinden den Tod geschworen, und jetzt weicht Ihr zurück. Waren es nur leere Worte, nur hohle Drohungen? Sollen wir Skrupel haben gegenüber einem König und Räten, die Hunderte unschuldiger Brüder umgebracht haben?«

»Aber einen Erzbischof ermorden?«

»Habt Ihr Anagni vergessen? Dieser König hat den Tod eines Papstes auf dem Gewissen – nur aus Macht- und Geldgier!«

Der andere schwieg.

»Wir haben dem Tempel Treue geschworen«, nahm Richard wieder das Wort. »Wir dürfen ihn in seiner schwersten Stunde nicht im Stich lassen. Für den Tempel, Seigneurs-frères, erniedrige ich mich zur niedrigsten Tat, ja noch tiefer, wenn ich ihn damit retten kann. Sind erst einmal diese drei aus dem Weg geräumt, wird der Papst soviel Mut fassen, wie er braucht, um sich gegen den König aufzulehnen. Ich würde lieber den König selbst töten als den Tempel zu verraten.«

»Wer soll es sein?« fuhr er unbeirrbar fort. »Der König, der darauf aus ist, uns zu vernichten? Seine zwei Räte, die diese Pläne für ihn zur Ausführung bringen? Oder der Erzbischof, der sein Werkzeug ist?«

»Es gibt kein Ziel, das solche Mittel heiligt«, sagte der Ritter, der ihm als erster geantwortet hatte, und die übrigen schlossen sich ihm an, einer nach dem anderen, ohne Ausnahme.

»Niemals darf eine so verächtliche Tat von einem Templer ausgeführt werden.«

»Es ist eines Bruders des Tempels unwürdig, auch nur darüber zu sprechen.«

»Aber wer spricht denn von Mord?« überschrie Richard das allgemeine Murren. »Es geht um einen Prozeß, ein Tribunal des Tempels, das ein Urteil über die Feinde der Kirche spricht!«

Und wieder redeten alle erregt durcheinander.

»Feinde des Papstes!«

»Gibt es jemanden unter uns, der so etwas über sich brächte?«

»Tatsächlich das allerletzte Rettungsmittel!«

»Verwerflich, aber durchführbar, und vielleicht sogar unsere Rettung. Das Unrechtmäßige gerechtfertigt nach dem Beispiel, das Philipp selbst uns gegeben hat!«

»Vorausgesetzt, der Papst würde dadurch bewogen, wirklich rechtmäßig zu handeln!«

»Die Kirche wird einen Sündenbock haben wollen, wenn die Wahrheit ans Licht kommt. Eine Tat wie diese verlangt ein Opfer. Wem habt Ihr diese Aufgabe zugedacht?«

Kalt lächelnd erhob nun wieder der deutsche Komtur die Stimme: »Es ist klar, daß der Tempel als solcher für eine Tat wie diese keine Verantwortung übernehmen kann, es sei denn ...«

»Es sei denn was?« drängte Richard.

»Es sei denn, dieser Vorschlag käme von einem Außenstehenden, oder besser noch von einem Abtrünnigen, einem ausgestoßenen Bruder. Wenn der Mörder gefaßt wird, müssen wir uns von seiner Tat distanzieren. Es ist wahr, eine Tat wie diese verlangt ein Opfer.«

»Ich habe von einem Prozeß gesprochen, von einem Urteilsspruch in Gegenwart eines Erzbischofs oder Kardinals, dem wir vertrauen können. Was Ihr dagegen wollt, ist, daß ein einzelner diese schmutzige Arbeit verrichtet und die volle Verantwortung dafür übernimmt. Ich bin kein käuflicher Mörder, Sire.«

»Nur das Instrument von Gottes Rache!« verbesserte der andere.

Es folgte Totenstille. Richard dachte nach. Er zweifelte keinen Augenblick daran, daß der Tempel ein solches Opfer wert war. Aber es war kein einfacher Entschluß. Den Orden verlassen, um ihn durch einen kaltblütigen Mord zu retten, ohne förmlichen Prozeß – sollte das seine letzte Tat für den Tempel sein? Und selbst, wenn man ihn nicht fassen würde, was erwartete ihn danach?

Sein Körper, seine Seele, sein ganzes Leben gehörte dem Tempel, in dem dann für ihn keine Wohnstatt mehr wäre. Ach, Gott konnte wirklich unbarmherzig sein!

Er räusperte sich und sagte entschlossen:

»Ich werde es tun, wenn auch nicht gleich.«

Er bemerkte nicht, daß ihnen vor Bestürzung das Blut in den Adern stockte. Sie hatten nicht erwartet, daß er so weit gehen würde.

»Das ist unmöglich!«

Es war Ferrand, der als erster die Sprache wiederfand und aufgeregt mit der Faust auf den Tisch hieb. »Kein Templer kann den Orden ohne Zustimmung des Großmeisters verlassen!«

»Vollkommen richtig«, bestätigte Richard mit dem üblichen leichten Spott in der Stimme. »Aber das dürfte kaum ein unüberwindliches Hindernis sein. Hier liegen besondere Umstände vor, die außergewöhnliche Lösungen erfordern. Ich bin bereits exkommuniziert, und ...«

»Es ist gegen die Regeln. Wir können es nicht zulassen.«

»Gut, wenn ich nicht freiwillig gehen darf, dann könnt Ihr mit Leichtigkeit einen Vorwand finden, mich auszustoßen. Der Um-

stände wegen habe ich eine ganze Reihe meiner Pflichten nicht erfüllen können. Die Caritas zum Beispiel: Ich habe mit den Armen nur mein Brot teilen, ich habe ihnen kein Fleisch geben und keine Kleidung schenken können, wie es einem Komtur ziemt.«
Die kalten grauen Augen bohrten sich in den flammenden schwarzen Blick des Franzosen.
»Das ist nicht genug, um das Haus verlassen zu müssen. Ich lege Beschwerde ein.«
Ein zustimmendes Gemurmel erklang von den anderen.
»Der Ritter hat völlig recht, wenn er behauptet, daß kein Templer den Orden ohne Zustimmung des Großmeisters verlassen kann. Eure Übertretungen, die Ihr ordnungsgemäß den Kapiteln gemeldet habt, sind zu geringfügig für unsere schwerste Strafe, den Verlust des Hauses, und ebensowenig können wir einen Ritter wegen eines Verbrechens ausstoßen, das er noch gar nicht begangen hat.«
»Zu geringfügig?« höhnte Richard. »Wißt ihr, wie ich hier vor drei Jahren begonnen habe? ›Es ist besser, wenn man niemanden von euch kennt, ein Paar schmutzige Hände im Tempel ist genug‹, sagte ich damals. Nun gut, die Kirche kennt immer noch niemanden von euch, nur mich, und deshalb bin ich auch exkommuniziert.«
Er legte seine Hände offen vor sich auf den Tisch und fuhr fort: »Schaut her, Brüder, die schmutzigen Hände des Tempels. Einschüchterung, Bestechung, Erpressung, Mord an zweien meiner Brüder. Ist das genug?«
Nach peinlichem Schweigen nahm der andere schließlich wieder das Wort.
»Es ist wahr, daß Ihr viel für unsere Brüder in Frankreich getan habt. Wir wollen nicht, daß Ihr Euch auch noch zum Märtyrer macht. Der Tempel ist sowieso verloren.«
Richard stand so abrupt auf, daß sein Schemel hinter ihm auf die Fliesen polterte. Er beugte sich vor, die geballten Fäuste auf dem Tisch.
»Der Tempel ist erst verloren, wenn der Papst sein Urteil gesprochen hat, Seigneurs-frères. Solange das nicht geschehen ist, haben

wir die heilige Pflicht, alles zu tun, um ihn vor dem Untergang zu retten.«
Jetzt begriff Richard, daß sie mit anderen Absichten gekommen waren als er selbst.
»Ihr wollt mich los sein«, sagte er düster. »Gottes Füße, Ihr wollt den Kampf aufgeben und wißt, daß ich Euch dafür keine Chance lasse!«
Der Komtur wandte sich wieder an ihn.
»Ihr habt viel für den Tempel getan, zu viel beinahe. Ihr habt Eure Brüder schwer unter Druck gesetzt, und sie haben Euch gehorcht, wie es ihre Pflicht war. Ihr habt sie bis zum äußersten getrieben, bis zum Scheiterhaufen. Weiter geht es nicht mehr, wir müssen Eurem Eifer Einhalt gebieten.«
»Niemals habe ich einen Beschluß gefaßt, der nicht die Billigung jener hatte, mit denen ich mich beriet. Niemals habe ich mir etwas angemaßt, wozu ich keine Befugnisse hatte«, verteidigte sich Richard.
Er blickte im Kreise umher, und seine Brüder bestätigten, was er gesagt hatte.
»Trotzdem habt Ihr gefehlt. Ihr habt uns unserem Ziel keinen Schritt nähergebracht. Heute findet Euer Aufruf kein Echo mehr. Eure allzu große Begeisterung führt uns nur in den Untergang. Wir sind des Kampfes müde.«
»Glaubt Ihr wirklich, daß ich die Rolle eines schweigenden Zuschauers spielen kann? Verlangt Ihr passiven Gehorsam von mir? Den kann ich nicht aufbringen.«
»Wir verlangen es von Euch!«
Richard schüttelte langsam den Kopf.
»Ihr weigert Euch?«
»Ich weigere mich.«
»Dann zwingt Ihr uns, Euch wegen Insubordination zu verurteilen.«
»Ihr seid gar nicht hierhergekommen, um über die Zukunft des Tempels zu sprechen«, sagte Richard mit gepreßter Stimme. Voll unterdrücktem Zorn.
»Ihr seid hierhergekommen, um mich meines Amtes zu entheben. Und meine eigenen letzten Vorschläge haben Euch dabei geholfen.

Ihr habt mich mein eigenes Grab schaufeln lassen. Ich erwarte Euer Urteil, Sire.«

Richard wußte, was nun kommen würde.

»Beaux Seigneur-frères«, begann der Komtur in den offiziellen Formeln der Rechtsprechung des Tempels. »Seht hier Euren Bruder, der zum Orden berufen wurde. Bittet unseren Herrn, Er möge ihm seine Fehler vergeben. Beau frère, bereut Ihr, worin Ihr Euch verfehlt habt?«

Mit knirschenden Zähnen zischte Richard ihm pflichtgemäß das »Sire, oil, mult« zu: »Sire, ja, sehr.«

»Werdet Ihr Euch von jetzt an davor hüten?«

»Sire, oil, si Dieu plaît«: »Sire, ja, wenn es Gott gefällt.«

Die anderen sprachen das Vaterunser, und der Komtur richtete sich auf. Die beiden Männer blickten einander über die lange Tafel an.

»Dann spreche ich die Strafe über Euch aus, die auf Insubordination steht, ›par ire et courroux‹ – ›im Zorn und im Grimm‹: Den Verlust des Mantels für Jahr und Tag und damit den Verlust Eures Amtes für dieselbe...«

»Nur den Mantel? Ihr enttäuscht mich. Ich hatte gehofft, gleichzeitig das Haus zu verlieren, so daß ich freie Hand gehabt hätte.«

»Euer Sarkasmus ist fehl am Platze. Ich gebe Euch außerdem Befehl, Euch in unsere englische Provinz zu begeben, wo Ihr Euch ein Jahr und einen Tag aufhalten sollt, in Erwartung neuer Anordnungen.«

Richard lachte höhnisch. Ein Jahr und ein Tag – dann wäre das Konzil von Vienne bereits eröffnet. Vielleicht hätte der Papst selbst schon das Urteil gesprochen, während er sich in England völlig abseits halten müßte.

»Ich weigere mich, das Urteil anzunehmen«, sagte er kurz.

»Ihr müßt dem Befehl des Tempels gehorchen, Seigneur-frère. Wenn nicht, dann werden auch wir die Regeln der Exkommunikation auf Euch anwenden, die über Euch ausgesprochen ist: Wir halten es für erforderlich, Euch daran zu hindern, Pläne auszuführen, die eines so ehrwürdigen Ordens wie des Tempels unwürdig sind. Wir müssen Euch vor Euch selbst schützen.«

Richard rang nach Worten, um seiner Empörung Ausdruck zu geben. »Ihr übertrefft Euch selbst an Hochmut, Sire, der Untugend, deren der Tempel sich schon öfter schuldig gemacht hat. Wenn Ihr gegen das Böse kämpft, müßt Ihr es mit der Wurzel ausrotten. Aber Ihr schlagt die Hand aus, die Euch retten könnte, weil sie nach Blut riecht.«

»Seid Ihr bereit?«

»Bei Gottes Hand, nein. Ich bin niemals bereit, solange die Gerechtigkeit in Fesseln liegt und der Vasall des Teufels eine Königskrone trägt. Vier Jahre habe ich für den Tempel gestritten, und Ihr befehlt mir, wie ein geprügelter Hund den Schwanz einzuziehen? Wollt Ihr einen Feigling aus mir machen? Ihr kennt den Bastard nicht, Messires. Meine Aufgabe ist es, in Frankreich zu bleiben, um meinen Brüdern in ihrem Elend beizustehen, wenn das Schicksal den letzten Schlag gegen sie führt.«

»Der Tempel hat Euch einen Befehl gegeben, Seigneur-frère. Wir warten auf Eure Antwort.«

Richard wußte, daß er verloren hatte.

Doch die obligatorische Formel kam ihm nur mit größter Mühe über die Lippen, während er die Augen starr auf den Strick seines Gegners gerichtet hielt – einen Strick, der am einen Ende nur einen Knoten trug.

»De par Dieu ... beau Sire.«

»Ihr habt zwei Tage, um Euere Nachfolge in Frankreich zu regeln. Dann habt Ihr Euch zur Küste zu begeben und auf dem ersten Schiff, das Ihr findet, einzuschiffen.«

Ohne ein weiteres Wort wandte sich Richard ab und schlug die Tür hinter sich zu.

Aymer gesellte sich zu ihm, als er Pilgrims Zügel von den Stallknechten übernahm. Auch Raoul war da. Wann immer der Bastard in Lyons-la-Forêt war, folgte ihm der Junge wie ein Schatten, und nach seines Vaters Tod hängte er sich noch mehr an ihn.

»Ihr geht fort, nicht wahr?« fragte Raoul betrübt.

»Vielleicht.«

»Warum seid Ihr immer unterwegs? Könnt Ihr nicht hierbleiben? Ihr seid hier doch zu Hause.«

»Nein, Raoul, eigentlich nicht.«

»Wo wohnt Ihr dann?«
»Überall und nirgends. Mein Zuhause ist dort, wohin der Tempel mich schickt.«
»Ich dachte«, sagte der Junge zögernd, »Ihr könntet ein zweiter Vater für mich sein.«
Richard lachte.
»Du vermißt ihn sehr, nicht wahr?«
Raoul nickte.
»Kann ich mit Euch mitgehen, Messire?« fragte er eifrig. »Ich weiß nun alles über Pferde. Ich kann für Pilgrim sorgen, so daß Ihr mehr Zeit für anderes habt. Ein Ritter wie Ihr sollte niemals ein Pferd selbst versorgen müssen. Und ich kann Euer Schwert tragen, wenn Ihr eine Jungfrau besucht, und Eure Waffen putzen und ...«
»Ich besuche keine Jungfrauen, Raoul. Nein, so gerne ich dich bei mir haben würde – ich kann mir das nicht erlauben. Ich bin nur ein armer Ritter, aber ich denke an dich, wenn einmal die Zeit kommt, wo ich dich für deine Dienste bezahlen kann.«
»Aber Ihr braucht mich nicht zu bezahlen, Messire«, rief der Junge voller Hoffnung. »Ihr braucht mir nur zu essen zu geben.«
»Ich fürchte, daß ich nicht einmal das kann, kleiner Freund. Weißt du was? Ich werde den Sieur de Vraineville bitten, dich lesen und schreiben zu lehren und den Schwertkampf und das Schießen mit der Armbrust. Wenn du einmal mein Schildknappe sein willst, mußt du mehr können als nur mein Pferd versorgen. Du bist gescheit genug dafür.«
Raoul warf ihm einen Blick voller Zweifel zu.
»Lesen? Ist das nicht furchtbar anstrengend und langweilig?«
»Überhaupt nicht. Ein Buch ist ein Freund, der dich niemals im Stich läßt. Wenn du schreiben kannst, dann kannst du einen Brief an die Frau Blanche schreiben. Du hast ihr eine Menge zu verdanken, nicht wahr?«
Raoul belohnte die Freundlichkeit des Ritters mit einem strahlenden Lächeln.
»Ich werde alles machen, wie Ihr es wünscht, Messire«, versicherte er und sprang davon.
»Ein gescheites Kerlchen«, sagte Richard zu Aymer. »Sorge gut für ihn, er fühlt sich einsam.«

Aymer starrte ihn mit größter Verwunderung an.
»Er kann niemals ein Schildknappe werden, das weißt du doch. Er ist nur ein Leibeigener.«
»Ich habe nichts gegen seine niedrige Herkunft. Seine Treue ist mehr wert. Gib dem Jungen eine Chance, Aymer. Ich mag ihn sehr. Wir alle sind gleich geboren – steht das nicht in den Sprüchen Salomos? Nur durch unsere Tugend unterscheiden wir uns.«

3. TEIL

DAS URTEIL VOLLZOGEN

JANUAR 1311 BIS MÄRZ 1314

30. KAPITEL

*Nulla reparabilis arte laesa pudicitia est.**

Ovid

Es dauerte bis Ende Januar, ehe Richard aufgab und von seinen französischen Gefährten Abschied nahm.

Erschöpft und entmutigt ritt er nach Norden. Und als die weißen Felsen von Dover hinter den Segeln der flämischen Barke auftauchten, wollte keine Freude in seinem Herzen aufkommen. England – für dieses Land fühlte er keine Liebe mehr, nur noch leere Gleichgültigkeit.

Wenn er auf den vergangenen Monat zurückblickte, mußte er sich eingestehen, daß ihm keine Wahl geblieben war. Er wußte nur zu gut, daß er ohne die Hilfe der Templer keine Chance hatte, den Häschern des Königs zu entgehen. Auch war da noch die Angst vor einer bestimmten Erinnerung, die ihn die Bluthunde der Verfolger weniger fürchten ließ als die relative Bequemlichkeit seiner Heimat. Beatrice! Ob sie noch immer in diesem Kloster war? Oder war sie vielleicht schon zu ihrem Vater zurückgekehrt und mit diesem albernen Scarborough verheiratet?

Richard murmelte einen Fluch: Nach einem Jahr und vier Monaten genügte schon ein Blick auf diese Küstenlinie, um ihn wieder der Erinnerung an die unvergeßlichen Tage mit ihr auszuliefern! Gewiß hatte sie ihn längst vergessen.

Die Stimme des Schiffers schreckte ihn auf.

»Herr, wir müssen warten, bis sich der Sturm legt. Bei diesem Wetter können wir nicht anlegen.«

* Ist einmal die Keuschheit verloren, kann sie niemals wiederhergestellt werden.

»Was mich betrifft, wäre es mir lieber, wenn wir die Küste niemals erreichten«, antwortete Richard matt, denn er wußte, daß nichts hinter diesen hochaufragenden Felsen die Krankheit seiner Seele heilen konnte. Er fühlte sich enttäuscht, verraten und erniedrigt. Gedankenverloren strich er über den Griff seines Dolches und empfand ein Behagen bei dem vertrauten Gefühl seiner Finger auf dem Stahl. Würde es ihm helfen, seiner Wut und Verzweiflung durch einen Racheakt Luft zu machen?
Höhnisch lachte er über sich selbst, wenn er sich daran erinnerte, wie oft er seinen Männern mit strengen Strafen gedroht hatte. Alles nur leere Drohungen, Großsprechereien!
Niemals hatte er solche Worte wahrgemacht. Er mochte ein Löwenherz haben, aber nicht die dazugehörigen Pranken.
Doch dürstete sein Blut nach einer Gewalttat, als er zwei Tage später in London ankam, nach etwas, das ihm seine Ruhelosigkeit nehmen würde.
Ohne bestimmtes Ziel ritt er durch das Stadttor, irrte durch die schmutzigen Straßen, stieß die Hühner und Ferkel gereizt aus dem Weg und verschloß seine Ohren für die Geräusche um ihn her.
»Habt Ihr Arbeit für einen Stallknecht, Herr?« fragte eine Stimme neben ihm, die einem kräftigen Mann in schmutzigen Lumpen gehörte.
»Arbeit schon, aber kein Geld.«
»Brot und Fleisch für die Armen!«
»Ein Almosen«, bettelten die kläglichen Stimmen zweier Krüppel, die auf dem staubigen Boden saßen. Er beschleunigte seine Schritte, um der knochigen Hand zu entgehen, die sich nach dem verschlissenen Saum seines Mantels ausstreckte. Das Geschöpf zischte ihm einen Fluch nach.
»Oyez, Oyez, Oyez!« sang der Ausrufer, allen Lärm in den Straßen übertönend.
Dem »Sarazenen« gegenüber blieb Richard stehen. Eine tüchtige Mahlzeit würde ihm guttun, und vielleicht konnte er sich bei einer kleinen Wirtshausschlägerei die ersehnte Genugtuung verschaffen. Er bahnte sich mit den Ellbogen seinen Weg zu einem leeren Platz und setzte sich. Eigentlich durfte er kein Fleisch essen. Aber wer sollte sich jetzt noch um die Verbote des Ordens scheren?

London blieb ruhig an diesem Abend und gönnte seinem Gast die Schlägerei nicht, nach der er sich sehnte. Die Stadt döste vor sich hin und versank in nieselndem Morast.
In der behaglichen Wärme des »Sarazenen« trank Richard noch ein Bier und erhob sich mühsam, als ihm ein Griff an seine geschrumpfte Börse sagte, daß er sich keinen weiteren Krug erlauben konnte.
Als er etwas taumelnd in den kalten Abend hinaustrat, verkündigte der tiefe Klang der Glocke von St. Martin-le-Grand die Stunde der Vesper. In der Ferne wiederholten die Glocken von St. Lawrence, Barking und St. Bride's die Mahnung: Couvrez le Feu, löscht die Lichter. Alle Stadttore wurden geschlossen. Die Stadt war in ihren Mauern eingeschlossen und er in ihr.
Ziellos irrte er durch die Gassen, und als er etwas später in einem engen Winkel stehenblieb, um seine Blase zu entleeren, hätte er geschworen, daß sich etwas hinter ihm bewegte. Während er seine Kleider ordnete, lauschte er aufmerksam. Das einzige, was er hörte, war das Rauschen des Regens. Er ging weiter und versuchte vergebens, sich zu orientieren. Das leise, dumpfe Geräusch von mit Tüchern umwickelten Füßen hinter ihm verstummte sofort, als er stehenblieb. Wer immer auch ihm folgte, er kam ihm entschieden zu nahe.
Richard betrachtete das Haus, vor dem er stand. Im selben Augenblick schwang die Tür auf, und ein warmer Lichtschein strömte nach draußen in die Nacht.
»Ich hörte das Gerassel Eurer Sporen, Herr. Kommt Ihr herein oder seid Ihr unterwegs zu einer anderen? Das wäre jammerschade.«
Verwirrt suchte er in seinem Gedächtnis. Natürlich, das war Red Meg, die Hure, die ihm Zugang zu dem Anwesen der Karmeliter und dadurch zum Tempel verschafft hatte! Er trat ein.
»Ich kann Euch nur kargen Lohn geben«, antwortete er.
Als er hineintrat, sah er sie, sah ihr üppiges rosiges Fleisch in einem herausfordernden grünen Kleid, sah ihr flammendes rotes Haar und den scharlachfarbenen Mund. Sie war schlanker als damals, und sie war auf ordinäre Weise verführerisch.
»Darüber läßt sich reden«, antwortete sie freundlich und schien nicht überrascht.

Richard schloß die Tür hinter sich. Er fragte sich, wie sie sich an alle Männer, die sie besuchten, erinnern konnte.
»Könnt Ihr mir für die Nacht Unterkunft gewähren?«
Er war erstaunt über die Ruhe, mit der er diese Frage einer Frau ihres Gewerbes stellte.
»Der Bastard, der den Tempel beraubt hat! Ich denke, daß mir so etwas nicht übel steht, Herr Templer!«
Mit einer zierlichen Handbewegung lüftete sie ihren Rock und ließ die prallen Schenkel blitzen.
»Das sieht tatsächlich gut aus.«
Richard erschrak vor seinen eigenen Worten, konnte sie aber nicht mehr zurücknehmen. Es war etwas Wildes in dieser Frau, etwas Außergewöhnliches, das sie in diesem nächtlichen London besonders anziehend machte.
Sie ging langsam auf ihn zu und stand ganz still, um ihn aus der Nähe zu betrachten.
»Ihr habt Euch nicht verändert«, sagte sie leise.
Er lachte. Der Duft ihres Parfüms brachte sein Blut in Wallung.
»Doch, doch, aber wohl nicht zu meinem Vorteil, fürchte ich.«
Worauf in Gottes Namen ließ er sich da ein? Er mußte etwas tun, bevor er den Kopf verlor.
»Schenkt mir Bier ein«, sagte er, um sich wenigstens von ihrer zu nahen Gegenwart zu befreien.
»Eurem Atem nach zu urteilen, habt Ihr schon mehr als genug davon gehabt«, erwiderte sie. Trotzdem wandte sie sich ab, um einen Krug zu holen. Während sie ihn füllte, setzte er sich auf einen Schemel und folgte ihren Bewegungen.
»Ich sollte Euch lieber mitteilen, daß ich verfolgt werde.«
»Nun, das ist hübsch.«
Sie reichte ihm das Bier und rekelte sich mit weichen Gliedern vor ihm auf dem Boden, wobei sie die Hände unter dem Rücken aufstützte, so daß die herausfordernde Wölbung ihrer Brüste noch besser zur Wirkung kam. »Ihr habt wahrscheinlich überall Feinde«, meinte sie beiläufig.
»Wenn ich Euch in Schwierigkeiten bringe, gehe ich wieder«, sagte Richard einfach.
Sie lachte. »Ihr würdet ein Messer in den Rücken kriegen, bevor

Ihr das Ende der Straße erreicht habt. Nein, Herr Ritter. Red Meg wird diese Nacht für Eure Unterhaltung sorgen, und sie wird keine Schwierigkeiten bekommen, weil es ihre Sache ist, mit wem sie zu Bett geht.«

Während sie das sagte, begann sie, die Schnüre ihres weitausgeschnittenen Mieders aufzubinden.

Richard fuhr hoch und stieß dabei sein Bier um. Er packte sie an beiden Händen und zog sie empor. »Ihr vergeßt, daß ich Euch nicht bezahlen kann, selbst wenn ich...« stammelte er.

»Warum spracht Ihr dann von Lohn?«

Da hatte sie recht. Warum? Er brauchte nicht nach einer Antwort zu suchen, denn sie entwand ihm ihre Hände, legte sie auf seine Schultern und streichelte ihn. »Es ist jetzt umgekehrt, Herr Ritter. Damals wolltet Ihr mich nicht haben, und vielleicht wollt Ihr es auch jetzt noch nicht. Aber ich will Euch, Richard. Also müßt Ihr mich bezahlen. Ich will ein Stückchen von dem Bastard ausprobieren.«

Er fühlte, wie ihre Brüste sich an seinem Körper rieben, wie ihre weichen Schenkel sich gegen seinen Unterleib drückten, und er stöhnte.

»Das sollst du bekommen.«

Dabei legte er ihr die Hände auf die Hüften und drückte sie fest gegen seinen brennenden Körper. Als er sein Gesicht in ihrem roten Haar vergrub, vernahm er in seinem Inneren eine laute Stimme, die ihn mahnte, seinen heiligen Eid nicht zu brechen. Doch sie stöhnte leise vor Entzücken, als sie seine linke Hand an ihre Brust führte, und er verschloß seine Gedanken vor dem lauten Appell seines Gewissens. Mit grobem Ruck riß er ihr das Kleid bis zur Mitte auf und drückte seine Zähne in die zarte Haut ihrer festen Brüste. Alles andere schwand aus seinem Bewußtsein, als er sie auf Schultern, Hals, die weichen, roten Lippen küßte, und sie wandte all ihre Künste an, um ihm Genuß zu verschaffen.

Langsam tasteten ihre Hände zu ihrem Rock, und im Handumdrehen lagen ihre Kleider in einem Haufen um ihre Füße.

»Kommt«, lockte sie und streckte die Arme nach ihm aus. »Kommt doch. Ich will Euch ganz.«

Richard fühlte, daß sein Geist seinen willenlosen Körper nicht mehr in der Gewalt hatte. Eine unwiderstehliche Begierde gewann Macht über ihn. In plötzlicher Aufwallung zog er die nackte Frau zu ihrem unordentlichen Bett, warf sie dort auf die Decken und riß sich die Kleider vom Leibe. Red Meg spreizte die Beine, um ihn eindringen zu lassen. Mit dem vollen Gewicht seines Körpers drückte er sie nieder und brachte ihr herausforderndes Lachen mit seinem Mund zum Schweigen. Als er in sie eindrang, konnte er schon fühlen, wie der Same kam.

»Denn eine Hure ist wie eine tiefe Grube«, sagt die Bibel. Und Richard fühlte sich, als ob er hineinfiele und von ihr verschluckt und verschlungen würde. Bevor er wußte, wie ihm geschah, war es schon vorbei.

Mit einer Empfindung tiefer Zufriedenheit ließ er sich von ihr herabgleiten und blieb, die Lust nachgenießend, liegen. Meg stemmte sich glühend und etwas verwirrt auf ihre Ellbogen hoch und lachte leise.

»Ich wußte es, als ich Euch das erste Mal sah«, sagte sie. »Ihr seid ein Vollblutmann, aber selbst ein Jüngling von achtzehn Jahren hat mehr Erfahrung als Ihr.«

Sie liebkoste seine Brust und Schultern, und er ließ es geschehen. Langsam glitt sie mit vorsichtigen Fingern über das Brandmal in Form eines Templerkreuzes.

»Habt Ihr einen Widerwillen dagegen?«

»Wogegen?«

»Gegen dieses Zeichen der Schande.«

So hatte er es noch niemals betrachtet.

»Warum sollte ich?«

»Ihr müßt etwas vorsichtiger sein, Eure Kleider so in Gegenwart einer Frau auszuziehen. Wir sind ja an derlei Dinge gewöhnt, aber eine Dame Eures Standes wäre schockiert.«

»Die einzige Frau, die mir etwas bedeutet, weiß, daß es da ist.«

Er hob eine Locke ihres Haares und ließ sie achtlos wieder fallen.

»Das falsche Rot«, seufzte er wehmütig und wandte sich ab.

Ein plötzlicher Anflug von Ekel überkam ihn. Warum hatte er mit dieser Hure geschlafen? Wenn er schon seinen Eid brechen wollte, warum nicht mit der reinen Beatrice? Sie hatte er doch geliebt, und beim Kreuz, er liebte sie noch immer!

Während er sich diese Wahrheit eingestand, wurde ihm auch klar, daß er sie damals nicht berührt hatte, weil er sie liebte. Er verbarg sein Gesicht in den Händen und schauderte. Einer der Sprüche Salomos kam ihm in den Sinn: »Denn die Lippen der Hure sind süß wie Honigseim, und ihre Kehle ist glatter als Öl, aber hernach bitter wie Wermut und scharf wie ein zweischneidiges Schwert.«
»Kenne ich sie?« fragte Red Meg neugierig.
»Nein.«
»Na los, erzählt doch. Wer ist sie?«
»Dräng' mich nicht, Meg. Eine schöne Frau, die keinen Takt besitzt, ist wie goldener Schmuck in einer Schweineschnauze.«
Sie zog eine Grimasse und sagte lüstern: »Ich möchte wetten, daß Ihr noch einmal könnt. Männer Eures Alters können das schon nicht mehr, wißt Ihr, aber Ihr bestimmt. Also, kommt doch noch einmal. Aber jetzt für mich.«
Ihre samtweichen Hände überredeten den Ritter schneller, als er gedacht hätte, und mit seinem Gewissen hatte er weniger Mühe als zuvor. Er überließ sich ihrem Spiel. Es war ihm gleichgültig, ob er den Eid des Tempels verleugnete, da doch der Tempel ihn verleugnet hatte. Er nahm sie, langsamer, viel entspannter als das erste Mal, bis sie in gegenseitiger Umarmung zur Ruhe kamen.
»Dank dir«, flüsterte Meg, und dann: »Ist sie schön?«
»Wer?«
»Sie.«
»Halt den Mund«, sagte Richard grob. »Ich gehöre ihr ebensowenig wie Euch.«
»Ach nein? Ihr gehört mir nicht? Wartet nur, Bastard, Ihr werdet zu Red Meg zurückkommen, bevor der Mond wieder voll ist.«
»Rechnet nicht zu fest darauf.«
Er zog seine Hose an, legte das Schwert ans Bett, steckte eine neue Kerze an und stellte sie neben sich.
Sie lachte. »Ich blase die Kerze aus, wenn ich schlafen gehe.«
Er hatte keine Lust, ihr zu erklären, daß die Templer stets angekleidet, im Schein einer Lampe und mit griffbereitem Schwert schliefen. Im Licht der Kerze betrachtete ihn Meg noch lange, während er in tiefen Schlaf hinüberglitt.
Als die Morgendämmerung die Stille, die Dunkelheit und die

Gefahr aus den Straßen Londons vertrieben hatte, verließ Richard die Stadt und richtete seine Schritte nach Westminster. Er wußte, daß er nach dem, was geschehen war, kaum wagen konnte, Blanche unter die Augen zu treten. Er hatte das Gefühl, als ob sie ihm alles vom Gesicht ablesen könnte, doch mußte er sie aufsuchen, denn er konnte nicht riskieren, daß Aymers Brief in verkehrte Hände fiel, und deren gab es genug in Westminster – vor allem die der Handlanger Lancasters.

Widerstrebend erstieg er die schmale Treppe und fragte sich, was er ihr sagen sollte. Nichts, so weit es an ihm lag. Und doch, wenn er ganz ehrlich war, mußte er zugeben, daß es gut wäre, ihre feinen Züge wiederzusehen, und sei es auch nur, um den schalen Nachgeschmack der Hure wegzuspülen. Unwillkürlich beschleunigte er den Schritt.

»Hoppla!«

Ein unternehmenslustiger Knirps mit schwarzen Locken und angriffslustigen Augen stieß ihm gegen die Beine. Einen Augenblick schauten der Ritter und der kleine Junge einander überrascht an. Dann brach das Kind in fröhliches Lachen aus. Richard lächelte, nahm ihn auf den Arm und trat durch die offenstehende Tür.

»Ich nehme an, dies ist Euer Sohn, Madame.«

»Richard«, rief sie aus, lief auf ihn zu und umarmte den Mann und das Kind, das die kleinen Ärmchen um sie schlang und sich an ihr mit der spontanen Begeisterung eines Zweijährigen festklammerte. Sie lachte, während sie ihr Söhnchen von ihm übernahm.

»Das ist ein Glückstag, cher ami. Wie gut es tut, Euch wiederzusehen!«

Er nickte und griff in seinen Mantel.

»Ein Brief von Eurem Herrn, Madame.«

Blanche dankte und erbrach das Siegel. Sofort schoß Etiennes Händchen vor und ergriff das Pergament.

»Ganz sein Vater. Immer auf dem Sprung, alles zu packen, was sein Herz begehrt«, lachte sie und löste sanft die festgeschlossenen Fingerchen.

»Wir wollen Vaters Brief doch nicht kaputtmachen, nicht wahr, Etienne?«

Sie blickte zu Richard auf, doch ihr Lächeln gefror, als sie die grimmige Falte zwischen seinen Augen sah.
»Was gibt es?«
Es kam keine Antwort. Sie wußte gewiß nichts von der blutigen Schlacht um die Mauern von Lyons-la-Forêt. Der Bericht darüber stand wahrscheinlich in diesem Brief, und zweifellos schilderte Aymer seine Heldentaten in den glühendsten Farben.
Richard sah seinen Freund noch an den Zinnen stehen, nach links und rechts Befehle brüllend, auf seine Armbrustschützen schimpfend, weil sie ihre Bolzen zu früh abgeschossen und so ihr Ziel verfehlt hatten: den Feind, den Aymer mit wildem Blick vor den uneinnehmbaren Mauern seines Schlosses herausgefordert hatte, während die Hälfte seiner Leute niedergemacht wurde und Raouls Vater unter dem Tor verblutete, das er verteidigt hatte.
Richard war Aymer zu Hilfe gekommen und hatte mit einer kleinen Schar die weit überlegenen Franzosen im Rücken angegriffen. Wie ein Löwe hatte er im vordersten Glied gestritten und den Sieg gerettet, und doch war Aymer wütend gewesen, als Richard seine Ritter in dem Augenblick aus dem Gefecht nahm, als der Feind zum Rückzug blies. Denn er, der stolze Herr von Lyons-la-Forêt, hatte die fliehenden Franzosen verfolgt und alle, deren er habhaft wurde, abgeschlachtet – die meisten davon mit eigener Hand.
Ja, Aymer hatte wirklich »gepackt«, was sein Herz begehrte, und damit bewiesen, daß er um kein Haar besser war als die meisten anderen Edelleute. Richard mochte Aymer immer noch. Aber ihre persönlichen Anschauungen liefen immer weiter auseinander, und in den letzten Monaten hatte es häufig Meinungsverschiedenheiten zwischen ihnen gegeben.
»Erlaubt mir, Madame, Abschied von Euch zu nehmen«, sagte er nach einer Weile.
»Was? Jetzt schon?«
Er nickte nur.
»Wollt Ihr meine Antwort nicht nach Frankreich mitnehmen?«
»Ich gehe nicht zurück.«
»Um so besser. Dann werde ich Euch wieder häufiger sehen.«
»Ich denke nicht, Madame.«

Sie zögerte und sah ihn mit ihren klugen Augen forschend an. Er fühlte sich recht unbehaglich dabei.

»Was gibt es, Richard? Schwierigkeiten?«

»Lest nur«, sagte er.

Doch sie legte das Pergament wieder weg und fragte: »Wollt Ihr denn gar keine Neuigkeiten hören?«

»Wenn sie so wichtig sind, daß ich sie unbedingt wissen muß...«

»Was England betrifft, ist die Lage gar nicht so ernst. Der König ist schließlich doch in den Kampf gegen die Schotten gezogen. Er scheint mit Bruce, soweit ich gehört habe, Versteck zu spielen, und Isabella macht mehr oder weniger die Honneurs und verhandelt mit den Ordainers. Das macht sie wirklich gut, soweit ich das beurteilen kann. Was die Templer angeht: Die Ritter werden mit Zustimmung des Königs gefoltert, was Ihr wahrscheinlich schon wißt. Er konnte sich nicht länger dagegen sperren. Früher oder später gibt er immer nach, wenn der Druck nur stark genug ist. Er stellte aber die Bedingung, daß kein Blut fließen und keine Glieder verstümmelt werden dürften.«

»Wißt Ihr«, fiel ihr Richard ins Wort, »welch höllische Schmerzen einem Menschen auch bei Erfüllung dieser Bedingungen zugefügt werden können?«

»Ich finde, daß wir doch einiges erreicht hatten. Jedenfalls haben sie noch keine Lügen gestanden wie die französischen Ritter. Also werden sie anscheinend ganz gut behandelt.«

»Dank unserer Bestechungsgelder«, fügte Richard düster hinzu.

Sie machte eine wegwerfende Geste.

»Es hätte alles schlimmer kommen können. Habt Ihr nicht selbst dafür gesorgt, bevor Ihr abreistet?«

»Das Geld geht zu Ende, aber glücklicherweise die Zeit auch«, antwortete er.

»Wie?« Sie verstand ihn nicht, doch er wies auf Aymers Brief.

»Lest das.«

»Das will ich tun. Und was macht Ihr jetzt?«

»Nichts.«

So eine Antwort hatte sie nicht erwartet. Er war immer randvoll mit neuen Plänen gewesen.

»Nichts?«

»Wenn Ihr Aymer wieder schreibt, und das könnt Ihr nun ruhig ganz offen tun, so sagt ihm, daß es ein Fehler war, mich zurückzuschicken«, sagte Richard düster. »Es ist ein großer Unterschied, ob ein Mann aus Pflichtbewußtsein handelt oder aus Mitleid. Der erste wird irgendwann glauben, er habe genug für seinen Seelenfrieden getan, während der zweite nicht ruhen und rasten wird, bis der Kampf wirklich ausgekämpft ist. Auch Euer Herr, Madame, gehört zur ersten Kategorie.«
Er verbeugte sich zum Abschied und war verschwunden, bevor sie ihn um eine Erklärung bitten konnte. Ihre Augen hefteten sich auf den Brief.

31. KAPITEL

What though the field be lost?
All is not lost; th'unconquerable will,
And study of revenge, immortal hate,
*And courage never to submit or yield.**

John Milton – Paradise lost

Daß Richard seine Lust mit Red Meg gebüßt hatte, brachte ihm keine Erleichterung. Seine Selbstachtung war vernichtet. Dies und die Gewißheit, daß alles, was er für die Wiederherstellung der Ehre der Templer getan hatte, mißglückt war, machte aus dem einst so stolzen Ritter einen desillusionierten Mann ohne Lebensziel, einen Mann, der sein Vertrauen sowohl in die Menschheit als auch in Gott verloren hatte, einen Mann, der soviel Unrecht gesehen hatte, daß er an keine Gerechtigkeit mehr glauben konnte, sei sie nun irdisch oder ewig. Keinen Augenblick dachte er daran, Kontakt mit Edmund the Lion oder William Mauclerc oder irgendeinem anderen seiner Brüder vom Londoner Tempel zu suchen. Er war degradiert. Was hätte er ihnen schon sagen sollen?

Alles, was er tun konnte, war, seinen schwarzen Wallach zu besteigen und zu reiten, bis er die Sonne hinter dem westlichen Horizont versinken sah.

Während mehr als zwei Monaten war Richard vollständig von der Bildfläche verschwunden. Niemand sah oder hörte etwas von ihm. Auf der Suche nach den verlassensten Teilen des Landes erreichte er die Grenze von Wales, erklomm die schneebedeckten Abhänge

* Was macht es schon – auch wenn die Schlacht verloren ist?/ Nicht alles ist verloren: Der unzähmbare Wille,/ der Rachedurst, der ungeheure Haß/ und Mut, sich nie zu unterwerfen oder aufzugeben.

der Black Mountains und wandte sich dann durch die Sümpfe, die öden Ebenen und Hügel von Radnor Forest nach Norden. Er durchwatete die zahllosen Flüßchen zwischen Severn und Dee und kam schließlich durch Clocaenogs Forest und das liebliche Vale of Clwyd auf den Weg zur Küste.

Er reiste langsam, rastete viel und nahm sich Zeit, sein Pferd zu versorgen und es zu füttern. Langsam heilte die selbstauferlegte Einsamkeit seine seelischen Wunden. Jetzt erst gestattete er sich, an seine Begegnung mit Pierre de Bologne und das Geheimnis zu denken, das ihm von dem Priester und Molay anvertraut worden war.

»Christus ist ein Weg. Der rechte Weg führt zur Wahrheit.« Seine Seele hungerte nach dieser Wahrheit. Was war der dritte Teil des Geheimnisses? Und was bedeuteten die ersten beiden Sätze? Auch jetzt mußte er sich die Antwort schuldig bleiben. Denn die einzigen Menschen, die er in diesen Monaten traf, waren eine Handvoll Schafhirten.

Es war Ende März, als der Ritter schließlich seinen Blick auf den grünen Hügeln ruhen ließ, die sich sanft glühend bis zur Irischen See hinzogen. Der Duft des Frühlings lag in der Luft. Der einsame Reiter holte tief Atem und klopfte seinem Pferd auf den Hals.

»Das Leben ist doch schön, Pilgrim.«

»Also seid Ihr doch endlich gekommen!« sagte plötzlich eine Stimme neben ihm. Richard fuhr herum. Er hatte nicht gehört, daß jemand an ihn herangetreten war.

»Ich wußte, daß Ihr kommen würdet«, sprach die Stimme weiter. »Ich wußte, daß Ihr hier sein würdet, solange noch der Schnee auf den Bergen lag. Fünf Monate habe ich auf Euch gewartet.«

Die Zigeunerin hob eine knochige Hand und zeigte auf die weißen Gipfel in der Ferne. Er nickte, der Sprache nicht mehr mächtig. Sie wandte ihren Kopf wieder und wies mit ihrem stoppeligen Kinn nach Norden.

»Dort seid Ihr geboren«, krächzte sie.

Folgsam wie in einem Traum wandte er den Kopf in die gleiche Richtung und blickte auf das Schloß mit seinen senkrecht emporsteigenden Mauern und den grimmigen Gefängnistoren. Also hatte ihn seine Erinnerung nicht getrogen. Er war schon hier gewesen,

hatte genau auf diesem Platz gestanden, als er noch ein Kind war. Vor zwanzig Jahren, vielleicht noch länger. Da bemerkte er, daß die Frau ihm zu Füßen kniete.
»Vergebt mir, Herr, ich habe Euch unabsichtlich irregeführt, als ich Euch zum ersten Mal in Portchester Castle traf.«
Richard fand die Sprache wieder.
»Wenn Ihr weiter darauf besteht, vor mir zu knien, dann erklärt mir wenigstens warum.«
»Es stand in Eurer Hand, Euer Gnaden. Ich sah es dort.«
»Was stand darin? Und sprecht mich nicht so an. Das kann ich nicht leiden«, antwortete er gutgelaunt.
»Es war mir damals nicht bewußt, daß es ein Geheimnis für Euch war. Ich entdeckte das erst später, als ich mehr über Euch erfuhr, nachdem ich erkannt hatte, wer Ihr seid.«
»Wer bin ich denn?«
»Richard der Bastard.«
»Laßt mich damit in Ruhe!«
Sie legte tröstend eine Hand auf seinen Arm.
»Das«, sagte sie, nach Norden zeigend, »ist Rhuddlan Castle. Eure Mutter starb dort bei Eurer Geburt.«
»Das ist weit vom Londoner Tempel entfernt«, antwortete Richard und zweifelte an ihren Worten, obgleich er wußte, daß sie die Wahrheit sprach.
»Lady Gwendolyn war eine walisische Prinzessin«, fuhr die Frau unbeirrt fort, »und stammte aus dem Geschlecht Llewellyn the Great.«
»Wartet etwas, gute Frau, nicht so schnell. Wie konntet Ihr wissen, daß ich hier sein würde, da ich es doch selbst nicht wußte? Das habt Ihr doch nicht in meinen Händen gelesen, nehme ich an.«
Sie lachte.
»Nein, Herr, was ich in den Linien Eurer Hand las, ist nur das Wissen, das mir auf den Weg hilft. Den Rest sehe ich mit meinem inneren Auge.«
»Hm, ich bin mir nicht so sicher, ob Eure Hellsichtigkeit mir so angenehm ist. Es sieht mir mehr nach Hexerei aus, so wie Ihr in die Zukunft sehen könnt.«
»Hexerei? Das müßtet Ihr doch besser wissen, Herr. Ihr kommt ja

aus dem Tempel. Den Gerüchten nach gab es dort eine ganze Menge Hexerei!«

Richard seufzte: »Man sagt so vieles über uns. Ich habe mir die phantastischsten Beschuldigungen anhören müssen, eine unsinniger als die andere, genauso wie Eure lächerliche Unterstellung. Aber sagt mir: Warum kamt Ihr überhaupt hierher und wartetet fünf Monate, um mich hier zu treffen, während Ihr in Portchester Castle vor mir floht?«

Ihre Antwort kam widerstrebend.

»Ich sagte Euch schon, daß ich dort einen Fehler gemacht habe.«

»Das ist nicht der einzige Grund.«

»Ich hatte das Glück, jemanden zu treffen, der mir genug Geld gab, um die Zeit auszugleichen, die ich für die Erforschung Eurer Vergangenheit und Eurer Identität brauchte.«

»Wer wollte Euch Geld dafür geben?«

»Sie sagte mir, Ihr würdet dankbar dafür sein. Aber ich dürfte Euch nicht von ihr erzählen. Doch ich schwätze zuviel.«

»Na, jetzt habt Ihr es schon gesagt. Wer ist sie?«

»Nein, Herr, ich habe es ihr versprochen.«

»Ich will ihren Namen hören«, befahl er rauh.

Sie neigte ergeben den Kopf.

»Es war die Frau von Lyons-la-Forêt, Herr.«

Natürlich, das sah ganz Blanche ähnlich. Warum hatte er an Beatrice gedacht?

»Also habt Ihr in meiner Vergangenheit herumgeschnüffelt«, lächelte der Templer.

Sie nickte. Schweigen trat ein.

Gwendolyn, dachte Richard. Das war einer der Namen, den der Graf von Lancaster ihm genannt hatte. Wie lautete doch der andere? Seine Erinnerungen an diese Periode waren immer noch von Schmerz und Schrecken getrübt.

»Lady Joanna«, sagte die Zigeunerin in die Stille und erschrocken richtete er seine Augen auf sie. War es Zufall oder hatte sie wirklich seine Gedanken gelesen?

»Sie war Eure Amme und Pflegemutter. Eine englische Edelfrau, wie ich gehört habe. Sie sorgte für Euch, bis Ihr zum Tempel gebracht wurdet.«

»Ihr habt Eure Zeit gut genützt.«
Er zögerte, bevor er ihr die Frage stellte, die ihm schon die ganze Zeit auf den Lippen brannte.
»Habt Ihr auch entdeckt, wer mein Vater war?«
Sein Herz klopfte schneller bei dieser Frage, doch die Alte schüttelte den Kopf und flüsterte verschwörerisch.
»Leider nein, das ist immer noch ein Geheimnis, aber es muß ein Engländer gewesen sein, denn diese englische Edelfrau hätte niemals das Kind einer walisischen Frau gesäugt, auch wenn sie eine Prinzessin war.«
Richard nickte verstehend.
»Ein Vater ist schwerer aufzuspüren als eine Mutter«, fuhr sie fort, »vor allem, wenn man ihn in einer Zeit suchen muß, da König Edward, das heißt der Vater unseres allergnädigsten Königs, von diesem Schloß aus über Wales herrschte. Dutzende englischer Edelleute sind hier ein und aus gegangen, und 27 Jahre später den Richtigen herauszufinden, ist einfach unmöglich, selbst für mich.«
»Das macht nichts«, sagte er ruhig. »Bis jetzt habt Ihr es gut gemacht, obwohl Eure Informationen mehr Fragen aufwerfen als beantworten. Ich wünschte, ich besäße etwas, um es Euch zu lohnen, aber ich kann Euch nur meinen Dank entbieten.«
»Ihr seid sehr gut, Herr, aber die Frau hat mich schon reichlich belohnt. Es gibt dennoch etwas, was Ihr für mich tun könntet.«
»Und das wäre?«
»Gewährt mir noch einen Blick auf Eure Hände, Herr.«
»Seid Ihr sicher, daß Ihr das wollt? Ihr habt es schon einmal getan, und es machte Euch krank. Glaubt Ihr, Ihr könnt es beim zweiten Mal besser ertragen?«
»Treibt nicht Euren Spott mit mir, Herr. Ich habe noch niemals eine Hand gesehen wie die Eure. Es war der Tod, Herr, der mir damals Angst machte. Der Tod beherrschte Eure Hände, sprach aus allen ihren Linien, daß ich glaubte, es handle sich um eine Warnung an mich selbst. Ich möchte sehen, ob es noch so ist.«
Er zeigte ihr seine Hände, die schmutzig waren vom langen Ritt.
»Eure königliche Abkunft ist ganz deutlich. Ich irre mich nie.«
»Außer diesem Irrtum in Portchester Castle.«
»Nein, ich hatte recht. Ihr habt diesen Frühling nicht gesehen.«

»Verschont mich mit Euren doppelzüngigen Orakeln.«
Die Frau winkte ihm zu schweigen und zeigte wieder auf die Linien.
»Es ist noch da«, kreischte sie erschrocken. »Der Finger, der auf mich weist. Ich bin schuld!«
Richard begriff nichts davon und hätte fast seine Hände zurückgezogen, aber sie beruhigte sich wieder, trat zurück und blickte ihn an.
»Der Tod ist auch noch da, obwohl ein Teil davon Vergangenheit geworden ist. Es ist ein langer und mühsamer Weg, den Ihr gewählt habt, um Euer Los zu erfüllen. Und der Tod wird Euch immer begleiten. Ein eiskalter Geselle, Herr, aber wer bin ich schon, um Euch das zu erzählen. Das wißt Ihr selbst am besten, nicht wahr?«
Richard nickte. Er konnte den Gestank des brennenden Fleisches von 54 Tempelrittern fast riechen. Menschliche Fackeln über einem Holzfeuer. Es war die grausamste, die dramatischste Gestalt, in der sich der Tod ihm gezeigt hatte. Er antwortete ihr nicht.
»Eure Hände sind die schrecklichsten, die ich jemals gesehen habe«, fuhr sie fort. »Doch wird Euer Traum Wirklichkeit werden.«
Die Zigeunerin wandte sich ab und rannte auf ihren wackligen alten Beinen davon.
»Königliche Abkunft!« schnaubte Richard verächtlich. Er fühlte sich nicht als Sohn einer Prinzessin, denn das Geschlecht, dem er offenkundig entstammte, besaß kein Königreich mehr. Der letzte Llewellyn und David ap Gruffyd waren von König Edward, dem Vater des Königs, vertrieben worden. Der junge Edward war Prinz von Wales. Aber die Waliser dachten vielleicht anders darüber...

32. KAPITEL

Is it thy will thy image should keep open
My heavy eyelids to the weary night?
Dost thou desire my slumber should be broken,
*While shadows, like to thee, do mock my sight?**

William Shakespeare – Sonette

Ave Maria, gratia plena, Dominus tecum, virgo serena, benedicta tu in mulieribus – quae peperisti pacem hominibus – et angelis gloriam. Et benedictus fructus ventris tui. Amen.**

Der ernste, dünne Klang der Nonnenstimmen erstarb, und für kurze Zeit irrte das Echo um die steinernen Heiligenbilder auf den gemeißelten Säulen der Kapelle. Wenn Gott auf Seinem himmlischen Thron zugehört hätte, so hätte Er sicher sein Wohlgefallen daran gehabt, aber bald hätte er die Stirne gerunzelt, denn eine der Nonnen zupfte ärgerlich an ihrem Gewand und trat aus dem Chor.

»Ich kann nicht durch die Nase singen. Es klingt abscheulich, und ich hasse es.«

»Aber Schwester, so müssen die Gebete und Hymnen nun einmal gesungen werden.«

»Das ist mir gleichgültig. Ich tue es nicht.«

Beatrice de Morley war wütend. Sie hatte genug von dem öden Leben des Gebete- und Psalmensingens – und noch dazu auf

* Ist's Euer Wunsch, daß Euer Bild/ mir schwere Lider offenhält in dieser Nacht voll Müdigkeit?/ Ist's Euer Wunsch, daß mir der Schlummer unterbrochen wird/ durch Schatten, die Euch gleichen und meiner Augen spotten?

** Gegrüßt seist Du Maria, voll der Gnade! Der Herr ist mit Dir, unbefleckte Magd, Du Gebenedeite unter den Weibern – die Du Friede den Menschen bringst und Glorie den Engeln –, gebenedeit sei die Frucht deines Leibes, Amen.

Lateinisch, das sie nur halb verstand, genug vom Klosterdasein, den Eifersüchteleien und dem Klatsch unter den ehrwürdigen Schwestern. Sie sehnte sich nach den endlosen Heidefeldern und Wäldern, und hungerte nach einem Ritt auf ihrer Fuchsstute. Ach, nur einmal wieder in wildem Galopp den Wind durch das Haar sausen fühlen!

Am schlimmsten aber fand sie ihre Rolle als Büßerin, als die sie sich gar nicht fühlte. Sie hatte ernsthaft versucht zu bereuen und war froh, daß der Bann zurückgenommen war. Sie hatte sich auch verzweifelt bemüht, die Erinnerung an den Bastard auszulöschen. Aber es war ihr nicht geglückt. Schließlich hatte sie es aufgegeben und sich selbst erlaubt, an ihn zu denken, von ihm zu träumen, ihn zu lieben, soviel sie wollte. Niemals, wenn sie zur Beichte ging, hatte sie ihr Geheimnis verraten, aber jeden Tag bat sie die Heilige Magd in der Kapelle nach der Frühmette um Vergebung.

»Ehrwürdige Mutter«, sagte sie am gleichen Abend mit ihrer hellen Stimme zur Äbtissin. »Ich glaube, es ist Zeit für mich, nach Hause zurückzukehren.«

Es war beinahe Herbst, ein Jahr, nachdem sie Haughton-le-Moor verlassen hatte, und ihr Probejahr als Novizin war zu Ende. Noch hatte sie die Wahl zwischen dem Kloster und der Welt, und diese Wahl mußte getroffen werden. Man konnte es nicht länger aufschieben.

Es war Ende Oktober, als ihr ihre Brüder ihre Aufwartung in Grimpton machten.

»Wir kommen, unser weggelaufenes Schwesterchen zurückzuholen«, sagte Geoffrey mit seinem üblichen ironischen Lächeln. Beatrice fragte sich, ob sie den richtigen Entschluß gefaßt hatte. Es kam ihr plötzlich so vor, als ob es zu Hause fast schlimmer sein würde als in Marrick Priory.

Sie hatte recht. Zwar war das Leben auf Haughton-le-Moor in den ersten zwei Monaten noch erträglich. Geoffrey und Timothy waren verheiratet und mit ihren Frauen beschäftigt, so daß sie ihre unglückliche Schwester kaum beachteten. Aber im Januar verkündete der Herr von Morley, Beatrice sollte nun endlich an eine geeignete Partie denken, wenn sie schon die Männer, die er für sie ausgewählt hatte, nicht akzeptieren wollte.

William of Scarborough war inzwischen mit einer anderen verheiratet.
»Niemals werde ich einen Mann so lieben können, wie ich Richard liebe«, erklärte sie ihrem Vater bestimmt.
»Der Bastard. Also hast du mich angelogen. Du hast jeden angelogen, den du glauben machtest, er habe dich dazu gezwungen, ihn entfliehen zu lassen.«
Sie nickte. Warum war sie so ruhig? Noch ein Jahr zuvor hätte sie vor ihm gezittert. Jetzt stand sie da, allein, vollkommen bewegungslos, ihr Gesicht von beherrschter Schönheit.
»Was für eine Tochter habe ich da?« fuhr Morley fort, und seine Stimme klang alt und müde. »Warum ist dasjenige meiner Kinder, das ich am meisten liebe, eine Verräterin? Was erwartest du nun von mir, Beatrice? Als ich dich aufzog, dachte ich, ich hätte eine Rose ohne Dornen erblühen lassen. Ich täuschte mich, so etwas gibt es wohl nicht. Du kannst wählen. Einen Mann, den ich für dich aussuche, oder das Kloster. Du hast drei Monate Zeit!«
Beatrice brauchte nicht nachzudenken. Sie wußte genau, was sie wollte, und Anfang März machte sie Sir Robert einen Besuch.
»Ich dachte mir schon, daß du kommen würdest«, sagte dieser. »Du liebst ihn noch immer, nicht wahr?«
Sie nickte und lächelte.
»Wißt Ihr, wo Richard jetzt sein könnte?«
»Das letzte Gerücht, das mir zu Ohren kam, besagt, er sei in Frankreich, wo er dem Papst das Leben schwer macht. Aber das ist Monate her. Was willst du von ihm?«
»Ich liebe ihn. Ich muß ihn sehen. Er ist der einzige Mann auf der Welt, den ich haben will.«
Der brave Nachbar der Morleys faßte Beatrice am Arm und sagte rauh:
»Eines mußt du dir gut in dein hübsches Köpfchen einprägen, liebe Jungfrau. Diesen Mann wirst du nicht bekommen. Ein Templer gehört seinem Orden und sonst niemandem.«
»Einem Orden, der gar nicht mehr besteht? Sagt mir, Sir Robert, war es Liebe, die ich in seinen Augen sah, als wir in Grimpton auseinandergingen, oder haßt er mich ebenso sehr, wie er jeden hassen muß, der den Namen Morley trägt?«

Das Gesicht des Edelmanns wurde ernst, und er blickte sie nachdenklich an.
»Setz dich«, sagte er. »Ich will dir die Wahrheit erzählen, obgleich er mich verfluchen würde, wenn er es wüßte. Richard der Bastard liebt dich. Er würde den Boden küssen, auf dem du gegangen bist.«
Beatrice erbleichte, und ihre Lippen zitterten.
»Aber«, fügte er hinzu, »das war vor achtzehn Monaten, und er war fest entschlossen, dich aus seinem Herzen zu reißen, weil die Regeln seines Ordens jede Beziehung zu einer Frau verbieten. Er meinte, was er sagte. Versuche ihn zu vergessen, Beatrice.«
»Ich kann es nicht. Ich werde nicht ruhen, bis ich ihn gefunden habe.«
»Du bist eine Frau, und du bist allein. Wie weit glaubst du zu kommen, ohne beraubt oder vergewaltigt zu werden?«
»Ich gehe nicht allein. Ich bitte Euch um jenen Eurer Diener, der die Laute spielt und von dem es heißt, er liebe Männer statt Frauen.«
Und so brach Lady Beatrice de Morley drei Wochen später mit ihren Pferden, ihren Falken, ihren Hunden, ihrem Stallknecht, ihren Dienstmägden und drei von Sir Roberts Reisigen sowie dem Lautenspieler auf, den Mann zu suchen, den sie liebte. Ihren Vater hatte sie nicht gefragt. Sie wußte, daß er sie nie hätte ziehen lassen.
Ihr Plan war einfach: Wie einst der legendäre Troubadour Blondel seinen gefangenen König Richard Löwenherz gefunden hatte, indem er ein Minnelied sang, das er zusammen mit dem König komponiert hatte, so wollte sie ihren Richard finden, indem sie Lieder sang von unerfüllter Liebe. Sie konnte den Namen ihres Geliebten nicht nennen. Aber wer ihn kannte, würde die heimlichen Anspielungen des jungfräulichen Troubadours verstehen und ihr sagen, wo sie ihn finden würde.
Und bald hörte man ihre helle, liebliche Stimme in den Sälen der englischen Barone, begleitet auf der Laute, die von den geübten Händen des David Goodliffe geschlagen wurde. Und stets schloß sie ihren Auftritt mit der Sage von Richard Löwenherz und Blondel und sang das Lied, das sie zusammen komponiert hatten: eine Hymne auf die unerwiderte Liebe.

Domna vostra beutas
Elas bellas faissos
Els bels oils amoros
Els gens cors ben taillats
Don sien empresenetas
De vostra amo qui mi lia.

Si bel trop affansia
Ja de vos non portrai
Que major honorai
Sol en votra deman
Que sautra des beisan
Tot can de vos volria.*

* Eure Schönheit, herrliche Dame, kann niemand ohne Entzücken anschauen. Doch ist Euer Verhalten so kühl, daß es keine Leidenschaft erweckt. Aber ich nehme es mit Gelassenheit hin, denn keinem ergeht es besser als mir. Keine Nymphe kann mein Herz verwunden, die ihre Gunst auf alle verteilt und über alle lächelt, nicht bereit, sich für einen zu entscheiden. Lieber begnüge ich mich mit ihrem Haß, als daß ich ihre Liebe mit anderen teile.

33. KAPITEL

*A man that studieth revenge keeps his own wounds green.**

Sir Francis Bacon – Of Revenge

Der Fluß Itchen, der eilig zwischen den Ufern aus Kalkgestein dahinströmte, durchquerte die Stadt Winchester, die alte Hauptstadt der sächsischen und normannischen Könige. Sie wurde beherrscht von einer prächtigen Kathedrale, deren Bau 1079 begonnen hatte und die jetzt, 1311, immer noch unvollendet war. Neben den Mauern mit den hohen Bogenfenstern befand sich auf dem Boden der Kathedrale eine Propstei und ein Pilgersaal, in dem Pilger auf dem Weg nach Canterbury übernachteten. In diesem Gebäude verbrachte Richard die Nacht, nachdem er sich entschlossen hatte, doch wieder Kontakt zu seinen Brüdern zu suchen. Es war angenehm, wieder unter einem Dach zu schlafen.
Bei Sonnenaufgang verließ er den Saal und irrte durch die geschäftigen Straßen. Das Hospital of St. Cross war gute zwanzig Minuten Wegs vom Pilgersaal entfernt. Etwa um 7 Uhr betrat er das Armenhaus, nahm ein armseliges Mahl von Brot und Bier zu sich und wartete. Es dauerte nicht lange, da fühlte er, wie sich eine Hand auf seine Schulter legte.
»Triff mich um neun Uhr vor der Kapelle auf St. Catherine's Hügel«, sagte der Mönch, der das Brot ausgeteilt hatte.
Zur vereinbarten Zeit war Richard dort und schüttelte Robert-fitz-Alfric, genannt The Wulf, herzlich die Hand.
»Bei den Mauern von Jerusalem«, rief dieser aus. »Wo habt Ihr gesteckt?«

* Ein Mann, der auf Rache sinnt, hält seine eigenen Wunden offen.

»Hauptsächlich in Frankreich.«
»Neuigkeiten?« fragte der Ritter gespannt.
»Nein, ich verließ Frankreich vor mehr als drei Monaten.«
»Das haben wir gehört.«
»Wie stehen die Dinge hier?«
»Es ist eigentlich nicht viel passiert, abgesehen davon, daß seit Anfang des vorigen Monats im Kapitel der Holy Trinity in London 72 Zeugen gegen uns verhört wurden.«
»Haben sie nicht mehr gefunden?« spottete Richard.
The Wulf schnaubte verächtlich:
»Es sind Mönche aus verschiedenen Orden. Zeugen nennen sie sich! Aber keiner hat auch nur irgend etwas gesehen!«
Eine kurze Stille trat ein. Anscheinend war wenig zu besprechen.
»Als ich Frankreich verließ, stand fest, daß die päpstliche Kommission in diesem Sommer ihre Aufgabe beenden würde. Im Oktober wird das Konzil in Vienne zusammentreten und uns verurteilen. Das bedeutet das Ende.«
The Wulf nickte düster.
»Wenn alles vorbei ist, bleibe ich hier und arbeite im Armenhaus.«
»Tut das«, lachte Richard. »Es ist wahrscheinlich das, was die meisten von uns tun werden: in andere Orden eintreten. Wenn man nach mir fragt, so sagt, daß ich nach Frankreich gefahren bin.«
»Frankreich? Ihr sollt doch ein Jahr hierbleiben.«
»Ich muß nach Frankreich, Bruder Robert. Drei Monate sind lange genug. Mehr kann ich mir nicht leisten. Außerdem muß ich mich vor meinen Oberen verantworten. Ich habe den 70. Artikel unserer Regeln auf die schlimmstmögliche Weise übertreten.«
»Ihr habt mit einer Frau gesündigt? Ihr?«
»Ich bin auch nur ein Mensch von Fleisch und Blut.«
Robert the Wulf verstummte vor Bestürzung.
Richard stieg in den Sattel.
»Ich nehme an, daß es diesmal ein Abschied für immer ist.«
»Wartet«, rief Robert, »ich hätte es fast vergessen. Ihr wart doch auf der Suche nach Thomas von Lincoln.«
»Das ist lange her. Was ist mit ihm?«
Richards Stimme klang nicht besonders interessiert.

»Wir glauben, daß wir ihn aufgespürt haben. Gerüchten zufolge ist er noch in Lincoln, obwohl alle Gefangenen, die dort festgehalten wurden, nach London überführt wurden. Anscheinend ist er aus dem einen oder anderen Grund zurückgeblieben.«

»Zweifellos war er zu krank für eine lange Reise mit seinen gichtigen Gelenken in einem kalten Gefängnis«, antwortete Richard. »Aber es tut mir leid. Mein Entschluß ist gefaßt. Wenn es Gottes Wille ist, daß ich ihn wiedersehe, dann wird Er dafür sorgen. In jedem Fall vielen Dank.«

Er hob grüßend die Hand, galoppierte den Hügel hinab und ritt in südwestlicher Richtung davon.

Vielleicht hatte Gott seine gleichgültige Bemerkung gehört, vielleicht war es auch nur ein zufälliges Zusammentreffen von Umständen, daß er, bevor er noch die Küste erreichte, vom Tod des Grafen von Lincoln erfuhr. Das bedeutete, daß Thomas von Lancaster, der mit der einzigen Tochter des Grafen verheiratet war, die Grafschaften Lincoln und Salisbury geerbt hatte. Außerdem war er Statthalter Edwards geworden, der sich im Kriege befand, und so war ihm Thomas von Lincoln ausgeliefert.

Richard zögerte wieder. Er machte sich Sorgen um seinen alten Lehrmeister. Daß er sich offenbar in Lancasters Klauen befand, verhieß nichts Gutes. Entschlossen wandte er den Kopf seines Pferdes nach Norden.

Die Säulen im Kirchenschiff der Lincoln Cathedral glänzten in dem einströmenden sanften Licht. Sie bildeten einen bestürzenden Kontrast zu den Bettlern, die sich in die Kathedrale geflüchtet hatten.

Richard schob die Hände, die ihn um Almosen baten, zur Seite. Diese Art von Bittstellern kannte er. Räuber und Diebe waren es, die versuchten, den Gerichten zu entwischen, indem sie sich in dieses Asyl flüchteten.

In sicherem Abstand vom Altar kniete der Templer nieder, als könne er es nicht ertragen, Gott näherzukommen. Er betete.

Es war merkwürdig, nach so langer Zeit wieder in einer Kirche zu sein. Er dankte Gott, daß er ihn davor bewahrt hatte, diesen wahnsinnigen Mord an den Feinden des Tempels zu begehen.

Denn schließlich war ihm klar geworden, daß er Unrecht hatte: Selbst durch eine solche Verzweiflungstat würde er den Orden nicht mehr gerettet haben.
Er blickte durch seine gefalteten Hände hindurch zur Seite. Die glatten Pfeiler erinnerten ihn an die Temple Church in London, wo er so oft mit Thomas von Lincoln gebetet hatte. Beim Kreuz! Gott wollte nicht auf ihn hören. Er fühlte, wie seine Worte auf dem Weg von ihm zum Kreuz auf dem Altar kraftlos wurden. Abrupt stand er auf und winkte einem Mönch.
»Kann ich Vater Hugh sprechen?« fragte er.
Der Mönch nickte und zog sich durch die Türe, die ins Haus des Rektors führte, zurück, um etwas später in Begleitung eines Priesters wiederzukommen.
»Es wäre mir lieb, wenn Ihr mir die Beichte abnähmet, Vater.«
»Kommt mit mir, mein Sohn.«
Als Richard im Beichtstuhl kniete, sagte er mit leiser Stimme: »Man hat mir erzählt, Ihr könntet mich zu Thomas von Lincoln bringen.«
»Ah«, sagte der Priester und winkte dem Mönch, der in ehrerbietigem Abstand geblieben war, ohne daß Richard es sehen konnte. Der zog sich unauffällig zurück. Der Priester schwieg ein paar Sekunden lang, und dann sagte er langsam:
»Der Mann, den Ihr sucht, war in Lincoln, das ist richtig. Aber er wurde woanders hingebracht, als der König gebot, sie alle nach London zu überführen. Also habt Ihr endlich angebissen!«
Richard fuhr auf.
»Ihr habt mich in eine Falle gelockt?«
Der Priester lächelte siegesgewiß, doch Richard beachtete ihn nicht. Gehetzt blickte er sich um. In der Ferne konnte er das Blinken von Speeren und Helmen in der Öffnung des gewölbten Portals sehen.
»Versucht nicht zu entfliehen. Sie erwarten Euch draußen. Und rechnet nicht damit, daß die Kirche Euch beschützen wird. Wir wollen keine Ketzer.«
Der Priester war aus dem Beichtstuhl hervorgetreten, um seinen Triumph zu genießen.
Ohne ein Wort griff Richard den Priester rauh beim Arm und stieß ihn vor sich her.

»Laufen!« befahl er und stieß ihn in Richtung auf den Seiteneingang, aus dem er vorher aufgetaucht war.

»Bedenkt, was Ihr tut«, keuchte der Mann, während er hastig durch den sorgfältig gepflegten Garten und den Friedhof bei der Kirche eilte.

Richard wußte sehr wohl, was er tat. Er gebrauchte den Geistlichen als lebenden Schild gegen die beiden Bogenschützen, die er links an den Seitenschiffen der Kathedrale bemerkt hatte. Mit langen Schritten lief er weiter, hielt den Arm des Priesters in eisernem Griff und zückte den Dolch mit der freien Hand.

»Ich weiß natürlich nicht, ob ihnen Euer Leben mehr wert ist als das meine. Vielleicht wißt Ihr das besser.«

Der Priester wurde noch bleicher, und Richard beschleunigte den Schritt. Es war noch ein Bogenschütze hinzugekommen, der jetzt die Sehne spannte, um den Pfeil abzuschießen. Es gab wenig Zweifel, daß er aus dieser Entfernung sicher treffen würde. Der Ritter schob den Priester zwischen sich selbst und den auf ihn gerichteten Pfeil.

»Sie werden schießen«, ächzte der Priester.

Richard ließ ihn los und rannte um sein Leben. Noch konnte der Ring um die Kathedrale nicht geschlossen sein, noch hatte er eine Chance zu entwischen. Mit knapper Not entkam er den zischenden Pfeilen. Wenn er die Stadt verlassen wollte, mußte er das tun, bevor die Torwächter informiert waren. Er rannte also eilig zum nächstgelegenen Stadttor, doch es war schon zu spät.

Richard verbarg sich in einer Gasse, die gerade breit genug war, um einen Mann durchzulassen. Dort wartete er auf eine Gelegenheit, das Tor unbemerkt zu passieren.

Etwas später sah er seine Chance gekommen. Er sprang auf einen mit leeren Weinfässern beladenen Karren und versteckte sich darin. Eine halbe Meile außerhalb der Stadt tauchte er wieder auf. Es bedurfte nur eines leisen Pfiffes, und Pilgrim kam tänzelnd unter dem Schutz einer mächtigen Eiche hervor auf ihn zu.

»Gott steh uns bei, Pilgrim«, sagte er und stieg in den Sattel, ohne die Sporen anzulegen. Es war ihm nicht entgangen, daß die Pikeniere und berittenen Wächter des Vogtes die Stadt verlassen hatten. Sie machten Jagd auf ihn. Es war eine gut vorbereitete Falle,

und fast war sie schon zugeschnappt. Doch zog er es vor, sie auf offenem Feld zu treffen statt in der engen Stadt. Draußen hatte er wenigstens eine kleine Chance. Sein Pferd war kräftig und schnell, und das Land war weit. Wenn er nur Sherwood Forest erreichen konnte, den einzigen Platz, wo er sich verbergen konnte.
Er galoppierte vorwärts, nur ein Ziel vor Augen: den Wald. Aber er kam nicht weit. Bald bedrängten sie ihn von allen Seiten.
»Vive Dieu Saint Amour«, schrie er und stürzte sich ins Gewühl, während sein Schwert auf ihre Waffen klirrte. Er sah sich von einer Macht umringt, groß genug, um dreißig Mann in Stücke zu hauen. War das Lancasters Werk? Richard ließ die Sporen zu Boden fallen, um fester in die Zügel greifen zu können. Er focht wie ein Besessener, fest entschlossen, ihnen nicht lebend in die Hände zu fallen.
Es war ein schrecklicher Kampf. Stoß und Hieb mit dem Schwert austeilend erwartete er mit kühler Entschlossenheit den tödlichen Stoß.
Pilgrim stieg, bäumte sich und strauchelte. Dann fiel er und trieb den Speer, der ihn getroffen hatte, durch das Gewicht seines eigenen Körpers und das seines Reiters fast zur Hälfte des Schaftes in seine weiche Flanke. Gerade noch rechtzeitig konnte Richard sich aus dem Sattel fallen lassen und den wild um sich schlagenden Hufen ausweichen. Als er sich aufrichtete, befand er sich inmitten eines Kreises von Speerspitzen, und er begriff: Sie hatten den Auftrag, ihn lebend gefangenzunehmen. In diesem Augenblick merkte er erst, daß er an beiden Beinen verwundet war und aus einem tiefen Stich im Schenkel blutete.
Da warf er das Schwert zu Boden, den Knauf den Gegnern zugewandt zum Zeichen der Aufgabe.
Als Richard sein Pferd mit Schaum vor dem Maul und Todesangst in den Augen sah, arbeitete er sich mühsam hoch und schob die auf ihn gerichteten Spieße zur Seite. Zum letzten Mal streichelte er die trotzige schwarze Mähne und die weichen samtenen Nüstern. Er konnte fühlen, wie das Tier zitterte.
Dann zog er den Dolch und stach blitzartig zu. Pilgrim sollte nicht lange leiden. Er starrte auf das Blut, das aus dem Hals des Pferdes auf seine Stiefel schoß, und auf die letzten Zuckungen seines

treuen Freundes. Dann hob er den Dolch, um ihn in die eigene Kehle zu stoßen. Aber er kam nicht dazu.
Die Reisigen des Vogts reagierten blitzschnell auf die Bewegung der Waffe. Die Spitze eines Speeres schlug gegen Richards Hand. Ein anderer stieß ihn zwischen die Schulterblätter. Kraftlos ließ der Ritter die Waffe fallen, von Schmerz überwältigt. Indem er Pilgrim von seinen Leiden erlöste, hatte er die Chance verspielt, sich selbst aus den Händen der Inquisition zu retten. Aber er konnte nicht anders.
Er leistete keinen Widerstand, als sie ihm Kutte und Hemd bis zur Mitte aufrissen, um das Kreuz auf seiner Schulter zu entblößen, das seine Identität verriet. Dann wurde er abgeführt, mit den Ketten an seinen Füßen ungeschickt hinter den Pferden der Reisigen herstolpernd. Noch einmal blickte er sich nach der Leiche des Pferdes um, das ihn vier lange Jahre durch Kämpfe und Entbehrungen begleitet hatte. Er wußte, daß es dieses Mal keine zweite Beatrice von Morley geben würde, um ihn vor dem Tod zu erretten, der ihn in der Folterkammer erwartete.

34. KAPITEL

Absence from whom we love is worse than death,
*And frustrate hope severer than despair.**

William Cowper – Hope, like the shortliv'd ray

Müde und entmutigt zog Beatrices kleine Schar auf der Straße nach London dahin. Bis jetzt hatte ihre Suche nicht das geringste Ergebnis gebracht. Sie fragte sich, wie sie jemals hatte hoffen können, den Geliebten auf diese Weise zu finden. Dies war wahrlich eine törichte Jagd. Aber sie war nicht gewillt, so schnell aufzugeben, und so sang sie ihr Lied jeden Abend. Eines Tages würde jemand unter ihren Zuhörern aufstehen, um ihr zu sagen, er habe den Mann gesehen, den sie liebte.

Aus der Ferne erklang das Geräusch von Hufschlägen. Bald konnte sie einen Reiter erkennen, der in vollem Galopp auf einem schweren, grauen Streitroß direkt durch die Felder auf sie zukam. Sie winkte ihrem Gefolge, zu halten und wartete, bis der Mann vor ihr anhielt und aus dem Sattel sprang.

»Wo habe ich Euch schon einmal gesehen?« fragte sie mit verwundertem Blick auf das blonde Haar und den etwas verwilderten Bart.

»Madame«, sagte Edmund the Lion, ohne Gruß und ohne ihre Frage zu beantworten. »Einer meiner Leute benachrichtigte mich. Ihr spürt dem Bastard nach.«

»Endlich«, rief sie. Ihr Gesicht hellte sich auf, und ihre Augen glänzten.

»Jetzt erinnere ich mich. Ihr seid der Templer, der...«

* Abwesenheit von denen, die wir lieben, ist schlimmer als der Tod, und vergebliche Hoffnung quälender als Verzweiflung.

»Schweigt, Mylady.«
Er warf einen schnellen Blick auf die Straße. Sie war leer. Er zögerte etwas, bevor er weitersprach:
»Gebt Eure Suche auf, Mylady. Hier werdet Ihr ihn gewiß nicht finden. Er war dieses Jahr in England. Aber soweit wir wissen, ist er im April nach Frankreich zurückgekehrt.«
Es war jetzt Juni. Beatrices Miene verdüsterte sich.
»Dann muß ich nach Frankreich gehen. Ich habe gehört, die Ritter werden dort schlecht behandelt. Bei Gott, ich wollte, Ihr hättet mir bessere Nachricht gebracht.«
Sie schlug ein Kreuz und musterte Edmund forschend. Der schüttelte den Kopf und antwortete:
»Dorthin könnt Ihr ihm nicht folgen, Mylady.«
Aber Beatrice hob die Hand, um ihr Gefolge wieder in Bewegung zu setzen. Ihr Mut und ihre Entschlossenheit rührten Edmund mehr, als er zugeben wollte. Er schaute zu, wie sie ihrem Pferd die Sporen gab, und fand sich kurz danach wieder an ihrer Seite.
»Ihr betretet Lancasters Land. Ihr würdet gut daran tun, vorsichtig zu sein.«
»Ich weiß, was Ihr meint«, antwortete sie. »Aber was will der Graf eigentlich? Die Templer sind doch nicht seine Angelegenheit?«
Der vorwurfsvolle Blick, der sie traf, erinnerte sie daran, daß sie auch nicht ihres Vaters Angelegenheit gewesen waren. Einige Zeit ritten sie schweigend dahin.
»Mylady«, sagte Edmund schließlich mit deutlicher Überwindung.
»Ich kenne jemand, der Euch vielleicht raten kann. Obgleich Ihr Euch darüber klar sein müßt, daß niemand etwas von dessen Verbindung zu uns wissen darf.«
Er winkte ihr, etwas schneller zu reiten und fuhr fort, als ihre Diener außer Hörweite waren.
»Diese Edelfrau kennt ihn besser als wir. Und deshalb kann sie Euch vielleicht helfen – wenn sie will. Erlaubt mir, Euch dorthin zu begleiten.«
Und so geschah es, daß Beatrice de Morley ihr schönstes Kleid aussuchte und darum bat, bei der Frau von Lyons-la-Forêt zugelassen zu werden, die ihrer Königin auf Windsor Castle diente.

Sie mußte fast eine Stunde warten, bevor sich Blanche von ihren Pflichten freimachen konnte. Während dieser Zeit betrachtete Beatrice die kostbaren französischen Wandteppiche im Zimmer der Edelfrau.
Aufgeschreckt durch ein leises Geräusch an der Tür sank sie hastig in eine tiefe Verneigung. Blanches dunkle Augen blickten mißtrauisch auf sie nieder.
»Wer seid Ihr?« fragte sie mit ihrer dunklen, warmen Stimme.
»Beatrice de Morley, mit Eurer Erlaubnis, Madame.«
»Mort de Dieu«, rief Blanche ganz unweiblich aus. »Morley? Ihr seid die Frau, die Richard...«
Beatrice wagte kaum die Augen aufzuschlagen. Hatte jener Templer nicht gesagt, diese Frau kenne Richard besser als seine eigenen Leute? Was sollte sie von ihr denken!
»Seid Ihr erst vor kurzem aus dem Kloster gekommen?«
»Also wißt Ihr es schon?« Beatrices Worte kamen ohne Arg. »Im Oktober vorigen Jahres.«
Blanche lächelte innerlich. Wie unverdorben sie war, dachte sie. Sie konnte noch impulsiv reagieren, ohne ihre Worte zu wägen, bevor sie sie aussprach.
»Ihr habt es ziemlich lange ausgehalten. Klöster sind nichts für mich. Richard hat mich einmal in eine Mönchszelle in einem der Kapitelhäuser des Tempels gesperrt, doch nur für ein paar Tage. Ich haßte jeden einzelnen Augenblick, und ich verwünschte ihn, bis er mich wieder herausholte.«
So etwas hat er also getan, dachte Beatrice. Ihre Hände krampften sich ineinander. Blanche sollte nicht sehen, wie sie zitterten. Sie hatte er nicht aus Grimpton herausgeholt!
»Ich fand es auch gar nicht schön dort«, antwortete sie etwas steif. »Aber ich mußte bleiben, um den Bann zu lösen. Und als er einmal aufgehoben war, brauchte ich noch Monate, um mir ein Herz zu fassen, bevor ich mich nach Hause wagte.«
»Richard machte sich große Sorgen Euretwegen«, nickte Blanche. »Es bedrückte ihn, daß er Euch so einfach benützt und dann fallengelassen hatte.«
Also hatte sie ihn doch beschäftigt, nachdem sie Abschied genommen hatten! Er hatte an sie gedacht, wenigstens ein Weilchen lang.

»Ich bin mehr als drei Monate auf der Suche nach Richard durch den Norden dieses Reiches geirrt. Und alles, was ich fand, war einer seiner Männer, der mir sagte, ich solle zu Euch gehen. Er dachte, vielleicht könntet Ihr mir sagen, wo ich ihn finden würde.«
»Aha.«
Blanche schwieg und betrachtete das Mädchen aufmerksam. Dann schüttelte sie den Kopf.
»Armes Kind«, sagte sie. »Ich fürchte, daß ich Euch wenig helfen kann. Er war im Januar hier, kam direkt aus Frankreich. Er war – wie soll ich das erklären – er war eigentlich gar nicht er selbst. Seitdem habe ich ihn nicht mehr gesehen.«
Sie zögerte und überlegte, wie sie ihre Worte am besten wählen sollte, um Beatrices Gefühle zu schonen.
»Es ist lange her, daß Ihr ihn zum letzten Mal saht, nicht wahr? Inzwischen ist vieles geschehen. Die schreckliche Tragödie, deren Zeuge er wurde, wird nicht hinter die Mauern Eures friedlichen Klosters gedrungen sein. Solche Ereignisse können einen Mann so verändern, daß er nicht mehr wiederzuerkennen ist.«
»Was versucht Ihr mir alles zu erklären? Das einzige, worum ich Euch bitte, ist, mir zu helfen, ihn zu finden. Man sagte mir, er sei bereits im April nach Frankreich gegangen.«
»Frankreich?« rief Blanche erschrocken. »Großer Gott. Ich hoffe, Ihr habt unrecht. Ich muß Euch etwas sagen, das Ihr wissen sollt. Richard wurde von seinen eigenen Gefährten aus Frankreich verbannt, weil seine Pläne ihnen nicht mehr genehm waren. Er würde seine Seele dem Teufel verkaufen, wenn er den Orden damit retten könnte, und wenn es wahr ist, was Ihr sagt, bedeutet das, daß er sich genau dazu entschlossen hat.«
Beatrice wagte nicht, ihr ins Wort zu fallen. Das Herz schlug ihr bis zum Halse.
»Denkt Ihr, daß er Euch noch liebt?« fragte Blanche.
»Ich hoffe es aus der Tiefe meiner Seele.«
»Dann solltet Ihr die Wahrheit kennen. In London hält sich hartnäckig das Gerücht, daß er regelmäßig eine Hure aufsucht, eine gewisse Red Meggie.«
»Ich glaube nicht an Gerüchte«, antwortete Beatrice, obwohl ihre Stimme zitterte.

»Ich weiß auch nicht, was daran wahr ist«, stimmte Blanche zu. »In jedem Fall muß er sie gekannt haben, soviel ist sicher. Denn ich hörte, wie man bis in alle Einzelheiten die Narbe beschrieb, die er auf der rechten Schulter hat. Soll ich noch mehr sagen? Ihr wißt am besten, wie sie dahin kommt, vermute ich.«
Beatrice nickte. »Ich habe nicht vor, eine Hure zu fragen, ob sie etwas von ihm weiß«, sagte sie entschlossen. »Ich gehe sofort nach Frankreich. Etwas in mir sagt mir, daß er sich in großer Gefahr befindet. Und ob er mich liebt oder nicht – ich muß ihm helfen.«
»Ihr seid eine mutige Frau«, erwiderte Blanche und erhob sich. »Ich bitte Euch, sucht nach ihm. Ich hoffe zu Gott, daß Ihr nicht zu spät kommt. Ich habe ihn geliebt, vielleicht liebe ich ihn noch immer. Geht zu meinem Herrn, denn wenn es jemanden in Frankreich gibt, an den er sich wenden wird, dann ist er es.«
Eilig suchte sie Tinte und Pergament und kritzelte ein paar Worte, um ihr die Wege ins Schloß Lyons-la-Forêt zu ebnen.
»Könnt Ihr Euch eine solche Reise leisten? Braucht Ihr Geld?«
»Ihr seid sehr freundlich, Madame, ich danke Euch für Eure Fürsorge. Aber ich bin gut ausgestattet. Richard schenkte mir eine so hohe Summe, daß ich ganz verlegen wurde.«
Sie lächelte und machte einen Knicks, bevor sie das Zimmer verließ.

Es war eine seltsame Gesellschaft, die sich an diesem Julimorgen auf Lyons-la-Forêt zubewegte: Hunde, die fröhlich um ein paar Pferde herumsprangen, und auch Fußknechte. Aymer, der ihr von den Mauern entgegensah, erschien sie eher als eine Jagdpartie, wenn auch eine kleine. Jedenfalls gab er dem Torwächter den Auftrag, die Zugbrücke hinaufzuziehen. Er wollte selbst seinen eigenen Bauern nicht trauen. Es dauerte noch fast eine Stunde, bevor die Reisenden an das Tor gelangten. Der Franzose lehnte sich über die Brustwehr und starrte auf sie herunter.
»Herr«, rief Beatrice, »ich habe einen Brief von Eurer Gattin, Frau Blanche.«
Sie schwenkte den Brief und zeigte ihm ein strahlendes Lächeln. Das genügte ihm, und er befahl ohne weitere Umstände, die Brücke herabzulassen. Als auch das Fallgitter hochgezogen war,

setzte sich die Schar langsam in Bewegung und zog mit so großer Würde in den Schloßhof ein, daß Aymer anerkennend nickte. Beatrice erlaubte es seinem Schildknappen nicht, ihr vom Pferd zu helfen, sondern wartete auf ihre eigene Dienstmagd und Knechte. Langsam stieg sie mit einiger Mühe ab.

»Beau Sire«, sagte sie und händigte ihm das Briefchen aus, das Blanche ihr gegeben hatte, und sie sah, wie er erbleichte, als er die Zeilen überflog.

»Ich bitte Euch, mit mir zu kommen, Mylady«, sagte er knapp.

Im Saal beeilte sich Aymer mit fast übertriebener Höflichkeit, ihr einen Stuhl anzubieten.

»Ihr seid sicher müde nach einer so langen Reise.« Er musterte sie, bis sich die Diener entfernt hatten, und fragte dann unverblümt: »Ist es sein Kind, das Ihr tragt?«

Zu seiner Überraschung begann sie zu lachen.

»In Gottes Namen, Herr, ich wollte, das wäre wahr. Aber es ist nur Schein.«

Sie legte ihre Hand auf ihren gewölbten Bauch.

»Ich hatte die letzte Zeit so viele Schwierigkeiten unterwegs, daß ich mich entschloß, diese List anzuwenden, um die Männer in gebührendem Abstand zu halten. Und ich bin froh, sagen zu können, daß es gut geglückt ist.«

»Mort de Dieu, ich dachte schon, daß... Aber das würde er niemals tun. Ha!«

»Das solltet Ihr nicht sagen, Herr, denn er hat es schon getan. Nur nicht mit mir.« Beatrice faltete die Hände im Schoß und schlug die Augen nieder. »Aber man hat mir gesagt, er sei nach Frankreich gegangen? Habt Ihr ihn gesehen? Habt Ihr ihn gesprochen?«

»Nein, niemals. Wenn er in Frankreich wäre, würde ich es wissen.«

Doch schien er sich dessen nicht ganz sicher zu sein, denn er lief sichtlich verstört im Saal auf und ab.

»Wann war es?« wollte er wissen.

»Irgendwann im April.«

»Dann ist es unmöglich. Seitdem sind etwa zwei Monate vergangen, und Richard ist nicht der Mann, einen Plan aufzuschieben. Er ist bestimmt nicht nach Frankreich gegangen, Madame. Es muß

ihn etwas in England aufgehalten haben. Denn wenn er wirklich hier wäre, hätte die ganze Welt davon gehört.«
Verständnislos blickte sie ihn an, und Aymer lachte.
»Und wir hätten zumindest einen Feind weniger gehabt. Einen König, Mylady, den französischen König. Doch leider ist er noch am Leben. Seine Taten beweisen es, und meine Frau muß zu ihrer eigenen Sicherheit und der meines Söhnchens in England bleiben.«
»Das ist bitter zu hören, Herr. War das sein Plan?«
Aymer nickte.
»Kenne ich ihn denn so schlecht?« schluchzte sie plötzlich auf. »Einen König zu töten...«
»Immerhin, er tat es nicht.«
Eine Weile blieb Aymer schweigend stehen und betrachtete forschend die schönen Züge ihres bleichen Gesichtes. Plötzlich beugte er sich vor und bot ihr sein seidenes Taschentuch an.
»Spart Euch die Tränen, liebe Jungfrau, bis die Zeit gekommen ist, wo Ihr weinen wollt und keine mehr habt.«
»O Gott«, schluchzte sie. »Fast fünf Monate lang habe ich nach ihm gesucht. Und jetzt bin ich wieder da, wo ich angefangen habe.«
Aymer antwortete nicht. Er strich sich über den struppigen, kurzen Bart und dachte nach. Nach einiger Zeit sagte er:
»Vielleicht kann ich etwas für Euch tun. Seht, wir haben eine Besonderheit in diesem Schloß. Ihr Name ist Raoul.«
»Raoul?« wiederholte sie mit dünner Stimme.
»Er ist zehn Jahre alt und kann ein wenig lesen und schreiben. Er kann ein Pferd ebenso gut versorgen wie jeder erwachsene Pferdeknecht. Er kann mit einem leichten Schwert umgehen und trifft genau mit seinen Pfeilen.«
»Das scheint ein vielversprechender junger Mann zu sein«, nickte Beatrice anerkennend. »Einer Eurer Söhne?«
»Nein. Der Sohn meines ehemaligen Torwächters.«
»Ein Leibeigener!«
»Richard hat manchmal merkwürdige Ideen: Er wollte ihn zu seinem Schildknappen machen. Der Junge hängt sehr an ihm, betrachtet ihn als seinen zweiten Vater, ja noch mehr. Der Torwächter wurde letztes Jahr während einer Belagerung erschlagen,

und seine Frau folgte ihm ein paar Monate später ins Grab. Nehmt den Jungen mit, Madame. Er ist jetzt ein Waisenkind, und ich denke, er wird Euch gerne dienen, wenn er hört, wer Ihr seid und was Ihr hier tut. Er kann sich Zugang zu Orten verschaffen, in die Ihr niemals hineinkommt.«

Der Schloßherr wandte sich zur Tür und rief:

»Raoul!«

»Noch einen guten Rat«, fuhr er fort. »Verlaßt Frankreich, so schnell Ihr könnt, bevor die Nachricht von Eurer Gegenwart an des Königs Ohren dringt. Er würde nicht zögern, sich Euer in gleicher Weise zu bedienen, wie er sich meiner Frau zu bedienen gedachte. Ich werde Euch ein paar meiner Leute mitgeben, die Euch zur Küste begleiten sollen. Und besucht vor allem Blanche noch einmal, falls Ihr bereit seid, einen Brief von mir abzugeben.«

Beatrice nickte.

»Ah, Raoul«, rief Aymer, als der Junge in seiner verschlissenen Hose und seinem braunen Leinenhemd den Saal betrat und auf die Knie fiel. Auf Aymers Anweisung hob er zögernd den Kopf und blickte Beatrice mißtrauisch an.

»Kleide dich als Diener einer Edelfrau, Raoul, du reist nach England.«

»England?«

Bestürzt schaute er von einem zum anderen.

»Messire Richard ist in Schwierigkeiten. Du gehst mit Lady Beatrice, um ihr zu helfen, ihn zu suchen.«

»Ja, Herr«, sagte der Junge und sprang auf. »Für Messire Richard will ich alles tun.«

Er verbeugte sich schnell und sprang aus dem Saal. Aymer machte eine triumphierende Geste und sagte:

»Ihr werdet keinen treueren Diener finden!«

35. KAPITEL

O dreadful is the check – intense the agony –
When the ear begins to hear, and the eye begins to see;
When the pulse begins to throb – the brain to think again,
*The soul to feel the flesh, and the flesh to feel the chain.**

Emily Brontë – The Prisoner

Wenn Lincolns Inquisitor geglaubt hatte, seinen Gefangenen zum Sprechen bringen zu können, hatte er sich getäuscht. Es kostete ihn vier Monate, bis er einsah, daß alle Versuche, diesen Mann einzuschüchtern, fruchtlos waren – er schwieg wie das Grab. Also rief er schließlich die Hilfe des Grafen von Lancaster an. Dieser hatte schließlich den Befehl gegeben, den Bastard in eine Falle zu locken.

Graf Thomas von Lancaster hatte mittlerweile freie Hand. Im August dieses Jahres hatte das Parlament den König von den schottischen Grenzen zurückgerufen. Am 16. stand er in Blackfriars den ›Ordainers‹ gegenüber, einer Kommission aus Grafen, Bischöfen und Baronen, die im Vorjahr ins Leben gerufen worden war, um den König zu kontrollieren. Er sollte nur noch solche Verordnungen erlassen, die sie für nötig hielten und die »dem König zur Ehre gereichten und im Interesse der Heiligen Kirche und seines Volkes in Übereinstimmung mit dem vom König bei seiner Krönung geschworenen Eid standen«, Verordnungen also,

* Oh, schrecklich ist der Schlag, hart der Kampf der Seele, wenn das Ohr wieder zu hören, das Auge wieder zu sehen beginnt, wenn der Puls wieder klopft, das Hirn wieder denkt, die Seele das Fleisch wieder fühlt und das Fleisch wieder seine Ketten.

die hauptsächlich für sie und vor allem für Lancaster von Vorteil waren. Edward wußte, daß sie nur eines von ihm wollten: Piers de Gaveston, den er in Bamborough zurückgelassen hatte, sollte endgültig das Land verlassen. Bis zum bitteren Ende hatte er gekämpft, um seinen Günstling halten zu können – alles hatten sie bekommen, Vorrechte, Privilegien, seine eigene Macht – nur nicht Bruder Perrot. Schließlich hatte er alle Forderungen zugestanden, außer der einen, den 20. Artikel, der den Günstling betraf. Aber am 5. Oktober hatte er doch nachgeben müssen. Mit bewaffneter Eskorte war Gaveston nach London gebracht und nach Brabant eingeschifft worden.

Mit Gaveston hatten die Ordainers Edward alle Macht entrissen. Es war ihm sogar verboten, ohne ihre Zustimmung das Reich zu verlassen oder Krieg zu führen. Schon sang das Volk seine Spottlieder:

»Die Urkund' von des Königs Wort, sie ist aus Wachs gemacht.
Zu nah am Feuer schmilzt sie fort, wer hätte das gedacht!«

Lancaster konnte sich also auf die Vernichtung seines nächsten Feindes konzentrieren. Was er in Lincoln vorfand, war ein Mann, der durch Folter und Einzelhaft zermürbt und gedemütigt war – eine leichte Beute. Er hätte sein Opfer lieber in eines seiner eigenen Schlösser bringen lassen, um es dort für immer verschwinden zu lassen. Aber die französische Inquisition dürstete weiterhin nach dem Blut des Bastards, und die Geistlichkeit von England weigerte sich, ihn auszuliefern, wollte ihn aber noch weniger diesem mächtigen Grafen in die Hände spielen, der doch nur auf die Befriedigung seines persönlichen Grolls aus war.

Der Graf wußte, daß die englische Inquisition vor einem Problem stand, da sie durch das Dekret König Edwards behindert war, das gerade die Foltermethoden verbot, die dem Gefangenen die gewünschten Geständnisse hätte abpressen können.

Am 10. November betrat Lancaster den Kerker und ließ den Bastard vor sich bringen, dem er mißtraute, und den er verachtete. Der Graf hatte sich auf dem Stuhl niedergelassen, den sonst der Inquisitor oder der Dominikaner einnahm, und der Gefangene wurde mit auf den Rücken gebundenen Händen hereingeführt und gezwungen, vor den Füßen des Grafen auf die Knie zu fallen.

Nachdem sie einander eine Weile schweigend und mit gegenseitigem Haß gemustert hatten, zog Lancaster den Dolch, der zwischen ihnen schon früher eine Rolle gespielt hatte, aus der Scheide und setzte ihn Richard an die Kehle.
»Man hat mich um Hilfe gebeten, weil du bis jetzt nicht gerade mitteilsam gewesen bist«, sagte er. »Ich will außerdem noch etwas anderes von dir wissen: Wo ist dieses Dokument geblieben?«
Richard antwortete wie stets mit grimmigem Schweigen. Der Inquisitor hatte ihm zwar mehrmals erklärt, aus anhaltendem Schweigen unter der Folter könne man nur schließen, daß er mit dem Teufel im Bunde sei, aber das ließ ihn kalt.
»Es bedarf nur einer Bewegung meiner Hand, und dein elender Hals ist durchgeschnitten«, drohte Lancaster. »Oder soll ich meine Wut an Bruder Thomas auslassen, deinem alten Lehrmeister?«
Richard hatte Mühe, sich zu konzentrieren. Aber er nahm sich zusammen und sagte:
»Es gibt nur eine Möglichkeit, alle Antworten aus mir herauszubekommen: Bringt mich zu Thomas von Lincoln.«
Es war nicht die Waffe Lancasters, die ihm Angst machte. Er war jetzt sechs Monate allein und hatte das Stadium erreicht, in dem er aufgehört hatte, sich als menschliches Wesen zu fühlen. Abgestumpft durch die Monotonie des Schmerzes, des Hungers und der Kälte, vegetierte er dahin wie ein in den Käfig gesperrtes Tier. Er wußte nicht, wie lange er schon hier war. Er hatte gegen das Schweigen seiner dunklen Zelle angebetet, angeweint, angeschrien. Aber wer war er denn, daß er klagen durfte? Es gab manche, die mehr als vier Jahre lang nichts als die Wände ihrer Zelle gesehen hatten.
Jetzt wurde er schwach und versprach, auszusagen, wenn man ihn mit Thomas von Lincoln zusammenbringen würde, dem einzigen, der ihn aus dem tiefen Abgrund des Wahnsinns, in dem er zu versinken drohte, retten konnte. Doch es geschah nichts.
Zehn Tage später wiederholte er seine Bitte vor dem Inquisitor und schwieg wieder im Verhör, wie er es gewohnt war. Aber sein Widerstand schwand schnell, und die einzige Art zu verhindern, daß er die Geheimnisse verriet, die er um jeden Preis bewahren mußte, war, sich das Denken zu verbieten.

So sagte er zwei Tage lang während der Verhöre laut die Regeln des Ordens vor sich hin, alle 72, immer wieder aufs neue.
Er verschloß die Ohren vor den Fragen, dem Geschrei und den Drohungen des Schergen und des Inquisitors, während seine Stimme unaufhörlich weiterdröhnte, zehn-, zwanzig-, dreißigmal die Regeln oder mehr, bis der Folterknecht die Geduld verlor und ihn zu schlagen begann und immer weiter schlug, trotz des Protestes des Geistlichen. Er hörte erst auf, als diese Stimme, die ihn rasend machte, verstummte.
Später, viel später, kam Richard wieder zu Bewußtsein. Er fühlte sich starr vor Kälte und Nässe. Allmählich erkannte er, daß er auf den Holzplanken eines offenen Karrens lag, gebunden und mit dröhnendem Kopf. Einige Zeit später machten sich Hände an ihm zu schaffen, aber es waren nicht die Hände von Engeln, die ihn retteten und in den Himmel brachten, sondern die groben schwieligen Fäuste von ein paar Männern, die ihn aus dem Fahrzeug auf den schlammigen Boden warfen. Der Regen klatschte auf ihn nieder. Jemand packte ihn am Handgelenk und schleifte ihn durch den Schlamm und über etwas, das sich wie Pflastersteine anfühlte. Er konnte nichts sehen, denn sein Gesicht war so geschwollen, daß er die Augen nicht öffnen konnte. Er spürte den Regen jetzt nicht mehr. Er mußte sich in einem Gang befinden oder unter einer überhängenden Brustwehr. Schließlich schleifte man ihn eine Wendeltreppe hinunter und stieß ihn in eine enge Kammer. Sein Kopf schlug hart gegen eine Wand, und aufs neue verlor er das Bewußtsein.
Als Richard wieder zu sich kam, hörte er ein leises scharrendes Geräusch dicht neben sich. Er versuchte, sich umzusehen; und tatsächlich gelang es ihm, die geschwollenen Lider zu öffnen. Mit einem Schrei des Ekels warf er sich herum: Ratten! Es wimmelte hier von diesen schmutzigen Bestien.
»Sieh einer an, mein guter kleiner Freund: Richard der Bastard«, sagte eine vertraute Stimme hinter ihm. Mit einem Ruck drehte er sich um und versuchte, die Finsternis zu durchdringen. Auf einem Haufen Stroh im Winkel der feuchten Zelle lag ein alter Mann mit spärlichem grauem Haar und einem strengen, aber nicht unfreundlichen Gesicht. Es war Thomas von Lincoln.

»Paß auf, sie haben dein Blut gerochen. Bald fressen sie dich auf«, fuhr die Stimme vom Strohlager her fort.

Thomas war schon alt gewesen, als Richard ihn verlassen hatte. Jetzt schien er um weitere Jahrzehnte gealtert. Ein verschmutzter, kranker und von Schmerzen verkrümmter Körper war alles, was von dem stolzen Tempelritter übriggeblieben war.

»Richard of Rhuddlan ist mein Name«, hörte er sich selbst sagen und war überrascht, daß ihm der Anblick seines Lehrers, nach dem er sich vier Jahre lang gesehnt hatte, nunmehr so gleichgültig war. Warum fühlte er kein Mitleid mit dem alten Mann?

Schmerzlich wurde ihm bewußt, wie sehr ihn diese vier Jahre verändert hatten. Die Ordnung seines Lebens war umgestürzt, seine Gefühle erstorben.

»Gott sei gelobt und gepriesen, ich hatte schon fast die Hoffnung verloren, dich jemals wiederzusehen«, sagte Thomas von Lincoln. Betrübt schüttelte er den Kopf.

»Es ist ein Wunder, daß du noch lebst. Viele sind unter ähnlichen Umständen gestorben, obwohl sie gesünder waren«, antwortete Richard.

»Das ist kein Verdienst meines Körpers, mein Sohn. Mein Körper ist müde. Es ist der Geist, der die Schwäche des Fleisches überwindet und die Sprödigkeit der Gebeine. Der Körper welkt dahin, bis der Geist ihm Ruhe gönnt. Ich habe auf dich gewartet.«

»Du wirst enttäuscht sein! Ich bin nicht mehr derjenige, der auf der Flußterrasse des New Temple von dir Abschied nahm. Es ist wenig übrig von dem keuschen, demütigen, gottesfürchtigen Ritter, den du aufgezogen hast. Ich habe auf viele Arten gesündigt, habe unseren Regeln Gewalt angetan, habe kaltblütig gemordet.« Wankend richtete er sich auf. »Oh Gott, und das ist noch gar nicht alles, worin ich gesündigt habe.«

Thomas von Lincoln betrachtete ihn einige Zeit schweigend. Seit dem Tag seiner Gefangennahme war er ohne Verbindung zur Welt. Doch konnte er durchaus seine Schlüsse ziehen, allein aus dem Äußeren seines Schülers.

»Bleib nicht so stehen«, sagte er freundlich. »Setz dich und erzähle mir, weshalb du dich schuldig fühlst. Erzähl mir alles, selbst wenn es Tage dauern sollte. Es wird dich erleichtern.«

Ächzend wandte sich Richard um, erstieg die drei Stufen zu dem Eisengitter und blickte auf den Gang hinaus. Er war niedrig, ebenso der kaum erhellte Teil der Wendeltreppe, den er sehen konnte. »Wie kann ich dir trauen?« fragte er langsam. »Wie kann ich sicher sein, daß du nicht gezwungen worden bist, mich auszuhorchen? Niemandem kann man trauen, weder Freund noch Feind.«

»Ich bitte dich nicht, deine Geheimnisse preiszugeben«, versicherte ihm Thomas. »Du hast viel gewagt, indem du hierher gekommen bist. Aber ich werde vielleicht nicht schweigen können, wenn ich dich auf der Folterbank sehe und meine Worte dich retten könnten. Es ist besser, wenn ich nichts weiß, das geheim ist. Ich bitte dich nur, deine Sünden zu beichten, bevor es zu spät ist. Wer gebeichtet hat, dem ist schon halb vergeben, und bin ich auch kein Priester, so ist es doch besser als nichts.«

»Ich mache dir erst ein bequemeres Bett«, sagte Richard versöhnlich und zog den alten Mann behutsam von dem Strohhaufen. Thomas stöhnte, trotz der Behutsamkeit, mit der der junge Ritter ihn stützte. »Und dann töte ich diese stinkenden Ratten, bevor sie Krankheit und Verderben verbreiten. Wo sind wir eigentlich?«

»Auf Pickering Castle.«

»Ah, Lancasters Land. Ich hätte es wissen müssen. Doch du mußt mir erklären, warum er mich vernichten will, abgesehen von dem Umstand, daß ich weiß, wie er dem Londoner Kapitel Geld abgepreßt hat.«

Ihre Augen trafen einander, und sie musterten sich schweigend. Dann schüttelte Thomas den Kopf.

»Wenn dies das einzige ist, weshalb du hierhergekommen bist, dann solltest du besser wieder gehen.«

Richard biß die Zähne zusammen und unterdrückte die Wut, die in ihm aufstieg. Während er das Stroh, das noch sauber war, ausbreitete, sagte er mit gepreßter Stimme:

»Um Gottes willen, Thomas, dies ist nicht der Augenblick, mir Lektionen zu erteilen. Ich habe ein Recht darauf zu wissen, wer ich bin.«

»Es ist besser für dich, wenn du es nicht weißt. Die einfache

Tatsache, daß du Lancaster in die Hände gefallen bist, bedeutet, daß noch größere Vorsicht geboten ist. Gerade deine Unwissenheit kann dir noch einmal das Leben retten.«

»Ich habe ihn glauben gemacht, ich wüßte alles«, erklärte Richard kurz, »um ihm Worte zu entlocken, aus denen ich meine Schlüsse ziehen konnte.«

»Du siehst, wie gefährlich es ist, in verbotenen Geheimnissen herumzustöbern«, erwiderte Thomas ruhig. »Lancaster fürchtet dich, weil du eben der bist, der du bist.«

»Mit so einer Antwort machst du es mir verdammt schwer.«

Es gelang Richard, den alten Mann auf das Strohlager zu betten, ohne ihm Schmerzen zuzufügen.

»Wo hast du das gelernt?« fragte Thomas anerkennend.

»Die letzten Jahre habe ich in Frankreich viele Verwundete versorgt. Wir versuchten, die Schmerzen all jener zu erleichtern, die im Gefängnis lagen und gefoltert worden waren. Du selbst hast den Grund für meine Kenntnisse gelegt. Das weißt du doch.«

»Für die Praxis ist noch mehr erforderlich. Bei uns hast du dich in erster Linie im Kampf geübt. Ich wußte nicht, daß deine Hände töten und heilen können.«

Richard hockte sich vor Thomas hin und zeigte ihm seine Handflächen.

»Meine Hände können noch mehr«, sagte er. »In ihnen steht alles geschrieben, meine Vergangenheit und meine Zukunft. Ein offenes Buch für alle, die die Sprache der Hände zu lesen wissen.«

»Bah, Handleser, Wahrsager, Hellseher! Glaubst du wirklich an diesen Unsinn? Teuflische Künste sind das.«

»Ich muß wohl daran glauben, denn diejenige, die mir aus der Hand las, behielt recht, obwohl sie in Rätseln sprach, die ich erst später begriff. Freilich ist ihre letzte Prophezeiung noch nicht eingetroffen, und sie wird wohl auch niemals eintreffen, jetzt, da ich hier sitze! ›Ein Traum, der Wirklichkeit wird‹ – ich frage mich, was sie damit meinte.«

»Das sind gefährliche Menschen«, sagte Thomas streng. »Sie verkünden halbe und doppelsinnige Wahrheiten. Vergiß diese Hexe. Ohne die Prophezeiung einer Wahrsagerin dieser Sorte wärest du niemals geboren worden.«

Richard hob die Augenbrauen.
»Ich vermute, du wirst mir keine Erklärung dafür geben wollen, wieso eine Prophezeiung meine Geburt verursacht haben soll!«
»Bestimmt nicht«, lächelte Thomas. »Ich habe schon zuviel gesagt.«
Richard lachte. »Komm, ich werde dich warmreiben.«
Er beugte sich über die krummen Hände, schob die Ärmel der einstmals weißen Kutte zurück und ließ seine kundigen Hände mit leisem Druck über die schlaffe Haut gleiten. Der Mantel, in den Thomas sich dicht eingehüllt hatte, glitt zur Seite und zeigte Richards Augen den Strick, der um das Habit gebunden war: Zweimal drei Knoten glitten im Halbdunkel durch seine Finger. Dann führte er die Hand unwillkürlich zu seinem eigenen Strick, der – da ihm der Schwertgurt fehlte – jetzt die Kutte zusammenhielt.
Er blickte Thomas an, der seinen Bewegungen gefolgt war. Seine Lippen öffneten sich, um die Frage zu stellen, die in ihm brannte, aber er schwieg und fuhr mit seiner Arbeit fort.
Während er die schmerzenden Glieder des Alten warmrieb, erzählte er ihm seine Geschichte. Stunde um Stunde verstrich, bis er schließlich verstummte, und kein anderes Geräusch zu hören war als das der Tropfen, die von den nassen Steinen in einem Winkel der Zelle herabfielen.
»Du wirst allerhand Gebete aufsagen müssen, wenn du das alles büßen willst«, seufzte Thomas.
»Gebete?« wiederholte Richard spöttisch, als ob sein Lehrer im Scherz gesprochen hätte. »Ist es wichtig, wieviele Gebete wir sprechen oder wie oft wir der Messe beiwohnen? Gebete allein bringen uns nicht in den Himmel. Es ist doch unser gesamtes Leben und unser Verhalten gegenüber unseren Mitmenschen, die das bewirken müssen. Nimm König Philipp: Er ist frömmer als ein Zisterzienser und weigert sich, mit jemandem zu sprechen, bevor er die Frühmette gehört hat, aber er ist ein erbarmungsloses Ungeheuer. Was ist ein Gebet wert, wenn du gleich danach ohne Skrupel deinen Mitmenschen wie Ungeziefer zertrittst? Das nächste Gebet, die nächste Beichte, und der Priester gibt Absolution. Und derjenige, der glaubt, etwas in Gottes Augen Gutes zu tun, wird verurteilt und von derselben Kirche verdammt.«

Thomas lächelte, und seine Augen glänzten.
»Das hätte von mir stammen können. Aber der Weise behält solche Gedanken für sich.«
»Gebete!« wiederholte Richard noch einmal. »Nehmen wir uns doch einmal das Vaterunser vor. Pater noster, qui es in coelis, sanctificetur nomen Tuum... soweit kann ich folgen, aber dann: Adveniat regnum Tuum, fiat voluntas Tua, sicut in coelo et in terra... Kann Gott so etwas gewollt haben? Den Tod von 54 unserer Brüder? Seiner ergebensten Diener, auf dem Scheiterhaufen? Ein Tod, der keinem wesentlichen Zweck gedient hat, außer den Rachedurst eines Königs zu befriedigen? Muß ich darum beten, daß der Wille Gottes geschehe? Ein Wille, der so ungerecht ist?«
Entsetzt schaute ihn Thomas an und schlug ein Kreuz:
»Du sprichst wie ein Narr, und du weißt es. Du bist verbittert und ein Skeptiker. Du dürstest nach Rache, und das steht dir nicht zu. Solche Lästerungen hätte ich von dir nicht erwartet.« Eine Weile antwortete der junge Ritter nicht. Er setzte sich und lehnte sich an die kalte, feuchte Mauer.
»Ist es Herbst oder Winter?« fragte er schließlich und schloß die Augen.
»November«, nickte Thomas.
»Ein halbes Jahr. Vergiß meine Worte, Thomas. Es tat mir gut, sie loszuwerden. Sechs Monate habe ich nur mit meinen Gedanken gekämpft, bis ich sie nicht mehr ordnen konnte und in eine Verwirrung geriet, aus der ich mich nicht selbst befreien kann. Es gab Momente, in denen ich geschworen hätte, daß Gott und der Teufel ein und dasselbe seien. Ich bin verloren, Thomas. Ich habe das Gefühl, in einem schleimigen Morast zu versinken. Im Buch Hiob heißt es: Der Mensch wird vom Weibe geboren. Er hat eine kleine Zahl von Tagen, bis er des Lebens satt ist. Er ist wie eine Blume, die bald abgeschnitten wird, ein flüchtiger Schatten, der nicht besteht... Eine Blume, Thomas. Du wolltest mich so rein machen wie eine weiße Lilie, und so hast du mich einst auch gesehen. Aber als es soweit war, daß die Lilie blühte, wurde sie schwarz und schnitt sich ihren eigenen Stengel ab. Was übrigbleibt, ist ein elender Schatten voller Zweifel und Unruhe.«

»Wenn mir jemand vor vier Jahren erzählt hätte, daß du jemals so etwas sagen würdest, hätte ich es nicht geglaubt«, sagte Thomas bitter.

»Es gibt viele«, fuhr Richard fort, »die dir jetzt nicht glauben würden, wenn du ihnen erzähltest, daß ich einst das Heilige Kreuz mit der größten Ehrfurcht anbetete, es barfuß beim Umzug durch die Seitenschiffe der Kirche mittrug und jeden Tag die Stunden sang. Gott, wie kann sich ein Leben durch die Taten anderer bis zur Unkenntlichkeit verändern!«

»Gib nicht anderen die Schuld für Fehler, die du selbst gemacht hast. Jeder wird auf die Probe gestellt«, meinte der alte Thomas. »Der Jüngste Tag wird zeigen, daß das Unrecht, das uns in dieser Welt angetan wird, nur ein Mittel zur Läuterung unserer Seelen gewesen ist. Ergib dich in dein Schicksal, Richard, und du wirst deine Seele von allem Bösen, das in dir ist, reinigen. Aber wenn es dir an Glauben gebricht, bist du dem Teufel ausgeliefert, mein Sohn. Richte deinen Glauben an Christus wieder auf, bevor es zu spät ist. Einst war er unverrückbar.«

»Einst ja«, bestätigte Richard. »Aber ich habe vier Jahre lang fast ohne die Kirche gelebt, und einmal, nur einmal in dieser ganzen Zeit, habe ich den Segen eines Priesters des Tempels empfangen. Sein Name war Pierre de Bologne, einer der mutigsten, edelsten Geister, die der Tempel jemals hatte. Möge Christus seine Seele bei sich aufnehmen. Niemals werde ich diesen Heuchlern, die sich Geistliche nennen, wieder erlauben, ihre Hände auf dieses Haupt zu legen, auf dem einst die seinen ruhten.«

Er wartete kurz, bevor er fortfuhr:

»Ich bin verloren, Thomas, und ich habe kein Mitleid mit mir selbst. Ich habe dies Los verdient. Mein schwerstes Verbrechen ist nicht, was ich getan habe, sondern was ich nicht getan habe. Ich habe gefehlt, indem ich den Orden nicht rettete. In diesem Augenblick ist der Papst vielleicht mit dem Konzil von Vienne beschäftigt, und wenn auch Philipp dort ist, sitzt er Seiner Heiligkeit zur Rechten. Wenn ich mir das nur vorstelle, wird mir sterbensübel.«

Thomas schüttelte den Kopf.

»Du hast nicht durch mangelnde Einsatzbereitschaft oder durch eigene Unzulänglichkeit gefehlt, Richard. Philipp hat seine

Schritte sehr sorgfältig gewählt. Er wußte ganz genau, was er in jedem Augenblick tun würde. Wenn du gegen so einen Mann ankämpfst, kommt deine Reaktion immer zu spät. Du läufst immer hinter den Tatsachen her. Du warst nur ein Dorn in seinem Fuß, der ihn ein wenig am Weitergehen hinderte, aber niemals daran, sein Ziel zu erreichen.«

»Dann hätte ich ihm beide Füße abhacken müssen: Nogaret und Marigny. Das habe ich zu spät erkannt. Man hätte mich auch daran gehindert.«

Klirrende Schritte im Gang und auf der Treppe störten die friedliche Ruhe ihrer Zelle. Richard drehte den Kopf in Richtung des Geräusches.

»Sie kommen.«

Thomas faltete die Hände im Gebet, als der junge Templer abgeführt wurde.

36. KAPITEL

I shall despair. There is no creature loves me;
And if I die, no soul will pity me:
Nay, wherefore should they, since that I myself
*Find in myself no pity to myself?**

William Shakespeare – König Richard III.

In Vienne waren die Bischöfe in einen heftigen Streit verwickelt, denn die Mehrheit des Konzils weigerte sich, den Tempelorden aufzuheben, ohne diejenigen, die die Verteidigung führen konnten, gehört zu haben, während eine kleine Gruppe unaufhörlich und hartnäckig forderte, man müsse den Orden ohne Aufschub verurteilen. Doch Weihnachten stand vor der Tür, und der Papst verschob alle weiteren Debatten auf die Ankunft König Philipps.
Indessen zog Beatrice de Morley kreuz und quer durch das Reich von König Edward. Aber die Menschen waren mehr an den Gerüchten um Piers de Gaveston interessiert, von dem es hieß, er sei bei den königlichen Schlössern gesehen worden, als an dem flehenden Lied einer Troubadourin.
In London flüsterte man sich zu, der Gascogner feiere die Geburt des Gottessohnes mit seinem königlichen Schirmherrn auf Windsor Castle. Wütend darüber, daß er, der König, seinen eigenen Günstling verstecken mußte, und wegen seiner erbärmlichen Ohnmacht rebellierte Edward gegen die Barone und ritt kurz nach Neujahr gen Norden, wobei er Beatrices Weg kreuzte, die unterwegs nach Lincoln war.

* Es ist zum Verzweifeln. Kein Wesen liebt mich, und wenn ich sterbe, wird keine Seele um mich trauern. Warum denn auch, da ich doch mit mir selbst kein Mitleid haben kann?

Am 7. Januar sandte er den Befehl nach London, ihm das Großsiegel nach York nachzuschicken. Mit diesem mächtigen Symbol in Händen fühlte er sich stark genug, öffentlich zu erklären, er habe seinen »guten und getreuen Günstling nach England zurückgerufen«. Er gab Gaveston alle eingezogenen Landgüter zurück und ließ eine für den 13. Februar angesetzte Parlamentssitzung absagen. Es drohte ein Bürgerkrieg.

Der Bischof von Winchelsea, Werkzeug der Barone, exkommunizierte den Gascogner.

Nicht weit von dem Platz, wo der König seine Wiedervereinigung mit Bruder Perrot feierte, rangen zwei Männer in einem kalten Kerker um ihr Leben: der eine, indem er die Wunden seines Gefährten pflegte, wenn dieser von der Folter zurückgebracht wurde, der andere, indem er alles tat, es seinem Lehrmeister so bequem wie möglich zu machen und ihn warmzureiben, sobald er sich dazu imstande fühlte. Von Zeit zu Zeit erschienen die Wachen, um den jungen Gefangenen abzuholen. Das waren die Augenblicke, die Richard mehr fürchtete als den Tod durch Hunger. Denn er hatte versprochen, er würde aussagen, sobald er bei seinem früheren Lehrmeister wäre. Was die anderen betraf, so hatten sie sich an diese Übereinkunft gehalten. Also mußte auch er zu seinem Wort stehen, wenn er dem alten Mann weiterhin Gesellschaft leisten und ihn versorgen wollte. Dessen war er sich jedesmal schmerzlich bewußt, wenn er zur Folterkammer gebracht wurde und vor dem Tisch des Geistlichen stand, nackt, die Hände auf den Rücken gebunden, während der Scherge ihm wiederum die Folterwerkzeuge zeigte und ihre Wirkung erklärte, um ihm danach Zeit zu geben, darüber nachzudenken.

So stand es auch eines Morgens, Anfang Februar.

»Also«, sagte der Geistliche schließlich mit öliger Stimme, »ich glaube, daß Ihr uns noch das eine oder andere zu erzählen habt. Eine ganze Anzahl von Punkten muß noch aufgeklärt werden.«

Er suchte in seinen Papieren.

»Hier steht, daß Ihr bei Eurem Eintritt in den Orden von denen, die Euch im Schoß der Bruderschaft empfingen, aufgefordert wurdet, Christus, sein Kreuz, die Heilige Magd und alle Heiligen zu verleugnen. Dann hat man Euch hinter den Altar oder anderswohin gebracht, wo man Euch befahl, Christus dreimal zu verleugnen und auf das Kreuz zu spucken.«

»Ich wurde in die Kapelle von St. Anne geführt und zu den Altären unserer Kirche, um der Heiligen Magd und den Heiligen meine Ehrerbietung zu erweisen, den Herrn zu loben und Seinem Sohn dafür zu danken – barfuß und in tiefster Ehrfurcht –, daß er Sein Blut vergossen hat, um uns Sünder zu retten. Auch habe ich auf Sein Kreuz die Gelübde des Gehorsams, der Keuschheit und der Armut abgelegt, außerdem gelobt, mein Leben im Kampf gegen die Feinde des Glaubens zu opfern, wo immer das notwendig wäre, vor allem im Heiligen Land.«

»Und seither habt Ihr Euch an diese Gelübde gehalten?«

»Nur an die beiden letzten«, antwortete Richard mit einem schwachen Lächeln.

»Armut und Kampf gegen die Feinde des Glaubens? Ihr besaßet einst das Gold des New Temple von London, das Ihr raubtet und Euch aneignetet, nicht wahr? War das Armut?«

»Das war einer der Augenblicke meiner tiefsten Armut. Meine Leute mußten ausgerüstet und mit Proviant versehen werden, und ich hatte gerade genug, um für mich und mein Pferd die Überfahrt zurück nach Frankreich zu bezahlen.«

»Ihr habt Eure Leute ausgerüstet? Wofür? Für den Kampf gegen die Ungläubigen?«

»Indirekt kann man das wohl so nennen. Die Rettung des Tempels hätte die Rettung des Heiligen Landes nähergebracht.«

»Mit Euren Antworten verdreht Ihr die Wahrheit und gebt Euren Ausflüchten einen Anschein von Logik. Wenn das Eure Auffassung darüber ist, wie man sich an seine Gelöbnisse hält, was soll ich mir dann unter Eurer Erklärung vorstellen, daß Ihr das Gelöbnis des Gehorsams und der Keuschheit geschändet habt?«

»Mein Ungehorsam war durch die Tatsache bedingt, daß ich plötzlich von meinen Offizieren abgeschnitten und genötigt war, in eigener Machtvollkommenheit zu handeln. Danach habe ich nur noch einmal einen Beschluß des Kapitels mißachtet: den Beschluß, der mir gebot, unverzüglich das Reich des französischen Königs zu verlassen. Ich ging erst Wochen später.«

Der Inquisitor machte eine ungeduldige Bewegung.

»Ihr baut einen Vorhang von vagen Erklärungen auf, die nur den Zweck haben, Eure Ketzerei dahinter zu verbergen. Eine bekannte Taktik derer, die als Ketzer vor Gericht stehen. Ihr seid also zum Mönch geweiht worden und habt in der Folge all Eure Gelübde gebrochen. Ein deutlicher Beweis Eurer Unzuverlässigkeit. Wir werden all Eure weiteren Aussagen in diesem Licht sehen müssen. Glücklicherweise gibt es Mittel, durch die die Kirche Abtrünnige vor dergleichen Falschaussagen bewahren kann.«

Er gab dem Schergen ein Zeichen und zog sich hinter seinen Tisch mit Dokumenten zurück, die er zu studieren vorgab. Der Scherge befestigte nun ein Seil an den Handschellen, mit denen Richards Hände auf dem Rücken zusammengebunden waren. Es lief über eine Zugrolle oberhalb eines Eisengitters, über das er nun emporgehoben wurde. Das Seil endete an einer Winde, mit der der Folterknecht ihn nach Belieben hinauf- oder hinunterdrehen konnte. Seine Füße hingen jetzt fast einen Meter über dem Boden, und da ihm die Arme auf den Rücken gebunden waren, bedurfte es nur seines eigenen Gewichtes, um seine Schultergelenke langsam aus ihren Pfannen zu ziehen.

In Frankreich hieß dieses Folterwerkzeug die »Estrapade«. Es konnte sein Opfer an den Rand des Wahnsinns bringen.

Nach einigen Minuten war schon das Hängen allein eine unerträgliche Qual. Richard hatte stark abgenommen und bis jetzt war das verminderte Gewicht zu seinem Vorteil gewesen. Sein abgehärteter Körper konnte viel vertragen, aber er war unterernährt und so geschwächt, daß er für die Marterwerkzeuge der Inquisition ein leichter Gegner war.

127 Artikel enthielt die Akte der Anklage. Er wußte, daß sie zunächst seinen Widerstand, sein Selbstvertrauen brechen wollten, indem sie ihm Geständnisse abzwangen, die ihn zum Ketzer stempelten. Erst danach würden sie versuchen, Namen und Tatsachen in Zusammenhang mit dem Aufstand, den er gegen Kirche und König angezettelt hatte, herauszubekommen.

Eine Viertelstunde verstrich, bevor der Inquisitor fortfuhr.

»Nach Eurer Weihe, die sich also auf die von Euch behauptete Weise vollzog, hat man Euch entkleidet und siebenmal auf diskrete Stellen und auf den Mund geküßt?«

»Nein!«
»Hat man Euch überhaupt nicht geküßt?«
»Doch.«
»Also hat man Euch geküßt.«
»Man hat mich umarmt, wie ein Vater seinen Sohn ans Herz drückt.«
»Und dann hat man Euch aufgefordert, fleischlichen Verkehr mit einem der Brüder zu vollziehen?«
»Ich habe Euch schon früher gesagt, daß diese Unterstellung rundweg lächerlich ist, wenigstens, wenn Ihr unsere Regeln kennt und die Strafen, die auf ihre Übertretung stehen. Ein Bruder, der sich des orientalischen Lasters schuldig macht, verliert nach den Regeln den Mantel und wird zu lebenslangem Gefängnis bei Wasser und Brot verurteilt. Auch das Weihwasser wird ihm vorenthalten. Das ist abschreckend genug, um uns vor einer solchen Übertretung zu bewahren, selbst, wenn wir uns dazu verlockt fühlten.«
»Es ist keine ungewöhnliche Sünde in einer Klostergemeinschaft«, besänftigte ihn der Inquisitor, als ob er es ihm leicht machen wollte, das Vergehen doch zuzugeben.
»Ich verachte Sodomie«, rief ihm Richard zu.
»Aber man hat Euch mit einem Strick umgürtet, an dem ein Idol, ein Götzenbild befestigt war, das von den alten und hochgestellten Rittern angebetet wurde.«
»Der weiße Strick, der zu meinem Kleid gehörte, war ein Strick, wie ihn jeder Mönch trägt. Er ist das Symbol der Keuschheit.«
»Der Keuschheit, die Ihr nach eigener Aussage geschändet habt?«
Richard nickte nur.
»Also doch Sodomie.«
»Nein, eine Frau.«
»Also wurden Frauen im Tempel empfangen!«
»Ich spreche über die Zeit nach der Verhaftung meiner Brüder. Ich hielt mich damals nicht mehr in einem unserer Häuser auf.«
»Darüber sprechen wir später. Hat man die anderen Brüder Eurer Komturei auf dieselbe Art aufgenommen wie Euch, und sie gezwungen, das Kreuz zu bespucken?«
»Soweit ich weiß, unterschied sich die Zeremonie bei ihrem Eintritt nicht von der meinen.«

»Man erzählte ihnen, Christus sei nicht der wahre Gott.«
»Das ist eine Lüge.«
»Es gibt Geständnisse – sie liegen hier vor mir –, daß der Novize bei seinem Eintritt belehrt wurde, Christus habe nicht für die Erlösung der Menschheit gelitten, noch sei Er dafür gekreuzigt worden, sondern für Seine eigenen Schulden. Dann befahl man dem Novizen, Christus zu verleugnen und auf das Kreuz zu spucken, ja, mit seinen Füßen darauf herumzutrampeln. Wie kommt es, daß Ihr davon nichts wißt? Wollt Ihr behaupten, daß Ihr niemals davon etwas bemerkt habt? Ihr würdet besser daran tun, Bruder Richard, die Wahrheit zu sprechen, als Eure durch und durch verderbte Seele mit einer weiteren Lüge zu belasten.«
Der Inquisitor wandte sich an den Schreiber:
»Notiert: Die kategorische Leugnung des Verdachtes läßt stark vermuten, daß er sich der Ketzerei schuldig gemacht hat.«
Der Gänsekiel kratzte über das Pergament, während Richard versuchte, sich zu verteidigen.
»Die Aussagen, auf die Ihr Euch bezieht, sind unter Tortur abgezwungen! Es sind falsche Zeugnisse. Niemals sind solche Verbrechen im Tempel begangen worden, auch nicht von mir. Gott ist mein Zeuge.«
Er war kaum noch imstande zu sprechen, doch seine Verzweiflung gab ihm Kraft.
»Ihr solltet begreifen, daß ich hier nur mein Äußerstes tue, um Eure Seele zu retten«, ermahnte ihn der Inquisitor sanft. »Warum helft Ihr nicht mit? Leugnet Eure Ketzerei nicht länger, und Ihr werdet Gnade finden.«
»Ich weigere mich, meine unschuldigen Brüder zu belasten. Hätte ich das schon getan, so hättet Ihr auch mich für schuldig erklärt. Ich weiß, wie ihr es immer versteht, die Worte der Verdächtigen als Geständnisse auszulegen. Ich kann nur immer wieder meine Unschuld beteuern.«
Der Inquisitor seufzte, als ob sein Amt eine schwere Prüfung wäre.
»Es muß eine teuflische Kraft sein, die Euch so hartnäckig macht. Diese Kraft muß gebrochen werden, damit Eure Seele gerettet wird.«

Damit gab der Inquisitor dem Schergen ein Zeichen. Richard nahm all seinen Mut zusammen, als der Henker an den Schellen um seine Knöchel schwere Gewichte befestigte, die die Wucht seines Falles vergrößern mußten. Der Geistliche blickte ihn an. Er war aufgestanden und hielt ein Dokument in den Händen, das er jetzt ausgiebig studierte. Ein achtloser Wink mit der Hand, und der Scherge setzte sich in Bewegung. Richard fühlte, wie er emporgezogen wurde. Er versuchte, den Schmerz auszuhalten, aber seine Muskeln waren schon aufs äußerste angespannt. Mit aufeinandergepreßten Kiefern und zugekniffenen Augen spürte er, wie er fiel. Es kam kein Laut über seine Lippen, da er wußte, daß Thomas von Lincoln jeden Schrei hören konnte.

Der Inquisitor blickte auf. Zuerst sah er die Füße, die jetzt einen halben Meter über dem Boden hingen, dann die verkrampften Gliedmaßen, die gegen den Schmerz ankämpften, den Unterleib und die Brust, die sich ruck- und stoßweise atmend auf- und abbewegte und schließlich die Schultern und den linken Arm, der, durch den Fall aus der Pfanne gezogen, in einem seltsamen Winkel vom Körper abstand. Die rechte Schulter hatte auf Kosten der linken die Drehung beim Fall ausgehalten, und Richard versuchte, sich jetzt mit ihr aufzustützen, um die Muskeln der ausgerenkten Schulter zu schonen.

»Ihr habt auf das Kreuz gespuckt?« fragte der Geistliche.

»Nein, niemals.«

»Und mit Euren Füßen darauf herumgetrampelt?«

»Niemals.«

»Und Ihr habt einen Götzen angebetet, der mitten in Euren Versammlungen aufgestellt wurde?«

»Nein.«

»Ihr glaubtet nicht an die Sakramente des Altars, auch nicht an die Sakramente der Kirche?«

»Wir glauben fest daran.«

»Aber Ihr glaubtet, daß Euer Meister Euch die Absolution für Eure Sünden geben könnte.«

»Nur der Priester des Tempels.«

Wieder die achtlose Handbewegung, die den Schergen in Tätigkeit versetzte.

»Und daß der Visitator das konnte?«
»Nein.«
»Und die Präzeptoren, von denen viele Laien waren.«
»Die Kirche könnte froh sein, wenn sie solche Laien hätte.«
Der Schreiber schrieb, der Geistliche fuhr fort:
»Wurden die Weihen der Brüder im geheimen durchgeführt?«
»Das ist nicht das richtige Wort.«
»Aber es ist wahr, daß niemand als die Brüder des Ordens dabei zugegen waren?«
»Das ist wahr. Die meisten geistlichen Orden halten es so.«
»Aber nicht aus den gleichen Gründen, denn die Tempelritter hatten Götzenbilder in jeder ihrer Provinzen, Köpfe, von denen einige drei Gesichter hatten und manche einen Totenschädel darstellten.«
»Es gab Bilder von Christus, der Heiligen Magd und den Heiligen...«
»Nennt Ihr das Götzenbilder?«
Es kam keine Antwort mehr. Richards Kraft war am Ende und ihm schien, als würde sein Körper auseinandergerissen.
Der Geistliche hob die Hand, und das Seil spannte sich.
»Habt ihr sie verehrt als Euren Gott?« kam die Stimme des Geistlichen, kurz bevor der Scherge den Gefangenen fallen ließ. Mit unterdrücktem Stöhnen warf Richard den Kopf zurück.
»Als Euren Erlöser?«
Keine Antwort.
»Vergrößert das Gewicht.«
Der Folterknecht holte zwei eiserne Gewichte und befestigte sie an Richards Knöcheln.
»Haben einige von Euch dieses Idol als Euren Erlöser verehrt?«
Hinauf ging das Seil.
»Hat die Mehrzahl von Euch das getan?«
Hinunter schoß das Seil mit seiner Last. Richard schrie gequält auf.
»Er hat ja gesagt«, sagte der Schreiber.
Der Geistliche nickte, und die Feder kratzte über das Pergament.
»Also habt Ihr falsche Götzen angebetet. Ihr glaubtet, daß diese Götzen, diese Häupter Euch retten, Euch Reichtümer verschaffen

könnten, daß sie die Erde Pflanzen und die Bäume Blüten hervorbringen ließen.«
»Heilige Mutter Gottes, habt Erbarmen«, stöhnte Richard.
»Und Ihr umwandet die Köpfe der erwähnten Bilder mit den gleichen Stricken, mit denen Ihr Euch auf dem Hemd oder direkt auf der Haut umgürtetet.«
Richard hätte nun alles zugegeben, um nur von diesen Gewichten erlöst zu werden, die ihm die Glieder vom Körper zu reißen schienen.
»Und bei Eurer Weihe wurde Euch dieser Strick überreicht. Es wurde Euch der Auftrag erteilt, Euch damit zu umgürten und ihn dauernd zu tragen.«
»...das taten wir im Dienst unseres Gottes«, ergänzte Richard. Diese Sätze konnte er bereits auswendig. Er kannte diese verfluchte falsche Interpretation der Cordelière schon im Traum.
»Wobei man Euch auch aufforderte, auf das Kreuz zu spucken.«
Richard schüttelte heftig den Kopf. Aber als der Scherge auf ein Zeichen des Inquisitors noch einmal Hand an ihn legte und er nein schreien wollte, formten seine Lippen das Wort Ja.
»Seht Ihr, wir meinen es gut mit Euch. Wenn Ihr mitarbeitet, quälen wir Euch nicht mehr, als notwendig ist. Endlich nehmt Ihr Vernunft an. Habt Ihr auf das Kreuz gespuckt?«
Richard war aschfahl geworden. Er hatte den Tempel geschändet. Langsam schüttelte er den Kopf. Sprechen konnte er nicht.
»Wollt Ihr mir bitte erklären, was die Knoten in dem Strick bedeuten? Die meisten von Euch tragen drei davon an einem Ende. Eine kleine Zahl von Euch trägt auch einen oder zwei am anderen Ende, wie Ihr. Und nur sehr wenige tragen drei Knoten an beiden Enden.«
Mit einem Schlag wurde Richards Gehirn wieder klar. Die Gefahr, das wirkliche Geheimnis des Tempels zu verraten, gab ihm auf unerklärliche Weise die Kraft, sich zu verteidigen. Nun wußte er, warum niemand, der dieses Geheimnis kannte, es je unter der Folter verraten hatte.
»Die drei Knoten sind das Symbol der Heiligen Dreifaltigkeit.«
»Und die anderen?«
Er wußte, daß diese Frage nur selten gestellt wurde. Dieser Inqui-

sitor war ein aufmerksamer und kluger Kopf. Aber er wußte, wie die Antwort darauf lauten mußte.
»Ein Ehrenzeichen für besondere Verdienste«, log er. Die Antwort schien den anderen zu befriedigen.
»Welches waren Eure besonderen Verdienste?« wollte er wissen, während er dem Schergen den Auftrag gab, einen Satz Gewichte zu entfernen.
»Der erste Knoten wurde mir für den Trost und die Hilfe verliehen, die ich meinen Brüdern in der Gefangenschaft und in ihrem tiefen Elend gab. Ich empfing ihn aus den Händen des Großmeisters selbst.«
Der Inquisitor war verblüfft.
»Ihr seid bei Molay gewesen?«
»Damals konnte ich mich noch frei bewegen. Den zweiten bekam ich von Pierre de Bologne dafür, daß ich die Verteidigung in dem Prozeß, der in Frankreich geführt wurde, organisierte. Den dritten Knoten hätte ich zweifellos bekommen, wenn es mir geglückt wäre, den Orden vor dem Untergang zu retten.«
»Als wir diesen Strick auf Eurem Körper sahen, klebte Blut daran.«
»Mein eigenes.«
Wenn er weiterhin so kühlen Kopf bewahren konnte, brauchte er das weitere Verhör nicht zu fürchten. Aber schon schwanden seine Sinne wieder. Die Verminderung der Gewichte hatte nur vorübergehend Erleichterung gebracht.
»Ihr habt bis jetzt bekannt, einer ketzerischen Lehre anzuhängen. Ihr habt bekannt, daß der Tempel seinen Söhnen gebot, den Herrn zu verspotten. Ihr habt erklärt, in die Zellen Eurer gefangenen Brüder eingedrungen zu sein, sogar in die des Großmeisters und des Priesters Pierre de Bologne.«
»Kurz bevor König Philipp und Bischof Marigny ihn ermorden ließen«, ergänzte Richard. »Wir hatten zumindest das Recht auf einen ehrlichen Prozeß, in dem wir unsere Verteidigung führen konnten. Wir alle gehörten, wenn nicht zum Adel, so doch zur Ritterschaft und durften nicht wie rechtlose Bürger mundtot gemacht werden.«
»Wie vielen Gefangenen habt Ihr zur Flucht verholfen?«

»Beinahe hundert.«
»Ihr gebt also zu, daß Ihr Euch wiederholt gegen den Willen der Kirche, ja sogar des Heiligen Vaters aufgelehnt habt?«
»Ja.«
»Ihr habt Euch zusammengerottet, um den Lauf der Gerechtigkeit zu behindern.«
»Was versteht Ihr unter Gerechtigkeit?«
Der Geistliche reagierte nicht.
»Wie viele Helfer habt Ihr hier in England?«
»Ungefähr fünfzig.«
»Wo sind sie jetzt?«
»Das kann ich Euch nicht sagen.«
»Ihr wollt es nicht sagen.«
»Ich weiß es einfach nicht.«
»Ihr könnt uns sicher die Namen geben und sagen, wie Ihr Verbindung miteinander aufnehmt.«
Richard schüttelte den Kopf. Der Geistliche gab dem Knecht ein Zeichen.
»Wer sind Eure Helfer? Und wo befinden sie sich?«
Aber Richard konnte nicht mehr antworten. Die Anwendung der Folter war eine Methode, die man mit großem Fingerspitzengefühl handhaben mußte. Man konnte seinem Opfer schon zuviel zumuten oder gerade noch zuwenig. Der Inquisitor gestattete dem Schergen, das Seil zu lockern, und schmerzverkrümmt sank der Gefolterte auf den Boden nieder.
»Ihr wißt genug, um mich in der Hölle brennen zu lassen«, stöhnte er. »Warum sprecht Ihr nicht das Urteil über mich? Auf den Scheiterhaufen – wie man es mit Ketzern tut. Ich sehne mich nach dem Tod.«
»Ich würde Eurem Wunsch gerne entgegenkommen, aber wenn wir mit Euch fertig sind, seid Ihr Eigentum des Grafen von Lancaster. Er mag dann das Urteil vollstrecken.«
Das war ein tröstlicher Gedanke. Der Graf hatte keinen Grund, ihn länger als nötig am Leben zu lassen. Er würde ihn ohne jeden förmlichen Prozeß aus dem Weg räumen lassen.
»Vorläufig möchten wir noch einige Informationen von Euch. Über Eure Nachrichtenquellen zum Beispiel. Wer gab Euch die

Information über den Inhalt einer Bulle, noch bevor sie ausgefertigt war?«
Richard schüttelte mit aufeinandergepreßten Lippen den Kopf.
»Muß ich Euch noch einmal zwingen zu sprechen, oder nehmt Ihr endlich Vernunft an?«
»Ich sterbe lieber hier, als daß ich sie verrate. Ihr mögt meine Aussagen so verdrehen, daß Ihr mich als Ketzer verurteilen könnt. Vielleicht könnt Ihr mich auch schwören lassen, daß ich Christus verleugnet habe. Aber Euer ganzes Arsenal von Folterwerkzeugen kann mich nicht zwingen, meine Gefährten und alle, die uns geholfen haben, der Inquisition auszuliefern.«
Da sah der Inquisitor ein, daß er diesen Mann nicht mit Drohungen einschüchtern konnte. Ein kurzer, ungeduldiger Ruck mit der Hand, und das Seil spannte sich wieder.
Kaum eine Viertelstunde später hörte Richard sich selbst mit rauher Stimme flehen, ob sie nicht wenigstens hören wollten, was er wirklich verbrochen hatte. Wieder herabgelassen und auf den Fliesen kauernd, schien es ihm, als habe er seinen gemarterten Körper verlassen und beobachtete von außerhalb, wie dieser sprach:
»Die Verbrechen, nach denen Ihr nicht gefragt habt: Ich habe nicht nur die Eide, die ich bei meinem Eintritt geschworen habe, gebrochen, ich habe auch die Regeln des Ordens übertreten.«
Der Inquisitor forderte den Schreiber auf weiterzumachen.
»Denn ich habe lange Zeit der Messe nicht beigewohnt. Ich habe meine Sünden dem Priester des Tempels nicht beichten können. Ich habe die Regel der Schweigepflicht nicht beachtet. Ich habe leere Worte gesprochen und den Namen des Herrn mißbraucht. Ich habe gejagt, an Turnieren teilgenommen und mehr als dreimal wöchentlich Fleisch gegessen, wenn ich es kriegen konnte. Ich habe ein Dokument des Tempels an mich gebracht und den Inhalt gelesen, was ich ohne die Zustimmung des Meisters nicht hätte tun dürfen. Ich habe versäumt, die vorgeschriebenen Gebete bei den Messen und Kompleten aufzusagen. Ich habe die Caritas, zu der ich verpflichtet war, nicht ausgeübt. Ich habe Umgang mit Frauen gehabt, sie geküßt und mit einer von ihnen geschlafen. Ich habe einen Bruder im Zweikampf getötet, einen anderen aus Mitleid und einen dritten aus Rachsucht in den Tod geschickt.«

Das war noch nicht alles, was er verbrochen hatte, aber was ging es sie an? Der Schreiber brauchte geraume Zeit für seine Notizen, so daß Richard ein wenig Atem schöpfen konnte. Seine Gedanken wanderten zu dem alten Mann, der seinen Schrei sicher gehört hatte. Er hatte Thomas niemals von diesen Verhören berichtet, noch von den Vorgängen in der Folterkammer. Beide Männer hatten vereinbart, über dieses Thema nicht zu sprechen und einander nichts anzuvertrauen, das ihnen später unter der Folter entrissen werden konnte.

Die Stimme des Geistlichen schreckte Richard auf. »Turniere? Frauen? Ihr meint den Vorfall mit der Tochter des Herrn von Morley?«

»Auch.«

»Also habt Ihr sie doch vergewaltigt.«

»Nein.«

»Die Jungfrau hat ausgesagt, Ihr hättet sie angestiftet, Euch bei Eurer Flucht zu helfen. Welche Kräfte habt Ihr angewendet, um eine als so tugendhaft bekannte Frau zum Verrat zu verführen, zum Verrat gegen ihren eigenen Herrn und Vater?«

Also hatte man sie doch verhört, und sie hatte sich an die Absprache gehalten, daß sie seine Flucht gegen ihren eigenen Willen ermöglicht hatte. Er mußte jetzt äußerst vorsichtig sein, denn der Bann über sie war aufgehoben. Für sie war diese Geschichte vergeben und vergessen. Er durfte sie nicht wieder in Gefahr bringen.

»Sie hat getan, was ich von ihr wollte«, antwortete er.

»Es müssen teuflische Kräfte sein, mit denen Ihr gearbeitet habt. Die Tochter eines ehrenwerten Hauses verrät ihre Familie nicht für einen Ketzer. Welche höllischen Sprüche oder Beschwörungen habt Ihr gegen sie angewendet? Einen Trank, Hexerei?«

Er legte Richard die Worte fast in den Mund. Wenn er sie auf diese Weise entlasten konnte, mußte er sich selbst belasten.

»Ich brauchte ihr nur in die Augen zu schauen, und sie tat, was ich verlangte. Sie kam, wann ich es wollte.«

»Soviel Macht hattet Ihr also über sie? Das erklärt vieles. War es Sir Robert, der Euch bei der Flucht half?«

»Ich habe Sir Robert nur während des Turniers von Morley zu Gesicht bekommen.«

»Ihr lügt. Der Herr von Morley hat den starken Verdacht, daß Sir Robert Euch mit frischen Pferden und Proviant versorgt hat.«
Wenn er soeben richtig verstanden hatte, gab es keinen Beweis für die Hilfe Sir Roberts, so daß dieser also nicht von den Morleys bestraft worden war.
»Ich habe Sir Robert nach dem Turnier nie wieder gesehen.«
»Schwört das bei dem Allmächtigen Gott und allen Heiligen!«
Warum dieses Interesse für einen unwichtigen Mann wie Sir Robert? Hielten sie ihn vielleicht für einen Helfershelfer der Templer? Gott verhüte es! Schwören bei Gott und allen Heiligen – ein Ketzer, der schwor, schwor auf jeden Fall einen Meineid. Er log per Definition. Außerdem fürchtete er selbst zu sehr die Rache Gottes, wenn er in Seinem Namen eine Unwahrheit beschwor. Hinzu kam, daß inzwischen ja festgestellt war, daß er ein Teufelsanbeter war.
»Nein. Oder wollt Ihr, daß ich beim Teufel und seinen Dienern schwöre? Ich habe Sir Robert danach nie mehr wiedergesehen oder gesprochen.«
»Schweigt! Es ist genug. Ich nehme Eure Erklärung für wahr an. Die Jungfrau hat ausgesagt, kurz nach dem Turnier habe sich ihr einer Eurer Männer genähert. Ihr wißt natürlich, wen sie meinte.«
Richard schüttelte den Kopf. Verärgert hob der Inquisitor wieder die Hand und sagte:
»Wir haben eine Vereinbarung getroffen, Bruder Richard, daß Ihr hier bei Bruder Thomas von Lincoln bleiben dürft. Ihr habt uns dafür Euer Wort gegeben, daß Ihr sprechen werdet. Wenn Ihr Euch nicht an Euer Wort haltet, werden wir unsererseits diese Übereinkunft überprüfen müssen.«
»Ich bin ein Ritter, der sein Wort hält. Ich habe mein Wort gehalten. Aber es gibt noch ein anderes Gelöbnis, das ich jemandem schulde, der Eure Befugnisse weit übertrifft. Ich habe Eurem Herrn, dem Papst, schon mein Wort gegeben, als er im Dezember 1308 seine neue Bulle erlassen wollte, in der er jeden mit Exkommunikation bedrohte, der sich uns – wie auch immer – zur Verfügung stelle. Ich beschwor ihn, daß er niemanden sonst in den Bann tun könne und deshalb alles dem einen wohlbekannten Namen anlasten müsse: dem Bastard. Ihm gab ich mein Wort, Herr Inqui-

sitor, daß ich allein alle Schuld auf mich nehmen würde. Ihr kennt meinen Namen. Schreibt also. Das erspart Euch viel Mühe. Ich war ihr Komtur. Ich war verantwortlich für ihre Taten und bin es noch.«

Das Seil spannte sich. Wieder wurde er hinaufgezogen.

Richard hatte erreicht, was er wollte. Der Inquisitor schäumte vor Wut, und er würde diese Wut nun an seinem Opfer auslassen – ohne Rücksicht auf dessen Leben. Richard betete im stillen, der Tod möge ihn schnell erlösen.

»Namen!« schrie ihn der Geistliche an. »Ich will Namen von dir hören!«

Richard fühlte, wie er ein ums andere Mal herabschoß. Ungeheuer schwer fiel es ihm, zu schweigen. Er schrie nicht, konnte nicht mehr schreien, denn er bekam fast keine Luft mehr.

»Morley«, ächzte er. Das Seil schoß über die Zugrolle, und er fiel. Dann wurde ihm schwarz vor Augen. Wie eine leblose Hülle um ein verrenktes Gerüst von Knochen hing er in tiefer Bewußtlosigkeit, und dem Inquisitor entfuhr ein Kraftausdruck, der gar nicht zu seinem Rang als kirchlicher Würdenträger passen wollte.

37. KAPITEL

*'t is strange – but true; for thruth is always strange; stranger than fiction.**

Lord Byron – Don Juan

Die Yorkshire Wolds, überzogen von einer dünnen Schneedecke, durch die Schneeglöckchen und frühe Krokusse ihre bunten Köpfchen steckten, funkelten im kühlen Sonnenlicht. Dicke schwarze Wolken ballten sich am dunkelblauen Himmel, und ein auffrischender kalter Wind kündigte ein neues Schneetreiben an. Beatrice zog ihren Pelzumhang dichter um sich und blickte über das Land, das sich ihr zu Füßen ausbreitete. Auf ihrer grauen Stute hielt sie auf dem Kamm eines Hügels im beißenden Wind. Ihr einst so beachtliches Gefolge war beträchtlich zusammengeschrumpft. Die Hunde waren an Erschöpfung und Krankheit gestorben. Eine ihrer Dienstmägde war überfallen worden und geflohen, Gott wußte, wohin. Den schwulen Lautenspieler hatte man auf frischer Tat ertappt und sogleich gehängt, und zwei andere Dienstknechte hatten sie einfach im Stich gelassen. Langsam bildete sich ein Regenbogen am wetterlaunischen Himmel. Beatrice richtete sich im Sattel auf und deutete darauf:

»Seht doch! Die Pforte zum Glück!«

Sie spornte ihr Pferd an, den Hügel hinab, zu schnell für ihre Bedienten, die über soviel Torheit die Köpfe schüttelten. Weiter und weiter jagte sie, bis sie die Farben des Regenbogens nicht mehr sehen konnte und der Regen ihr ins Gesicht peitschte. Schließlich war sie ganz allein in der öden Landschaft.

* Seltsam, aber wahr. Die Wahrheit ist immer seltsam, seltsamer als Erfindung.

»Ich muß zurück«, murmelte sie. Gerade als sie mit klammen Händen die Zügel ergriff, erblickte sie eine alte Frau in Lumpen, die auf sie zulief. Sie betrachtete die Füße, die plump und riesig in den darum gewickelten Lappen wirkten, und die ungezählten Flikken auf dem verschlissenen Mantel.

»Hast du mich gesucht, mein Kind?« krächzte die Alte.

»Ich? Wer bist du?«

»Sie nennen mich die Hexe von Wirral.«

Beatrice stieß einen Schrei der Überraschung aus und stieg eilig vom Pferd.

»O, gesegnete Magd, habt Dank«, rief sie mit zum Himmel erhobenen Augen. »Wie weißt du...? Hast du mit der Frau von Lyons-la-Forêt gesprochen? Es ist Monate her, daß sie mir von dir erzählte.«

»Ich habe meine eigene Methode, um etwas in Erfahrung zu bringen.«

Beatrice faßte sich ein Herz.

»Sie sagte mir, ich müsse dich suchen. Ich mache mir Sorgen wegen Richard dem Bastard. Er ist in Not. Es ist fast ein Jahr her, daß man ihn zum letzten Mal gesehen hat. Kannst du mir helfen, ihn zu finden? Man sagte mir, er sei gefangengenommen worden.«

Die Alte legte Beatrice ihre knochige Hand auf den Arm.

»Leider nein. Ich habe kein Zeichen bekommen, aber vielleicht können wir einander helfen.«

Sie nahm Beatrices Hand, betastete sie und drehte sie um, die Handfläche nach oben.

»Du liebst ihn. Ich fühle es.«

Darauf seufzte sie.

»Es hilft nichts, sein Einfluß ist zu schwach. Ich kann nichts damit anfangen. Hätte ich nur etwas, was ihm gehört. Hat er dir nichts geschenkt? Ein Andenken an seine Liebe?«

»Er ist ein Mönch«, lachte Beatrice bitter. »Er lebte streng nach seinen Ordensregeln – jedenfalls einst.«

Sie zog ihren Mantel zur Seite und öffnete einen bestickten Beutel, der an ihrem Gürtel hing.

»Mein kostbarster Besitz: seine Sporen.«

Sie strich zart über das Metall, während sie an jenen abscheulichen

Mann in Lincoln dachte, der, als sie ihr Lied in einer Taverne gesungen hatte, auf sie zugekommen war. Er hatte ihr die Sporen um einen hohen Preis angeboten und obendrein ihren Körper verlangt. In ihrer Verzweiflung hatte sie eingewilligt unter der Bedingung, daß ihr Schildknappe bei ihr bleiben dürfe.
Beatrice schloß die Augen und schauderte. Sie sah sich selbst wieder, halbnackt, nachdem sie die Sporen an sich genommen hatte, während Raoul dem Mann den Dolch zwischen die Schulter stieß.
»Ich habe viel dafür bezahlt.«
Widerstrebend überreichte sie das Metall der Hexe von Wirral, die begierig die Hände danach ausstreckte. Aber sobald sie sie berührte, schrie sie laut auf und zog die Hände zurück, als ob sie sich verbrannt hätte. Erschreckt sprang Beatrice zurück und ließ die Sporen in den Schnee fallen. Sie schlug ein Kreuz, während sie die Frau mißtrauisch anblickte.
»Hab keine Angst, mein Kind.«
Die Hexe bückte sich und hob die Sporen auf.
»Sie sind mit Gefühlen geladen. Ich war nicht darauf vorbereitet.«
Sie hielt die Sporen in der Hand und betastete sie überall mit geschlossenen Augen, um sich auf die Geschichte zu konzentrieren, die sie erzählten.
»Ich sehe einen dämmrigen Raum«, sagte sie langsam. Sie starrte nun geradeaus vor sich hin auf die dahinjagenden Wolken.
»Eine Kirche, glaube ich, ja, es ist eine Kirche. Da ist der Priester und zwei Herrn von hohem Adel. Einer von ihnen ist in Weiß gekleidet.«
»Ein Templer!«
Die Frau runzelte die Stirn, um Beatrice zu bedeuten, sie möge ihr nicht in die Rede fallen.
»Auch der andere ist ein mächtiger Herr. Es ist zu dunkel, um ihre Gesichter unterscheiden zu können. Er legt seine Sporen ab, denn der Priester sagt ihm, im Hause Gottes dürfe er sie nicht tragen. Der Edelmann zuckt mit den Schultern und bezahlt die Buße, die auf diese Übertretung steht. In einer plötzlichen Aufwallung übergibt er dem Mann im weißen Mantel die Sporen. Gebt sie meinem Sohn, sagt er.«

Beatrice schaute fasziniert zu.
»Es geht weiter«, fuhr die Frau fort. »Ich sehe einen jungen Mann, vielleicht an die achtzehn Jahre alt. Da ist derselbe Mann im weißen Mantel, der ihm die Sporen übergibt. Er zeigt auf eine Inschrift auf den Sporen und sagt: ›Schildknappe Richard, diese Sporen sollst du von jetzt an tragen.‹ Der junge Mann fühlt sich sehr geehrt. Seine Augen glänzen vor Stolz. Aber anscheinend ist er doch verlegen. Er macht eine tiefe Verbeugung. ›Bin ich würdig, so etwas zu besitzen?‹ protestiert er. Der andere befiehlt ihm, die Sporen anzunehmen, und er beugt demütig das Haupt. ›Mit Eurer Erlaubnis, Sire, werde ich sie schwarz färben‹, antwortet er.«
Mit einem Ruck kehrte die Hexe in die Wirklichkeit zurück. Sie kratzte mit ihren schmutzigen Nägeln über das Metall. Es blieb so schwarz wie zuvor. Mit zitternder Hand brachte sie ein Messer zum Vorschein und schabte an dem Metall.
»Gold!«
Sie zeigte es Beatrice. Etwas später entdeckten sie auch die Inschrift auf der Innenseite des Fersenbandes, fast unsichtbar unter der Farbschicht.
»E.R.«, las Beatrice laut. »Equyer Richard – das französische Wort für Schildknappe«, erklärte sie.
»Der Mann im weißen Mantel hat gelogen: Die Inschrift war schon da, als der Edelmann die Sporen in der Kirche ablegte. Es sind seine Initialen. Sie bedeuten nicht ›Schildknappe Richard‹. Endlich haben wir das Glied gefunden, das ihn mit seinem Vater verbindet.«
»Ich suche nicht nach seinem Vater«, protestierte Beatrice heftig. »Ich suche ihn selbst.«
»Ich kann nur sagen, was meinen Augen erscheint. Ich kann es mir nicht aussuchen. Ich muß die Bilder nehmen, wie sie zu mir kommen. Es steckt noch viel mehr in diesen Sporen, die er fast zehn Jahre lang getragen hat. Sie haben eine ganze Menge zu erzählen, und ich muß warten, bis sie mir wieder etwas mitteilen wollen.«
»Wer bin ich, daß ich mir ein Urteil über diese wunderbare Gabe erlauben könnte? Aber ich kann den Gedanken nicht ertragen, daß ich ihn verlieren soll. Vor zehn Monaten haben sie ihn gefangenge-

nommen, und als ich endlich entdeckte, daß er in Lincoln eingesperrt war, erzählte man mir, sie hätten ihn schon wieder woanders hingebracht. Wenn diese Sporen ihre Geschichte umständlich vom Beginn an erzählen, dann könnte es zu lange dauern. Er hat sie gewiß verloren, als er gefangengenommen wurde. Also wird ihre Geschichte damit endigen.«

»Das stimmt nicht, mein Kind. Es besteht immer noch ein starkes emotionales Band zwischen ihm, dem Pferd und diesen Sporen, die ihm so lange gehört haben. Hier, nimm sie in deine Hände und halte sie gut fest. Ich werde tun, was in meiner Macht liegt, um sie zum Sprechen zu bringen.«

Beatrice schloß ihre Hände um das kalte Metall und betete um Hilfe, als die Hexe ihre Hände sanft auf die ihren legte.

»Sie vibrieren«, sagte sie zu dem Mädchen, das höchst gespannt zuhörte. Lange schwieg sie dann und schloß wiederum die Augen. Ihr Atem ging schneller. Ihre Hände begannen zu zittern, und plötzlich durchfuhr sie ein Ruck. Dann schüttelte sie wild den Kopf und öffnete die Augen.

»Er ist es selbst, der mir entgegenarbeitet, wenn ich in seinen Geist eindringen will. Er weigert sich, an dich zu denken. Eines ist sicher: Du wirst ihn finden, Liebchen, aber der Tod wird zwischen euch sein.«

»Werde ich zu spät kommen?« flüsterte Beatrice. Sie kämpfte gegen ihre Tränen und biß sich auf die Lippen, denn plötzlich wurde ihr die Wahrheit bewußt. Er hatte sich geweigert, an sie zu denken, hatte die Alte gesagt. Er liebte sie nicht. War es nicht das, um dessentwegen sie diese hoffnungslose Spurensuche begonnen hatte? Um in Erfahrung zu bringen, ob er sie noch liebte? Aber irgendwie schien es jetzt nicht mehr darauf anzukommen. Sie mußte ihn nur finden.

In diesem Augenblick kam Raoul durch den Schnee gerannt. Im Laufe der Monate hatte er seine neue Herrin liebgewonnen, und der Vorfall in Lincoln mit Richards Sporen hatte sie zu unzertrennlichen Freunden gemacht.

»Madame!« Keuchend hielt er bei ihr an. »Ist alles in Ordnung?«

»Mach dir keine Sorgen, Raoul, dies ist die Hexe von Wirral. Sie hat mir soeben erzählt, daß Messire Richard noch am Leben ist.«

»Ist sie eine Hexe?« fragte er scharf. »Seid Ihr eine Hexe?« wiederholte er seine Frage, jetzt zu der Frau gewandt.
»Die Menschen denken heutzutage nur zu gerne an Hexerei, wenn ihnen etwas auffällt, das sie nicht begreifen. Das haben wir den Templern zu verdanken oder vielmehr denen, die sie beschuldigt haben.« Ein Gedanke stieg in ihr auf. »Kennt Ihr Richard gut?« fragte sie.
»Das will ich meinen«, erklärte Raoul fest.
»Er hängt sehr an ihm«, lächelte Beatrice, »und auch Richard mag den Jungen gern. Denkst du, daß er vielleicht...« Sie hatte die Gedanken der Alten erraten und legte ihre Hand auf Raouls schmale Schulter.
»Hab keine Angst, Raoul, du kannst uns vielleicht helfen. Versuche, an Messire Richard zu denken, ganz fest.«
Der Junge nickte und preßte seine Lippen fest aufeinander. Die Frau nahm vorsichtig seine Hände und studierte sie.
»Ich kann ein Schloß sehen«, sagte die Frau. »Es steht am Rande einer verlassenen Wildnis. Ein schmales Flüßchen strömt durch eine tiefe Schlucht zu Tal. Das Schloß steht dort, wo die Schlucht sich zur Ebene hin öffnet, ein wenig stromaufwärts. Einige Häuser einer kleinen Stadt stehen an den Ufern. Auf zwei Seiten ragen die Mauern des Schlosses von steilen Felsen empor, auf den anderen Seiten verläuft ein trockener Graben unter den Mauern, die den birnenförmigen Innenhof umschließen, und über die Mauern erheben sich Türme. Der Schloßturm ist auf einem Plateau erbaut, ebenfalls von einem trockenen Graben umgeben. Und eine Mauer teilt den Vorplatz in zwei Teile. In der Ecke des äußeren Hofes steht ein viereckiger Turm. In dem unterirdischen Gewölbe darunter ist ein Raum. Es ist ein Kerker.«
Ihre Stimme stockte.
»Ein Gesicht. Es ist mager. Es trägt eine Grafenkrone.«
Schwer keuchend führte sie ihre Hand zu ihrer linken Schulter, ihr Gesicht war schmerzverzerrt. Beatrice erinnerte sich an die Wunde an Richards linkem Arm und daran, daß dieser nach seiner Flucht aus Haughton-le-Moor gelähmt war.
»Mehr kann ich nicht sagen«, sagte die alte Frau und entspannte sich. »Du mußt jetzt selbst weitersuchen.«

Beatrice dachte nach.
»Es muß möglich sein, herauszufinden, welches Schloß gemeint sein könnte. Raoul, gib der Frau die Speisen und den Wein in meiner Satteltasche.«
Während der Junge eifrig ihren Befehl ausführte, fischte sie drei Goldstücke aus ihrer Börse.
»Ich werde ihn finden.«
Eilig bestieg sie ihr Pferd, und Raoul sprang hinterher, während nicht weit davon, am Fuß der schneebedeckten Hügel, schwarze Raben um einen viereckigen Turm kreisten, der über unbezwingliche Felsen emporragte.
In den tiefen Gewölben waren die Ratten geschäftiger denn je, und seufzend blickte der alte Templer seinen Gefährten an.

38. KAPITEL

Still let my tyrants know, I am not doom'd to wear
Year after year in gloom and desolate despair;
A messenger of Hope comes every night to me,
*And offers for short life, eternal liberty.**

Emily Brontë – The Prisoner

Die Kälte und Feuchtigkeit ihrer Zelle ließ sie bis in die Knochen erstarren. Sie hatten nur Lumpen, um sich warmzuhalten, und das Brot und Wasser, das sie sich teilten, war zum Leben zu wenig, zum Sterben zuviel.

»Ich werde nicht mehr lange bei dir sein, Richard. Der Tod steckt mir schon in den Knochen. Ich fühle seinen kühlen Atem. Bald bin ich aus Schmerz und Elend erlöst.«

»Wünschst du dir noch etwas, bevor du stirbst? Etwas, das ich für dich tun kann?«

Thomas schüttelte den Kopf. Die Bewegung war kaum zu bemerken.

»Meine Aufgabe ist fast vollbracht. Wenn du dich mit Gott versöhnt hast, kann ich in Frieden ruhen.«

»Ich wünschte, ich könnte es. Ich werde dich vermissen. Es hat mir viel geholfen, in meinen schwersten Stunden mit dir sprechen zu können. Ich fürchte mich jetzt nicht mehr vor dem Tod. Manchmal verlange ich sogar nach ihm.«

»Es ist gut so«, sagte Thomas und schloß die Augen. »Wer sich

* Laßt meine Unterdrücker wissen, daß ich nicht verurteilt bin,/ Jahr um Jahr in Finsternis und trostloser Verzweiflung hinzubringen./ Ein Bote der Hoffnung kommt jede Nacht zu mir/ und bietet mir ewige Freiheit im Tausch für ein kurzes Leben.

den Tod wünscht, fürchtet ihn nicht mehr. Gott segne dich, mein Sohn.«

»Willst du es mir nicht erzählen, bevor es zu spät ist?«

Er zögerte, bevor er hinzufügte: »Wie ich als Bastard in den Tempel hineinkam?«

Die grauen Augen, von tiefen schwarzen Ringen umgeben, öffneten sich und blickten ihn mit stillem Vorwurf an.

»Du kannst es mir glauben«, sagte er flüsternd. »Sobald du die Wahrheit weißt, wirst du wünschen, ich hätte sie dir niemals erzählt.«

»Thomas, ich bin zum Tode verurteilt, genauso wie du. Nimm mir die Unruhe, bevor es zu spät ist.«

Das Geräusch waffenklirrender Schritte machte ihrem Gespräch ein Ende.

»Was wollt ihr denn noch von mir?« schrie Richard, als sie eintraten. Verzweifelt klammerte er sich an den Steinen fest. Mit einiger Anstrengung richtete sich Thomas auf.

»Ermanne dich«, mahnte er mit leisem Tadel. Aber es zerriß ihm das Herz, als er sah, wie sich Richard mit erzwungener Ruhe wie ein Opfertier abführen ließ. Und Thomas betete, als er die Schmerzensschreie in der Ferne hörte und flehte den Herrn an, diesem elenden Opfer Seiner Kirche gnädig zu sein.

Es dauerte Stunden, bevor der Gefangene schließlich bewußtlos in die Zelle zurückgebracht wurde. Sie legten ihn auf die Steinplatten nieder, wo er bewegungslos liegenblieb, solange, bis die Ratten kamen und Thomas sich mit dem Einsatz seiner letzten Kräfte vom Strohlager herbeischleppte, um ihm die Bestien vom Leibe zu halten. Nach weiteren Stunden kam Richard wieder zu sich.

»Hast du etwas verraten?«

Richard schüttelte den Kopf und bedeckte das Gesicht mit den Händen. Zu lebhaft stand ihm noch vor Augen, was am Ende des Verhörs geschehen war.

»Ich verachte den Herrn«, hatte er gerufen, als er gefühlt hatte, wie er unter diesen folternden Schmerzen wahnsinnig wurde. »Und ich verachte Seinen Sohn, der für nichts gelitten hat und gestorben ist!«

Das Schlimmste war, daß er es in diesem Augenblick auch so

meinte. Thomas wandte sich von ihm ab, um nicht sehen zu müssen, wie er weinte.
»Ich habe Christus verleugnet«, stöhnte Richard schließlich mit gebrochener Stimme. Zu seiner Überraschung lächelte Thomas und winkte begütigend mit seiner verkrümmten Hand.
»Das ist nicht wichtig«, sagte er.
Richard starrte den Greis bestürzt an und schlug ein Kreuz.
»Ich werde dir eine Geschichte erzählen«, fuhr der Alte fort. »Es ist lange her, da lebte eine anmutige Königin. Sie war gut und treu. Ihr Gemahl, ein mächtiger König, der sein Land nach Recht und Gesetz regierte, hatte sie geheiratet, als sie noch sehr jung war. Sie kam aus einem fernen Land, und ihr Vater stammte aus einem Königsgeschlecht. Sie wußte, es war ihre erste Pflicht, den Thron zu sichern, indem sie ihrem Mann Söhne schenkte. Ihr erstes Kind war ein Mädchen, eine hübsche Prinzessin, blond wie ihr Vater. Im nächsten Jahr bekamen sie noch eine Tochter, aber sie war schwach und starb nach ein paar Monaten. Die Königin war jung und ihrem Gemahl sehr zugetan. Niemand zweifelte daran, daß sie ihm Söhne gebären würde. Und das geschah auch. Aber der erste starb, während der König weit weg von seinem Reich weilte. Der zweite war während seines ganzen kurzen unglücklichen Lebens krank. Bevor er starb, wurden noch zwei kleine Prinzessinen geboren, von denen eine am Leben blieb. Sie hatte das dunkle Gesicht ihrer Mutter geerbt, jedoch nicht ihren sanften Charakter, denn sie war trotzig und herrschsüchtig. Schon flüsterte man im Palast, ein Fluch liege auf dieser Heirat. Aber die Gerüchte verstummten wieder, als noch ein Sohn geboren wurde. Er war kräftig genug und blieb am Leben, während seine Mutter im Lauf der nächsten Jahre noch sechs schöne Prinzessinnen gebar, von denen zwei in den Kinderjahren starben. Der König liebte seine Töchter abgöttisch, so sehr, daß er sich nur mit Mühe von ihnen trennen konnte, obgleich er sie gut verheiratete. Aber den kleinen Prinzen schätzte er als sein höchstes Gut.
Der Junge war fast zehn Jahre alt, als er krank wurde. Die besten Ärzte waren dem Vater nicht gut genug. Aber sie beugten sich über das Krankenbett und schüttelten die gelehrten Köpfe.
Eines Tages begab sich die Königin zu ihrem Gemahl:

›Dreizehn Kinder habe ich dir geschenkt, und eines tot geboren‹, sagte sie. ›Und doch hast du nur einen Erben. Ich bin jung, aber mein Körper ist müde von dieser schweren Pflicht. Wird jemals ein Sohn von mir deine Krone tragen?‹
Der König war noch in der Blüte seiner Jahre. Er ging mit ihr zu Sterndeutern und befragte diese.
›Sire‹, sagten sie, ›Euer Sohn wird in Jahresfrist sterben.‹
Die Königin weinte bittere Tränen, denn es gab nichts, was sie tun konnten, um das Kind zu retten. Da geschah es einige Tage später, daß eine Wahrsagerin in den Palast kam. Sie las der Königin aus der Hand und sagte:
›Hoheit, niemals werdet Ihr einen wirklichen König gebären.‹
Der Bruder ,des Königs hatte einen Sohn, der selbst nach der Krone trachtete. Sollte dieser nach ihm den Thron besteigen? Das verhüte Gott!
Eben zu dieser Zeit traf der König eine junge Frau fürstlichen Geblüts, über die er Macht gewann. Zwischen ihnen entwickelte sich eine kurze Liebesaffäre, die vielleicht nicht ganz auf Gegenseitigkeit beruhte. Wie auch immer, nach ein paar Monaten waren beide Frauen schwanger, die Prinzessin und die Königin. Die unglückliche Prinzessin war die erste, die ihr Kind bekam. Sie starb, während sie einen gesunden Sohn zur Welt brachte. Zehn Tage später meldete lautes Geschrei in der Turmkammer der Königin die Geburt noch eines starken und schönen Sohns. Sie nannten ihn Edward nach seinem Vater. Böse Zungen behaupten, daß der König, veranlaßt von dem Spruch der Wahrsagerin, die beiden Säuglinge vertauschte. Andere sagen, dafür sei er zu redlich gewesen. Er habe aber seine Frau so geliebt, daß er schwor, den Bastard zu töten, da dessen Mutter seinen Fehltritt nicht mehr bezeugen konnte.
Aber er beging keines dieser beiden fürchterlichen Verbrechen. Der Bastard wuchs heran, und nach fünf Jahren sandte ihn der König zu einer Bruderschaft weiser Männer und bat sie, ihn in ihrer Mitte aufzunehmen, ihn aufzuziehen und zu einem der Ihren zu machen. Er sollte bereit sein, wenn die Zeit dazu gekommen war, seines Vaters Herz auf seinem letzten Zug ins Heilige Land zu begleiten, an der Spitze von 140 Rittern.

Sie willigten in seine Bitte ein, unter einer Bedingung. Der Junge sollte niemals erfahren, daß er ein Königssohn war.«

»Und so verwandelte er die Frucht seiner Sünde in einen Beitrag zu dem Ziel, das ihm so am Herzen lag: der Eroberung des Heiligen Landes«, vollendete Richard tonlos.

Der Alte war müde vom Sprechen und schlummerte ein. Der andere blieb in einem Gewirr krauser Gedanken zurück, die er nicht mehr zu ordnen vermochte. Schlafen konnte er nicht.

Die Stunden krochen dahin, bis Thomas endlich wach wurde.

»Dir ist kalt«, sagte Richard. »Soll ich dich wärmen?«

»Nein, du kannst nur noch etwas für dich selbst tun. Ich brauche keine Hilfe mehr.«

»Für mich? Ich habe Gott verleugnet.«

Wieder machte Thomas die gleiche beruhigende Geste, mit der er ein paar Stunden zuvor seine unbegreiflichen Worte begleitet hatte: »Das ist nicht wichtig.« Jetzt fuhr er fort: »An einen Gott glauben, ist gut.« Seine Stimme war kaum noch zu hören, und Richard mußte sich über ihn neigen, um ihn zu verstehen. An einen Gott? Gab es nicht nur einen Gott im Himmel und auf Erden?

Er sah, wie die knochigen Hände des Alten nach dem weißen Strick um die Kutte tasteten und die Knoten berührten.

»Den rechten Weg wählen ist besser«, war die flüsternde Stimme wieder zu vernehmen.

Richard starrte in das Gesicht Thomas von Lincolns, das plötzlich die Züge von Jacques de Molay anzunehmen schien. Eine Halluzination, wie sie ihm schon früher begegnet war, oder eine Vision? Langsam verwischten sich die Züge Molays und wichen den jüngeren, kräftigeren des Pierre von Bologne.

»Christus ist ein Weg«, stammelte Richard wie in Trance. »Der rechte Weg führt zur Wahrheit.«

Thomas, jetzt wieder Thomas selbst, nickte langsam.

»Welchen Weg hast du gewählt, Richard?«

Dem brach der Schweiß aus.

»Welchen Weg, Richard?« drängte Thomas. Die Zeit, die ihm blieb, war kurz.

»Den Weg, den Christus wählte?«

»Nein, dafür ist zuviel Haß in mir, zuviel Kampfeslust.«

»Zuviel Stolz, meinst du. Welchen, Richard? Den Weg deines Herzens, deines Gewissens, deines Verstandes?«
»Die liegen dauernd miteinander im Streit.«
»Denke nach, Richard.«
Nach einer Weile, die in der Stille der Zelle eine Ewigkeit zu dauern schien, antwortete er langsam:
»Den Weg des Rechtes.«
»Welches Recht? Wessen Recht?«
In Thomas' Stimme lag plötzlich wieder Kraft, und die Augen blickten schärfer denn je aus ihren Höhlen. Richard mußte die Antwort schuldig bleiben.
»Thomas, ich bin nicht reif für die Wahrheit. Ich verstehe deine Sprache nicht. Ich begreife die Bedeutung deiner Worte nicht. Du stürzt alles um, woran ich stets geglaubt habe.«
»Der christliche Glaube ist gut, mein Sohn. Die Worte, die unser Geheimnis enthalten, sind mit Absicht so gewählt. Es ist eine Prüfung, um deine Standfestigkeit im Glauben auf die Probe zu stellen. Sprich die Gedanken aus, die in der Tiefe deiner Seele ruhen.«
»Die werden dir nicht gefallen. Ich denke, daß die Reinheit der katholischen Lehre getrübt ist. Die Geistlichkeit starrt auf Dogmen, ohne sich um die Menschen zu kümmern, um die es geht. Es sind Bücherwürmer, Haarspalter, die außerhalb des Lebens stehen. Ihre Liebe ist eine pergamentene Liebe. In meiner Lehrzeit hast du mir von den geistigen Strömungen des Ostens erzählt, von denen die berichten, die mit den Karawanen ins Heilige Land reisen, von der Lehre Buddhas und Laotses. Manchmal kommt es mir vor, als ob ihre Lehre reiner wäre als die unsere, näher bei Gott und näher bei den Menschen. Wer hat recht? Oder haben wir alle recht? Kann Gott viele Namen haben? Brahma, Allah, Tao, Jahwe? Ist Gott viel größer, als wir uns vorstellen können?«
»Wir sind in der Überzeugung des Christentums aufgewachsen«, kam wieder Thomas' Stimme, »und im Rahmen des Evangeliums, das unsere Richtschnur ist, müssen wir unseren Weg wählen. Den rechten Weg. Du bist auf dem guten Weg, Richard, aber du steckst voller Zweifel. Hab mehr Vertrauen in dich selbst. Der Weg des Rechtes, sagst du. Das ist nicht genug. Niemand darf dir den

dritten und letzten Teil des Geheimnisses enthüllen, wenn du nicht selbst die ersten beiden Teile enträtselt hast.«

Richard öffnete die Augen. Das Wundfieber begann in ihm zu toben, und er kauerte sich zusammen, um sich mit den Fetzen seiner Kleider zu wärmen. Aber sein Geist war jetzt klar.

»Ich kann die Lehren anderer Religionen und Philosophien nicht verurteilen«, sagte er. »Sie sind, wie sie auch aussehen mögen, ein Führer auf dem Weg, der zu der Schöpferkraft zurückführt, die uns regiert und in unserem tiefsten Wesen verborgen liegt. Es geht nicht darum, was wir glauben, sondern wie wir glauben. Und der rechte Weg, das ist der Weg der Gerechtigkeit, ein Weg, der jedem Menschen das Recht gibt, frei zu denken, frei zu handeln, frei zu sein – wenn er dabei die Überzeugung der anderen achtet. Wer dem anderen diese Freiheit gibt, hat die wahre Liebe. Gott hat nicht Herrn und Sklaven geschaffen, nicht Edelmann, Hörige und Leibeigene. Er schuf gleiche Menschen. Es liegt in der eigenen Verantwortung des Menschen, was er mit dieser Freiheit anfängt. Wer die Liebe hat, hat den Heiligen Geist, hat Gott Selbst in sich. Diese Liebe ist die Quelle, die den Geist weitet, die Quelle aller Erkenntnis. Das ist der rechte Weg. Dem Schöpfer nur in Zeremonien zu dienen, reicht nicht aus. Auch der Glaube allein reicht nicht aus.«

Thomas brummte etwas Undeutliches. Ein schwaches Lächeln glitt über das faltige Gesicht.

»Du bist gefährlich. Du gehst sogar weiter als wir. Wer wird denn gleich alle bestehenden Werte umstürzen? Du rüttelst an der Weltordnung. Dein Geist ist weit. Es ist mehr Liebe in dir, als du selbst weißt.« Nach einer Pause fuhr er fort: »Der dritte Teil des Geheimnisses des Tempels bestimmt, daß jeder für sich selbst den rechten Weg finden muß. Du hast diese Bedingung erfüllt. Ich darf dir jetzt den letzten Satz sagen: ›Christus ist ein Weg. Der rechte Weg führt zur Wahrheit. Der Schlüssel zur Wahrheit ist der freie Geist.‹ Die drei Knoten werden nur dem verliehen, der in Wort und Tat bewiesen hat, daß er diesen freien Geist besitzt.«

Richard nickte. »Also hat sich der Orden nicht gegen die Verhaftung seiner Brüder gewehrt, um dieses Geheimnis bewahren zu können?«

»Die Menschheit ist noch nicht reif für diesen Gedanken«, bestätigte Thomas. »Aus Unverstand bezeichnet man ihn als Ketzerei, und deshalb nähren wir ihn als Geheimnis im Schoße unserer Bruderschaft, als Geheimnis, das zusammen mit der Heiligen Dreifaltigkeit unsere tiefste Überzeugung bildet. Mach dir also keine Sorgen über deine Gottesleugnung. In den Büchern der Inquisition bist du zwar als Ketzer verurteilt, aber Gott stand neben dir, als du an der Estrapade hingst. Er kennt die Wahrheit.«
Richard war noch damit beschäftigt, die Knäuel zu entwirren, deren er vorhin mit seinen kreuz und quer durcheinanderschießenden Gedanken nicht Herr geworden war.
»Waren wir deshalb die einzigen, die immer bereit waren, Exkommunizierte in ihrer Mitte aufzunehmen? Ist das der Grund, weshalb wir in den letzten Jahren die Gespräche über einen neuen Kreuzzug bewußt in die Länge gezogen und der Großmeister eine Vereinigung unseres Ordens mit dem der Hospitaliter abgewiesen hat?«
Thomas nickte:
»Es ist noch etwas anderes gewesen. Im letzten Jahrzehnt hat der Tempel eine Politik des Friedens verfolgt, des Gleichgewichts zwischen den verschiedenen Mächten und Religionen. Sein Ziel war ein universeller Friede, wobei der Islam eine Barriere zwischen dem Christentum und den Strömungen des Ostens bilden und der Tempel als uneigennütziges, übergeordnetes Organ wirken sollte, das die Machtverhältnisse innerhalb der Christenheit ausgleicht.«
Er hob seine kalte, verkrümmte Hand und ergriff Richards Handgelenk.
»Nun weißt du, wofür du vier Jahre lang gekämpft hast, mein Sohn. König Philipp hat der Christenheit mit unserem Untergang einen sehr schlechten Dienst erwiesen.«
Thomas' Hand glitt herab, und Richard blickte besorgt auf den ausgemergelten Körper des Alten, der sich auf dem Stroh zusammenrollte, die eine Hand unter dem Kopf, die andere auf dem Herzen wie ein ungeborenes Kind im Mutterleib.
Kurz darauf schlief Thomas ein, um niemals mehr aufzuwachen. Richard sah, daß es mit ihm vorbei war, und betete für den

Seelenfrieden des Templers, bis der kleine Lichtfleck am Ende des Luftschachts durch die zehn Fuß dicke Mauer einen neuen Tag ankündigte. Dann knüpfte er den dritten und letzten Knoten in den schmutzigen Strick, der die Flecken seiner Kutte zusammenhielt.

Sie kamen nicht mehr, um ihn zu holen. Er verheimlichte den Tod des Gefährten vor seinem Wächter, damit dieser die Ration von Wasser und Brot nicht halbierte, bis ihm eines Tages nur noch ein Krug mit Wasser gebracht wurde. Man ließ ihn allein mit dem Toten, und er wußte, daß man ihn einfach verhungern lassen würde.

Aber Richard nahm diese Einsicht mit einer Ruhe an, die er noch einige Tage zuvor nicht aufgebracht hätte. Das Geheimnis des Tempels gab ihm mehr Kraft, als sie ihm der katholische Glaube jemals gegeben hatte.

Sein Körper war gekettet, aber den freien Geist konnte niemand in Fesseln schlagen. Der erhob sich weit über die Mauern seiner Zelle, und ein einziges Mal gestattete er sich, zu denken, was hätte sein können. Ein Tempel, der die Willkür der Fürsten und Barone in feste Bahnen lenkte, der die rastlose christliche Welt nach seinem eigenen Ideal veränderte, nämlich in eine Welt des Friedens und des Gleichgewichtes, in der sich der Geist entfalten konnte.

39. KAPITEL

Hope, like the gleaming taper's light,
Adorns and cheers our way;
And still, as darker grows the night,
*Emits a brighter ray.**

Oliver Goldsmith – The Captivity

Über die kahlen, wüsten North York Moors flogen zwei Pferde auf steinigem Weg dahin. Sie liefen leicht, denn ihre Reiter waren jung und zart. Der eine war ein Junge, gerade erst 10 Jahre alt. Er trug die Kleidung eines Schildknappen. Der andere sah aus wie ein Kurier, aber die runden Linien, die sich unter dem straffen Wams und der Hose abzeichneten, waren weicher als die eines Mannes.
»Wie weit noch, Madame?« übertönte der Junge den Lärm der galoppierenden Hufe und des Windes.
»Wir haben noch nicht einmal die Hälfte, Raoul.«
Als sie sich darüber klar wurde, daß sie sich beeilen mußte, wenn sie noch rechtzeitig kommen wollte, hatte Beatrice ihre Bedienten zurückgelassen und ein Pferd für Raoul gekauft. Zusammen waren sie nach Norden aufgebrochen, wo König Edward mit seinem Günstling und seiner Königin in Tynemouth Castle residierte.
Am nächsten Nachmittag meldeten sie sich am Schloßtor. Es dauerte einige Zeit, bevor sie in Blanches Zimmer eingelassen wurden, wo sich die zwei Frauen wie Schwestern begrüßten. Nach einer herzlichen Umarmung trat Blanche zurück und betrachtete sich Beatrices Staffage.
»Ein Kurier«, rief sie aus, und beide lachten.

* Hoffnung ziert wie der glänzende Schein der Kerze unseren Weg und hellt ihn auf. Und je dunkler die Nacht wird, desto hellere Strahlen sendet die Hoffnung aus.

Raoul setzte sich in der Fensternische. Sein schmales, weißes Gesicht war ernst.
»Wo ist Euer Sohn?« fragte Beatrice und blickte umher.
»Ich habe ihn in London zurückgelassen. Mein Schloß an der Themse ist gerade noch vor Weihnachten fertiggeworden. Es war mir zu gefährlich, ihn nach Norden mitzunehmen.«
Sie faßte Beatrice am Arm, zog sie dicht an sich heran und flüsterte ihr ins Ohr:
»Wir werden jetzt von den Schotten und den Baronen in die Zange genommen. Edward wird allmählich klar, daß er keine Chance gegen sie hat. Sie stellen ein vollständiges Heer auf, während er nicht einmal genug Geld hat, uns zu verköstigen. Glücklicherweise kann ich mich selbst versorgen. Die Königin war froh, daß ich mit ihr ging. Ma foi! Edwards Versuch, sich gegen die Barone aufzulehnen, ist tollkühn. Er hat sich verändert, weißt du. Du hättest ihn sehen müssen, als das Parlament Gaveston im Oktober verbannt hatte und dann dazu überging, den Palast von seinen Familienmitgliedern und Freunden zu säubern. Niemals habe ich ihn so wütend gesehen. Ich wollte, er hätte diesen Aufstand besser vorbereitet. In jedem Fall ist wenigstens die Königin beeindruckt. Das erste Mal in ihrer Ehe bewundert sie ihn, obwohl sie sich vor dem Gascogner ekelt. Ich hätte nicht gedacht, daß gerade er ihre Wiederversöhnung zustandebringen würde. Sie schläft sogar bei ihm. Ich glaube, auch das haben wir der Krankheit Gavestons zu verdanken.« Ihre Stimme wurde noch leiser. »Manchmal verbrachten der König und Gaveston die Nacht zusammen, und ich habe sogar gesehen, daß sie einander wie Liebhaber küßten.«
»Gott behüte.« Beatrice errötete. »Mein Lautenspieler wurde dafür gehängt.«
»Der König ist unverletzlich«, erklärte ihr Blanche. »Jedenfalls denkt er das. Niemand weiß es übrigens. Auch die Königin nicht.« Sie legte den Finger auf die Lippen und lachte entschuldigend. »Das ist das Dumme an Geheimnissen. Man muß sie einfach an jemanden loswerden.«
»Das Leben ist schon aufregend genug, ohne daß man in solche Dinge hineingezogen wird«, sagte Beatrice und berichtete Frau Blanche über die Visionen der Hexe von Wirral.

»Ich fürchte, daß ich dir hier nicht helfen kann«, antwortete Blanche, als ihre Besucherin schließlich bei der Beschreibung der Burg angekommen war. »Ich kenne nur ein paar englische Burgen, und die ähneln deiner Beschreibung nicht sehr. Was das Gesicht betrifft, das eine Grafenkrone trug, so glaube ich, sie meinte Thomas von Lancaster. Er ist mager und hat einen dunklen Bart. Er besitzt eine große Zahl Burgen. Vielleicht kann Edward uns helfen. Komm mit.«

Beatrice schaute sie erschrocken an.

»Der König?« stieß sie hervor. »Das geht nicht. Bestimmt nicht in dieser Kleidung.«

»Hab keine Angst. Er ist ein einfacher Mann mit einem guten Herzen, solange du ihm nicht in die Quere kommst. Du wirst sehen, er ist sehr freundlich.«

Blanche holte ein schlichtes Kleid aus einer Truhe.

»Sag ihm nicht, daß du die Tochter des Herrn von Morley bist. Er haßt Edelleute, aber Sänger, Spielleute und Seeleute – das sind Menschen, in deren Gesellschaft er sich wohl fühlt. Sie sind an seinem Hof immer willkommen. Zieh dich um.«

Sie fanden den König, wie er soeben aus Gavestons Schlafzimmer kam. Beatrice versank in einen tiefen Knicks.

»Wie steht es mit ihm?« fragte Blanche mit gespielter Besorgnis, nachdem sie den König mit einem strahlenden Lächeln und nicht mehr als einer Neigung des Kopfes begrüßt hatte. Edward sah sorgenvoll aus.

»Keine Besserung«, antwortete er. »Wer ist die Dame?«

»Beatrice, Euer Gnaden«, antwortete diese schüchtern.

»Eine gute Freundin von mir«, fügte Blanche hastig hinzu, während sie dem König in den großen Saal folgten. »Eine Troubadourin.«

»Ah«, rief Edward aus. »Wir können hier durchaus etwas Abwechslung gebrauchen. Schon gegessen?«

Ohne eine Antwort abzuwarten, nötigte er sie an einen Tisch, der sehr einfach gedeckt war. Es fehlte die reiche Auswahl an erlesenen Früchten und Leckerbissen, wie man sie an der königlichen Tafel erwartet hätte. Das machte dem König aber anscheinend nichts aus. Er fiel über die Speisen her wie ein hungriger Wolf.

Wenn es dem König einfiel, gastfreundlich zu sein, empfahl es sich, darauf einzugehen, dachte Beatrice.
Sie nahm Platz und begann zu essen.
»Wo ist Isabella?« fragte Edward zwischen zwei Bissen.
»Die Königin fühlt sich nicht wohl. Ich habe ihr geholfen, sich niederzulegen. Sie schlief, als ich sie mit ihrer Kammerfrau Lady Elizabeth de Montibus zurückließ. Ich dachte, ich hätte es Euch schon erzählt.«
Edward zuckte die Schultern. Er hatte jetzt andere Dinge im Kopf als Frauen, die sich nicht wohlfühlten. Die Situation war ernst genug. Jeden Augenblick konnten die Barone nach Norden vorrücken, und er hatte kein Heer, um sie aufzuhalten. Überdies war Bruder Perrot zu krank, um zu reiten, falls sie die Burg verlassen mußten. Seine Augen ruhten freundlich auf Beatrice, und er fragte sich, warum ihre Locken naß waren.
»Seid Ihr erst vor kurzem angelangt? Woher seid Ihr gekommen?«
»Ich bin vor kaum einer Stunde angekommen, Euer Gnaden. Gestern morgen war ich noch in York.«
»Da seid Ihr schnell geritten. Habt Ihr Bewaffnete auf dem Weg hierher gesehen?«
»Nichts, Euer Gnaden.«
Die Antwort beruhigte ihn. Er lehnte sich in seinem Stuhl zurück, kaute hörbar auf seinem Brot und spülte es mit einem Schluck Bier hinunter.
»Ihr eßt ja gar nicht«, sagte er zu ihr.
Beatrice starrte auf die vollen Schüsseln. Widerstrebend nahm sie einen Bissen, während sie Blanche einen flehenden Blick über den Tisch zuwarf. Die französische Edelfrau hatte es nicht vergessen, sie hatte nur den richtigen Moment abgewartet, und nun berichtete sie dem König von der Ballade, die Beatrice in der Hoffnung gesungen hatte, ihren Geliebten zu finden – freilich ohne Namen zu nennen.
»Laßt hören«, sagte er sofort. »Meine Freunde haben mir von Euch erzählt. Die Welt der Spielleute ist klein.«
Beatrice stand auf und trat in die Mitte des Saals, wo sie einen Knicks machte, bevor sie begann. Ohne die Begleitung ihres Lautenspielers klang ihr Lied traurig und einsam. Als das letzte Echo

ihrer reinen Stimme verklungen war, blieb der König ein paar Sekunden schweigend sitzen. Dann klopfte er anerkennend mit den Knöcheln auf die hölzerne Tischplatte und winkte ihr, wieder Platz zu nehmen.
»Es war einzigartig«, sagte er. »Sagtet Ihr, daß wir ihn gefangengenommen haben?«
»Nicht wir, sie«, erwiderte Blanche mit einem Nicken in südlicher Richtung. »Lancaster, um genau zu sein.«
Der Name allein genügte, um Edward den Appetit zu verderben. Er wischte sich den Mund mit dem Tafeltuch und blickte Blanche an, die Beatrice bat, von der Burg zu erzählen. Diese beschrieb nun ihre seltsame Begegnung mit der Hexe von Wirral, und als sie geendet hatte, entstand ein langes Schweigen, währenddessen Edward in seinem Gedächtnis suchte. Dann winkte er einem Diener und gab einen kurzen Befehl.
Die beiden Edelfrauen blickten einander an. Ein paar Minuten später kam ein Sergeant der Wache herein, und Edward nahm ihn zu einem kurzen Gespräch beiseite. Triumphierend drehte er sich um, während er den Reisigen wieder wegschickte.
»Pickering«, sagte er.
Beatrice sprang auf.
»Ich muß auf dem Weg hierher dicht an Pickering Castle vorbeigekommen sein. Hätte ich es nur schon gewußt«, seufzte Beatrice, als sie wieder in Blanches Zimmer waren.
»Es hätte dir nicht viel geholfen«, meinte Blanche. »Man hätte dich nicht in die Burg gelassen. Schon gar nicht ins Gefängnis.«
»Raoul vielleicht schon.«
Blanche nickte.
»Vielleicht brauchst du den Jungen doch noch. Wir wissen jedenfalls nicht genau, ob Richard dort ist. Er kann irgendwo anders hingebracht worden sein, wie es auch in Lincoln passiert ist. Ich werde dir sagen, was ich tue. Morgen bricht noch ein Kurier des Königs in die Gascogne auf, um Verstärkung zu holen. Ich gebe ihm einen Brief mit, den er sofort meinem Gemahl bringen lassen soll, sobald er den Fuß auf französischen Boden setzt. Wir brauchen Hilfe. Wir brauchen Männer, um ihn dort herauszuholen und ihm zur Flucht zu verhelfen. Geh dorthin und stelle fest, ob die

Hexe recht hatte. Aber sei vorsichtig. Geh nicht selbst hinein. Schick Raoul vor. Ich glaube, daß ich in ungefähr drei Wochen mit Hilfe aus Frankreich rechnen kann.«
»Drei Wochen!«
»Das ist alles, was wir tun können.«
»Gibt es denn in England niemanden, der uns helfen könnte?«
»Wenn schon der König keine Bewaffneten auftreiben kann, die für ihn kämpfen, wie soll es uns gelingen? Unsere einzige Hoffnung liegt in Frankreich.«
Raoul spitzte die Ohren.
»Die französischen Ritter schätzen Messire le Bâtard auch nicht mehr so«, sagte er mit düsterem Gesicht.
»Geh du nur und hol in der Küche etwas zu essen, du Naseweis«, schnaubte Blanche. Aber Beatrice fiel ihr ins Wort.
»Ich glaube, er hat recht, Madame. Wir müssen der Tatsache ins Auge sehen, daß trotz allem, was Richard für seine französischen Brüder getan hat, jetzt keiner von ihnen die Hand heben will, ihn zu retten.«
»Es gibt aber einen, der für ihn durchs Feuer gehen würde«, kam wieder die Stimme von Raoul.
»Bist du noch nicht in der Küche, Raoul?«
»Wer denn?«
»Der Sieur d'Uzès. Und ich weiß genau, daß er auch genügend andere finden kann.«
Blanche erinnerte sich an den Franzosen.
»Die französischen Ritter haben sich in den Bergen um Lyon versammelt, um dem Konzil zu Vienne so nahe wie möglich zu sein. Ferrand d'Uzès ist bestimmt bei ihnen.«
Beatrice nickte. Sie begriff, daß Blanche keine Verbindung mehr zu der englischen Gruppe hatte, da man sie nicht mehr brauchte. Das Spiel war vorbei, die Urteile über die Brüder waren gesprochen. Nur der Orden selbst mußte noch verurteilt werden. »Ich bitte Euch, fragt ihn doch, ob er – wenn möglich – den Sieur d'Uzès schicken kann, mit Eurer Erlaubnis«, flehte sie.
Blanche nahm den Gänsekiel zur Hand.
»Und noch etwas«, kam zögernd Beatrices Stimme. Blanche schaute sie fragend an.

»Wollt Ihr so gut sein und einen Kurier nach London schicken, der nach Red Meg fragen soll?«
Sie legte eine gutgefüllte Börse auf das Pergament.
»Er soll ihr sagen, daß dies nur die eine Hälfte der Belohnung ist, die ich ihr gebe, wenn sie schnellstens nach Malton kommt, wo ich auf sie warte.«

40. KAPITEL

Grant me, indulgent heaven, that I may live
To see the miscreants feel the pain they give;
Deal Freedom's sacred treasures free as air,
*Till Slave and Despot be but things that were!**

Robert Burns – In a Lady's Pocket Book

Ruhelos ging Beatrice auf dem Gipfel des Hügels auf und ab. Wieder suchten ihre Augen den weitentfernten Weg ab, der durch das Dorf und dann den Abhang zur Burg hinaufführte, die heute grimmiger aussah denn je: Pickering Castle.

Plötzlich stockte ihr der Atem. Nein, es war keine Einbildung. Eine kleine Gestalt kam den schmalen Weg entlanggerannt. Bis zu ihrem Versteck waren es fast zwei Meilen, und Raoul durchlief die ganze Strecke, als ob ihm der Teufel auf den Fersen säße. Schließlich flog er den Hügel hinauf, in Beatrices Arme, vollkommen außer Atem. Sie fing ihn auf und unterdrückte ihre angstvolle Spannung, obwohl ihr das Herz wie rasend schlug. Erst, als er den Kopf wieder hob, sah sie seine erschrockenen Augen.

»Um Gottes willen, was ist los?«

Raoul öffnete die bleichen Lippen. Sein Mund formte ein paar Worte, aber er konnte nicht sprechen. Er drehte sich um und zeigte auf die Türme und Mauern in der Ferne.

»Sie... sie... sie vermauern die Zelle!«

Beatrice ließ ihn los und blickte ihn erschrocken an. Er zitterte.

* Hab Einsicht, Himmel, und vergönne mir, den Tag zu sehen,/ an dem die Henker selbst die Qualen fühlen, die sie anderen zugefügt haben./ Schenke mir die heiligen Schätze der Freiheit, bis ich frei bin wie die Luft,/ bis Sklave und Despot ein Paar sind aus vergangenen Zeiten.

»Hast du Messire Richard gesehen?«
Er nickte heftig. In einer plötzlichen Aufwallung umarmte sie den Jungen und küßte ihn auf beide Wangen.
»Gott sei Dank.«
Zögernd, voller Angst vor der Antwort, stellte sie die Frage, die unvermeidlich folgen mußte:
»War er am Leben?«
Dieses Mal war das kurze Nicken des blonden Kopfes weniger überzeugend.
»Hast du mit ihm gesprochen?«
Raoul hatte versucht, sich tapfer zu halten, aber jetzt konnte er die Tränen nicht länger zurückhalten. Schluchzend flüsterte er:
»Ich glaube, er ist verrückt geworden, Madame.«
Eine Woche war verstrichen, seit sie Raoul zum ersten Mal nach Pickering Castle geschickt hatte, wo er sich – da er kaum englisch sprach – für einen Taubstummen ausgegeben hatte. Sie hatte ihn allerlei verkaufen lassen: Äpfel, Eier, Kastanien, was ihr gerade in die Hände gekommen war. Sie hatte ihm genau erklärt, was er tun mußte, und er hatte seine Aufgabe erfüllt.
Aber konnte sie sich jetzt erlauben zu warten? Noch eine Woche oder vielleicht auch zwei oder mehr? Der französische Ritter Ferrand d'Uzès war zwar in diesem Augenblick vielleicht schon unterwegs nach England, mit oder ohne Gefährten. Doch der Weg nach Pickering war lang, von der Südküste aus bestimmt sechs oder sieben Tage. Was hatten sie dann für Chancen, den Gefangenen noch lebend anzutreffen?
»Raoul, hat dich jemand gesehen, als du in den Turm gingst?«
»Nein, sie haben mich nur wegrennen sehen«, erklärte er schüchtern. Aber darauf kam es jetzt kaum noch an. Sie hatte ihren Entschluß schon gefaßt. »Sobald Red Meg hier ist, gehe ich selbst hin«, sagte sie entschlossen.
Nach ein paar Tagen traf Red Meggie müde tatsächlich in Malton ein. Die beiden Frauen trafen sich in Beatrices Zimmer in der kleinen Herberge. Wortlos standen sie einander gegenüber. Es gab keine Brücke des Verständnisses zwischen ihnen, kein anderes Band als den Mann, auf den sie beide Anspruch zu haben meinten, aber auf zwei ganz verschiedene Arten.

»Richard ist in Pickering Castle«, sagte Beatrice knapp.
»Und?« fragte Meg, offensichtlich nur an den Goldstücken interessiert, die ihr versprochen waren. Sie pflegte sich an ein Prinzip zu halten, das sie schon mehrmals vor dem Galgen gerettet hatte: Kunden, die mit dem Gesetz in Konflikt kamen, existierten für sie nicht mehr. Dieses eine Mal jedoch wollte sie eine Ausnahme machen.
Beatrice nahm ihre Börse und überreichte sie Meggie. Es war das letzte, was sie besaß.
»Für dich, wenn du mir hilfst, hineinzukommen. Ich habe Hilfe aus Frankreich angefordert, aber ich fürchte, sie kommen zu spät. Ich will sehen, was ich selbst tun kann, aber ich finde keine Möglichkeit, dort hineinzukommen. Vielleicht, daß die Wache bei deinen Künsten schwach wird.«
Meggie lachte laut auf, nahm den Geldbeutel, verbarg ihn in ihrem Rock.
»Wann?« fragte sie entschlossen.
»So schnell es geht.«
Meg nickte. Sie wies auf Raoul. »Ich gehe nicht unaufgefordert dorthin. Du wirst unsere Ankunft ankündigen, dann weiß ich sicher, daß alles klappt. Komm doch mal her.«
Raoul jedoch blieb stehen. Fragend blickte er Beatrice an.
»Er spricht nur Französisch«, erklärte die Jungfrau.
Meggie hakte einen Finger in Raouls Kittel, zeigte auf Beatrice und sich selbst und dann zur Burg.
»Pickering«, sagte sie nachdrücklich und rieb mit einer obszönen Geste den Zeigefinger in der Faust.
»Soldaten«, erklärte sie auf Französisch.
Raoul wurde rot, als er diese Geste sah. Doch zum Zeichen, daß er begriffen hatte, reckte er ihr den durch Zeige- und Mittelfinger geschobenen Daumen entgegen.
»Ouil, Madame.«
So standen an diesem Mittag Red Meg und Beatrice de Morley auf dem schmalen Weg zur Burg, die sich vor ihnen erhob. Die Frauen hatten ihr Haar gelöst, und Meg kämmte mit langsam streichelnden Bewegungen das lange, rotbraune Haar der Jungfrau, gerade nahe genug bei der Burg, um gut gesehen zu werden. Beatrice

schaute zu den massiven Mauern empor, die wie aus den Felsen gewachsen dastanden. Links von ihr befand sich der Rosamund's-Tower, genau vor ihr der Gate Tower, wo Raoul stand und mit Gebärden zu den Torwächtern sprach. Gegen die riesigen Ausmaße der Burg nahmen sie sich wie Zwerge aus. In der Ferne begann Raoul mit den Armen zu winken.

»Kommt, wir können gehen«, sagte Red Meg, die die Situation jetzt besser im Griff hatte als die Edelfrau. Mit bebendem Herzen folgte Beatrice. Sie wußte, welches Opfer sie bringen mußte, um zu Richard vorzudringen.

An die folgenden Stunden konnte sich Beatrice später nur noch wie an einen wirren, bangen Traum erinnern: das Geschrei und Gelächter der Männer, den Geruch von Essen und Bier in der Luft, die rauhen, gierigen Hände auf ihrer zarten Haut, ihre Angst und Qual – und Meg, die sich benahm, als ob sie sich köstlich amüsierte, während sich Raoul wie ein furchtsames Wiesel in den dunkelsten Winkel verkroch, den er hatte finden können.

Glücklicherweise hatten die Soldaten schnell herausgefunden, daß mit Meg viel mehr anzufangen war, so daß sie Beatrice einigermaßen in Ruhe ließen.

Die Nacht war weit fortgeschritten, als sie endlich schliefen und Beatrice sich leise, leise aufrichtete. Von den Knien bis zum Nabel fühlte sie sich wie ein fauler Apfel, eine verrottete Frucht, von innen noch mehr als von außen verdorben. Sie raffte ihr Kopftuch vom Boden auf und lief zu dem langen Tisch, auf dem noch die Essensreste des vorigen Abends lagen. Geräuschlos packte sie ein Brot, einige Früchte und einen Krug Wasser in das Tuch und band es zusammen. Auf der langen Holzbank fand sie einen schweren Wollmantel, den sie zusammenrollte und neben dem Tuch an die Tür legte. Dann suchte sie Meg, die halb über einen Soldaten gefallen war und schlief. Sie rüttelte sie leise am Arm und bedeutete ihr aufzustehen. Meg erhob sich und raffte ihre Kleider zwischen den schnarchenden, schwitzenden und stinkenden Leibern zusammen. Sie halfen einander, ihre Kleidung in Ordnung zu bringen und schlüpften geräuschlos nach draußen, von Raoul gefolgt.

Erleichtert holte Beatrice Atem. Behutsam huschte sie an den

Unterkünften der Bedienten entlang. Die Ställe waren gedrängt voll von Pferden, wahrscheinlich wegen des Krieges, den der Graf von Lancaster vorbereitete. Der Graf war dabei, seine Garnison zu verstärken und seine Burgen zu bevorraten. Ihre Augen wanderten wieder zu dem starken Turm in der östlichen Mauer. Die dicke, metallbeschlagene Tür, die in eine Nische über einem kleinen Luftloch eingelassen war, mußte zum Kerker führen.
Beatrice berührte Raoul an der Schulter, und er folgte ihren Augen. Meg ergriff Beatrice am Ärmel, schüttelte nachdrücklich den Kopf und hob die Hand zum Abschied. Dann eilte sie auf den hinteren Ausgang zu. Sie hatte keine Lust, wegen Diebstahls eines Mantels gefaßt, noch weniger, in diesem Kerker ertappt und gehängt zu werden. Die Jungfrau brauchte sie jetzt nicht mehr. Sobald die Sonne aufging, würde sie über alle Berge sein.
Beatrice und Raoul überquerten den Vorplatz. Die Wächter auf den Mauern hatten sie nicht gesehen. Jetzt standen sie vor dem Mill Tower, dicht vor ihnen die eisenbeschlagene Tür, der Zugang zum Gefängnis. Es gab keine Wache, aber sie standen hier mitten im Licht einer Fackel, die neben der Tür an der Mauer hing. Kurz entschlossen ergriff Beatrice die Fackel.
Raoul schob die Riegel zurück. Von innen war die Tür nicht abgeschlossen. Einen Augenblick später standen sie mit angehaltenem Atem im Halbdunkel. Ein grauenvoller Leichengestank schlug ihnen entgegen. Es war tatsächlich ein Gefängnis, aber es war leer. Das einzige, was sie sahen, war eine Vorrichtung mit Zugrollen und Seilen und Folterwerkzeuge an den Wänden.
Mit einem Blick des Entsetzens und der Verzweiflung wandte sich Beatrice zu ihrem kleinen Gefährten um, der auf einen dunklen Winkel linker Hand zeigte, wo zwei Stufen einer Wendeltreppe sichtbar wurden.
Raoul faßte sie bei der Hand und ging ihr nach unten voran, bis er vor einer eisernen Gittertür stehenblieb.
Widerstrebend kam sie näher, voll Angst vor dem, was sie sehen würde, und doch nicht vorbereitet auf das schreckliche Bild, das sie erwartete. Sie stand vor dem Gitter und der halbfertigen Steinmauer, die ihr fast bis zu den Hüften reichte, und starrte mit Schaudern auf den Leichnam des alten Mannes auf dem Boden.

Anfangs hatte Richard die Ratten, die die Leiche belagerten, mit seinen Ketten erschlagen. Die letzten Tage war er auch dafür zu schwach geworden, und nachdem er selbst ein paarmal gebissen worden war, hatte er den Kampf aufgegeben und mußte zusehen, wie sie Thomas' Körper auffraßen, an dem die Knochen schon zur Hälfte bloßlagen.

Ihr Blick fiel auf eine zusammengesunkene Gestalt dahinter. Nichts an ihr bewegte sich. Keine Atemzüge waren sichtbar. Vielleicht saß er schon tagelang so da. Doch sie wußte, daß er es war, und daß er lebte. »Aber der Tod wird zwischen euch sein«, hatte die Hexe von Wirral gesagt, und Beatrice verstand.

»Richard«, rief sie leise, nicht länger fähig, sich zu beherrschen. Langsam, ganz langsam hob er den Kopf, und leer starrten sie seine Augen aus dunklen Höhlen an. Er schauderte, aber nicht vor Kälte. Es gab kein anderes Zeichen des Wiedererkennens, bis schließlich die dünnen, bleichen Lippen sich bewegten.

»Warum verfolgst du mich?«

Es war keine Frage, es war ein Vorwurf. Beatrice stand wie gelähmt, nicht imstande, ein Wort herauszubringen. Sie sah, wie er seine magere Hand bewegte und den Kopf der Leiche hob.

»Kannst du sie sehen, Thomas?«

Die leeren Löcher, wo einst die Augen gewesen waren, starrten sie an. Raoul, der sich hinter ihr versteckt hatte, stieß einen Schrei aus und floh die Treppe hinauf. Die Einsamkeit hatte Richard tatsächlich bis an den Rand des Wahnsinns gebracht, und er sprach mit sich selbst und der Leiche des alten Templers.

»Warum hast du mich verlassen, Thomas? Ich kann die Stille nicht ertragen. Siehst du sie? Es sind Gespenster aus meiner Vergangenheit. Sie besuchen mich, und sie kommt am öftesten. Ich habe sie aus meinem Herzen und meiner Seele verbannt, und doch verfolgt sie mich. Du brauchst keine Angst vor ihr zu haben, Thomas. Sie ist nur ein Geist. Ah, siehst du? Sie ist schon wieder verschwunden.«

Sie stand aber immer noch da wie versteinert, doch das Licht der Fackel blendete seine Augen, die das Tageslicht fast ein Jahr lang nicht mehr gesehen hatten. Vorsichtig ließ er den Schädel wieder zu Boden gleiten und nickte beruhigt zu den Gittern hin.

»Sie ist weg«, wiederholte er. Eine Ratte raschelte neben ihm, und er lockte sie mit der Hand.
»Komm, Herzchen, komm und friß mich auf. Warum dauert es so entsetzlich lange, bis ich sterbe?«
Beatrice biß sich mit den Zähnen in die geballte Faust. Die kleinen, gläsernen Knopfaugen des schmutzigen Tieres blinzelten zu Richards Hand hin, aber es war zu satt. Es drehte sich um, drückte sich durch den Abzug in der Mauer und kroch in den Graben hinaus.
»Fasse Mut, Richard, ich werde dich retten! Es ist Hilfe unterwegs. Hier, nimm diesen Mantel. Ich habe Brot, Wasser und Äpfel.« Lange starrte er sie an, bis er einen zitternden Zeigefinger zu ihr ausstreckte.
»Jetzt sehe ich es. Die rotbraune Hindin, die kommt, meinen Leichnam zu begraben. Laßt die Raben ihr Werk nur vollbringen – oder besser die Ratten! Die Welt hat mich vergessen. Es ist besser so.«
Beatrice schob erst das Brot, drei Äpfel und den Krug zwischen den Stäben des Gitters durch, und dann den Mantel, während ihr seine Blicke argwöhnisch folgten.
»Ich werde wahnsinnig«, hörte sie ihn murmeln. »Ich kann sogar riechen, was ich mir vorstelle. Aber wenn ich es anfassen will, ist es weg.«
Er hustete und beugte sich vor, wobei er sich mit einer Hand auf den schmutzigen Boden stützte.
»Richard, nimm es, halte dich selbst am Leben, es ist Hilfe unterwegs!«
Im Raum darüber erklangen Stimmen und dann Schritte auf der Wendeltreppe. Das schien den Gefangenen zur Vernunft zu bringen. Wie ein furchtsames Tier, das es eigentlich nicht wagt, aber vom Geruch der Nahrung unwiderstehlich angezogen wird, setzte er sich plötzlich in Bewegung. Er rutschte auf den Knien zum Gitter, betastete die Speisen und erschrak, als er merkte, daß sie wirklich waren. Dann raffte er hastig alles an sich. Er zögerte wieder, zog an den straff gespannten Ketten, um dichter ans Gitter heranzukommen, und griff nach ihrer ausgestreckten Hand. Aus dieser Nähe sah sie zwischen den schmutzigen Strähnen seines langen Haares und Bartes, wie bleich er war, und wie sonderbar

seine Augen glänzten. Er war nicht nur ausgehungert, sondern auch krank.

Die Schritte waren jetzt am unteren Ende der Treppe angelangt. Richard blickte schnell zur Seite, zog die Hand zurück. Und bevor der Wächter, der durch Raouls Schrei aufmerksam geworden war, hereinkam, kauerte er schon wieder auf seinem Platz, die Beute hinter sich versteckt.

Während die Wächter sie abführten, sah sie noch, wie er ganz auf die halbfertige Mauer und die Steinbrocken starrte. Dann konnte sie nur noch seine Stimme hören, die verzweifelt schrie:

»Laß mich nicht allein!«

41. KAPITEL

*Woord is but wynd; leff woord and tak the dede.**

John Lydgate – Secrees of old Philisoffres

Als Ferrand d'Uzès die dringende Nachricht aus England erhielt, verschwendete er keine Minute. Spornstreichs ritt er zur Küste und war so glücklich, ein Schiff zu finden, das gerade abfuhr. Sobald er den Fuß auf englischen Boden gesetzt hatte, nahm er die Zügel fest in die Hände und ließ sie nicht mehr los, bis die Dächer von Malton vor ihm auftauchten. Mit staubigem Ärmel wischte er sich den Schweiß von der Stirn.

Lieber hätte er erst gegessen und etwas ausgeruht, bevor er sich bei der Jungfrau von Morley meldete, aber Aymer hatte ihn beschworen, »zu reiten wie der Teufel und die Hölle in Bewegung zu setzen, sobald du dort bist«.

Nun gut, jetzt war er da, und die Hölle würde bald losbrechen. In den nächsten 24 Stunden konnte er mit 15 bewaffneten Tempelrittern rechnen, die sich zu ihm gesellten.

Langsam ritt er weiter, um zu Atem zu kommen, als eine plötzliche heftige Bewegung im Gebüsch am Weg seine Hand nach dem Schwert fahren ließ. Die gefürchteten Strauchritter hatten freie Hand, seit die Templer nicht länger die Straßen bewachten und die Barone eifrig damit beschäftigt waren, ihren König und seinen Günstling zu jagen.

»Raoul!«

»Beau Sire«, sagte der Junge unterwürfig und kniete schnell nieder, bevor er auf ihn zurannte und sich am Steigbügel festklammerte.

* Worte sind wie der Wind. Laß sie sein, was sie sind, und wähle die Tat.

»Hast du hier auf mich gewartet?« fragte Ferrand munter.
»Die ganze Woche, Messire.« Welch eine Erleichterung, einen Freund zu sehen; seit jenem schrecklichen Tag hatte er nicht mehr gewagt, den Mund aufzumachen.
»Sie haben Lady Beatrice gefangen.«
»Was haben sie? Wer?«
Hastig zog Ferrand die Zügel an und blickte alarmiert auf seinen kleinen Gefährten. Erst jetzt bemerkte er die dunklen Ringe unter Raouls Augen, das bleiche, schmale Gesicht und die um die ausgemergelte Gestalt schlotternden Kleider.
»Geht nicht nach Malton, Messire, vielleicht erwarten sie Euch dort schon.«
»Erst wollen wir deinen Magen in den Hügeln, wo wir sicher sind, gut füllen. Und dann mußt du mir alles erzählen. Es dauert doch noch einen Tag, bis meine Brüder ankommen, und bis dahin gehe ich jedenfalls nicht nach Malton...«
Die Sonne sank am westlichen Himmel, als sie die Reste ihres Abendessens im Dämmerlicht verzehrten. Sie schliefen abwechselnd, und Raoul versorgte das Pferd des Ritters, während er Wache hielt. Gerade sattelte er den Wallach wieder, als er Hufschläge hörte.
»Messire«, flüsterte er, während er sich umdrehte. Ferrand war schon wach und kam auf die Füße. Er nickte.
»Ich habe sie gehört.«
Vorsichtig krochen sie durch das Gebüsch zum Rand der Felsen. Ferrand setzte die Hände an den Mund und ahmte den Ruf einer Eule nach. Er mußte ihn noch einmal wiederholen, bevor die Ritter ihre Zügel anzogen und hielten. Da war er, der Ruf der Eule, dreimal, weit weg hinter dem Hügel.
»Euer Pferd ist fertig, Messire.«
»Gut so. Komm, spring!«
Sie hatten sich nicht die Mühe gemacht, ein festes Lager aufzuschlagen, und so verrieten nur ein paar abgenagte Knochen und die Asche eines Feuers ihre nächtliche Anwesenheit. Nach weniger als einer Meile tauchte plötzlich Edmund the Lion vor ihnen auf, der an der Spitze seiner Leute ritt.
»Schau!« Ferrand wies auf den Weg, der am Fuße des Hügels vom

Schloß nach Norden führte. In der Dunkelheit sahen sie eine Schar bewaffneter Ritter und Fußknechte, die einer nach dem anderen durch das hintere Tor marschierten und über die Heide abzogen.
»Was sie wohl im Schilde führen«, sagte Edmund nachdenklich.
»Könnte es nicht sein, daß der Graf seine Leute sammelt, um einen Angriff auf den Günstling des Königs zu führen? Gott segne Lancaster, was er auch planen mag: Das ist es, was wir brauchen«, grinste Ferrand.
»Sollen wir?« fragte der Löwe.
»Ohne Rücksicht auf Verluste, Bruder.«
Es blieb ihnen noch ungefähr eine halbe Stunde, bis die Morgendämmerung ihre Anwesenheit verraten würde. Aber mehr brauchten sie nicht, um sich dicht an die Mauern der Burg heranzuarbeiten. Kein Geräusch, kein knackender Zweig verriet sie, als sie den Hügel hinabschlichen. Sie warteten, bis das Fallgitter des hinteren Tors niedergelassen, die Brücke aufgezogen war und der Himmel sich im Osten indigo gefärbt hatte. Die Reisigen des Grafen waren längst außer Sichtweite, und alles war ruhig um die Burg.
Von den Hügeln her schritt ein Mönch auf dem gewundenen Pfad langsam zum Haupttor der Burg. Offensichtlich war er verwundet, denn er stolperte und preßte sich eine blutbefleckte Hand an den Kopf. Die Kapuze hatte er ins Gesicht gezogen, doch sie verbarg nur zum Teil den wüsten blonden Bart. Das Fallgitter wurde aufgezogen, um ihn einzulassen. Gerade unter den scharfen Spitzen strauchelte er und fiel. Die zwei Torwächter eilten hinzu, ihm aufzuhelfen. Während sie sich über den großen Körper in der Mönchskutte beugten, sprangen fünf seiner Gefährten, die sich unter der Zugbrücke in dem trockenen Graben verborgen gehalten hatten, sie von hinten an. Ohne einen Laut sackten die Wächter zusammen, während Edmund emporschnellte, das Fallgitter ganz hochdrehte und das Tor weit aufriß, um die übrigen Ritter und Pferde einzulassen, die unter der Führung Ferrands in vollem Galopp herandonnerten. Der Franzose sprang vom Pferd. Hinter ihm kletterte Raoul von Edmunds Roß. Nach kurzem Kampf erreichten die anderen Ritter den Wehrgang und entwaffneten die Wächter. Die Garnison bestand aus nicht mehr als dreißig meist alten Fußknechten.

»Ich möchte keine Toten«, schrie Ferrand über die Schulter. Sie ließen ihre Pferde frei auf dem Vorplatz herumlaufen, um unter dem Hauspersonal möglichst große Verwirrung zu stiften.
So schnell ihn die Füße trugen, rannte Raoul zur anderen Seite zu dem stillen Turm, Ferrand dicht hinter ihm. Edmund the Lion und weitere vier Ritter folgten ihnen.
»Die Türe ist abgeschlossen«, keuchte Raoul außer Atem.
Edmund nahm schon einen Anlauf und warf sein volles Gewicht gegen die Tür, die in den Fugen krachte, aber standhielt. Ein zweiter Anlauf hatte mehr Erfolg, und beim dritten Versuch gaben die Angeln nach. Zwei Sekunden später standen sie in dem dunklen Winkel, wo einst die Treppe nach unten in den Kerker geführt hatte. Sie war nicht mehr da. Erst als sie die offenbar erst vor kurzem dort angebrachten Bretter und die Steinplatte, die das Loch im Boden bedeckte, beseitigt hatten, gähnte ihnen die finstere Wendeltreppe entgegen.
»Eine Fackel«, rief Ferrand.
Vorsichtig tastete er sich die Treppe hinab. Unten war nichts zu sehen als eine Steinmauer. Ferrand ließ seine schlanken Finger über die Oberfläche gleiten.
»Der Mörtel ist noch naß. Hier drunten trocknet er schlecht. Es ist bestimmt nicht schwer, die Mauer aufzubrechen.«
Ferrand gab den anderen ein Zeichen. Sie kehrten in den oberen Raum zurück und griffen sich einige Folterwerkzeuge, die an der Mauer hingen. Es gab schwere Eisenketten, Stangen und Hand- und Fußschellen. Die schwersten davon nahmen sie mit nach drunten. Ferrand trat zurück und schaute gespannt zu, wie sie die Mauer aufbrachen. Mit lautem Krachen fiel der oberste Teil herunter, und ein übler Gestank schlug ihnen entgegen. Einige hielten sich die Nase zu, während sie das Schloß der Gittertür aufsprengten.
Sie wichen zur Seite, um Ferrand durchzulassen, gefolgt von Edmund, der die Fackel trug. Der Franzose setzte den Fuß auf die drei Stufen, die in die Zelle führten und blieb wie erstarrt stehen. Richard kauerte immer noch in derselben Haltung, in der ihn Beatrice angetroffen hatte, anscheinend unberührt von den Schlägen an die Mauer und dem krachenden Einsturz. Mit einem Schrei

des Mitleids taumelte Ferrand nach vorne, wagte aber nicht, den Gefangenen zu berühren.
»Richard!«
Langsam, unendlich langsam, hob dieser das Gesicht und starrte Ferrand mit fieberglänzenden Augen an.
»Ist das auch wieder ein Traum?« fragte er, kaum hörbar.
Mühsam hob er die magere Hand, um zu berühren, was er für ein Phantom hielt. Dann aber schoß sein Arm vor und umklammerte Ferrands Gelenk mit aller ihm noch verbliebenen Kraft, als ob dieser das allerletzte Band zum Leben wäre. Mit sonderbarem Schluchzen senkte er das Haupt, bis die Stirn auf den Fäusten des Franzosen ruhte. Dann begann er, wie ein Kind zu weinen.
»Ah! Juste Ciel! Le Seigneur est bon!« rief Ferrand aus. Er nahm seinen Mantel von den Schultern, wickelte den Kranken hinein und trug ihn vorsichtig hinauf, wo er ihn auf eine Tragbahre legte und seine Augen bedeckte, um sie gegen das Tageslicht zu schützen. Noch einmal kehrte er mit seinen Gefährten in die Zelle zurück, wo sie die sterblichen Überreste des alten Templers sammelten und in ein Leinentuch hüllten. Den Mann auf der Tragbahre hoben sie auf einen Heuwagen, den die Besatzung in den Ställen zurückgelassen hatte, und ritten ebenso schnell davon, wie sie gekommen waren.

41. KAPITEL

In the cause of right engaged,
Wrongs injurious to redress,
Honour's war we strongly waged,
But the heavens denied success.
Ruin's wheel has driven o'er us:
Not a hope that dare attend,
The wide world is all before us,
*But a world without a friend.**

Robert Burns – Strathallan's Lament

Fast eine Woche lang schwebte Richard zwischen Leben und Tod. Während langer Perioden der Bewußtlosigkeit flößte ihm Ferrand durch die Zähne etwas Flüssigkeit ein. Keinen Augenblick war er allein. Stets saßen Raoul oder Ferrand bei ihm am Lager in der kleinen Hütte aus Lehm und Blättern im Herzen des Sherwood Forest. Schließlich erwies sich das Leben als stärker, und langsam trat die Genesung ein. Am sechsten Tag öffnete Richard plötzlich die Augen. Das erste, was er sah, war Raouls gespanntes Gesicht. Dann wanderten seine Augen an die ihm unbekannte Decke und kehrten wieder zu dem Gesicht des Jungen zurück.

»Beim heiligen Johannes. Wo bin ich? Was tue ich hier?«

Raoul sprang auf und streckte seinen Kopf durch den Eingang der Hütte nach draußen.

»Messire d'Uzès!«

Sofort brach Ferrand sein Gespräch mit Edmund the Lion ab, der

* Im Kampf für eine rechtmäßige Sache/ zur Sühnung kränkenden Unrechts/ stritten wir für die Ehre,/ aber die Himmel mißgönnten uns ein gutes Ende./ Das Rad des Untergangs ist über uns hinweggerollt,/ kein Fünkchen Hoffnung wollte mit uns sein,/ weit offen liegt die Welt vor uns, jedoch ist es eine Welt ohne Freunde.

neben seinem dampfenden Pferd stand, und folgte Raoul in die Hütte.
»Bin ich in Frankreich?« fragte Richard ungläubig. »Bin ich frei?«
Der Franzose lachte.
»Nein, nicht in Frankreich. Aber du bist in Freiheit.«
Ein Lächeln glitt über Richards Gesicht, und er schloß für eine Weile die Augen, um diese Empfindung zu genießen.
»Willkommen bei den Lebenden«, hörte er Ferrands Stimme.
Mit einiger Mühe richtete sich Richard auf.
»Was ist mit dem Orden geschehen?«
»Willst du es wirklich wissen?« fragte Ferrand. »Ich meine, bist du dazu schon imstande?«
»Ich kann reden und zuhören. Das reicht«, versicherte Richard.
Ferrand rief Edmund, der seinen Komtur herzlich begrüßte.
»Du weißt wahrscheinlich«, begann der Franzose, »daß das Konzil im Oktober letzten Jahres in Vienne zusammentrat und jede Diskussion über den Tempel bis nach der Ankunft von König Philipp aufschob. Es war Mitte Februar, als der König ankam, seinen Schwager Louis de Navarre, Nogaret le Terrible, den Grafen von St. Paul, den Grafen von Boulogne, Enguerrand de Marigny und Guillaume de Plaisians im Gefolge. Eine illustre Gesellschaft! Wir hatten uns in den Bergen um Lyons zusammengezogen, um die Ereignisse abzuwarten, und ordneten unverzüglich neun Ritter ab, die sich beim Konzil als die eigentlichen Verteidiger des Ordens präsentieren sollten. Sie wurden aber verhaftet, bevor sie ein Wort sagen konnten. Da war mir klar, daß wirklich alles endgültig verloren war, und ich ging zu Aymer, der hatte zurückbleiben müssen, um ihn zu benachrichtigen. Als ich Frankreich verließ, war die Situation folgendermaßen: Philipps Helfershelfer debattierten tagelang mit dem Papst und fünf Kardinälen, und niemand wurde klug daraus, während Philipp ein Katz-und-Maus-Spiel mit dem Papst spielte. Er schickte ihm kurze Briefe, worin er ihn aufforderte, den Orden aufzuheben und unsere Besitztümer einem neuen Ritterorden zu schenken. Woraufhin ihm der Papst mit noch kürzeren Briefen antwortete, daß im Falle einer Aufhebung unsere Güter wenigstens zum Teil zum Schutz des Heiligen Landes verwendet werden müßten.«

Ferrand schwieg und nickte Edmund kurz zu, die Geschichte fortzusetzen.
»Die letzte Nachricht, die mich gestern erreichte«, sagte Edmund, »besagt, daß Philipp Marigny mit einem Geheimauftrag in den päpstlichen Palast schickte. Niemand weiß, was dort gesprochen wurde, aber am 20. März marschierte Philipp an der Spitze eines beeindruckenden Gefolges von Bewaffneten zum Papst. Auch Charles de Valois und seine drei Söhne waren dabei. Das Ergebnis war, daß Papst Clemens in einer feierlichen Sitzung offiziell verkündete, er, nicht das Konzil, sondern er allein habe beschlossen, den Orden der Templer für eine Periode von 200 Jahren aufzulösen, und zwar aufgrund eines provisorischen Spruches – also nicht infolge eines Urteils.«
Es folgte ein langes niedergeschlagenes Schweigen. Richard war der erste, der wieder das Wort nahm.
»Der Orden vernichtet, ohne daß er es wagte, uns schuldig zu sprechen, der verfluchte Feigling! Hat das Konzil über Bonifatius entschieden?« wollte er wissen.
Edmund nickte. »Vom Vorwurf der Ketzerei freigesprochen. Diese Konzession hat Philipp gemacht.«
»Konzession?« höhnte Richard. »Es liegt doch auf der Hand, was Marigny bei Clemens wollte. Bonifatius war ein guter Freund des Papstes: Seine Ehre im Austausch für unseren Orden. Der Papst hat uns verkauft! Mein Gott, was für ein infamer Kuhhandel!«
Die anderen standen verblüfft, gaben aber zu, daß er recht hatte.
»Und unsere Besitzungen?« wollte Ferrand wissen, der vom Gang der Ereignisse auch noch nicht gehört hatte.
»Sie konnten zu keinem Entschluß kommen.«
Mit seinem üblichen Zynismus bemerkte Richard:
»Philipp wird schon eine Methode finden, um das Geld in seine Taschen fließen zu lassen, egal, was ihm der Papst zugesteht. Denn darum war es ihm doch immer zu tun: unsere Macht auszulöschen und dann unsere Reichtümer an sich zu bringen.«
»Es hätte schlimmer kommen können«, meinte Edmund. »Denken wir nur an alle, die in den Flammen umkamen!«
»Und an jene, die unter der Folter starben. Aber vielleicht hält die ›Eule‹ doch noch eine Überraschung für uns bereit.«

Er konnte nicht wissen, wie schnell sich seine scherzhaft gemeinten Worte bewahrheiten würden.
Richard schloß die Augen. Reden ermüdete ihn sehr, und er horchte auf die Stimmen der beiden Männer, die von weit herzukommen schienen.
»Was wird mit den Gefangenen geschehen?« fragte Ferrand.
»Was England betrifft«, antwortete Edmund, »können wir sicher sein, daß die meisten auf freien Fuß gesetzt werden. Einige allerdings sind zu lebenslangem Gefängnis verurteilt, und andere müssen in Klöstern Buße tun. Unser Meister William de la More soll den Rest seines Lebens im Tower verbringen.«
»Das läßt wenig oder gar nichts für unseren Großmeister und die anderen prominenten Ritter hoffen, die in Paris noch gefangengehalten werden. In Frankreich sind unsere Brüder wieder am schlechtesten dran.«
Edmund hob die Schultern. »Nehmen wir die Dinge in Gottes Namen so hin, wie sie sind.«

43. KAPITEL

Here they lie had realms and lands,
Who now want strength to stir their hands; (...)
Here's an acre sown indeed
With the richest, royall'st seed (...)
Here are sands, ignoble things,
*Dropt from the ruin'd sides of kings.**

Francis Beaumont –
On the tombs in Westminster Abbey

Kaum zwei Wochen später wurde das kleine Häufchen der Tempelritter gezwungen, das Lager zu verlassen. Sie hatten erfahren, daß die Barone mit ihren Heeren nach Norden marschierten, und es war sehr wahrscheinlich, daß sie dabei durch den Sherwood Forest ziehen würden.

Ferrand sattelte die Pferde, und sie ritten langsam nach Süden. Sie nahmen sich Zeit, um ausgiebig zu essen und viel zu ruhen.

Schließlich, es war Ende April, konnten sie in der Ferne die Stadt an der Themse erkennen, und bald wurden sie in Blanches Schloß gastlich empfangen.

Am folgenden Morgen lag der elegante, weißgekalkte Westminster Palace im milden Licht unter einem hellblauen Frühlingshimmel. Vom Schloß aus war er leicht zu Fuß zu erreichen, und Richard erklärte seinem Gefährten, er wolle der Frühmesse in der Abtei beiwohnen.

Mit Ausnahme der Mönche und Priester, die die Messe zelebrierten, war die Abteikirche fast ausgestorben, denn was von Edwards

* Hier liegen sie, die einst Reiche und Länder besaßen, denen jetzt aber die Kraft fehlt, auch nur ihre Hände zu bewegen. Hier ist ein Stück Erde, in das wahrlich die reichste, königliche Saat gesät ist. Hier liegt Sand, verächtlicher Staub, der von den sterblichen Überresten von Königen stammt.

Hofhaltung übrigblieb, war entweder mit ihm nach Norden geritten oder begleitete die nach Rache dürstenden Barone, die den Günstling verfolgten. Ferrand beobachtete seinen Freund aufmerksam, der vollkommen in den lateinischen Versen aufzugehen schien und während des ganzen Dienstes auf den Knien liegen blieb.

Als das letzte Gebet gesprochen war, öffnete Richard die Augen, betrachtete den Altar vor sich mit den Silbergefäßen und die mit Goldfäden und reichen Farben bestickten Gewänder und wartete, bis die Mönche die Kirche verlassen hatten.

Es war jetzt ganz still. Nur zwei Meßdiener waren noch da, die neue Kerzen aufsteckten und das Kerzenwachs entfernten, das auf die silbernen Leuchter und glänzenden Fliesen getropft war.

Richard stand mit Mühe auf und schob sanft Ferrands Hand zur Seite, der ihn stützen wollte.

»Ich möchte allein gehen«, sagte er ruhig.

Langsam schlurfte Richard durch den Chor zum Sanktuarium. Dort ging er geradewegs zu der einfachen Grabplatte aus schwarzem Purbeck-Marmor auf einem Fundament aus Caen-Stein, die das Grab Edwards I. deckte.

Zögernd streckte er die Hand nach der Grabplatte aus. Sein Gesicht war bleich, während er den Blick auf der glänzenden Marmorfläche ruhen ließ, die nicht, wie die anderen Gräber in der Kapelle, mit einem Bildnis des Toten geschmückt war. Hätte er ein solches vorgefunden, so hätte er die Gesichtszüge des großen Fürsten betrachten können, der die Gerechtigkeit ebenso geliebt hatte wie Richard. Vielleicht hätte er dann auch gesehen, wie sehr er selbst seinem Vater glich.

Sein Blick wanderte weiter zum ruhigen Antlitz des goldenen Bildnisses auf dem Grab der Königin Eleanor, der Frau, deren Gefühle tief aufgewühlt gewesen sein mußten, als auf Rhuddlan Castle der Bastard geboren wurde, zehn Tage, bevor sie ihrem eigenen Sohn Edward das Leben schenkte. Friede, Frömmigkeit und Bescheidenheit strahlten von ihrer reinen Schönheit aus.

Plötzlich fiel Richard auf die Knie, die Hand um den Rand der marmornen Platte geklammert. Und während er betete, schien eine ungewohnte Ruhe in seine Seele einzuziehen, die die abgrün-

dige Leere mit jenem Frieden füllte, nach dem er sich seit Jahren gesehnt hatte.
Ferrand stand wie gelähmt. »Richard Plantagenet«, sagte er zu sich selbst, während er den knieenden Mann betrachtete. Erst, als der Bastard den Kopf wieder hob, betrat Ferrand ehrerbietig die Kapelle und half ihm aufstehen.
Richard richtete die hohlen, tief eingesunkenen Augen auf ihn. »Laß dies ein Geheimnis zwischen uns beiden bleiben bis zu unserem Tod.«
Am nächsten Morgen ritt er zum Tower und bat um die Erlaubnis, William de la More, einst Meister der Tempelritter von England, zu besuchen. Da er annahm, daß es nicht schwierig sein würde, diese Erlaubnis zu bekommen, jetzt, da der Orden aufgehoben und den meisten englischen Rittern vergeben war, nannte er ohne weiteres seinen Namen.
»Richard of Rhuddlan, freigelassener Templer.«
Tatsächlich wurde er sofort bei dem Gefangenen vorgelassen. Er traf ihn in einem recht komfortablen Zimmer. William sah älter aus, als er wirklich war, und konnte nicht verbergen, daß seine Gesundheit gelitten hatte. Richard kniete nieder und küßte den Ring an der Hand, die sich ihm entgegenstreckte. Der Meister forschte eine Weile in seinem Gesicht, ohne ein Wort zu sagen.
»Willkommen zu Hause, Richard«, sagte er schließlich mit einem Lächeln. »Du hast schwere Zeiten durchgemacht, wie ich sehe.«
»Das haben wir alle.«
William nickte und wiederholte mit einem traurigen Seufzer:
»Ja, das haben wir alle. Was führt dich hierher?«
Richard griff in sein Hemd und zog das inkriminierende Dokument hervor, das Williams und Lancasters Siegel trug.
»Dies.«
Er überreichte es dem Meister, und bevor dieser Fragen stellen konnte, erklärte er:
»Ich habe es vor Jahren aus unserer Schatzkammer gestohlen.«
Der Meister blickte ihn tadelnd an, sagte aber nichts.
»Von allen, die Bescheid wußten, dürftet Ihr der einzige sein, der noch am Leben ist, den Grafen natürlich nicht mitgerechnet«, fuhr Richard fort. »Thomas von Lincoln ist tot.«

Der Meister schlug ein Kreuz, und Richard setzte hinzu:
»Ich kenne den ersten Teil der Geschichte meiner Geburt.«
Der Meister hob den Kopf ein wenig und blickte ihn scharf an: »Hat Thomas dir das erzählt?« Und als der andere bestätigend nickte: »Möge Gott ihm vergeben, daß er seinen Eid brach. Aber jetzt spielt es keine Rolle mehr.«
Nach einer kurzen Pause sagte William:
»Du willst also den Rest hören. Ich sehe nicht ein, warum du nicht alles wissen solltest. Der Orden besteht nicht mehr.«
Er faltete die Hände auf seinen Knien.
»Als du ungefähr fünf Jahre alt warst«, begann er, »kam der König zu uns und vertraute sein Geheimnis einem Ritter an, der damals Meister des New Temple war. Er habe sich entschlossen, sagte er, dich für die Kirche zu bestimmen, im besonderen für unsere Bruderschaft, und bat uns, dich aufzunehmen. Der Meister lehnte ab, denn die ständige Anwesenheit eines Königssohnes in unseren Mauern – sei es nun ein Bastard oder nicht – hätte uns nur unnötig in Gefahr gebracht. Er fürchtete, der König könnte sich deiner bedienen, unsere Geheimnisse zu erforschen. Aus denselben Gründen hatte sich einst der Meister in Frankreich geweigert, einen französischen Prinzen aufzunehmen. Als aber Edward weiter darauf drang, stimmte der Meister unter der Bedingung zu, daß du die Wahrheit niemals erfahren dürftest. Ich brauche dir nicht zu erklären, daß es den König ein kleines Vermögen kostete, das er sich natürlich nicht aus dem Staatsschatz holen konnte. Er zeichnete neue Schuldbriefe, die er später einlösen wollte. Ich selbst hörte zum ersten Mal davon, als ich die Nachfolge meines Vorgängers antrat. Und allmählich bemerkte ich, daß der König insgeheim so dann und wann den Tempel besuchte, wobei er über deine Fortschritte informiert zu werden wünschte. Ich gestand ihm gelegentlich zu, einen Blick auf dich zu werfen, jedoch nur, wenn ich absolut sicher war, daß du ihn nicht bemerken konntest. Während seines letzten Besuches verbrannte ich in seiner Gegenwart alles Beweismaterial und erließ ihm den Rest seiner Schulden, was dich betraf.«
»War das damals, als er Euch erklärte, ich solle sein Herz nach seinem Tod ins Heilige Land begleiten?«

»Ja, er träumte von einem neuen Kreuzzug. Nicht weniger als 140 Ritter sollten das Herz des alten Königs ins Heilige Land bringen. Er hatte die hübsche Summe von 32 000 Pfund dafür reserviert. Du solltest an der Spitze reiten und ihrem Anführer als Ratgeber dienen. Wir haben dich in den letzten Monaten gut darauf vorbereitet. Über deinen Mangel an Erfahrung sahen wir hinweg. Den würdest du schnell genug aufholen.«

Richard hörte schweigend zu. Wie anders wäre sein Leben verlaufen, wenn Edward, der Sohn Edwards, den Wunsch seines Vaters geachtet hätte, statt die gewaltigen Summen für seine und Gavestons Vergnügungen auszugeben!

»Doch statt dessen wurde ich ausgestoßen und meinem Schicksal überlassen. Warum?«

»Von seinem Sterbebett sandte uns der König insgeheim einen Brief. Er hatte von zweifelhaften Geständnissen gehört, abgelegt von einem unserer Brüder, Esquin de Floyrano aus Villani, der den Orden ungeheurer Verderbtheit beschuldigt hatte. Er habe Gründe anzunehmen, so schrieb er, daß der König von Frankreich sein Ohr dem falschen Zeugnis eines Abtrünnigen und anderen Gerüchten leihen würde, und bat mich dringend, dich aus dem Tempel zu entfernen, sobald ernstliche Gefahr drohte. Es scheint, daß er sich gegen Ende seines Lebens immer mehr von dir erwartete, vielleicht, weil der junge Edward sich zu seinem großen Mißfallen zu einem Bruder Leichtfuß entwickelt hatte. Natürlich hatte er in dieser Angelegenheit nichts zu befehlen, und wir hatten seinen Vorschlag schon mehr oder weniger beiseitegelegt, als Thomas von Lancaster mit seinen unglaublichen Geldforderungen erschien.«

Warum, dachte Richard, hatte er nie etwas davon bemerkt? Sie alle hatten ihre Gedanken und Gefühle gut zu verbergen gewußt!

»Der König war im Juli gestorben«, fuhr William fort, »und der Graf sah jetzt seine Chance: Er verlor keine Sekunde. Wie er hinter das Geheimnis gekommen ist, werden wir wahrscheinlich niemals erfahren. Vielleicht zog der alte König seinen Bruder, den vorigen Grafen von Lancaster, Edmund Crouchback, ins Vertrauen, was freilich noch nicht erklärt, wie Thomas es von seinem Vater erfuhr. Jedenfalls tauchte er nun bei uns auf, und es war klar,

daß er es ernst meinte. Wenig war uns über den wirklichen Ablauf der Dinge bekannt, und so wußten wir nicht, was wir davon halten sollten, als er behauptete, der erste Edward habe seinen Bastardsohn tatsächlich mit dem echten Prinzen vertauscht. ›Warum‹, so erklärte er, ›hätte der alte König sonst Edward zum Prinzen von Wales ernannt? Weil er dies eben in Wirklichkeit war.‹ Er drohte, öffentlich bekanntzumachen, der heutige König sei ein falscher König, wenn wir nicht mitarbeiteten.
Er wolle sich selbst die Krone aufsetzen und sich deiner entledigen, bevor du um das Geheimnis wüßtest. Vorläufig aber wolle er unser Geld. Wie du weißt, gaben wir es ihm, denn wir hatten wenig Lust zu einer längeren Auseinandersetzung dieser Art. Thomas von Lincoln und ich beratschlagten die ganze Nacht. Die ganzen fünfzehn Jahre, die Thomas dein Lehrmeister war, warst du eine dauernde Belastung für sein Gewissen, und in den letzten Jahren, als ich die Leitung im Tempel hatte, auch für das meine.
Es erhob sich die Frage, ob wir dich zum Ritter weihen und dir die Geheimnisse unserer Gemeinschaft anvertrauen sollten. Sobald uns bewußt wurde, daß wir die Vergangenheit total ausschalten mußten, wenn wir so etwas beschließen wollten, wurde uns immer klarer, wie wichtig es war, daß unsere Lippen geschlossen blieben wie das Grab. Denn es bedurfte nur eines unvorsichtigen Wortes, und alles, was wir dich gelehrt hatten, konnte gegen uns gebraucht werden, zu deinem eigenen Vorteil oder dem des Königs. Heute besteht diese Gefahr nicht mehr. Den Tempel gibt es nicht mehr. Ich brauche dir nicht zu erzählen, was dann geschah. Wir mußten dich gehen lassen, aber es war unmöglich, einen glaubwürdigen Grund dafür zu finden. Also gaben wir dir keinen und vertrauten auf deinen eigenen gesunden Menschenverstand.«
Richard brauchte seine Zeit, um das alles zu verarbeiten. Doch schon zeigte ihm ein lauter Schlag an die verriegelte Tür, daß seine Zeit um war.
»Geh, Richard, Edwards Sohn«, sagte William mit flüchtigem Lächeln. »Du hast die Freiheit, du hast das Leben, und du hast die Jugend. Gebrauche sie gut.«
Richard erhob sich von der Bank und kniete nieder, um den Segen des Meisters zu empfangen.

44. KAPITEL

I sit beside my lonely fire,
And pray for wisdom yet –
For calmness to remember
*Or courage to forget.**

Charles Hamilton Aïdé – Remember or forget

Einige Wochen später saßen sie eines Abends in dem großen Saal vor einem flackernden Herdfeuer, denn die Nächte waren noch kalt, und tranken warmen, gewürzten Wein aus großen Zinnpokalen. Richard hatte den Preis für seinen Ritt nach London und seine Besuche in der Abtei und im Tower zahlen müssen. Krank vor Erschöpfung hatte er tagelang das Bett gehütet, aber die Ruhe hatte ihm gutgetan. Doch war er noch in düsterer Stimmung und starrte in die Flammen, ohne sie zu sehen. Außer von den glühenden Scheiten im Herd wurde der Saal noch von zwei Fackeln schwach erhellt. Kein anderes Geräusch als das Knistern des brennenden Holzes war zu hören. Die Wände waren von Teppichen bedeckt, bestickt mit helleren Farben, die gut mit den bunten Fliesen harmonierten.

Blanche war es ausnehmend gut geglückt, ein Stückchen ihrer Heimat hier in ihrem Londoner Schloß wieder aufleben zu lassen. Es atmete die Atmosphäre von Lyons-la-Forêt.

Ferrand langweilte sich. Mit lautem Krachen setzte er plötzlich seinen Pokal auf die Stuhllehne und lachte, als Richard von dem Lärm aufschrak.

»Willst du denn niemals die Spur aufnehmen?«

* Hier sitze ich einsam am Feuer und bete um Weisheit: um Ruhe, mich zu erinnern, oder den Mut, zu vergessen.

»Welche Spur?«
»Beatrice«, rief er. »Beatrice.«
»Ich bin nicht in der Stimmung für Frauen«, erwiderte Richard. Aber es war etwas Fremdartiges in seiner Stimme.
»Verdamm mich Gott«, rief Ferrand gutmütig aus. »Du säßest noch immer in dieser stinkenden Zelle, tot ohne jeden Zweifel, wenn sie nicht gewesen wäre.«
»Erinnere mich nicht an diesen Ort! Sollte mir Pickering Castle jemals in die Hände fallen, werde ich diesen Turm zerstören und keinen Stein auf dem anderen lassen, bis nichts mehr verrät, daß dort einmal ein Gefängnis war.«
»Und sie? Hast du auch versucht, jede Erinnerung an sie auszutilgen?«
»Ich habe es mit aller Gewalt versucht, aber ohne Erfolg.« Richard lächelte, als ihm ihr Bild vor Augen trat.
»Ich erinnere mich vage, daß ich sie in einem braunen Bauernkleid hinter dem Gitter stehen sah. Sie sah so lieb und ganz unwirklich aus. Ich muß wohl geträumt haben.«
»Aber nein! Wir hätten dich nicht mehr lebend gefunden, wenn sie nicht tatsächlich da gewesen wäre.«
»Willst du behaupten, daß sie wirklich dastand? Ich kann mich tatsächlich an nichts mehr aus diesen letzten Wochen erinnern. An nichts, außer der Leiche Thomas' genau vor mir und an die Ratten. Ich glaube, ich schwebte zwischen Wahnsinn und Tod.«
»So ist es! Und sie hatte das sofort begriffen. Frauen haben einen praktischen Verstand. Nicht wir, sondern ein Brot, drei Äpfel und ein Mantel haben dir das Leben gerettet. Ohne das hättest du keine zwei Tage mehr durchgehalten. Und für diesen Besuch hat sie den hochsten Preis bezahlt: ihre Ehre!«
Richard blickte ihn erschrocken an, und Ferrand erzählte ihm, was in Pickering geschehen war.
»Mein Gott, ich habe ihr nichts als Kummer und Elend gebracht!«
»Sie haben sie nach Hause geschickt, sobald sie erfahren hatten, wer sie war.« Nach Hause... Wie lange war es her, daß er sie zum ersten Mal in den Wäldern von Haughton-le-Moor getroffen hatte? Drei Jahre, eine Ewigkeit! Er erinnerte sich, wie er sie damals mit einem unbeschriebenen Blatt Pergament verglichen

hatte, unverdorben, ungeschändet. Nun wohl, jetzt war es beschrieben. Und wie!

»Von diesem Augenblick an habe ich sie stets geliebt«, sagte Richard, laut denkend. Seine Augen folgten dem fröhlichen Tanz der Flammen im Herd, und er lächelte nochmals in der Erinnerung.

»Sie wird in ihres Vaters Burg gefangengehalten«, erzählte Ferrand, »obgleich mit ziemlicher Bewegungsfreiheit. Es gelang uns, die Nachricht hineinzuschmuggeln, daß wir dich noch rechtzeitig gerettet haben.«

Kopfschüttelnd sagte Richard:

»Das ist die Ironie des Schicksals. Jetzt, wo ich frei bin, sie zu lieben, ist es zu spät.«

»Zu spät wofür?«

»Vor noch nicht langer Zeit«, erzählte Richard stockend, »kostete es mich noch große Anstrengung, meine körperliche Erregung zu unterdrücken, wenn ich nur an sie dachte. Jetzt würde, selbst wenn sie direkt vor uns stünde, nichts passieren.«

»Es ist erst einen guten Monat her, seit du aus dem Verlies gekommen bist«, sagte Ferrand zögernd. »Du mußt erst noch gesund werden. Warum gehst du nicht zu jemandem, der dich vielleicht heilen kann? Ich habe dich nur ein bißchen zusammenflicken können.«

Richard wandte sein Gesicht langsam dem anderen zu.

»Ich brauche keinen Wundarzt, der mir erzählt, was mir fehlt. Aber ich will mich untersuchen lassen, wenn dich das beruhigt. Du hast meine Wunden gesehen?«

Ferrand nickte. Sie blickten einander wortlos an.

»Sie wartet auf dich, Richard.«

»Ich kann es nicht. Ich kann es ihr einfach nicht antun. Sie verdient ein besseres Schicksal, als einen Krüppel zu heiraten.«

»Sie hat ein ganzes Jahr nach dir gesucht. Sie hat ihre Ehre verkauft, ihren Vater verraten. Alles für dich. Glaubst du, daß sie jetzt plötzlich anders denkt, nur darum?«

Richard fuhr sich nervös mit den Fingern durchs Haar. Gott wußte, wie sein Herz nach ihr hungerte, selbst jetzt noch. Aber wenn er an sie dachte, fühlte er sich wie ein Wrack. Er umklammerte mit zitternden Händen den Pokal.

»Ich habe nicht das Herz, zu ihr zu gehen. Ich bringe es einfach nicht fertig.«
Ferrand legte seinem Gefährten vorsichtig die Hand auf die Schulter.
»Erzähle es ihr wenigstens«, sagte er sanft. »Sie sehnt sich ebenso sehr nach dir wie du dich nach ihr. Sag ihr die Wahrheit und überlasse ihr die Entscheidung.«
In diesem Augenblick sprang die Tür auf, und ein Bedienter meldete die Ankunft eines Kuriers. Der vom Staub der Reise noch bedeckte Kurier verbeugte sich vor den beiden Männern, die sich erhoben hatten.
»Messires, die Frau von Lyons-la-Forêt schickt mich.«
»Sprich. Was für Botschaft bringst du?«
Es war Richard, der ihn aufforderte, sich ans Herdfeuer zu setzen, und ihm einen Trunk anbot.
»Der Graf von Lancaster hat Newcastle eingenommen. Er fiel in die Stadt ein, und mein Herr, der König und seine Gemahlin, hatten gerade noch Zeit zu fliehen. Sie mußten alles zurücklassen, ihre Juwelen, ihre Kleider, ihre Pferde, alles.«
»Und Frau Blanche?« fragte Ferrand.
»Ist mit ihnen geflohen. Ebenso Master Piers und ein paar Diener. Sie sind nach Tynemouth gegangen.«
»Ich dachte, Gaveston sei krank?« fragte Ferrand.
»Er war gerade wieder genesen, Herr«, berichtete der Kurier. »Es war des Königs Absicht, mit Master Piers weiterzureisen und die Königin mit ihren Hofdamen zurückzulassen. Sie befanden sich auf dem Weg nach Süden, als ich geschickt wurde, Euch zu warnen.«
Richard und Ferrand blickten einander an.
»Immer dieser Bluthund Lancaster«, sagte Richard.
»Mit Eurer Erlaubnis, Herr«, fiel der Kurier ihm höflich ins Wort. »Auch die anderen Grafen sind unterwegs nach Norden mit bewaffneten Truppen. Ich habe sie auf dem Weg gesehen.«
»Braucht Frau Blanche Hilfe?«
»Nein, Herr, die Königin ist sicher. Es geht um den König und seinen Günstling.«
Richard rief einen Diener.

»Führe diesen Mann in die Küche und gib ihm eine gute Mahlzeit. Ich nehme an, daß er hier auch die Nacht verbringen will.«
Wieder mit Ferrand allein sagte er:
»Blanche möchte uns warnen. Es steht ein Bürgerkrieg bevor, Ferrand. Aber wenn der König kein Heer aufstellen kann, wird der Kampf sehr schnell zu Ende sein. Lancaster ist zu allem fähig. Und gnade uns Gott, wenn er auf den Thron kommt. Wir müssen hier weg.«
»Fliehen? Und gerade noch sprachen wir über Haughton-le-Moor.«
»Das liegt zufällig in der gleichen Richtung«, antwortete Richard.
Ferrand blickte ihn verständnislos an.
Richard war aufgestanden und murmelte:
»Das Herz des Menschen bestimmt, welchen Weg er wählt, aber der Herr lenkt seine Schritte. Ich muß nach York, Ferrand, die Gnade des Königs suchen. So will ich nicht weiterleben.«
»Wäre es nicht besser, erst die Gnade der Kirche zu finden?«
»Ich hebe mir das Schwierigste bis zum Schluß auf.«
»Ich wußte, daß du ein Dickschädel bist.«
»Ja? Gehst du mit?«
»Ohne mich gehst du nirgendwo hin, Richard l'Immortel. Du hast einen Schildknappen fürs Leben.«

45. KAPITEL

Created half to rise, and half to fall,
Great lord of all things, yet a prey to all;
Sole judge of truth, in endless error hurled;
*The glory, jest and riddle of the world!**

Alexander Pope – An Essay on Man

Nach der letzten Mode in eine enge Hose und ein ebensolches Wams gekleidet, empfing König Edward in York seine Gäste. Richard schritt entschlossen auf die schweigende Gestalt in dem Stuhl aus Eichenholz zu und beugte das Knie.

Ferrand, der dicht hinter ihm folgte, kniete auch nieder und blickte mit Überraschung vom einen zum anderen. Beide Männer waren schlank und gut gebaut. Die Haltung der athletischen Gestalt Richards, das erhobene Haupt, der stolze Bogen der vorspringenden Nase und die hohe Stirn zeugten von Mut, Offenheit und Willenskraft. Aber unter seinem gekräuselten Bart versteckte sich bei Edward das spitze Kinn seiner Mutter, außerdem hatte er mit seiner etwas kleineren Gestalt deren umgänglichen Charakter und Kunstsinn geerbt, während das Kinn des Bastards sich wie das seines Vaters kriegerisch vorschob, so daß die Unversöhnlichkeit der Waliser aus seiner Miene sprach. Aber Edward sah noch eine andere Ähnlichkeit, von der der Franzose nichts wissen konnte...

»Wer seid Ihr?« fragte der König, der die Namen seiner Besucher zu vergessen pflegte, sobald sie ihm angekündigt worden waren.

»Richard of Rhuddlan, Sire, Richard der Bastard, vormals Ritter

* Geschaffen, aufzusteigen und zu fallen./ Mächtiger Herrscher über alles, doch gleichzeitig Beute von allem./ Einziger Kenner der Wahrheit, doch verstrickt in endlosen Irrtum:/ Ruhm, Scherz und Rätsel der Welt.

des New Temple of London oder Komtur der illegalen freien Templer, wenn Euch das besser gefällt.«
Edward verließ seinen Stuhl und gebot seinem Gast aufzustehen, während er ihn ungläubig anstarrte.
»Wenn man vom Teufel spricht, kommt er schon zur Tür herein«, murmelte er. »Wir sprachen gerade über Euch.«
»Wenn man von einem Engel spricht, hört man schon das Flügelrauschen«, verbesserte Ferrand flüsternd, laut genug, um von Richard gehört zu werden. Er lächelte.
Waffenklirrend traten die Leibwächter des Königs, von denen zwei an beiden Seiten der Tür standen, mit gefällten Spießen herbei, aber Edward winkte sie zurück.
»Sagt mir«, sprach nun der König, »woher nehmt Ihr die Kühnheit, so offen an meinem Hof zu erscheinen?«
»Nicht Kühnheit, Euer Gnaden, sondern Furcht. Ich bin vor etwa sechs Wochen aus Pickering Castle entflohen, wo mich der Graf von Lancaster gefangenhielt.«
»Unrechtmäßig?«
»Ja. Er ließ mich ohne Urteil einmauern. Ich sollte den Hungertod sterben.«
»Ich fürchte, der Graf kann tun, was ihm gutdünkt. Ich verstehe nicht, warum Euch Eure Furcht vor ihm hierher führt.«
»Sire«, lächelte Richard, »die meisten meiner Brüder sind jetzt frei. Und meine Gefährten können nicht mehr aufgespürt oder verfolgt werden. Ich habe ihre Namen niemals preisgegeben, um sie vor dem Bann zu bewahren und vor der Inquisition zu schützen.«
»*Ich* wünsche eine solche Verfolgung nicht. Aber erzählt mir von Euch selbst!«
»Ich fürchte den Grafen von Lancaster nicht. Ich weiß, wie ich ihm begegnen werde, wenn sich unsere Wege wieder kreuzen. Wenn nicht, so verlasse ich mich auf Gott. Denn ich fürchte Gott, und ich fürchte die Gesetze des Reiches, in dem ich leben will. Ihr wart bereit, meinen Brüdern zu vergeben. Erstreckt sich Eure Vergebung auch auf mich?«
»Auf Euch? Einen Vogelfreien? Einen Exkommunizierten, der die Ordnung meines Reiches, die Inquisition und die Bischöfe, ja den Papst selbst herausgefordert hat?«

»Mehr als vier Jahre lang habe ich in Eurem Namen das staatliche und menschliche Recht in diesem Reich verteidigt und nach dem Recht gehandelt. Dies rechtfertigt meine Bitte um Gnade. Schenkt mir Eure Gnade, Sire. Der Herr wird es Euch lohnen.«

Edward scharrte unruhig mit den Füßen. Er wagte nicht, zum Bischof von York zu blicken, der sich unter den Höflingen befand.

»Ihr habt Eure eigenen Gesetze aufgestellt, Herr Ritter«, sagte er streng. »Damit wollen wir nichts zu tun haben. Wir sind auch nicht in der Stimmung zu Gnadenakten, gleichgültig wem gegenüber.«

Richards Miene verriet nicht die geringste Empfindung. Er protestierte nicht und wartete, bis der König wieder sprach.

»Wir werden Euch nicht verhaften, da Ihr aus freien Stücken und mit besten Absichten an unseren Hof gekommen seid«, brummte Edward widerstrebend. »Aber wir gebieten Euch, unser Reich unverzüglich zu verlassen.«

Da gab es nichts mehr zu sagen.

Richard beugte das Haupt. Ohne ein Wort drehte er sich um und zog sich zurück. Er sah nicht, wie sich der König seitwärts einem Diener zuneigte und hinter dem Handrücken flüsterte:

»Führe ihn schnell ins Nebenzimmer, bevor andere mir zuvorkommen.«

Als die Tür hinter ihnen ins Schloß gefallen war, sagte Ferrand im Gang:

»Warum hast du ihm nicht die Wahrheit erzählt? Das war doch eine gute Gelegenheit!«

»Wer ich wirklich bin? Warum, Ferrand?«

Er legte den Finger auf die Lippen, als der Diener herauseilte.

»Herr«, rief dieser ihm mit verhaltener Stimme nach. »Rasch, folgt mir!«

Richard blickte Ferrand an. Sie wurden eilig in das kleine Vorzimmer geführt, wo man sie bat zu warten.

»Dem Frieden traue ich nicht«, sagte Ferrand. »Machen wir, daß wir hier wegkommen, solange es noch geht.«

Der andere schüttelte den Kopf.

»Also gut, mach was du willst. Verbannung – oder Galgen! Habe ich dich dafür vom Tode errettet?«

Sie warteten schweigend, bis sich endlich die Tür öffnete und der König selbst eintrat.
Die beiden Ritter knieten nieder. Edward achtete darauf, daß die Tür hinter ihnen geschlossen wurde, und sagte dann freundlich: »Steht auf, Messires. Wer ist Euer Begleiter, Herr Ritter?«
»Ein früherer Ritter des Kapitels von Paris. Vergönnt mir, Sire, seinen Namen selbst vor Euch geheimzuhalten. Er wird vom König von Frankreich wegen Spionage, Verschwörung, Verrat, Ketzerei und Teufelsanbetung gesucht.«
»Alles Vergehen, die auf Euch selbst zutreffen. Aber in Eurem Munde klingt es so, als ob es ruhmreiche Waffentaten wären.«
»Das sind sie auch. Wir sind nur eines Vergehens schuldig.«
»Sprecht, Herr Ritter.«
»Des Vergehens, daß wir vor der Aufgabe versagt haben, den Orden zu retten, Euer Gnaden!«
»Sind wir einander schon früher begegnet, Herr Ritter?«
»Niemals, Sire.«
Der König blickte auf seinen metallbeschlagenen Gürtel.
»Kürzlich hatte ich einen seltsamen Traum«, sagte er langsam. »Vielleicht vor einem Monat oder länger. Ich sah meinen Vater. Er war jünger als damals, als ich ihn auf dem Sterbebett sah. Er stand da, ohne etwas zu sagen, im Dämmerlicht meines Traumes, der ›Schottenhammer‹ in voller Größe. Und langsam tauchte ein zweiter Mann neben ihm auf, der ihm sehr ähnlich sah.«
Er schwieg kurz und blickte Richard fest an, bevor er mit einer Stimme, die sich hob, als ob er ein Fragezeichen hinter seine Worte setzte, sagte:
»Ihr wart es... Wessen Bastard seid Ihr, Richard of Rhuddlan?«
Richard hatte schon merkwürdige Dinge gehört, und manche glaubte er auch, aber dies hier verschlug ihm die Sprache. Er kniete wieder nieder, führte seine Hand widerstrebend zu den Falten seiner Kutte und griff sich ins Hemd.
»Ihr zwingt mich, ein Geheimnis zu enthüllen, das nur Unglück bringen kann. Ich flehe Euch an, nicht darauf zu bestehen.«
»Ihr werdet mir sagen, wer Ihr seid, sonst wartet der Galgen auf Euch.«
Der Templer fühlte, wie ihn Ferrand in die Seite stieß, und brachte

das Dokument zum Vorschein, das er in den Gewölben des Tempels gefunden hatte. Er überreichte es dem König. Der las den Inhalt mit fragender Miene.
»Was bedeutet das?«
»Daß ich von einer walisischen Prinzessin auf Rhuddlan Castle geboren wurde, zehn Tage, bevor Königin Eleanor, Eure Mutter, einem Prinzen auf Carnarvon das Leben schenkte. Ich bin Euer Halbbruder, Sire, Euer Bastardbruder.«
»Und das ist der ganze Beweis, den Ihr habt?« wollte Edward wissen.
»William de la More, den Ihr im Tower gefangenhaltet, wird meinen Bericht bestätigen.«
»Wir glauben Euch auch ohne seine Bestätigung.«
Edward gab das Dokument seinem Besitzer zurück. »Lange Zeit machte ein hartnäckiges Gerücht die Runde, das dann nach einiger Zeit erstarb. Also war es doch wahr.«
Plötzlich begann er zu lachen und legte Richard die Hand auf die Schulter.
»Damit haben wir gleichgezogen. Neffe Thomas hat den einen Bastard auf seiner Seite, und ich den anderen auf der meinen.«
Richard erinnerte sich sofort der Worte, die Lancaster in seiner Zelle in Haughton-le-Moor zu ihm gesprochen hatte.
»Von John habe ich nichts zu fürchten«, hatte der Graf gesagt.
Anscheinend hatte der König seine Gedanken gelesen.
»John Botetourt. Ihr kennt ihn nicht? Er führte vor etwa fünfzehn Jahren den Befehl über einen Teil der Flotte, brandschatzte Cherbourg und kämpfte in der Gascogne und in Schottland. Eine gewalttätige Natur. Er heiratete eine Beauchamps und schloß sich dann Guy of Beauchamps an, dem Grafen von Warwick, und der übrigen Lancaster-Bande.«
Der Gedanke an Warwick, den Piers de Gaveston den »tollen Hund von Arden« genannt hatte, brachte den König wieder in die Gegenwart zurück.
»Wir könnten Euren Mut gut gebrauchen«, sagte er mit traurigem Lächeln. »Deshalb sprachen wir über Euch, kurz bevor Ihr hier ankamt. Wir haben in York wenig Freunde gefunden. Die Grafen haben sich hier bereits betätigt, bevor wir eintrafen.«

Er machte sich tatsächlich mehr Sorgen, als seine scheinbar gleichgültigen Worte vermuten ließen.
»Habt Ihr es auf die Krone abgesehen?« fragte er Richard plötzlich.
»Wer die Wahrheit des Tempels kennt, strebt nicht nach Kronen. Ich bin hierhergekommen, weil ich nicht den Rest meines Lebens als Verstoßener verbringen will.«
»Und wenn wir Euch Gnade gewähren?«
»Dann kann ich mich mit der Kirche aussöhnen.«
Mit ruhiger Entschlossenheit schritt Richard zum Herd, nahm ein glühendes Stück Holz aus der Asche und steckte das zerknitterte Pergament in Brand. Edward blickte in die Flammen, bis das letzte Stückchen verbrannt war.
»Ihr habt uns überzeugt«, sagte er. »Leider können wir Euch keine Gnade gewähren. Das steht uns nicht zu. Es sei denn, wir schenkten Euch die Freiheit als Lohn für einen besonderen Dienst. Eine edle Gabe, die nur ein König schenken kann!«
»Sire?«
»Rettet Gaveston. Ihr habt Truppen. Ihr führt den Befehl über ein kleines Heer, wie es heißt.«
»Übertriebene Gerüchte, Herr. Ich hatte nur eine Handvoll Männer, aber den Tempel gibt es nicht mehr. Ich stehe allein.«
Er sagte nicht, daß der Tempel sich wahrscheinlich weigern würde, für den Günstling zu kämpfen.
»Die Wahl steht bei Euch. Ihr werdet wegen Hochverrats gesucht und wißt, welche Strafe darauf steht. Hängen, vierteilen und die Eingeweide herausreißen.«
Richards Mundwinkel verzogen sich zu einer Grimasse.
»Ich möchte Lancaster gerne einen Strich durch die Rechnung machen. Es klebt das Blut meines Lehrmeisters an seinen Händen. Aber vorausgesetzt ich würde rechtzeitig einige Männer zusammenraffen können, was könnte ich gegen diese Übermacht ausrichten? Ihr verlangt Unmögliches von mir.«
»Also nicht. Ihr habt Eure Chance gehabt.« Der König war enttäuscht und wütend. Er hatte mit seiner Hilfe gerechnet, um Gaveston retten zu können. Man verweigerte sich einem König nicht ungestraft. Er griff nach einer Glocke und riß an der Kordel.

»Verhaftet diesen Mann«, befahl er den Wachen, die ins Zimmer traten. Richard wartete ruhig, als sie ihm die Hände auf den Rücken banden.
»Ich wußte, daß hierher zu kommen Gefangenschaft bedeuten konnte«, sagte er, »aber ich sterbe lieber, als weiterhin wie ein gejagtes Tier leben zu müssen. Ich habe Euch um Gnade gebeten, Sire. Da ich sie nicht bekomme, bitte ich Euch um eine letzte Gunst.« Edward nickte kurz.
»Ich bitte Euch, das Urteil sofort zu vollstrecken. Ich will auf keinen Fall mehr in ein Gefängnis gehen. Also hängt mich.«
Der König war von Natur aus nicht grausam. Er zögerte, weil der Kapitän der Wache auf seinen Befehl wartete.
»Ihr sollt Eure Gnade haben«, brummte er mit ungeduldiger Geste und schickte um einen Schreiber. »Aber Wir geben Euch nur ein Jahr. Danach müßt Ihr aus Unserem Reich verschwunden sein.«
»Ihr spielt wohl gern mit Eurem Leben«, sagte Ferrand, als sie wenige Minuten später wieder zu Pferd saßen. »Habe ich Euch dafür gerettet? Vielleicht macht Ihr Euch nun endlich an die Aufgabe, die noch auf Euch wartet.«
»Was denn?«
»Es gibt jemanden, der auf Euch wartet. Ihr Name ist Beatrice de Morley. Sie soll innerhalb einiger Wochen heiraten.«

Nur einige Tage später mußte sich Piers Gaveston, der sich in Scarborough Castle verschanzt hatte, den Grafen Pembroke, Percy und Surrey ergeben. Sie stellten dem Gascogner die ehrenvollsten Bedingungen, die er sich nur erhoffen konnte. Sie wollten ihn nach Wallingford begleiten, wo das Parlament zusammentreten würde, um über sein Schicksal zu beschließen. Dort sollte er auch den König treffen. Lancaster aber wußte ihn aus ihren Händen zu entreißen und ließ ihn ermorden. Einer seiner Henker war John Botetourt, der andere Bastard . . .
Edward schwor blutige Rache. Doch gab es einen Trost für ihn. Die junge Königin war schwanger, und die Hoffnung auf einen Thronfolger erweichte die Herzen der Aufständischen. Das Volk neigte sich wieder dem König zu.

46. KAPITEL

My hair is grey, but not with years,
Nor grew it white
In a single night,
*As men's have grown with sudden fears.**

Lord Byron – The Prisoner of Chillon

Eine Woche, bevor Beatrice mit dem Mann, den ihr Vater gewählt hatte, vor den Altar treten sollte, ritt Richard an der Spitze von zehn Mann nach Haughton-le-Moor. Einen davon schickte er voraus, um seine Ankunft zu melden.

»Mein Herr, Richard of Rhuddlan, läßt den Herrn von Morley grüßen und bittet um Erlaubnis, mit seinem Gefolge das Schloß zu betreten«, sagte der Ritter.

»Rhuddlan? Den kenne ich nicht«, brummte Morley. Aber für Beatrice bedeutete der Name genug. Unauffällig zupfte sie ihre Mutter am Ärmel.

»Ein walisischer Borderlord, glaube ich«, bemerkte Lady Morley. Sie wußte, daß diese ihrem Gemahl immer willkommen waren, und schließlich war Rhuddlan walisisch. »Ein früher Hochzeitsgast, vermute ich.«

»Ich werde den Ritter empfangen. Öffnet das Tor für ihn«, sagte der Herr von Morley.

Kaum eine halbe Stunde später galoppierte Richard über die Zugbrücke. Er versuchte nicht zu denken, als er abstieg und mit langen Schritten auf die weit geöffnete Tür zuging. Er wußte, wie er sie alle antreffen würde: Morley in seinem Stuhl mit der hohen Rük-

* Mein Haar ist grau, doch nicht von Jahren,/ noch wurde es weiß/ in einer einzigen Nacht/ wie das Haar derer, die plötzlich Beute der Angst wurden.

kenlehne auf einem Podest, seine Frau zur Linken, seine Söhne zur Rechten, wahrscheinlich mit ihren gerade angetrauten Ehefrauen. Und Beatrice... sie würde nicht weit von ihrer Mutter sitzen, ihrer einzigen Stütze in einer feindlichen Umgebung, mit einem so ausdruckslosen Gesicht wie nur möglich.

Seine Stiefel hallten auf den bemalten Fliesen. Er wußte seine Leute hinter sich, die ihn, wenn nötig, schützen würden. So hielt er sich gar nicht damit auf, den Schloßherrn zu begrüßen, sondern sprang leichtfüßig auf das Podest, auf dem die Plätze der Morleys standen. Nur ein paar Meter trennten ihn noch von ihr, und sie stand langsam auf, mit strahlendem Gesicht, ein glückliches Lächeln um ihre Lippen. Die Welt um sie herum schien zu versinken. Sie bemerkte nicht einmal, daß Morley und seine Söhne mit gezogenen Dolchen von ihren Stühlen aufsprangen. Sechs von Richards Rittern entwaffneten sie.

Richard streckte seinen Arm aus und preßte sie eng an sich, während er sein Gesicht in ihren rotgoldenen Locken begrub, um die Tränen zu verbergen, die er nicht zurückhalten konnte.

»Ich zerspringe vor Glück«, flüsterte er.

Sie vermochte nicht zu antworten, aber er fühlte, wie sie ihn umklammerte, um ihn niemals mehr loszulassen. Doch er mußte seine grausame Pflicht erfüllen.

»Ich muß dich allein sprechen«, sagte er.

Er nahm ihre schmale kalte Hand in die seine und folgte ihr, mit einem Wink zu seinen Männern, die Tür, die sich hinter ihm schloß, zu bewachen.

Die verblüfften Morleys waren nicht fähig, einen Laut von sich zu geben. Lady Morley starrte auf ihre Pantoffeln. Ein Lächeln huschte über ihr sanftes Gesicht.

Als sie die kleine Turmkammer am Ende der Wendeltreppe erreichten, fiel Beatrice Richard wieder um den Hals, und er küßte sie lange und leidenschaftlich.

Atemlos riß sie sich aus seiner Umarmung und betrachtete ihn zärtlich.

»Ich bin vollkommen glücklich.«

Sie hätte es nicht zu sagen brauchen. Er nahm sie beim Arm und zeigte auf das Steinbänkchen in der Fensternische.

»Der König hat mir die Gnade erwiesen, mit seiner Erlaubnis noch ein Jahr in England zu bleiben. Danach werde ich aus seinem Reich verbannt.« Er zog die zwei Pergamentblätter hervor, die er bei sich trug. Das eine war der Gnadenerlaß, das andere entrollte er jetzt. »Ich stehe immer noch unter dem Kirchenbann. Also müssen wir vorsichtig sein. Man darf uns nicht zusammen sehen, sonst trifft der Bannfluch auch dich wieder, das zweite Mal. Wieder durch meine Schuld. Ich werde nach Avignon reiten und mich dem Papst zu Füßen werfen.«
»Und dann? Erst dann ... können wir heiraten?«
Er verstand, was sie meinte. Sie würde sich erst wirklich sicher fühlen, wenn der Segen der Kirche sie miteinander verbunden hatte und kein anderer Mann oder ihr Vater mehr zwischen sie treten konnte.
Traurig schüttelte er den Kopf. »Es gibt noch etwas, das du wissen mußt. Du bist mir begegnet, als ich noch jung, stark und gesund war.«
Sie legte einen Finger auf seine Lippen. »Still, Richard, das bist du immer noch.«
»Nein, nein, es sind mehr als drei Jahre seit unserer ersten Begegnung vergangen. Drei schwere Jahre, die ich nicht noch einmal durchmachen möchte. Ich habe zu viele graue Haare, Beatrice, und meine Seele hat ebenso viele Narben wie mein Körper. Ich bin nur noch der Schatten des Mannes, der ich einst war.«
»Du wirst diese Jahre schneller vergessen, als du denkst«, protestierte sie. »Ich sehne mich ebenso sehr wie du danach, all diese Erinnerungen zu begraben.«
»Sie werden mich mein Leben lang verfolgen. Weißt du, wie ein Templer behandelt wurde, der auf seiner Unschuld bestand, der sich weigerte, seine Geheimnisse und seine Brüder zu verraten? Sie hängten ihn an seinen Geschlechtsteilen auf.«
Sie bedeckte ihr Gesicht mit den Händen und konnte kein Wort hervorbringen.
»Das geschah nicht nur in Frankreich. Ein Londoner Wundarzt hat mir gesagt, daß ich dich vielleicht niemals so werde lieben können, wie der Mann die Frau in der Ehe lieben soll. Und ich muß ihm wohl glauben.«

Sie vergrub ihre Finger in seinem Haar und küßte ihn übers ganze Gesicht. Während ihr die Tränen über die Wangen strömten, flüsterte sie:
»Es ist entsetzlich. Oh Gott, mein armer Richard. Wie grausam!«
»Du verdienst ein besseres Schicksal, als dein Leben mit einem impotenten Mann zu verbringen, einem Krüppel.« Die Bitterkeit in seinen Worten verriet ihr erst, wie sehr er sich wegen seiner Verletzung verachtete. Beatrice blickte ihm in die grauen Augen, in denen nichts mehr von dem früheren Funkeln, nichts mehr von dem Glanz des inneren Feuers zu entdecken war. War dies noch derselbe Mann, den sie vor drei Jahren gekannt hatte? Würde er jemals wieder derselbe werden?
Sie brauchte nicht lange nachzudenken.
Wie er sich auch verändert haben mochte – mit ihm zu leben war ihr tausendmal lieber als mit jedem anderen.
»Ich liebe dich, und nichts in der Welt kann daran etwas ändern.«
Als Richard schwieg, fuhr sie fort.
»Erzähle mir, Richard, wer ist der Mann, dem ich mein Herz geschenkt habe?«
»Richard of Rhuddlan.«
»Ich weiß, daß du dort geboren bist. Die Hexe von Wirral erzählte mir es. Aber sie erzählte mir auch, daß noch mehr dahintersteckt.«
»Nichts. Wir müssen gehen, Beatrice.«
Aber sie blieb sitzen und rührte sich nicht.
»Verbirgst du etwas vor mir?«
Beatrice stand auf und ging zu der reichverzierten Truhe neben ihrem Bett, nahm ein einfaches Kästchen heraus und zog den Deckel auf.
»E. R.?« sagte sie langsam und reichte ihm seine Sporen. Sie hatte die schwarze Farbe entfernt, und das Gold glänzte im Sonnenlicht.
»Dies ist wahrscheinlich alles, was du von deinem Vater geerbt hast. Wußtest du nicht, als der Meister des Tempels sie dir gab, daß dies deines Vaters Initialen waren? Was bedeuten sie, Richard?«
»Eduardus Rex«, sagte er ohne zu zögern. »Nach deiner Liebe ist dies das wertvollste Geschenk, das du mir machen konntest. Deshalb hast du ein Recht darauf, es zu wissen.«
Mit stockendem Atem versank sie in einen tiefen Kniefall.

Lachend hob er sie auf und drückte sie an sich:
»Hör auf mit diesem Unsinn, Beatrice. Ich bin nur ein Bastard. Versprich mir aber, daß du darüber für alle Zeiten Schweigen bewahrst!«
Und nachdem sie genickt hatte, sagte er:
»Pack deine Sachen. Du gehst mit Ferrand nach Frankreich auf das Schloß seiner Familie. Dort bist du sicher. Ich werde nach London gehen und mich dort ein Jahr lang täglich in Old Saint Paul's in den Staub werfen, wie es mir der Bischof von London auferlegt hat.«

47. KAPITEL

My soul, sit thou a patient looker-on:
Judge not the play before the play is done
Her plot hath many changes: every day
*Speaks a new scene, the last act crowns the play.**

Francis Quarles – Respice Finem

Am Ende seines Büßerjahres begab Richard sich nach Old Saint Paul und warf sich zum letztenmal zu Füßen Ralph Baldocks, des Bischofs von London, in den Staub.
»Ihr habt also bewiesen, daß Ihr zur Lehre der katholischen Kirche zurückgekehrt seid«, sagte Baldock voll Genugtuung.
»Es ist mein heißer Wunsch, mich mit der Kirche auszusöhnen und den Bannfluch zu lösen.«
»Eure Eile ist nicht am Platz.« Er zeigte Richard ein Dokument mit dem Siegel des Papstes. »Zuvor sollt Ihr noch drei Bußewallfahrte machen: Canterbury, Santiago de Compostela und Rom.«
Der Ritter seufzte und nahm die Briefe entgegen, die der Bischof ihm überreichte.
»Wenn Ihr das vollbracht habt«, fuhr Baldock fort, »wird man Euch vom Bann lösen, und Ihr sollt in den Zisterzienserorden eintreten.«
Richard wurde leichenblaß.
»Canterbury, Santiago, Rom, reicht das immer noch nicht? Eine solche Strafe steht in keinem Verhältnis zu meiner Schuld!«
»Vergeßt nicht, daß viele Eurer Brüder den Rest ihres Lebens im Gefängnis verbringen werden. Dieses Urteil ist gnädig.«

* Meine Seele, betrachte das Schauspiel mit Geduld/ und urteile nicht, bevor es zu Ende ist./ Seine Handlung ist labyrinthisch. Jeden Tag/ zeigt es eine neue Szene, der letzte Akt krönt das Stück.

Seine Hand wies auf ein Bündel Pergamente. »Euere Bekenntnisse, Herr Ritter: Ihr seid ein Rebell, der sich gegen Kirche und Papst aufgelehnt hat. Außerdem hat man mir zugetragen, Ihr wolltet gar eine Frau nehmen. Ich muß Euch an Eurem Eid erinnern.«
»Meinen Eid?« brummte Richard.
»Eueren Eid, den Ihr dem Tempel geschworen habt. Während der letzten Monate sind einige frühere Tempelritter mit der Bitte um Dispens an uns herangetreten, da sie sich verheiraten wollten. Wir mußten ihnen das verweigern, weil sie für ihr ganzes Leben zum Zölibat verpflichtet sind. Betrachtet Euch nicht als gelöst von dem Eid, den Ihr geschworen habt. Auch Ihr habt Euch für das Kloster entschieden.«
»Ich habe niemals eine Wahl gehabt«, stellte Richard fest. »Man hat für mich gewählt.«
»Und doch seid Ihr ein Mönch«, fuhr der andere fort. »Aber Ihr klammert Euch an die Welt und an alles, was darin ist. Ihr kennt die Geschichte von Origenes von Alexandrien, der sich selbst entmannte, um von der Schwachheit des Fleisches nicht verführt zu werden und so Gott näher zu kommen. Nehmt ihn Euch zum Vorbild und beklagt Euch nicht. Euer Eid bindet Euch.«
Richard verlor die Herrschaft über sein kochendes Plantagenet-Blut. »Der Eid des Tempels?« fuhr er auf. »Des Tempels, der von Euch und Eurer Kirche verurteilt wurde? Provisorisch aus Mangel an Beweisen! Aufgehoben für nicht weniger als 200 Jahre! Und Ihr verlangt von uns, daß wir einen Eid halten, den wir ablegten, als wir eben diesem auf so niederträchtige Weise vernichteten Orden beitraten! Ihr wagt das von uns zu verlangen? Eure Heuchelei, Monseigneur, stinkt bis an die Pforten des Himmels!«
Drohende Stille trat ein. In der Ferne klang das Klopfen der Steinmetze, die an der neuen hohen Turmspitze der Kirche arbeiteten. Richard lachte höhnisch.
»Was den dritten und letzten Teil meiner Strafe betrifft, so muß ich Euch und den Papst berichtigen. Derselbe Eid, an den ich nach Eurer Meinung gebunden bin, bindet mich gleichzeitig an das folgende Gebot des Tempels: Wer einmal in den Orden der Armen Ritter Christi und des Tempels Salomos eingetreten ist, darf niemals mehr in einen anderen militärischen oder Klosterorden ein-

treten. Ich habe meinen Glauben bezeugt, Baldock, 365 Tage lang. Ich werde auch meine Bußfahrten absolvieren, denn mein Glaube an Gott ist wahrhaftig. Aber auf diese Kirche spucke ich.«
Mit diesen Worten wandte er sich ab und eilte davon. Aber auf dem Weg durch die Kathedrale hielt er plötzlich inne und warf sich vor dem Marienaltar auf die Knie.
»Heilige Mutter Gottes, hab Erbarmen.«

Der Sommer des Jahres 1313 neigte sich dem Ende zu. Richard vollendete seine Wallfahrt nach Canterbury. Danach schiffte er sich mit Blanche, ihrem Söhnchen und einigen Dienern nach Frankreich ein. Aymer hatte sich inzwischen mit dem König von Frankreich ausgesöhnt und rief nun Frau und Kind in die Heimat zurück. Blanche hinterließ ein vollkommen glückliches Paar; denn auf Windsor Castle gab es einen Prinzen, Edward, nach dem Vater des Königs getauft. Der König war so vernarrt in sein Söhnchen, daß er sogar Gavestons Mördern ein Friedensangebot gemacht hatte.
In Frankreich angekommen, hüllte sich Richard noch einmal in sein Büßergewand und machte sich auf den Weg. In mörderischem Tempo eilte er nach Süden. Noch im November erreichte er Rom, und bereits im Januar übergab er dem Bischof des Heiligtums Santiago de Compostela den letzten Brief, den Baldock ihm gegeben hatte. Dann reiste er nach Coïmbra, wo das Konzil die Templer Portugals für unschuldig erklärt und freigesprochen hatte. König Denis gewährte ihm eine lange Audienz.
Schließlich kehrte er nach Frankreich zurück, um beim Papst vorzusprechen. Er traf Clemens krank und mißmutig in der Grafschaft Venaissin, wo er zurückgezogen lebte und niemandem mehr Audienz erteilte. Drei Tage verweilte er dort, bis ihm Ferrand und einige seiner alten Kameraden ein Pferd brachten und ihn baten, in aller Eile nach Paris zu reiten, weil ruchbar geworden sei, daß König Philipp eine grausame Rache vorbereite.
Am Sonntag des heiligen Gregor schilderte Godefroy d'Uzès ihnen die Lage:
»Philipp hat dem Papst seine Bulle *»Ad Providam Christi Vicarii«* nicht verziehen, in der er den Johannitern alle Güter des Templerordens zuerkannte«, berichtete er, »und ebensowenig ›Conside-

rantes Dudum«, die Bulle, die vier Tage später folgte und der Tropfen war, der das Faß zum Überlaufen brachte. Darin behielt sich der Papst das Urteil über die prominenten Tempelritter selbst vor. Die erste Bulle machte unserem König keine Schwierigkeiten. Ihr wißt ja, daß er seine Hand schon auf einen Teil Eurer Reichtümer gelegt hatte. Ein großer Teil der Möbel, Eurer Kirchenschätze und des Goldes und Silbers ist bereits verschwunden. Auch löschte er seine eigenen Schulden gegenüber dem Tempel in Höhe von immerhin 500 000 Franken. Außerdem hat er aus den Landgütern des Tempels 5 Millionen Franken herausgepreßt – wie er sagt, um die Kosten zu decken, die der Prozeß verursacht hat.«
Richard winkte ab: »Das war zu erwarten.«
»Aber der König war noch nicht zufrieden. Er hat den Papst dazu gezwungen, im Januar des Vorjahres eine neue Bulle zu erlassen. Darin überstellte er die hohen Würdenträger des Tempels einer apostolischen Kommission, die vornehmlich aus unserem berüchtigten Erzbischof von Sens bestand. Ihr kennt ja inzwischen die Methoden des Philippe de Marigny. Inzwischen sind der Großmeister, der Präzeptor Frankreichs, Hugues de Pairaud, der Präzeptor der Normandie, Geoffroy de Charnay und der Präzeptor von Aquitanien und Poitou, Geoffroy de Gonneville, vor ihm erschienen. Vor einer Versammlung von Kardinälen und Prälaten haben sie noch einmal ihre Schuld gestanden.«
Drückende Stille herrschte in dem Raum bis Ferrand hilflos sagte: »Unglaublich, Aymer kannte Charnay gut. Ein mutiger Mann. Möge Gott ihm seine Schwachheit vergeben.«
Richard schüttelte mitleidig den Kopf.
»Es gibt noch mehr zu hören, wenn ich mich nicht täusche. Fahrt fort, Messire.«
Godefroy nippte an seinem Wein und fuhr fort:
»Ihr habt ja gesehen, daß auf dem Platz, wo einst das Hauptquartier des Tempels war, ein wahrer Kult entstanden ist. Das Volk verehrt dort die Märtyrer des Tempels, und es heißt sogar, daß einer davon den Gläubigen erscheine. Dem König ist das natürlich ein Dorn im Auge. Es macht ihn rasend, daß das Volk ihn ins Unrecht setzt und die umgekommenen Ritter verehrt. Er kann sich nur noch auf eine Art rehabilitieren: durch ein öffentliches

und feierliches Geständnis der Missetaten der Templer von ihrem Großmeister selbst und dreien seiner engsten Mitarbeiter. Er will sie zu lebenslangem Gefängnis verurteilen, fürchtet sich aber vor dem Pariser Pöbel. Er hat nicht vergessen, daß das Volk schon einmal gegen ihn rebelliert hat, und daß er damals vor den Aufständischen weichen mußte – pikanterweise zu Euren Brüdern hinter die Mauern des Tempels! Diese makabere Zeremonie ist für übermorgen auf dem Vorplatz von Notre Dame geplant.«
Die beiden Ritter konnten ihren Zorn und ihre Verachtung kaum zügeln. Schweigend starrten sie ihn an.
»Mort de Dieu«, war alles, was Ferrand über die Lippen brachte.
Richard stand auf, um zu gehen.
»Wir werden dort sein«, sagte er ruhig. »Allein schon, um Zeuge dieses letzten Dolchstoßes gegen den Tempel zu sein. Ich danke Euch, Messire d'Uzès. Der Herr sei mit Euch.«

Der Bischof von Alba, der mit gewichtiger und feierlicher Miene das Schafott vor der Kathedrale von Notre Dame de Paris bestieg, konnte sich einer großen Zuhörerschaft erfreuen.
Mit einem zufriedenen Lächeln auf dem eitlen Gesicht blickte er über die Menge hinweg, die sich auf dem kleinen Platz drängte, und nahm die Pergamentrolle von einem Mönch in seinem Gefolge entgegen. Sein königlicher Auftraggeber würde große Genugtuung empfinden, wenn er erfuhr, wieviele Bürger dem Aufruf der Herolde und Ausrufer Gehör geschenkt hatten.
Der Profoß von Paris führte jetzt die Gefangenen zum Schafott, und die Menschen drängten nach vorne und streckten die Hälse, um einen Blick auf die vier Templer zu erhaschen.
Hugues de Pairaud kam als erster, gefolgt von Gonneville. Sie trugen ihre weißen Mäntel. Beide sahen bleich und müde aus. Offensichtlich waren sie so mit ihrem eigenen Elend beschäftigt, daß sie nicht einmal bemerkten, wie hinter ihnen Jacques de Molay auf der untersten Stufe der Holztreppe, die zur Plattform führte, ins Staucheln kam.
Es hatte ihn schon große Anstrengung gekostet, auf das Schafott zuzugehen. Jetzt, am Fuße der Treppe, verweigerten ihm die steif gewordenen Beine den Dienst.

Geoffrey de Charnay, der Präzeptor der Normandie, der sich geweigert hatte, vor seinem Meister herzugehen, sprang hinzu, half dem alten Mann auf die Füße und stützte ihn, bis sie auf der Plattform standen.

Richard wußte, daß der Großmeister unter der Folter niemals fähig gewesen war, standhaft zu bleiben. Er vergab ihm seine Schwachheit, fragte sich aber, was die Ursache dafür gewesen sein mochte, daß auch der Präzeptor der Normandie falsche Eide geschworen hatte. Der Großmeister zog nun angesichts der Zuschauer seine Hand, die leicht auf Charnays Arm geruht hatte, zurück. Mit quäkender Stimme begann der Bischof von Alba, die Geständnisse von seinem Pergament abzulesen. Neben ihm lauschte der päpstliche Legat gespannt diesen Niederträchtigkeiten, während er die Angeklagten musterte. Hugues de Pairaud hatte die Augen geschlossen, und in seinem Gesicht zuckte es nervös. Neben ihm hob Geoffrey de Gonneville verzweifelt die Augen zum Himmel. Warum mußte man ihn nach sechseinhalb Jahren Gefangenschaft auch noch dieser Prüfung unterwerfen? Niemals in ihrem Leben waren sie so tief erniedrigt worden. Und das vor den Augen von Laien, des Pöbels von Paris!

Charnays Miene blieb unbewegt, und Jacques de Molay sah sorgenvoll drein. Doch nötigte seine gebeugte Gestalt Respekt ab.

Sie hörten schweigend zu, bis die letzten Worte der schockierenden Geständnisse, die sie wiederholt abgelegt hatten, verklungen waren. Schließlich trat der päpstliche Legat vor und forderte sie, einen nach dem anderen, auf, unter Eid zu erklären, daß dies in der Tat die Aussagen waren, die sie gemacht hatten. Hugues de Pairauds Antwort kam zögernd und widerstrebend.

»Ich schwöre, daß ich diese Geständnisse abgelegt habe.«

Ferrand d'Uzès war totenbleich geworden. Einen Augenblick lang schloß er die Augen, um das elende Schauspiel nicht mitansehen zu müssen. Plötzlich bemerkte er, daß Richard nicht länger neben ihm stand. Er bahnte sich mit den Ellbogen einen Weg durch die Menge, um näher an die Plattform heranzukommen. Die Bürger machten nur widerwillig Platz. Denn jetzt gebot der päpstliche Gesandte dem Präzeptor von Aquitanien und Poitou, zu sprechen. Richard war nun so nahe, daß er sehen konnte, wie ein Schauder den Mann durchfuhr, bevor er sprach und seine Aussagen bestätigte. Inmitten der Kardinäle erkannte er das Gesicht des Erzbischofs von Sens.

»Der König hat das Volk betrogen«, rief Richard plötzlich in die Menge. »Er hat den Tempel der Ketzerei beschuldigt, weil er dessen Schätze begehrte. Er hat das Gold des Tempels in seinen Taschen verschwinden lassen!«

Ein aufgeregtes Gemurmel erhob sich in der Menschenmenge. Richard duckte sich, als er sah, wie die Trabanten nach dem Mann, der gerade gerufen hatte, Ausschau hielten. Auch die Männer auf dem Schafott spähten in die Menge, während der päpstliche Gesandte mit lauter Stimme Schweigen gebot. Ermutigt durch den Beifall der Umstehenden erhob Richard nochmals seine Stimme.

»Alles Lügen! Diese Geständnisse sind unter Drohung und Folter abgepreßt!«

Inmitten des Tumultes trafen die Augen von Jacques de Molay die hochgewachsene Gestalt, die beinahe um Haupteslänge die meisten Bürger überragte. Der Schatten eines Lächelns glitt über sein vom Schmerz gezeichnetes Gesicht. Er hatte den Ritter erkannt. Seine Lippen formten einige Worte. Geoffrey de Charnay, der neben ihm stand, war der einzige, der ihn verstehen konnte.

Durch den Lärm hindurch rief nun der päpstliche Gesandte den Präzeptor der Normandie auf. Tiefes Schweigen herrschte, als Charnay mit entschlossener Miene nach vorne trat. Mit lauter Stimme, so daß ihn alle gut verstehen konnten, rief er:

»Ich leugne kategorisch, irgendeines der Verbrechen, deren ich beschuldigt bin, begangen zu haben. Und ich widerrufe und verwerfe alle Geständnisse, die ich gemacht habe und die mir unter Folter abgezwungen wurden. Es ist besser, durch ein unrechtmäßiges Urteil zu sterben, als es verdient zu haben.«

Bevor er mehr sagen konnte, stieß ihn der päpstliche Gesandte hastig zurück und gebot ihm Stillschweigen.

»Jacques de Molay, Großmeister des Ordens der Templer«, schrie er jetzt über den Tumult hinweg.

Molay stand unbewegt und sehr ruhig. Hatte Charnay ihm seine mutige Absicht, seine Geständnisse zu widerrufen, anvertraut, als er den alten Mann auf dem Weg zur Plattform stützte? Die Worte

hatten Molay anscheinend nicht überrascht. Seine Augen suchten den Ritter in der Menge. Was hatte er noch zu verlieren? Die gebeugte Gestalt schien sich zu straffen, und die tiefen Linien auf dem unbewegten Antlitz wirkten plötzlich kämpferisch. Indem er die zusammengeketteten Hände zum Himmel emporhob, rief Jacques de Molay mit lauter, heller Stimme:
»Es ist nur gerecht, daß ich an einem so schrecklichen Tag und in den letzten Stunden meines Lebens die Unrechtmäßigkeit dieser Lügen aufdecke und der Wahrheit zum Sieg verhelfe. Ich bekenne also vor dem Angesicht des Himmels und der Erde, daß ich zu meiner ewigen Schande das größte aller Verbrechen begangen habe. Aber dieses Verbrechen bestand nur darin, daß ich anderen zugestand, den Orden zu belasten, obwohl mich die Wahrheit verpflichtet hätte, seine Unschuld zu erklären. Ich habe die Aussagen, die von mir verlangt wurden, nur gemacht, um der unmäßigen Pein, die anderen in meiner Gegenwart unter der Folter zugefügt wurden, ein Ende zu machen und diejenigen zu erweichen, die mich leiden ließen. Ich kenne die Martern die jene ertragen mußten, die den Mut hatten, ihre Geständnisse zu widerrufen. Aber das abscheuliche Stück, das sich hier vor meinen Augen abspielt, kann mich nicht dazu zwingen, eine frühere Lüge durch eine zweite zu bestätigen. Unter derart schändlichen Umständen sage ich mich leichten Herzens vom Leben los!«
Was dann geschah, erlebte Richard wie in einem Rausch. Mit Tränen in den Augen sah er, wie die Bischöfe der traurigen Vorstellung eilig ein Ende machten, indem sie das Urteil sprachen, das auf lebenslange Gefangenschaft lautete. Der Profoß von Paris jagte hierauf die Gefangenen vom Schafott, bevor die Menge sich von ihrer Überraschung erholen konnte. Sodann wurde zur Jagd auf den Mann geblasen, der so rebellische Worte in die Menge geschrien hatte. Aber die Umstehenden schützten ihn, und bald wurde er von den Massen verschluckt, die sich auf der Flucht vor des Königs Trabanten durch die Straßen von Paris wälzten. Selbst Ferrand konnte ihn nicht finden und entschloß sich deshalb, zu jener Herberge vor Paris zurückzukehren, wo sie ihre Pferde untergestellt hatten. Tatsächlich traf er Richard dort, und dessen Miene verhieß nichts Gutes.

»Ich bin in La Cité gewesen«, sagte er kurz und zog seine spärlichen Habseligkeiten aus dem Mantelsack. Im trüben Schein der Kerze sah Ferrand, wie sein Gefährte die schwarze Kutte überstreifte – das landauf landab bekannte Merkmal des Bastards.
»Ich hatte gehofft, sie niemals mehr tragen zu müssen«, murmelte er, während er in das schwarze Kleidungsstück schlüpfte: »Der König hat einen fürchterlichen Wutanfall bekommen. Minutenlang konnte er nicht sprechen. Sein aufgedunsenes Gesicht war schrecklich anzusehen, erzählte mir dein Bruder. Ohne sich mit den Mitgliedern des Rates, den Bischöfen oder der Kommission zu beraten, gab er den Befehl, den Großmeister und den Präzeptor der Normandie auf langsamem Feuer zu verbrennen.«
Er prüfte seine Waffen und legte sich den Schwertgürtel um. Ferrand brachte für einen Augenblick kein Wort hervor. Dann schrie er.
»Tu etwas, im Namen des lieben Herrn Jesus! Tu doch etwas, Richard!«
In einem Ausbruch ohnmächtiger Wut ergriff Richard sein Schwert und schleuderte es durch das Zimmer nach dem Franzosen, der das blinkende Metall gerade noch auffangen konnte.
»Was, um Himmels willen, soll ich denn tun?« sagte er mit gepreßter Stimme. »Den ganzen Tag war ich unterwegs, um eine Lücke im Netz zu finden. Aber mein Ehrenwort, es gibt keine.«
»Also bleibt uns nichts übrig als zu beten.«
»Beten? Gott wird sie nicht retten. Aber ihr Märtyrertod wird ihnen den Weg zum Himmel bahnen.«
Ferrand starrte auf das schwarze Kleid und wurde sich plötzlich einer anderen Gefahr bewußt.
»Geh nicht hin, Richard. Ganz Paris weiß nun, daß du hier bist«, sagte er eindringlich.
»Ich *muß* dort sein.« Richard schob seine Besorgnis zur Seite. »Im Schutz der Menge bin ich ziemlich sicher. Außerdem wird es schnell dunkel.«
Wenig später verließen sie die Herberge und eilten zurück nach Paris. In der Ferne läutete die Glocke der Ste. Chapelle – der König hatte der Messe beigewohnt und kehrte jetzt in seinen Palast zurück. Bald würde er das Zeichen geben, und Jacques de

Molay und Geoffrey de Charnay würden den Tod in den Flammen finden.

Die Insel in der Seine zwischen dem Jardin Royal und der Kirche der Eremitenbrüder des Heiligen Augustinus, Ilot-aux-Juifs genannt, lag kalt und trostlos in der grauen Abenddämmerung, als das dumpfe Dröhnen der Trommeln die Ankunft der Gefangenen ankündigte und das Gesicht der ›Eule‹ hinter einem Fenster des Palastes erschien.
Fast unbemerkt waren die Gefangenen in einem Boot von den Wachen des Königs zum Platz ihrer Hinrichtung gebracht worden, wo sie jetzt durch einen Kordon von Fußknechten hindurch zu den zwei Scheiterhaufen geführt wurden. Dort legte der Großmeister freiwillig seine Kleider ab, und auch Geoffrey de Charnay ertrug geduldig die rohen Fäuste der Henkersknechte. Die Bürger, die nur mit Gewalt in sicherem Abstand gehalten werden konnten, schrien Flüche zum Palast hinüber. Der Henker erfüllte Molays letzte Bitte und nahm ihm die Handfesseln ab, so daß er die Hände zu einem letzten Gebet falten konnte. Dann wandte er sich zur Notre Dame und ließ sich festbinden. Die Menge hielt den Atem an und horchte auf das Knistern der Baumzweige, die das Feuer in Gang hielten.
Von dort, wo Richard stand, konnte er die Hitze spüren. Er starrte in das Feuer, das mit berechneter Langsamkeit auf die Füße der beiden Männer zukroch, um ihr Leiden solange wie möglich auszudehnen. Kein Laut kam über ihre Lippen, als die Glut ihnen die Fußsohlen versengte, eher war es eine Art ernster Ruhe, die auf ihren Gesichtern lag. Mit dem Geruch des versengten Menschenfleisches stiegen alle die grauenvollen Erinnerungen wieder in Richard auf, die er im vergangenen Jahr in den hintersten Winkel seines Gedächtnisses verdrängt hatte.
Ohne zu wissen, was er tat, bahnte er sich einen Weg nach vorne zum Feuer. Da hob Charnay, während schon die Flammen um seine Beine züngelten, plötzlich das Haupt und blickte zum König hinauf, der unbeweglich mit derselben majestätischen Würde am Fenster stand, mit der er zugehört hatte, als der Papst die Aufhebung des Ordens erklärte.

Als ob der Großmeister auf dieses Zeichen Charnays gewartet hätte, suchten nun auch die Augen des Großmeisters den König, und aus den Flammen hallte seine Stimme über den Platz:
»Wir sterben unschuldig. Das Dekret, das uns verurteilt, ist unrechtmäßig. Aber im Himmel gibt es einen erhabenen Richterstuhl, vor dem die Schwachen niemals erfolglos Berufung einlegen. Vor diesen Richterstuhl entbiete ich den Römischen Papst binnen vierzig Tagen! Und Euch, Philipp, Euch gewähre ich vergeblich Verzeihung, denn Euer Leben ist der Hölle verfallen. Euch erwarte ich vor dem himmlischen Richterstuhl in einem Jahr!«
Als das Feuer nach Molays Hemd griff und seinen Bart versengte, glückte es Richard endlich, durch die Mauer der Schildwachen hindurchzubrechen. Er hätte sich in den Flammen Molay zu Füßen geworfen, wenn der Blick des alten Mannes ihn nicht daran gehindert hätte. Auch Charnays Augen waren auf ihn gerichtet. Mit einer Stimme, die nur noch für Richard verständlich war, sagte der Großmeister mit letzter Kraft:
»Ich sterbe, aber Geist des Tempels lebt weiter. Lebe also, mein Sohn, lebe!«
Während Richard auf die Knie fiel, um sich vor seinem Meister zu demütigen, fiel Molays Haupt vornüber, und sein Körper sackte zusammen. Ein Schauder durchfuhr die Menge, als auch Charnay schweigend und mit befreitem Lächeln auf dem Gesicht dahinging. So sanft hatte der Tod sie zu sich genommen, daß jedermann, auch die königlichen Gardisten, überrascht waren. Niemand zweifelte nun mehr an ihrer Unschuld.
Richard sprang auf und schlug ein Kreuz.
»Das Andenken der Gerechten wird gesegnet sein«, rief er laut in die Menge. »Aber der Name der Gottlosen wird vergehen!«
Bevor die Gewappneten die Fassung wiedergewinnen konnten, ging eine Bewegung durch die Menge. Der toll gewordene Haufen durchbrach die Absperrung und stürmte die Scheiterhaufen. Das Feuer war noch nicht ausgebrannt, als die Bürger schon in heftigem Gerangel die verkohlten Gebeine der Märtyrer an sich rissen, um sie als Reliquien aufzubewahren.
Als sie am nächsten Nachmittag Lyons-la-Forêt erreichten, begrüßte Aymer die beiden Männer mit ernster Miene. Er legte

Richard die Hand auf die Schulter und forderte ihn auf, ihm zu folgen. Die Türe des großen Burgsaals schwang auf. Der Ritter schritt bis zu Mitte des Raumes. Da standen sie um ihn her, ein Kreis schweigender Ritter, und ihre trotzigen Augen ruhten auf ihm. Mit einer kurzen Handbewegung gebot Aymer Ferrand, den Ring mit ihm zu schließen. Niemand sonst war im Saal. Dann, wie auf ein verabredetes Zeichen, zogen die Ritter ihre Schwerter, knieten nieder und legten die bloßen Klingen auf den Boden, so daß ihre Spitzen auf die einsame Gestalt in der Mitte wiesen.

Richard hatte sich nicht bewegt. Er starrte erst auf das schlichte hölzerne Kreuz an der Wand und betrachtete dann nachdenklich die gebeugten Häupter.

»Steht auf«, sagte er, »und tragt Euer Anliegen vor.«

Einer von ihnen trat einen Schritt auf ihn zu. »Sire, wir haben beschlossen, daß Ihr unser künftiger Meister sein sollt. Führt uns, wohin Ihr wollt. Wir folgen Euch.«

Einen Augenblick herrschte Schweigen. Dann schüttelte Richard langsam den Kopf.

»Brüder, ich danke euch für euer Vertrauen«, sagte er ruhig, »aber ich bin nicht der richtige Mann. Ich habe die Sünden noch nicht vergessen, die ich begangen habe. Ich bin dieses edlen Amtes unwürdig. Laßt Gott eure Stütze und euren Meister sein.«

»Ihr habt recht«, stimmte der andere zu. »Der Tempel besteht nicht mehr. Aber die eine unrechte Tat macht die andere möglich. Einige von uns waren dabei, als der Großmeister, möge Gott seiner Seele gnädig sein, vor dem Volk von Paris alle seine Geständnisse widerrief, und manch einer war auch dabei, als er dafür auf dem Scheiterhaufen starb. Wir brauchen Euch als seinen Nachfolger.«

»Wir brauchen Euch, Euren Rat, Eure Hilfe«, drängte ein anderer.

»Wer von euch meinen Rat und meine Hilfe nötig hat, kann sich stets an mich wenden«, sagte Richard schließlich. »Überschätzt mich nicht. Ich habe getan, was ich konnte. Aber ich war jung und unerfahren. Mir fehlte – und es fehlt mir noch – das reife Urteil und die Weisheit des Alters.«

»Wir haben Pläne, die wir ohne Eure Unterstützung und Billigung nicht ausführen können.«

»Ich höre.«

Sie sprachen jetzt leiser.
»Bevor er starb, lud der Großmeister den Papst binnen vierzig Tagen und den König binnen eines Jahres vor den himmlischen Richterstuhl.«
»Ich habe es selbst gehört.«
»Wir wollen dafür sorgen, daß sie ihrer Strafe nicht entgehen. Der Papst und der König müssen sterben.«
»Habt ihr denn Gründe, daran zu zweifeln, daß sich seine Prophezeiung erfüllt?«
»Wir haben sie als Auftrag an uns verstanden – als letzten Willen des Großmeisters.«
»Und nun wollt ihr den Papst und den König töten, aus Rache?« Ferrand beobachtete seinen Freund. Die sechseinhalb Jahre seit seinem Weggang aus dem Londoner Tempel hatten aus Richard einen gereiften Mann gemacht, mit einer für seine Jahre ungewöhnlichen Bedächtigkeit und Milde. Die Wildkatze war gezähmt, aber das Plantagenet-Blut, das durch seine Adern floß, verwandelte den demütigen Büßer doch manchmal in einen brüllenden Löwen. Jedesmal von neuem faszinierte es Ferrand, diese Veränderung zu beobachten.
»Nun gut«, fuhr der Bastard gelassen fort. »Der Papst ist ein kranker alter Mann, der schon mit einem Fuß im Grabe steht. Ich bin sicher, daß er seinen Gerichtstermin nicht versäumen wird. Was den König betrifft...«
»Ihr habt einmal geschworen, ihn zu töten«, unterbrach ihn ein Ritter kühn.
»Der Fluch Christi auf den König!« rief Richard. »Ihr habt recht, Bruder. Ich wollte Philipp töten, als sein Tod uns noch hätte retten können. Es war eine bittere Strafe, die ihr mir auferlegtet, als ihr mich deshalb dieses Landes verwieset, aus Furcht, ich würde euer Veto nicht beachten. Ich gebe zu, daß ich blind war, aber nicht so blind, daß ich mein Unrecht nicht hätte einsehen können.« Er wartete etwas, um seinen Worten Nachdruck zu verleihen, und sie unterbrachen ihn nicht. »Und jetzt verlangt ihr von mir, ihn zu töten, nachdem er den Orden der Soldaten Christi vernichtet hat? Nachdem er unsere Zukunft zerstört und die beiden mutigen Ritter, die die edelsten von uns allen waren, hat verbrennen lassen?

›Mein ist die Rache‹, spricht Gott. Überlaßt sie Ihm auch, ich bitte euch. Laßt den König vor dem Fluch zittern, bis seine Zeit vorbei ist. Kein Jahr hat ihm Molay gegeben. Er wird alle Gebete dringend nötig haben, die er in dieser Zeit aufsagen kann. Wollt ihr euch einmischen, wenn Christus selbst das Schwert der Gerechtigkeit führt?«
Das Echo seiner Stimme kam von den Steinwänden zu ihm zurück. Die Ritter schüttelten die Köpfe.
»Friede, Brüder«, sagte er nun sehr leise und trat aus dem Kreis zur Tür.
»Auch der König wird seine Abmachung mit dem Tod einhalten. Meine Hilfe und die eure ist dabei überflüssig. Aber hier ist mein Rat: Geht nach Portugal. König Denis ist ein weiser Mann, dessen Herz warm für den Tempel schlägt. Er wird, sobald die Zeit dafür reif ist, einen neuen Orden stiften, den ›Orden von Christus‹. Wie der Name schon sagt, wird dieser Orden nichts Geringeres sein als eine Fortsetzung des Tempels. Unsere portugiesischen Besitzungen werden dann auch an diesen neuen Orden fallen. Der Todesstoß, den Philipp dem Tempel versetzen wollte, ist im letzten Augenblick fehlgegangen. Auf dem Schafott vor Notre Dame hat Molay die Wahrheit öffentlich verkündet. Dank sei ihm, Brüder. Sein Märtyrertod hat den Tempel für ein neues Leben gerettet. Geht nach Tomar, unsere stärkste Burg in Portugal, wo ihr sicher seid und wo ihr euch auf eure neue Aufgabe vorbereiten könnt.«
»Ein neuer Kreuzzug?« rief ein Templer.
In Richards Augen glomm für einen Moment das alte Feuer, doch wieder schüttelte er den Kopf.
»Nein, Brüder. Lange genug haben wir unseren Blick in die Vergangenheit gerichtet. Wir müssen ihn nach außen kehren und in die Zukunft. In König Denis werdet ihr einen Mann finden, der unsere Ideale mit uns teilt: Friede mit den Moslems, Handel mit dem Osten, Verständnis für andere Überzeugungen. Nur so erhält der Geist Raum, sich weiterzuentwickeln, nur so liegt die Welt vor uns offen. Und sie reicht weiter als nur bis zum Heiligen Land.«

Noch geraume Zeit besprachen sie ihre Zukunftspläne, bis Richard sie zum Schloßtor begleitete, wo er von ihnen Abschied nahm. Als

die Freunde seinem Auge entschwunden waren, wandte er sich wieder dem Schloßturm zu. Da sah er sie. Die rotgoldenen Haare hingen ihr in zwei dicken Flechten zu beiden Seiten des Halses und über die kleinen Brüste herab. Ferrand stand neben ihr, wie er es, das wußte Richard, all die Tage gehalten hatte.
»Du hier?«
»Schon mehr als einen Monat. Blanche hatte mich gebeten, ihr bei der Geburt des zweiten Kindes beizustehen. Es ist ein Knabe, er heißt Richard.«
Er schloß sie innig in seine Arme, und dann plauderte sie bis nach dem Abendessen über alles, was sie in den zwei Jahren seiner Abwesenheit erlebt hatte. Richard selbst sagte nicht viel, lauschte vielmehr, während sie versuchte, ihn aufzumuntern. Nur schwer lösten sich seine Gedanken von den Ereignissen das Vortages. Schließlich verstummte auch ihre Stimme.
Es war spät geworden. Beatrice erhob sich, und Richard folgte ihr bis zur Türe der Kemenate. Dort nahm er mit einem Kuß Abschied für die Nacht und begab sich zu seinem Schlafgemach. Raoul wollte ihm wie damals in London beim Auskleiden helfen, aber Richard verwehrte es ihm.
»Das kann ich allein. Geh nur. Heute nacht schläft der Sieur d'Uzès bei mir.«
Er löste seinen Schwertgürtel und legte die Waffe gewohnheitsmäßig neben das Bett. Dann stellte er eine Kerze ans Kopfende und öffnete den Gürtel.
»Ferrand.«
Der junge Edelmann trat zu ihm und löste den Lederriemen, mit dem Richards linker Oberarm tagsüber noch immer an den Körper gebunden war, so daß er den linken Unterarm und die Hand gut gebrauchen konnte.
Er stand auf, ging zur Fensternische und öffnete das Fenster. Tief sog er die frische Luft ein. Er hörte, wie die Zimmertür hinter ihm aufging, und die Geräusche Raouls auf dem Gang, der dort sein Bett aufschlug. Ein Windstoß blähte sein Hemd, und er genoß den Duft des frischen Grüns, das in der Nacht atmete.
Er öffnete die Verschnürungen seines Hemdes und zog es sich über den Kopf.

Das silberne Licht des Mondes verwischte die Narben in seiner Haut bis zur Unkenntlichkeit. Nur das eingebrannte Kreuz auf seiner Brust war deutlich zu sehen.
»Ferrand?«
Er drehte sich in der Fensternische um – und erstarrte. Mit dem Rücken gegen die geschlossene Tür stand Beatrice. Ihre sanften Formen waren unter dem weißen, seidenen Unterkleid deutlich sichtbar.
Ferrand war nicht mehr im Zimmer. Sie lächelte ihn entschuldigend an.
»Ich habe mich so nach dir gesehnt«, sagte sie und nach einer Pause:
»Willst du, daß ich wieder gehe?«
Richard musterte sie schweigend, von den gelösten Haarflechten bis zu den bloßen Füßen auf den kalten Fliesen.
»Nein, bleib.«
Er sah, daß sie fror, und schloß das Fenster. Dann trat er zu ihr. Sie kam ihm zögernd entgegen.
»Du bist schön im Kerzenlicht«, flüsterte er ihr ins Ohr und küßte sie auf den Mund. Der Duft ihres frischen Parfüms hüllte ihn ein. Zärtlich nahm er sie bei der Hand.
»Du bist schön, lieb und ungehorsam«, sagte er, während er sie zum Bett führte.
Er setzte sich neben sie auf den Rand des Bettes und spielte mit ihrem Haar.
»Du hast noch immer dieselbe jungfräuliche Unschuld, diese Anmut der Jugend, die ich schon vor fünf Jahren so sehr an dir geliebt habe.«
Er ließ ihr den Zeigefinger über Stirn, Nase und Lippen gleiten.
»Die ersten Seiten des Buches sind nun beschrieben. Ich würde ein Vermögen dafür geben – wenn ich es hätte –, um diese Seiten noch einmal zu beschreiben. Aber die Zeit dafür ist vorbei.«
Sie wehrte sich nicht, als er langsam ihr Kleid öffnete. Ihre Augen trafen einander, und sie sah, wie anders die seinen jetzt waren als vor zwei Jahren. Er lächelte und freute sich an ihrer Schönheit. Nichts von der brutalen Begierde war jetzt in ihm, mit der er Red Meggie in London genommen hatte. Auch sein Gewissen, das ihn

bislang bei jeder Begegnung mit einer Frau unerbittlich zur Zurückhaltung gemahnt hatte, blieb diesmal stumm. Ihm war, als hätte ein Höherer als selbst der Papst den Bann von ihm genommen und ihm Dispens gewährt.

Richard sah nur sie, fühlte nur sie, spürte, wie sie das Streicheln seiner Hand genoß, wie sie vor Erregung bebte. Plötzlich schlang sie ihre Arme um ihn und zog ihn an sich, so daß ihr nackter Körper den seinen berührte.

»Oh Richard, ich liebe dich, ich liebe dich, ich ...«

Er brachte ihre Lippen mit einem langen Kuß zum Schweigen, aus dem sie sich kurz danach atemlos löste. Getrieben von einem nicht zu unterdrückenden Verlangen löste sie plötzlich den Strick um seine Hüfte und schob das grobe Leinen weg.

»Nimm mich jetzt, ich will dich spüren«, flüsterte sie voll Verlangen und in ihrer liebenden Umarmung vergaß er zum ersten Mal die Schrecken von Pickering Castle, fühlte er nicht mehr den Gestank verbrannten Fleisches, nur jene wunderbare Freiheit, die sie ausstrahlte. Mit ihr spürte er das Leben neben sich, ein neues, ein völlig anderes Leben. Er fühlte Regungen in sich aufsteigen, die er seit Pickering Castle verloren geglaubt hatte, und er gab sich ihnen mit unendlicher Freude hin.

Richard schlief nur kurz in dieser Nacht. Zu aufwühlend empfand er diesen Ausbruch seiner Gefühle, zu beunruhigend schien ihm selbst die Friedlichkeit seines einst so unerbittlichen Gewissens. Er hörte Beatrices ruhigen Atem an seiner Seite und spürte die Wärme ihres Körpers, und er wußte, daß von der Liebe dieser Frau die Kraft ausging, der es gelingen würde, die Gespenster zu bannen, die ihm Nacht um Nacht den Schlaf raubten. Zum ersten Mal in seinem von Kampf und Entbehrungen geprägten Leben fühlte er sich wirklich glücklich, und zum ersten Mal wich jener dumpfe Druck von seiner Seele, der ihn quälte, seit er das erste Mal die Wunden gewaschen, die die Folterknechte seinen Brüdern und dann auch ihm selbst geschlagen hatten. Sie hatten den Tempel vernichtet, und er hatte es nicht verhindern können. Das wichtigste aber war unversehrt geblieben, und kein Fürst der Welt würde es je zerstören können. Der Schatz der Templer, die drei Sätze der Weisheit, lebten weiter – in ihm und in allen überlebenden Brü-

dern, die um ihn wußten. Mit ihnen würde er diesen Schatz in die Welt tragen, würde ihn mehren und weitergeben, bis eines fernen Tages das, was jetzt nur Eingeweihten zugänglich war, allen Menschen offenstehen würde.
Seine Gedanken wanderten zurück zu Beatrice. Würde er sie je zu seiner Frau machen können? Der Papst hatte den Bannfluch der Kirche aufgehoben – ohne ihn zu einem Leben im Kloster zu verpflichten. Zwar hatte er ihm um seines Seelenheils willen empfohlen, sich dem Zisterzienserorden anzuschließen, aber ihm die Entscheidung freigestellt. Der alte, kranke und von seinem Gewissen gequälte Mann hätte ihm in jenem Moment alles gestattet, nur das eine nicht. Denn er habe damals vor Gott einen Eid geschworen und solle seinem Gelübde treu bleiben.
Er erinnerte sich an die Worte, die bei seinem Eintritt in den Tempel gesprochen worden waren: »Für die Welt gestorben.« Seine Seele gehörte dem Tempel. Gestern jedoch hatte der Großmeister ihm geboten zu leben!
Noch fühlte sich Richard zwischen diesen Welten hin und her gerissen. Doch er wußte jetzt, daß es keines Klosters bedarf, um das Himmelreich zu erlangen. Was hatte die Kirche mit seiner Seele zu tun? Er brauchte ihren Segen nicht, um Beatrice zu lieben. Sie würden einander beistehen, sie würden einander schützen, wohlwissend, daß die Kirche ihm den Dispens nie gewähren würde. Ja, seine Seele gehörte dem Tempel, sein Herz aber Beatrice.
Doch immer noch hing ein dunkler Schatten über ihrer Zukunft: Wohin sollte er sie führen? Überall, wo Philipp Einfluß hatte, war er vogelfrei: in Frankreich, Burgund, Hennegau, Neapel, Florenz. Nach England konnte er nicht zurückkehren, und auch dem Kaiser würde er nicht willkommen sein. Wohin er auch ginge, die Agenten Philipps würden ihn aufspüren. Würde das denn kein Ende nehmen?
»Nein«, sagte er zu sich selbst, »das wird nie aufhören. Denn solange es Menschen auf Erden gibt, so lange wird es die Gier nach der Macht geben.« Er dachte an Thomas von Lincoln, an Jacques de Molay und Pierre de Bologne und an alle seine Freunde und schließlich wieder an Beatrice.
»Aber«, sagte er leise, »solange es Menschen gibt, gibt es auch Liebe.«

Epilog

Die Prophezeiung des Jacques de Molay bewahrheitete sich. Am 20. April 1314 starb Papst Clemens an Dysenterie.

Am Ende dieses Jahres, am 29. November, ebenfalls noch vor dem von Jacques de Molay genannten Termin, wurde Philipp der Schöne bei Fontainebleau auf einer Wildschweinjagd von seinem Pferd abgeworfen. Er blieb im Steigbügel hängen, das Wildschwein fiel ihn an. Er starb, bevor er seinen Frieden mit Gott machen konnte.

Nogaret der Schreckliche und Guillaume de Plaisians, seine Räte und Mittäter, waren, nachdem sie ihre Aufgabe erfüllt hatten, für den König unbrauchbar geworden und wurden nirgends mehr akzeptiert. Sie starben, noch bevor der Großmeister auf dem Scheiterhaufen umkam, Nogaret am 11. April 1313 und Plaisians im November desselben Jahres. Enguerrand de Marigny, Freund des Königs und die graue Eminenz im Hintergrund, gedachte nach Philipps Tod, seine Hände in Unschuld zu waschen. Niemand wagte ihn zu beschuldigen oder überhaupt nur seinen Namen zu nennen, außer Charles de Valois, der einen persönlichen Groll gegen ihn hegte. Aus Mangel an Beweisen ließ Charles ihn durch das Volk wegen Hexerei anklagen. Am 30. April 1315 wurde er gehängt, ohne daß sein Bruder, der Erzbischof von Sens, etwas daran ändern konnte. Philippe de Marigny selbst blieb unbestraft. Am 12. März 1322 sprach König Edward das Todesurteil über Thomas von Lancaster. Er wurde enthauptet. Philipps Tochter Isabella ging als die »Wölfin von Frankreich« in die Geschichte ein. Zusammen mit ihrem Geliebten Mortimer stürzte sie Edward vom Thron und ließ ihn gefangensetzen. Ein Jahr lang wurde er von einem Gefängnis ins andere geschleppt und schließlich auf grausame Art ermordet.

Es hatte den Anschein, als ob die christliche Welt für ihre aktive und passive Rolle bei der Tragödie des Templerordens büßen sollte. Den ganzen Frühling und Sommer des Jahres 1315 regnete es, die Felder waren durchweicht, die Ernte verrottete, und das Vieh ertrank oder starb vor Hunger und an Krankheiten. Eine ungeheuere Hungersnot suchte Europa heim, und mehr als ein Drittel der Menschen starb den Hungertod. Die Tränen der Engel waren zu einer wahren Sturzflut des Todes geworden.

Im Jahre 1320 gründete König Denis von Portugal den Orden der Ritter Christi, autorisiert durch die Bulle ›Ad ea quibus‹ von Papst Johannes XXII. Es war kein Zufall, daß dieser Orden mit dem roten Kreuz auf einer weißen Flagge im Mast die großen Entdekkungsreisen des XV. Jahrhunderts unternahm.

Der Prozeß um den Tempel zog seine blutige Spur in die folgenden Jahrhunderte. Mit den grausamen Foltermethoden, entwikkelt, um im Kampf gehärteten Männern Geständnisse abzupressen, erwarb sich die Inquisition ihren schrecklichen Ruf und war bis tief ins 16. und 17. Jahrhundert hinein berüchtigt und gefürchtet.

Nachtrag

Die Hauptpersonen in diesem Roman, Richard, Thomas von Lincoln, Aymer de Vraineville, Ferrand d'Uzès, Blanche de Lyons-la-Forêt, Lawrence de Toeni, die Morleys, sind fiktive Figuren. Aber sie bewegen sich im Rahmen der historischen Tatsachen, wie sie uns überliefert sind. Wir wissen aus der Geschichte, daß eine kleine Anzahl Templerbrüder der Verhaftung entging oder sich aus den Kerkern zu befreien wußte. In England schweiften Tempelritter als Vagabunden umher. Daß sie versucht haben, Druck auf die Kirche auszuüben, um ihren Brüdern zu helfen, ist wahrscheinlich. Wir wissen jedenfalls, daß sie sich in großer Zahl um Lyons versammelten und neun Ritter auf das Konzil von Vienne schickten, die dort vom Papst unmittelbar verhaftet wurden.

Die in diesem Buch beschriebenen Foltermethoden wurden anhand von Chroniken, Prozeßakten und Augenzeugenberichten mit den Rittern und Brüdern des Tempels in Verbindung gebracht. Historiker haben sich lange mit der Frage beschäftigt, ob man von Ketzerei im Templerorden sprechen kann. Sie haben diese Frage übereinstimmend mit Nein beantwortet. Doch sind einige Forscher der Ansicht, daß die Templer durch ihre Kontakte mit dem Osten ihren Horizont erweitert, einen tiefen Einblick in das Leben der Völker im Westen und ihre Machtverhältnisse gewonnen und daraus eine große Idee entwickelt hatten: ein Gleichgewicht zwischen West und Ost, universellen Frieden, ein geistiges Band und politische Einheit zwischen den Staaten von Europa zu stiften (John Charpentier, Die Templer) – eine Idee, die aufgrund der weit verstreuten Besitzungen der Templer in ganz Europa, ihrer finanziellen Macht, ihrer militärischen Fähigkeiten, ihrer zwei Jahrhunderte alten Erfahrung hätte verwirklicht werden können, wenn ihr Philipp nicht die Lebensgrundlage entzogen hätte.

Die wichtigsten Personen in alphabetischer Reihenfolge:

Aycelin, Gilles	Erzbischof von Narbonne
Baldock, Ralph	Bischof von London
Baskeresville, Michael de	Templer, Präzeptor von London
Beauchamp, Guy of	Graf von Warwick
Bologne, Pierre de	Templer, Prokurator zu Rom
Clemens V.	Papst (1305–1314)
Colonna, Pierre	Kardinal
Conan »the Red«	Englischer Ritter
Corbara, Thibaut de	Kardinal
Dubois, Pierre	Rechtsgelehrter und Publizist in Diensten Philipps IV.
Edmund »the Lion«	Templer, London
Edward II.	König von England (1307–1327)
Philipp IV. »der Schöne«	König von Frankreich (1235–1314)
Frédol, Berenger	Kardinal
Gaveston, Píers de	Günstling von König Edward II.
Imbert, Guillaume »de Paris«	Großinquisitor
Isabella »die Schöne«	Tochter Philipps IV., Gemahlin Edwards II.
Jamville, Jean de	Profoß des Châtelets
Lancaster, Thomas of	Graf von Lancaster und Leicester
Lincoln, Thomas of	Templer, London
Lyons-la-Forêt, Blanche de	Tochter des Burggrafen von Lyons-la-Forêt
Lyons-la-Forêt, Étienne de	Burggraf von Lyons-la-Forêt
Marigny, Enguerrand de	Minister und Vertrauter König Philipps IV.
Marigny, Philippe de	Bischof von Cambrai
Mauclerc, William	Templer, London
Meg, »Red Meggie of London«	Prostituierte
Molay, Jacques de	Templer, Großmeister
More, William de la	Templer, Komtur von England
Morley, Herr von	Englischer Edelmann, Herr auf Haughton-le-Moor
Morley, Beatrice de	älteste Tochter des Herrn von Morley

Morley, Geoffrey de	ältester Sohn des Herrn von Morley
Nogaret »le Terrible«, Guillaume de	Kanzler König Philipps IV.
Pairaud, Hugues de	Templer, Visitator von Frankreich
Plaisians, Guillaume de	Rechtgelehrter in Diensten Philipps IV.
Raoul	Sohn des Torwächters von Lyons-la-Forêt
Rhuddlan, Richard of »der Bastard«	Templer, London, später Komtur der Freien Templer
Scarborough, Will of	Verlobter von Beatrice de Morley
Simon »the Hermit«	Templer, London
Stoke, John de	Templer, Schatzmeister, London
Toeni, Lawrence de	Templer, London
Uzès, Ferrand de	Templer, Paris
Uzès, Godefroy de	Edelmann am Hof König Philipps IV.
Valois, Charles de	Bruder Philipps IV.
Villiers, Gérard de	Templer, Komtur von Frankreich
Vraineville, Aymer de	Templer, Rouen
Wirral, Hexe von	Wahrsagerin

Susan Kay

Die Königin

Band 51875

Der fesselnde Roman über eine
große Königin und zugleich das Porträt
einer Frau voller Leidenschaft,
die im ständigen Zwiespalt zwischen
der Krone und ihren eigenen
Gefühlen stand. Kaum jemals wurde
Elisabeth, mächtige Herrscherin,
begnadete Intrigantin und visionäre
Mäzenin, so menschlich und
ihre Gefühlswelt so faszinierend
dargestellt wie hier.

Die große Romanbiographie
über Elisabeth I. von England

scherz

51875 06.03

Sena Jeter Naslund

Ahabs Frau

Band 11495

«Kapitän Ahab war nicht mein erster noch mein letzter Gemahl» – so beginnt Una ihre abenteuerliche Geschichte. Es ist die Geschichte einer Frau, die einen eigenwilligen Lebensweg geht, unabhängig, radikal und leidenschaftlich.
Hoch über der idyllischen kleinen Insel im Leuchtturm ihres Onkels entdeckt Una als junges Mädchen ihre Liebe zum Meer. Hoch oben im Ausguck eines Walfängers wird sich diese Leidenschaft erfüllen und Una auf schicksalhafte Weise mit Kapitän Ahab zusammenführen. Sie werden ein Paar, eine Familie. Doch während Ahab sein Leben dem sagenhaften weißen Wal opfert, beschreitet Una ganz andere, lebensbejahende Wege.

«Unvergesslich: ein Meisterwerk.»
Gregory Peck

scherz

11495 06.03